ASTER

A ILHA DAS CIDADES A VAPOR

VOL. 1

Editora Appris Ltda.
1.ª Edição - Copyright© 2024 do autor
Direitos de Edição Reservados à Editora Appris Ltda.

Nenhuma parte desta obra poderá ser utilizada indevidamente, sem estar de acordo com a Lei nº 9.610/98. Se incorreções forem encontradas, serão de exclusiva responsabilidade de seus organizadores. Foi realizado o Depósito Legal na Fundação Biblioteca Nacional, de acordo com as Leis nᵒˢ 10.994, de 14/12/2004, e 12.192, de 14/01/2010.

Catalogação na Fonte
Elaborado por: Dayanne Leal Souza
Bibliotecária CRB 9/2162

P644a
2024
	Pimentel, Vagner A.
	   Aster: a ilha das cidades a vapor - vol. 1 / Vagner A. Pimentel. – 1. ed. –
	Curitiba: Appris, 2024.
	   549 p. : il. ; 23 cm.
	
	   ISBN 978-65-250-6956-2
	
	1. Aventura. 2. Mistério. 3. Ação. 4. Ficção-científica. 5. Steampunk.
	6. Romance. I. Pimentel, Vagner A. II. Título.
	
	CDD – B869.93

Appris
editora

Editora e Livraria Appris Ltda.
Av. Manoel Ribas, 2265 – Mercês
Curitiba/PR – CEP: 80810-002
Tel. (41) 3156 - 4731
www.editoraappris.com.br

Printed in Brazil
Impresso no Brasil

Vagner A. Pimentel

ASTER
A ILHA DAS CIDADES A VAPOR

VOL. 1

Curitiba, PR
2024

FICHA TÉCNICA

EDITORIAL	Augusto V. de A. Coelho
	Sara C. de Andrade Coelho
COMITÊ EDITORIAL	Marli Caetano
	Andréa Barbosa Gouveia (UFPR)
	Edmeire C. Pereira (UFPR)
	Iraneide da Silva (UFC)
	Jacques de Lima Ferreira (UP)
SUPERVISORA EDITORIAL	Renata C. Lopes
PRODUÇÃO EDITORIAL	Bruna Holmen
REVISÃO	Simone Ceré
DIAGRAMAÇÃO	Bruno Ferreira Nascimento
CAPA	Lucielli Trevisan
REVISÃO DE PROVA	Bruna Santos

SUMÁRIO

PRÓLOGO
RISCOS DE VIAGEM 7

CAPÍTULO 1
O DESPERTAR 9

CAPÍTULO 2
CHEGADA À CIDADE 17

CAPÍTULO 3
ENCONTROS FORTUITOS 23

CAPÍTULO 4
PELAS SOMBRAS 37

CAPÍTULO 5
PREPARATIVOS 49

CAPÍTULO 6
ÚLTIMO TRECHO.. 65

CAPÍTULO 7
PLANOS... 97

CAPÍTULO 8:
PEQUENAS AVENTURAS E DESVENTURAS 131

CAPÍTULO 9
O ACERVO IMPERIAL... 207

CAPÍTULO 10
A FESTA 247

CAPÍTULO 11
CUSTOS 289

CAPÍTULO 12
A BUSCA PELO ACERVO.. 313

CAPÍTULO 13
RETORNOS 383

CAPÍTULO 14
ENTRE AMIGOS E INIMIGOS.. 435

CAPÍTULO 15
INVESTIGAÇÕES 487

CAPÍTULO 16
AS RUÍNAS FANTASMAS.. 507

EPÍLOGO 1
NA CIDADE DE MADEIRA... 545

EPÍLOGO 2
EM ALFHEIM 547

PRÓLOGO

RISCOS DE VIAGEM

Era uma noite tempestuosa no Atlântico Norte e um Capitão guiava seu cargueiro a vapor através das ondas, com semblante sério e calmo, enquanto ao seu lado um senhor bem-vestido olhava para o horizonte com um semblante nervoso.

— Viajar para a Avalon nessa época do ano nunca é fácil, ao menos não teremos que temer piratas numa noite como esta, não é, Capitão? Ainda mais dentro do cinturão de ilhas de Hy-Drasil.

— Nem tanto, sr. Drayton — respondeu calmamente o Capitão. — Embora seja verdade que a maioria não teria coragem de tentar sair em uma tempestade como esta, os piores dentre eles adoram. As patrulhas de dirigíveis a vapor não saem das docas de Avalon. Além disso é mais fácil evitar as patrulhas da guarda marítima e, se um navio sumir..., "foi a tempestade".

— Definitivamente ficarei feliz quando avistar as luzes da ilha — comentou Drayton, enquanto olhava com mais afinco ainda para o horizonte.

Após um tempo, demasiado longo para o gosto de Drayton, em meio a enormes raios que rasgavam os céus, as luzes e a silhueta da ilha de Avalon se revelaram. Como um colossal pilar de rocha negra isolado, erguendo-se a mais de dois quilômetros acima do nível do mar. Conforme o cargueiro se aproximava, os detalhes tornavam-se mais visíveis em meio à grossa chuva.

— Impressionante como sempre, ainda bem que não preciso subir escadas da Cidade de Madeira para a Cidade Superior — comentou Drayton para o Capitão.

Então um enorme raio pareceu acertar o canto superior leste da ilha, com um grande clarão e forte estrondo.

"Espero que a tempestade não tenha afetado o metrô vertical", pensou imediatamente Drayton, imaginando se teria de usar uma das hospedarias na cidade portuária.

— Apenas uma hora de atraso em relação ao previsto! — disse o capitão, enquanto olhava o relógio de bolso, o qual marcava 10 horas da noite. — A tempestade não nos atrasou tanto quanto eu imaginei que iria.

— O importante é que chegamos inteiros — respondeu Drayton, demonstrando-se aliviado ao ver o porto.

— E por sorte parece que a tempestade está diminuindo para uma chuva forte, será mais fácil e rápido descarregar sua carga, sr. Drayton.

— Isso também é bom. Quanto antes terminarmos e eu puder dormir, melhor, mas lembre-se de tomar cuidado com a carga. Você sabe que seria um desastre se o seu cargueiro ou o porto fossem... danificados — disse Drayton, hesitante em escolher a última palavra.

— Sim, foi por isso que você procurou o melhor contrabandista e também foi por isso que cobrei o dobro e adiantado — respondeu o Capitão, com um sorriso arrogante nos lábios.

CAPÍTULO 1

O DESPERTAR

Avalon, uma ilha de mistérios antigos, cuja forma incomum de um largo e alto pilar de rocha negra no meio do oceano suscitava mitos e lendas, estava sendo fustigada naquela noite com raios e ventos fortes de uma tempestade tão comum para sua população que, em sua maioria, dormia despreocupada, sem imaginar que naquela noite a tempestade despertaria algo que afetaria a todos.

Um raio, entre tantos outros, acabou acertando uma casa em ruínas, em uma parte abandonada da Cidade Superior, algo a princípio sem importância, porém este raio fez seu caminho por um velho e esquecido conduto elétrico, até uma câmara fechada e escura, parcialmente alagada no subsolo e em um *flash* estrondoso ativou máquinas há muito esquecidas, que diante da imensa energia se sobrecarregaram, mas, ainda assim, com tenacidade tentaram cumprir sua programação.

Instantes depois uma cápsula cilíndrica se abriu, revelando em seu interior uma figura humanoide, presa por cabos. A figura caiu para frente, desconectando-se dos cabos e indo direto para o chão, com seu impacto contra ele sendo amortecido pela água, afundando totalmente.

O silêncio e a escuridão retornaram ao pequeno cômodo por alguns instantes e então luzes vindas do ser começaram a iluminar o ambiente. Lentamente a figura humanoide se ergueu das águas, ficando de joelhos, com a água um pouco acima da cintura. Olhava com curiosidade para as próprias mãos ao erguê-las, como que para compreender que lhe pertenciam e descobrir como funcionavam.

A visão do ser era atrapalhada por avisos tomando grande parte de seu campo de visão:

"Alerta múltiplas falhas de sistema", dizia e era seguido de uma lista de falhas, algumas de software informando que estavam sendo reparados, outras de hardware, mostrando partes não mais funcionais.

— Banco de dados corrompido, nível baixo de energia da bateria principal e das reservas parecem ser os pontos mais críticos — disse com uma bela voz feminina enquanto limpava a visão dos avisos com comandos mentais.

— Mas o que... quem sou? Que lugar é esse? — perguntou-se enquanto olhava para as mãos e depois ao redor.

— O que são essas máquinas? Máquinas... eu sei que são máquinas, mas não sei para que servem e nem sabia que essa palavra existia... até vê-las...

Pôs-se de pé e avaliou o que havia ao seu redor, mas não havia muito o que ver.

— Uma mesa, uma estante de metal, ferramentas... — Seguia identificando o que via na pequena câmara iluminada por ela.

— O banco de dados! Esse deve ser um dos efeitos. Espero conseguir me comunicar com outros... há outros? Além dessas paredes existe algo?

— Tantas perguntas, dúvidas, mas prioridades. Primeiro tenho de garantir minha... Vida? Existência...? Posso dizer que estou viva, se sou...? O que eu sou? Sou uma máquina?

— Não, espera, não tenho tempo para isso, não sei quanto tempo tenho até ficar sem energia. O que eu sou não importará quando eu ficar sem energia.

Verificou as máquinas, porém qualquer energia que possuíssem já havia se esgotado. Verificou então cada parte do pequeno cômodo e percebeu que, se quisesse continuar a existir, teria de encontrar um meio de sair e o único meio parecia ser uma grande porta de metal, elevada do chão pouco acima do nível da água, sem maçanetas ou fechaduras, que tomava quase toda a parede oposta à qual ficavam as máquinas.

Encarando a porta um tanto quanto desanimada, disse:

— As grandes dobradiças mostram que abre para dentro, o problema é como abrir. Não parece que posso arrombar usando força.

Ela voltou a olhar ao redor, procurando por detalhes úteis.

— Tem o que parece ser uma alavanca ou chave elétrica do lado e um motor encrustado na parede lateral que devem ser para abrir a porta — descreveu o que via para si mesma —, mas sem energia não vai funcionar.

Parada no escuro, com água até quase os joelhos, viu o nível de energia da bateria cair de 38% para 37%, verificou as baterias reservas, 10% e 12%, e olhou novamente para o motor na parede.

— Ou uso minha pouca energia para ativar o mecanismo de abertura da porta, que talvez nem funcione mais, ou passo o resto da minha existência... esperando o fim.

Então, encheu-se de determinação:

— Para além dessa porta ou morrer tentando, parada aqui me lamentando não fico!

Dirigiu-se até o motor para analisá-lo, era feito de bronze e cobre, as chances de ainda funcionar eram boas, só precisava descobrir como transferir a energia. Voltou sua atenção para um quadrado de metal enferrujado na mesma parede em que o motor estava, já tinha visto enquanto procurava fontes de energia que lá passavam grossos cabos, um vindo de cima e entrando numa caixa fechada de metal e dessa caixa saía três, dois na direção do motor e um na das máquinas.

— Dois cabos, espero que seja um positivo e o outro negativo, senão vai ser difícil descobrir como funciona. Vou ter que cortá-los para descobrir como são debaixo do isolante.

Virou-se para a mesa de metal encostada na parede oposta para pegar uma serra que estava entre outras ferramentas, notando que todas eram rústicas de mais para construir qualquer das máquinas no cômodo, notou também um papel gasto e manchado que escapara à sua atenção antes, no qual se lia nas poucas palavras não borradas:

"Você estava certo, foi um erro tentar terminar a Nº 6, eu devia ter partido antes..."

"...destruíram a torre de transmissão...", "...esta carta...", "...a entrada da ruína", "...já enviei quase tudo só falta...", "...venha me buscar rápido...", "... doca secreta..."

— Ficarei feliz quando tiver tempo para pensar em outra coisa além achar uma fonte de energia e puder tentar responder à lista de perguntas que, a cada instante, só aumenta. — Ela pegou a serra e voltou aos cabos.

Após desistir de tentar abrir a caixa de metal e enfim serrar os dois cabos, verificou que o mais provável é que um fosse o positivo e o outro o negativo, mas impossível dizer qual era qual.

— No fim será tentativa e erro — disse ela colocando a serra de lado.

— Agora a parte difícil. Desconectar minha bateria principal e conectar os cabos, enquanto uso as baterias reservas.

— Melhor transferir energia da principal para as reservas antes. — Ao tentar, porém, surgiu um aviso de erro, era impossível transferir a energia. — Não podia ser do jeito fácil?

Então estendeu para fora de seu peito o compartimento da bateria principal, como se fosse uma gaveta.

— Sorte que ao menos as informações de como eu funciono não foram todas corrompidas.

Desconectou os cabos que a ligavam à bateria, passando a depender somente das reservas e conectou de forma improvisada os cabos da parede.

A alegria a tomou quando uma luz vermelha acendeu no motor e em seguida uma verde e então uma vermelha na chave elétrica ao lado da porta. O sistema da porta ainda funcionava e tinha acertado de primeira os cabos. Entretanto, quando tentou alcançar a chave, não conseguiu, os cabos eram curtos e se tentasse alcançar, eles se desconectariam. Não tinha como tirar a bateria do peito e, para piorar a situação, a energia das baterias reservas estava se esvaindo rápido demais, a uma taxa de 1% por segundo; algo nelas estava errado.

Em desespero tentou alcançar a chave, bastava abaixá-la para abrir a porta, um pequeno e simples movimento, porém não conseguia alcançar, não sem soltar os cabos e cortar a energia para a porta. Com o desespero aumentando e a energia das baterias se esgotando rapidamente, pegou a serra para ter um alcance extra. Acertou a alavanca da chave elétrica com um movimento rápido e forte, baixando-a.

A luz vermelha apagou e acendeu uma verde, e um estalo forte foi ouvido, mas então a escuridão engoliu tudo e, após o som de algo caindo pesadamente na água, foi a vez do silêncio engolir tudo, a ponto de parecer que nada mais restava no mundo, como se aquele pequeno cômodo nunca tivesse existido, assim como tudo o que nele ocorrera, que tudo havia desaparecido na escuridão silenciosa.

Por um tempo que poderia muito bem ser a eternidade ou um mero instante, tudo permaneceu inalterado. A escuridão e o silêncio, invencíveis, cobrindo, como uma mortalha, tudo o que o pequeno ser, que tanto lutou, fez até aquele momento. Porém, o silêncio foi quebrado por um leve rangido da porta que se abriu e um filete de luz, vindo do que havia além da porta, rasgou a escuridão e iluminou a câmara.

No escuro, de joelhos no chão e arqueada para frente, ela terminava de fechar o compartimento da bateria em seu peito e começava a reacender as luzes externas de seu corpo, em seu campo de visão viu os níveis de energia: trinta e quatro por cento da principal, zero e dois por cento das reservas.

Olhou na direção da porta e viu que tinha funcionado, mas mal se pôs de pé e a porta lentamente começar a fechar. Com um grito pulou desesperada, agarrou a porta e a atravessou. Logo se acalmou, feliz de que não mais ficaria presa ali. A primeira coisa que notou então foi o chão irregular, que, por ser mais elevado que o da sala anterior, não estava coberto de água, o revestimento do piso tinha sido quase todo arrancado, expondo a rocha pura; e quando ergueu os olhos, percebeu que as paredes estavam com o revestimento ainda mais arrancado.

— Paredes... mais paredes, será que sempre haverá outras paredes? — lamentou pouco antes de perceber que o ambiente era iluminado por uma luz que não vinha dela, mas de uma fonte acima, no teto.

Ao olhar para cima, através de uma abertura quadrada no teto, viu o céu, as nuvens e além delas a lua cheia enorme e mais além as estrelas.

— Tão infinito! — exclamou maravilhada e hipnotizada pela beleza do céu noturno, ficando alguns instantes imóvel.

— Enquanto eu puder, mesmo que infinitas paredes haja em meu caminho, seguirei, pois, pelo visto, sempre há algo além.

Reanimada pela visão do céu, olhou ao redor e notou em um canto uma escada que a levaria para cima.

— Melhor arrumar algo para calçar essa porta e pegar algumas ferramentas, podem ser úteis.

Virou-se para buscar as ferramentas e bateu com a cara na porta fechada.

— Odeio essa porta...

A porta se mesclava tão bem com o resto da parede de pedra que parecia ter sumido como que por mágica e nada naquele novo cômodo parecia ter a função de abri-la. Tentou empurrar, mas a porta nem se mexeu.

— Não posso gastar mais energia para abri-la de novo — disse dando as costas para a porta.

A escadaria levava a outro quarto tão vazio quanto o anterior, embora o revestimento do piso e das paredes estivesse relativamente inteiro. O que parecia ter sido a porta que levava à escada pela qual subiu, estava destruída e, aparentemente, era disfarçada para parecer um armário simples de madeira. Seguiu então para outra escada que também subia.

Chegando enfim à superfície, percebeu estar em um lugar desolado, no que parecia ser a ruína de uma casa no meio de um lamaçal ou talvez um pântano que, exceto por uma única árvore morta ao lado, não possuía qualquer vegetação.

Ao explorar, descobriu que, em uma direção, o chão terminava em um grande abismo com um distante som de ondas quebrando e, na outra direção, longe, um paredão de rocha, que parecia ter um caminho para cima e além do topo, podia ser visto; ainda mais além, torres e chaminés iluminadas por luzes amareladas.

— Uma cidade iluminada! Agora ficou fácil, apenas uma direção e nada intransponível no caminho — disse animada. — É só achar alguém que me ajude. Não deve ser tão difícil achar uma fonte de energia para me recarregar e por fim ter algumas respostas para minha lista crescente de perguntas.

Não demoraria muito para ela descobrir que não seria tão fácil.

★★★

CAPÍTULO 2

CHEGADA À CIDADE

As nuvens voltaram a fechar o céu enquanto a pequena robô avançava pelo caminho. Caminho esse que a levaria até o topo do penhasco, de onde ela tinha a esperança de que veria a cidade e quem nela vivia.

— Serão como eu ou diferentes? — perguntava-se pelo caminho.

— Enfim o topo, mas não é o que eu esperava — disse frustrada, contemplando as escuras silhuetas de prédios em ruínas.

— Parece ter acontecido algum desastre e abandonaram esta parte da cidade — deduziu enquanto caminhava entre os prédios parcialmente destruídos.

"Espero que não seja essa uma cidade completamente abandonada e a luz que vejo ao longe apenas algum tipo de incêndio natural", pensou ela, pela primeira vez escolhendo não vocalizar o que pensava, respeitando, como que por instinto, o silêncio do ambiente.

— Grandes fendas e rachaduras pelas ruas. — Seguiu analisando o ambiente enquanto pulava uma fenda. — O que teria quebrado o chão de tal forma?

Seguiu na direção das luzes por uma rua larga que terminava em uma muralha, a qual parecia ter uns 8 metros de altura, construída de grandes blocos retangulares de uma pedra negra. A rua larga atravessava a muralha por um portão de madeira com detalhes em ferro, portão esse bem fechado.

"Outra parede, outra porta e não parece ser mais fácil de abrir que a anterior", pensou ao se aproximar e verificar que era bem sólida e trancada.

Sem desanimar se afastou um pouco do portão e verificou se não haveria outro caminho ao longo da muralha. À sua esquerda, a muralha sumia na escuridão além do alcance da luz que emitia, enquanto à direita um prédio tombado parecia fornecer um caminho ao topo da muralha.

— Vai ser por ali! — Decidiu, indo até o prédio e escalando os destroços.

Do topo da larga muralha, a robô viu ruas vazias, iluminadas por postes, e prédios que pareciam tão vazios quanto, porém não estavam em ruínas, apenas abandonados, com tábuas fechando portas e janelas. Pulou direto para o chão, pousando com habilidade para evitar danos, e notou que a rua larga seguia reta na direção das torres mais altas do centro da cidade e curiosamente parecia ser um tipo de divisor, pois as ruas à esquerda eram iluminadas e as à direita estavam completamente no escuro.

"Que bom que não está tudo abandonado", pensou ela de forma otimista.

Ela mal havia começado a andar na direção das ruas iluminadas, curiosa para entender como os postes funcionavam, quando ouviu vozes e passos pesados. Voltou, então, sua atenção para a direção dos sons e viu, duas quadras à frente na direção do centro da cidade, dois homens vindo das ruas iluminadas.

"Pessoas! Isso, não sei como sei que são pessoas, mas sei que são", pensou ao andar na direção deles, queria correr, mas achou que poderia ser mal compreendida.

Eram dois policiais da Cidade Superior, um de uniforme cinzento de patrulha com uma capa de chuva e o outro, mais alto e ameaçador, usava uma pesada armadura verde-escura, com um motor a vapor nas costas, usado para acionar o canhão a vapor em sua mão direita, cuja munição eram pesadas estacas de madeira e ponta de aço, que carregava numa aljava na lateral do corpo. Este era da Guarda Pesada da Cidade Superior.

— Pelo menos a chuva parou — disse o policial de uniforme cinzento.

— Hunf! — resmungou o outro. — A filha de alguém mais ou menos importante some e temos que sair nesse tempo? Isso não é para a Guarda Pesada! Sabe o quão horrível é andar por aí com essa armadura pesada? Ainda mais numa tempestade destas!

— É para que as pessoas por aqui se sintam seguras — retrucou o primeiro de forma jocosa e irônica.

— Quem? Pra lá todos estão dormindo e ninguém sai durante a tempestade — disse o Guarda Pesado, apontando por cima do ombro com o dedão paras as ruas iluminadas atrás de si.

— Pra lá é a parte abandonada que iam reconstruir e só ratos habitam — disse apontando para frente, para os prédios abandonados.

— E pra lá — apontando para direita — é a Zona Morta em que nem... fantasma...

Parou de súbito de falar e andar ao ver uma distante figura, pouco maior que uma criança, parecendo usar uma armadura branca e azul, com olhos totalmente brancos e luminosos, andando em sua direção vindo da Zona Morta.

— De-demo-demônio? Fan-fantasma de Ar-Arm-Armadura? — gaguejou o policial ao ver o que o Guarda Pesado apontava.

— O que a gente faz? — perguntou o Guarda Pesado, sem tirar os olhos da estranha figura.

Ao não receber resposta, olhou para o companheiro, para então perceber que este já corria pela quarta quadra de distância.

— Maldita armadura que não me deixa correr! — completou com um sussurro.

A pequena robô, sem entender direito o que acontecia, continuou se aproximando e disse:

— Você poderia me ajudar? Eu...

— Demônio, fantasma ou sei lá o que, fique longe de mim! — gritou o guarda pesado, acionando um apito agudo do motor a vapor em suas costas e disparando, sem nem mirar, o canhão e assim cravando a estaca disparada no chão, logo à frente da robô, que, agora assustada, decidiu que era melhor fugir para não ser atingida por aquela arma e imediatamente correu para as ruas escuras.

Ela correu até uma esquina da parte abandonada, onde parou, escondendo-se por trás de caixotes de madeira, para ver se era seguida.

— O que foi que eu fiz? — questionou-se a robô, confusa e assustada.

Antes que pudesse pensar em qualquer outra coisa, uma estaca cravou-se na caixa na qual se escondia. Um pouco mais para cima e o disparo teria lhe acertado a cabeça. Abaixou-se e então notou que a luz que emitia, antes útil para iluminar o caminho, tornava impossível se esconder no escuro, rapidamente buscou em sua mente como apagá-las e, ao conseguir, correu sem olhar para trás.

Sons de vozes gritando ordens e passos pesados ecoavam nas ruas atrás dela, impelindo-a a continuar sem parar, porém, à sua frente, a rua pela qual seguia terminava em um alto muro, sem portões, alto demais para pular. Quando olhou para a esquerda percebeu que por trás dos prédios se erguia uma muralha ainda mais alta e fortificada. Sabendo que, caso tentasse ir para a direita, encontraria a muralha da qual havia vindo, olhou ao redor buscando uma opção, ouvindo o som dos que a perseguiam se tornando cada vez mais próximo. Acabou por ver um pequeno prédio ao pé da muralha mais alta, o único com a porta aberta.

"Espero que não tenha ninguém lá", pensou ela ao buscar abrigo nele para, pelo menos, ter tempo para refletir um pouco.

Entrou com cuidado, verificando se não havia ninguém dentro, encontrando apenas estantes de livros, há muito vazias. Era uma antiga loja de livros. Buscou então abrigo atrás do balcão, já que a vitrine da frente da loja não permitiria se esconder bem em outro lugar.

"Por ora acho que estou segura, mas por que me caçam? O que fiz?"

Ela tentava achar uma lógica no que tinha acontecido para tentar desfazer qualquer erro, se houvesse oportunidade.

"E o que é um demônio ou um fantasma? É isso que sou? É por isso que me odeiam?"

Enquanto esperava encolhida em silêncio no escuro, escutando apreensiva as vozes e os passos se aproximando, reparou em um velho jornal esquecido em uma das prateleiras do balcão e leu a manchete: "Imperador deposto, estamos enfim livres da ameaça elétrica" e abaixo seguia: "Novo governo parlamentar promete eleições em breve e a proibição de toda a pesquisa, estudo ou uso da perigosa eletricidade será prioridade. Chanceler provisório diz que nunca mais temeremos essa ameaça opressora".

— E eu achando que seria fácil achar ajuda e me recarregar — falou, esquecendo-se de manter o silêncio. — Agora não sei o que fazer ou para onde ir.

— Ei! Acho que ouvi algo aqui dentro! — disse uma voz do lado de fora.

— Eu é que não entro aí, sargento! Vamos só queimar tudo! — disse outra voz.

— Não, idiota! Se aquilo for responsável pelo desaparecimento da garota, ela pode estar aí ou pelo menos pode ter alguma pista de onde ela pode estar! — disse uma terceira voz.

Sem esperar o fim da discussão, a robô procurou uma rota de fuga e viu um buraco na parede à direita do balcão e sem pensar muito pulou através dele, chegando a um beco entre os prédios. Por sorte a entrada do beco estava bloqueada por uma pilha de caixas grandes e barris, mas estava encurralada, pois não havia como passar para o outro prédio.

"Um beco sem saída!", pensou em desespero.

"Não sei se consigo escalar nenhuma dessas três paredes..."

Analisava as opções quando seu pé bateu em algo, uma tampa de bueiro levemente mais alta que o nível do chão.

"Se posso não por cima, por baixo então!", pensou enquanto erguia a pesada tampa.

Quando olhou para dentro do bueiro, percebeu que era um poço fundo com uma escada e no fim uma galeria de drenagem da chuva, cheia de águas que se moviam em uma correnteza rápida arrastando algumas coisas.

"Deve ter chovido muito, não vou poder ir por aí, mas ao menos é um bom lugar para me esconder até que desistam", ponderou enquanto descia as escadas do poço e, com cuidado para não fazer muito barulho, puxou a tampa sobre a cabeça.

Desceu até sumir completamente no poço, mantendo a tampa entreaberta com apenas uma fresta para acompanhar o que acontecia na livraria abandonada. Pretendia esperar ali até poder sair, no entanto o degrau enferrujado no qual apoiava os pés não aguentou o peso e cedeu, e com o tranco da queda o degrau em que ela se agarrava acabou arrancado da parede.

— Não! — ela quase gritou em pavor ao se ver inevitavelmente caindo na correnteza.

Foi carregada para as profundezas, sumindo entre as águas, junto com outros detritos arrastados pela chuva.

Nisso um dos guardas olhava para o alto, com medo de algo pular do topo dos prédios, deu um pulo para trás ao ver um grande vulto branco sair do topo de um prédio ao lado e seguir voando para o sul.

— Sa-Sargento! Viu aquilo? — disse ele apavorado. — Será que não estamos perseguindo um fantasma?

O sargento respondeu dando-lhe um tapa na cabeça.

— Idiota, é apenas uma coruja ou albatroz! Não comece com essas histórias ou até o fim de semana vão estar dizendo que a Zona Morta está cheia de fantasmas e demônios.

— Juro que, se por isso tivermos de patrulhar aquele lugar, você vai ser escalado todos os dias, por um mês, para as patrulhas noturnas lá — completou. — Isso vale para qualquer um de vocês que eu pegar falando besteira!

CAPÍTULO 3

ENCONTROS FORTUITOS

"Ser uma máquina tem vantagens e desvantagens, não precisar respirar é uma vantagem, ser incapaz de flutuar uma desvantagem", refletia ela, assustada, mas tentando se manter calma enquanto era carregada pela correnteza.

Foi sendo levada, mais e mais para as profundezas daquela cidade, por várias galerias, cada uma mais larga que a anterior, todas escuras e sem ninguém à vista.

"Tenho que sair ou posso acabar no fundo do mar", pensou enquanto tentava se agarrar a um pequeno barril que, entre outras coisas, também havia sido arrastado pelas águas da tempestade.

Com a ajuda do barril conseguiu manter a cabeça acima d'água e ver o que acontecia, mas embora agora a galeria fosse ampla e a correnteza menos turbulenta, não conseguia ver um ponto de saída, só o que via eram pequenos canos, tubulações largas, e galerias menores despejando mais água. Visão essa que a deixou ainda mais preocupada de acabar à deriva no mar.

Todavia, essa preocupação se tornou secundária ao ouvir um som ruidoso ficando cada vez mais forte.

"Que som é esse?", pensou ela, tentando ver o que tinha à frente.

Estava se aproximando de uma enorme queda d'água formada por três galerias de igual tamanho, aquela em que estava e mais duas, uma à frente e outra à esquerda, todas no mesmo nível. Seria uma visão linda, se ela não estivesse na correnteza, prestes a cair em um profundo poço retangular que parecia se estender tanto para cima quanto para baixo a perder de vista.

— Isso vai ser ruim! Tem que ter um jeito de sair daqui! — Desesperou-se olhando ao redor.

Pouco antes de cair no vazio entre as águas, agarrou-se com mais força ao pequeno barril e viu que nos níveis acima da queda d'água havia luz e pessoas. Por um instante desejou que uma delas a salvasse.

Após o que pareceu uma eternidade afundou nas águas do fundo da cascata, ainda agarrada ao barril, temendo que, se soltasse, não parasse mais de afundar naquelas águas escuras. Sem se importar com o gasto de energia, tentou iluminar ao máximo, para ver o que havia ao redor, se havia fundo. O que viu foi o fundo do poço bem de perto e um esqueleto de armadura, agarrado a um pequeno baú ornamentado, trancado com um cadeado bem grande. Estava tão perto que pôde ver os detalhes do baú e, se tivesse tentado esticar a mão, poderia pegá-lo. Então o barril a puxou de volta à superfície.

"Se não fosse este barril, talvez eu acabasse como uma carcaça enferrujada ao lado dele", pensou enquanto era arrastada por outra galeria, ainda maior que a anterior e voltou a reduzir a luz que emitia para poupar energia, que agora marcava trinta e dois por cento.

Reparou então que essa galeria possuía em suas laterais passarelas, não mais que calçadas de pedra não muito acima do nível da correnteza, no entanto, antes que pudesse tentar se dirigir a uma das laterais, começou a ouvir um familiar som ruidoso se aproximando.

— Ah não! De novo não! — gritou vendo que, à frente, uma enorme fenda na lateral da galeria engolia metade do fluxo da água. — Tenho que alcançar a lateral!

No momento em que começava a tentar se direcionar para uma das laterais, ouviu um miado agudo. Vindo de um canal lateral, um gato cinza e ensopado se agarrava com dificuldade a um pedaço de madeira que ia direto para a fenda.

Desesperada para ajudar o pobre animal, buscou, em uma fração de momento, o que poderia fazer para salvá-lo e então em seu campo de visão apareceu a opção "impulso por jato de Plasma". Ao ativar, o exaustor, que ocupava completamente suas costas e que normalmente servia para evitar o superaquecimento interno, emitiu um jato azulado. Ativou-o por apenas um segundo, levando o nível de energia a cair para 30%, mas foi o suficiente para percorrer os poucos metros em um instante e alcançar o gatinho.

Agarrando-o com uma mão de forma firme, porém com cuidado para não o machucar, enquanto mantinha a outra agarrada ao barril com força. Alcançou o gatinho, mas não pôde fazer nada para evitar que ambos fossem engolidos pela fenda.

Caindo no vazio ela largou o barril e envolveu o gatinho com o corpo para tentar protegê-lo. Na queda atingiu uma tubulação de metal e quase soltou o animal, mas conseguiu se recompor antes de atingir o fundo da queda d'água, que não tinha profundidade de água o bastante para impedi-la de se chocar com a rocha do piso da cascata com força. Porém, estava tão determinada a salvar o gatinho que rapidamente apoiou os pés no chão e se impulsionou para a superfície e agarrou um pedaço de madeira que flutuava na correnteza.

Notou então que estava passando por baixo de uma longa ponte de madeira iluminada por tochas e lamentou não poder se agarrar a uma das pilastras quando passou e apenas pôde ver a ponte ficar para trás enquanto lutava para manter o gatinho acima da água. Não teve muito tempo para lamentar, pois, o já familiar demais, som de cascata se aproximando a fez se virar para ver aonde estava indo. No entanto, antes mesmo de conseguir terminar de se virar e raciocinar, bateu em algo.

O que parecia ser uma parede caída de uma casa, tinha formado um tipo de ponte, já na borda da queda, pouco acima do nível da correnteza, entre a margem esquerda e uma rocha saliente no meio desse rio.

— Enfim alguma sorte! — exclamou feliz e aliviada enquanto subia por fim para terra seca.

— Mas melhor não abusar dela — completou seguindo para chão mais firme, com medo da velha parede não aguentar seu peso.

Verificou que o gatinho ainda estava vivo, molhado e com frio, mas vivo.

— Agora preciso achar um jeito de te aquecer.

Ao dizer isso, foi respondida por um miado e então o gato pulou de suas mãos para os ombros e se aninhou em cima do exaustor de suas costas e perto de seu pescoço.

— É um começo, mas não será o bastante — completou com uma leve risada.

Olhou então para onde estava: era uma ravina muito profunda que se alargava na direção do fluxo do rio, notou também que estava em cima de um cômodo partido de uma casa e que esse não era o único fragmento de prédios e casas no fundo dessa ravina. Então reparou em um canto um baú de madeira, virado de lado, entreaberto e com um tecido escuro saindo dele.

— Gatinho, você é muito sortudo! — disse enquanto erguia o tecido.

— É grande! Não só vai te manter aquecido, como vou poder usar para me cobrir. Assim talvez consiga me aproximar de alguém e obter informações.

Recebeu um miado alegre em resposta. Tinha formado um plano, obteria informações e tentaria construir por si mesma uma forma de se recarregar.

— Agora é só decidir que direção tomar — disse terminando de ajeitar o tecido como um manto com capuz sobre a cabeça e ombros.

Por fim voltou a atenção para a ponte, a qual era feita de várias tábuas de tamanhos e cores diferentes, pregadas de um jeito caótico e iluminada por tochas. Ligava um túnel, na altura do chão na margem à sua esquerda, a uma escada de madeira que primeiro levava a uma plataforma a um andar de altura e depois a mais escadas, estas feitas de metal, provavelmente canos, que levavam a outro túnel a uns três andares de distância do chão da margem direita.

— Tochas acesas são um bom sinal! — Observou enquanto ponderava a melhor forma de chegar até a ponte. — Creio ser melhor subir, já desci muito.

— Hum... de qualquer forma tenho que ir para a margem esquerda, daqui não consigo chegar nas escadas.

Tarefa perigosa, já que teria de andar por cima da velha parede caída e pular em algumas pedras, com uma correnteza forte passando abaixo e uma queda alta logo ao lado. Não queria usar o impulso novamente por gastar muita energia.

— Bom não tem jeito. Vamos de uma vez!

Garantiu que o gato estava seguro dentro do capuz improvisado e começou a correr, ouviu a parede sob seus pés ranger e estalar, mas em três pulos ágeis já estava na margem esquerda.

— Até que foi fácil, assustador, mas fácil! — disse já olhando para o túnel do outro lado da ponte.

Viu então duas pessoas descendo apressadas as escadas de metal, um garoto de capuz e mochila volumosa e uma garota ruiva de cabelos longos.

"Parece que fogem de algo, mas de quê?"

Teve a resposta para seu pensamento assim que dois homens apareceram no túnel no alto das escadas, vestidos totalmente de preto com capuzes e máscaras de ferro, portando um deles um sabre negro e o outro uma besta.

O homem com o sabre desceu rápido as escadas de metal e logo pulou as de madeira, pousando de pé com um forte impacto na ponte, fazendo-a tremer e balançar, enquanto o outro permaneceu no alto disparando setas da besta, com cadência assustadora e precisão maior ainda. Errou o primeiro disparo no garoto por pouco, acertando o segundo na mochila e errando o terceiro apenas porque os dois que fugiam caíram com o movimento da ponte.

Neste instante a pequena robô não hesitou em agir e, como que por instinto, chutou com força uma pedra do tamanho de um melão, que se projetou em arco e acertou na cabeça o que portava a besta, antes que pudesse disparar novamente. Teria chutado outra pedra contra o homem com o sabre, mas não havia nenhuma outra por perto com tamanho adequado.

Enquanto isso o brutamonte com o sabre, sem notar o que aconteceu com seu companheiro, avançou rapidamente. O garoto, já de pé, gritava para a garota, que ainda estava no chão, para correr.

O garoto sacou então duas adagas e assumiu posição de combate, de frente para encarar o agressor, que tinha quase o dobro de seu tamanho.

— Tenho que ser rápida — disse a robô.

Ela correu e pulando para a ponte, ativou mais uma vez o impulso, abrindo um buraco na capa improvisada.

— Maldito rato, vai morrer por se meter onde não devia! — gritou o perseguidor, erguendo o sabre sobre a cabeça para desferir um golpe pesado, aproveitando o alcance maior da arma.

— Sou Corvo e não será tão fácil! — respondeu o garoto sem mostrar medo, porém dando um passo para trás.

Neste instante o garoto viu passar do seu lado um vulto, parecia ser alguém de armadura branca e manto negro, com asas azuis claras e brilhantes nas costas. Atônito, o garoto viu o vulto acertar um potente soco no brutamontes, que, pego de surpresa, mal conseguiu bloquear com o sabre. Viu então o brutamontes perder o equilíbrio, dar três passos para trás por isso e, antes que pudesse se recuperar, ser então acertado por um alto chute na lateral da cabeça que o lançou na água.

A estranha figura de armadura estava parada à sua frente, o capuz revelando uma máscara branca lisa com aspecto de porcelana, sem aberturas para a boca ou mesmo furos para respirar, os olhos pareciam protegidos por vidro branco leitoso, emoldurados por linhas pretas e em sua testa o que parecia ser um enorme e lindo cristal azul escuro, acima de uma larga e grossa tiara prateada fosca.

— Obrigado! — O garoto agradeceu, quase em um suspiro, com olhos arregalados de surpresa, sendo logo respondido por um miado de um gato cinza, que agora colocava a cabeça para fora do capuz, ao lado do rosto da estranha figura de armadura.

Hesitante, a robô virou as costas para os dois e intencionava seguir seu caminho quando ouviu:

— Vem com a gente!

A robô virou-se e então viu a garota ruiva de pé, com a mão estendida e rosto em suplica, então repetir:

— Vem com a gente! Por favor!

A robô então acenou afirmativamente e os três correram para o túnel, direção oposta à que a princípio pretendia ir, mas não tinha dúvida de que o melhor era seguir aqueles dois.

— Péra! O que aconteceu com o cara da besta? — indagou o garoto ao perceber que não era mais alvo de projéteis.

— Acertei ele com uma pedra grande, não acho que vai causar problemas tão cedo — falou casualmente a robô, surpreendendo os dois com sua delicada voz feminina.

— Bom! Então podemos parar de correr? — perguntou a garota ruiva demonstrando cansaço.

— Podemos diminuir o passo, mas pode haver outros ainda atrás de nós — respondeu o garoto reduzindo a velocidade. — Mais à frente tem um lugar seguro em que podemos parar e descansar um pouco.

Após alguns minutos de caminhada pelos escuros túneis iluminados por poucas tochas, o garoto parou ao lado do que parecia ser uma placa de pedra que visivelmente tinha se soltado do teto e sido colocada de lado para não atrapalhar o caminho.

— Estes túneis são muito usados por contrabandistas, por isso são bem iluminados — disse o garoto, colocando a mão por trás da pedra.

— Embora hoje, por causa da tempestade e o medo dos túneis inundarem, as chances de encontrarmos algum sejam pequenas, é melhor seguirmos por um caminho que eles desconhecem.

Então ouviu se um *click* e o garoto moveu com surpreendente facilidade a aparente pesada placa de rocha, revelando que esta possuía rodas bem escondidas e por trás dela uma fenda na parede.

— Os contrabandistas são muito perigosos? — perguntou a garota ruiva.

— Só os de armas — respondeu o garoto. — A maioria dos de comidas e bebidas só tentarão te vender alguma coisa, mas no seu caso o perigo é eles quererem vender informações aos que te sequestraram. Os Punhos de Trovão têm boa relação tanto com comerciantes da Cidade Interior e da Cidade de Madeira quanto com contrabandistas em geral.

Ele pegou a lanterna a óleo que estava pendurada na mochila, então reparando na seta de besta, cravada na madeira com ganchos que usava para pendurar a lanterna e uma pequena panela de ferro.

— Que sorte! — sussurrou ele.

— Por aqui não teremos problemas, só eu conheço este caminho — disse iluminando o caminho além da fenda.

Após todos passarem, fechou a "porta" e acionou o mecanismo que a travava. Ao contrário do túnel bem cortado e revestido com placas de basalto negro em que estavam antes, este caminho, embora tivesse um piso plano, era como se a rocha tivesse rachado e se afastado deixando um estreito caminho com um abismo escuro de um lado e um paredão irregular do outro. Os três pararam em uma parte mais larga e sentaram em torno da lanterna.

— Agora que temos tempo — disse o garoto ao colocar a mochila de lado —, enquanto comemos alguma coisa e descansamos um pouco, podemos ouvir suas histórias de como uma garota da Cidade Superior e outra usando uma armadura tão incomum acabaram aqui embaixo.

O garoto tirou da mochila um cantil e uma caixa de metal com comida e ofereceu às duas, com a garota ruiva aceitando.

— Sou conhecido aqui na Cidade Interior como Corvo, tenho 16 anos, exploro e mapeio os túneis, minas e cavernas de Avalon há dez anos, recolho para vender o que tiver pelo caminho, desde que tenha valor e não tenha dono.

Concluiu tirando o capuz com borda metálica, que lembrava um bico de ave, revelando um cabelo negro que contrastava com sua pele pálida, de quem parecia nunca ter andado sob o sol, e um sorriso amigável.

— Sou Sophia Von Gears, tenho 15 anos, estava voltando da escola para casa despreocupada quando fui atacada. Quando dei por mim, estava em um saco sendo carregada, socada no estômago e mandada me calar sempre que falava — disse a garota ruiva, parando um instante para respirar fundo.

— Só fui ver onde estava quando você me salvou naquela câmara escura, Sr. Corvo. Muito obrigada! — disse com um sorriso e lágrimas nos olhos.

— Von Gears? — questionou Corvo, incrédulo, oferecendo um lenço para ela, o qual foi aceito. — Você é parente do Rodan Von Gears, o engenheiro-chefe de toda a Avalon?

— Sim — respondeu Sophia, secando as lágrimas com o lenço. — Ele é meu pai.

— Ele é de fato importante para quererem te sequestrar, mas só torna a ação dos Punhos de Trovão mais incomum.

— Como assim? — Estranhou a garota.

— Rodan é muito querido aqui na Cidade Interior, desde que assumiu o posto, o trabalho nas indústrias e principalmente nas refinarias ficou mais fácil e seguro. Por aqui chamam ele de Mestre das Máquinas a Vapor.

A robô observava os dois conversando e percebeu o quão pouco sabia sobre aquele mundo.

— E quanto a você, nosso anjo salvador? — perguntou Sophia, ávida para conhecer a segunda pessoa a lhe salvar naquela noite. — Quem é?

A robô hesitou e após um instante de silêncio respondeu:

— Quem sou é uma pergunta difícil, não sou como vocês. Não tenho nome e não quero assustá-los, mas isso não é uma armadura, é quem sou — disse movendo o tecido e revelando melhor seu corpo.

Deixou a informação assentar por um momento e prosseguiu:

— Pondo em poucas palavras, sou uma máquina capaz de pensar, movida por eletricidade.

Então contou tudo pelo que passou até encontrá-los, e sua necessidade de construir um gerador elétrico para se manter.

— Se eu não estivesse vendo com meus próprios olhos, não acreditaria — disse Sophia com olhar de fascinação.

— Até consigo entender o susto que aqueles dois tiveram, digo... seus olhos grandes e totalmente brancos realmente dão um ar fantasmagórico para você — ponderou Corvo, ainda tentando processar o que acabara de ouvir.

— Ei! Seja mais delicado! — interveio Sophia.

A robô ficou em silêncio uns instantes levando os dois a temerem tê-la ofendido, mas então surgiram íris azuis nos seus olhos antes totalmente brancos.

— Assim fica melhor? — perguntou a robô inclinando a cabeça de lado.

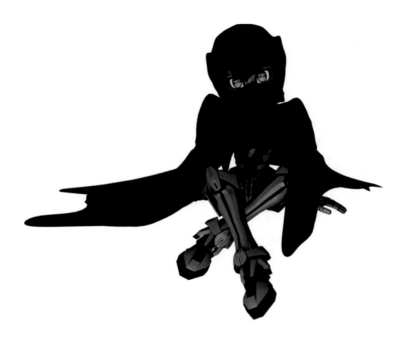

— Já vi que você vai nos surpreender a cada instante — disse Corvo espantado.

Aliviada, Sophia soltou uma risada e disse:

— Sim, ficou linda! E se você não tem nome, tudo bem se, em agradecimento por me salvar, eu te der um?

A robô acenou afirmativamente com a cabeça.

— Humm... veio como um cometa nos salvar e brilha como uma estrela.... Que tal Aster? — perguntou Sophia.

— É um bom nome — concordou Corvo. — Você gostou?

— Muito! — respondeu Aster com alegria.

Então, com um miado forte, o gato colocou a cara para fora do capuz.

— Acho que ele também quer um nome — ponderou Aster rindo.

— Ou está com fome — retrucou Corvo. — Que tal Tom, o Gato?

— Como o do conto de fadas? Parece adequado. — Concordou Sophia.

Com um miado alegre, ele pareceu aceitar e pulou para o colo dela.

— Agora temos que decidir por onde vamos — disse Corvo se levantando e oferecendo um pedaço de peixe seco ao gato, que o aceitou feliz. — Temos que levar Sophia em segurança para casa e ajudar Aster a conseguir eletricidade!

— Falou bonito e com confiança, mas tem alguma ideia de como conseguiria fazer as duas coisas? — perguntou Sophia, ainda sentada e acariciando o pelo curto de Tom.

— Especialmente sobre a eletricidade que, desde a queda do império, há quase um século, é proibido sequer ler e escrever sobre o assunto, não só em Hy-Drasil, mas em todo o mundo civilizado, depois dos acordos de não proliferação elétrica. — Pontuou ela.

— Para te levar para casa em segurança, conheço caminhos — respondeu Corvo, começando a desenhar em uma parte plana da parede com um giz. — E para ajudar a Aster, pelo que ela disse, conheço mercadores e alguns contrabandistas que podem fornecer o que ela precisa, sem que precisem saber para o que será usado.

— O que está fazendo? — perguntou Aster curiosa.

— Um mapa simples da ilha — respondeu Corvo, terminando com mais alguns traços.

— Agora, senhorita Sophia, vamos às opções de como te levar em segurança — falou Corvo, revelando o mapa simples, mas bem desenhado.

— Estamos aqui — explicou apontando no mapa. — No nível sessenta e cinco, posso guiar-nos para a Cidade de Madeira que está bem perto e de lá você pode pegar o metrô vertical para a Cidade Superior, terá de viajar nele sozinha, já que não posso usar o metrô nem que pudesse pagar, mas chegará em casa em uma ou duas horas.

— Isto se estiver com seus documentos e dinheiro para pagar a passagem — disse ele olhando para Sophia.

— Infelizmente estava tudo na minha bolsa, que perdi quando me agarraram — respondeu Sophia. — Mas sei que se explicarmos a situação à polícia da Cidade de Madeira, eles podem ajudar e até deixar que vocês me acompanhem até em casa.

— Definitivamente você não conhece aquela cidade portuária, não é? — disse ele calmamente, ao se sentar novamente.

Ele então pegou na mochila uma latinha metálica ornamentada com rosas e a entregou para Sophia.

— É um unguento preparado com ervas, passe onde lhe socaram vai se sentir melhor.

— Obrigada! — Agradeceu-lhe Sophia.

— Metade da polícia de lá é corrupta — continuou ele — e ou te venderia de volta para os Punhos de Trovão, ou eles mesmos exigiriam resgate ou fariam coisa ainda pior, metade da outra metade te entregaria para os Punhos de graça por ser simpatizante e o restante te ignoraria e mandaria embora por não querer se meter. Isso sem falar na Aster, que se descobrissem quem é, sei lá o que qualquer um naquela cidade faria.

— Próxima opção então. — Sinalizou ela, para que Corvo continuasse.

Sophia então abriu o casaco de tecido grosso, ergueu a camisa de seda que usava por baixo, expondo a barriga, que já começava a aparentar os hematomas. Ela começou a passar o unguento na barriga, o suave aroma de rosas e o imediato alívio da dor a fez sorrir.

— É um caminho mais longo. — Ele começou a explicar voltado ao mapa, evitando olhar para Sophia e assim esconder seu rosto corado. — E vamos ter de ser discretos para evitar problemas. O tempo é um fator crucial. — Tirou o relógio do bolso e verificou que era meia-noite e trinta.

— Por que o tempo é crucial? — perguntou Aster.

— Quero deixar Sophia em casa antes que notem que ela fugiu. Como não sobrou ninguém para reportar a fuga, temos uma boa chance, porém se demorarmos demais vão começar a procurar por ela e vai ficar realmente difícil.

— Então prevejo que passarei o resto da noite andando e subindo escadas sem descanso — comentou Sophia, já com o uniforme arrumado.

Ela devolveu a latinha para Corvo, tomou mais um gole de água do cantil e começou a comer outra maçã, imaginando que iria precisar ter forças.

— Nem tanto — prosseguiu Corvo. — Já que o metrô está descartado, pretendo levar vocês até a casa em que moro com meu avô, lá poderemos dormir umas horas e comer algo decente antes de continuarmos a viagem.

— Hm... Você dorme, Aster? — perguntou ele.

— Não, mas se não tiver nada para fazer, posso fazer algo similar para poupar energia — respondeu ela.

— Então vamos! — convocou Corvo, já ajeitando a mochila. — Quanto antes sairmos, antes chegamos.

— Sempre reclamei deste uniforme por ser de tecido grosso — disse Sophia, entregando o cantil para Corvo —, agora estou feliz por ele ser resistente e me manter aquecida.

E assim começaram a andar, Corvo liderando com a lanterna, Sophia seguindo de perto e Aster com Tom dormindo dentro do capuz por último. O caminho estreito seguia serpenteando em leve aclive até terminar em uma escada vertical que subia até sumir na escuridão.

— Deus! Até onde vai isso? Até a superfície? — Sophia exclamou espantada.

Corvo riu de leve com o espanto de Sophia.

— Temos mesmo de ir por aí? — ela perguntou apreensiva.

— Não é tão longo, prometo que esta é a pior parte — respondeu Corvo, pegando uma corda e amarrando na cintura e passando-a para Sophia e Aster fazerem o mesmo. — Uma garantia.

— De que se cair um, caímos todos? — retrucou Sophia nervosa.

Então Aster colocou a mão no ombro de Sophia e com um olhar amigável e voz calma disse:

— Não deixarei que ninguém caia, confie em mim.

— Obrigada! Confiarei — disse Sophia, já mais calma, colocando sua mão sobre a de Aster.

— Também amarrei a corda a esse gancho que vou prendendo aos degraus conforme subirmos — completou Corvo, tentando encorajar Sophia. — Se estiverem prontas, vou começar a subir.

— Sim, mas por favor não vá muito rápido — respondeu Sophia.

Concordando com um aceno de cabeça e recebendo um positivo de Aster, prendeu a lanterna na mochila e a colocou a nas costas para começar a subida.

Cem degraus depois, Sophia questionou quase sem fôlego:

— Você... não disse... que não era... longo?

— Calma, agora falta pouco — respondeu Corvo sem sinais de cansaço. — Mas podemos parar um momento aqui, se quiser recuperar o fôlego!

— Não! Quanto antes... isso acabar... melhor! — respondeu Sophia.

— Tudo bem aí embaixo, Aster? — perguntou Corvo com um grito. — E o Tom?

— Sim! Sem problemas — respondeu ela —, pode ir! O Tom parece estar dormindo calmo!

— Que inveja tenho desse gato — sussurrou Sophia para ninguém ouvir.

Retomaram a subida e depois de outros cem degraus, já com todos no topo e desamarrados, Corvo, ao terminar de guardar a corda, disse:

— Viu? Não foi tão longo nem tão ruim.

Sophia, esparramada no chão tentando recuperar o fôlego, apenas levantou a mão com um gesto grosseiro, um que achou que jamais faria na vida, surpreendendo Corvo e lhe arrancando uma risada.

— O que significa esse gesto? — perguntou Aster.

— Um dia conto, por ora apenas esqueça que viu a jovem dama ali fazer isso e não toque no assunto com ela — respondeu Corvo, dando um tapinha no ombro dela e indo adiante verificar o caminho. — Tenho certeza de que ela ficará grata se o fizer.

CAPÍTULO 4

PELAS SOMBRAS

Após a breve parada para descanso, breve demais, achou Sophia sem reclamar, prosseguiram por túneis agora não mais naturais, ao contrário, ricamente ornamentados por mãos muito habilidosas.

— Essas paredes são tão lindamente decoradas — disse Sophia, admirando as colunas esculpidas e os mosaicos intrincados. — Quase fazem ter valido a pena o que passei.

— Esses túneis são antigos — comentou Corvo, iluminando mais de perto um dos mosaicos para Sophia ver melhor.

— São de antes do primeiro reinado em Hy-Drasil, descobertos e esquecidos ao longo do período do império — completou. seguindo em frente.

— Sabe quem os fez? — perguntou Aster.

— Se quer um nome, esse se perdeu há muito tempo — respondeu Corvo. — Sabe-se tão pouco sobre eles que surgiram mitos e lendas de que a ilha foi habitada por seres mágicos como Elfos, Gnomos e principalmente Dwarfs, os Anões mineradores, capazes de criar maravilhas com metais e pedras.

— Será que foram eles que me criaram? — indagou Aster, casualmente. — Ou fui criada com base em algo que eles deixaram?

Este seu simples comentário levou os outros dois a travarem no lugar e olharem para ela.

— Sempre achei esses mitos interessantes, mas nunca acreditei neles — comentou Corvo, balançando a cabeça em negação. — Agora me questiono o quão reais podem ser.

— Eu sempre desejei que esses mitos fossem reais — comentou Sophia. — Mas agora estou com um nó na cabeça.

O grupo concordou que era melhor deixar o assunto para depois e continuou o caminho para cima. Passando por vários túneis, bifurcações e escadas, muitas escadas.

— Corvo, como sabe para onde ir? — questionou Sophia, sentada no chão aproveitando para descansar enquanto Corvo reabastecia a lanterna com óleo. — Não vi você consultar nenhum mapa.

— Em cada bifurcação e entrada de túnel que explorei, eu deixei marcas discretas e codificadas perto do chão. Se não souber o que é, você nem repara.

— Aqui, fique com isso. — Corvo entregou a ela um livreto que tirou da mochila. — Se você se perder sozinha aqui embaixo, esse livreto tem pequenos mapas e os significados das marcas.

— Obrigada, mas não vai lhe fazer falta? — Sophia agradeceu, pegando o livreto.

— Pode ficar! Fiz algumas cópias para amigos — respondeu colocando a mochila nas costas.

— Depois posso dar uma olhada, Sophia? — Aster perguntou curiosa.

— Claro! Podemos ir olhando juntas pelo caminho — respondeu Sophia com um sorriso.

Após algum tempo de caminhada chegaram a um túnel mais largo que terminava no que parecia uma ruidosa parede de água, que ia do teto ao chão e de parede a parede.

— Água fervente? — Espantou-se Sophia ao sentir o calor.

— Espero que não queira nos escaldar, sr. Corvo — completou, sendo seguida por um miado de protesto vindo de Tom no ombro de Aster.

— Jamais, jovem dama e caro gato! — respondeu se abaixando ao lado de algo coberto com uma lona. — Sei que precisamos de um banho quente, mas este seria quente demais! — Revelou então um motorzinho a vapor e o ligou.

— Eis o caminho seco!

O pequeno motor, por meio de correias e roldanas, empurrou no teto uma grossa chapa curva de metal que, desviando a água, revelou uma ponte de metal.

— De onde vem essa água tão quente? — questionou Aster, enquanto cruzavam a ponte.

— De uma siderúrgica alguns níveis acima! — gritou Corvo para ser ouvido com o barulho da água.

Chegando ao outro lado, Corvo deu um puxão em uma corda que trouxe, a qual era presa a uma alavanca que desligou o motor, fazendo a chapa de metal e a própria corda voltarem, levando as águas a esconderem totalmente a ponte.

— Engenhoso! Como faz, se você estiver indo no sentido oposto? — perguntou Aster.

— Ainda não resolvi esse problema — respondeu Corvo, olhando qual dos três caminhos à frente tomar. — Daqui até a casa falta bem pouco, mas temos que ser discretos, pois podemos cruzar com estranhos — disse isso pegando de um dos bolsos algo que a princípio parecia um relógio de bolso, mas ao abrir emitiu uma leve luz azulada e então apagou a lanterna a óleo.

— Uma lanterna élfica! — exclamou Sophia com os olhos verdes bem arregalados.

— Quem dera! — disse Corvo, com um sorriso mostrando mais de perto o instrumento. — Veja são fungos luminescentes dentro de uma carcaça de relógio. Normalmente uso isso em minhas explorações e raramente uso a lanterna.

— Vivendo nesses túneis completamente escuros, é luz mais que suficiente pra mim — explicou.

— Podiam usar isso para iluminar os túneis em vez das tochas — ponderou Aster, admirando o objeto.

— Usam em alguns dos túneis e minas mais profundos — respondeu Corvo, voltando a caminhar. — Não substituem as tochas e lâmpadas a gás por a luz ser muito fraca.

— E isso é um problema muito grande? — perguntou Aster.

— Com uma boa luz fica mais fácil ver quem mais está andando no mesmo caminho e, principalmente, se está armado e com o quê, de uma distância segura — respondeu ele.

— Faz sentido — concordaram Sophia e Aster ao mesmo tempo.

— Certo. Daqui seguimos em silêncio — alertou Corvo, na saída do túnel em que estavam. — Esses túneis são muito usados, embora a maioria dos moradores esteja dormindo a essa hora, sempre tem alguém circulando por aqui.

"Dormir. Quando chegar em casa acho que vou dormir uma semana", pensou Sophia, já desejando sua cama confortável.

Caminharam em passo apressado, passando por diversos túneis, cada vez maiores e mais iluminados até chegarem a um realmente grande, com o que parecia ser uma avenida em seu centro, ladeada por postes que queimavam óleo de baixa qualidade, deixando um cheiro ruim no ar e criando uma névoa fumacenta no teto. As casas incrustadas em ambas as paredes, todas pintadas em diversas cores vivas, estavam fechadas e silenciosas, seus residentes provavelmente dormiam profundamente.

Só metade dos postes estavam acesos, mas ainda assim era o túnel mais iluminado que viram até o momento naquela noite.

— Chegamos ao primeiro anel habitado — explicou Corvo, parando para ver se havia alguém passando.

— É onde fica a casa de seu avô? — Sophia perguntou num sussurro, esperançosa de poder descansar um pouco.

— Não, moramos em uma casa isolada mais adiante — respondeu enquanto acompanhava, com o olhar, um bêbado que passava, cambaleando e cantarolando baixinho.

— Pelo menos não tem escadas daqui até lá — completou ao ver a cara de Sophia.

— Vamos! — disse Corvo, acenando e começando a correr, assim que teve certeza que ninguém os perceberia.

O grupo cruzou a larga avenida correndo e Aster, que seguia um pouco mais atrás, ao olhar para os lados entendeu porque Corvo disse anel. Era visível a leve curvatura concêntrica da avenida, que provavelmente circundava todo o centro da ilha.

Correram então para um túnel entre duas Casas que, ao contrário dos demais, estava escuro.

— Por que este não tem iluminação? — perguntou Aster com um sussurro.

— Quase nunca é usado, então economizam com a iluminação — respondeu Corvo, reduzindo o passo e adentrando com cautela. — Ele conduz para galerias de esgoto abaixo, e para os túneis acima, por onde passam tubulações de água, gás e óleo. Um lugar para onde só pessoal da manutenção vai.

Aster olhou para trás antes de seguir eles túnel adentro, queria ter certeza de que ninguém os seguia.

— Seguindo reto, chegaremos na casa. É o último túnel até lá.

Continuaram andando pelo túnel até um tipo de sala ampla, de formato octogonal, que servia de encruzilhada, único ponto do túnel a oferecer opções de caminho. Com uma tubulação larga de ferro e outros canos menores cheios de mostradores e válvulas, todos descendo verticalmente do teto para o chão, bem em seu centro. Era um lugar escuro, úmido e malcheiroso.

— Seguimos em frente — explicou. — Para a esquerda ficam as escadas para os esgotos e para a direita... — Parou de falar quando viu uma luz amarelada vindo das escadas à direita.

Fechou a tampa da pequena fonte de luz e conduziu rapidamente o grupo a se esconder por trás das tubulações, entre algumas caixas e barris.

— Quase em casa! — disse um homem carregando uma lanterna a óleo. — Espero que todo esse esforço renda algo.

— Você viu a mensagem do último informe, está tudo conforme o plano — falou um segundo homem. — Pela manhã, vão entregar a exigência e só dependerá de quando Rodan ceder, talvez à noite mesmo já teremos...

— Ei! Nada de falar sobre isso! — interrompeu o primeiro, olhando ao redor. — Se algum comum ouvir sobre isso, podemos ter problemas. Não podemos perder o apoio logo agora.

— Sim, sim. Como disse o Grande Líder: "O povo comum não deve saber os métodos, só os fins altruístas e os bons resultados" — lembrou o outro.

— "Ou não ajudarão com sua cota de sacrifício" — concluiu o primeiro em tom mórbido.

— Calma, ninguém anda por aqui às duas da madrugada...

Nisso, sem querer, Sophia esbarrou em uma garrafa vazia, derrubando-a.

— Quem está aí! — gritaram os homens, puxando, cada um, uma ferramenta pesada diferente, das grandes bolsas que carregavam.

Assim que começaram a procurar, viram um gato cinza, que, ao ser iluminado, sibilou e correu miando em direção aos esgotos.

Após xingarem muito o gato, os dois homens foram embora apressados e em silêncio, permitindo assim que Sophia soltasse um suspiro de alívio.

— Gosto cada vez mais desse gato! — disse Corvo guardando as adagas.

Voltando a abrir a pequena fonte de luz, viu Tom retornar e receber um cafuné de Sophia e Aster.

— Pelo menos sabemos que sua fuga não foi descoberta, ainda — concluiu Corvo, dando um pedaço de peixe seco para Tom.

— Eram mesmo Punhos de Trovão? — perguntou Aster, olhando ao redor, atenta a qualquer ruído. — Eles têm como se comunicar rápido nestes túneis?

— Sim, as faixas de tecido amarelo em seus braços tinham o símbolo — respondeu Corvo ajudando Sophia a se levantar. — Eles têm um sistema secreto de mensagens por tubos pneumáticos, se quiserem, em menos de uma hora conseguem avisar quase todos os membros.

— Não duvido! Praticamente todo o canto em que passamos havia canos o bastante para esconder vários sistemas desse — disse Sophia, batendo a poeira da saia e notando mais um rasgo em seu uniforme. — Não que pareça que precisem esconder.

— Eles nunca foram uma ameaça violenta antes — explicou Corvo. — Até hoje só soube deles fazendo protestos, nada como sequestros ou outros crimes pesados.

— O que terá feito mudarem para criminosos então? — questionou Aster.

— Talvez sempre tenham sido, só que nenhum "comum" nunca soube — comentou Sophia. — E pelo visto meu pai tem algo que eles querem.

Corvo começava a se preocupar, sabia que algo grande estava se desenrolando só não sabia o quê. Queria chegar logo e conversar com o avô.

— De qualquer forma devemos nos apressar — disse Corvo, começando a andar. — Quanto antes chegarmos, mais poderemos descansar.

E isso foi motivação o bastante para Sophia que logo o seguiu. Aster colocou Tom para dentro do capuz e olhou para trás, como se tentasse ver algo, e, após um curto instante sem ver nada estranho, se virou e os seguiu apressada.

Da escuridão que ficou para trás veio um leve som metálico e um vulto branco voando os seguiu silenciosamente pela escuridão, distante o bastante para não ser percebido.

Ao chegarem ao final do túnel escuro e a uma porta de ferro bem trancada, tanto Sophia quanto Aster ficaram surpresas com o grande espaço aberto, iluminado por postes e cheio de pilhas de sucata, que se descortinou quando Corvo destrancou a porta com uma grande chave intrincada e lhes abriu caminho.

— O que é este lugar imenso? — perguntou Sophia em um misto de espanto e fascínio.

— O maior dos grandes salões antigos — respondeu Corvo terminando de trancar a porta.

— A parte mais alta do teto está a uns trinta metros de altura, e a próxima parede do outro lado a uns mil de distância, só perde em tamanho para a grande mina dos anões e para o distrito central da Cidade Interior.

— E tudo pertence à minha família — concluiu ele, guiando o grupo entre as pilhas de sucata.

— Estas pilhas de metal, foi você que juntou tudo isso? — questionou Aster.

— Não, não recolho lixo, aqui antes havia uma usina recicladora de metais — explicou rindo. — Essa sucata vinha de barco por este canal — disse apontando para o canal largo que passava debaixo da ponte que agora cruzavam. — A usina explodiu há seis anos, nunca mais a reconstruíram e as pilhas ficaram.

Uma expressão triste surgiu no rosto de Corvo por um instante e continuou andando em silêncio como olhar perdido.

— Incrível como tem tanta água correndo por todo esse subterrâneo — comentou Aster olhando uma enorme tubulação que despejava água em grande volume no canal.

— Isso em grande parte se deve ao sistema de controle de temperatura da ilha — respondeu Sophia. — Para evitar problemas com dilatação e contração térmica, que fariam a ilha se despedaçar, criaram um sistema hidráulico de troca de calor entre as partes quentes como o setor industrial e as partes frias, mantendo a temperatura da rocha relativamente constante seja verão ou inverno.

— Com isso também evitam que o setor industrial fique quente demais para se trabalhar — completou Corvo.

— Então há enormes bombas de água? — Aster questionou ainda mais curiosa.

— Sim! E muitas! — respondeu Corvo. — As maiores são as da estação de dessalinização, que puxa a água fria do mar para resfriar o setor da refinaria e das indústrias siderúrgicas para depois torná-la potável e mandá-la do nível do mar até o topo da ilha.

Chegaram então a uma casa linda em uma base de pedra elevada do chão, na qual três grandes tubulações penetravam.

— Recebemos a propriedade desse espaço e mais um pagamento mensal em troca de monitorar as tubulações que aqui passam. Uma dúzia de mostradores de pressão para ver a cada dois meses — revelou Corvo ao pé das escadas.

— E muitas tubulações para inspecionar a ferrugem, inclusive aquelas. — Apontou para os vários tubos e para gigantescas tubulações cruzando o ar a vários metros do chão.

— Uma vez por ano tenho que andar entre eles.

— Ainda bem que você não tem medo de altura — comentou Sophia.

— Não mais... — respondeu Corvo, usando um sino na porta. — Vô, sou eu voltei!

— Já de volta? — Veio uma voz firme de dentro da casa. — Mas pra que me acordar às duas e dez da madrugada? Perdeu a chave da porta ou só quer perturbar o meu sono?

— Houve um imprevisto — respondeu Corvo.

Ao abrir a porta e se deparar com o grupo, o velho senhor apenas disse:

— Entrem, se acomodem, sou Ivan Penabrava.

Era um homem magro, mas forte, cabelos e barba branca bem aparados e de postura elegante. Fora os cabelos brancos e algumas poucas rugas, em nada parecia ser velho.

— Vou preparar um chá com biscoitos, já vi que vai ser uma longa história. — E foi respondido com dois obrigados e um miado. — Até um gato? Tá, vou achar algo pra você também.

Aster e Sophia se sentaram juntas em um sofá, enquanto Corvo se sentou numa cadeira à mesa da cozinha para fazer um resumo de tudo, enquanto Ivan aquecia a água do chá.

— Estou orgulhoso de você, garoto — afirmou Ivan, calmamente, ao fim do relato, levando o chá e os biscoitos, enquanto Corvo servia uma tigela de água e outra de peixe seco picado a Tom.

— Então as nobres damas são uma robô e a filha de Rodan.

— Robô? — questionou Sophia se servindo do chá e pegando um biscoito. — É o que Aster é?

— Sim, ouvi a descrição do que é um robô quando pesquisei sobre a história desta ilha — respondeu Ivan. — Mas sempre achei que era apenas uma história inventada.

— Que história? — Quis saber Aster, curiosa se isso revelaria algo de si.

— De um homem que viveu durante a queda do império — contou Ivan, se sentando em uma poltrona. — Era um inventor, um cientista. Criou uma caixa elétrica que sempre tocava músicas diferentes, vendendo-as para todos. Foi pouco antes do expurgo elétrico que ele apareceu na Cidade Superior com um humanoide de metal que obedecia a ordens.

Aster e Sophia ouviam atentas, mesmo para Corvo aquilo era uma história nova.

— Segundo relatos o tal homem disse que aquilo era um robô semiautônomo e que logo venderia a todos, mas digo que o robô da história não era tão bonito quanto Aster e não fazia outra coisa além de andar e carregar coisas pesadas.

— Uma versão mais simples — comentou Sophia.

— Sim — concordou Ivan —, mas mesmo assim era algo impossível com a tecnologia da época ou de hoje. Por isso nunca acreditei. Outra coisa curiosa que me veio agora é que havia estórias de ficção sobre robôs não só elétricos, mas mecânicos também. Lembro de ainda ler alguns na juventude, mas hoje é a primeira vez em anos que volto a lembrar dessa palavra e pela reação de vocês parece que ninguém mais a conhece hoje em dia.

— Li muitos livros de ficção científica, mas nenhum nunca mencionou uma máquina humanoide — confirmou Sophia.

— Mas quem era esse homem? O que aconteceu? — perguntou Aster mal contendo a curiosidade.

— Infelizmente isso que falei é tudo o que sei — desculpou-se Ivan.

— Mas já é algo a mais que aprendo sobre mim — respondeu Aster. — E por isso agradeço!

— Mudando de assunto — manifestou-se Corvo, colocando a xícara de chá na mesa —, alguma ideia do objetivo dos Punhos? Seria bom que o sr. Rodan ficasse sabendo para avisar as autoridades.

— Sem saber o que querem de resgate não tem como descobrir — disse Ivan pensativo, tomando um gole do chá. — Mas, depois que você saiu para explorar, ouvi que eles foram vistos usando bastões que produziam pequenos raios. Prevejo tempos tumultuados.

Ivan então notou que Sophia começava a ser vencida pelo cansaço e disse:

— Mas essa discussão pode esperar. Venha, senhorita Von Gears, vou lhe mostrar onde pode tomar um banho quente enquanto preparo a cama no quarto vago. Vou emprestar-lhe uma toalha limpa e também algo adequado para vestir para dormir.

— Agradeço muito! — respondeu Sophia e então virou-se para Aster. — Poderia ficar ao meu lado enquanto durmo? Me sentiria mais tranquila e segura.

— Claro que sim! — respondeu Aster, acompanhando os dois.

— Ah! Sim! Senhorita Aster, se não se importar, poderia deixar seu manto comigo? — pediu Ivan. — Vou consertar as costas e torná-lo um disfarce melhor para que possa andar sem riscos.

Aster aceitou e entregou o tecido.

Corvo permaneceu onde estava, terminando de comer os biscoitos. Então subiu para sua oficina-laboratório alquímico, queria se preparar para o que viria pela frente.

— Você também deve descansar, garoto! — disse Ivan, com voz serena, ao vê-lo passar.

— E farei isso — respondeu subindo para o terceiro andar. — Só vou preparar umas coisas para o último trecho, que não é mais curto do que foi o primeiro, nem mais seguro.

— Mas também pode ser um pouco mais fácil — retrucou Ivan, fazendo-o parar. — A sorte parece favorecê-los.

— Como assim? — indagou.

— Amanhã é o dia em que aquelas duas passam por aqui — respondeu Ivan com um sorriso ao ver a cara do garoto.

— Verdade, já é época de elas passarem por aqui! Mas você acha que ajudarão se contarmos tudo? — questionou Corvo voltando a descer.

— É melhor não falarmos sobre Aster — disse Ivan, olhando sobre o ombro e vendo-a sentada em uma cadeira, concentrada na leitura de um livro. — Mas tenho certeza de que lhes darão carona até o Grande Mercado do Distrito Central, além de ajudá-los a pegar um dos elevadores comerciais para o nível do metrô.

— Ganharíamos muito tempo e Sophia não sofreria tanto — ponderou Corvo voltando a subir.

— E a pobre garota poderia dormir um pouco mais — completou Ivan, já sozinho no corredor.

Sophia então saiu do banheiro pronta para dormir com o uniforme dobrado sobre o braço. Sentia-se muito melhor, principalmente por perceber que os hematomas na barriga haviam sumido. Fez uma anotação mental de que deveria agradecer novamente a Corvo pelo remédio, teria sido tudo mais difícil com a barriga dolorida.

— Se quiser posso lavar essas roupas — disse Ivan, apontando para o uniforme. — Vou preparar uma vestimenta mais adequada para sua viagem.

— Então não precisa lavar. — Sophia respondeu bocejando. — Provavelmente este uniforme será jogado fora e será comprado um novo.

— Neste caso, posso aproveitá-lo para fazer um traje-disfarce para Aster? — perguntou Ivan.

— Se for útil. Não vejo problema — ela respondeu, entregando-lhe o gasto uniforme.

Então Ivan pegou o uniforme juntou com o tecido de Aster e desceu desejando boa noite.

Sophia entrou no quarto e notou Aster lendo um livro sobre a guerra entre a Grande Prússia e o Império Eslavo.

— Lendo sobre guerra? — questionou Sophia com um longo bocejo.

— História do mundo — respondeu Aster, pondo de lado o livro. — Quero entender o mundo ao meu redor.

— Só não leve o que qualquer livro tem escrito como verdade absoluta — alertou Sophia. — O que está escrito sempre terá a influência da visão de mundo do autor, para o bem ou para o mal. Esse livro aí foi escrito por um soldado da Prússia, sobrevivente da linha de frente — contou, jogando-se de bruços sobre a cama. — Seria um texto diferente se escrito por um general ou um eslavo.

Sophia, então, apagou ali daquele jeito mesmo, enfim podendo descansar. Aster se levantou da cadeira e ajeitou a amiga na cama, cobrindo-a com o lençol e, após apagar as luminárias a óleo, voltou a se sentar. Refletindo sobre o que Sophia lhe dissera, reavaliou o que havia lido.

Entrou, então, em modo de economia de energia, lhe restavam vinte e sete por cento. Fechando os olhos com as pálpebras negras, criadas para manter os olhos limpos e que inconscientemente usava para expressar emoções, mas se manteve atenta aos sons do ambiente.

Depois de tomar um rápido banho, Corvo passou pela porta do quarto delas, verificou que estavam bem e olhou um dos relógios de parede, eram três da madrugada.

"Três horas de sono, após toda essa correria", pensou ao ajustar o despertador e deitar.

— Melhor do que nada.

CAPÍTULO 5

PREPARATIVOS

Eram seis e meia da manhã quando, com leves batidas na porta, Ivan acordou Sophia.

— Sinto muito ter que acordá-la, senhorita — disse Ivan enquanto entregava para Aster as roupas que, para ambas, preparara —, mas já é hora.

As horas tranquilas de descanso foram maravilhosas, porém curtas para alguém que se cansou tanto. Sophia acordou um pouco desnorteada e ainda querendo dormir mais naquela cama confortável.

— Mas ainda está escuro — disse ela, sentando-se na cama e ajeitando o cabelo.

Com uma boa risada, Ivan respondeu:

— Aqui é sempre escuro, minha criança, por isso temos tantos relógios espalhados pela casa. Tome um banho para acordar, troque de roupa e desça — disse ele, já descendo as escadas. — Preparei um bom café da manhã reforçado para sua jornada.

Sophia olhou para o travesseiro fofinho e tentador, depois para Aster segurando as roupas.

— Bom dia, Aster! Obrigada por ficar comigo! — disse, por fim se levantando e pegando as roupas.

— Ficarei sempre que me quiser ao seu lado — respondeu Aster de forma alegre. — Vou descer e ver se o sr. Penabrava precisa de alguma ajuda.

Sophia acenou com a cabeça e foi tomar banho, o cheiro bom do que era preparado na cozinha a fez se apressar.

Ao descer, Aster não viu Corvo, apenas Ivan terminando de fritar uns ovos.

— Posso ajudar em algo? — ela perguntou da porta da cozinha.

— Ah, sim, pode levar isso para a mesa — respondeu Ivan entregando alguns pratos. — Gostou do livro que leu?

— Foi uma leitura interessante — respondeu enquanto colocava os pratos. — Me ajudou um pouco a entender mais sobre este mundo, mas é só um fragmento de algo maior. Me deixou com vontade de ler mais, outros autores e outros tipos de histórias — completou voltando para ajudar Ivan com os copos.

— Fico feliz! — disse Ivan se sentando. — Admito que ofereci aquele livro em específico para ver sua reação. Se passaria a ter sentimentos ruins sobre os humanos, mas vejo certa sabedoria em você e isso me agrada muito.

— A princípio me questionei como poderiam ser tão cruéis uns com os outros e se a maioria é daquele jeito — falou Aster também se sentando. — Mas algo que Sophia disse me fez repensar, ver que o livro era só um fragmento de informação.

— O que ela disse? — questionou ele curioso.

— Que o que está escrito em livros depende de como o respectivo autor viveu e de como vê o mundo por causa disso — respondeu Aster.

— Que bom que conheceu uma amiga tão inteligente. Leve em consideração também a possibilidade de que o autor queira moldar a visão de mundo dos leitores para um fim — completou Ivan.

— Como assim? — Quis saber Aster.

— No caso do livro que leu, fica evidente que o autor queria que as pessoas vissem aquela guerra como a pior coisa que já ocorreu no mundo e também tentou jogar toda a culpa da guerra no Império Eslavo, para gerar ódio aos eslavos.

— Por quê? — perguntou ela tentando entender.

— Na humanidade houve, há e haverá sempre aqueles que se aproveitam da boa vontade natural às pessoas para manipular e levá-las para onde eles quiserem — explicou Ivan. — Com distorções, desinformação, levam pessoas a acreditar que se seguirem determinado caminho, odiarem ou temerem determinadas coisas, pessoas, pensamentos, chegarão a nobres fins, a um mundo melhor. Então muitas pessoas boas passam a odiar outras pessoas boas, apenas por lhes terem dito que deveriam odiar, temer coisas porque disseram que deveriam temer, pois foram levadas a acreditar que ao fazerem isso seriam vistas como benfeitoras que buscam um mundo melhor.

— Como isso é possível? — perguntou Aster sem compreender. — Ainda não entendo para quê?

— Pessoas tendem a confiar em informações vindas de quem aparenta ser importante, saber mais, que tem prestígio, como, por exemplo, jornalistas, escritores, políticos, líderes em geral — explicou. — E se um grupo à sua volta pensa de um jeito, a pessoa passará a concordar instintivamente para se sentir parte do grupo, às vezes deixando de ser quem é.

— Quanto ao "para quê", a resposta é simples: ao manipular muita gente, você pode criar um grande inimigo e se coloca contra ele, mesmo que o inimigo seja falso, imaginário. Você se põe na posição de herói e usa isso em favor próprio. Conseguindo mais poder e prestígio.

— Foi isso que aconteceu com o Império e a eletricidade? — questionou Aster.

— É bem provável — concordou Ivan. — Alguém com "fins nobres" manipulou desejos e medos para no fim assumir o poder se fazendo de herói.

No andar de cima, alheia à conversa de Aster e Ivan, Sophia saiu do chuveiro só se preocupando em terminar de se vestir para poder comer, mas, mesmo apressada pela fome, parou um instante para admirar a blusa de seda que usara sob o uniforme no dia anterior. Estava lavada e seca, exalando um cheiro de flores.

"Tenho muito o que agradecer", pensou Sophia, sorrindo.

O traje era relativamente simples e funcional, porém tinha beleza em seus detalhes. Botas de cano longo, calça justa, cinza-escuro e de tecido grosso e detalhes em couro, cinto de couro com bolsas pequenas, uma de cada lado e uma na parte de trás, ajustadas para não atrapalhar em nada, corselete preto ajustável, feito também de tecido com detalhes em couro, bolero preto feito de couro grosso de mangas curtas e com capuz, ambos de tecido fino azul-escuro, o capuz com uma parte que envolvia o pescoço e que podia ser erguida para cobrir o rosto e, por fim, luvas de couro com placas de metal no dorso da mão, similares as que Corvo usava, porém estas eram mais longas, chegando quase ao cotovelo.

"Vou ter que perguntar como ele conseguiu essa roupa enquanto eu dormia", pensou sentando para colocar as botas. "Espero que não fiquem muito grandes ou, pior, pequenas."

— Ei, essas tiras no calcanhar são pra ajustar no pé? — espantou-se ao puxá-las e afivelar ajustando para um tamanho confortável. — Isso é genial.

Decidindo pôr as luvas e bolero depois de comer, saiu do banheiro e desceu para comer.

— Bom dia! Agradeço muito pelas roupas, sr. Penabrava, mas como as conseguiu enquanto eu dormia? — perguntou Sophia enquanto se servia de omelete, pão e um copo de suco de laranja.

— Bom dia! — responderam Aster e Ivan.

— Não precisa ser formal, Ivan basta.

— O seu traje de viagem foi rápido e fácil, só ajustei umas roupas que estavam guardadas, as da Aster é que levaram quase três horas para terminar — Ivan explicou enquanto tirava uma torta do forno.

— Então nem dormiu? — perguntou Aster. — Sinto muito ter lhe dado esse trabalho.

— Não se preocupe com isso — Ivan respondeu acenando com a mão. — Ao contrário de vocês, eu poderei passar o resto do dia dormindo.

— E o Corvo? — Sophia quis saber ao não ver ele pela casa. — Não me diga que ainda dorme.

— Não, não — respondeu Ivan, pegando um pedaço da torta. — Ele levantou antes de você e já comeu, está lá fora terminando algumas coisas.

Nisso Corvo entrou, cumprimentou a todos e, vendo Sophia, comentou:

— Estava me perguntando que roupa você ia preparar para ela. Então foi uma das antigas de minha mãe. Nem sabia que ainda as tínhamos.

Então vendo a voracidade de Sophia ao comer soltou uma risada.

— Não imaginei que veria uma dama comer assim — Corvo comentou se sentando ao lado de Aster à mesa.

— Estou faminta demais para ser uma dama — Sophia respondeu de boca cheia de torta sem tirar os olhos do prato, levando a uma risada geral. — E teremos uma longa caminhada até minha casa.

— Tenho boas notícias — disse Corvo, se servindo de suco. — É bem provável que possamos pegar carona, com uns comerciantes itinerantes, amigos nossos, até o Grande Mercado Central no Distrito Central. E de lá podemos até pegar um elevador comercial para o nível do metrô.

— Isso é maravilhoso! — Sophia se animou. — Sr. Corvo Penabrava — completou com um sorriso.

— Seria um bom nome, mas infelizmente temos sobrenomes diferentes — lamentou Corvo rindo. — Embora eu chame Ivan de avô, não somos parentes. Ele era um Cavaleiro Peregrino, amigo de meus pais. Quando eles morreram, há seis anos, ele largou tudo para cuidar de mim.

— Então qual seu verdadeiro nome? — Quis saber Sophia.

— Um dia talvez eu conte — respondeu.

— Não o leve a mal, desde que leu sobre magia e maldições ficou com uma superstição de não querer revelar o nome a qualquer um — Ivan revelou. — E, garoto, não fale como se eu tivesse feito um grande sacrifício — Ivan logo emendou. — Só me aposentei um pouco antes do tempo para morar em uma bela casa, com uma boa companhia, mesmo que esporádica.

— Boa aposentadoria mesmo — comentou Sophia, mudando de assunto, respeitando a discrição de Corvo sobre o nome, mas um pouco triste por descobrir que, apesar de já considerar ele um amigo, ainda era apenas uma estranha para ele. — Vocês aqui têm acesso a uma variedade grande de comida, até um dos caros refrigeradores a queimador de gás.

— Vantagens de ter amizade com comerciantes e contrabandistas — comentou Ivan. — Temos o que queremos por um preço baixo. E também graças às explorações do garoto e às coisas que ele encontra.

— É, de vez em quando acho coisas raras e incomuns — Corvo comentou se servindo de mais suco. — Como os vidros dessas janelas são vidros militares muito resistentes, achei tantos, abandonados e esquecidos em um túnel profundo, que pudemos vender para vários mercadores e contrabandistas. Todos dispostos a pagar bem caro.

— Por falar em mercadores, quando vai chegar nossa carona? — perguntou Sophia.

— Devem chegar logo mais — respondeu Corvo.

— Então vou subir e colocar o traje que Ivan preparou para mim — disse Aster, levantando-se.

— Estava pensando se não seria melhor você ficar aqui com Tom, Aster — disse Corvo. — Embora seja uma viagem mais fácil, estou preocupado que você já tenha gastado muita energia, ainda deve demorar para montarmos o aparelho que gere energia. Fios de cobre e ímãs são algo um pouco incomum de se obter — explicou.

Sophia gelou no lugar, sabia que não tinha o direito de pedir que Aster a acompanhasse, mas não queria se separar da nova amiga tão cedo.

— Tenho energia o bastante, não se preocupe — respondeu. — Vou ficar ao lado de Sophia até que ela esteja em segurança. Não abandonarei quem me estendeu a mão.

— Obrigada! — Sophia respondeu, feliz e aliviada.

Enquanto os três subiam para se preparar, Ivan foi até uma estante e pegou um livro, depois abriu um armário e pegou outros dois.

"As engrenagens do destino voltam a girar para tempos sombrios", pensou enquanto olhava pela janela com o olhar perdido em lembranças. "Espero que o que tem nestes livros ajude aquelas duas a ficarem mais seguras."

No andar de cima, Corvo voltou pronto de sua torre oficina-laboratório de alquimia onde pegou tudo que podia, ia sem sua grande e pesada mochila, mas ainda assim tinha bolsos bastantes, e ainda a bolsa grande do cinto na lateral direita para encher com mantimentos de viagem, poções especiais e um *kit* de primeiros socorros. Encontrou-se então com Aster e Sophia já prontas.

Aster estava com um mantô[1] preto que lhe cobria até o chão, com um capuz que só deixava parte dos olhos visível, e uma mochila de couro clara nas costas disfarçando o exaustor das costas.

— Ele usou seu uniforme e aquele tecido velho para fazê-lo? — perguntou Corvo para Sophia.

— Também fiquei surpresa que não só transformou o blazer e a saia do meu uniforme em um mantô tão bonito, como tingiu tudo de preto em três horas — respondeu ainda admirando como o traje disfarçava bem Aster. — Tem certeza de que ele era cavaleiro e não um "supercostureiro"?

— Será que não chamaremos muita atenção vestidas assim no mercado? — indagou Aster.

---

[1] Mantô (*manteau* no francês) é o nome clássico para o famoso casacão/sobretudo. O mantô é uma peça unissex. Tem mangas longas e comprimento que varia da coxa até o joelho, no caso vai até o chão.

— Vai ver ele tinha que costurar muitos uniformes — respondeu Corvo, pensativo. — E não se preocupem, muitos comerciantes e contrabandistas se vestem de forma parecida, alguns até de forma bem estranha e mais... chamativa eu diria.

— De qualquer forma, vim lhe entregar isso. — Mostrou, então, para Sophia, uma pequena besta, do tamanho de um revólver, toda de metal, sem os braços do arco.

— É um modelo que desenvolvi há pouco — explicou. — A tensão vem de molas de metal, se puxar esta alavanca para frente e depois para trás, ele arma uma seta. — Mostrou a alavanca, que ficava na parte debaixo da arma. Saía da frente e ia até o punho acompanhando as curvas da arma e tornando-a quase imperceptível quando fechada. — Mantenha o dedo fora do gatilho até decidir disparar, aponte alinhando essas partes com o alvo, destrave o gatilho aqui e puxe-o até o fim para disparar, são setas de quinze centímetros e pode disparar repetindo o processo cinco vezes sem recarregar.

— Quando acabarem, tem duas formas de recarregar — continuou explicando para uma Sophia muito atenta e maravilhada com o mecanismo. — Abrindo aqui e colocando flecha por flecha ou...

Puxou então uma caixinha metálica de um bolso, idêntica à parte de cima da arma, encaixou-a na parte de trás e empurrou para frente, deslizando por um trilho, substituiu o carregador de setas vazio, praticamente toda a parte de cima da arma, pelo cheio.

— Simples, não é. Pegue, é sua agora, mas só arme uma seta se for realmente disparar.

— Obrigada! Espero não ser necessário usar, mas fico feliz de estar com ela — Sophia respondeu pegando e guardando numa das bolsas laterais do cinto, junto com mais dois carregadores também cheios.

— Fico mais tranquilo se você tiver como se defender — comentou Corvo se virando então para Aster. — E para você este punhal. É sempre bom ter uma lâmina.

Aster agradeceu e guardou-a em um dos bolsos. Lembrou então das ferramentas que ficaram trancadas onde despertou e como, caso as tivesse pegado, talvez tivesse tomado um caminho diferente fugindo.

"Pequenos detalhes", pensou ela. "Existe um destino ou apenas demos sorte nos vários acasos?"

— Hum! Err... — Sophia segurou Corvo pelo braço para chamar atenção, hesitante de como falar. — Sinto muito se por minha causa... as roupas de sua mãe...

— Não precisa se desculpar — Corvo a interrompeu, com um sorriso cheio de sentimento e de entendimento. — Superei a tristeza pela morte deles, sinto a falta, mas deixei a tristeza para trás. Se não o fizesse, cada lembrança deles me faria sofrer. Acabaria me forçando a esquecê-los para não sofrer e isso deixaria um vazio em mim. Sem a tristeza da perda, posso lembrar dos bons momentos com eles, e ficar ainda mais feliz sem jamais esquecer deles — completou pegando a mão de Sophia. — Tenho certeza que minha mãe ficaria feliz de saber que uma roupa velha dela está sendo útil para alguém como você.

Antes que mais alguma coisa pudesse ser dita, ouviram uma buzina, de som grave e abafado, que parecia vir de longe.

— Ah, deve ser elas chegando! — disse Corvo soltando a mão de Sophia.

— Elas? — indagaram Sophia e Aster juntas.

— Amélia e Ana Faustos, mãe e filha, as mercadoras que vão nos dar a carona — respondeu ele. — Isto é, espero que sim, já que ainda não conversamos com elas sobre isso.

Então os três desceram e se encontraram com Ivan na sala. Ele esperava com três livros e uma rapieira[2].

— Estes dois são para você, Aster — disse ele entregando dois livros. — São o "Manual de Combate dos Cavaleiros Peregrinos", pelo que o garoto disse você sabe lutar, mas espero que algo neste livro lhe seja útil, e "Os Contos dos Cavaleiros", o qual conta várias histórias de heroísmo de cavaleiros ao longo das eras. Mais fragmentos de informação — completou ele com um sorriso.

Aster agradeceu pegando os livros, feliz por, entre outras coisas, agora possuir bolsos para poder guardar algo.

— Estes são para você, jovem dama. — Entregou então o livro. — É uma cópia do manual de combate e antes de lhe entregar a espada quero saber se já teve algum treino com esse tipo de arma.

— Pratiquei esgrima no ano passado — respondeu Sophia. — Mas nunca manuseei uma afiada antes.

---

[2] Tipo distinto de espada, comprida, reta e estreita, popular desde o período medieval até a Renascença.

— Imaginei que poderia ser o caso, esgrima é um esporte comum para o seu círculo social — explicou Ivan, entregando a espada. — Cuidado com ela, é mais pesada que a que você usou quando praticou e é totalmente afiada nos dois gumes, não a retire da bainha a menos que não haja alternativa e mantenha em mente sua falta de costume com a arma e de experiência em combate real. Não creio que vai ser necessário, mas só o fato de ter uma na cintura já deve ajudar a afastar problemas no Distrito Central.

Sophia acenou com a cabeça positivamente, mostrando que entendeu bem o que ele queria dizer.

— Os manuais vão ensinar o básico. Eu queria poder treiná-las pessoalmente, mas no momento isso terá de bastar — completou com um sorriso preocupado e as mãos sobre os ombros de Sophia e Aster. — Espero que não sejam necessários os conhecimentos do manual, mas estudem eles e pratiquem sempre que puderem, nunca é demais estar preparado para o pior.

As duas agradeceram, Sophia então prendeu a rapieira no cinto, era uma arma elegante, mas simples em seu desenho.

— Se quer ter paz, prepare-se para a guerra — disse Corvo. — Um lema para os Cavaleiros Peregrinos — completou quando Aster e Sophia olharam para ele com curiosidade nos olhos. — Vocês têm sorte de ele não treinar vocês — continuou. — Ele me treinou por dois anos antes de me deixar voltar a explorar sozinho depois que meus pais morreram. Ainda tenho pesadelos.

— Ora, eu pegaria leve com Sophia, provavelmente — disse Ivan, demonstrando certa dúvida se realmente pegaria leve. — E quanto a Aster, iria depender de ela ter como não ficar sem energia.

Então a buzina tocou outra vez agora mais perto, levando Ivan a dizer:

— Bom, agora só falta conversarmos com aquelas duas, tenho certeza de que ajudarão, mas vamos manter em segredo quem Aster realmente é.

— O que diremos a elas sobre mim? — indagou Aster.

— Apenas que não podemos revelar sua identidade ou mesmo o porquê de estar acompanhando Sophia, por questão de segurança — respondeu Corvo, já abrindo a porta e saindo para receber as mercadorias.

Sophia e Aster seguiram logo atrás de Ivan, vendo então em que iriam viajar. Vindo de um túnel lateral amplo, uma grande máquina a vapor que parecia a mistura de casa, carruagem e trem, puxando um grande vagão, ambos pintados em amarelo e vermelho vivos.

— Me perguntava em que seria a carona e cheguei a pensar que seria de barco — comentou Sophia, com cara de espanto. — O que já me fazia pensar como, mas isso... consegue até ser mais... — Sophia não conseguiu achar palavras.

— Como isso consegue ir de um nível para o outro? — Aster questionou, também perplexa com a visão da casa sobre rodas.

— Tem caminhos, não muitos, em que as escadas foram modificadas e também tem elevadores em certos pontos — respondeu Corvo, já acenando para uma garota gorducha na varanda do segundo andar da máquina. — Muitos comerciantes moram assim, nos Vagões Mercadores, elas fazem a rota do Mercado do Píer de Pedra, Mercado Central, Mercado Alto Norte, ficando um mês em cada mercado.

O vagão mercador manobrou e atravessou o canal por uma larga ponte de metal e parou em frente à casa de Corvo e Ivan. A primeira a descer foi a garota gorducha. Sua aparência chamou a atenção de Sophia. Usava macacão marrom acinzentado com uma manga comprida no braço esquerdo e sem manga no direito, este cheio de tatuagens, um cinto cheio de ferramentas, botas pretas e luvas de couro, seu cabelo preto era raspado nas laterais, curto em cima e preso numa longa e grossa trança atrás.

— Magrelo, você não mudou nada — disse a garota dando um forte abraço em Corvo, ela era um pouco mais alta e bem mais larga.

— E você parece maior, balofa — respondeu Corvo, levando um soco não tão leve no braço.

— Olá, velho! — cumprimentou a Ivan com um aceno. — E quem são essas? — perguntou olhando para Sophia e Aster com um sorriso e curiosidade.

— Ana, estas são Sophia e Aster. — Ivan fez as apresentações. — E assim que sua mãe descer, explicarei tudo.

Neste momento desceu Amélia, uma senhora bem-vestida, toda de amarelo, do chapéu ao sapato, uma perfeita senhora em estilo vitoriano, um pouco mais alta que Ana e um pouco menor na cintura, seus cabelos eram cor de cobre polido.

— Bom dia, Ivan meu querido. Corvinho, você continua lindo! — cumprimentou os dois com abraços. — E quem são as jovens damas?

Ivan então apresentou Sophia e Aster, explicando a situação de Sophia, enquanto Corvo, ajudado por Ana, abastecia o vagão mercador com óleo refinado, vindo de uma tubulação que descia verticalmente do teto.

— Nossa que terrível! — exclamou Amélia, com as mãos sobre a boca. — Você deve ter sofrido muito, claro que ajudaremos, pena não termos como levá-la até em casa.

— Mas e quanto a senhorita Aster? — perguntou depois que deu um abraço bem apertado em Sophia.

— Ela é uma questão que deve ser mantida em segredo por segurança — Ivan respondeu se desculpando. — Confie em mim, será melhor assim.

— Você sempre foi confiável e sábio — respondeu Amélia com um sorriso largo. — Se é o que acha melhor, não perguntarei mais sobre o assunto.

— Obrigada! — disse Aster fazendo uma mesura. — Quero ajudar Sophia o máximo que eu puder, espero não lhe ser um incômodo.

— Não, de jeito nenhum. — Amélia ia abraçar Aster quando foi interrompida por Ana.

— Mãaae! Terminamos de abastecer, só falta descarregar as compras deles e podemos partir — disse Ana se aproximando. — Pelo que Corvo me contou, quanto antes partirmos melhor.

— Viu, mocinha? Eu sempre te disse que eles não passam de criadores de problema! — disse Amélia para Ana, em tom severo.

— Tenho certeza que eles tiveram um bom motivo. E foi só uma... — Ana respondeu de imediato.

— Como é? — Sophia a interrompeu indignada. — Não acho que exista um motivo que seja bom para sequestrar e espancar alguém!

— Eu quis dizer que eles devem ter um motivo forte — corrigiu Ana, visivelmente irritada. — O mundo aqui não é como o paraíso em que você vive!

— Opa! — Corvo se meteu entre as duas. — Sem brigas!

— Ora, não se preocupe tanto, Corvinho, — disse Amélia, com calma. — Elas só estão se entendendo. Tenho certeza de que no fim da viagem vão ser grandes amigas.

— Não mesmo! — responderam juntas.

Nisso, Ana foi com Corvo e Ivan descarregar as compras, enquanto Amélia ficou conversando com Aster e Sophia.

— Não leve a mal, minha filha — disse em tom meio triste. — Ela sempre viu os Punhos de Trovão como heróis que lutavam pelo bem da Cidade Interior. Por mais que eu alertasse que eram perigosos e violentos.

Sophia já mais calma, respondeu fazendo uma reverência:

— Sinto muito ter perdido minha postura e brigado com sua filha, mesmo vocês se prontificando a nos ajudar. Mas ela defender quem me sequestrou, dizer que foi por um bom motivo, realmente me deixou furiosa.

— Não se desculpe, minha criança, foi mais do que compreensível — disse Amélia com um sorriso um pouco triste no rosto. — Espero que de agora em diante minha filha passe a ver esse grupo como ele é: um bando violento.

Amélia olhou por um instante em silêncio para a filha e Aster pode notar que ela tinha muitas preocupações para com ela.

— Mas vamos mudar desse assunto agourento, — disse Amélia com um sorriso alegre e ânimo renovado. — Venham vou mostrar meu vagão mercante.

— É uma máquina linda e impressionante — comentou Sophia, querendo deixar o que aconteceu morrer ali, afinal uma viagem pode ficar bem mais longa, se os que viajam juntos se odeiam. — O motor é um Whitney & Hudson modelo 1735-B? — perguntou genuinamente curiosa.

— Ora, você conseguiu reconhecer só com uma rápida olhada? — surpreendeu-se Amélia, sorrindo.

— A forma e posição da caldeira são bem distintas nesse modelo — respondeu Sophia se aproximando do motor. — Foram projetados para pequenos barcos rebocadores — continuou, sem tirar os olhos do motor.

— Sim, esse era de um que afundou — respondeu Amélia. — Vejo que aprendeu muito com seu pai.

— Com ele e com os livros dele — comentou Sophia. — Sempre gostei de máquinas complexas, desmontei, remontei e montei várias coisas diferentes.

— Esse motor é muito bom, mas ultimamente tem perdido potência em subidas — comentou a Sra. Faustos. — Vou ter que contratar um mecânico quando chegarmos ao Mercado Central.

— Posso olhar e ver o que poderia ser? — pediu Sophia, um pouco animada em talvez retribuir um pouco da ajuda.

— Hum. Ok, mas use isso para não sujar suas roupas, não quero sujeira dentro da minha casa.

Sra. Faustos então pegou, algo que parecia uma capa de chuva de um compartimento lateral do vagão-casa.

— E tome cuidado, você não vai querer um jato de água ou vapor quente na cara.

Sophia vestiu-o por cima da roupa e começou a analisar o motor, se enfiou debaixo da máquina e verificou as válvulas e conexões, então pediu uns pedaços de arame.

— Algumas válvulas estavam desreguladas e frouxas — disse Sophia saindo debaixo do motor.

— Provavelmente das trepidações das viagens, resolvi por ora, mas ainda será necessário trocá-las — completou, ao receber de Aster um lenço para limpar o rosto. — Obrigada, Aster!

— Agradeço pela ajuda, pequena mecânica — agradeceu Sra. Faustos, pegando de volta a capa. — Eu devia ter imaginado que eram essas válvulas, faz décadas que foram trocadas.

Então, Sra. Faustos levou as duas para mostrar o interior, começando pela sala no primeiro andar que se misturava com uma cozinha compacta, mas completa inclusive com refrigerador, tudo bem decorado, belo de ser visto, cada canto com um detalhe trabalhado. Subindo as escadas mostrou a cadeira de onde pilotava o grande veículo, uma cadeira cercada por pedais, alavancas e mostradores, com um timão de barco como volante.

— Deve ser difícil aprender a conduzir isso — comentou Aster, com Sophia concordando.

— No começo sim, mas, depois que se aprende para que cada coisa serve, fica automático e bem simples — respondeu Amélia. — O problema mesmo é fazer curvas. É muito pesado, acabei com braços musculosos, nada bonitos em uma dama — lamentou.

— A senhora ainda é muito bonita — disse Aster.

— Sim, muito mais do que muitas que eu já vi nas festas e bailes da Cidade Superior — concordou Sophia.

— As senhoritas são muito gentis — respondeu, visivelmente feliz e levemente encabulada com os elogios.

Mostrou então o segundo andar, onde havia dois sofás-camas, um de cada lado e no fundo perto do motor o banheiro, assim como o primeiro andar, tudo ricamente decorado.

— Uma das vantagens dessa casa móvel é que sempre temos água quente — comentou Sra. Faustos mostrando o banheiro.

Após conhecerem o interior, saíram para se despedir de Ivan, que conversava com Corvo e Ana do lado de fora.

— Sophia, me desculpe, se você acabou se ofendendo. — Ana desculpou-se estendendo a mão.

— Eu entendo, vamos esquecer isso — respondeu Sophia, apertando a mão de Ana, mas mantendo-se desconfiada de o quão sincero fora esse pedido.

— Então é aqui que nos separamos — disse Ivan. — Espero que um dia voltemos a nos reunir em condições mais tranquilas.

— Obrigado por tudo, Sr. Ivan! — Sophia respondeu dando-lhe um abraço. — Conversarei com meu pai e talvez eu venha com ele aqui para visitá-lo, quando tudo estiver mais calmo, sei que ele vai querer conhecê-lo.

— Será um prazer recebê-los — respondeu.

— Também agradeço — disse Aster também com um abraço. — Cuide de Tom, dependendo de como o pai de Sophia me receber talvez eu fique com eles uns dias, mas logo voltarei.

— Tom será uma companhia agradável pelo que vi — respondeu ele. — Agora vão, não podem se demorar. Garoto, cuide bem delas.

— Você me conhece — respondeu Corvo. — Volto assim que elas estiverem em segurança.

— Vou garantir que peguem o elevador — disse Sra. Faustos, abraçando Ivan. — Espero que da próxima vez tenhamos tempo para tomar um chá.

— Certamente, vou preparar seus biscoitos favoritos, quando passar por aqui novamente — ele respondeu.

Então embarcaram e se preparam para partir, neste momento Tom, que dormia até então, veio correndo miando e foi pego por Ivan.

— Calma, você fica comigo, amiguinho — disse ele acalmando Tom. — Não se preocupe, pode demorar um pouco, mas você vai voltar a vê-los.

Soltou o gato, que mais calmo ficou sentado ao seu lado vendo o vagão mercante partir, até que de súbito correu e se agarrou à grande roda traseira e quanto o movimento da roda o deixou no topo, pulou paro o teto.

Surpreso pela velocidade, agilidade e inteligência do animal, tudo o que Ivan pôde fazer foi dizer:

— E não é que ele faz jus ao nome que ganhou?

"Só posso desejar boa sorte e torcer para que volte inteiro", pensou Ivan, ponderando o quão Tom se parecia com o gato do conto de fadas.

Sem desconfiar do novo carona, o grupo seguiu caminho, certos de que seria uma viagem tranquila, ao menos até o mercado.

Pouco antes de entrar em casa, Ivan deu uma última olhada no vagão mercante sumindo em um dos túneis e viu um vulto branco indo na direção deles.

"Outra coruja perdida?"

CAPÍTULO 6

ÚLTIMO TRECHO

A viagem seguia tranquila, Corvo conversava com Ana na sacada do segundo andar, Sophia aproveitava para ler o livro que Ivan lhe dera no sofá da sala, descobrindo uma antiga dedicatória a alguém chamado Alberto e uma nova para ela própria:

"Que o livro lhe traga confiança, coragem e a capacidade de defender quem ama."

"Sophia, este livro foi muito útil ao seu antigo dono, mas desejo que você nunca precise usar o que aprender com ele. Desejo sorte em sua jornada"

Sophia mostrou para Aster que também lia o dela, o qual tinha uma antiga dedicatória para alguém chamada Aurora:

"Sei que não gosta de violência, mas também sei que não mede esforços para defender quem ama. Espero que não use o que aprender contra o Alberto."

"Aster, guarde com carinho este livro, ele tornou a antiga dona uma grande aventureira, sei que vai lhe ser útil."

— Devem ser os pais de Corvo — comentou Sophia.

— Então devemos cuidar bem desses livros — respondeu Aster.

— Sim. São tesouros que herdamos — completou Sophia.

Sophia então voltou para seu canto e continuou a ler, compenetrada na leitura, mas pensando em como teriam sido os pais de Corvo. Aster a observou, algo que vinha fazendo desde que a conhecera, sentia uma empatia para com Sophia, Corvo, Tom e Ivan, não entendia o porquê, mas não se importava em procurar esse porquê, bastava saber que a companhia deles a alegrava. Observava-os para aprender sobre o mundo ao seu redor e também por querer saber mais sobre eles.

"Estou feliz de ter conseguido escapar daquela cela escura e esquecida", pensou Aster, voltando à leitura. "Ganhei tanto em tão pouco tempo."

No andar de cima, Corvo conversava com Ana sobre os Punhos de Trovão, tentando saber mais sobre a situação geral.

— Sim, não sei como, mas realmente alguns foram vistos usando bastões que soltam pequenos raios — Ana respondeu também intrigada com os eventos recentes. — Usam como símbolo da luta pela liberdade contra esse governo tirânico do topo da ilha.

— Ivan disse que provavelmente eles se tornarão cada vez mais violentos — Corvo comentou enquanto olhava para o nada. — Deixe de se envolver com eles Ana, ou vai acabar em problemas grandes.

— Só tenho amigos que fazem parte, nunca fiz nada pela organização em si — ela respondeu desviando o olhar. — Você é muito coruja para um corvo, preocupe-se com você mesmo, que sempre diz para evitar problemas e agora está metido em problemas de uma garota do topo.

— Sou cauteloso, mas não podia deixar alguém que precisava de ajuda desamparado — ele retrucou.

— Sei, aposto que só ajudou porque era uma linda princesinha do topo — ela comentou com voz um tanto desdenhosa. — Mas aposto que a princesinha do topo deve ter reclamado o caminho todo, da sujeira, do cansaço...

— Primeiro. Ela estava enfiada em um saco preto — respondeu ele com um uma raiva velada nos olhos. — Podia ser quem quer que fosse, eu teria ajudado e Sophia é bem mais forte do que você imagina.

— Tá, vou fingir que acredito, mas e a outra, a tal Aster? Qual a história dela? — Ana quis mudar de assunto vendo a cara de Corvo.

— Já disse, não posso contar nada, esse segredo tem perigos envolvidos — respondeu, com um ar cansado pela insistência.

— Você confiou em mim para contar seu nome, mas não para contar sobre uma estranha? — indagou ela.

Nisso, Aster e Sophia, que acabaram de subir para falar com Corvo, ouviram o fim da conversa.

— O segredo não é meu para poder dividir com você — ele concluiu, se virando para sair e se deparando com as duas.

— Sim, o segredo é meu — Aster disse calmamente. — Se quer tanto saber, deveria ter tentado conversar comigo.

— Desculpe! — disse Ana com um sorriso. — Não queria ser intrometida, mas saber nada sobre quem estou abrigando me deixa desconfortável.

— Então, vou revelar um pouco — respondeu Aster, levando Corvo e Sophia a ficarem tensos.

— Vim de fora da Ilha, para procurar informações sobre um integrante da minha família que sumiu durante a queda do império e o expurgo elétrico.

— Se este é ocaso, por que alguém tão jovem veio sozinha, e o que tem de tão importante nesse parente? — questionou Ana, com certa agressividade.

— Tem certeza de que não quer ser intrometida? — retrucou Aster com um ar divertido nos gestos e no tom de voz. — Revelei mais do que eu deveria, porém devia ter imaginado que sua fome de informações deve ser tão grande quanto a por comida.

Sophia não resistiu e soltou um risinho ao ver a cara de Ana, que passou de surpresa à raiva.

Então, com um suspiro, Ana disse:

— Ok! Foi mal! Sou curiosa, espero que me perdoe e um dia confie em mim como Corvo confia.

— Tudo bem! — respondeu Aster mantendo o tom alegre. — Se Corvo confia em você, talvez um dia eu também confie.

— Que bom! — disse Ana, indo em direção às escadas com um sorriso. — Vou comer alguma coisa, se quiserem é só me acompanhar.

— Agradeço, mas já comi muito no café da manhã — respondeu Sophia, com um sorriso que não pareceu nada alegre a Aster. — Logo descerei para lhe fazer companhia, mas antes quero mostrar algo deste livro para Corvo.

Assim que Ana sumiu de vista, Corvo disse:

— Ela é meio difícil de lidar, mas não é má pessoa. Então o que queriam me mostrar?

— Veja essas anotações! — disse Sophia mostrando os livros dela e de Aster. — O que você acha?

— Ora, dessa eu não sabia — disse Corvo, pegando os livros. — Anotações codificadas, feitas por meus pais...

— É uma pena que eu não saiba decodificar, vou copiar e perguntar para meu avô se ele sabe de algo quando eu voltar.

Ele então pegou um caderninho e uma caneta que levava consigo e copiou, um total de dez linhas juntando o que havia nos dois livros. Curiosamente ambos pareciam coisas diferentes escritas com o mesmo código e ambos os textos estavam na página 12 de cada manual.

Chegaram então à primeira subida, e nisso Aster e Sophia puderam ver o que Corvo quis dizer com escadas modificadas. A grande e larga escadaria teve os degraus cortados, formando um tipo de trilho largo para vários diâmetros de eixos e as curvas foram visivelmente alargadas.

— Sofi, querida, não sei o que você fez, mas o motor está respondendo bem melhor à subida! — Sra. Faustos elogiou Sophia que estava acompanhando ao seu lado a manobra, junto com Corvo, Aster e Ana.

— Como assim? — indagou Ana, surpresa. — A senhora deixou a princesinha mexer no nosso motor?

— Ela é filha de Rodan, resolvi confiar e pelo visto acertei — respondeu Sra. Faustos, com um largo sorriso. — Estamos indo no dobro da velocidade de subida e o motor não parece estar, nem de longe, sendo tão forçado quanto antes.

— Só não force mais que isso — interveio Sophia. — Ajustei as válvulas e dei um jeito de mantê-las assim, mas elas ainda precisam ser trocadas, se forçar demais podem estourar.

— Certo, vou reduzir um pouco — respondeu Sra. Faustos. — Vou providenciar a troca assim que chegarmos ao mercado. Poderia deixar por escrito o ajuste ideal, querida Sofí?

— Claro! — respondeu Sophia, muito feliz por ter podido retribuir um pouco pela ajuda.

— Então você entende de motores? — perguntou Ana, um tanto quanto desdenhosa. — Nunca imaginaria alguém como você ser capaz de arrumar qualquer coisa que não fosse seu próprio cabelo.

— Entendo. É um fato que meu gosto por motores não é nada popular entre minhas amigas. Se quiser posso dar dicas para você, inclusive de como melhorar a aparência desse seu cabelo.

Sophia respondeu sem se abalar e com um sorriso aparentemente alegre, mas que fez Ana sentir um frio na espinha. Ana então viu no rosto de Corvo uma expressão que pareceu lhe dizer: "Avisei que ela é mais forte do que você pensa."

— Gosto do meu cabelo assim — respondeu olhando para frente, com indiferença.

— Eu sabia que até o fim da viagem vocês duas seriam amigas — disse Sra. Faustos, enquanto manobrava em outra curva.

— Não sei se isso é amizade — Aster sussurrou para Corvo. — Parece mais uma guerra não declarada.

— Quanto tempo até chegarmos? — questionou Corvo, suprimindo a vontade de rir.

— Neste ritmo, eu diria, umas duas horas — Sra. Faustos respondeu.

— Então se não se importarem vou descansar no sofá — Corvo falou já se dirigindo ao sofá. — Ontem foi um longo dia, dormi pouco à noite passada e esse dia não será mais curto.

Ana então subiu para o andar superior, para descansar também, já Sophia e Aster acompanharam Corvo e se sentaram em poltronas para continuar a leitura.

Tudo seguiu tranquilo até chegarem ao Distrito Central, onde Corvo as convidou para verem da varanda a beleza do lugar. As ruas eram largas e movimentadas, os prédios altos e de arquitetura refinada, tão belos quanto os da Cidade Superior, alguns que desciam do teto como estalactites, como prédios invertidos, davam um ar fantástico ao lugar. Puderam ver também o imenso canal que cortava o distrito em dois, com um porto em seu início, com alguns barcos ancorados. Canal esse que seguia com uma correnteza suave e caía em cascata para fora da ilha, coroando a beleza do lugar.

— É tão diferente, tão mágico... — dizia Sophia, enquanto o Vagão-Mercante cruzava o canal em uma das pontes, pontes essas que também eram belíssimas, feitas em metal e ricamente ornamentadas. — Aquilo no teto é um navio de madeira? — perguntou ela apontando para um grande navio de madeira pendurado pelos mastros, repousando bem acima do centro do canal.

— Você não conhece a história do Galeão Pirata? — Estranhou Corvo, recebendo uma negativa de Sophia. — Aquele é o Galeão que comandava uma frota pirata, foi tomado e transformado em troféu, após um grande ataque de piratas à ilha, era o maior navio da época.

— Quando foi isso? — perguntou Aster.

— Durante o reinado de Hugo II, o quinto Imperador — respondeu Corvo. — Hoje o navio é usado como sede da prefeitura do Distrito Central e museu.

— Mas, mudando de assunto, por que mesmo que fizeram uma cidade em forma de cano jogando água no mar? — perguntou Aster.

— Foi a tanto tempo que o motivo real se perdeu — respondeu Corvo —, mas o mais aceito é que havia uma grande falha na rocha e tiveram que fazer isso para evitar a destruição da ilha. De fato, a cidade veio bem depois, com pessoas aproveitando o espaço livre.

— Mas se este for o caso, por que fazer circular e não ogival? Seria mais resistente, — indagou Aster, fazendo Corvo parar um instante para pensar.

— Agora que você falou, eu lembrei do distrito que fica logo acima deste, o Distrito Catedral — respondeu Corvo —, ele lembra o interior de uma colossal catedral e nunca tinha parado para pensar por que tinham feito dessa forma.

— Então é uma combinação dos dois formatos — compreendeu Aster. — Faz sentido.

— Deve ser bem bonito esse Distrito Catedral — comentou Sophia, olhando para cima e tentando imaginar como era.

— E é, tanto que é onde moram os mais ricos e poderosos da Cidade Interior — afirmou Corvo.

Ao saírem da ponte, puderam ver de longe, pela primeira vez, o Grande Mercado Central, onde tanto Aster quanto Sophia ficaram maravilhadas com a miríade de cores e formas das bancas, dos outros vagões mercantes e das roupas dos mercadores.

— Queria que tivéssemos tempo para que eu pudesse mostrar tudo isso para vocês — comentou Corvo. — Tem tantas coisas diferentes e interessantes à venda, vem mercadores de todas as ilhas e até do continente.

Amélia manobrou para uma área vazia do mercado e parou em um lugar designado para vagões mercantes.

— Bem, chegamos ao fim da carona — disse ela saindo da cadeira de piloto. — Queria mesmo poder levá-los mais longe, mas se não estivermos aqui na data marcada, podemos até perder a permissão de comercializar neste mercado.

— Tudo bem — respondeu Corvo. — Já foi de grande ajuda e se você nos colocar no elevador comercial, chegaremos na casa de Sophia em uma hora.

— Claro que vou colocá-los no elevador. Tenho bons amigos lá — respondeu ela.

— Mãe, a senhora leva eles e eu fico montando a loja — disse Ana. — A senhora sabe que não podemos deixar isto sem ninguém ou os fiscais vão causar problemas.

— Sim, eles sempre são uns chatos — Sra. Faustos respondeu, mostrando todo o seu desgosto com os tais fiscais.

— Mais uma vez obrigada e desculpe causar-lhe transtornos — manifestou-se Sophia, um pouco sem jeito.

— Não se preocupe com isso, Princesinha — respondeu-lhe Ana, colocando a mão no seu ombro amigavelmente. — Graças a você chegamos quase meio-dia antes, ou seja, meio-dia a mais para ter lucro e sabemos o que devemos fazer com o motor, nós é que deveríamos agradecer.

Aster achou a amabilidade de Ana estranha, mas resolveu não comentar, apenas observou-a com mais atenção.

— Fico feliz por ter podido retribuir a hospitalidade de vocês — respondeu Sophia.

— Bom, vamos então. É provável que já deva estar se espalhando a notícia da fuga de Sophia — disse Corvo.

— Sim — concordou Ana, em tom preocupado. — Eles têm um método de busca para desaparecidos, uma das coisas que me fez achar que eles eram legais. Se usarem algo parecido para procurar por ela, logo vai ter deles procurando por aqui.

Então Amélia conduziu os três pelo mercado até um dos elevadores, este era uma grande plataforma com uma estrutura de aço, lembrando uma gaiola retangular, tão grande e carregada, que fez Sophia querer saber como eram as máquinas que a erguiam e como era o sistema de contrapesos.

Ao se aproximarem, notaram que ainda estava sendo carregado com mais caixas de diversos tamanhos, de pequenas a realmente grandes.

Sra. Faustos então conversou amigavelmente com dois homens que pareciam ser os encarregados, e acenou para Corvo e as duas, que esperavam mais afastados, para se aproximarem.

— São estes — disse Amélia.

— Ora, mas se não é o pequeno Corvo? — disse o homem mais alto. — Explorando em boa companhia desta vez?

— Roberto, que prazer revê-lo, meu amigo! — exclamou Corvo, apertando a mão e dando um abraço no homem. — Não sabia que estava trabalhando aqui. Como vai a família?

— Cada vez melhor, graças às poções que me vendeu — respondeu Roberto, com um sorriso franco. — Será um prazer ajudar, você pode vir usar este elevador sempre que quiser.

— Você é muito generoso — respondeu Corvo. — Depois venho lhe dar alguns remédios grátis para sua família.

— Eu devia saber que você tem amigos em todos os cantos dessa cidade — disse Amélia rindo.

Com isso, os três se despediram de Amélia e se acomodaram escondidos entre as caixas para a longa subida pelo túnel vertical. Corvo forneceu iluminação com sua quase lanterna élfica, como passou a chamar a carcaça de relógio com os fungos luminescentes, pois não havia lamparinas ou tochas no elevador, exceto a de dois guardas que acompanhavam as mercadorias.

— Poções, remédios? — Quis saber Aster, curiosa com o que ouvira.

— Eu aprendi alquimia e preparação de remédios de ervas com livros antigos e esquecidos que encontrei em túneis e alcovas — explicou ele. — Por isso, sempre carrego algo útil comigo.

— O que me lembra que devo agradecer-lhe novamente pelo remédio de me deu para passar na minha barriga — disse Sophia. — Foi muito eficiente. Obrigada!

— Fico feliz que tenha sido útil — respondeu Corvo.

— Agora devo dizer: que bom não ter de subir escadas! — exclamou Sophia, sentando-se em um caixote e balançando as pernas no ar. — Pratiquei balé por anos e até pratiquei esgrima, mas nunca cansei tanto minhas pernas como ontem.

— Sem falar no tempo que estamos ganhando — completou Aster. — Acho que levaríamos quase outro dia inteiro e talvez mais se não fosse esse elevador.

— Certamente! — concordou Corvo. — Teríamos que fazer um caminho bem maior para evitar os contrabandistas.

Aster olhava para as paredes do poço em que subiam, quando então notou buracos nas paredes, túneis laterais.

— Não consigo ver direito, mas isso nas paredes são túneis? — perguntou ela à Corvo, apontando para as paredes.

— Sim. São velhos túneis de mineração, levam até a grande mina dos anões, o maior espaço vazio da Cidade Interior — respondia ele, quando viu algo que o fez apagar a luz.

— O que...? — Sophia começou a perguntar, mas Corvo fez sinal para ficar em silêncio.

— Um grupo de homens pulou no elevador vindos de um túnel de mina! — sussurrou ele. — Número o bastante para fazer os guardas se esconderem.

Os três então procuraram um lugar para se esconderem também, mas, antes que conseguissem achar um, uma luz amarelada vinda de cima os iluminou e o homem que carregava a tocha gritou:

— Aqui! Achei...

Antes que pudesse dizer mais alguma coisa, Corvo acertou a cara dele com um frasco de argila, que explodiu em uma nuvem cinza apagando a tocha e derrubando o homem para trás.

— Vim pronto para combate dessa vez — sussurrou Corvo, sinalizando para as duas seguirem ele.

— São os Punhos? — perguntou Sophia. — Como poderiam saber do nosso caminho?

— Podem ser contrabandistas, ladrões comuns, piratas, ou mesmo os Punhos que deram sorte procurando no lugar certo por acaso — respondeu ele dando de ombros.

— Mas e agora, o que faremos? Lutamos ou nos escondemos até nos acharem? — perguntou Aster.

— São muitos, prefiro evitar lutar — Corvo respondeu olhando por entre os caixotes e vendo um grupo que havia rendido os guardas. — Vamos ter que ir pelo pior caminho, o qual eu definitivamente não queria ter que usar.

— Não me diga que teremos de ir pelos esgotos! — Assombrou-se Sophia, sem conseguir imaginar o que seria pior.

— Não! Deus! Nem considero isso um caminho ou opção — exclamou ele quase não contendo a voz. — Não sobreviveríamos àquilo. Vamos pela grande mina.

Corvo guiou as duas se esgueirando entre os caixotes até a borda do elevador, a ideia era pular para um dos túneis, algo perigoso, mas por sorte o elevador não se movia tão rápido a ponto de ser demasiado perigoso.

— Agora vem a pior parte — disse ele. — Corremos e pulamos. Eu vou primeiro, depois Sophia e então Aster. Não hesitem, se perderem o tempo pode ser fatal.

Quando iam começar a correr, um homem grande todo vestido de preto colocou uma espada no pescoço de Sophia.

— Não se mexam! Agora, de pé de frente para mim e com as mãos onde eu possa ver! — disse o homem com um tom de voz frio e ameaçador. — Aqui, achei os ratos! — gritou em seguida.

Neste momento, vindo do alto dos caixotes, Tom, que os havia seguido em segredo até ali, pulou e atacou o homem no rosto, assustando e levando-o a, sem conseguir raciocinar, dar dois passos para trás, se afastando de Sophia. Com agilidade, Tom pulou para perto de Aster antes que o brutamonte pudesse agredi-lo. Sophia então puxou a besta e disparou duas vezes, cravando uma seta em cada perna, levando-o ao chão, urrando de dor.

— Tom!? — exclamou Aster, com surpresa. — Como?

— Amo esse gato! — exclamou Sophia.

— Vamos! Os outros estão vindo! — gritou Corvo arremessando outro frasco contra o grupo que corria contra eles, este explodiu em chamas.

Tom pulou para o ombro de Aster, se escondeu no capuz e então os quatro pularam juntos quando o elevador passou por outro túnel.

— E agora? — perguntou Aster se levantando.

— Agora corremos! Não sei quem são eles, mas agora os irritamos e logo estarão aqui — disse Corvo, ajudando Sophia a se levantar.

Corvo abriu sua quase lanterna élfica e começou a guiar o grupo por aquele antigo, e há muito tempo abandonado, labirinto escavado na rocha. Correram por longo tempo, Sophia teve a impressão de horas.

— Tivemos alguma sorte afinal — comentou Corvo, parando após subirem outra escadaria íngreme, rudemente talhada na rocha. — Estes são túneis que já explorei, tem muitos por aqui que nunca pisei.

— Bom, então não estamos correndo a esmo! — Sophia alegrou-se, aproveitando a momentânea parada para recuperar o fôlego.

— Mas e agora? Corremos o resto do caminho até a superfície? — questionou Aster.

Só de pensar nessa possibilidade, Sophia já sentiu um frio no estômago.

— Não. O risco deles nos alcançarem é grande e de esbarrarmos em alguém pior pelo caminho é maior ainda. Estou levando vocês até um lugar onde tenho algo que vai ser muito útil — respondeu ele olhando ao redor. — Não queria ter de usar aquele caminho, mas por pior que seja ainda é melhor que lutar ou sermos capturados.

— Outra escada de duzentos degraus? — Sophia perguntou, querendo se preparar para o pior.

— Não é ruim por ser cansativo — respondeu ele. — É por ser perigoso, assustador e se errarmos uma bifurcação podemos nos perder. Tem centenas, senão milhares, de caminhos, grutas, cavernas e túneis que não faço ideia de pra onde vão — completou, tomando água de seu cantil e voltando a andar.

Continuaram pelos caminhos escavados até que chegaram em um lugar mais amplo com vários trilhos para carrinhos de mineração no meio.

— Após tantas curvas e subidas, eles devem ter desistido, não é possível que ainda estejam nos seguindo — Sophia disse esperançosa. — Podemos ir mais devagar... por favor?

— Claro, mas já estamos chegando, é ali — Corvo respondeu apontando para o que parecia um túnel bloqueado por tábuas. — É um projeto que está quase pronto, pretendia usar para explorar mais rápido essas minas.

— Projeto? — perguntou Aster.

— Vocês vão ver — respondeu ele.

Chegando nas tábuas, ele destrancou um trinco secreto, revelando serem uma porta e por trás delas algo grande coberto com uma lona preta.

— Faz um bom tempo que monto isso — disse ele, descobrindo a máquina. — Funciona bem, mas ainda está longe de estar pronta.

A máquina era um carrinho de mineração com um motor a vapor montado na frente, com limpa trilhos e seis rodas. O carrinho tinha um banco acolchoado e várias alavancas e mostradores.

— Fiz de forma que pudesse mudar de trilho sem precisar depender das chaves de desvio — explicou enquanto tirava umas caixas de ferramentas de trás do assento e colocando uma almofada. — A maioria delas não funciona ou nem existe mais.

Tanto Aster quanto Sophia admiravam a máquina, quando notaram que mal cabia dois no carrinho.

— Desculpe, Aster, mas você terá que ir aqui — disse Corvo, tirando uma pesada caixa de madeira da parte de trás do carrinho, liberando espaço em uma plataforma do lado de fora. — É melhor deixar Tom com Sophia.

— Isso não será um problema fique tranquilo — respondeu ela, ajudando Corvo e Sophia a empurrarem a máquina para fora.

Corvo fechou a porta voltando a esconder sua oficina secreta, então ajudou Sophia a entrar e se acomodar em uma almofada atrás do banco do piloto. Acendeu a caldeira e ajustou algumas válvulas, por fim acendeu as luzes na frente. Aster passou Tom para Sophia e ajudou Corvo a entrar.

— Se nada nos atrapalhar, chegaremos ao nível do metrô em uma hora — disse ele colocando um par de óculos de proteção. — Estão prontas?

Tanto Aster como Sophia confirmaram e Tom deu um miado. Com isso, Corvo soltou o freio e a máquina começou lentamente a se mover.

— Devo empurrar? — perguntou Aster.

— Tem certeza que chegamos em uma hora e não alguma hora? — perguntou Sophia.

— Calma, o motor ainda está esquentando, ainda não acelerei, só soltei o freio e estou verificando se não tem problemas.

Começaram a avançar lentamente enquanto Corvo fazia ajustes e verificava todas as alavancas. Mal avançaram alguns metros quando uma seta de besta passou zunindo por cima deles.

— Acho melhor acelerar! — gritou Aster. — Alguém nos achou!

— Para não terem desistido, só podem ser os Punhos! — disse Sophia, se abaixando.

— Pior, são os piratas Garra de Grifo — disse Corvo ao olhar para trás. — Esses têm a marca na roupa, se nos pegarem morreremos de um jeito horrível, acho que eles têm um covil nessas minas.

— Piratas das minas? — indagou Sophia, arregalando os olhos. — É melhor que isso se mova mais rápido ou eu vou correndo mesmo!

— Tô acelerando, mas até ganhar velocidade vai demorar um pouco — respondeu ele, enquanto outras setas zuniram passando perto.

Aster então começou a empurrar, aumentando a velocidade, enquanto as setas zuniam ao seu redor, uma chegando a acertar o carrinho de metal, bem perto dela.

— Pronto aqueceu o bastante! — gritou Corvo, acelerando tudo o que podia, e a máquina respondeu aumentando muito a velocidade. — A pé eles não têm a menor chance, agora estamos seguros.

Então ouviram apitos agudos ecoarem.

— Isso me soa como um alarme — disse Sophia.

— Parece uma mensagem codificada — disse Aster.

— Isso é problema. Dever ser como se comunicam — ponderou Corvo, mostrando preocupação. — Por isso nos acharam tão rápido, devem ter colocado todo o bando para nos procurar.

Então de trilhos vindos dos túneis laterais, surgiram quatro troles, cada um empurrando um carrinho de mina cheio de piratas, que começaram a acelerar e a se aproximar.

— Mais rápido! — disse Aster, olhando para trás. — Eles estão diminuindo a distância.

— Não serão um problema por muito tempo — respondeu Corvo. — Logo à frente tem uma bifurcação em que mudamos de trilho, eles vão ter que parar e mudar a chave se é que ela funciona, e estaremos longe....

Antes que Corvo pudesse terminar a frase, uma seta de besta com uma dinamite acesa passou por eles e explodiu a bifurcação.

— Eles são loucos! — Sophia disse sem acreditar no que viu. — Diga que pode fazer algo — suplicou ela, assustada.

— Sim, mas vai ser ruim — Corvo respondeu e puxou uma alavanca pintada de vermelho. — Segurem firme.

Ao puxar a alavanca, ele soltou pesadas molas embaixo do veículo, que em um rápido movimento abaixaram duas peças de metal com esquis, fazendo toda a máquina dar um pulo. Passaram pelo pedaço destruído e com um forte impacto na aterrissagem seguiram acelerando, enquanto os perseguidores, que estavam no mesmo trilho, descarrilharam por esquecer de frear, de tão surpresos pelo que viram.

— Dois a menos, sobraram os nos trilhos em paralelo — anunciou Aster.

— Não serão um problema os trilhos deles divergem logo à frente — respondeu Corvo, enquanto terminava de girar uma manivela para contrair as molas. — O problema mesmo é que vamos ter de passar pelo pior caminho.

—Já não estávamos no pior caminho? — perguntou Aster.

— É o pior do pior — respondeu ele.

— O que torna ele tão ruim? — Sophia perguntou, no instante em que chegaram a uma caverna ampla e escura, que não parecia ter teto e muito menos fundo, em que vários trilhos iam e vinham, subiam e desciam em todas as direções e em diversos níveis, apoiados em velhas estruturas de madeiras relativamente finas.

— Ah! Deixa pra lá, já descobri... — completou ela, enquanto seguiam para uma enorme e íngreme subida.

— Os piratas pararam e estão mudando os troles e carrinhos para esta linha — informou Aster. — Mas vamos ter uma boa vantagem antes que terminem — disse ela tentando animar Sophia.

Nisso os sons de apitos voltaram a ecoar e das cavernas e túneis, nas paredes do grande espaço vazio, luzes amareladas começaram a surgir em vários túneis. O som de gritos raivosos e urros preencheu o ar e em pouco tempo dezenas de troles e carrinhos começaram a surgir.

— Isso já ficou surreal! — exclamou Sophia, recebendo um miado concordante em resposta. — Por que querem tanto nos matar? Nem impedimos que eles roubassem nada!

— Também acho essa reação exagerada! — respondeu Corvo. — A não ser que o cara que Tom rasgou o rosto e você acertou as pernas....

— Fosse o líder deles! — Sophia completou o raciocínio dele.

A conversa foi interrompida pelo som de uma bala atingindo a lateral do carrinho deles, por sorte sem conseguir atravessar.

— Armas de fogo!? Mas elas são proibidas na ilha, só militares deviam ter — surpreendeu-se Sophia.

— E por que você acha que justo essa lei os piratas iriam respeitar? — retrucou Corvo. — Primeira vez que fico feliz de ter usado um pesado carrinho de aço para construir isso.

— Um grupo se aproxima! — alertou Aster. — Carregam espadas, porretes e... garrafas com um pano em chamas?

— Não vou ficar aqui só servindo de alvo! — exclamou Sophia, pegando sua besta e disparando contra os piratas.

Acertou os dois que impulsionavam o trole, derrubando-os no abismo e com isso impedindo que o grupo chegasse mais perto.

— Aster, consegue acertar isso neles? — Corvo perguntou passando um frasco para Sophia, que por sua vez passou para ela.

— Sim, mas eles ficaram para trás! Vou acertar no próximo que chegar perto! — respondeu ela.

— Segurem-se, vou mudar de trilho! — gritou Corvo, acionando uma alavanca e fazendo o veículo mudar de trilho em uma bifurcação.

Tiros e flechas voavam pelo ar, enquanto Corvo guiava por subidas e eventuais descidas, enquanto Aster e Sophia faziam o possível para manter os piratas afastados. Então Corvo viu que na mesma linha vinha no sentido contrário um carrinho cheio de pedras.

— Não tem como desviar! — gritou Sophia, assustada e se preparando para o impacto.

— Faça a máquina pular! — gritou Aster.

— É alto demais não vai adiantar! — respondeu Corvo. — Vai ser pior, talvez o limpa trilho nos salve de morrer.

— Confie em mim! Faça pular! — gritou ela novamente, de forma imperativa.

Sem pensar duas vezes, Corvo puxou a alavanca vermelha, a segundos do impacto. Com a máquina acima dos trilhos, Aster ativou novamente o impulso de jato de plasma em suas costas, o fundo da mochila falsa em suas costas abriu com a pressão e protegeu a roupa de queimar. Então Aster direcionou o carrinho para fora do trilho, levando-os a sair do caminho e evitando a colisão, mas caindo no vazio.

Caíram por poucos segundos, que para Sophia pareceram uma eternidade, mas, com grande impacto, acertaram uma linha que seguia paralela abaixo e continuaram em frente. O motor sofrera danos, fumaça saía por baixo dele e uma das lâmpadas da frente caiu, mas a máquina manteve a velocidade.

— Ainda estamos vivos? — perguntou Sophia, abrindo os olhos.

— Sim! Aster fez um milagre! — respondeu Corvo. — Mas acho que essa máquina não aguenta outra dessa!

— Eu também não! — disse Sophia, ainda tremendo.

— Você está bem? — perguntou Corvo, olhando para ela, que confirmou com a cabeça. — E você, Aster?

— Estou! Acha que falta muito para sairmos deste lugar? — gritou ela.

— Não muito, logo veremos a parede oposta — respondeu ele, no momento em que um tiro acertou em cheio o tanque de combustível da caldeira.

O disparo abriu um buraco e uma faísca das rodas de metal contra o trilho incendiou o óleo, colocando em chamas a lateral esquerda e o fundo da máquina.

— Isso foi ruim! — disse Corvo, arremessando um frasco nas chamas que apagaram, mas logo reacenderam. — E tá piorando.

Mais tiros passavam por eles e alguns acertaram o motor, que começou a perder potência, no entanto Corvo finalmente viu a parede oposta, mas parte do trilho à frente havia caído pouco antes da entrada do túnel e para piorar o túnel ficava meio metro acima e a dez de distância do fim do trilho em que estavam.

— Vou ter que frear! Segurem-se! — gritou ele.

— Não! Faça ir o mais rápido que puder! — gritou Aster. — Sophia, segure firme Tom e o proteja! Corvo, prepare-se! Vou agarrar vocês e vamos pular da máquina!

Dessa vez, Corvo não hesitou e prendeu o acelerador no máximo, fazendo o motor soltar mais fumaça, subiu então no banco e no momento em que o trilho estava prestes a acabar puxou a alavanca vermelha uma última vez.

Aster, então, agarrando Sophia e Corvo, ativou novamente o impulso de suas costas e saltaram o espaço vazio para dentro do túnel. A máquina bateu com um forte estrondo na parede e caiu em chamas para o fundo da mina. Ouviu-se o ecoar de urras de vitória e alegria por parte dos piratas.

— Acho que pensam que morremos — comentou Aster, se levantando, sua energia restante era dezoito por cento. — Vocês estão bem?

— Sim — respondeu Corvo, se sentando. — Dolorido, mas bem.

— Podemos, por favor, nunca mais fazer isso? — pediu Sophia, sentando-se e verificando que Tom estava bem.

Todos concordaram com isso e se colocaram a caminhar, Tom se aconchegou dentro do capuz de Aster. Queriam se distanciar o máximo possível dos piratas, antes de parar e se recuperar do que acabaram de passar.

— Desculpe, Corvo, por minha causa...

Sophia começou a se desculpar, mas Corvo a interrompeu.

— Não precisa se desculpar, aquilo era um monte de sucata que cumpriu um verdadeiro nobre propósito, nos salvou daqueles caras. E depois, foi um teste de performance e tanto, agora posso construir outro veículo que será muito melhor — completou ele rindo e já pensando no que poderia fazer.

— Vai fazer um que possa pular mais alto? — perguntou Aster.

— Não esqueça de fazer todo à prova de balas — completou Sophia, rindo junto.

— Estão na lista de coisa pra fazer — ele respondeu. — Também vou colocar assentos extras e garantir que não demore tanto para ganhar velocidade.

Os três riram, aliviando um pouco o medo e o estresse que acabaram de passar.

— Mas mudando de assunto, sabe onde estamos? — perguntou Sophia, olhando para o longo e escuro túnel à frente.

— Ainda não com certeza — respondeu Corvo. — Mas vejo ali na frente uma bifurcação, se tiver uma de minhas marcas descubro.

— E se não tiver? — Sophia perguntou já um pouco preocupada.

— Aqui não será um problema tão grande — disse ele calmamente. — É só continuarmos indo para cima e para o oeste que chegaremos onde já explorei. — completou mostrando uma pequena bússola que levava.

— Pensei que você tinha dito que nos perdermos era um grande risco — disse Aster.

— Depende de onde — respondeu ele. — Deste lado da grande mina, mesmo não explorando tudo, sei que todos os caminhos que saem dela levam para cima sem obstáculos.

— Como você sabe disso? — perguntou Sophia.

— Textos, relatos de viajantes, deste lado os caminhos sempre foram muito usados — ele respondeu, reparando em uma placa de bronze na parede da bifurcação.

— Vejam! Estamos mais acima do que eu pensei! — disse Corvo, apontando para a placa.

— "Via de acesso ao metrô 32 centro-norte." — Leu Sophia, quando Corvo iluminou a placa.

— Então estamos perto da superfície? — perguntou Aster.

— Muito perto, um nível abaixo de onde o elevador nos deixaria — respondeu Corvo, animado.

— Ótima notícia, pena que não podemos pegar o metrô para minha casa — disse Sophia, lamentando. — Nem eu nem Aster temos documentos.

— Verdade, mas o metrô ainda nos será útil — concordou Corvo, já escolhendo um caminho para seguir. — Ele possui um caminho paralelo, para emergências nos trilhos e para manutenção. Quase nunca é usado e nos levará até bem perto de sua casa. É por onde já iríamos depois de descer do elevador.

— Quando isso acabar, acho que dormirei uma semana — disse Sophia, já imaginando o quanto teriam de andar.

O grupo avançou pelos túneis de forma despreocupada, de tão aliviados que estavam, por terem conseguido chegar tão longe e por terem deixado os piratas para trás, de tal forma que nem notaram uma luz amarelada surgir de um túnel lateral logo à frente.

Quando se deram conta, estavam frente a frente com dois membros da Garra de Grifo, estes tão surpresos com o encontro quanto eles. Os piratas colocaram as mãos em suas espadas, velhos sabres longos e enferrujados.

— Devem ser eles! — gritou o que ia na frente, já começando a puxar o sabre.

— O prêmio será nosso! — disse o segundo, pouco antes de ver seu companheiro cair com uma das adagas de Corvo cravada no pescoço antes mesmo de ter conseguido tirar a espada do cinto.

Corvo agiu rápido e sem hesitar e avançou reduzindo a distância, enquanto o pirata restante recuava e preparava um amplo golpe com o longo sabre. O pirata desferiu o golpe, mas devido ao túnel ser estreito, o sabre bateu com força no teto, tornando-o um alvo desprotegido para a estocada certeira de Corvo em seu coração.

— Agora entendo por que você usa adagas — comentou Aster.

— Tanta violência... — falou Sophia, com um misto de choque e tristeza ao ver os corpos. — Nunca, antes de vir para cá, sequer vi alguém morrer — continuou ela com lágrimas nos olhos e tremendo. — E em menos de um dia não só vi, como também matei.

Aster a abraçou e disse com ternura na voz:

— Calma, está tudo bem.

— Também não gosto do fato de precisar matar — disse Corvo, se aproximando. — Queria que você não precisasse ver tais coisas, mas não posso hesitar. Não agir poderia custar a sua vida e a minha, seria ótimo se pudéssemos resolver tudo sem mortes — continuou ele, pegando as mãos de Sophia e olhando diretamente em seus olhos —, mas pessoas violentas e dispostas a matar, como eles, não podem ser detidas com palavras. Eles teriam nos matado antes que tivéssemos dito algo.

— Eu sei — respondeu Sophia um pouco mais calma, mas ainda com tristeza. — Não estou triste por eles e não hesitaria em fazer o que fosse preciso para me defender ou a vocês, é só que este não é o mundo em que eu sempre vivi, ver mortes assim...

— Eu sei — respondeu Corvo. — Não é fácil, mas não deixe que a morte de pessoas como eles, que roubam e matam sem sentir remorso, te destrua por dentro.

— Não vou deixar! — respondeu Sophia, se recompondo. — É só que foi muito para um dia.

— Um que infelizmente ainda não acabou — disse Aster, com compaixão na voz.

— Não, mas como todos os dias, bons ou ruins, ele vai acabar — disse Sophia, limpando o rosto.

— Vamos em frente — disse Corvo. — Para que este dia termine melhor do que está agora.

Eles seguiram em frente, com mais cuidado e atenção, cientes de que ainda não podiam relaxar e que outros poderiam aparecer. Aster começou a pensar sobre o que acontecera e no livro que lera sobre guerra, traçando alguns paralelos.

— É quase como se a Cidade Interior estivesse em guerra — comentou ela.

— De certa forma está — respondeu Corvo. — Piratas como os Garra de Grifo, que perderam seus barcos e se escondem no interior da ilha, contrabandistas de armas, drogas e ao que parece os Punhos de Trovão agora. Todos armados e com interesses distintos, criaram um estado de violência constante.

— E a população comum perdida no meio disso — pontuou Aster.

— Sim, sofrendo e se adaptando — concordou ele.

— Não sabia que a situação aqui embaixo estava assim tão ruim — comentou Sophia.

— Não era, até pouco tempo — ele respondeu. — Esses grupos não eram tão grandes ou tão armados. Eram combatidos, presos, seus covis eram destruídos. No entanto, nos últimos anos, as prisões têm diminuído, a polícia não mais entra em lugares dominados por esses grupos.

— O que aconteceu para ter mudado assim? — Quis saber Aster.

— Nunca tentei realmente descobrir — respondeu ele, dando de ombros —, mas acredito que esses grupos devem ter conseguido comprar pessoas poderosas.

— Sempre quis conhecer a Cidade Interior, acompanhar meu pai quando ele vinha — comentou Sophia, em um tom melancólico. — Agora vou passar a temer pela segurança dele.

— Sei que sua experiência aqui tem sido das piores, mas a Cidade Interior também tem seu lado bom, e lugares lindos — disse Corvo, sorrindo para tentar melhorar o clima da conversa. — Já passamos por um deles.

— É, mas tive que subir uma assustadora escada de duzentos degraus — Sophia comentou com um olhar que mostrava que ainda não perdoara Corvo por fazê-la passar por aquilo.

— Venham, vou levá-las até um outro desses lugares! — disse ele conduzindo-as por uma escada. — É no caminho e não há nada de assustador ou cansativo, aliás, parando para pensar, é até um atalho seguro.

Ele as guiou até um túnel que terminava em uma parede cheia de tubulações.

— Se perdeu? — perguntou Aster.

— Ou essas tubulações são o que você acha bonito? — perguntou Sophia sem entender por que estavam ali.

— Calma, é um lugar secreto — respondeu ele. — Acho que atualmente sou o único a saber, nunca constou em nenhum mapa e foi construído em total segredo até onde eu sei. Achei por acidente — disse ele, enquanto girava o volante de uma grande válvula de uma grande tubulação.

— Ah! Então o lugar é o interior de uma velha tubulação? — comentou Sophia, ao ver que a válvula na verdade era uma porta disfarçada.

— Tá, admito que temos de rastejar por uma tubulação velha, mas nada que valha a pena vem sem um pouco de sacrifício! — respondeu ele, subindo e adentrando na tubulação.

— Já vi que não temos escolha — comentou Sophia com um suspiro. — Pode me ajudar, Aster?

Aster a ajudou a subir, Tom pulou logo em seguida para dentro da tubulação e por fim Aster seguiu. Antes de fechar, olhou para a escuridão atrás de si, queria ter certeza de que não eram seguidos.

O grupo seguiu por alguns bons metros, passando por curvas e junções.

— Não tem perigo de acabarmos nos afogando aqui? — perguntou Sophia, um pouco apreensiva. — Ou sermos cozidos por vapor quente, ou sufocados por fumaça?

— Não, nunca! — respondeu ele. — Já verifiquei, estes dutos são tipo uma passagem de emergência, não são conectados a nenhuma fonte de água, vapor, fumaça ou óleo.

— Como você descobriu esse caminho? — perguntou Aster.

— Tentando descobrir como fechar o fluxo de uma tubulação de vapor que estava vazando há meses e não era consertada — respondeu ele, abrindo outra porta disfarçada. — Chegamos, é aqui!

— Nossa, mas que lugar é esse? — exclamou Sophia, olhando para o amplo e requintado ambiente que se descortinava para além da saída da tubulação.

— Esta é a estação secreta de metrô da família imperial! — respondeu Corvo, ajudando-a a sair.

— Então foi por aqui que eles fugiram para o exílio? — perguntou Sophia, segurando Tom e admirando os refinados detalhes na pouca luz.

— Acho que não — respondeu ele, ajudando Aster a descer. — O trem imperial ainda está na outra estação, que fica embaixo do antigo palácio.

— Para onde vão estes trilhos? — perguntou Aster.

— Por ali, vai para debaixo do antigo palácio, hoje sede do governo e residência do Primeiro-Ministro, Astôn Longbow, e por ali segue descendo até o nível do mar e para uma doca secreta, com um barco a vapor empoeirado, mas pronto para partir — ele respondeu apontando as direções.

— Queria que tivéssemos mais luz, parece lindo, mas mal consigo ver — comentou Sophia.

— Posso iluminar se quiserem — comentou Aster.

— Guarde sua energia, Aster — respondeu Corvo, abrindo um painel na parede.

Ele girou uma válvula e então baixou uma alavanca, fazendo com que dezenas de lâmpadas a gás se acendessem nas paredes e teto.

— As luzes ainda funcionam! — exclamou Sophia, olhando ao redor e se maravilhando com o requinte da estação. — Agora sim é algo que valeu rastejar num tubo velho.

— Não tem perigo de alguém nos achar? — perguntou Aster, olhando para as escadas.

— Não — ele respondeu tranquilamente. — Todos os acessos a este lugar vindos da superfície estão obstruídos.

— Com exceção de caminhos secretos esquecidos, esta estação só se liga à doca e à estação debaixo da sede do governo.

— Mas quanto a essa outra estação? Não é vigiada pelo governo? — perguntou Sophia.

— Acho que ninguém lá sabe que isso existe — respondeu dando de ombros e apontando com as mãos ao redor. — Aquela estação ainda tem acesso direto para dentro do palácio por uma porta secreta. Mas parece não ter sido descoberta. Por acaso colocaram uma estante bem pesada na frente, porém fora isso nada impediria alguém de entrar no palácio por ali.

— Espero que hoje não seja o dia em que descobrirão — disse Sophia, se sentando em um sofá lindo e confortável.

— Não podemos ser tão azarados — respondeu ele, recebendo um miado, concordante, de Tom.

— De qualquer forma, é melhor não nos demorarmos muito aqui — ponderou Aster, olhando de perto o funcionamento de uma das lâmpadas a gás.

— Sim, vamos comer e seguir em frente — disse ele, entregando um sanduíche e uma garrafa com suco para Sophia e em seguida pegando outros para si.

Após comer, Corvo afiou as adagas, verificou quanto havia restado de seus frascos de misturas alquímicas depois do encontro com os piratas. Vendo que restou uma incendiária, duas de fumaça e uma de flash de luz.

Sophia, vendo Corvo se preparando, verificou quantas flechas lhe restavam, e disse:

— Já gastei quase toda a munição que você me deu, restaram só três setas.

— Foram bem utilizadas — respondeu ele. — Se soubesse do risco de encontrar piratas no elevador, teria preparado mais três cartuchos de setas para você, mas na hora achei que quinze setas eram até um exagero.

— Talvez dê para improvisar algumas se acharmos algo, mais ou menos no tamanho certo, pelo caminho — disse Aster.

— Sim, pedaços de metal ou madeira — concordou ele. — Não serão tão eficientes nem precisos, mas serão melhores do que nada.

— Ok, mas não vamos estragar nada aqui para isso — disse Sophia, ao ver como Aster analisava as lindas grades douradas. — Sei que deve ter muito lixo por aí e podemos manter este lindo lugar intocado.

— Concordo! — disse Aster. — Isso é tão bonito, não deve ser destruído por motivo algum.

Aster estava meditando sobre o contraste entre tudo que vira, desde que despertou, com esta estação. Pareceu-lhe que as pessoas, sempre que possível, buscavam se cercar com coisas belas e, ao ver como o ânimo de Sophia melhorou ao chegarem ali, e como ela mesma se alegrou, compreendeu que coisas belas têm uma importância maior do que a mera funcionalidade.

— Bom, então, podemos ir? — perguntou Corvo, se levantando.

— Claro, mas você disse que este seria um atalho, porém, pelo que disse, isto aqui não leva para nenhum lugar perto de minha casa. Vamos ter que voltar a rastejar naquele tubo?

— Não, tem outra passagem secreta — respondeu ele. — Mais confortável de se caminhar por e que sai nos canais que levam até embaixo de sua casa.

— Fico feliz em ouvir isso — respondeu Sophia. — A propósito, embaixo do que fica esta estação? — perguntou ela, em seguida.

— Estamos debaixo da praça dos operários, onde antes ficava o palácio da Princesa Ariadne D'Hy-Drasil — respondeu ele.

— Destruíram um palácio inteiro, construíram uma praça e não descobriram este lugar? — perguntou Aster, olhando para Corvo.

— Colocaram fogo durante a derrubada do imperador, o que sobrou de pé colocaram abaixo e enterraram — respondeu Sophia. — Depois construíram a praça em cima dos escombros enterrados.

— Escondendo sem querer a existência deste lugar — completou Aster, compreendendo a situação.

— Faz pensar que tesouros não estariam enterrados entre aqui e a praça, não? — comentou Corvo, olhando para cima, como se tentasse ver através do teto.

Por fim, Corvo guiou o grupo até uma pequena sala que parecia uma despensa vazia, onde acionou um mecanismo secreto, escondido atrás uma tubulação falsa na parede, revelando uma passagem ocultada por uma porta camuflada para se mesclar com os azulejos da parede.

— É um caminho reto em leve aclive — disse Corvo, mostrando um mapa da Cidade Superior. —No fim dele estaremos um nível abaixo da superfície e aqui. — Mostrou ele, no mapa.

— Estaremos a três quadras da minha casa! — notou Sophia, visivelmente alegre.

O grupo seguiu pelo caminho secreto sem dificuldades, saindo nos canais do primeiro nível abaixo da Cidade Superior, meia hora depois, por outra porta secreta que após fechar ficou indistinguível do resto da parede.

— Agora falta pouco, mas devemos nos manter atentos, os Punhos de Trovão podem estar patrulhando estes canais para impedir você de chegar em casa — disse Corvo olhando ao redor.

Os canais do primeiro nível eram iluminados por lâmpadas de queima de gás de boa qualidade, deixando o ambiente claro e sem fumaça.

Então Corvo se virou para Sophia e com um sorriso disse:

— Agora só precisamos achar a tampa de bueiro mais próxima da sua casa e sua jornada terá terminado.

— Vai ser bom, chegar em casa! — respondeu Sophia com um sorriso largo no rosto. — E também vai ser ótimo apresentar vocês a meus pais.

— Ainda não me convenci de que será possível — respondeu Corvo, sério e desviando o olhar. — Pelo que Aster disse, devem ter dobrado a patrulha, e certamente eu e ela vamos acabar presos se subirmos à superfície.

— Não se preocupe com isso — respondeu Sophia —, desta vez sou eu que conheço um caminho secreto — revelou ela, dando uma piscadela.

Corvo olhou para ela com surpresa e então ela continuou:

— Minha casa tem uma saída secreta para essas galerias, só sei abrir por dentro, mas é só esperarem do lado de fora que eu abro para vocês dois.

— Mostrarei onde fica quando estivermos perto de casa.

Com o plano definido, o grupo seguiu caminho, com cuidado e a passos rápidos.

— Sorte que ninguém parece andar por aqui — comentou Aster.

— O que é estranho, normalmente teria pessoas, indo e vindo dos pequenos mercados de fronteira — disse Corvo.

— Talvez o meu sequestro tenha causado maior impacto do que pensei — ponderou Sophia, se perguntando como estariam seus pais.

— É possível! — concordou ele. — Talvez por medo, os mercadores da superfície não desceram e os do interior não subiram, ou os mercados foram fechados por segurança — supôs ele.

— Essa água toda é parte do sistema de controle de temperatura da ilha que vocês comentaram? — perguntou Aster, notando o grande volume de água no canal.

— Sim! E essa vem quase toda da minha casa, que, como residência do engenheiro-chefe, também é o prédio em que ficam as principais bombas do sistema e as que distribuem água potável para a Cidade Superior.

— Além dos controles principais do sistema de controle de temperatura, controles de fluxo das três grandes refinarias e os escritórios de engenharia — explicou Sophia, fazendo Aster imaginar qual seria o tamanho da edificação. — A residência do engenheiro-chefe é mais um prédio do governo do que uma residência.

— Sempre quis saber como conseguem controlar, daquele único ponto, tantas bombas e tubulações por toda a ilha — comentou Corvo.

— Várias engrenagens e sistemas hidráulicos complexos, tantos que tem um grupo exclusivo para operar e fazer manutenção de cada um — respondeu Sophia, meio que em um suspiro desanimado. — Tentei aprender como era e desisti quando descobri que os três volumes, de seiscentas páginas cada, que eu estava lendo, eram só sobre sistema de controle da distribuição de água potável.

★★

Enquanto o grupo de Corvo se aproximava do destino, na caverna que servia de base para os Garras de Grifo, o chefe dos piratas estava tendo seus ferimentos tratados quando um mensageiro chegou.

— Capitão, a notícia é que foram mortos, o veículo em que estavam bateu em chamas na parede e caiu para o fundo do abismo!

Natanael Griphon, o capitão sem navio, líder dos Garras de Grifo, apenas olhou com ira nos olhos, sua vontade era de os ter capturado vivos para poder torturar. Não poderia andar por meses por causa das flechadas em suas pernas, mas o que realmente o enfureceu foi o gato que lhe rasgou seu belo rosto. Não estava tendo sorte nos últimos tempos, perdeu seus dois navios, sendo forçado a se esconder no interior da ilha e neste último roubo, não só acabou ferido, como também não encontrou o que procurava.

— Encontre o informante — disse ele por fim. — É bom que ele consiga explicar por que o baú não estava no elevador.

— Er... Ele já mandou uma mensagem, pouco depois do Capitão partir para o elevador — respondeu o mensageiro, visivelmente com medo da ira de Griphon. — Parece que... por causa de um sequestro na Cidade Superior os mercados de fronteira fecharam.

— Maldito azar! — gritou Griphon atirando uma garrafa de rum vazia contra a parede.

— Mas isso é estranho, por que iriam fazer isso por um simples sequestro? — indagou Dellano, o segundo em comando e melhor amigo de Griphon.

— Sim, sei que é raro na Cidade Superior, mas de fato é um exagero! — concordou Sumally, a terceira em comando.

— Sabe de mais alguma coisa mensageiro? — questionou ela.

—Sim, senhora! — respondeu ele de pronto. — Os rumores são de que foi a filha de alguém importante e também recebemos há pouco essa mensagem dos Punhos de Trovão!

Ele então entregou um papel para Dellano que leu para os outros.

— "Procuramos uma garota de cerca de 15 anos, cabelos ruivos longos, olhos verdes, traja roupas de boa qualidade, tem cerca de um metro e sessenta de altura, qualquer informação será bem recompensada."

— Agora faz mais sentido, os cabeças de vento do topo devem ter descoberto quem sequestrou e se sentiram ofendidos pela ousadia — ponderou Sumally.

— A garota que me feriu tinha olhos verdes e mais ou menos essa altura — comentou Griphon, já um pouco mais calmo. — E se era ela naquele elevador, tentando voltar para casa?

— Então matamos a filha de alguém importante — comentou Sumally, com um tom alarmado. — Isso pode atrair problemas.

— Não se jogarmos de forma certa — argumentou Griphon, pensativo. — Vou mandar uma mensagem para os Punhos, dizendo que vimos ela se acidentar na grande mina e morrer, assim lucramos alguma coisa com esse dia azarado. No entanto, quero que espalhem boatos que os Punhos é que mataram a garota quando ela tentou fugir.

— Acho que não vai fazer diferença para os cabeças de vento quem matou, vai sobrar pra todo mundo abaixo deles — respondeu Dellano, visivelmente preocupado com a reação que viria com aquela morte.

— Não se ajudarmos eles contra os Punhos — respondeu Griphon com um sorriso. — Os Punhos cruzaram um limite, trazendo problemas para toda a Cidade Interior, se fizermos o jogo correto, podemos lucrar de várias formas.

— Poderíamos até converter o apoio político dos Punhos no parlamento da Cidade Interior em nosso apoio, aumentando nossa influência — ponderou Sumally. — Isso pode ser grande, pois até a Cidade de Madeira vai ter problemas por causa dessa morte.

— Temos que agir rápido para não perdermos essa chance! — disse Griphon, animado com as possibilidades. — Mensageiro, convoque todos os Garras de Grifo. Hoje marca o começo do nosso retorno aos mares.

★★

Em outra parte da ilha, outra pessoa também teve seu dia afetado pelo sequestro de Sophia, o Comandante Chefe de Investigações da polícia da Cidade Superior, segundo em comando de toda a polícia da cidade e responsável pelas investigações de crimes de maior importância, George C. Lestrade, que teve de passar a noite coordenando as buscas e investigações. Buscas infrutíferas, mas as investigações revelaram que ela foi atacada por dois homens encapuzados que a levaram para a Cidade Inferior, o que só piorou todo o caso.

— Inspetor Killian, conseguiu algo com a polícia da Cidade Inferior?

Killian era o segundo em comando naquela investigação e responsável por intermediar as ações das polícias Superior e Interior.

— Pouco, eles garantiram ajuda e já começaram as buscas, mas querem receber pelos gastos a mais gerados pela operação — respondeu entregando a Lestrade uma folha com o pedido de verbas.

— E é melhor começar a chamar de Interior e não inferior — emendou Killian com certo desgosto na voz. — Este caso pelo visto vai ser longo e dependeremos muito da polícia inf... interior, se por acidente falarmos assim na frente deles só vai ficar pior trabalhar com eles.

— Hunf... Isso é um absurdo! — reclamou Lestrade, lendo o papel. — O problema veio da cidade deles e querem nos cobrar por isso?

Killian apenas deu de ombros.

— Depois eu passo isso para o ministro da Justiça, agora nós dois temos que ir até a casa de Rodan, informar o que sabemos e descobrir o que ele sabe — disse Lestrade guardando o papel no bolso interno do casaco.

— Pensei que você já tivesse ido. Afinal, Rodan é o Chefe de Engenharia de toda a ilha. Só está abaixo dos ministros em termos de poder.

— Eu sei, mas tive que lidar com o fechamento dos mercados de fronteira, ordens do ministro da Justiça — respondeu ele, já seguindo para a charrete a vapor que os levaria. — Tem ideia do que é tentar impedir um mercador de vender? Em instantes virei o foco do ódio de todos eles.

— E eu achando que tinha problemas lidando com a polícia interior — comentou Killian, seguindo Lestrade — e com o estranho evento de ontem à noite na área abandonada. Acredita que estão falando de uma armadura possuída, que era um fantasma de um cavaleiro?

— Que absurdo — respondeu Lestrade.

— De qualquer forma, é um fato que esse caso já está virando um problema de todo mundo — Killian completou com visível tédio enquanto pensava nos vários problemas. — Ouvi dizer que a população já está começando a ficar histérica, com medo de que de cada bueiro pule alguém.

— É, a cidade nunca mais vai ser a mesma depois de ontem — concordou Lestrade, com um olhar sério e soturno voltado para o nada.

Após poucos minutos já estavam no destino, o prédio em cuja frente ficavam os escritórios de engenharia, ao lado o centro de controle das bombas de água, e atrás ficava o prédio residência do engenheiro-chefe. Era uma residência de certa forma isolada já que os fundos davam para a borda do platô e um dos lados dava para uma ravina funda, herança do desastre da zona morta, décadas antes.

Lestrade desceu e parou uns instantes, olhando para a profunda ravina. Era, apesar de sempre ter vivido na cidade e ter passado a juventude trabalhando nas ruas, a primeira vez que via de perto uma das três grandes ravinas.

Olhando para a escuridão da fenda, que se alargava na direção da borda, se aprofundando até quase o nível do mar e que, naquela tarde úmida e nevoenta, se mostrava ainda mais sombria e sinistra.

"Que visão... que lugar sombrio", pensou ele.

Não pode deixar de imaginar para o quão fundo teriam levado a pobre garota, em que buraco escuro estariam mantendo-a, como a estariam tratando. Pensou então em como encararia o pai dela sem ter quase nada, de fato nada que reduzisse a preocupação do homem para com a filha e que talvez fosse apenas preocupá-lo ainda mais. Percebeu então que estava, até aquele momento, se focando nos problemas errados, a prioridade deveria ser salvar a garota, o resto devia perder importância.

— Killian, não devemos nunca esquecer que fazemos nosso trabalho pelos inocentes e vítimas. Encontrar a garota com vida é prioridade, não importa o que tenhamos de fazer.

Killian apenas concordou com um aceno de cabeça, não queria dizer, mas duvidava que encontrariam a garota, viva ou mesmo qualquer vestígio de onde seus ossos repousariam. Conhecia a capacidade da Cidade Interior de fazer as pessoas sumirem.

Seguiram para a porta da residência dos Von Gears, Lestrade hesitou por um segundo antes de usar a aldrava e bater na porta, ainda não tinha certeza do que falar aos pais da garota.

— Boa tarde, somos da polícia. Sou George Lestrade, Comandante Chefe de Investigações, e este é o inspetor Killian Cartano, gostaríamos de falar com o sr. Von Gears — disse ele, mostrando o distintivo para a empregada que atendeu à porta.

— Entrem, por favor, vou avisar da sua chegada — disse a moça, que parecia triste e abatida, guiando eles até o sofá da sala de estar.

A jovem empregada falou com outra mais velha que parecia ser a governanta, que depois sumiu no corredor. Então a empregada mais velha se aproximou e perguntou respeitosamente e sem demonstrar emoções:

— Posso lhes servir algo enquanto aguardam? Temos biscoitos, água, café...

— Não, obrigado! — interrompeu Lestrade. — Você é a governanta da casa? Qual seu nome?

— Sim, sou Alicia Erynvorn. Trabalho como governanta há vinte anos nesta casa.

— Madame Erynvorn, como investigador do caso eu gostaria que me respondesse com sinceridade, sabe quem teria motivos para sequestrar a jovem Sophia von Gears? — perguntou Killian.

— Não, infelizmente, não — respondeu, mostrando por um instante um semblante que pareceu a Lestrade um misto de tristeza e revolta, antes de voltar a uma face sem expressão de emoções. — Mestre Rodan, até onde eu saiba, não possui inimigos que fariam tal coisa, mesmo na Cidade Inferior ele é bem-visto, mas um bom status e boa fama sempre despertam inveja.

— Suspeita de alguém? — perguntou Lestrade.

— Ninguém em específico.

Neste momento, Rodan adentrou a sala, era um homem robusto e bem afeiçoado, mas demonstrava o abatimento da tristeza e preocupação.

— Comandante, inspetor — cumprimentou ele, apertando-lhes a mão. — Por favor, digam-me que já sabem de algo sobre minha filha.

Enquanto isso, no nível abaixo, Corvo, Sophia e Aster estavam parados por trás de uma queda d'água que os escondia em uma reentrância na parede da galeria.

— É aqui — disse Sophia apontando para a parede de tijolos. — Uma pena que eu não saiba como abrir por fora.

— Quem projetou isso sabia o que fazia, a tubulação jorrando água não só encobre a vista da porta secreta sendo aberta como também abafa qualquer ruído de sua abertura — disse Corvo, olhando com curiosidade para a parede, tentando achar sinais.

— É foi bem-feita. Fechada é impossível distinguir do resto da parede — concordou Aster. — Hum. Na mesma galeria e, ao que parece, com a mesma técnica de construção da passagem pela qual viemos.

— Sim. Estava pensando o mesmo — concordou Corvo. — E vejam essa marca quase apagada perto do chão. — Apontou ele. — Eu já vi em outros lugares deste nível, todos perto de casas de pessoas importantes, mas nunca soube o que significavam. Pensei que talvez algum grupo de ladrões houvesse feito as marcas para se orientar aqui embaixo.

— Acha que, talvez, a estação secreta fosse para ser usada por outros além da realeza? — questionou Sophia.

— É possível, mas agora não temos tempo para esse mistério — disse Corvo, enquanto tirava um mapa da mochila. — Agora o importante é você chegar em casa antes que os Punhos de Trovão consigam fazer seu pai ajudá-los no que quer que estejam planejando.

— E sem ser percebida, devemos lembrar — disse Aster. — Já que não há como saber quem estará vigiando a casa.

— E pensar que comprei este mapa das ruas da Cidade Superior mais pela beleza e detalhamento com a qual foi feito do que por sua utilidade para mim e agora é muito útil já que mostra bem onde as tampas de bueiro ficam — comentou Corvo.

— Este sai bem do lado, seria perfeito — disse Sophia, apontando no mapa.

— Seria, mas infelizmente para sair neste você teria que ir rastejando por aquele tubo — respondeu Corvo, apontando para uma tubulação estreita, quase no teto, do qual saia uma fina linha de água que caía no curso principal da galeria.

— Não, chega de rastejar por tubos hoje — respondeu ela de imediato, fazendo Aster e Corvo rirem, com o jeito sério de definitivo com que falou.

— Que tal este? — disse Corvo apontando para um que ficava em um beco a uma quadra de distância. — É um que dá acesso direto a esta galeria.

— Parece a melhor opção — respondeu Sophia. — A entrada deste beco é parcialmente bloqueada por uma banca de venda de frutas, de uma senhora bem amável aliás, e que só abre pela manhã.

— Perfeito! Podemos subir sem chamar a atenção — exclamou Corvo, mostrando certa empolgação. — Vai ser a primeira vez que ponho os pés na Cidade Superior.

— Sim, perfeito, mas uma vez lá em cima, como Sophia chegará em casa sem ser percebida? — questionou Aster.

— Este ponto depende de como vão estar as ruas lá em cima — respondeu Corvo. — Se as ruas estiverem muito movimentadas, se tem muitos guardas... vamos ver e decidir.

Com o plano resolvido, na medida do possível, seguiram para a superfície e ficaram felizes ao ver que o beco estava vazio e que ainda havia um leve nevoeiro.

CAPÍTULO 7

PLANOS

Parados por trás da velha banca de frutas, Sophia, Aster e Corvo observavam as ruas à frente.

— Pena o nevoeiro não ser mais forte — sussurrou Sophia, em um tom de lamento. — Por sorte só tem dois guardas... que lástima não ser possível confiar na polícia.

— Duvido que algum deles apoie os Punhos de Trovão e não sei se são tão corruptos, mas por ora é melhor evitá-los — respondeu Corvo, sem tirar os olhos da rua. — Se a notícia do seu retorno chegar aos Punhos, perdemos a chance de levar alguns deles para a cadeia quando tentarem entrar em contato com seu pai.

— A rua é sempre assim, pouco movimentada? — questionou Aster, olhando para as poucas pessoas andando.

— Não, normalmente teria no mínimo o dobro — respondeu Sophia. — O nevoeiro e, possivelmente, os mercados de fronteira fechados devem ter mantido as pessoas em casa.

— Sem falar que podem estar com medo de serem as próximas a serem raptadas — complementou Corvo. — Se o medo for grande, talvez até passem a proibir a circulação no primeiro nível abaixo da cidade ou até mais.

— Isso pode complicar as coisas para nós no futuro — comentou Aster.

— Lidaremos com isso quando for o caso — disse Corvo se voltando para as duas. — Parece que os guardas não vão sair dali tão cedo, vou tentar criar uma distração. Ainda tenho duas bombas de fumaça e uma de *flash*.

— Não sei se é uma boa ideia — discordou Aster. — Vai levar os guardas a procurar quem causou uma distração assim.

— A outra opção é esperar anoitecer — disse ele, com uma expressão, no rosto, que dizia não ter outra opção.

Então Tom pulou do ombro de Aster e correu sorrateiro até uma carroça puxada por um cavalo.

— Aonde esse gato vai? — perguntou Corvo surpreso.

Nisso, Tom pulou nas ancas do cavalo com as garras expostas, fazendo o animal se assustar e começar a dar pinotes, levando o dono do animal a tentar segurá-lo e pedir ajuda aos guardas que prontamente foram ajudar. Antes que alguém pudesse vê-lo, Tom pulou para a cabeça do cavalo e depois para o toldo da loja, na qual a carroça estava parada em frente, e dali pulou para outro toldo até sumir no nevoeiro.

— A inteligência desse gato começa a me assustar — disse espantado. — É agora ou nunca, vai!

— Aqui, fique com isso — disse Sophia, entregando a rapieira —, pego de volta quando nos reencontrarmos.

Então Sophia saiu o mais rápido e furtivamente que pôde, correu sorrateiramente até uma grande charrete a vapor, com cuidado para não ser notada, o que foi fácil já que todos estavam distraídos com a confusão que o cavalo estava fazendo. Ela então verificou que o motorista também estava distraído com a confusão e correu para o beco ao lado de sua casa.

— Pronto, agora temos que voltar para a saída secreta — disse Corvo para Aster.

— E quanto a Tom? Não vamos esperá-lo? — perguntou Aster, preocupada com o pequeno animal.

— Tenho certeza de que vai ficar bem, ele vai nos encontrar cedo ou tarde. Nunca vi gato mais esperto.

No beco, Sophia olhou ao redor para ter certeza de que não era seguida e nem vigiada por ninguém.

"Até aqui tudo bem", pensou ela, enquanto avançava com cuidado até uma pilha de caixotes junto a uma cerca de madeira. "Isso vai ser útil para mim, mas direi a papai que dê um jeito impedir que mais alguém faça o mesmo."

Ela então escalou os caixotes para pular a cerca e entrar no pátio de serviço de sua casa. Antes de pular, porém, tirou o capuz, descobriu o rosto e verificou se não havia ninguém para além da cerca, não queria ser confundida com um ladrão. Viu ali uma jovem empregada encostada no arco da porta perdida em pensamentos e com um semblante triste.

— Marie! — disse Sophia pulando para o chão e correndo para abraçar a moça, que, atônita, não conseguiu dizer nada por alguns instantes.

— Senhorita Sophia! É a senhorita mesmo? Não estou delirando? — disse Marie, completamente surpresa e com lágrimas nos olhos.

— Sim, sou eu! Consegui voltar, conto tudo depois, agora devo ver meus pais, ah, e não contem a ninguém que voltei até eu ter falado com eles! — disse ela à Marie e aos funcionários na cozinha, já correndo para dentro e deixando para trás todos surpresos, felizes e muito confusos.

Sophia seguiu pelo corredor e enxergou seu pai ao lado de madame Erynvorn na sala de estar, sem perder tempo entrou na sala, parando à porta e dizendo:

— Pai! Eu voltei!

Todos na sala pararam e voltaram os olhos para a fonte da voz. Sem acreditar, Rodan simplesmente correu e a abraçou, Madame Erynvorn levou as mãos ao rosto e encheu os olhos de lágrimas de alegria, enquanto os oficiais ficaram sem entender nada.

— Minha filha! Minha filha! Viva e em casa! — disse Rodan, abraçando com força, como se para garantir que era real.

— Siiim! Mas se continuar me apertando assim, talvez não por muito tempo... — disse Sophia quase sem fôlego.

— Desculpe! — disse ele finalmente soltando-a. — Mas o que... como...? — questionou ele.

— Gostaríamos de ouvir também, se não se importar, sr. Rodan.

Lestrade, ainda pasmo com o surgimento, como que brotando do chão, da garota que até poucos instantes duvidava ser capaz de encontrar com meses de busca. Não queria interromper, mas não pode evitar de querer saber o que estava acontecendo.

— Quem são estes, pai? — perguntou Sophia, percebendo os homens pela primeira vez e temendo ter cometido um erro.

— Estes são... eram os responsáveis pela investigação do seu sumiço: comandante Lestrade e inspetor Killian, — respondeu Rodan, se levantando e apresentando os homens.

— Até a captura dos responsáveis ainda somos — respondeu Lestrade. — Senhorita, poderia iluminar o que aconteceu, desde que foi atacada a até como veio parar aqui desse jeito?

Sophia hesitou um pouco, mas decidiu contar:

— Fui atacada na volta do colégio para casa, a duas quadras daqui e levada para o nível 64 ou 65 não tenho certeza agora.

— Tão fundo! — vocalizou Rodan, o que todos ali pensaram.

— Levou horas, mas por sorte um... explorador da Cidade Interior me viu sendo carregada em um saco preto e decidiu ajudar.

— Um explorador? — questionou Killian. — Ele tem nome?

— Ele me pediu para não revelar, ele teria problemas se o nome dele fosse descoberto, ele explora túneis abandonados em busca de coisas sem dono que possa vender e fazer inimigos seria perigoso — explicou Sophia. — Foi graças aos conhecimentos que ele tem, que pôde me guiar até aqui evitando maiores riscos. Ele cuidou de dois que me vigiavam, me libertou e fugimos, mas havia outros dois que tinham saído. Eles nos viram e nos perseguiram pelas profundezas da cidade, até que cruzamos uma das ravinas, houve um confronto, eles caíram na correnteza causada pela chuva e agora devem estar no fundo do mar.

— Então os responsáveis estão todos mortos? — perguntou Lestrade. — Vai ser difícil saber se tinham mandantes — lamentou.

— Não tão difícil — ela respondeu calmamente. — O explorador identificou um símbolo na roupa deles, eles eram membros dos Punhos de Trovão.

— Tem certeza disso? — perguntou Lestrade alarmado.

— Aqueles...! Sempre temi que acabassem se tornando perigosos — disse Rodan, com fúria contida no tom de voz.

— Não quero defender os... patifes — interrompeu Killian, medindo as palavras em respeito às mulheres presentes —, mas talvez esse grupo tenha feito isso sem envolver outros da organização, a mando de alguém.

— Eles têm muitas conexões com políticos da Câmara Inferior e sabe se lá mais quem — completou ele. — Seria fácil alguém com dinheiro se aproveitar de alguns indivíduos mais perigosos e gananciosos desse grupo.

— Os malditos têm apoio até de alguns na câmara superior — disse Rodan, com desgosto na voz, e um olhar muito sério e determinado.

— Mas por que não procurou a polícia logo que estava livre dos perseguidores? Teriam escoltado a senhorita no metrô vertical e teria voltado para casa antes — perguntou Killian, já imaginando a resposta, mas querendo confirmar suas suspeitas.

— Eu estava sem meus documentos, seria difícil provar quem sou e, segundo o explorador, a maioria apoia os Punhos de Trovão e teriam me devolvido a eles, outros poderiam fazer coisa pior e o resto iria me ignorar para evitar problemas.

Killian e Lestrade se entreolharam, sabiam que havia problemas com a polícia da Cidade Interior, mas não queriam acreditar que estava tão ruim assim.

— Se isso for verdade a situação na Cidade Interior está pior do que eu pensava, — disse Lestrade. — Killian, vamos ter muito trabalho pela frente. Por favor, prossiga senhorita Sophia.

— O explorador me guiou com o máximo de segurança que pôde e, para resolver algumas de suas dúvidas, investigadores, no caminho de volta cruzamos caminho com outros membros dos Punhos, no nível do primeiro anel habitado e ouvimos um deles dizer:

"Segundo o informe está tudo conforme o plano. Pela manhã, vão entregar a exigência e só dependerá de quando Rodan ceder."

— Quando foi isso? — perguntou Killian.

— De madrugada, devia ser por volta das duas horas. O bando ainda não havia descoberto minha fuga, segundo o explorador eles têm meios rápidos de se comunicar nos túneis.

— Não chegou nenhuma exigência. Eles devem ter descoberto sua fuga e desistiram — comentou Rodan.

— Se a chegada da Senhorita não se espalhar, talvez eles ainda tentem entrar em contato — ponderou Lestrade.

— Fora quem me ajudou a voltar, e sei que manterão segredo sobre mim, só quem está nesta casa sabe que voltei, por isso entrei pelos fundos, para ninguém me ver e a notícia não se espalhar.

— Muito bom, mocinha, isso nos dá uma chance de pegá-los em flagrante! — elogiou Killian. — Por favor, sr. Von Gears, garanta que ninguém espalhe a notícia.

— Garantirei que ninguém nesta casa vai espalhar essa notícia — respondeu madame Erynvorn, muito séria.

Nisso, bateram na porta da frente, fazendo todos se calarem.

— Sophia, esconda-se — disse Rodan, quase em sussurro. — Madame Eryn veja quem é.

Madame Erynvorn seguiu para a porta e viu, ao abrir, um garoto que lhe entregou um pacote, dizendo ser para Rodan. Vendo isso, Killian e Lestrade se aproximaram.

— Quem lhe mandou entregar esse pacote, garoto? — Killian perguntou calmamente enquanto Madame Erynvorn entregava o pacote pardo sem identificação para Lestrade examinar.

— Não sei senhor, juro! — disse o garoto se assustando. — Um homem com capuz me pagou uma moeda de prata para entregar, não fiz perguntas e não prestei atenção em mais nada! Me meti em problemas, senhor?

— Não. Pode ir, aproveite seu dinheiro, foi um trabalho honesto — respondeu Lestrade.

O garoto então saiu correndo sem olhar para trás. Killian então chamou rapidamente um guarda e mandou seguir o garoto sem ser visto.

— Agora vamos ver se isto é a tal exigência — comentou Lestrade, dirigindo-se à mesa na sala de estar.

Abrindo o pacote, puderam ver que se tratava de um bilhete e uma bolsa.

— Minha bolsa, com meus documentos! — surpreendeu-se Sophia. — Pensei que a tinha derrubado quando me atacaram.

— Devem ter pegado para usar como prova que estavam com você — disse Killian enquanto Lestrade examinava o bilhete.

— Diz: *"Temos sua filha, coloque as chaves do portão B-32 Leste da refinaria 3 nesta caixa e coloque-a na boca de lobo da Rua Lindon com Rua Alvarez. Interrompa o fluxo nas tubulações P.B. 72-C-14 e P.B. 72-C-15 às dez e meia da noite de hoje. Você tem até 22:00h para entregar a chave, se não fizer ou a polícia aparecer nunca mais verá sua filha."*

— Faz algum sentido para o senhor? — perguntou Lestrade a Rodan.

— O portão B-32 Leste é o de serviço, isolado e pouco usado, dá acesso direto à planta principal da refinaria, sua tranca é especial, se for aberta sem a chave, um alarme toca. Quanto às tubulações, são de petróleo bruto para a refinaria 2 e passam bem perto desse portão, mas do lado de fora. Posso fechar o fluxo daqui sem problemas, porém a refinaria 2 irá ter de reduzir a produção pela metade enquanto isso.

— Mas como eles sabem que você tem essa chave específica? — Killian perguntou tentando entender o quadro geral.

— Desde o engenheiro-chefe William Oldkeper, há uns 50 anos, é mantida aqui uma cópia de cada chave, de cada porta, de cada refinaria, indústria ou casa de máquinas pela qual o engenheiro-chefe é responsável — respondeu Rodan.

— Nossa, deve ser um armário de chaves bem grande. — Não se conteve Killian.

— É uma sala de 10 por 20 metros cheia de grandes armários de chaves — respondeu ele, com olhar distante e apático. — Mas mantidos rigorosamente seguros e organizados.

— Então o plano deles é sabotar a refinaria 3 ou mantê-la como uma espécie de refém para algo maior — ponderou Lestrade.

— O que pretendem fazer agora que sabem disso? — perguntou Rodan.

— Vou mandar uma mensagem prioritária e pedir ao primeiro-ministro Longbow permissão para emboscar eles na refinaria. — Lestrade respondeu já indo para a porta. — Tenha tudo preparado para ir fazer como diz a exigência, Sr. Von Gears. Vamos, Killian!

— Eu gostaria de ficar mais um pouco e questionar mais a senhorita Sophia sobre a fuga e o retorno dela — respondeu Killian.

— O senhor não poderia deixar para outro dia? — interrompeu Sophia, com ar de cansaço. — Desde que fugi praticamente não parei de correr, quase não pude descansar e ainda nem vi minha mãe.

— Sinto muito! Claro que sim, não parei para pensar — respondeu ele. — Voltarei outro dia, quando estiver descansada.

Dessa forma os dois oficiais partiram para preparar a emboscada, deixando os guardas para proteger a casa.

— Madame Eryn, depois poderia pedir a Marie que me preparasse um banho quente e roupas limpas?

— Certamente, jovem senhorita! — respondeu ela, pouco antes de sair, com um leve sorriso. Ia se reunir com os demais empregados para informá-los e passar as instruções.

— Venha, vamos ver sua mãe, ela estava muito preocupada.

— Ela está bem?

— Na medida do possível, tive que convencer ela a não sair atrás de você.

— Quando estivermos juntos, tenho mais o que contar sobre meu retorno.

— Algo que eu deva me preocupar? — perguntou ele, com receio.

— Não exatamente.

Os dois então subiram e, ao entrarem no quarto, encontraram Nathalia Ironrose von Gears, mãe de Sophia, vestida com o traje de caça e preparando uma mochila. Quando viu a porta se abrindo, ela logo disse:

— Nem tente me... Meu Deus, Sophia! Você voltou!

Largou tudo e correu para abraçá-la e com lágrimas nos olhos apenas pôde dizer:

— Meu amor, eu estava tão preocupada.

— Ainda bem que você voltou logo, minha filha, pelo visto não conseguiria impedir sua mãe de virar essa ilha do avesso para te achar.

— Como... o que aconteceu? Por que está vestida assim? — Ela encheu Sophia de perguntas.

Sophia então fez um breve relato, mas um pouco mais completo, sobre sua fuga e retorno, deixando, apenas, sem dizer quem Aster realmente era.

— Que jornada! — exclamou Rodan, pasmo. — Você foi muito corajosa, minha filha.

Nathalia apenas a abraçou com mais força.

— Então, vamos conhecer quem salvou você. Eles já devem estar cansados de esperar — disse Rodan.

Distantes da alegria que se instalava de volta na casa dos Von Gears, Lestrade e Killian, embarcaram na charrete a vapor e seguiram apressados para o quartel-general da Polícia. Muito havia acontecido em pouco tempo e muito haveria de ser feito nas próximas horas.

— Ainda estou atordoado — disse Killian, quebrando o silêncio. — Chegamos para informar que quase nada sabíamos e voltamos não só com a vítima a salvo, como agora sabemos até quem foi.

— Nem me fale — respondeu Lestrade, enquanto escrevia em um caderninho. — Estava muito preocupado com a garota e agora, como num passe de mágica, estou feliz que ela esteja a salvo.

— Pena não podermos celebrar o encerramento do caso — comentou Killian, olhando sério pela janela. — Logo os Punhos de Trovão e sem falar na situação da Cidade Inferior.

— É, vai acabar envolvendo políticos no caso — disse Lestrade concordando com a cabeça. — Por isso temos que pegá-los de jeito e com aprovação do Longbow para a operação.

— Acha que conseguiremos acabar com o bando? — questionou Killian, olhando para Lestrade, sem nenhuma esperança de resposta afirmativa. — Seria um passo para mudar muita coisa lá embaixo.

— Depende mais dos políticos do que de nós nesse caso — respondeu-lhe. — Mas independente de acabar com eles ou não, muita coisa vai mudar. A população da Superior forçará o estabelecimento de uma verdadeira fronteira entre as cidades.

— Isso vai exigir mais homens em campo, de onde vão tirar? — questionou Killian, já imaginando ter de lidar com um bando de recrutas ignorantes.

— Já estou pensando sobre isso, vamos ter de recrutar das outras ilhas, para que haja maior imparcialidade e menor chance conflitos.

— Seria bom começar a pensar numa unificação de todas as polícias da ilha, ela é grande, mas não o bastante para tamanha divisão na força — ponderou Killian.

— Isso é algo mais complicado, cada cidade tem uma força "política" distinta e elas gostam de ter o controle total de seus territórios — respondeu, parando de escrever. — Hum... e nosso primeiro-ministro talvez não goste de saber que essas forças se opõem a ele e estão usando a polícia e os Idiotas de Trovão para isso.

— De onde você tirou isso, Lestrade? Não me diga que você...

— Vou fazer o que é preciso para garantir a segurança da população da ilha e essa é uma grande oportunidade. Basta um leve empurrão para o primeiro-ministro fazer a coisa certa e unificar as três cidades.

Lestrade então reescreveu a nota para o primeiro-ministro, tendo a certeza que nos próximos meses a ilha começaria a mudar para melhor.

★★

O primeiro-ministro, Aston Longbow, era a terceira geração no cargo, herdara-o do pai e já preparava o filho mais velho para ser eleito nos próximos dez ou vinte anos, ainda não tinha certeza de quantas eleições mais se candidataria antes de se aposentar. Estava contente com a estabilidade de Hy-Drasil, sem as revoltas pelo retorno da monarquia, do governo de seu avô ou as por reformas políticas, do governo de seu pai, a sociedade enfim funcionava como uma máquina bem ajustada, com cada peça em seu devido lugar.

Ele estava em reunião com alguns de seus principais ministros, pois a estabilidade de seu governo exigia manutenção constante, ajustes e planejamento meticulosos.

— Acabou saindo melhor do que pensamos, em vez de retardar a construção das novas refinarias deles, conseguimos uma proibição de construção naquela área — explicava o ministro das Relações Exteriores, Wyler Manfred. — Sendo o único lugar em que eles podiam construir perto do litoral, agora talvez nem construam mais nenhuma refinaria.

— E isso apenas financiando um grupo de defensores de árvores — disse o ministro da Economia, Eduard Goldmine. — Sem essa expansão de refinarias do Reino Franco, garantiremos o domínio das exportações de gás e de refinados de petróleo pelas próximas décadas.

— Ainda não acredito que, para manter uma simples e comum floresta, deixaram de gerar dezenas de empregos e desenvolver tanto a economia — comentou o ministro da Defesa e Assuntos Militares, General Ross Gunther.

— Sentimentos, emoções da população — respondeu calmamente Longbow. — Basta fazer a população achar que está fazendo algo altruísta e pelo bem maior, que eles acabarão como fantoches em nossas mãos.

— E não para por aí! — continuou Manfred, animado com o que sabia. — Agora o grupo quer a diminuição do número de chaminés das fábricas, para uma por fábrica!

— Isso acabaria com força industrial deles! — surpreendeu-se Goldmine.

— Aumente o financiamento deles e procure outros grupos assim em outros países — disse Longbow, com um sorriso. — Se deu tão certo assim, se espalharmos isso pelo mundo, logo seremos a maior potência industrial do mundo, e no processo ainda tornamos o mundo melhor, com menos poluição.

— A propósito — interveio o ministro das Indústrias, Alberto C. Mendes, — os projetos do novo parque industrial para obtenção de gás a partir do carvão ficaram prontos, o engenheiro-chefe entregou ontem pela manhã. Assim que o senhor aprovar, daremos prosseguimento.

— Ele é um ótimo engenheiro, tenho certeza que o projeto não apresentará problemas — comentou Longbow, recebendo as pastas. — Aliás, alguma novidade sobre o sequestro da filha dele?

— Designei o comandante Lestrade para o caso, mas mesmo ele vai precisar de mais que um dia para ter algo concreto — respondeu Ian Kaspersk, ministro da Justiça. — Tudo o que sabemos é que a pobre garota foi levada por alguém da Cidade Inferior lá pra baixo.

— Lamentável! — disse Aston Longbow, com certa tristeza na voz. — E como os cidadãos estão reagindo?

— Com medo — respondeu Kaspersk — mas, como colocamos até a guarda pesada patrulhando, as pessoas já devem estar se sentindo mais seguras. No entanto, os comerciantes estão com mais raiva pelo fechamento dos mercados de fronteira do que qualquer outra coisa.

— Enfim a guarda pesada está sendo útil para algo, qualquer coisa usamos eles contra os comerciantes também — disse secamente o ministro Gunther.

— Eles seriam mais úteis se me deixassem trocar aquelas ridículas armas a vapor por armas de fogo — respondeu Kaspersk, com raiva velada.

— Você sabe muito bem que a fabricação da munição das armas de fogo é muito cara — interveio Longbow. — E eu teria de autorizar alterar a legislação "antiarmamentismo", tenho certeza de que aqueles certos políticos iriam aproveitar para revogá-la totalmente, e armar um exército próprio.

— Não ter controle total do Parlamento Superior está se mostrando um problema — reclamou Kaspersk.

— Sim, mas voltando ao assunto dos mercados, o fechamento tem que ser revogado ou logo vai afetar muito a economia da ilha e, afetando a economia desta ilha, afetará a do país como um todo — complementou Goldmine. — O que só vai piorar tudo em um efeito em cadeia.

— A ideia é reabrir amanhã — respondeu Kaspersk. — Até lá já teremos organizado patrulhas no nível 1 abaixo da cidade e garantiremos que os culpados não usem os mercadores como cobertura na fuga.

Aston soltou um suspiro, não gostava da situação. Seu país, que até então se mantinha funcionando bem, como um relógio, parecia ameaçado de ser jogado ao caos por algo tão insignificante quanto o sequestro de uma garota. Décadas de trabalho poderiam ser perdidas porque algum idiota da Cidade Inferior achou que seria uma boa ideia afrontar a Cidade Superior. Algo precisava ser feito para, não somente resolver a situação, como também evitar que ocorresse novamente.

— Vamos estender a proibição dos inferiores de circular para o primeiro nível abaixo da cidade e aumentar as patrulhas por lá — por fim disse Longbow, expressando um olhar raivoso. — Também quero o aumento das prisões na Cidade Inferior e que aqueles juízes corruptos sumam, essa afronta à Cidade Superior não ficará impune.

— Isso vai causar problemas com os políticos da Câmara Inferior — respondeu Manfred.

— Essa mudança na fronteira vai afetar os mercadores — disse Goldmine, preocupado. — Sem falar no aumento de gastos com patrulhamento.

— Além de causar revolta na população da Cidade Inferior — adicionou Kaspersk. — E teríamos de arregimentar mais policiais.

— Será feito! — disse secamente Longbow. — Colocaremos a população apoiando, faremos eles pedirem por mais segurança, o Ministério da Propaganda e Informação vai nos garantir isso, sei que alguns jornalistas vão adorar esse trabalho.

Após uma breve pausa, sob o olhar temeroso de todos na sala, continuou em tom mais ameno:

— Podemos implementar também um tipo de passaporte para acessar o primeiro nível, pago mensalmente, é claro, por quem quiser ter acesso ao nível, e principalmente: apenas para quem quisermos.

— Se alguns dos mercadores puderem, com esse passaporte, até mesmo montar lojas temporárias na Cidade Superior, seria mais fácil convencê-los — disse Goldmine, com certo medo em sua voz. — Criando um status diferenciado para alguns deles.

— Boa ideia, mas, claro, vão ter de cumprir certas regras mais rígidas — disse Longbow, já menos irritado. — Diremos que todo o dinheiro arrecadado será destinado para o aumento da segurança na Cidade Inferior, e nos mercados principalmente, e jogaremos a responsabilidade de termos de tomar tal medida nos políticos incompetentes da Câmara Inferior.

Os ministros todos se mostraram favoráveis às palavras de Longbow.

— Hunf! Foi um erro deixar que a população ignorante escolhesse os membros da Câmara Inferior, de agora em diante vamos garantir que apenas quem escolhermos será eleito — concluiu ele em tom de desdém.

Neste instante, batidas nas grandes e pesadas portas de madeira da sala quebraram o silêncio. Algo incomum, pois ninguém ousava interromper as reuniões da alta cúpula do Estado.

— Senhorita Níniel. Veja do que se trata — ordenou o primeiro-ministro.

A jovem secretária levantou-se de sua mesinha no canto da sala, sem dizer uma palavra ou exibir qualquer emoção, dirigiu-se à porta e então, abrindo-a, viu um jovem mensageiro que logo a informou sobre o que se tratava.

— É uma mensagem de alta prioridade, classificação A — disse Níniel ao se voltar para o primeiro-ministro. — Enviada pelo comandante Lestrade.

O primeiro-ministro então se levantou e foi pegar pessoalmente o envelope da mão do mensageiro.

— Ainda está aí? — questionou ele ao mensageiro assim que pegou o envelope.

Sem dizer nada e com uma cara muito assustada, o jovem mensageiro fez uma breve reverência, se virou e partiu dali o mais rápido que pôde, sem correr.

Longbow, em pé mesmo, abriu a carta e leu em silêncio. O que leu levou-o de uma expressão intrigada e surpresa a uma de raiva e, por fim, a um sorriso sinistro, levando os presentes na sala a se questionarem sobre o que havia na mensagem.

— Parece que Lestrade supera e muito nossas expectativas — disse ele entregando a carta para Kaspersk. — Não só a garota já está em segurança com a família dela, como ele já sabe quem são os mandantes responsáveis e tem um plano para capturá-los.

— Em menos de um dia? — surpreendeu-se Gunther.

Ian leu e se surpreendeu:

— Se o que está escrito aqui é verdade, o problema é muito maior do que pensávamos.

— Na verdade isso simplifica as coisas — falou Longbow, indo até a janela.

— Poderiam explicar do que se trata? — questionou Gunther, impaciente com tanto mistério.

— Os Punhos de Trovão sequestraram a garota para obrigar Rodan a lhes dar acesso à refinaria número três, possivelmente para sabotagem ou para tomá-la, para exigir coisas de nós — respondeu Kaspersk, ainda surpreso com o que lera e ainda terminando de ler.

— E eles agem com o apoio de parte significativa das polícias e de pessoas poderosas nas cidades de Madeira e Inferior — complementou Longbow. — Pessoas que me querem fora do poder.

— Aqueles traidores, depois de todo o apoio e financiamento que demos a eles — disse Goldmine. — Aliás nunca entendi por que mantemos financeiramente esse baderneiros dos Punhos de Trovão para começo de conversa, eles não só protestam contra você como também querem a volta da perigosa eletricidade.

— Tinham utilidade, era uma oposição que controlávamos, impedindo de surgir alguma que não controlávamos, além de servirem para mostrar que apenas os loucos e violentos queriam o fim da proibição da eletricidade — respondeu Longbow, sem tirar os olhos do horizonte além da janela.

— Você disse que isso simplificava as coisas. O que quis dizer? — perguntou Gunther, focando no que Longbow havia dito, e sentindo que havia algo nada simples por trás de tais palavras.

Longbow, ainda olhando pela janela, para as ruas movimentadas abaixo, disse:

— Pelo que Lestrade informou, a ilha já chegou a um estado de degradação que só uma intervenção forte resolveria, ele sugere unificar a ilha em termos de política e policiamento, o que é uma boa ideia.

— Ora, isso beira o impossível! — exclamou Gunther.

Longbow então se virou e olhou diretamente nos olhos de Gunther e disse:

— Não se reconstruirmos a estrutura da ilha. Se está podre, simplesmente destruímos e reconstruímos melhor!

O silencio atônito reinou na sala, poucos ali entenderam na hora do que o primeiro-ministro estava falando.

Sem esperar por qualquer manifestação na sala ele continuou:

— Meu pai criou um plano durante a pior fase dos protestos do governo dele, a construção de uma usina purificadora de ar, iria ser um presente para apaziguar a Cidade Inferior.

Todos na sala ficaram em silêncio, pois sabiam da verdade sobre o plano.

— O meu pai me falou desse plano enquanto me treinava para assumir a cadeira dele aqui — disse Gunther. — Foi ele que dissuadiu o seu pai de prosseguir, o custo para a imagem do governo seria grande demais mesmo fingindo ser um acidente, algo assim acabaria levando as outras ilhas do país a se voltarem contra o governo, seria impossível acobertar totalmente algo assim.

— Sim, e por isso a obra ficou pela metade e a Câmara Inferior ganhou autonomia total para assuntos da Cidade Interior — respondeu Longbow, deixando nas entrelinhas o que achava disso.

— Um momento! — interrompeu Goldmine. — Isso, hoje em dia, seria ainda mais pesado, são muitos trabalhadores-consumidores da principal ilha sendo afetados! Acabaria com nossa economia e poder industrial de forma mais rápida e eficiente que os idiotas ambientalistas estão fazendo no país deles.

Longbow virou-se para os demais ministros e disse:

— Não precisamos seguir o plano de meu pai como ele concebeu, podemos ajustar, seria só para tornar as cidades mais controláveis e, como o comandante Lestrade me sugeriu, unificar a ilha em um único poder político e policial. Já quanto à nossa imagem, temos um bode expiatório, basta dizer que foi sabotagem dos Punhos de Trovão — concluiu o primeiro-ministro.

— Hum. Pode funcionar, o ministro da Propaganda e Informação poderia iniciar uma campanha que levaria a população a odiar a eles em vez de a nós. Pena ele estar em viagem agora, queria a opinião dele — ponderou Gunther. — Mas esse plano não afetará a Cidade de Madeira.

— Aliás, para onde ele foi? — Com um sussurro, quis saber Manfred, questionando Goldmine.

— Foi conferir uma invenção no Império Germânico, um projetor de imagens. Dizem que as imagens têm movimento — respondeu ele também em um sussurro.

— Quanto a isso, acaba de me surgir uma ideia — disse Alberto, procurando algo em sua pasta. — Há alguns meses chegou ao meu ministério um pedido de verbas para manutenção de certas tubulações.

— E? — perguntou Gunther, impaciente com a lentidão de Alberto.

— Achei! E, meu caro Gunther, o pedido frisava que, se as tubulações não fossem reparadas, grande parte da Cidade de Madeira poderia acabar coberta com óleo, podendo levar a um grande incêndio. Já liberei a verba e as obras já começaram, mas os Punhos podem "sabotar" essa manutenção, só temos que garantir que a cidade portuária não seja muito afetada, perder o porto não é uma opção.

Alberto então entregou a pasta com os detalhes da manutenção para Longbow.

— Senhores, teremos muito planejamento pela frente — disse, por fim, Longbow, após uma breve leitura dos papéis. — Vamos reconstruir essa ilha, torná-la menos corrupta e mais organizada.

Sorrisos se espalharam pela sala, todos ali concordavam que, se bem conduzida, essa reforma levaria o país a um patamar superior.

Longbow então entregou a mensagem de Lestrade para sua secretária e disse:

— Senhorita Níniel, responda ao caro comandante Lestrade, que ele pode prosseguir com o plano dele e que pode pedir o que precisar para os ministros da Defesa e da Justiça. Goldmine, avise aos financiadores dos Punhos de Trovão para cortar o dinheiro. Kaspersk, mande as sombras avisarem os políticos que apoiam os Punhos de Trovão, de que isso não será mais tolerado, os Punhos devem perder todo o apoio.

Níniel pegou o papel e se sentou em sua mesa para começar a datilografar a resposta, enquanto a reunião prosseguiu com outros assuntos menores.

Logo que recebeu a resposta, Lestrade começou a organizar a operação em conjunto com Killian, sem imaginar o que, com seu pequeno empurrão, desencadeou.

Killian, embora não aprovasse o fato de Lestrade ter usado de informações imprecisas, não reclamou ou se opôs. Apesar de não gostar do método, não conseguia ver motivos para ser contra. Sabia que os poderosos das cidades Interior e de Madeira, embora quisessem sempre mais poder, jamais se oporiam a Longbow, por estarem confortáveis com o *status quo* e jamais aprovariam os atos provocativos dos Punhos, mas isso poderia mudar no futuro.

Mais cedo e longe dos gabinetes do poder da cidade, Aster encontrava-se sentada em um sofá confortável no escritório de Rodan, que havia insistido em conversar com os dois salvadores de sua filha em um lugar mais confortável que um túnel secreto no porão. Embora o Sr. e a Sra. von Gears parecessem amigáveis, temia a reação deles quando fosse revelado quem ela realmente era.

Além dela, no escritório se encontravam os três von Gears, Madame Erynvorn e Corvo, o qual teve de ser muito persuadido para subir novamente à superfície, pois não gostava da ideia de ficar desobedecendo à proibição aos Interioranos de estar na Cidade Superior.

— Não precisam se preocupar, Sr. Corvo e senhorita Aster — havia dito Rodan, na passagem secreta. — Salvar e trazer de volta minha filha em segurança lhes garantiu a lealdade e o apreço de todos nesta casa.

A princípio, Aster queria pedir a ajuda dos pais de Sophia para conseguir materiais para o gerador elétrico, os quais seriam difíceis de conseguir na Cidade Interior, mas agora frente a frente com eles não tinha certeza se queria envolver pessoas tão boas em algo ilegal.

— Então, Sophia nos disse que precisavam de nossa ajuda — disse Rodan, enquanto Madame Erynvorn servia chá e biscoitos. — Farei o possível para ajudar.

— É um assunto delicado, acho que quanto menos pessoas ouvirem sobre, melhor — respondeu Corvo, olhando simpaticamente para madame Erynvorn.

— Dou minha palavra de que o que for tratado aqui não sairá desta casa, confio em cada funcionário — respondeu Rodan, em um tom sério, mas amigável.

— Não é uma questão de confiança — disse Aster, falando pela primeira vez. — O assunto envolve eletricidade, e estamos hesitantes em envolver pessoas tão boas em algo assim.

O ar na sala pareceu de repente ficar pesado, e fez-se um instante de silêncio. Então Madame Erynvorn foi até a porta do escritório e a trancou com três voltas na chave fazendo um barulho bem audível a cada *click* e depois testou três vezes se a porta estava bem fechada. Para Aster, aquilo pareceu um código sendo passado.

— Ninguém vai nos interromper ou ouvir o que for dito — anunciou Madame Erynvorn, com uma expressão neutra no rosto e se colocando de pé ao lado de Rodan.

— Agora me digam o que exatamente querem e para que — disse Rodan, muito mais sério e menos amigável.

Notando como a boa vontade havia se dissipado, Aster olhou para Sophia que lhe respondeu com um sorriso e um aceno de cabeça.

Aster então descobriu o rosto e a cabeça se revelando aos von Gears, que ficaram realmente surpresos, mesmo a impávida Madame Erynvorn esboçou em seu rosto surpresa.

— Isso não é uma armadura, é? — perguntou Nathalia, se aproximando um pouco.

Aster apenas balançou a cabeça em negativo e contou quem era e o que aconteceu até encontrar com Corvo e Sophia nas profundezas da Cidade Interior.

— Mesmo vendo eu não consigo acreditar — disse Rodan. — Isso não faz sentido, mesmo para a pessoa mais inteligente do mundo, antes da época do expurgo elétrico, durante ou agora, criar algo como você deveria ser impossível.

— É, e por isso agora eu vejo as lendas sobre os Anões de forma diferente — disse Corvo, tomando um pouco de chá.

— Vocês acham que ela foi criada por eles!? — surpreendeu-se Nathalia. — Que eles realmente existiram?

Sophia apenas deu de ombros e disse:

— Talvez não como nas lendas, mas não há como negar que ela é digna de tais lendas.

— Sem dúvida, além de ser perfeitamente humana em raciocínio, é lindamente feita, como uma estátua de porcelana cravejada de joias reluzentes — comentou Nathalia.

O comentário alegrou Aster, que temia ser tratada como monstro novamente.

Rodan então se levantou e disse:

— É compreensível seu medo de envolver outras pessoas, se a informação de que existe uma... máquina praticamente humana, movida por eletricidade se espalhar...

— Eu entenderei se não quiserem se envolver — disse Aster, com uma tímida e fraca voz. — Eu posso voltar com Corvo e para todo o fim, nunca houve essa conversa e...

— Ajudaremos! — interrompeu Nathalia, que logo olhou para Rodan, recebendo aceno positivo de cabeça. — Você protegeu minha filha, não pouparei esforços para te ajudar!

— E, por falar nisso, vocês ainda não disseram como podemos ajudar — lembrou Rodan.

Corvo então tomou a palavra e começou a explicar:

— Como Aster disse, vamos construir um gerador para ela poder se recarregar. Eu tenho como conseguir quase todos os materiais, mas ela precisa de fios de cobre, muitos metros de fios de cobre e isso é mais complicado — prosseguiu ele. — Cobre é até fácil de conseguir, mas conseguir em fios como de arame não, e nem sei por onde começar a procurar. Se tivermos de fabricar a partir de sucata de cobre, vai demorar demais.

— É possível conseguir rolos de 10 metros em lojas de artesanato — disse Madame Erynvorn.

— É usado para arranjos florais — explicou ela, quando todos lhe voltaram a atenção.

— Mas comprar vários rolos de uma vez seria estranho, atrairia atenção e com certeza começariam a se espalhar rumores e fofocas — contrapôs-se Sophia.

— Não se for para uma festa pelo seu retorno minha filha — respondeu Nathalia, com um sorriso malicioso. — Diremos que nós duas e as empregadas faremos os arranjos com nossas próprias mãos, para passarmos o tempo juntas, enquanto você se recupera do trauma de ser sequestrada. Seu pai compra material a mais e teremos os fios de cobre — explicou ela.

— Isso vai sair caro — disse Corvo. — Organizar uma festa, que justifique tantos enfeites, vai exigir muitos convidados, muita comida e muitas outras coisas!

— A festa seria feita, mesmo sem a questão dos fios de cobre e vai ser para, além da família e amigos próximos, para toda a elite econômica, política e até os nobres serão convidados — respondeu Rodan.

— É quase uma obrigação social dar festas assim, por qualquer motivo que deva ser celebrado e quanto maior a alegria maior a festa — explicou Nathalia.

— Então a festa já seria enorme de qualquer jeito — disse Aster, ao ver como o Sr. e a Sra. von Gears olhavam com ternura para Sophia.

— Sim! De fato, faríamos a maior de todos os tempos de qualquer forma — disse Rodan.

— Mas organizar tudo e juntar os materiais levará ao menos de uma a duas semanas e só poderemos começar amanhã, depois que o plano de comandante Lestrade tenha sido concluído — lembrou Madame Erynvorn.

— Quanto tempo até você ficar sem energia, Aster? — Sophia perguntou muito preocupada.

— Se eu não for obrigada a grandes gastos, cerca de 210 horas de funcionamento direto — Aster respondeu como se não fosse nada preocupante.

Quando viu a reação preocupada se formando nos presentes, ela logo explicou:

— Mas como posso fazer algo semelhante a dormir para reduzir a quase zero o gasto de energia, posso estender esse tempo conforme o necessário.

Aster tinha interrompido todos os processos de reparos internos e tudo mais que não fosse essencial, tudo para estender ao máximo seu tempo.

— E o que aconteceria se você ficasse totalmente sem carga? — perguntou Rodan.

— Não tenho certeza, quando despertei, naquele quarto escuro, descobri que sofri vários danos — respondeu ela. — No melhor dos casos, Corvo já sabe o que fazer para me recarregar e eu volto ao normal como se nada tivesse acontecido, mas também posso perder toda a memória ou mesmo não voltar a funcionar.

Sophia então saiu de perto dos pais e foi até ela e segurou suas mãos dizendo:

— Então é melhor não arriscarmos, não quero perder você, amiga.

— Nem eu — disse Corvo colocando a mão no ombro de Aster.

— Obrigada! — disse Aster, comovida.

— Então temos um plano enfim — disse Corvo. — Enquanto eu reúno os materiais que posso e começo a construção do gerador na queda d'água ao lado de minha casa, vocês conseguem os fios de cobre. Eu volto em uma semana para atualizar dos progressos.

— Aster pode ficar conosco até termos os fios? — perguntou Sophia, para ninguém em específico.

— Se me for permitido, ficarei, mas não quero causar problemas à sua família — respondeu Aster.

— Se o Mestre Rodan permitir, ela pode ficar no quarto de hóspedes — respondeu Madame Erynvorn. — Conversarei com os demais empregados em particular, o segredo dela será mantido — garantiu ela.

— Eu também gostaria que ela ficasse, adoraria conversar mais com ela — disse Nathalia, olhando para Rodan.

Vendo que a decisão final estava em suas mãos, Rodan ponderou por alguns segundos, sabia dos riscos de abrigá-la, sua família poderia ser jogada na pior e mais profunda prisão: "O Abismo dos Esquecidos", mas sem hesitar mais respondeu:

— Desde que mantenhamos o segredo, ela pode ficar o quanto quiser.

Ele foi logo abraçado por Sophia em agradecimento e teve certeza de ter feito a escolha certa.

— Bom, agora que está tudo resolvido, devo começar meu caminho de volta e começar logo minha parte — disse Corvo se levantando.

— Espere, não quer passar a noite aqui para descansar? — perguntou Nathalia. — Deve estar cansado e a jornada de volta é longa, gostaríamos de oferecer nossa hospitalidade a quem salvou nossa filha.

— Não se preocupe, viajando sozinho posso usar alguns caminhos e elevadores que contrabandistas usam e assim chegarei em casa ainda hoje — respondeu ele.

— Ainda gostaria que aceitasse alguma recompensa por salvar minha filha — disse Rodan.

— Não é necessário — disse Corvo.

Rodan olhou sério para ele por uns instantes e então disse:

— Se você é irredutível, deixarei esse assunto para outro dia, mas antes que vá ainda há algo que quero dizer. Tem alguém que pode ajudar você na Cidade Interior, ela é uma cientista que tem pesquisado sobre eletricidade em segredo há um longo tempo.

— Verdade! Ela pode ajudar! — disse Nathalia.

— Vocês conhecem alguém envolvido com eletricidade? — surpreendeu-se Sophia.

— É uma amiga de faculdade, tanto de sua mãe quanto minha, ela é meio... excêntrica, mas confiável e é uma ótima amiga — respondeu Rodan.

— Que escolheu algo muito perigoso para estudar! — comentou Sophia.

— Ela não resistiu à tentação de descobrir o que ninguém ousava descobrir — respondeu Nathalia, rindo.

— Ela diz que o faz por amor ao conhecimento — prosseguiu ela, — mas sei que é para saciar sua própria curiosidade.

— O nome dela é Safira Ashvine — disse Rodan.

Foi a vez de Corvo se surpreender.

— Doutora Ashvine!?

Devolvendo o sentimento de surpresa para Rodan, que disse:

— A conhece? Não sabia que ela era conhecida na Cidade Interior.

— Só é conhecida por quem tem algo que ela quer. Alguns poucos comerciantes e contrabandistas e ninguém nunca soube o que ela faz ou mesmo onde mora — respondeu Corvo. — É conhecida como Fantasma da Cidade Interior entre os poucos comerciantes que vendem coisas para ela, e para os contrabandistas, ela é a Doutora Louca.

— De vez em quando acho algo que ela quer, às vezes ela me pede para achar algumas coisas e então ela vem até mim, não sei como, mas ela sempre me acha.

— Claro! O corvo explorador! Então era de você que ela falava! — exclamou Rodan.

Aster achou divertido ver como a expressão de surpresa passava de uma pessoa para outra conforme a conversa progredia.

Passado o momento de surpresas, Rodan pegou em uma gaveta e entregou à Corvo uma carta com instruções de como ir até a casa dela.

— Ela disse para só usar este caminho caso ir até ela seja algo imprescindível. Urgente — disse Rodan. — Também vou escrever uma carta explicando a situação. Para você levar como prova de que eu lhe enviei.

Após pegar as cartas, Corvo então se despediu de Sophia e Aster.

— Agora sim, acho que tratamos de tudo e posso ir.

— Mais uma vez, obrigada por tudo! — disse Sophia com um sorriso um tanto quanto triste. — Não sei o que seria de mim se você não tivesse me salvado.

Então antes que ele pudesse dizer alguma coisa, ela o abraçou com força.

— Não é um adeus — disse ele.

— Tome cuidado no seu caminho de volta — recomendou Aster.

Nisso um miado veio da janela, chamando a atenção de todos.

— Eu disse que ele nos reencontraria! — disse Corvo rindo.

Ao ver seus pais intrigados com aquilo, Sophia explicou ao abrir a janela e pegar Tom nos braços:

— Este é Tom, outro que me ajudou a voltar para casa, o gato mais inteligente e esperto que já vi.

— Mas estamos no terceiro andar! Como ele conseguiu chegar até essa janela? — perguntou Rodan.

— Acredite, quando dizemos que ele é o mais esperto, ainda é pouco para descrever o quão inteligente esse gato é — respondeu Corvo.

Então Corvo olhou para Tom e disse:

— Agora, Tom, você deve decidir se volta comigo para minha casa ou fica aqui com Aster e Sophia.

Tom então olhou para todos em volta por um instante e por fim pulou para o ombro de Corvo.

— Incrível, parece até que ele entende o que dizemos! — exclamou Nathalia.

— Eu diria que entende mesmo — comentou Sophia. — Parece que ele quer lhe fazer companhia na volta.

— Ou ele prefere ser gato de ferro-velho à gato de madame — respondeu Corvo, rindo.

— Cuidem bem um do outro — disse Aster, com uma pontinha de tristeza pela separação.

Feitas as últimas despedidas, com promessas de reencontros, Rodan acompanhou Corvo até a passagem secreta, Madame Erynvorn foi discutir com os demais servos da casa sobre a estadia Aster, e Sophia subiu para tomar um banho e trocar de roupas.

Deixadas a sós, Aster e a Sra. Von Gears começaram a conversar. Aster respondeu feliz todas as curiosidades da anfitriã e também aproveitou para obter respostas a algumas de suas próprias.

— Não pude deixar de notar que vocês têm muitos livros aqui — disse Aster, olhando em volta. — Seria um problema se eu pegasse alguns para ler? — questionou ela. — Quero aproveitar a chance, isso me ajudará a entender melhor o mundo ao meu redor.

— De maneira alguma! Pode ler o quanto quiser, mas neste escritório você só vai encontrar livros técnicos — respondeu Nathalia. — Depois eu levo para você uns romances e suspenses que eu tenho.

— Ficção? — perguntou Aster.

— Não subestime os textos por serem ficção, esse tipo de texto pode lhe ensinar mais sobre o mundo e as pessoas que nele vivem do que um livro de história — respondeu Nathalia.

Nathalia então se surpreendeu ao notar certa dúvida vindo de Aster, reparando em quão expressiva ela era, mesmo sem dizer nada.

— É na ficção que você tem um vislumbre de como as pessoas se sentem no íntimo, como elas reagem a situações diversas, sobre o que elas podem pensar quando se deparam com algo — explicou Nathalia, com um sorriso muito alegre e fascinada por como Aster reagia.

— Entendo — disse Aster pensativa.

— Livros de história apenas narram fatos, a ficção mostra como as pessoas reagem e se sentem sobre esses fatos e até mesmo sobre fatos que nunca aconteceram ou jamais acontecerão — completou Nathalia.

— Então vou esperar ansiosa pelos livros que vai me emprestar — respondeu Aster, alegre.

As duas seguiram conversando sobre livros e amenidades por mais um tempo. Aster achou a conversa muito agradável e proveitosa. Estava feliz por ter encontrado mais uma pessoa cuja companhia lhe trazia alegria, mesmo sem um motivo lógico para tal.

Após Madame Erynvorn retornar e dizer que todos os serviçais da casa concordaram em jurar manter segredo sobre ela, Aster foi levada para o quarto de hóspedes, onde pela primeira vez, desde seu encontro com Tom, Sophia e Corvo, ficou sozinha.

Ali, sozinha, admirou o quarto e seus móveis, não tão ricamente enfeitados quanto os móveis da Sra. Faustos, mas belos em sua simplicidade. Sentou-se à escrivaninha colocada de frente para uma janela que dava para o oceano, e ao longe quase na linha do horizonte era possível ver uma das outras ilhas de Hy-Drasil.

Admirou a vista por uns instantes e pegou o livro dos feitos heroicos dos Cavaleiros Peregrinos, continuando a leitura que começara enquanto esperava por Sophia abrir a passagem secreta, histórias de atos de justiça e abnegado sacrifício, para salvar um reino ou para salvar a vida de uma única criança pobre.

Nisso um pensamento passou por sua mente, todos os motivos que teve para gastar sua energia tão escassa, logo também se lembrou do motivo que a fez sair daquele quarto escuro: explorar o mundo. Reconheceu assim em si um certo paralelo com os cavaleiros, aprendendo mais sobre eles, passou a entender mais sobre o que a motivava a fazer certos atos ilógicos sob um olhar frio.

Então Aster passou a pensar em seu futuro, sair explorando assim que tivesse uma forma de se recarregar, não só para conhecer, mas talvez para fazer a diferença, como os cavaleiros do livro. Teria, eventualmente, que voltar para a casa de Ivan e Corvo, sempre que ficasse sem energia, mas isso não seria um problema já que não queria deixar de se reencontrar, nem com eles nem com Sophia.

Ela tinha muitos planos a fazer para o futuro, mas por ora decidira deixá-los para depois de recarregada. Esses foram seus últimos pensamentos antes de entrar no modo de economia de energia por um tempo, antes de retomar a leitura mais tarde.

Sophia, após tomar um longo banho quente na banheira e colocar roupas confortáveis, desceu para comer alguma coisa, sendo cumprimentada por todos com muita alegria.

— É ótimo tê-la de volta, jovem senhorita! — disse Edgar Valdez, o velho zelador da casa.

— É ótimo estar de volta, Ed! — respondeu ela, entrando na cozinha.

— Vou caprichar no jantar de hoje! — disse Sra. Clara Florysh, a cozinheira-chefe rechonchuda.

— Vai ser ótimo! A comida que me serviram pela manhã foi muito boa, mas nada como comer o que você cozinha, Sra. Foly — respondeu Sophia, se servindo de um pedaço de bolo e de torta.

— De manhã? Não comeu nada desde então? — perguntou Sra. Florysh, surpresa.

— Só uns sanduíches, não dava para levar uma refeição completa na viagem pra cá — respondeu rindo.

— É tão bom ver a alegria de volta à casa! — disse a mãe de Sophia entrando na cozinha.

Nathalia então se sentou ao lado filha e acariciou seus cabelos enquanto ela comia.

— Tenho muito que agradecer aos seus novos amigos — disse ela admirando o rosto da filha.

— Tê-los conhecido quase fez valer a pena ter sido sequestrada, mas nunca mais quero me separar assim, dessa forma, da senhora e de papai — respondeu Sophia, abraçando a mãe. — Por falar no papai onde ele está?

— Eu estava preparando minha parte no plano do comandante Lestrade — respondeu ele, da porta da cozinha.

Rodan entrou e abraçou a filha e se sentou à mesa da cozinha também.

— Espero que o plano dê certo, me sentirei mais segura ao ir para o colégio se eles forem presos – comentou Sophia, colocando mais um pedaço de torta no prato.

— Todos na cidade querem mais segurança — comentou Sra. Florysh, baixinho.

Rodan então disse em tom calmo enquanto pegava alguns biscoitos para comer:

— Os próximos dias vão ser de grandes mudanças na segurança das ruas e na ilha como um todo. Hoje de manhã recebemos a visita dos Roshmanovy, representando as nove famílias —revelou ele.

— As nove famílias já se mobilizaram? — surpreendeu-se Sophia.

— A rede de informação deles é muito eficiente — disse Madame Erynvorn, entrando na cozinha e indo preparar um chá para os patrões.

— Sim, é — concordou Rodan. — E pelo que conversamos, eles estão fazendo as próprias investigações, prometeram indiretamente que vão tornar a cidade mais segura.

— Isso me preocupa — disse Nathalia. — Essas famílias só se importam com o próprio bem-estar, não vão se importar com o que o resto da população terá de passar para isso.

Nisso, bateram na porta da frente e Karmilla Shepard, uma das empregadas, veio avisar que eram repórteres que queriam entrevistar a família sobre o sequestro.

— Devia imaginar que viriam — disse Nathalia, com desgosto na voz. — Obrigado, Milla. Melhor não falarmos com eles, não conseguiríamos fingir tristeza e levantaríamos especulações desnecessárias.

— Sem problemas, já não queria falar com nenhum repórter, então pedi que Madame Eryn preparasse uma nota para a imprensa hoje de manhã — respondeu Rodan. — Teria escrito eu mesmo, mas tivemos aquela visita.

— Vou entregar a nota e despachar os repórteres — disse Madame Erynvorn, terminando de servir o chá e saindo da cozinha.

— E Aster onde ela está? — perguntou Sophia.

— No quarto de hóspedes — respondeu Nathalia.

— Agradeço a todos por aceitarem ela e manter segredo tão perigoso — disse Sophia olhando para os empregados.

— Todos amamos muito essa família, é com prazer e alegria que ajudamos quem salvou a jovem senhorita! — respondeu a jovem Marie Lelith, sorrindo como se o segredo não fosse tão perigoso.

Todos os empregados concordaram.

— Não que não confiemos no que a Madame Erynvorn disse, mas é mesmo verdade que a senhorita Aster não é humana? — perguntou Edgar, meio sem jeito.

Antes que Sophia pudesse dizer algo, Nathalia tomou a palavra:

— O corpo dela é de uma máquina movida à eletricidade, mas ela é humana em todo o resto. Conversei com ela e me pareceu uma garota comum, curiosa, muito doce e gentil, sei que será uma companhia muito agradável a todos nesta casa.

Sophia ficou feliz por sua mãe ter gostado tanto de Aster, sabia que sua família seria assim, mas no fundo ainda temia que ficassem com medo dela ou a tratassem como um monstro.

Assim, o fim de tarde na casa dos Von Gears seguiu calmo e com alegria, porém, pouco depois do pôr do sol, Killian veio para acompanhar Rodan na entrega da chave aos Punhos de Trovão.

— Vou ficar bem distante, mas não há nada com que se preocupar a sua parte é a mais segura deste plano — explicou Killian.

— Ficarei feliz quando não precisar me envolver em mais nada disso — respondeu Rodan, acompanhando ele para fora de casa.

Rodan fez como era pedido no bilhete de resgate e retornou para casa para fechar o fluxo das tubulações. Killian o acompanhou até a porta de casa e depois seguiu para se juntar a Lestrade.

Após cumprir o que esperava ser sua última parte, deixou o controle e monitoramento das tubulações e bombas da ilha com o engenheiro e os quatro técnicos que fariam o turno da noite, voltando por fim para sua esposa e filha para jantar.

Um tanto quanto alheia aos eventos da casa, Aster passou o resto da tarde e o começo da noite absorta na leitura dos livros que Ivan lhe dera e a Sra. Von Gears lhe emprestara, tendo sido interrompida apenas pela entrega dos livros e pela jovem empregada Marie, a quem entregou as roupas que estava usando para que fossem lavadas.

Aster havia decidido passar o tempo recolhida no quarto não só para conservar energia e garantir o segredo de sua estadia, mas também por não querer atrapalhar o reencontro familiar.

Estava ela terminando um dos que a mãe de Sophia lhe emprestara e estava prestes a decidir se leria outro ou entrava em modo de máxima conservação de energia, quando leves batidas na porta a interromperam.

— Pois não? — perguntou ela, abrindo a porta com o cuidado de não se mostrar.

— Aster, quer se juntar a nós no jantar? — perguntou Sophia, sorrindo e entrando no quarto.

— Mas eu não como e estou sem meu disfarce — respondeu um pouco surpresa.

— Queremos sua companhia — disse Sophia, — não se preocupe com o disfarce, todos aqui já sabem sobre você. Desculpe tê-la deixado sozinha hoje, espero que não tenha sentido solidão.

— Estive lendo os livros que sua mãe me emprestou, são um bom entretenimento e me ajudaram a organizar vários pensamentos meus — Aster respondeu em tom alegre.

— Fico feliz que esteja gostando, mas amanhã venha ler na biblioteca, assim você terá companhia. Acredite, todos da casa vão gostar de conversar com você — disse Sophia, pegando Aster pelo braço. — Agora vamos descer e continuar a conversa à mesa, será mais divertido assim.

— No final o dia terminou melhor do que começou não é mesmo? — indagou Aster.

— Sim, de fato terminou! — respondeu Sophia, com um largo sorriso e cheia de alegria. — Mas queria que Corvo estivesse aqui também — emendou ela com uma pontada de tristeza. — Para compartilharmos a alegria e retribuir um pouco do que ele fez! — completou, meio sem jeito, ao notar o olhar de Aster.

— Também já sinto saudades dele e de Tom — respondeu Aster.

As duas desceram as escadas e entraram na sala de jantar juntas, fazendo todos que ainda não tinham visto Aster sem o disfarce ficarem maravilhados.

Passado o deslumbramento inicial, todos se sentaram, era um momento especial e por isso até os empregados se sentaram à mesa, algo impensável em qualquer outra casa, mas ali os Von Gears sempre os trataram como iguais e só não era sempre assim porque os empregados insistiam em manter a etiqueta.

Longe da alegria da casa dos Von Gears, Lestrade terminava de organizar seus homens quando Killian se juntou a ele na refinaria 3.

— Correu tudo certo? — perguntou Lestrade ao vê-lo.

— Com a entrega sim — respondeu Killian, que ia acendendo um cigarro quando lembrou de onde estava —, mas eles foram espertos e conseguiram despistar nossos investigadores. Acabou sendo impossível seguir quem pegou a chave.

— Já era esperado — comentou Lestrade. — De qualquer forma a armadilha está quase pronta. Se eles tentarem passar por aquele portão, serão todos presos.

— Me pergunto por onde eles virão — disse Killian olhando para além do portão que, junto com a grade que ia até o teto, bloqueava a passagem, mas permitia ver através —, aquele poço logo à frente do portão tem conexão com vários caminhos, oito neste nível e incontáveis nos vários níveis acima e abaixo.

— E ainda tem a possibilidade de eles virem por dentro de uma daquelas grandes tubulações — disse Lestrade, que observava com atenção as grandes tubulações que cruzavam o espaço vazio sobre o poço, se perguntando se realmente eles viriam por dentro de uma delas. — Mas sabendo que eles pretendem passar pelo portão, fica fácil.

— Só espero que isso não seja uma distração — comentou Killian —, ainda acho estranho tentarem entrar na refinaria 3 e pedirem que o fluxo de óleo para a 2 seja cortado. E se o alvo real for a outra refinaria?

— Pensei nisso também — respondeu Lestrade. — As outras duas estão ainda mais vigiadas. Vamos tomar nossas posições e esperar.

Com todos em suas posições e prontos, Lestrade olhou para o relógio, eram 23 horas, e então Killian chamou-lhe a atenção.

— Veja! — falou ele quase em um sussurro. — No túnel norte!

Lestrade pegou seus binóculos para ver o que era, pois se mantinham longe do portão para observar sem serem percebidos.

— Um garoto, 15 ou 16 anos no máximo e olhando com muito cuidado para tudo.

O garoto então se aproximou do portão, parecendo estar só de passagem e, após olhar como se procurasse algo, seguiu caminho por outro túnel.

— Um batedor — comentou Killian.

— Sim, deve começar logo — respondeu Lestrade.

Lestrade então sacou seu revólver de seis tiros, preferia não ter que usá-lo, já que as seis balas custavam o equivalente a dois meses de salário, mas queria estar preparado para qualquer coisa.

— Seria ótimo se mais de nós tivéssemos acesso a esse tipo de arma — comentou Killian engatilhando uma besta pequena com um dardo.

— Culpe a Liga dos Reinos e Repúblicas pelas altas taxas, da matéria-prima à fabricação da munição — respondeu Lestrade. — Só de ter de treinar com essa coisa uma vez por ano, já me dói muito no bolso.

Longe dali, um grupo de homens estava pendurado no paredão rochoso da ilha, terminando de alterar os dutos de óleo que passavam acima da Cidade de Madeira.

— Então já terminaram? — perguntou um cara bem forte que, de dentro de um túnel, manejava as cordas e polias nas quais os homens estavam pendurados.

— Sim! Já que tudo que restava era o que só podia ser feito com o cano seco — respondeu o homem que subia pela corda. — Essas ferramentas pneumáticas são ótimas, queria poder levar comigo. Pena o motor a vapor que as faz funcionar ser tão grande e pesado — lamentou ele.

— Tem certeza de que não vai vazar? — perguntou o cara forte.

— O maçarico de solda é meio difícil de lidar estando pendurado, mas eu, Lassar o Soldador, sou o melhor, não vai ter problema, pode confiar, Tibérius.

— Ficou perfeito, eles nunca vão descobrir e o melhor é que eles que pagaram por essa "manutenção" — disse soltando uma gargalhada, um segundo homem que subia.

— Vamos ter uma grande fonte de renda vendendo o refinado para piratas — disse um terceiro subindo.

— Espero que o grupo da refinaria faça direito o serviço, a parte deles é a mais importante — comentou o último a subir.

— Meu irmão está junto, ele trabalhou na refinaria e sabe quais canos explodir. Levará meses até colocarem a refinaria para funcionar novamente — respondeu Lassar.

— Com a escassez gerada, os preços vão subir e até resolverem, já teremos convencido as áreas mais pobres a usar nossas lâmpadas elétricas! — disse Tibérius, triunfante.

— E quando passarem a não mais respirar a fumaça e gases das lamparinas de queima, nosso apoio vai ser gigante — complementou Lassar. — Os burgueses perderão muito dinheiro e poder conforme tirarmos deles o monopólio da luz e do que mais a eletricidade puder nos dar.

— Este é só o primeiro passo antes de os fazer realmente pagar por todos esses anos de exploração e repressão — disse um dos homens.

— Vai ser lindo mesmo é quando pendurarmos eles nos postes! — disse outro.

Em meio a risos eles sumiram na escuridão dos túneis, queriam se unir aos outros no esconderijo, para receber notícias do grupo da refinaria e festejar.

Na refinaria, Lestrade, já um pouco impaciente, finalmente viu um grupo se aproximar do portão. Eram oito, dos quais quatro carregavam grandes barris nas costas e quatro carregavam sabres e bestas.

— O que terá nos barris? — perguntou, Lestrade, meio que para si mesmo.

— Seja o que for, não parece ser pesado, talvez queiram roubar óleo — respondeu Killian.

Os policiais aguardavam o sinal de Lestrade, que por sua vez aguardava que todos os invasores cruzassem o portão e pudessem ser cercados, torcia para que os armados se rendessem sem resistência, preferia prendê-los sem derramamento de sangue, mas isso dependia da reação dos invasores armados.

De um túnel acima, no poço, uma figura escondida nas sombras observava atentamente os passos dos Punhos de Trovão. Um homem trajando um casaco tipo sobretudo, chapéu e luvas, olhando com uma luneta em busca de qualquer policial.

— Parece que, apesar da fuga da garota, o plano vai funcionar — sussurrou para si mesmo.

Porém, ao contrário do que a sinistra figura nas sombras julgou, assim que o grupo invasor avançou para o ponto que Lestrade queria, o plano dos Punhos foi encerrado com todos ali se rendendo de imediato ao serem surpreendidos por uma grande força de policiais armados.

— Hum... pelo visto a notícia da morte da garota chegou aos ouvidos do Sr. Von Gears — murmurou com desgosto, o homem nas sombras. — Ele parecia mesmo irritado ao jogar a chave no bueiro — disse, tirando do bolso do casaco uma caixinha preta, da qual saía uma haste de metal retrátil. — Plano "B", então.

Com o apertar de um botão, uma grande explosão varreu o túnel abaixo da sinistra figura, que acabou sendo jogada para trás e teve seu chapéu arrancado pela onda de choque.

— Ai! — reclamou de dor. — Drayton não mentiu, quando disse ser o explosivo mais forte já criado — disse o homem se levantando e recolocando o chapéu.

"Vou ficar com zumbido nos ouvidos por semanas", pensou ele indo verificar os estragos.

Onde antes ficava o portão, o túnel havia desabado tanto no teto quanto no piso à borda do poço. Um grande incêndio se alastrava devido aos vários canos, tubos e tubulações de óleo e gás que arrebentaram com a explosão. Grandes seções daquelas tubulações de que os Punhos de Trovão pediram a interrupção do fluxo, sumiram e provavelmente agora jaziam no fundo do poço.

— Talvez eles tenham razão em temer a eletricidade, com um dedo e de uma distância segura, fiz todo esse estrago e ninguém nunca vai saber que sou o responsável.

Soltou uma gargalhada sem se importar se seria ouvido e virou as costas para a destruição seguindo caminho, escuridão adentro.

— Ao invés de uma refinaria desativada por muitos meses, serão duas por, talvez, dois meses. Não será tão bom para o plano dos Punhos, mas para o meu não fará diferença, o policiamento será aumentado e meus homens estarão entre os novos policiais. — Avaliou a sinistra figura, falando consigo mesmo em tom quase eufórico.

— Agora envio o discurso do Grande Líder dos Punhos, para ele enaltecer o heroísmo do sacrifício dos que se explodiram pela causa e culpar a polícia pelas mortes. Assim acendendo maior revolta entre eles. — Hum. Talvez seja melhor mandar o Grande Líder seguir com aqueles outros planos menores também e aproveitar o estado dos ânimos. — Seguiu ele falando sozinho, já em tom mais sereno. — O plano teve o revés da inesperada fuga, mas talvez tenha sido bom ela fugir e morrer. Quanto mais ódio e caos melhor.

— O ato final será magnífico! — gritou ele.

O misterioso homem então sumiu em uma das curvas escuras do túnel, deixando para trás o ecoar de outra gargalhada e um garoto muito assustado, que estava escondido nas sombras e ouviu tudo.

CAPÍTULO 8:

PEQUENAS AVENTURAS E DESVENTURAS

A noite estava tranquila e calma na casa dos Von Gears, todos dormiam e Aster estava em modo de economia de energia no quarto, quando alarmes começaram a tocar muito alto, despertando a todos e levando a robô a sair do quarto para ver o que estava acontecendo.

— Parece que este dia se recusa a acabar — disse uma sonolenta Sophia de pijamas, se aproximando de Aster.

No corredor também estavam a mãe de Sophia, Madame Erynvorn, Karmilla Shepard e Marie Lelith, todas com roupões sobre os pijamas, assustadas a princípio, mas logo se acalmando para tentar entender a situação.

— Pelo que meu marido disse, antes de correr para o prédio das máquinas, esse é o alarme de rompimento de tubulação. Não há perigo imediato para este prédio, porém vamos seguir o protocolo de emergência 3 e nos reunir na sala. Aster, acho melhor você colocar seu disfarce, por causa dos funcionários do prédio das máquinas.

Assim que Nathalia von Gears terminou as orientações, Aster rapidamente voltou para seu quarto com Sophia e Marie para se aprontar, enquanto os demais desciam.

— Será que isso tem a ver com os Punhos de Trovão? — perguntou Aster enquanto terminava de colocar o disfarce o mais rápido que pôde, com ajuda de Marie.

— É possível, espero que o plano do Sr. Lestrade não tenha falhado — respondeu Sophia.

As três desceram rapidamente e encontraram todos reunidos na sala do andar térreo. Dos empregados, só a Sra. Florysh voltava para dormir com sua família, o que no momento era invejado por alguns.

Então Rodan entrou na sala, sério e com um ar de urgência se pronunciou:

— Houve o rompimento de várias tubulações, vou precisar da ajuda de todos aqui para estabilizar a situação.

— Mas não entendemos nada dessas máquinas! — disse Milla.

— Não tem problema, mesmo com número reduzido no turno da noite ainda tem técnicos e engenheiros o bastante para instruí-los do que fazer. Vocês só precisam fazer o que eles mandarem — explicou Rodan. — Nathalia, Sophia e Aster vão me ajudar na sala de controle. Sophia, leve Aster pela passagem do telhado.

— Sim, papai! Vamos, Aster! — respondeu ela de pronto, já seguindo para as escadas.

Aster a seguiu pelas escadas, eram sete andares até o telhado e ela perguntou o porquê de Sophia não ter usado o elevador.

— Em casos de emergência não podemos usar, se por algum motivo ele falhasse e ficássemos presas, seria um problema a mais — disse Sophia.

— Não se preocupe comigo. Depois de tantas escadas, sete andares correndo não são nada.

Chegando ao telhado, Aster olhou para a cidade, percebendo sua beleza noturna e decidindo voltar ali quando tivesse mais tempo. Notou então que Sophia estava ofegando um pouco e perguntou se ela estava bem.

— Sem problemas — respondeu ela —, venha é por aqui!

As duas por fim chegaram à sala de controle e encontraram Rodan e Nathalia que também haviam acabado de chegar.

— Chegaram mais rápido do que eu pensei! Desculpe ter feito você correr pelas escadas. Você está bem, filha? — perguntou Rodan apreensivo.

— Estou, não precisa se desculpar! O que podemos fazer para ajudar?

— Você e Aster prestem atenção nestes mostradores de pressão nestes painéis — disse ele apontando. — Se em algum deles o ponteiro entrar na zona vermelha, gire a válvula abaixo no sentido horário até a pressão baixar, se não funcionar me avise dizendo o número do mostrador.

Rodan então se virou para a esposa e disse:

— Querida, você cuida daquelas alavancas e ao meu sinal você vai abaixar a que eu disser.

Rodan então levantou a tampa de um tubo na parede e falou por ele para os técnicos e engenheiros na sala das máquinas abaixo:

— Todos a postos? — Olhando pela janela à frente da mesa de controle, viu os engenheiros e técnicos darem sinal de positivo. — Começar!

Rodan começou a girar válvulas e a abaixar alavancas.

— Querida, alavancas três, sete e doze nessa ordem.

Conforme eles iam operando o sistema, Aster e Sophia tiveram que ajustar diversas válvulas.

— Pai! A 32-P não está baixando!

— Entendido! — respondeu ele.

Então Rodan olhou para cima e procurou entre inúmeras cordas e correntes penduradas no teto uma corda com etiqueta 32-P e puxou junto com uma corrente com etiqueta 32-S, fazendo ressoar o som de grandes engrenagens se movendo, e jatos de vapor sendo liberados em algum lugar.

— E agora, baixou?

— Sim!

— Acho que com isso conseguimos resolver! — disse Rodan com certo alívio na voz.

Neste momento um sino tocou para sinalizar a chegada de uma mensagem urgente via tubo pneumático.

— É da central de controle do nível 22 e diz: "Incêndio no poço 32, do nível 20 ao 40, linhas de óleo, água e gás rompidas, atingiu siderúrgica, aumente pressão de água, corte fluxo das linhas 72-d, 75-c e da 60-a1 até a20".

Rodan imediatamente puxou correntes no teto e ergueu uma série de alavancas na mesa de controle.

— Querida, baixe as alavancas 2 e 17.

— Mas vão usar água para combater esse incêndio? — perguntou Aster para Sophia.

— A água será misturada com um produto químico, que vai gerar uma espuma eficaz contra o fogo em óleo — respondeu ela.

— Parece que o plano de Lestrade teve sérios problemas, as tubulações rompidas passam exatamente pelo portão onde ele pretendia emboscar os Punhos de Trovão — comentou Rodan.

— Espero que ele esteja bem — desejou Nathalia.

— Então eles queriam destruir a refinaria? — perguntou Sophia.

— É mais provável que quisessem ameaçar destruir para obter algo do governo e houve algum acidente, ou preferiram explodir o que conseguissem — respondeu Rodan.

Com a situação sob controle, Rodan deixou os técnicos e engenheiros monitorando a situação e liberou os funcionários da casa para voltarem a dormir. Rodan e Nathalia seguiram com eles, enquanto Aster e Sophia voltaram pelo caminho que vieram.

— A esta hora Corvo deve estar dormindo na própria cama e nem imagina o que aconteceu — ponderou Sophia, quando chegou na porta de seu quarto.

Aster apenas acenou concordando com a cabeça.

— Espero enfim poder dormir sem ser perturbada, não levantarei tão cedo da minha cama — completou Sophia ao dar boa noite para Aster e seguir para a cama.

Ao contrário do que Sophia imaginava, Corvo também estava acordado por causa do ataque dos Punhos de Trovão, pois como ele e Ivan eram responsáveis pelas tubulações onde sua casa ficava, ele teve que lidar com a oscilação de pressão em várias das tubulações ou muitas delas teriam rompido.

— Finalmente estabilizaram! — disse ele aliviado.

— Nunca tinha visto algo assim, deve ter ocorrido algo grande — disse Ivan.

— Pela manhã saberemos com a entrega do jornal, mas, pelo que Sophia contou antes de eu deixar a casa dela, já desconfio de quem seja o responsável e se uma refinaria foi destruída... — disse Corvo deixando no ar as implicações.

— Melhor irmos dormir e amanhã bem cedo começarmos a nos preparar, a Cidade Interior vai acabar virando um campo de batalha se for tão ruim quanto pensamos — disse Ivan colocando a mão no ombro do garoto. — Não podemos fazer mais nada no momento.

Corvo estava feliz em poder voltar para a cama, mesmo usando os elevadores para voltar rápido, o caminho de volta ainda foi cansativo por ter desviado o caminho de volta para passar no Grande Mercado. Ele imaginou que Ana e Amélia teriam ouvido sobre o ataque ao elevador e estariam preocupadas e quis avisá-las que estavam bem. As encontrou arrasadas, mas deixou-as extremamente surpresas e felizes ao verem-no, pois não só haviam ouvido sobre o ataque, como também que os Punhos haviam matado a garota que procuravam na grande mina, junto com quem a ajudava. Acabou gastando um bom tempo acalmando as duas e explicando o que de fato havia acontecido.

— Espero que Ana convença os amigos dela a saírem dos Punhos enquanto é tempo — comentou ele com Ivan antes de ir para o quarto.

— Espero que ela seja inteligente o bastante para se afastar deles se não conseguir, mas a amizade vai dificultar a ela tomar uma decisão sábia — respondeu Ivan. — A juventude tende a ir mais pela emoção do que pela razão e disso podem sair coisas boas ou ruins.

— Lamentarei, mas não a culparei se ela preferir defender os amigos, mesmo que eles permaneçam com os Punhos — comentou Corvo, — mas espero que ela ao menos pense na segurança dela e da mãe e não faça nenhuma estupidez.

Na cama tentando dormir, Corvo acabou por repassar em sua mente o encontro com Ana e Amélia. Deu-se por conta, então, do detalhe que lhe havia escapado por causa da comoção, elas disseram que os Punhos haviam matado eles, não os Garras de Grifo.

— Só os Garras de Grifo sabiam do que aconteceu na mina e eles não sabiam quem Sophia era, então como e por que acabou sendo espalhado tal boato, e em tão pouco tempo?

Ele não conseguia imaginar como a história saiu de os Garras matando desconhecidos que os atrapalharam para os Punhos matando a garota que fugiu deles.

"Estou cansado demais para raciocinar sobre isso, depois de uma longa noite de sono, discutirei isso com o vô", pensou, virando-se na cama e, enfim, dormindo.

Corvo acabou acordando muito mais cedo do que gostaria. Tinha preparado o despertador para às sete da manhã, antes de toda a confusão da noite passada.

— Claro! Eu tinha que esquecer de reajustar! — resmungou, se controlando para não arremessar o relógio na parede.

Ao olhar para a parede, durante o impulso de arremessar o despertador, notou que pela janela não entrava nenhuma luz, mesmo com a cortina sempre havia claridade, mesmo durante a noite quando alguns postes eram apagados e o restante emitia menos luz.

"Será que os postes sofreram algum dano com a variação de pressão?" pensou, já se levantando e espantando o sono. Era um grande problema e ele queria tentar resolver o quanto antes.

— Estão mesmo apagados — disse ao olhar pela janela.

Aprontou-se e desceu para descobrir qual era o problema. Encontrou Ivan entrando pela porta da frente, com a espada na mão.

Embora Corvo soubesse que ele tinha o hábito de treinar todas as manhãs, o que o mantinha, mesmo nos seus 55 anos, mais em forma que muitos mais jovens, dada a situação, Corvo instantaneamente perguntou:

— Problemas?

Notando o olhar de Corvo para a espada, Ivan logo sorriu e disse:

— Só treinando, quanto aos postes, o suprimento de gás foi cortado para reparos nas linhas que passam pelo polo siderúrgico noroeste. Pelo que diz o jornal, a confusão da noite passada foi uma explosão, perto de uma refinaria, cortando tubulações e gerando um grande incêndio, o qual ainda está sendo combatido.

— Explosão? Acidental ou... — perguntou Corvo, deixando no ar o resto da pergunta.

— O jornal disse que a origem ainda não foi descoberta, mas pelo que você me contou do plano do Comandante de Investigações, eu diria que só não querem espalhar a culpa dos Punhos, ou a própria.

— Tanta coisa acontecendo de uma vez — disse Corvo olhando para a luz que entrava pela porta.

— Pelo menos o poste que meu pai instalou funciona independente da linha principal, assim como as luzes da casa. Ficar na escuridão total não seria seguro.

— Sim, me preocupa os moradores do primeiro e segundo anéis de habitação, estes estão totalmente no escuro — disse Ivan fechando a porta e trancando-a. — Levantei as pontes e fechei a passagem superior, ainda não ativei as armadilhas, só os alarmes — completou juntando-se a Corvo na mesa da cozinha.

— Não teremos a visita dos vendedores de frutas e verduras hoje — murmurou Ivan.

— Talvez devêssemos aumentar nosso estoque, os tempos ruins estão chegando mais rápido do que pensei — disse ele para Corvo.

— Tudo parece estar acontecendo muito rápido, há dois dias era tudo rotina — disse Corvo, pegando o jornal para ler. — Ainda bem que o jornal é entregue por tubo pneumático, eu estaria doido sem saber o que está acontecendo.

— E ainda temos que montar o gerador para a Aster — disse Ivan, preparando o café da manhã para si e para Corvo.

— Sim, mas vou tirar o dia de hoje para descansar e me preparar, faz três dias que não durmo direito e corro de um lado para o outro — respondeu Corvo.

Então ele pensou em como deveria estar Sophia e lamentou não ter lhe dado uma de suas pomadas para dor muscular.

— Amanhã vou até o Mercado da Doca de Pedra comprar as peças e no caminho ainda tenho que encontrar a doida da Ashvine. Para lidar com ela e o velho Caolho no mesmo dia, eu tenho que estar muito bem descansado.

Ivan soltou uma gargalhada e disse:

— Veja pelo lado bom, você é o primeiro explorador da ilha a saber a localização de um dos nove pontos misteriosos da ilha, onde fica a casa do Fantasma da Cidade Interior.

— Neste ponto já devo ser o que mais conhece lugares secretos e desconhecidos — respondeu, rindo. — Mas mudando de assunto, queria sua opinião sobre umas coisas, vô.

— Diga.

Corvo então explicou sobre Ana e Amélia acharem que os Punhos tinham matado ele e Sophia.

— Isso mostra que os piratas têm mais cérebro do que os Punhos de Trovão — comentou Ivan. — Não há como ter certeza de como os piratas descobriram que era Sophia, mas acho que mesmo na dúvida, eles querem evitar problemas.

— Verdade, se o sequestro já é algo grave, a morte teria sido bem pior — ponderou Corvo.

— Eles sabem que isso ia quebrar totalmente o *status quo* e começar uma caçada aos responsáveis. Jogar toda a culpa nos Punhos de Trovão é questão de sobrevivência — falou Ivan, se servindo de suco.

— Ela não morreu, mas a explosão e o incêndio de ontem vão garantir definitivamente uma caçada aos Punhos e a quem mais for responsabilizado — disse Corvo, com preocupação.

Olhando pela janela e para a escuridão além dela, Ivan, após um instante de silêncio, disse:

— Os Punhos foram muito longe, não faço ideia de onde querem chegar, só vão atrair animosidade de todos, de piratas e contrabandistas às pessoas comuns e até mesmo os poderosos da Cidade Superior, que sempre ignoraram o que ocorre nestes túneis escuros.

Ao contrário de Corvo, Sophia conseguiu dormir o quanto quis, levantando só por sentir fome. E o cheirinho de pão sendo assado foi só um incentivo a mais. Arrumou-se e desceu para a cozinha, era por volta das nove e meia da manhã e ela fora de longe a última a acordar. Ela se movia devagar pois estava com todos os músculos do corpo doloridos.

"Será que Corvo não teria nada para essas dores", pensou ela, lembrando do eficiente unguento que passara na barriga. "Acho que terei de me contentar com o que Sra. Foly tiver de chás para isso."

Chegando à cozinha cumprimentou a todos e foi servida com pães recém-assados, suco recém-preparado, frutas, um café da manhã completo. Reparou então que Corvo e Ivan tinham acesso, se não à mesma qualidade e variedade de comida, talvez até a uma maior e ela sabia que o que estava comendo ali já era algo superior à média dos cidadãos da Cidade Superior. Frutas e legumes vinham de fora da ilha, tê-los frescos era um luxo.

— Bom dia, filha! Como amanheceu? — perguntou Nathalia ao entrar na cozinha e vê-la.

— Bom dia! Estou bem, bem dolorida. Correr por toda a Cidade Interior, subir e descer escadas de todo o tipo foi uma grande maratona.

— Imaginei, mandei a Sra. Florysh preparar um chá de ervas para isso, depois de tomar volte a deitar, querida, descanse o resto do dia.

— E papai? Conseguiu dormir depois de tudo aquilo?

— Sim, mas teve de acordar cedo, foi convocado para uma coletiva de imprensa, junto com o comandante Lestrade e o ministro das Indústrias. Deve estar terminando agora e ele deve estar de volta para o almoço.

— E Aster, onde ela está? — perguntou Sophia, lembrando que vira o quarto de hóspedes vazio ao descer.

— No escritório, devorando alguns livros — respondeu Marie, com um sorriso.

— Queria poder levá-la para a Grande Biblioteca Superior — disse Sophia.

— Entendo, mas, ao contrário da Cidade Interior, andar nessas ruas com o rosto coberto chamaria muita atenção, ainda mais depois do sequestro — lamentou Nathalia.

— Talvez haja um jeito — disse Marie.

— Que jeito? — perguntaram mãe e filha juntas, verdadeiramente intrigadas.

— Lembram que minha irmã mais velha trabalha na biblioteca?

— Sim! — responderam juntas novamente.

— Ela me mostrou uma das passagens secretas que ligam o interior da biblioteca às galerias do nível um, são saídas de emergência.

— Poderíamos levar Aster por aí de noite, com a biblioteca vazia! — exclamou Sophia animada.

— Não. Não daria certo, tem muitos vigias noturnos fazendo rondas — avisou Marie.

— Mas então não nos adianta nada a passagem secreta — comentou Nathalia.

— Por incrível que pareça o melhor momento é sexta-feira à tarde, nesse horário fica vazio, só com as atendentes do balcão — explicou Marie. — É o momento em que nem os alunos de colégio nem os de faculdade vão à biblioteca e durante a semana eles são os únicos a ir.

— Verdade, sexta-feira à tarde é quando temos atividades extraclasse, no meu caso balé — disse Sophia pensativa.

— Mas tem uma coisa — disse Sophia. — Sei que a biblioteca é grande, mas certamente as atendentes vão nos ouvir e vão verificar, principalmente se ninguém tiver passado por elas na entrada.

— Mas só a senhorita Aster precisa ir pela passagem secreta, eu e a senhorita podemos entrar pela porta da frente.

— Claro, e eu estaria indo justamente nesse horário vazio por ainda estar abalada pelo sequestro e querer me distrair em um lugar calmo e seguro! — disse Sophia animada.

Nathalia então se levantou com uma maçã na mão e disse com um sorriso:

— Parece que temos um plano. Nós quatro teremos uma pequena aventura na biblioteca depois de amanhã.

Corvo também planejava uma pequena aventura de certa forma, pois o lugar que a anotação de Rodan indicava como sendo a casa de Safira Ashvine não era de fácil acesso, tanto que havia instruções detalhadas de como deveria fazer, instruções que lhe causavam arrepios sempre que lia o que teria de fazer.

— Se tivesse como mandar uma mensagem, eu diria para ela vir, ao invés de eu ir até ela — disse Corvo, para ninguém. — Espero que a ajuda dela valha isso.

Outra coisa que o preocupava era como seria recebido ao encontrá-la. Ele pegou a carta lacrada que Rodan escrevera para Ashvine, não ajudaria muito se ela resolvesse atirar primeiro e perguntar depois, mas sem dúvida era melhor manter a carta em lugar seguro. Por isso, guardou-a em uma lata retangular e de tamanho adequado, selando a tampa com cera.

"Protegida da água, fico mais tranquilo", pensou enquanto guardava na mochila que levaria.

Passou então a pensar no que mais levaria. Iria com uma mochila bem menor do que a que usara viajando com Aster e Sophia, para ser mais ágil, mas pretendia ir mais armado. Além das adagas e dos frascos com misturas alquímicas especiais, pretendia levar alguma arma de longo alcance.

Olhando para sua mesa de trabalho com os protótipos de besta sem arco, todos incompletos ou projetos fracassados, disse:

— O problema é que a única besta que eu tinha pronta dei para Sophia. Terei de usar os chakrams.

Corvo pegou-os em uma gaveta da mesa, eram pequenos, com cerca de quinze centímetros de diâmetro. Pegou um velho alvo e pendurou em uma das paredes, alinhando com o corredor. Foi até o outro lado do corredor, conseguindo assim uma boa distância, uns dez a onze metros.

— Vejamos se não perdi o jeito.

Arremessou os quatro Chakrams com habilidade e velocidade, fazendo com que cada um atingisse o alvo de forma diferente e nenhum seguindo em linha reta. O primeiro atingiu o alvo fazendo uma curva pela direita, o segundo da mesma forma só que pela esquerda, o terceiro ele fez passar rente ao teto antes de acertar o alvo e o último rente ao chão.

— Tinha esquecido de como é divertido usar os Chakrams, fico feliz de não ter perdido o jeito. Vão quebrar o galho, mas quando voltar farei outra besta, afinal quatro acertos a dez metros, em dez segundos, não batem quinze disparos certeiros a cem metros, em menos de um minuto.

Percebeu então, pela claridade vinda da janela, que os postes voltaram a funcionar, ao menos em parte. Olhando pela janela, viu Ivan, que havia ido até o primeiro anel habitado ver como estavam alguns amigos, voltando com algumas sacolas, e decidiu descer para ajudar.

Passando pela sala, viu Tom deitado no tapete da sala dormindo preguiçosamente e não pôde evitar de pensar em como ele parecia um gato comum nesses momentos.

— Então como eles estão? — perguntou Corvo pegando uma das sacolas e notando que eram frutas, verduras e vários potes. — Pelo que vejo vamos fazer conservas para um monte de gente.

— Eles estão todos muito nervosos lá, e, sim, quero ajudá-los a se prepararem um pouco — respondeu Ivan. — Os ânimos estavam um pouco exaltados, eles só tinham lamparinas com pouco óleo extra, depois vou levar dois latões para os nossos amigos distribuírem.

— Ainda bem que a luz já voltou, isso deve acalmar os ânimos — disse Corvo.

— Assim espero — respondeu Ivan.

— Vou ajudar a levar os latões e...

— Não precisa, descanse. A sua missão de construir um gerador para Aster se mostra mais urgente e importante a cada instante — respondeu Ivan, em tom calmo e sério.

— Como assim?

— A força plena dela pode se mostrar muito necessária muito em breve. Quando eu estava voltando, ouvi alguns Punhos falando na Praça Astolfo, para quem quisesse ouvir, que eles poderiam oferecer iluminação elétrica, que só cobrariam a instalação ao contrário do governo que cobra taxas para manter a luz. "Luz gratuita, livre de fumaça tóxica e riscos de incêndio, tudo isso provindo de luzes elétricas".

— E qual foi a reação dos que viram e ouviram isso? — perguntou Corvo, atônito.

— A maioria ficou assustada e se afastou, mas houve quem ficasse interessado.

— Os malditos causaram o problema e agora vendem a solução — indignou-se Corvo.

— Teve um que gritou contra eles de longe, na escuridão, dizendo que eles só trariam problemas para a Cidade Interior, sequestrando e matando gente da Cidade Superior e agora vendendo coisas elétricas. É como você disse, garoto, os piratas estão espalhando bem rápido a versão deles do que aconteceu.

— Não sei quem gritou, mas está correto e espero que tenha feito os interessados repensarem — disse Corvo, abrindo a porta da sala.

— Não tenho certeza se quem gritou era mesmo contra e não um deles — respondeu Ivan, colocando as sacolas na mesa da cozinha.

Corvo olhou para Ivan sem entender e este, sentando-se à mesa, explicou:

— A resposta daquele que anunciava as lâmpadas elétricas veio rápida e sem mostrar surpresa:

— *"Isso de sequestro e assassinato são mentiras espalhadas para que vocês fiquem contra nós! Nós até tentamos procurar a sequestrada para ajudá-la a voltar para casa! E conseguimos, ela está em casa agora, graças a nós!"*

— Não acredito que disseram isso! — revoltou-se Corvo.

— *"Podem apostar que vão tentar jogar a culpa do que aconteceu na refinaria três em nós também, eles mentem, mentem sobre nós e sobre a eletricidade"* — continuou Ivan, replicando o que ouvira.

— Isso vai virar uma guerra de narrativas, espero que o tal Lestrade tenha provas fortes contra os Punhos de Trovão — disse Ivan.

Compreendendo a situação, Corvo, muito preocupado, disse:

— Muita gente vai acreditar na mentira deles só porque já não gosta da Cidade Superior.

— E quando a resposta pesada vier por causa do que eles fizeram, haverá confrontos — disse Ivan.

— O que podemos fazer? — perguntou Corvo.

— Nos preparar para o caos, espalhar a verdade como pudermos e salvar quem pudermos — respondeu secamente.

— Se os jornais da Cidade Interior expuserem a verdade, talvez o problema não se torne catastrófico — disse Corvo.

— De fato, a posição que os jornais tomarem vai decidir o tamanho do caos — concordou Ivan. — Mas lembre-se de que os maiores são de políticos e muitos deles apoiam os Punhos.

Neste instante algo estalou na mente de Corvo.

— Espera! Como os Punhos já sabem que Sophia está em casa?

A pergunta acertou Ivan quase como um soco, não havia percebido esse detalhe com várias possíveis implicações.

— Na melhor das hipóteses eles mentiram e acertaram na verdade por acaso, na pior alguém próximo aos Von Gears ou do Lestrade tem ligação com eles — disse Ivan após um instante de reflexão.

— Tenho que voltar e avisar! Arg! Queria que pudéssemos mandar uma mensagem via tubo — disse Corvo, andando de um lado para o outro nervoso.

Ivan, mantendo a serenidade, disse:

— Acalme-se, garoto, mesmo que haja alguém infiltrado, e não sabemos se realmente há, eles não devem ter mais interesse em fazer mal a Sophia neste momento. Eles já espalharam que a salvaram e não há motivos para atacarem.

— Sim, mas quanto a Aster? O que fariam se descobrissem? — perguntou Corvo.

— De fato, não seria bom — concordou Ivan —, mas quanto a mandar via tubo, tem um jeito. Posso enviar para eles uma mensagem cifrada pelo correio, só espero que eles consigam decifrar.

— Tenho certeza de que os Von Gears são inteligentes o bastante para isso — disse Corvo.

Rodan era um grande engenheiro e de fato muito inteligente, mas lidar com os jornalistas exigia traquejo que não tinha, por isso deixou todo o falatório e as respostas para os ministros Mendes e Kaspersk, se limitando a respostas curtas, assim como Lestrade. Rodan ficou surpreso com o estado de Lestrade e por, ainda assim, fazerem ele ir à coletiva.

Lestrade estava com o braço esquerdo quebrado e com o corpo todo dolorido, mas ordens deviam ser seguidas e por isso participou. Após isso, entraria de licença médica e não receberia ordens por no mínimo seis meses, exceto da esposa e do médico.

A coletiva foi longa e cansativa, e tanto Rodan quanto Lestrade estavam ansiosos para voltar para casa quando terminou, mas aproveitaram para conversar quando, finalmente liberados, se viram longe de políticos e jornalistas.

— Quando soube da explosão, temi que o senhor tivesse perecido nela, Sr. Lestrade — disse Rodan após uma rápida saudação.

— Agradeço a preocupação. Tive sorte, só quebrei o braço e estourei um tímpano, Killian ainda está no hospital com queimaduras nas pernas, além de ter perdido um olho, muitos outros bons policiais não tiveram essa sorte de poder voltar para a família.

— Espero que os Punhos de Trovão paguem por isso — disse Rodan.

— Se depender da polícia, eles vão — respondeu Lestrade. — Porém, tudo isso tem um forte ingrediente político, o que torna as coisas nebulosas.

Rodan concordou com um aceno de cabeça e disse:

— Só espero que minha família não seja mais envolvida nisso e que a cidade volte a ficar segura.

— Já há alguns planos para melhorar a segurança da ilha como um todo, acho que em breve vão anunciar algumas coisas — revelou Lestrade.

— E alguns que não serão nunca postos a público mesmo postos em prática — retrucou Rodan.

Lestrade olhou com estranheza para Rodan, se perguntando o que sabia, mas logo ele completou:

— As nove vão agir, se você me entende.

— Ah! Entendo. Acho que, se eu fosse dos Punhos, trataria de fugir da ilha, essas famílias não sobreviveram à queda do império à toa — respondeu Lestrade.

— Mudando de assunto para algo mais leve, espero que você e o Sr. Killian possam ir à festa pelo retorno em segurança de Sophia — disse Rodan. — Mandaremos o convite formal pelo correio, mas queria convidá-lo pessoalmente.

— Será uma honra, certamente irei.

Os dois se despediram e, quando iam saindo, um mensageiro veio entregar uma mensagem para cada um. A mensagem era do Duque Motrov Montblanc D'Avalon, aquele que ocupava o posto de líder do conselho das nove famílias.

— Não sei se me sinto honrado ou assustado — disse Lestrade quando o mensageiro já estava longe.

Rodan limitou-se a concordar com um aceno de cabeça.

Lestrade então tomou coragem e abriu a mensagem; ao lê-la, soltou um suspiro e disse:

— As nove famílias me congratulam pelo meu serviço, parece que receberei uma medalha e serei homenageado junto com Killian quando ele sair do hospital.

Rodan abriu sua mensagem também, já que não havia nada indicando que era de caráter secreto.

— As nove famílias se ofereceram para ajudar com a festa pelo retorno seguro de Sophia e se farão todas presentes, se convidadas.

— Muito educado e modesto da parte deles incluir esse "se convidadas" — disse Lestrade.

— Eu não deixaria de convidá-los todos — disse Rodan ainda pasmo —, mas nunca pensei que todos confirmariam presença. A festa acabou de se tornar o evento do ano.

Finalmente em casa, Rodan, recebido pela esposa e filha, contou como a coletiva foi e sobre o que acontecera com Lestrade e Killian, além de mostrar a mensagem do Duque Motrov Montblanc.

— Ou seja, eles querem usar a festa para passar uma mensagem? — disse Nathalia.

— Sim, e devemos nos sentir honrados por isso — respondeu Rodan.

— Não achei que nosso status social fosse tão alto! — disse Sophia.

— Não era e provavelmente depois da festa deixará de ser — respondeu Rodan. — Depois do almoço mandarei uma resposta, acho que vou deixar a segurança sob os cuidados deles e pedir sugestões para o cardápio e para a orquestra.

— Vou começar hoje mesmo a planejar essa festa, temos muito o que fazer até daqui duas semanas — disse Nathalia.

— Se nos faltava justificativa para enfeites com muitos fios de cobre, agora sobram — disse Sophia rindo.

Naquela tarde, Nathalia, Sophia, Madame Erynvorn e Marie se reuniram no escritório para começar a tratar dos detalhes da festa, e Aster se fez presente apenas para fazer companhia, ficando sentada no sofá lendo outro livro que a mãe de Sophia lhe emprestara. Estava com o disfarce, porém com o rosto descoberto, não que se importasse em mostrar o rosto ou não, mas achou que agradaria mais a Sophia e Nathalia se assim o fizesse.

— Enfim terminamos a lista de convidados, espero realmente não ter esquecido ninguém — disse Nathalia.

— As costureiras e alfaiates da cidade terão uma semana agitada — disse Sophia.

— Sim, a partir de segunda-feira, quando os convites começarem a ser entregues, vai começar uma correria para eles — respondeu Nathalia.

— Festas são tão raras que ninguém tem algo adequado para usar? — perguntou Aster, curiosa com o que ouvira.

As outras quatro tentaram, mas não conseguiram segurar o riso, nem mesmo a sempre séria e fria Madame Erynvorn.

— Depois eu vou lhe emprestar o romance *O Baile dos Bailes*, querida, com ele você vai entender melhor do que com minhas explicações — disse Nathalia com um sorriso e de forma maternal. — Por ora, digamos que há uma regra, não escrita e não falada, estabelecida entre nós mulheres, de que devemos usar o melhor vestido quando vamos a um grande evento da sociedade.

— E o melhor vestido sempre é o novo vestido que ainda vai ser feito — completou Sophia.

— Com essa lista de convidados e com apenas uma semana para fazer os vestidos, não vai ter uma alfaiataria que não ficará sobrecarregada semana que vem — disse Nathalia.

— Ivan levou três horas para fazer isto do uniforme de Sophia e um pano velho... — comentou Aster fazendo as contas. — São poucos para fazer os vestidos ou vocês convidaram a cidade toda?

— Nem tanto, vestidos para festas assim levam dias para serem feitos e ajustados conforme o gosto da cliente, quanto mais tempo para ser feito mais elaborado o vestido — respondeu Nathalia.

— Por isso vai ser uma correria — disse Sophia.

— Imagino que como só vocês sabem da festa estarão à frente dessa correria — ponderou Aster em tom risonho.

Nisso, Nathalia e Sophia se entreolharam ao perceber algo no que Aster dissera.

— Na verdade, muita gente vai saber da festa assim que os jornais da tarde anunciarem que Sophia está a salvo — disse Nathalia já se preocupando.

— E os mais próximos às nove famílias já devem saber, aliás as nove já deviam saber desde ontem, assim como o primeiro-ministro e seu entorno — disse Sophia alarmada.

— Até quem não for convidado vai tentar mandar fazer um vestido só pela possibilidade de ser, principalmente se desconfiarem que as nove famílias vão comparecer — disse Nathalia ainda mais preocupada.

Então Madame Erynvorn interveio para acalmar as duas:

— Eu já reservei com um dos melhores alfaiates, para a Madame e para a Senhorita, para amanhã.

As duas de imediato abraçaram ela com força, enchendo-a de elogios e agradecimentos.

— Queria poder ver todos esses vestidos que serão feitos, parece que vai ser uma visão deslumbrante — disse Aster, calmamente e voltando a sua leitura.

O comentário feito de forma tão calma e pura fez a sala cair no silêncio. E após alguns instantes, Marie disse:

— E se for como um baile de máscaras, para ela poder participar?

— Eu nunca estive em um e festas com baile de máscaras sempre foram o topo do luxo — disse Sophia animada.

— Verdade, faz muito tempo que não há uma assim, mas as máscaras são mais um enfeite do que um disfarce real — disse Nathalia. — Se Aster fosse a única escondendo toda a cabeça, chamaria muita atenção, e se nossa família o fizer também, só chamará mais atenção e levantará muitas perguntas.

— Teria de ser uma festa à fantasia para não chamar atenção e esse tipo de festa jocosa não seria adequada à situação — completou Madame Erynvorn.

Notando o desânimo e a vontade delas em fazê-la participar, Aster pensou um pouco e disse:

— E se for um baile de máscaras e os funcionários usarem trajes que escondem totalmente quem eles são? Eu poderia ajudar na cozinha, de onde eu poderia ver sem ser notada.

— Mais do que não notada, seria ignorada — disse Marie.

— Não é má ideia, pela altura dela, poderia passar por aprendiz em treinamento e evitaria questionamentos — disse Madame Erynvorn.

Nathalia gostou da ideia, mas disse em tom levemente preocupado:

— A questão agora é como devem ser e a quem mandamos fazer esses trajes em menos de duas semanas.

— Sem problema — disse Marie —, colocamos as costureiras do bairro dos servos para fazer, eles ficarão muito felizes em contribuir de alguma forma nesta festa-evento.

— Bairro dos Servos? — perguntou Aster.

— É onde moram todos que trabalham nas casas dos nobres e ricos da Cidade Superior — respondeu Sophia.

— Então será um baile de máscaras... — disse Nathalia, com um ar pensativo e um sorriso malicioso.

Notando os olhares intrigados disse:

— Queria ver a cara das que se adiantarem em fazer seus vestidos quando receberem o convite e descobrirem que é um baile de máscaras.

— Isso muda muito como os vestidos são feitos? — perguntou Aster.

— A máscara deve harmonizar com o vestido, algumas das mais exigentes, e chatas, madames talvez até mandem refazer o vestido todo ao descobrir — respondeu Nathalia. — E são justamente essas que devem ir primeiro aos alfaiates e costureiras gastar fortunas num vestido que talvez tenha que ser refeito.

Nisso, Milla bateu na porta e disse:

— Desculpe interromper, mas as senhoritas Amanda Hagen e Nicolle D'Valencia vieram visitar a senhorita Sophia.

— Ó deus! Eu devia ter mandado uma mensagem para elas que eu estava bem, se souberam pelos jornais...

— Não se preocupe, senhorita, eu mandei uma para as duas hoje de manhã — disse Marie.

Sophia abraço-a e agradeceu muito, enquanto Madame Erynvorn lhe ofereceu um olhar de aprovação, mas disse:

— Muito bem, mas da próxima vez lembre de avisar à senhorita da possível visita.

— Vou recebê-las — disse Sophia se apressando.

— Quem são? — perguntou Aster para Nathalia.

— Amigas de Sophia — respondeu ela.

Sophia parou de súbito na porta e olhou para trás, mostrando a dúvida em seu coração ao olhar para Aster e disse:

— Queria poder apresentar você a elas, mas não sei se devo.

— Acho que não deve — respondeu Aster. — Mesmo que você confie nelas, não quero causar problemas, meu segredo é muito perigoso.

Notando os sentimentos das duas, Nathalia interveio:

— Ora, não é preciso contar tudo, Aster é uma moradora da Cidade Interior que salvou você, virou sua amiga e mantém a identidade em segredo por medo do que os Punhos de Trovão poderiam fazer a ela por ter atrapalhado os planos deles.

— Mas como explicaria ela estar aqui? — perguntou Sophia.

— E amigas precisam de motivos para visitar? — retrucou Nathalia.

— Aster, me espere no meu quarto. Depois de contar o que aconteceu e explicar a situação vou apresentá-las! — disse Sophia, animada e indo encontrar as amigas.

Aster olhou com curiosidade para isso e se perguntou o porquê de ser tão importante para Sophia. Como que adivinhando o que ela pensava, Nathalia disse:

— Não é ótimo quando seus amigos podem ser amigos uns dos outros?

Aster então pensou em Ivan, Corvo e Amélia se encontrando com os Von Gears e como seria divertida a interação entre eles, levando-a a dizer:

— De fato é algo que alegra nossa mente.

— Coração, querida, dizemos metaforicamente que as emoções moram no coração e que ele se alegra e sofre com elas — corrigiu Nathalia, com ternura.

— Mas eu não tenho coração.

— Não um físico, mas o coração lar das emoções, você tem e um bom. Eu garanto — disse Nathalia.

Amanda e Nicolle estavam elegantemente sentadas no sofá da sala de visitas, mas quando viram Sophia, correram e a abraçaram juntas e as três quase caíram no chão.

— Quando soube que a haviam levado, temi que nunca mais nos víssemos — disse Nicolle, controlando as lágrimas para não borrar a maquiagem.

— Deve ter sido uma experiência horrível — disse Amanda.

— Foi realmente ruim, ainda me dói o corpo todo por ter praticamente vindo a pé o caminho todo de quase o nível do mar, subindo escadas sem fim, até em casa, mas também teve alguns pontos bons.

Sophia contou como foi salva por Corvo, mudou um pouco a história de como foi o encontro com Aster, depois sobre a viagem no vagão mercante e o mercado central, a fuga dos piratas e o retorno para casa, com Amanda e Nicolle ouvindo atentamente.

— Queria poder conhecer esse Corvo e essa Aster, o jeito como você fala deles mostra que são ótimas pessoas — disse Amanda.

— Conte mais sobre Corvo, ele é bonito? — perguntou Nicolle.

— Er.. am... Para falar a verdade, com tudo que aconteceu eu... eu não tinha parado para pensar sobre isso — disse Sophia hesitante.

As duas amigas olharam de um jeito bem significativo para ela, que se viu obrigada a dar uma resposta melhor.

— Bem, eu diria que sim — disse ela, sentindo o rosto se aquecer.

— Mas se querem conhecer Aster estão com sorte, ela está me visitando hoje — disse tentando mudar rapidamente de assunto.

As amigas até queriam se manter no assunto, mas tal revelação era demasiadamente impressionante para ser ignorada.

—A interiorana está aqui? — perguntou Amanda, quase sussurrando.

— Ela tem permissão? — perguntou Nicolle, também sussurrando.

— Sim. Não. Calma, eu explico! — respondeu ela para as duas. — Ela... ela gosta de ler e como agradecimento deixamos ela ter acesso à nossa biblioteca, prometemos para ela que não haveria perigo de ser presa por isso.

— Bom, pelo que você contou dela, o perigo é mais para ela do que para vocês — disse Amanda.

— Sim, mais do que você imagina, a coitada fica com o rosto coberto o tempo todo, para não ser reconhecida. Teme que se descobrirem quem ela é e que me salvou, os Punhos de Trovão se vinguem.

— Entendo — disse Amanda.

— Uma interiorana, nunca conheci uma — disse Nicolle, animada como se fosse ver algo fantástico e de outro mundo.

Aster estava no quarto de Sophia sentada à escrivaninha, aguardando com certo nervosismo, não sabia como reagiriam ao vê-la, não queria desagradar as amigas de Sophia. Quando Sophia entrou no quarto com as amigas, ela levantou e se apresentou cumprimentando as duas, de forma bem formal e educada, como Nathalia lhe ensinara momentos antes, porém não sem mostrar nervosismo.

— Sou Amanda, melhor amiga de Sophia, agradeço pelo que fez por ela — disse fazendo uma reverência.

— E eu aqui sou Nicolle! — disse acenando e sorrindo muito.

— Ora, não precisamos ser tão formais! — disse Sophia, se sentando na cama e convidado elas a fazer o mesmo, o que instantaneamente foi aceito por Nicolle, em um instante por Amanda e por Aster, após a insistência das três.

— Então, Corvo também vem lhe visitar? — Nicolle logo perguntou, com um sorriso inocente.

— Hum!? Não, acho que ele não tem motivos para isso — disse Sophia, pega de surpresa pela pergunta.

— Ele leva as restrições aos interioranos de andarem na Cidade Superior muito a sério — disse Aster.

— Sim, deviam ter visto o quanto meu pai teve de ser persuasivo para que ele aceitasse conversar no escritório, e não no corredor da passagem secreta — completou Sophia.

— Tem certeza de que ele não tem motivos para vir? — perguntou Amanda com um sorriso enigmático.

Interpretando o instante de silêncio de Sophia como ela não querendo mentir para as amigas sobre a ajuda de Corvo para construir o gerador elétrico, Aster respondeu:

— Corvo é um bom amigo, talvez venha quando quiser conversar com Sophia, assim como eu vim.

— Ah! Sim! Eu já ia me esquecendo! — disse Sophia para mudar de assunto. — A festa pelo meu retorno em segurança vai ser em duas semanas, a lista de convidados é grande e as nove famílias vão vir.

— As nove!? — surpreendeu-se Amanda.

— Por que isso é tão surpreendente? — perguntou Nicolle ao ver a cara de espanto de Amanda.

— Também gostaria de saber, não sou muito de prestar atenção nas políticas da ilha — disse Aster.

— São as famílias mais poderosas de Hy-Drasil, quatro famílias de nobres remanescentes da queda do império e cinco de magnatas — explicou Amanda. — Todas exercendo poder e influência, no país todo, desde o reinado do terceiro Imperador.

— Então são super-ricas? — perguntou Nicolle.

— Ter poder é diferente de ter dinheiro, eles podem sair na rua sem um centavo e conseguir qualquer coisa que queiram — explicou Amanda.

— As festas são ranqueadas, em termos de importância, pelo número delas que comparece — disse Sophia — e desde a queda do império que todas as nove não comparecem juntas a uma.

— É... Os vestidos para essa festa vão ser bem caros — disse Nicolle.

— Vocês têm que garantir logo quem fará os seus, a festa será em duas semanas e será um baile de máscaras — alertou Sophia.

— Não se preocupe, assim que recebemos a sua mensagem hoje de manhã, nossas mães já trataram de garantir os vestidos — disse Amanda.

— Fiquei surpresa quando Amanda me contou como a mãe dela reagiu. Saindo correndo para um alfaiate, exatamente o que a minha fez — disse Nicolle.

— E todas as mulheres da alta sociedade vão agir assim quando sair nos jornais — disse Sophia. — Mas hoje só vocês sabem, antes dos convites serem entregues, que a festa será um baile de máscaras.

— Ser sua amiga tinha que trazer alguma vantagem — disse Nicolle, com bom humor.

Todas acabaram rindo e assim a conversa progrediu alegre pelo resto da tarde. Amanda e Nicolle acabaram se tornando amigas de Aster e ela ficou feliz, mas se perguntava se, caso descobrissem quem realmente ela era, agiriam como os Von Gears ou teriam medo.

Aquele foi um dia tranquilo para Aster, Sophia e Corvo, um que deixaria saudade. No entanto, aquela noite não foi tão tranquila para Sophia, que acordou assustada com um pesadelo. Sonhara com os piratas que viu serem mortos por Corvo. Rezou pelas almas deles e voltou a dormir, percebendo que demoraria um tempo para superar aquela visão de morte.

O dia seguinte começou cedo para Corvo e com um café da manhã reforçado. Tinha muito o que fazer naquele dia.

— Volto no fim do dia se der tudo certo — disse ele se despedindo de Ivan e Tom.

— Se cuide, garoto, boa sorte.

Tom parou na frente de Corvo e miou como que lhe perguntando se queria que fosse junto.

— Fique com Ivan, vou encontrar alguns ma... algumas pessoas não muito normais.

O gato então voltou a dormir no tapete e Corvo saiu, começando a se questionar se ele mesmo ainda era normal, conversando assim com um gato.

Corvo tomou o caminho para um dos elevadores a vapor, um que ia do nível do mar até o nível do primeiro anel habitado, o elevador do velho Anton Dumont, um bom amigo dele e de Ivan, além de um grande vendedor de vinhos e outras bebidas contrabandeadas.

Dumont havia montado um bar junto ao elevador, no nível do primeiro anel habitado, para aproveitar o fluxo de pessoas que passavam por ele naquele nível, tendo muito mais moradores comuns do que contrabandistas como clientes.

"Não importa a hora que venho sempre tem muita gente", pensou Corvo ao entrar pela porta do bar.

Corvo então viu Dumont no bar limpando copos e foi falar com ele, tinha muito o que avisar, além de muito o que perguntar, pois pelo bar de Dumont passava muita informação de todo o tipo.

— Ora, se não é o pequeno explorador! — saudou Dumont. — Vai sair em outra aventura?

— Nem tanto, vou até o Caolho, quero comprar algumas coisas — respondeu de forma amigável e se sentando ao bar. — Ivan mandou cumprimentos.

Corvo então estendeu a mão, oferecendo-a para um aperto de mãos, o que fez passar pelo rosto de Dumont uma rápida feição de surpresa, logo substituída por um franco sorriso ao aceitar a oferta e apertar a mão.

— Diga a ele para vir mais vezes, é ótimo quando viramos a noite bebendo e conversando.

— Bom, já vou, não quero tomar seu tempo — disse Corvo se levantando.

— Já que está aqui, você não poderia me ajudar com o alambique? — pediu Dumont. — Ele tem produzido menos que o normal.

— Lá vem você se aproveitando dos amigos, é melhor dar algum desconto da próxima vez que comprarmos algo — respondeu Corvo, de forma jocosa. — Me mostre e verei o que posso fazer.

Dumont chamou o filho mais novo, Igor, de dezenove anos, para assumir o bar e guiou Corvo por uma porta.

No depósito, que ficava atrás do bar, eles sentaram em uma mesa e Corvo cumprimentou Roberto, o filho mais velho de Dumont, que, junto com a esposa, estava em uma escrivaninha no fundo do depósito fazendo a contabilidade.

— Aqui podemos conversar sem que estranhos nos ouçam — disse Dumont.

— Espero que ninguém tenha desconfiado por causa da sua cara de surpresa — respondeu Corvo.

— Difícil evitar, sempre que você pede para falar em particular são notícias de ruins a terríveis.

— Não culpe o mensageiro, só faço isso para ajudá-lo — retrucou Corvo.

— Então qual a crise da vez?

— Que ficou sabendo dos Punhos de Trovão nos últimos dias? — Começou Corvo.

— Além de uns boatos de sequestro e assassinato, que estão vendendo coisas elétricas em todo o canto e tiveram alguns deles presos por isso no terceiro anel habitado? — respondeu ironicamente Dumont. — Só que eles já se fazem de vítimas de falsas acusações no caso do incêndio da outra noite.

Corvo guardou a informação da prisão de membros dos Punhos e então explicou tudo o que sabia, a verdade sobre as culpas dos Punhos e sobre a confusão com os piratas na grande mina, levando Dumont a ficar muito preocupado.

— O que Ivan acha disso? — perguntou Dumont, abrindo um conhaque para tomar.

— Que é melhor estocar comida e planejar uma rota de fuga da ilha — Corvo respondeu secamente.

— Será que o confronto entre as cidades não pode ser evitado? — perguntou Georgiana, a esposa do filho mais velho de Dumont.

— Vai depender muito de para qual lado os jornais vão manipular, se ficarem todos contra os Punhos é capaz de apenas eles sofrerem — disse Corvo.

— Então a coisa vai mal — disse Dumont. — Veja esses dois jornais, o *Gazeta dos Mineiros* e o *Diário do Operário*.

Dumont mostrou a Corvo os jornais que recebera naquela manhã, um dizendo que o incêndio fora um acidente, que o sequestro foi uma farsa promovida por políticos que querem acabar com os Punhos de Trovão e o outro expondo os Punhos de Trovão como culpados pela explosão que gerou o incêndio, além de expor a culpa deles no sequestro.

— É, a opinião geral vai ficar bem dividida — disse Corvo ao ler.

Enquanto isso na Cidade Superior, a correria para os alfaiates começou com força, Nathalia e Sophia, acompanhadas de Madame Erynvorn, tiveram que entrar pela porta dos fundos da Alfaiataria Fios de Ouro, pois a frente estava praticamente bloqueada por mulheres querendo mandar fazer um vestido, a maioria governantas e empregadas representado suas patroas.

— Isso está pior do que imaginei — disse Sophia para Madame Erynvorn.

Elas aguardavam sentadas, enquanto eram tiradas as medidas da Sra. Von Gears, normalmente também estariam tirando as de Sophia, mas tiveram de colocar vários funcionários para acalmar e organizar as clientes na frente da loja.

— Isso se deve ao que saiu no jornal — explicou Madame Erynvorn. — Um comentarista famoso de eventos da alta sociedade disse que, devido às circunstâncias, seria provável a participação de pelo menos três das nove grandes famílias na sua festa. Segundo ele, como o seu sequestro foi visto como uma afronta à Cidade Superior, a festa vai servir para mostrar o quão a sério as famílias levaram esse ato. E, segundo ele, a importância do engenheiro-chefe, que foi sempre subestimada, e o status social da família dele devem mudar e a festa vai acabar sendo o evento da década.

— Hum.... Acho que vai aparecer muita gente querendo se tornar amigo da nossa família nos próximos dias — disse Sophia, já imaginando com desânimo.

— Se fosse só isso, minha filha! Se o nosso status social mudar tanto quanto parece que vai, até propostas de casamento vão surgir para você — disse Nathalia se sentando, enquanto Sophia seguia para ter as medidas tomadas, legitimamente preocupada com os avanços que seriam feitos, por todo o tipo de alpinista social, em cima de sua filha.

Depois das medidas tomadas, passaram uma hora com duas estilistas da alfaiataria discutindo, dos tecidos ao estilo dos vestidos, além das máscaras, é claro. Fizeram o dono da alfaiataria assinar um contrato de confidencialidade sobre o fato da festa ser um baile de máscaras. Nathalia queria mesmo pegar todas de surpresa com os convites.

— Gosto do seu jeito de pensar, Sra. Von Gears, vai ser divertido ver o resultado na semana que vem — disse Loui Le'Fenton, dono da Fios de Ouro. — Terei minha cota de problemas com isso, mas assinar este termo me ajudará quando as madames me questionarem por que não as avisei.

— É capaz de criar a maior crise da alta sociedade dos últimos vinte anos — completou ele guardando sua cópia do contrato.

As três voltaram para casa, com o problema dos vestidos resolvido, ao menos até que tenham de voltar para provar. Agora a preocupação delas era com a reunião de Rodan com os representantes das nove famílias naquela tarde, a compra dos fios de cobre e com o quão seriam incomodadas pelos alpinistas sociais que tentariam uma carona na subida de status.

Aster passou a manhã conversando com a Sra. Florysh, Edgar e os outros empregados da casa, eles eram muito divertidos e amáveis. Ouviu histórias de quando Sophia era mais jovem, sobre como os Von Gears ajudaram cada um ali a ter uma vida melhor.

Estava ajudando a preparar o almoço quando Sophia chegou com a mãe e Madame Erynvorn, indo assim recebê-las de avental sobre o disfarce, surpreendendo-as e conseguindo algumas risadas.

— Deu tudo certo na alfaiataria? — perguntou Rodan.

— Sim, apesar de já ter começado a corrida da alta sociedade aos alfaiates — respondeu Nathalia.

— Imagino, veja quanta correspondência chegou hoje de manhã. — Rodan apontou para a mesa da sala.

Uma pilha relativamente grande, que teria de ser analisada correspondência por correspondência.

— Na ida à biblioteca, amanhã, não vou fingir estar fugindo para ter paz — disse Sophia —, vou realmente fugir para ter paz.

— Somos duas — respondeu Nathalia.

— Queria poder dizer: somos três — disse Rodan.

Na Cidade Interior, após descer pelo elevador, Corvo seguiu caminho para encontrar a Dra. Ashvine, caminho esse que passaria por um dos vilarejos mais bonitos da Cidade Interior, depois por uma das piores trilhas da ilha e terminaria num lugar totalmente desconhecido por ele.

"O Ninho dos Mil Espelhos, fascinante como sempre, queria poder trazer Sophia aqui", pensou ele.

— Sophia e Aster, claro. — Corrigiu-se após um segundo.

O lugar era uma enorme gruta com um acesso ao mar e um lago de água salgada com uma ilha no centro, de tal forma que era como uma baía com telhado de rocha. O porto mais seguro da ilha, onde gerações de pescadores moraram. A iluminação era provida por um grande espelho que direcionava a luz para um conjunto de inúmeros espelhos menores que direcionavam a luz do sol para todo o ambiente da gruta e para cada casa. Estas, por sua vez, tinham em seus telhados espelhos que direcionavam a luz para dentro. A gruta era deslumbrante tanto por sua geologia quanto pelo efeito que a iluminação dos espelhos proporcionava.

Embora as casas em sua maioria tenham sido construídas na margem oeste, que era plana e onde ficava as docas, também havia casas no lado leste do lago, que era uma parede rochosa vertical que ia do teto até abaixo da linha d'água, cravadas como ninhos de aves marinhas nas paredes e eram ligadas por passarela de madeira, algumas rígidas enquanto outras eram praticamente pontes de cordas. Na ilha ficava o imenso casarão do chefe do vilarejo e um colossal pilar de rocha negra, este no canto norte da ilha, que ia do chão até o teto quase com o mesmo diâmetro.

Corvo seguiu para a parte plana e mais habitada, teria que cruzar toda ela para chegar ao túnel que queria, mas, conforme foi andando, notou um ar estranho no vilarejo. Havia pouco movimento nas ruas e as pessoas pareciam assustadas.

— O que aconteceu por aqui, velho Torres? — perguntou Corvo a um vendedor de peixes que conhecia.

— Você veio em um péssimo momento, garoto! — disse o homem sussurrando e chamando ele para mais perto. — Piratas, os Ossos de Bronze, não estão atacando nem saqueando, mas tem um grupo de vinte deles nas docas.

— Mas e os guardas? — perguntou Corvo, agora também sussurrando.

— Estão de olho, mas o Chefe Rondel mandou que ficassem longe.

— Por que o Chefe do vilarejo faria isso? — Estranhou Corvo.

— Porque ele... parece que ele tem alguns negócios com esses piratas — disse o homem, assustado e olhando para os lados.

— Que tipo de negócios?

— Só sei que os piratas vêm com baús para ele e voltam com caixas grandes, mas nunca vieram em tão grande número — respondeu demonstrando ainda mais medo.

— Deve ser só contrabando comum — disse Corvo, tentando acalmar o homem.

Corvo, então, se despediu do homem e seguiu caminho com cuidado e o máximo de discrição.

"Não quero me meter nos assuntos de piratas de novo, uma vez por semana já é demais."

Foi o que ele pensou enquanto passava perto das docas, mas não resistiu a tentar descobrir o que estava acontecendo e se esgueirou para o mais perto que pôde, para ouvir o que Rondel conversava com os piratas. Corvo era muito bom em se esgueirar, tanto que conseguiu chegar ao telhado da taverna onde estavam reunidos sem ser notado nem mesmo pelo gato sentado junto à chaminé.

Da claraboia no telhado, por onde entrava a luz de um dos espelhos, Corvo pôde ver e ouvir muito bem.

— Faremos como ele ordenou, mas não sei onde ele quer chegar com isso — disse um dos piratas.

— E isso importa? Sempre lucramos quando seguimos as ordens dele, — respondeu Rondel.

— Trocar caixas de Poções de Morpheus pelo que tem nesse baú aí é uma coisa, o que ele quer agora é outra bem diferente — reclamou outro pirata.

— Sim, os riscos são bem maiores — concordou um terceiro.

Corvo então pegou uma pequena luneta e olhou melhor para os piratas sentados à mesa com Rondel.

— Não são só os piratas Ossos de Bronze! — Assustou-se Corvo, em um sussurro.

Estavam ali os capitães das cinco maiores esquadras de piratas que rondavam Hy-Drasil, um só deles já seria um problema grande, descobrir que eles estavam operando juntos sob ordens de alguém, isso era para além de aterrador.

— Mas não será para agora, ele quer apenas que vocês comecem a se preparar — respondeu Rondel. — Ele disse que não pode adiantar muito, mas que todos lucraremos como nunca.

Corvo não gostou nada do rumo da conversa, tudo indicava que o tal "ele" planejava algo grande com ajuda dos piores piratas, o que por si só já queria dizer que seria algo muito ruim.

Outra coisa que chamou a atenção de Corvo foi o baú ao lado de Rondel, não era muito grande, podia ser facilmente carregado por uma pessoa a depender do peso e valia por caixas grandes de uma droga muito cara e difícil de fazer, mesmo se o baú estivesse cheio de ouro ou diamantes não seria o suficiente para pagar as três caixas grandes que viu sendo levadas pelos piratas nas docas.

— Agora que terminamos com o assunto, vou levar esse baú para segurança — disse Rondel, levantando-se. — Fiquem e aproveitem para beber, tudo por minha conta — completou pegando o baú com uma mão.

— Claro, mas tenha cuidado com o baú, é extremamente difícil conseguir isso aí, — disse um dos Capitães dos piratas.

Rondel pegou o baú com as duas mãos e saiu com seus guardas armados, deixando os piratas bebendo, mas não havia alegria entre os piratas, eles estavam sérios e aos poucos foram saindo um a um com suas escoltas. Corvo permaneceu no telhado acompanhando Rondel com a luneta, tentando se decidir se tentaria descobrir o que havia no baú ou se era melhor não se meter. Nunca tinha invadido a casa de ninguém, nem roubado nada em sua vida, mas se quisesse descobrir o que havia naquele baú, não seria perguntando a Pierre Rondel e isso pesava em sua decisão. Para piorar, não tinha muito tempo para decidir, se perdesse Rondel de vista, talvez nunca mais conseguisse achar aquele baú.

Distraído pela dúvida, Corvo acabou sendo visto por piratas e um disparou contra ele, acertando na placa com nome da taverna, no ponto exato em que Corvo se escondia. O tiro atravessou a grossa placa de madeira e acertou Corvo no peito, jogando-o para trás.

— Acertei ele! — gritou o pirata.

— Idiota, quem mandou atirar! Devíamos pegá-lo vivo para descobrir para quem ele trabalha! — gritou outro.

No telhado, Corvo rolou de lado e se arrastou para o outro lado do telhado, o peito doía, mas por sorte o projetil acertou um dos bolsos de couro da alça da mochila, onde ele guardava sua quase lanterna élfica.

"Acho que tenho mais vidas que um gato", pensou ele correndo para outro telhado.

Infelizmente, os piratas subiram no telhado para ver o que podiam tirar do espião e avistaram ele se esgueirando para um telhado ao lado. Logo Corvo se viu fugindo de um bando deles, por sorte não estavam atirando.

"Provavelmente me querem vivo para tirar informações que não vão acreditar que não tenho", pensou ele enquanto corria. "Vou descer dos telhados e tentar despistá-los pelas vielas estreitas, mas se não conseguir, azar o deles, pois terão de seguir-me pela Trilha do Abismo de Ferro."

— O que poderia ser pior que ter de cruzar essa maldita trilha? — disse Corvo para si mesmo. — Cruzá-la fugindo de piratas! Como tenho sorte!

A passagem para a trilha estava fechada por um portão de ferro, mas Corvo nem reduziu a velocidade, arremessou de longe um frasco com ácido, acertando a tranca do portão e então atravessou o portão com um chute voador.

Os piratas que o perseguiam de perto pararam diante da entrada do túnel, acima deles uma placa com os dizeres:

"O Abismo de Ferro, proibido passar deste ponto. Não é uma trilha ou atalho é caminho sem volta para idiotas que tentam atravessar."

Os piratas se entreolharam e por fim um disse:

— Preferem contar aos capitães que o perdemos?

— Podíamos dizer que ele entrou aí e morreu — disse outro.

— Vão mandar a gente pegar o corpo — disse outro com desânimo.

Sem dizer nada, um deles correu para dentro do túnel e os outros seis o seguiram sem mais discussões, o medo da fúria dos cinco capitães os impeliria a atravessar até mesmo o inferno.

O túnel terminava em um amplo abismo, relativamente estreito se comparado à grande mina, mas transmitia a mesma sensação de não ter teto e muito menos fundo. A trilha era formada por várias engrenagens de diversos tamanhos, mas todas com tamanho variando de bem grande a imensas, que giravam na horizontal e na vertical. Eram partes de dois imensos mecanismos, um que ajudava a levar minério de ferro das minas profundas para cima e outro que bombeava água fria do mar em volumes colossais para o topo da ilha.

Os perigos da trilha não se resumiam a ser esmagado entre as engrenagens, imensos pistões das máquinas a vapor colossais que moviam tudo aquilo, podia arremessar no abismo quem tentasse passar, com seu movimento de vai e vem ritmado. Jatos de vapor escaldante subiam em intervalos variados tanto do fundo quanto das paredes em diversos lugares.

Corvo olhou para trás e, ouvindo os passos dos que o perseguiam se aproximando, disse:

— Espero que as instruções que a louca da Ashvine deu para Rodan estejam corretas.

Os piratas chegaram correndo no túnel escuro com tanta velocidade que o primeiro, que não portava nenhuma luz, não parou a tempo e caiu no abismo, o que vinha logo atrás e tinha uma lanterna parou a tempo assim como os outros. Logo viram Corvo segurando uma lanterna parado em cima de uma imensa engrenagem vertical, já tinha passado do primeiro terço do caminho.

— Se ele consegue, nós também — disse um dos piratas.

Assim, eles foram um a um seguindo Corvo o mais rápido que podiam, até que um enorme pistão veio da escuridão e jogou dois deles no abismo.

Corvo continuava imóvel, se deixando levar pela engrenagem, nem percebeu os gritos dos piratas que foram lançados no abismo, pois, além do barulho das máquinas, estava muito concentrado no relógio em sua mão e no momento certo deu um passo para o lado, saindo da engrenagem vertical para o dente de uma engrenagem horizontal, permanecendo imóvel novamente e se deixando levar pelo movimento da engrenagem, um forte jato de vapor passou perto de suas costas.

— O que não fazemos pelos amigos — disse ele dando mais um passo e mudando para outra engrenagem horizontal enquanto outro pirata gritava, um jato de vapor fizera outra vítima.

Corvo seguiu em seu ritmo lento, assim evitando as rajadas de vapor e os pistões, mas não sem sentir o calor do vapor escaldante ou o vento dos pistões passando perto, até que chegou a uma imensa engrenagem vertical, transversal ao caminho que seguia. Ela não era maciça como a maioria das outras, era vazada e ele teria que passar através dela. Com dois passos rápidos, como se subisse uma escada no primeiro passo e o segundo deveria ser bem largo. Era o que estava escrito nas instruções.

— Se Ashvine passa por aqui sempre que sai e volta para casa, ela é mais louca do que eu pensei.

Confiando nas instruções que já o tinham levado tão longe, ele atravessou a engrenagem, deixando abismados os piratas restantes, porém distração ali era fatal e um deles acabou escorregando e caindo entre as engrenagens menores logo abaixo.

Os dois últimos piratas prestaram bastante atenção no que Corvo fazia e passaram a imitá-lo. Corvo notou, mas sabia que isso não bastaria, três pistões e duas rajadas de vapor vindas de lugares diferentes vieram ao mesmo tempo, logo atrás de onde Corvo estava. Um dos pistões acertou o pirata que estava mais próximo de Corvo. O último pirata só não morreu porque pulou para o lado se pendurando à engrenagem em que estava e, assim, evitou a rajada de vapor que o acertaria.

Finalmente em chão firme, de uma passarela metálica, Corvo olhou para trás sem ver ninguém.

— Não basta seguir o ritmo das engrenagens, tem que começar no momento certo para estar no lugar certo, no momento certo — disse triunfante e guardando o relógio.

Então ele respirou fundo e disse indignado:

— Mas sério! Para ter sugerido essa ideia de visitá-la, como se fosse só ir até um mercado secreto seguindo um mapa... ou Rodan nunca leu essas instruções da Ashvine ou ele me odeia muito por algum motivo.

Corvo seguiu em frente, mas levaria um tempo para se recuperar do medo que passou.

Seguindo as instruções, Corvo saiu da passarela por uma escada lateral, que levava a uma cavidade grande na parede rochosa de onde partiam vários túneis. Entrou em um túnel rústico, que mais parecia uma fenda aberta naturalmente na rocha, mas notou que este havia sido trabalhado por mãos humanas.

"Provavelmente aproveitaram uma fenda natural", pensou ele.

Não andou muito e se deparou com uma sala ampla e vazia com uma parede rochosa vertical no lado oposto do túnel.

— Beco sem saída? Ué? Errei em algum lugar?

Corvo ficou confuso por uns instantes, mas quando se aproximou da parede e a iluminou melhor, viu em um dos lados algumas reentrâncias esculpidas, formando um tipo de escada discreta. O túnel prosseguia e a parede era na verdade um desnível de três metros de altura.

— Estranho, por que fizeram assim e não em rampa?

Ele então notou que, se ele não soubesse que aquele era um caminho, em uma rápida olhada teria achado que era apenas um espaço vazio e ignorado. Sorriu e começou a subir, no entanto foi interrompido por uma voz que veio do túnel atrás de si.

— Finalmente alcancei você sua peste pestilenta! Você vai pagar pelo que me fez passar! — gritou o pirata.

Corvo se virou rapidamente sacando suas adagas e assumindo posição de combate, enquanto o pirata, já com o grande sabre na mão e pronto para usar, avançava lentamente.

— Vou ficar feliz quando entregar você para os torturadores!

O pirata então avançou desferindo golpes pesados, embora ele fosse maior e mais forte do que Corvo, não conseguiu acertar nenhum golpe. Corvo era mais rápido e ágil.

"Droga, aqui ele tem espaço para usar a espada, se isso se prolongar muito ele me vence no cansaço", pensou Corvo, analisando a situação.

O sabre dava ao pirata uma vantagem de alcance e ele sabia usar muito bem essa vantagem, demonstrando ter um bom treinamento e muita experiência real de combate. Corvo estava sendo obrigado a apenas se defender.

O pirata não lhe dava tempo para fazer nada além de bloquear e esquivar, até que o pirata tentou chutar o joelho de Corvo, que conseguiu evitar, mas o pirata aproveitou o impulso que tinha dado para frente e empurrou Corvo com força contra a parede.

A sorte de Corvo foi que sua mochila amorteceu o impacto com a rocha, no entanto a sua postura defensiva estava desfeita e o pirata avançou para acertá-lo antes que pudesse se recompor. Porém, ele nunca conseguiu desferir o golpe, uma pesada seta de besta atravessou-lhe a cabeça, cravando-se no chão rochoso atrás dele, deixando-o imóvel por uns instantes antes de desabar morto no chão.

— Ora, vejam só! Ouvi barulhos de luta e vim ver o que era. O que encontro? Meu querido Corvo explorador lutando pela vida.

Corvo olhou pasmo para cima e viu a esbelta Ashvine, com seus cabelos cacheados ruivos, tom de cobre polido, desgrenhados, seus óculos de lentes redondas, jaleco branco todo sujo, luvas grossas, uma grossa blusa de lã preta, calças jeans azuis, ao estilo dos mineradores, e botas de cano longo, segurando uma besta de repetição, tão grande que era quase uma balista.

— Como acabou aqui desse jeito? — perguntou ela em tom divertido e com um olhar felino.

— Acredite ou não, vim encontrar você — respondeu Corvo, guardando as adagas.

— Como sabia onde me encontrar? — perguntou ela, mudando totalmente de postura para uma mais séria.

— Rodan, ele me disse para visitá-la por causa de seus conhecimentos — respondeu ele erguendo as mãos. — Um minuto, eu tenho uma mensagem dele — disse Corvo abrindo a mochila.

Ashvine relaxou um pouco ao ver o selo na carta e perguntou:

— O quanto ele te contou sobre mim?

— Vim pedir sua ajuda para construir um gerador, mas leia a carta e você vai entender a situação.

— Muito bem, suba, vamos conversar em um lugar melhor — disse ela por fim, em tom amigável.

Corvo subiu e entregou a carta, no entanto se sentiu um pouco zonzo e se apoiou na parede.

— Você está bem? — perguntou ela realmente preocupada.

— Não sei o que... — disse ele quando sentiu uma dor na lateral do tórax. — Será que ele me acertou sem que eu percebesse?

Corvo então notou sangue na luva ao passar a mão onde sentiu a dor, e achou uma lasca de madeira perfurando a lateral de sua jaqueta de couro sem mangas, um fragmento da placa da taverna. Ele logo tirou a mochila, em seguida a jaqueta e ergueu a blusa, revelando um corte largo e fundo.

— Como isso aconteceu? — perguntou ela ainda mais preocupada.

Corvo explicou o tiro que levou e se sentou no chão com as costas na parede.

— E você só sentiu isso agora? Temos que tratar isso logo! — disse ela estancando o ferimento com um lenço que tinha.

— Muita coisa aconteceu — respondeu ele.

Corvo então pegou uma lata retangular de um grande bolso de couro que fazia parte de seu cinto, ao abrir revelou um *kit* de primeiros socorros.

— Dou um jeito num minuto — disse ele.

Corvo tirou as luvas, pegou um frasco de vidro com um líquido transparente e limpou a ferida que parou de sangrar, então abriu um potinho metálico, revelando uma agulha e linha mergulhadas em álcool.

— Deixe que eu faça isso! — disse Ashvine tirando as luvas.

Ela lavou as mãos com o líquido que Corvo usou para limpar o ferimento e com uma costura rápida, precisa e bem-feita suturou tão bem quanto um médico veterano.

— Pensei que fosse doutora por doutorado e não por ser médica — disse Corvo impressionado com a habilidade.

— É por doutorado — respondeu ela mais calma. — Não sou médica, mas, vivendo em um lugar tão isolado, saber fazer isso é o básico. Tem penicilina nesse *kit*?

Corvo entregou-lhe um pequeno frasco de vidro, com uma pequena seringa dentro e ela logo aplicou.

Ele então abriu outro potinho e passou uma pasta sobre o ferimento e com ajuda dela fez um curativo com gaze e ataduras.

— Vou começar a andar com um *kit* assim também — disse ela.

— Te dou um de presente assim que eu puder — respondeu Corvo.

— Você parece ter perdido muito sangue, consegue se levantar? — perguntou ela recolocando as luvas.

— Só preciso de um minuto — disse ele pegando um frasco de vidro com um líquido vermelho.

Tomou e, ao notar o olhar de Ashvine, explicou:

— É um energético e fortificante, vai me ajudar a me recuperar mais rápido.

Corvo colocou a jaqueta na mochila, levantou-se e seguiu Ashvine. Não andaram muito e logo tinham cruzado uma porta secreta. Estavam na casa dela, não era grande, mas era organizada, pelo menos o cômodo que servia de quarto, sala e cozinha era, já a oficina-laboratório parecia um caos organizado em sua desordem.

— Me dê sua camisa, vou colocar na máquina de lavar enquanto leio, acomode-se no sofá.

A máquina de lavar chamou a atenção de Corvo, não parecia ser a vapor, então perguntou:

— É elétrica?

— Sim, um dos frutos de minha pesquisa, não solta fumaça nem esquenta o ambiente.

Outra coisa que chamou a atenção de Corvo foi o jeito normal de Ashvine, bem diferente do que ele conhecia.

Ela então abriu a carta de Rodan e ao ler arregalou os olhos.

— Isso que está escrito aqui é verdade? — perguntou ela com assombro.

— O quê? Eu não sei o que está escrito aí.

— Sobre esta Aster! Ela é o que ele disse que é?

— Por mais inacreditável que seja, ela é uma máquina elétrica humanoide, capaz de pensar e raciocinar tão bem quanto qualquer humano — respondeu ele. — Com sentimentos reais e tudo.

— Quem a construiu? Onde? Como?

Corvo pediu calma, agora ela parecia mais com a Ashvine que ele conhecia. Então contou a história de Aster e mostrou o projeto, que ela fez, do gerador.

— As ruínas além da zona morta! Só podia ser de lá! — disse ela animada e pensativa. — Já escavei lá há dois anos, não acredito que não achei a sala em que ela estava, preciso voltar lá.

— Pelo que Aster disse, a porta quando fecha é indistinguível do resto da parede — disse Corvo. — Um momento! Você cruzou a zona morta e escavou lá?

Ashvine sorriu e foi até o que parecia uma pilha de sucata coberta com lona.

— Com uma máscara para gás dá para cruzar sem problemas e veja o que eu achei debaixo de uma pilha de escombros.

Ela revelou um robô rústico e parcialmente destruído, o peito do robô parecia ter sido atravessado por uma bala de canhão, estava sem as pernas e a cabeça parecia incompleta.

— Além desse grande achado, ainda consegui uns restos de diários queimados. Parece que alguém já tinha passado por lá há muito tempo e pegou tudo de valor — lamentou ela.

Corvo se aproximou do robô e olhando melhor disse:

— Ele não se parece nada com Aster.

— Pelas histórias antigas que me levaram a escavar lá, esse devia só ser capaz de seguir ordens simples e carregar coisas — disse ela.

— E o que dizem os diários que você achou?

— Pouca coisa sobreviveu, mas o que é legível é fascinante! — respondeu ela empolgada. — Parece que quem vivia lá achou uma ruína secreta na Cidade Interior, a ruína fantasma.

— Aquela cheia de maravilhas dos Dwarfs, que dizem ter sido achada, mas sumiu misteriosamente? — surpreendeu-se Corvo.

— Agora acho que ele encontrou Aster e talvez mais coisas nessa ruína e construiu essa sucata com o que aprendeu — disse Ashvine. — Será que Aster se importaria de eu abri-la para estudar como ela funciona?

— Você deixaria um médico louco abrir você com o mesmo motivo? — retrucou Corvo.

Ashvine parou um instante em choque e então disse:

— Desculpe, preciso manter em mente que ela não é uma simples máquina.

— Tudo bem, entendo sua empolgação, mas no momento temos que nos concentrar em reabastecer Aster com energia — respondeu ele.

— Você não parece surpreso com a possibilidade de os anões serem reais — disse Ashvine.

— Ah, isso já foi especulado logo depois de conhecer Aster e já me convenci de que ou eles existiram ou um povo digno de gerar essa lenda — respondeu ele.

— Devia ter imaginado, mas quanto ao gerador, acho que esse projeto que você me mostrou não vai gerar energia o bastante — disse ela pensativa. — Se Aster usar tanta energia quanto eu penso, talvez leve meses para ela ser recarregada.

— Teremos que fazer maior? — perguntou Corvo frustrado.

— Não exatamente, só acrescentar algumas coisas que aprendi com aquela sucata ali. Aliás, como vão conseguir tantos fios de cobre?

— Com a festa pelo retorno de Sophia, vão usar a desculpa de que é para decoração.

— Esperto, isso me lembra que ainda não agradeci por salvar a filha de meus grandes amigos — disse ela. — Obrigada!

Corvo retribuiu com um sorriso e uma reverência, depois eles continuaram a falar de como e onde o gerador seria construído. Ashvine decidiu que ia ajudar na montagem, quando os materiais estivessem todos lá na semana seguinte e que também iria até a Cidade Superior visitar Sophia e Aster.

— Com isso, estamos mais próximos de garantir que Aster não fique sem energia — disse Corvo.

— É uma solução, mas acho que pode existir uma melhor, veja isso. — Ashvine então mostrou uma página meio queimada que achou junto com o robô destruído, a qual tinha a descrição de um artefato que, segundo o que podia ser lido, podia gerar energia quase ilimitada, um reator.

— Pelas dimensões descritas ele é pequeno e Aster poderia carregar sempre com ela — disse Ashvine.

— Seria de fato ótimo, mas onde acharíamos isso? — perguntou Corvo, cético.

— Nas ruínas fantasmas — ela respondeu.

Ao ver a cara de Corvo, ela logo disse:

— Sei bem o quão difícil é encontrar, mas agora sabemos que existe e se existe pode ser encontrada.

— Sempre procurei e nunca encontrei nenhuma pista — retrucou Corvo.

— Eu também procurei, mas uma pista eu encontrei.

Ashvine tinha toda a atenção de Corvo agora.

— Converso com muita gente, e ouvi muitas histórias, uma me chamou a atenção. A de que quando o império caiu e a eletricidade foi banida, a Biblioteca da Cidade Superior salvou cópias dos livros que acabariam sendo destruídos, além de várias coisas do acervo imperial.

— E como isso leva às ruínas? — perguntou ele sem entender.

— Conectando a outra coisa que ouvi — respondeu ela. — Que no acervo imperial havia um livro com a localização de uma biblioteca secreta muito antiga, anterior ao primeiro reinado.

— A Grande Biblioteca Mística, outro lugar mítico dessa ilha — completou Corvo, ainda menos empolgado.

Ela fez que sim com a cabeça e disse:

— Apesar da chance de na Grande Biblioteca ter pistas das ruínas fantasmas, nunca fui atrás disso. Sair perguntando onde livros proibidos foram escondidos é algo muito perigoso, só para tentar achar algo que eu nem tinha certeza se existia. Aquele monte de sucata pode nunca ter se mexido e estes escritos podiam ser apenas para enganar, mas Aster é prova incontestável de que a tecnologia mítica é real.

Corvo ficou em silêncio por uns instantes, sério e pensativo e por fim disse:

— Então para achar o reator só temos que achar um acervo secreto, que pode ou não ajudar a achar uma biblioteca, ainda mais secreta, a qual pode ou não existir e que pode ou não ajudar a achar uma ruína secreta.

— Ao menos sabemos que as ruínas já foram encontradas pelo menos duas vezes — disse ela, otimista.

Corvo respirou fundo, poderia tentar descobrir alguma coisa, afinal ser explorador era encontrar coisas, tornar lugares desconhecidos conhecidos, achar lugares secretos e era o que o ele fazia de melhor. Então acabou dizendo:

— Certo, mas tenho certeza de que Aster terá de se contentar com o gerador que vamos construir por um longo tempo.

Corvo sentiu-se física e mentalmente cansado, com o mistério no vilarejo dos pescadores, a travessia pelo Abismo de Ferro e agora toda essa conversa, era muita coisa para processar de uma vez e Ashvine percebeu esse cansaço.

— Já falamos demais, que tal almoçarmos e depois você pode descansar no sofá um tempo enquanto sua camisa seca.

— Seria bom, estou mesmo com fome e vou precisar descansar para voltar pela Trilha do Abismo de Ferro — respondeu ele.

— Por que você quer ficar usando esse caminho terrível e não um dos outros mais seguros?

— Outros caminhos? — ele perguntou atordoado. — Tem outros caminhos? Rodan sabia de outros caminhos?

— Sim, passei para Rodan os três caminhos e disse para ele usar aquele apenas em caso de grande necessidade.

— Você explicou para ele o porquê?

— Não, achei que seria óbvio ao ler.

Corvo ficou sem reação, com a mente em branco e, após alguns instantes, apoiando os cotovelos nos joelhos, colocou a cabeça entre as mãos e disse baixinho:

— Ela não explicou, ele não leu e quem se ferrou, foi eu.

Entendendo parcialmente o que tinha acontecido, Ashvine decidiu deixar Corvo em paz e foi preparar o almoço.

Enquanto almoçavam juntos em uma pequena mesa, Corvo não pode deixar de pensar em como Ashvine não parecia nada com a louca que conhecia e ela pareceu ter notado isso.

— Imagino que esteja estranhando minha normalidade.

— Hum!? Sim. Não! Digo... — respondeu ele, pego de surpresa.

Ela riu e disse:

— Fingir-me de louca é um tipo de proteção, as pessoas não questionam muito o que eu faço.

— "Ela comprou um monte de lixo e sucata? " "É por ser louca. " — Exemplificou ela, em tom divertido.

— Imagino que leve as pessoas a te subestimarem também — ponderou Corvo.

Após comer e descansar um pouco, Corvo vestiu a blusa e começou a se preparar para sair, pegou a jaqueta e avaliou o furo. A jaqueta servia para proteger as roupas de tecido do desgaste natural ao usar a mochila e de eventuais abrasões contra rochas, não para proteger ele de estilhaços ou em combate, o couro era bem fino e fora escolhido pela leveza.

"Quando voltar para casa vou reforçar meus trajes de exploração", pensou ele. "Acho que vou passar a usar um tipo adaptado de brigandina, dos pés à cabeça."

E ao lembrar do combate contra o pirata, completou o pensamento:

"Também passarei a carregar uma espada pequena na mochila e definitivamente farei logo outra besta pra mim"

— Já de saída? — perguntou Ashvine, vendo-o colocar a mochila nas costas.

— Ainda vou passar no mercado da Doca de Pedra e, como não vou precisar cruzar aquela trilha invernal, já descansei o bastante.

— Senti certa raiva na parte da "trilha infernal", espero que não seja comigo — disse Ashvine.

— Rodan é que terá de lidar com isso quando eu me encontrar com ele — respondeu Corvo bem sério.

★★

Sem saber pelo que Corvo passou, Rodan, de saída para a reunião com os representantes das nove famílias, olhou para a pilha de cartas, que havia dobrado de tamanho desde o almoço, e depois olhou para Nathalia. que, junto de Sophia, Madame Erynvorn e Marie, estava lendo e separando-as.

— Não sei quem de nós acabará mais cansado hoje — ele disse para a esposa. — Eu lidando com a reunião ou você com as cartas.

— Ao menos a maioria são curtas felicitações pelo retorno em segurança de Sophia — respondeu Nathalia.

— Sei, só querem se fazer lembrar para talvez serem convidados — disse ele.

— Mas também tem várias senhoras me convidando para um chá e querendo que eu conheça os filhos delas — disse Sophia, num misto de cansaço, tédio e raiva velada.

— E isso que nem sabem que os nove patriarcas vão comparecer — disse Rodan, com desgosto.

Aster, enquanto isso, tinha ido ao telhado para admirar a vista da Cidade Superior e ao ver o movimento das ruas, imaginou se poderia algum dia andar por aquelas ruas sem medo de a tratarem como a um monstro. Acabou por ver uma carruagem a vapor muito elegante parar em frente ao prédio e dela descer uma linda mulher de longos cabelos ruivos, de tom carmesim idêntico ao de Nathalia e Sophia. Aster não sabia quem era, mas aquela mulher em alguma coisa lembrava Nathalia e Sophia. Nathalia era uma mulher linda, mas aquela mulher era simplesmente deslumbrante e a refinada elegância feminina em todos os seus movimentos apenas realçava isso.

Curiosa para saber quem era, Aster arriscou descer para espiar e com cuidado se esgueirou silenciosamente, tanto que ninguém notou quando ela se escondeu atrás de dois grandes jarros de planta próximos da porta da sala de visita. Aster, bem escondida, então observou a misteriosa mulher perder toda a compostura abraçando Sophia e dizer:

— Minha sobrinha, que bom que você está bem, assim que soube retornei para a ilha.

— Desculpe, tia Melian, por minha...

— Ora, você e sua mania de se desculpar! — disse Melian, voltando a abraçar Sophia. — Os únicos culpados são os que a atacaram!

Soltando Sophia, Melian então abraçou Nathalia e cumprimentou Rodan, que se desculpou por precisar sair:

— É bom revê-la, Melian! Desculpe-me por não poder ficar, mas tenho uma reunião que não posso me atrasar, Nathalia explicará.

Rodan saiu, com ainda menos vontade de ir à reunião, a interação entre Melian e Nathalia era sempre divertida de ver.

— Bom, espero por várias explicações a começar pelo que aconteceu com Sophia, — disse Melian, abrindo o leque olhando para a irmã, sobre ele.

Aster viu as três se sentarem no sofá e Sophia contar tudo, mas mantendo o segredo sobre ela. Achou interessante a forma como Sophia contava. Após contar e recontar várias vezes nos últimos dias, Sophia parecia ter desenvolvido uma habilidade para narrar a história de forma sucinta, mas, de certa forma dramática, mantendo a atenção de quem ouvia, até Nathalia e Marie pareciam estar ouvindo pela primeira vez, pelas expressões.

— Mas o que me surpreendeu foi encontrar minha mãe vestida com o traje para caçadas e se preparando para ir me procurar — disse Sophia rindo.

— Só não fui antes porque Rodan não deixou! — disse Nathalia, bem séria.

— E se eu estivesse na ilha, Rodan não teria nos impedido — completou Melian.

Ao notar o olhar debochado de Sophia, Melian disse para Nathalia:

— Você realmente ainda não contou para ela, não é? Quando mamãe ficar sabendo que você nunca treinou Sophia...

— Ela tinha tanta atividade na escola, não queria sobrecarregá-la — retrucou Nathalia, um tanto amuada. — Mas me arrependo, talvez ela tivesse conseguido evitar ser sequestrada se a tivesse treinado.

Sophia não estava entendendo mais nada e então perguntou:

— Do que vocês estão falando?

Com um sorriso, Melian Ironrose se levantou e disse:

— As mulheres da família Ironrose herdam mais do que o nome e um lindo cabelo, herdam também um estilo de luta próprio, elegante e eficiente.

Então Melian convidou Nathalia a se levantar:

— Espero, irmãzinha, que não tenha negligenciado seu treino.

Nathalia sorriu e ficou de pé, de frente para Melian, a um passo de distância, com o leque aberto na mão e em frente ao rosto e a outra mão nas costas, espelhando a pose de Melian.

— Vou tentar não machucar seu lindo rosto — respondeu Nathalia.

Em um piscar de olhos as duas fecharam os leques e, usando-os quase como se fossem espadas, começaram a trocar uma série de golpes tão rápidos que seus braços viraram vultos, porém sem mexer nada além do braço que segurava o leque, mantendo a postura no resto do corpo e uma feição calma e elegante no rosto. Os leques deviam ser feitos de um material bem duro, pois colidiam com muita força e não quebravam.

As duas pareciam ter esquecido por que começaram e só tentavam descobrir qual seria a primeira a acertar um golpe na outra, até que Madame Erynvorn, mantendo igual postura ereta, com um único e rápido movimento, usou um guarda-chuva para tirar os leques das mãos delas, os leques voaram para cima e quando iam caindo ela os pegou com uma única mão e disse séria:

— Acho que já é o bastante.

— Desculpe, Eryn, acho que me empolguei — disse Melian, sorrindo e massageando a mão.

— Nosso instinto competitivo às vezes leva a melhor. — Também se desculpou Nathalia.

Sophia no sofá e Aster, escondida detrás dos vasos, compartilhavam o mesmo espanto e perplexidade, não só por Nathalia e Melian, mas também por Madame Erynvorn. Sophia nem entendeu como os leques sumiram das mãos da tia e da mãe e surgiram na mão da Madame.

— Isso foi incrível! — disse Sophia, deslumbrada. — Mas para que manter a elegância em uma luta? — questionou em seguida.

— A técnica foi desenvolvida para defesa própria em meio a alta sociedade, em lugares como bailes, festas e chás, onde manter a elegância significa ser discreta, não ser notada — explicou Nathalia.

— De que tipo de festas, bailes e chá nossas antepassadas participavam? — Intrigou-se Sophia.

— As mulheres de nossa família sempre foram lindas e isso atrai, de vez em quando, idiotas e bêbados — disse Nathalia, com olhar distante, parecendo lembrar de algo desagradável.

— Também já achei isso de manter a elegância uma besteira — disse Melian. — Até que em uma festa veio um idiota que não soube ouvir um não. Quando ele caiu desacordado no chão, ninguém entendeu o porquê e acreditaram que foi de bêbado. Me defendi mantendo minha reputação de moça delicada e recatada, ele saiu humilhado.

— Outra vantagem é o uso do leque, carregar uma arma comum tem inconvenientes, mas um simples leque... — disse Nathalia, se abanando com o leque.

— Esses leques não parecem simples — disse Sophia.

— São de ébano, cultivado nas terras da sua vó, a madeira daquelas árvores é mais dura que as de ébano comum — disse Nathalia. — Sua vó lhe deu um destes no seu último aniversário.

— É tão lindo que guardei para usar em um evento especial — respondeu Sophia. — Acho que essa festa é o caso.

— Imagino, ouvi dizer que três dos nove irão — disse Melian.

Sophia e Nathalia olharam para ela e então explicaram que na verdade iriam os nove, com isso Melian arregalou os olhos e quase engasgou.

— E aquela pilha de cartas ali já é resultado de acharem que algumas das nove vão. — Apontou Sophia.

— Nathalia, minha irmã — disse Melian —, melhor mandar imediatamente um convite para nossa mãe explicando tudo ou ela não vai te perdoar.

— Já mandei. Morgana Ironrose, a matriarca de ferro, finalmente tem a chance que queria — respondeu Nathalia.

— Mas voltando ao assunto, melhor Sophia começar um regime de treinamento intensivo — disse Melian, antes que Sophia pudesse questionar algo sobre a vó.

Concordando com um aceno de cabeça, Nathalia disse:

— É, ela terá de ir a vários chás da tarde e eventos sociais, será alvo de rapazes de todo o tipo e da inveja de todo o lado, melhor estar preparada.

"Começo a odiar cada vez mais os Punhos de Trovão", pensou Sophia.

As três, então, mudaram de assunto para algo mais ameno, cansadas de falar de preocupações e problemas, Melian contou sobre sua viagem à ilha Alfheim onde morava a avó de Sophia. Depois Sophia acabou contando mais sobre sua jornada de volta para casa.

— Adoraria conhecer esses seus novos amigos — disse Melian. — Aliás, é Aster a figura encapuzada que vi no telhado e agora se esconde ali? — perguntou ela, apontando para onde Aster estava escondida.

Tanto Sophia quanto Nathalia, Madame Erynvorn e Marie olharam com surpresa, mas não viram nada, Aster por sua vez se encolhera o máximo que pôde no lugar.

— Aster, você está aí? — perguntou Sophia.

— Ora, vamos, criança, não farei mal a quem salvou minha sobrinha! — disse Melian com doçura.

— Desculpe! Eu fiquei curiosa em saber quem era ela, já que se parecia muito com Sophia e Sra. Nathalia, achei que não seria notada — respondeu Aster, saindo de trás da planta, muito envergonhada.

— Devo dizer que você é muito boa em ser furtiva, mas acredite, ninguém consegue se esconder de mim — disse Melian, com seus olhos verdes claros voltados para Aster, em um olhar penetrante.

Longe dali, Corvo finalmente chegou à Cidade de Madeira, assim chamada por ser toda feita de madeira, incluindo o chão. A cidade havia crescido sobre velhos píeres de madeira, suas casas e prédios eram feitos com restos de navios, algumas edificações usavam pedaços inteiros de caravelas, naus, galeões, fazendo a cidade parecer um cemitério de navios despedaçados.

"Agora que a maioria dos navios são de metal, me pergunto se um dia a cidade mudará de nome para Cidade de Ferro", pensou ele, ao ver algumas casas com placas de metal nas paredes e teto.

Corvo seguiu pelas ruas movimentadas, o sol forte era um desconforto, mas a brisa que vinha do mar era agradável, ao menos ali perto das docas, pois mais para o centro da Cidade de Madeira o cheiro que o vento trazia era um misto de petróleo cru, esgoto e peixe podre.

Ele então viu um homem em cima de um caixote gritando:

— E é por isso que devemos exigir um sistema de combate de incêndios! Por favor, reúnam-se em frente à assembleia neste sábado, tenho certeza que ninguém vai se opor, todos sairemos vencendo com sistema de combate a incêndios!

Corvo concordou enquanto seguia caminho, era um milagre aquela cidade já não ter virado carvão e todos nela deviam levar os incêndios muito a sério.

Chegando, enfim, ao seu destino, Corvo ficou feliz por conseguir chegar ao lugar sem se meter em mais problemas, embora lidar com o Caolho já fosse um problema.

— Ora, vejam só se não é o ladrãozinho voltando! — disse Caolho, com um sorriso torto, e um olhar de desgosto.

Corvo encarou Caolho, um velho magro, careca, com um tapa-olho sobre onde devia ter o olho esquerdo, que estava sentado na entrada da loja, fumando cachimbo.

— Já falei que não sou ladrão. Onde está Marco?

— Aquele verme imprestável e inútil? Deve estar dormindo em algum canto!

— Vim comprar as coisas dessa lista, você tem tudo aqui? — disse Corvo, mostrando-lhe um papel.

Caolho leu e disse:

— Óbvio que sim, imbecil, sou o maior vendedor daqui! Leve isso para o Carlos no fundo da loja e não roube nada, sempre estou de olho!

Corvo nem respondeu ao insulto e foi direto para o fundo da loja, onde encontrou Carlos, um jovem de doze anos, que estava sendo ensinado a trabalhar ali já fazia um ano. A loja era entulhada de coisas, mas organizada, em grande parte pelo esforço de Marco.

— Olá, Carlos. Onde está Marco?

— Olá, senhor Corvo! Ele está no segundo andar, concertando alguns motores a vapor.

— Avise que quero falar com ele na torre abandonada, mas antes... aqui, vou comprar essa lista, entregue amanhã, no lugar de sempre.

Carlos pegou o papel e depois uma prancheta com uma tabela de tudo que tinha na loja e calculou o preço, acertando, como sempre, o pagamento metade à vista e o resto na entrega.

Então Corvo foi embora, sob o olhar de Caolho, que, quando ele passou, disse:

— Você deveria me agradecer por deixá-lo comprar algo aqui, seu verme, é bom que pague direito ou quebro suas penas e te jogo no mar!

Corvo nem olhou para ele, só ia naquela loja por ser a única que vendia o que ele precisava. Havia jurado nunca mais voltar após ser insultado o tempo todo por Caolho na primeira vez que tentou comprar algo ali, mas nunca conseguiu encontrar outra loja tão completa em termos de peças de máquinas. Foi ali que comprou as peças para seu carrinho de mina movido a vapor, graças à sorte de ter conhecido Marco, um jovem um ano mais novo que ele, ou teria abandonado o projeto.

"Sinto pena do Marco, depender daquele velho para ter o que comer e onde dormir, deve ser o inferno na terra", pensou Corvo.

Corvo esperou pouco tempo na torre, que na verdade era um velho moinho de vento, que, abandonado há tanto tempo, perdeu as pás do cata-vento.

— Não deixe aquele velho afetar tanto você, dá pra sentir sua raiva daqui! — disse Marco, com bom humor.

— Ele foi só uma parte do meu dia ruim. E nem foi a pior — respondeu Corvo, com um esboço de sorriso. — Como consegue manter o bom humor convivendo com ele?

— Com a esperança de não ser para sempre — respondeu Marco. — Logo terei dinheiro para sair dessa ilha.

— Só não entendo como aquele velho consegue impedir outros de contratarem você — disse Corvo.

— Nem me fale, não consigo descobrir como ele tem tanta influência. Graças a ele, nem alugar um quarto em uma espelunca eu consigo. Outra coisa estranha é que ele nem paga os impostos, oficiais ou não — respondeu Marco. — Mas você não me chamou aqui para falar disso, né?

— Não, vim aproveitar minha amizade com o maior mercador de informações da ilha, para conseguir algumas informações — respondeu Corvo, já bem-humorado.

— Amigos, amigos, negócios à parte. Não vou dar nenhuma de graça — respondeu Marco.

Corvo riu e disse:

— Vou contar algumas coisas que sei, daí você pode julgar se vale pelo que quero saber.

Marco então ouviu sobre o que Corvo sabia do envolvimento dos Punhos de Trovão no incêndio, sobre os Garras de Grifo atacando o elevador do Grande Mercado e sobre o que descobriu há pouco sobre Rondel e os piratas. Essa última informação deixando Marco de queixo caído.

— Só pelo que me disse sobre Rondel, já pode me perguntar o que quiser, muita gente queria saber o que ele negocia com os piratas, mas ninguém tinha coragem de tentar descobrir, essa informação toda, vale muito ouro.

— É, eles têm razão em temer, isso aqui foi um tiro que, por sorte, não me matou — disse Corvo apontando para o bolso de couro destruído na alça da mochila. — Aliás, como que os piratas estão com tanto acesso a armas de fogo?

— Ainda estou tentando descobrir, mas parece que um mercador de armas está fornecendo a eles com facilidade incomum — respondeu Marco, terminando de anotar as informações em um caderninho. — Agora vamos as informações que você quer.

— Levei um tiro e você nem liga?

— Você tá vivo e inteiro, não tá? Queria o quê? Um carinho?

— Deixa pra lá — disse Corvo. — A primeira coisa que quero saber são motivos que levaram os Punhos a fazerem tanta loucura em tão pouco tempo.

— Por enquanto eu só tenho especulações — respondeu Marco —, que vão desde um homem sinistro manipulando e enganando eles, até que eles cansaram de nada mudar e decidiram que era hora de endurecer. Volte em uma semana e, com o que você me passou, provavelmente terei algo mais completo.

Corvo concordou, tinha suas próprias teorias, mas queria mais informações, então disse:

— A outra informação que quero que procure é do tipo que é melhor você pescar do que escavar.

— É do tipo que tem perigo até mesmo de perguntar diretamente? — perguntou Marco, com indiferença.

— Quero que descubra o que puder sobre o acervo imperial, é possível que os bibliotecários da Grande Biblioteca Superior tenham-no escondido durante a queda do império e expurgo elétrico, junto com livros proibidos.

— Agora entendo o perigo, livros sobre eletricidade e sobre a família imperial. Já ouvi sobre isso, mas nunca dei importância — respondeu Marco, escrevendo em outro caderninho. — Posso saber pra que você quer achar esse tipo de coisa?

— Soube que no acervo imperial pode ter pistas de onde fica a Biblioteca Mística.

Marco parou e olhou para ele, mostrando finalmente espanto.

— Sou o maior mercador de informações, mas você ainda consegue informações mais valiosas do que eu.

— Só não venda essa, não quero uma corrida pela posse do acervo ou da biblioteca — disse Corvo.

— Claro, mas vai ter de me prometer que se descobrir onde a Biblioteca Mística fica, vai me levar junto.

— Combinado! — respondeu Corvo, apertando-lhe a mão.

Rodan chegou em casa cansado, a reunião levou horas para começar e horas para terminar, mas ao ser recebido pelo sorriso e abraço de sua esposa, sentiu como se todo o cansaço se dissipasse.

— Venha, conte-me tudo — disse ela, levando-o para o sofá.

— Eu esperava que seriam representantes — começou Rodan —, mas quem apareceu foram as madames pessoalmente, assim como o primeiro-ministro Longbow.

— Estão levando isso mais a sério do que pensei! — disse Nathalia.

— Bom, resumindo, elas adoraram a ideia do baile de máscaras, Longbow vai se encarregar da segurança, os O'Walsh vão ser responsáveis pela orquestra e os Utrecht van Vliet vão fornecer tudo o que precisarmos para o *buffet*.

— Vai ser tudo da melhor qualidade então — comentou ela.

— Os Montblanc queriam fornecer as decorações, mas contei que você queria fazer junto com Sophia, além disso, que se não fizéssemos nada a festa deixaria de ser dos Von Gears. Mas acabou que eles fornecerão a decoração externa.

— Vou fazer essa decoração externa passar vergonha ante a interna — disse Nathalia.

Rodan soltou uma boa risada e disse mudando de assunto:

— Mas agora me diga, como foi a visita de Melian?

— Você conhece minha irmã, foi tranquila e alegre, mas nada escapa ao olhar dela.

— Como assim?

— Ela descobriu Aster e acabamos contando tudo.

— Tudo, tudo? — questionou ele.

— Sim e ela sugeriu contar para nossa mãe.

— Acha uma boa ideia contar para mais gente?

— Aster ficou de decidir até a próxima segunda. Ela salvou uma Ironrose, isso tem muito peso na nossa família, ela será o segredo mais bem guardado da família. E ter a minha família ajudando-a seria muito vantajoso.

— Espero que sua mãe não tente tirar vantagem dela — disse ele preocupado.

— Não se preocupe, conheço minha mãe, além do mais, ela ama muito a neta e Sophia não a perdoaria se ela fizesse algo contra Aster.

— Isso me fez pensar quando sua mãe souber sobre o jovem Corvo, ele salvou Sophia, protegeu e abrigou, sem ele, ela não teria voltado — disse Rodan.

— Ela vai querer conhecer ele, sem dúvida — concordou Nathalia. — E falando nele, uma mensagem cifrada dele estava misturada naquela pilha.

Ela mostrou a mensagem, que Sophia e Aster decodificaram, e ao ler, Rodan disse:

— Vou tentar conversar com Lestrade amanhã, a possibilidade de que os Punhos tenham algum informante na polícia é preocupante.

Naquela noite, quando todos na casa já estavam dormindo, Aster subiu novamente até o telhado para admirar a beleza noturna da Cidade Superior. Viu como as luzes da cidade, na escuridão da noite, mudavam-na, deixando-a mais bonita. O silêncio noturno, contrastante com a barulheira diurna do vai e vem de máquinas a vapor, pessoas e animais, amplificava a sensação de que era outra cidade durante a noite.

"Cada dia que passa conheço mais pessoas boas, esse medo de que descubram que sou uma máquina elétrica, parece tão infundado", pensou ela.

Então olhou para a lua e esticando o braço em sua direção, como que querendo alcançar, disse em um sussurro:

— Acho que vou aceitar a oferta de Melian, talvez isso seja útil para explorar este mundo.

"Talvez, se falássemos também com o tal Longbow, não fosse preciso todo esse segredo e eu poderia andar livremente pelas ruas", pensou olhando para as ruas vazias.

Aster gostaria de poder sair explorando a cidade, mas a energia limitada era um problema, já havia reduzido ao máximo a energia que gastava por dia, porém, cada vez que o nível baixava um por cento, ela revisava se haveria algo mais que poderia desativar em si.

"Agora tudo que resta é passar mais tempo dormindo", pensou indo para o quarto de hóspedes.

— Amanhã será um ótimo dia, mal posso esperar para conhecer a biblioteca — sussurrou.

Aster deu as costas para a cidade e ia descer, quando foi interrompida por um grito de mulher. Virou-se e tentou ver de onde vinha, logo localizou, quando a mulher gritou por socorro, a duas quadras de distância. Aster tencionou ir ajudar e já tinha traçado o caminho pelas tubulações para o chão, porém viu a polícia aparecer e ajudá-la, detendo o homem que a perseguia com uma faca na mão. Os policiais tiveram certa dificuldade, mas o imobilizaram sem se ferirem.

O homem era magro e alto, vestindo roupas elegantes, que agora estavam desalinhadas e rasgadas, parecia ser jovem. Os olhos de Aster permitiam ver bem o rosto dele mesmo de longe.

Então, quando achou que tudo tinha acabado, surgiu uma carruagem a vapor muito elegante, da qual desceu um homem de cartola e bengala, que devia ser muito importante pela reação dos policiais, que imediatamente soltaram o jovem. Este levou um tapa do homem e entrou cabisbaixo na carruagem, enquanto o homem de cartola foi até a mulher e apontou uma arma para ela, entretanto logo a abaixou e jogou para ela uma bolsa de couro pesada. Aster não podia ouvir o que disseram, mas viu a mulher apavorada dizer sim com a cabeça e fugir correndo.

O homem olhou ao redor enquanto os policiais se dispersavam, possivelmente procurando por testemunhas. Aster se encolheu e se escondeu, passara a ser mais cautelosa desde seu encontro com Melian.

Pela manhã, ao se juntar aos Von Gears no café da manhã, contou o que viu e Rodan disse:

— O filho de alguém muito importante pelo visto, infelizmente não é tão incomum um deles beber demais e fazer uma besteira.

— Correr pelas ruas com uma faca atrás de uma mulher vai bem além de uma besteira — disse Nathalia contrariada.

— Sim, desculpe me expressei mal, quis dizer que normalmente eles fazem besteira, esse da noite passada cometeu um crime — corrigiu-se Rodan.

— Que quase foi uma tragédia e ele vai sair só com a punição discreta do pai — completou Nathalia.

— E talvez esse lunático vá à minha festa, ou talvez tenhamos sido convidados para um chá em sua casa — comentou Sophia. — Vou começar aquele treinamento intensivo hoje mesmo.

— Isso me lembrou que mestre Rubens vai entregar as bestas hoje à tarde, ele quer muito falar com Corvo para poder vender réplicas — disse Rodan.

Sophia havia mostrado ao pai a besta que Corvo criara e lhe dera, pedindo por alguns ajustes no peso, no que ele acabou mandando fazer uma cópia para si mesmo e outra para Nathalia, fazendo com que o armeiro assinasse um termo de confidencialidade.

— Ótimo! Mal posso esperar para praticar — respondeu Sophia, animada.

— Isso foi rápido! — disse Nathalia.

— Fazia tempo que ele não se empolgava com um projeto, acho que nem dormiu até terminar — Rodan respondeu rindo.

Após o café, Sophia trocou-se para um traje mais apropriado para treinar e seguiu para o salão de jantar, o qual normalmente era reservado para jantares muito importantes. Os móveis haviam sido movidos para abrir espaço e Aster sentou no chão com as costas apoiadas na parede para observar. Nathalia sentada elegantemente em uma poltrona, também vestida para treino então disse:

— Vamos começar vendo sua aptidão física.

Nathalia testou, com alguns exercícios, a força, velocidade, agilidade e o equilíbrio de Sophia. Enquanto ela nem ficou cansada, Sophia ficou ofegante.

— Está melhor do que pensei, o balé e a esgrima lhe deram uma base adequada, mas ainda pode melhorar muito.

— Também... teve todas... as escadas e... corridas... subindo... toda a ilha, até o topo.

Mas Mãe... como... você nem cansou? — perguntou Sophia, recobrando o fôlego.

— Ora, querida, treinando todas as manhãs — respondeu com um sorriso.

Assim que Sophia recuperou o fôlego, Nathalia lhe ensinou alguns movimentos básicos de esquiva, de bloqueio e ataque com o leque. Aster observava atenta, queria poder praticar os movimentos junto, mas preservar energia era prioridade, no entanto ajudou Sophia quando esta pegou a rapieira para treinar alguns movimentos do livro que Ivan lhe dera, apontando onde a postura dela poderia melhorar, com base nos desenhos do livro.

Depois de um longo banho e um bom almoço, Sophia se sentiu leve e bem-disposta, conseguiria manter esse treinamento todo dia, pensou ela, sem saber que sua mãe havia pegado leve, para que ela estivesse bem para ir à biblioteca, e que os próximos treinos seriam impiedosos.

Era uma tarde chuvosa, mas nada que impedisse a ida à biblioteca, usando capas de chuva e guarda-chuvas, Nathalia, Sophia e Marie seguiram pelas ruas enquanto Aster seguiu as instruções de um mapa compilado com as instruções de Marie e os mapas de Corvo, do livreto que ele havia dado para Sophia.

Aster seguiu com calma e cuidado, desde o sequestro de Sophia, patrulhas haviam sido colocadas no primeiro e segundo nível abaixo da cidade, seria problemático ser parada por uma. Essa era a única preocupação do grupo naquele momento.

Seguindo atenta, Aster conseguiu perceber a aproximação dos que caminhavam pelos túneis, como Corvo havia dito, o movimento por ali era relativamente intenso, por causa dos mercados de fronteira. Quando eram pessoas comuns da Cidade Interior, Aster não se preocupava em se esconder, elas nem olhavam para ela, mas quando era patrulha, ela ou se escondia em túneis laterais ou subia em tubulações que passavam no teto, e em uma dessas vezes ela ouviu dois guardas conversando.

— Pode até ser um trabalho tranquilo, mas com os rumores cada vez mais estranhos que ouvimos, não consigo seguir tão relaxado quanto você — disse um guarda moreno.

— Concordo que ouvimos coisas estranhas, mas não dá pra acreditar nem em metade delas! — respondeu o guarda loiro.

— Fantasmas vindos da zona morta, a família imperial voltando incógnita para descobrir o que houve com a Princesa Ariadne — continuou ele em tom de deboche. — Um grande mestre do crime controlando todo o submundo da ilha para derrubar o governo é o mais crível.

— Não são esses, mas o que ouvi de um amigo que trabalha num jornal que me preocupa.

— E o que esse seu amigo contou?

— Ele soube por um dos mercadores de informação que os grandes piratas estão planejando algo em conjunto.

— Dessa eu não sabia, mas planejando o quê?

— Ele não sabe, só sabe que alguém na ilha, ele não sabe quem, faz negócios com eles e vai ajudar.

— É, amigo, isso é preocupante — disse o guarda loiro. — Parece que de repente essa ilha começou a ficar louca.

Aster achou as informações muito intrigantes, conversaria com Sophia sobre isso, mas por ora seguiu em frente e sem grandes dificuldades chegou à porta secreta em um túnel sem saída. Seguindo as instruções de Marie, ela contou os tijolos para encontrar o que abriria a porta, concentrada nisso não notou que era observada por um homem misterioso de chapéu e sobretudo, que se escondia nas sombras.

Ela entrou e seguiu para as escuras escadas, com uma pequena lanterna a óleo, sem notar que o sorrateiro homem de chapéu a seguiu antes que a porta secreta se fechasse, ele a seguia de uma distância segura, sem fazer barulhos e Aster já não estava preocupada em ficar atenta ao seu redor, apenas em seguir o caminho correto entre os vários que se abriam ao longo das escadas.

"E pensar que mais alguém usaria este caminho, e ainda por cima uma criança", pensou o homem. "Precisarei tomar mais cuidado de agora em diante, mas quem será ela?", perguntava-se, observando Aster.

Em determinado ponto, Aster se encontrou com Marie, esperando ao lado da porta secreta que dava para o interior da biblioteca e as duas saíram da escura passagem secreta para se encontrarem com Sophia e sua mãe na imensa, iluminada e magnífica biblioteca.

Aster ficou deslumbrada e empolgada com a visão, não só das estantes repletas de livros do chão ao teto nos três andares, mas também com a requintada arquitetura e decoração da construção.

Ela então notou que havia saído de um enorme pilar em uma parede.

— Isso tudo é tão... não tenho nem palavras — disse ela.

— Fico feliz que tenha gostado — disse Sophia.

Nenhuma delas notou o homem que seguia Aster, ele entrou por outra passagem secreta e se esgueirou para tentar descobrir quem Aster era, acabando por reconhecer Nathalia e Sophia von Gears.

— Então é isso! Deve ser um dos inferiores que ajudou a Von Gears — sussurrou ele para si mesmo. — Ela deve ter pedido isso como recompensa.

O homem então olhou para o relógio e sussurrou para si enquanto dava as costas e ia embora:

— Já me demorei demais e os Von Gears já não me interessam mais, mesmo com a fuga dela, meu plano funcionou até melhor do que o esperado. Aproveitem a alegria enquanto podem.

Sem saberem quem as havia visto, as quatro se divertiram escolhendo os livros que leriam e conversando aos sussurros para não quebrar o profundo silêncio da biblioteca.

Após algum tempo, Aster disse:

— Acho que demoraria décadas para ler tudo que há nesta biblioteca.

— E ela já teve mais livros do que tem hoje, uma quantidade imensa foi destruída na queda do império e no expurgo da eletricidade — comentou Nathalia.

— Todo o acervo da família imperial foi destruído, não é? — perguntou Marie.

— Imagino o que não deve ter passado pela cabeça dos bibliotecários da época ao ver esse conhecimento se perder — disse Sophia, olhando para cima.

Aster então seguiu o olhar dela e viu uma frase adornada na base da cúpula sobre suas cabeças.

— *"Aqui guardamos, protegemos e preservamos o conhecimento, por um futuro melhor"* — leu ela. — Será que eles não guardaram nada em um lugar secreto?

As outras três pararam em silêncio, ponderando sobre o assunto, então Nathalia disse:

— Talvez alguma coisa individualmente, mas nada muito volumoso, seriam mortos se descobertos.

— Talvez tenham escondido em alguma sala secreta na própria biblioteca — disse Marie, meio em tom de brincadeira.

— Isso seria possível em um lugar com tantas passagens secretas, dá para se perder lá embaixo — disse Aster.

— Isso parece uma teoria interessante! — disse Sophia se empolgando. — Vou até a recepção ver se eles têm a planta do prédio, já que sabemos onde fica uma passagem talvez possamos achar outras.

Sophia se levantou da mesa e foi até o balcão da bibliotecária. Chegando ao balcão, viu a jovem bibliotecária conversando com um homem, carregando uma linda menininha nos braços. Ao ouvir a conversa, descobriu se tratar do marido dela e sua filha e resolveu não interromper, ficando um pouco afastada, mas a bibliotecária notou e, com um sorriso, fez sinal para que ela se aproximasse, enquanto o moço se afastou um pouco.

— Desculpe, posso lhe ajudar em algo?

— Só queria saber se vocês têm a planta deste prédio e se posso levar para olhar na mesa em que estamos — respondeu Sophia.

— Sim, temos uma cópia para isso, muitos estudantes de arquitetura e engenharia a consultam — respondeu a jovem que atendia o balcão. — Vou pegar para você.

Nisso o moço com a criança deu um passo para frente e perguntou meio acanhado:

— Senhorita Sophia von Gears?

— Sim — respondeu ela, achando aquilo um pouco estranho, mas manteve o sorriso.

— Desculpe, é que sou policial e só queria dizer que todos do distrito ficamos muito preocupados com o que lhe aconteceu. Fico feliz que esteja bem.

Sophia agradeceu a preocupação e elogiou a beleza da menininha no colo dele, que se encolheu envergonhada, ele fez umas cócegas nela, fazendo-a gargalhar. A bibliotecária voltou sorrindo e entregou o tubo que continha as plantas enroladas.

— Aqui, estas são as cópias.

— Obrigada, sua família é muito simpática — respondeu Sophia.

— São meu tesouro! — disse a bibliotecária muito feliz.

Sophia voltou para a mesa, pensaria no que acabara de acontecer depois, foi um encontro incomum, mas divertido e passaria a confiar um pouco mais na polícia da Cidade Superior.

— Eles tinham uma cópia — disse ela, se sentando.

Abriram as plantas na mesa, mantendo-as abertas com a ajuda de alguns livros e, após olhar atentamente a todos os detalhes, nada encontraram.

— Era de se imaginar que não marcariam de nenhuma forma as passagens secretas — disse Nathalia em tom de lamento.

— Essa é uma cópia para estudantes, talvez a original tenha algo discreto — disse Sophia. — Em casa tem um armário com plantas de vários prédios, não é?

— Sim, mas acho que é só de fábricas, indústrias e coisas assim, não vejo por que teria a da biblioteca — respondeu Nathalia.

Aster, olhando para as plantas e depois para o chão, perguntou:

— Qual o tamanho dessas placas de mármore no chão do corredor entre as estantes?

— Acho que são de um metro quadrado — respondeu Sophia.

Aster então olhou para uma parede distante e novamente para a planta.

— Estamos aqui, não é? — perguntou ela apontando para a planta.

— Sim, este é o pilar com a porta secreta — respondeu Marie apontando na planta.

— Então a distância de nós até aquela parede está quatro metros errada — revelou Aster.

As três olharam para Aster, para a planta e depois para a parede distante.

— A parede é basicamente formada de estantes do chão ao teto, de parede a parede — disse Nathalia pensativa.

— Seria só afastar elas da parede para formar, relativamente rápido, um espaço vazio e sem que ninguém notasse — disse Sophia se animando.

— E considerando quão grande é, de um lado para o outro, cabe muita coisa ali atrás — ponderou Marie.

— Dependendo de quantos estivessem envolvidos, em um fim de semana teriam feito — disse Aster.

— Enquanto entregavam algo para ser destruído e guardavam o que fosse mais precioso — comentou Nathalia. — Como o acervo imperial, por exemplo.

— Mas onde seria a entrada secreta? — perguntou Sophia.

— A pergunta correta é se há entrada secreta — disse Nathalia. — Pode ser que para acessar o que está por trás seja preciso mover uma estante inteira.

O grupo guardou as plantas e os livros e foi ver a parede de estantes mais de perto.

— Não há como descobrir se há e onde seria a porta secreta sem uma pista — lamentou Sophia.

— E mais provável que não haja — disse Nathalia. — Pense bem, eles tiveram de fazer isso rápido para não serem descobertos pelo novo governo.

— Você acha que só colocaram as coisas aí e nunca mais tiveram contato com elas? — perguntou Aster.

— Seria o mais seguro — respondeu Nathalia. — A pena para quem guardasse conhecimento proibido era, e ainda é, ser mandado para a prisão mais profunda e escura da ilha para minerar ferro ou, dependendo do caso, a morte.

— Então acho melhor deixarmos como está — disse Aster.

— Concordo — disse Sophia, desanimando um pouco. — Se mexermos, podemos acabar facilitando a que outros encontrem.

— E dependendo de quem encontre, tudo pode acabar destruído — completou Marie.

Nathalia então colocou a mão no ombro da filha e disse:

— Mas não fiquem desanimadas, hoje fizemos algo grande, encontramos um tesouro escondido.

— É, foi divertido, mesmo não chegando a ver o tesouro — concordou Sophia.

Aster não concordou muito, mas se manteve calada, iria tentar descobrir o que se escondia por detrás das estantes em um momento mais propício. Ela não era movida por mera curiosidade, queria descobrir se ali teria uma pista sobre de onde ela veio ou sobre o cientista que a deixou naquela sala secreta.

Antes do anoitecer elas já estavam em casa, o dia havia sido divertido e haviam decidido repetir a ida em outra sexta-feira qualquer, quando toda a comoção da festa tivesse terminado.

Aquele foi um fim de semana em que Sophia e sua mãe passaram treinando, respondendo cartas, entre elas a de Corvo, na qual Nathalia aproveitou para convidá-lo para a festa. Começaram também a fazer os enfeites e decorações da festa, Sophia usou de inspiração o que viu nos murais do antigo túnel pelo qual passou com Corvo.

"Uma lembrança agradável", pensou ela, enquanto fazia uma decoração de mesa.

— Será que ele aceitará o convite? — ela se perguntou olhando para o enfeite.

"Se ele me acompanhar na festa talvez eu não seja amolada por idiotas", pensou, procurando justificativas para querer ele na festa.

Aster aproveitou que estavam todos muito ocupados naquele fim de semana para passar os dias no quarto em modo de economia de energia, fazendo nada, nem leu livros, pois havia chegado aos últimos dez por cento de sua energia.

Corvo, assim como Sophia, esteve ocupado naquele fim de semana, recebeu as peças que comprou, podendo assim começar a montagem do gerador, com ajuda de Ivan e logo também com a de Ashvine, a qual estava empolgada em poder construir um gerador tão grande e potente. Ele também começou a treinar com Ivan e a fazer o novo traje de exploração, não queria depender da sorte para se manter vivo.

"A sorte tem me favorecido, mas isso não me salvará todas as vezes", pensou ele, enquanto trabalhava no traje. "Será uma armadura leve, mas vai me proteger de espadas e flechas disparadas de longe. Se eu conseguisse um metal mais resistente para me proteger de balas", pensou ao escolher as placas de aço que usaria.

Lembrou-se então de lingotes de um metal de um prateado levemente esverdeado que encontrara certa vez em um dos depósitos militares, há muito tempo abandonados. Era leve, mas muito resistente, não havia conseguido riscar com sua adaga.

— Guardei para fazer novas adagas, mas acho que vou usar na brigandina, isto é, se eu conseguir transformar estes lingotes em pequenas placas — disse ele, falando sozinho com um dos lingotes na mão.

— O que você guardou? — perguntou Ashvine. — Ivan me pediu para chamá-lo para jantar — disse ela em seguida.

— Já vou! — respondeu ele.

— Posso ver esse metal? — perguntou ela, esticando a mão.

Corvo entregou para ela e disse:

— Não sei que metal é, mas é bem resistente.

Ashvine olhou com atenção o metal sob a luz e disse:

— Acho que pode ser Mithril, um metal difícil de se obter, difícil de refinar, mas extremamente resistente. Eu diria que você tem uma fortuna nas mãos — disse ela devolvendo o lingote.

— Valem muito? — perguntou ele.

— Atualmente mais que ouro ou diamantes, o único país que sabia como obter foi destruído pela guerra, atualmente só há os lingotes que fizeram e não são muitos — respondeu ela.

— Se eles tinham acesso a um metal tão bom, como perderam uma guerra? — perguntou ele.

— Não sei muito sobre como foi a guerra, mas era um país pequeno e parece que vários países atacaram de uma vez logo que souberam da existência desse metal. Todos queriam para si e no final apenas fizeram um genocídio e riscaram um país do mapa — disse ela seguindo para o jantar.

— Imagino que os lingotes que achei sejam espólios dessa guerra — disse ele, acompanhando-a.

Durante o jantar, Ashvine contou mais do que sabia sobre o metal, levando Corvo refletir se venderia os lingotes ou se tentaria encontrar uma forma de transformar eles em armadura.

— Considerando o que a Senhorita Ashvine disse, se quiser vender terá de ser no mercado negro e teria de lidar com tipos perigosos — advertiu Ivan.

— Para moldar esse metal é só uma questão de conseguir um forno que alcance uma temperatura extrema — disse Ashvine, como se isso não fosse nada.

Corvo parou e pensou um pouco e então disse com desânimo:

— Um metal tão valioso e tão inútil para mim. Não é uma boa ideia vender e não tenho como moldar.

— E quanto àqueles seus amigos gêmeos? — perguntou Ivan. — Eles não estavam tentando criar uma forja de altíssima temperatura?

— Verdade, mas não sei como anda o projeto deles — respondeu Corvo.

— De quem falam? — perguntou Ashvine, se sentindo deixada de lado na conversa.

— Andressa e Thomas Bierfass, filhos de um dos melhores ferreiros da Cidade Interior — respondeu Corvo.

— Ah! Os filhos de Drake Bierfass? Então você é amigo deles — comentou ela, pensativa.

— Somos como irmãos — respondeu Corvo.

— Só tome cuidado — alertou ela. — Se a notícia de que você tem várias barras de Mithril se espalhar, vai ser pior do que se descobrirem o gerador.

— Não se preocupe, sei lidar com aqueles dois — disse Corvo, com um sorriso maroto. — Amanhã quando for pegar o cobre com os Von Gears, passo na oficina deles para ver como anda o projeto.

— Aliás, vai querer ir comigo? — perguntou ele para Ashvine.

— Não, mas avise que irei na terça, amanhã irei até minha casa na Cidade Superior.

Depois do jantar, Corvo voltou a trabalhar na brigandina, decidiu usar o aço que tinha já em pequenas placas finas, pois queria tudo pronto para o dia seguinte.

Quando terminou, vestiu para ver como ficava, tinha feito a brigandina para se parecer com uma jaqueta de couro sem mangas, a calça de grosso tecido de linho também ganhou algumas placas de metal no forro, também adicionou blindagem às luvas, que iam até o cotovelo, e às botas de cano longo, mas em ambas as peças ele fez questão de deixar o metal visível por cima do couro.

"Bom! O peso não me incomoda nada e também não afetou minha mobilidade", pensou ao testar alguns movimentos. "E o melhor é que ninguém vai notar que é uma armadura".

Olhou então para o capuz, que já possuía placas metálicas para proteger a cabeça de pedras soltas e ponderou se seria necessário algum reforço, mas acabou por apenas adicionar um forro de linho mais grosso. E com tudo terminado, foi dormir.

★★

Sophia acordou desanimada naquele dia, pois era o dia em que começaria a ir aos chás a que fora convidada. Até um dia antes da festa, iria a um pela manhã e um à tarde. Juntando com os treinos, que começariam bem cedo a partir daquela manhã e a confecção da decoração, ela já imaginava como chegaria ao fim do dia.

Aster observou como a casa ia ficando mais agitada, não entendia o porquê da importância que eles davam a esses tais chás, e resolveu perguntar a Madame Erynvorn:

— Se é um incômodo, por que não apenas recusar?

— Porque eles têm uma grande importância social e política — respondeu Erynvorn. — Nesses encontros para tomar chá, laços entre famílias, para futuros acordos políticos e de negócios, são formados. Recusar sem um motivo muito forte significa quase declarar hostilidade à família que convidou.

— Então quanto mais convites recusados, pior ficaria a situação — ponderou Aster.

— Sim, tivemos até que organizar por importância da família que convidou, negociando com cuidado os dias e os horários, tudo em um fim de semana. A guerra de egos e orgulho na Cidade Superior é muito grande e errar nisso pode trazer grandes problemas no futuro, acarretando até mesmo o risco de perda do cargo de engenheiro-chefe. Ainda bem que o sistema de tubos pneumáticos entrega as mensagens em minutos ou teria sido impossível conciliar todos — comentou Madame Erynvorn.

— O volume de convites foi tão grande que exceções à etiqueta tiveram de ser feitas para atender todos — disse Sophia, descendo as escadas já pronta para sair.

Ela estava em um lindo vestido verde-claro, com algumas joias discretas, uma maquiagem leve e um simples, porém belo penteado. Aster nunca a tinha visto tão bonita.

— Esses chás normalmente são só à tarde — explicou Sophia para Aster.

— Como estou? — Sophia perguntou com um sorriso.

— Linda! — respondeu Aster.

— A única coisa que me anima é que esse primeiro vai ser com os amigos próximos da nossa família — disse Nathalia, conversando com Rodan.

Ela estava usando um simples porém elegante vestido azul-claro.

— O da tarde com a esposa do primeiro-ministro é que vai ser tenso — completou ela.

— Fico feliz de esses chás cheios de regras de etiqueta serem apenas para as mulheres e crianças — disse Rodan.

— Mas não escapará dos jantares cheios de regras e etiquetas — retrucou Nathalia, sorrindo e beijando-lhe a face.

— Jantares entre homens são bem menos cansativos e tensos que esses chás — respondeu ele.

Longe dos grandes problemas dos Von Gears, Corvo partiu para encontrá-los naquele fim de tarde, porém passaria antes pela forja dos Bierfass, para ver como andava o projeto deles.

A forja dos Bierfass ficava no quinto anel habitado e era uma das maiores e com mais empregados. Era focada em fabricar peças para diversas máquinas a vapor, mas também fazia qualquer coisa de metal que fosse encomendada, de talheres a espadas.

No caminho, Corvo acabou notando que, além de menos mercadores e contrabandistas circulando, os que ele via estavam nervosos e quietos. O que era muito estranho, pois eles sempre tentavam vender algo. Ele logo lembrou do que viu no Ninho dos Mil Espelhos e teve certeza de que algo muito sério estava acontecendo.

"Só falta ser mais piratas, tenho que terminar logo aquela besta", pensou ele.

Chegando ao elevador que o levaria até a forja, perguntou ao homem que vendia os bilhetes para o elevador o porquê de todos estarem tão nervosos.

— Ontem encontraram os corpos de contrabandistas de armas, um grupo inteiro foi morto — respondeu o homem, com indiferença.

— Arg! Outra guerra de contrabandistas? — perguntou Corvo.

— Antes fosse, as armas foram deixadas junto aos corpos, que, pelo que disseram, estavam destroçados, como se tivessem sido atacados por uma fera monstruosa — disse o homem, demonstrando certo medo na voz.

— Ah não! Não me diga que agora, além de piratas, tem monstros vagando por aí? — reclamou um mercador que ouviu a conversa enquanto comprava um bilhete do homem.

— Ninguém acredita que realmente foi um monstro — retrucou o homem —, mas não saber o que aconteceu, deixou todos apavorados.

Corvo seguiu caminho pensativo, era coincidência demais algo assim acontecer justo naquele momento, suspeitava que de alguma forma estava tudo relacionado, mas não conseguia deduzir como.

"Os contrabandistas de armas por óbvio andam bem armados, além disso, eles possuem acordos com políticos e alguns ricaços, donos de indústrias, atacá-los é um risco em muitos sentidos", pensava ele enquanto descia do elevador.

A única coisa que Corvo sabia era que viajar pela Cidade Interior parecia ficar, a cada dia, mais perigoso.

Chegando mais próximo da forja, notou que o policiamento havia aumentado drasticamente, com alguns dos policiais avisando, nos pontos mais movimentados, que a partir da próxima semana todos deveriam portar documentos de identificação para não serem detidos. Ofereciam também recompensas por informações sobre os Punhos de Trovão, um valor relativamente muito baixo, o que fez Corvo acreditar se tratar mais de um aviso para os Punhos se esconderem do que realmente algo para capturar eles.

"Quando voltar com Aster terá de ser pelo caminho longo", pensou ele, entrando na movimentada forja.

— Olá, Mestre Drake! Vim conversar com Andressa e Thomas! — gritou Corvo, para ser ouvido em meio ao barulho da forja.

Drake Bierfass que era muito musculoso, tinha 1,70 m de altura e uma vasta barba, estava com um enorme martelo trabalhando uma peça de metal da bigorna, nem olhou ou respondeu, apenas apontou o caminho com o pesado martelo por um instante.

Apesar da aparência feroz no rosto de Drake, Corvo sabia que era apenas por estar concentrado no trabalho e agradeceu enquanto seguia pelo caminho indicado, encontrando os gêmeos trabalhando na forja. Thomas, que estava a caminho de ser tão musculoso quanto o pai e com a mesma altura, organizava várias ferramentas pesadas enquanto Andressa, que era esbelta e mais alta que o irmão, trabalhava em uma mesa fazendo filigranas, ela preferia trabalhos mais delicados e de precisão, pois não queria ficar tão musculosa quanto o resto da família. Eles não notaram a presença de Corvo, que, em silêncio, sentou-se ao lado de Andressa.

— Acho incrível como você consegue fazer essas filigranas tão belas de forma tão rápida — disse ele para Andressa, que tomou um grande susto e teria caído da cadeira não fosse Corvo segurá-la pelo braço.

— Não faça isso! — disse ela, ajeitando o cabelo e erguendo os óculos cheios de lentes que estava usando para fazer as filigranas.

— Desculpe, não resisti.

— Desculpo se você me... — começou ela em tom meigo e acanhado.

— Corvo! Amigão, há quanto tempo! — Interrompeu Thomas, dando um abraço de urso em Corvo, erguendo-o do banco.

— ... levasse em um encontro — completou ela em um sussurro apático, sem ser ouvida.

Corvo ficou feliz de estar usando o novo traje blindado, mas Andressa não gostou nada de ter sido interrompida e lançou um olhar feroz contra o irmão, que não entendeu o porquê.

— O que traz você aqui? — perguntou Thomas, para Corvo, ignorando a irmã.

— Muitas coisas, temos muito o que conversar, podemos ir para um lugar mais quieto?

— Claro! Venha! — respondeu Andressa, de forma alegre, pegando ele pelo braço e o guiando.

Enquanto isso, em uma carruagem a vapor, Nathalia seguia com a filha para o segundo chá do dia, este com Helena Longbow como anfitriã, a esposa do primeiro-ministro. Ela esperava um ambiente completamente oposto ao da manhã, pois ali não teria ninguém em quem pudesse confiar. Estariam presentes apenas as esposas dos ministros mais importantes do governo e ela nunca havia sequer visto uma delas em pessoa.

— A senhora parece preocupada demais — disse Sophia, segurando-lhe a mão.

— É que isso me lembra das vezes em que acompanhei sua vó em eventos sociais.

— Era tão ruim assim?

— Era uma guerra de palavras cordiais, ditas com segundas e terceiras intenções, em meio a sorrisos falsos.

As duas foram recebidas por um grande número de empregados, Sophia nunca tinha visto o grande palácio tão de perto, sua imensa torre negra era uma visão magnífica, que fazia qualquer um se sentir minúsculo. Foram então conduzidas ao salão, um prédio em separado, com um belo jardim florido, algo raro na ilha, onde encontraram todas as convidadas já tomando o chá e conversando.

Ao notar a sua chegada, a anfitriã fez, com um leve aceno, a pequena orquestra que tocava silenciar. Ela em seguida levantou-se e foi cumprimentar as convidadas. Nathalia logo entendeu, mesmo chegando no horário marcado, queriam fazê-las se sentirem como se tivessem chegado tarde.

— Sejam bem-vindas! Estávamos ansiosas pela sua chegada — disse Helena, com um leve tom sarcástico. — Começamos a achar que tinha se sentido intimidada e resolvera não vir mais.

As demais convidadas soltaram alguns risinhos de deboche.

— Agradeço muito pelo convite. Desculpe-nos se houve atraso, acho que teve algum erro nesta mensagem que me mandou, ao que parece informa o horário errado — disse Nathalia, tirando a carta da bolsa.

Essa era uma das coisas que Morgana Ironrose lhe ensinara, quando convidada para um evento possivelmente hostil, leve provas de que não cometeu erros no vestuário ou na hora de chegada.

— Ora, mas que desleixo de meus empregados, anotaram errado quando ditei. Tomarei providências quanto a isso — respondeu Helena.

— Sei como é difícil achar bons empregados, eventualmente eles cometem erros e isso sempre mancha a reputação de seus patrões — respondeu Nathalia, dando ares de desânimo à voz. — É realmente lamentável que você tenha que passar por tal vergonha, — completou ela, com um sorriso amigável no rosto.

— Você deve ser Sophia, é mais bonitinha do que me falaram — disse Helena, fingindo não ter notado a alfinetada.

Sophia fez uma reverência elegante, sorriu e disse:

— É um prazer conhecer tão distintas senhoras.

— Soube que gosta de máquinas, aqui temos um pequeno museu com várias de todo o tipo — disse Helena, em um tom sem emoção. — Vou pedir que meu filho mais novo a acompanhe.

— Não é necessário, eu não quero incomodar — respondeu Sophia.

Helena apenas mandou um empregado buscar o filho, como se não tivesse ouvido Sophia.

— Não se acanhe, criança, você se divertirá mais na companhia do meu filho do que destas distintas senhoras — argumentou Helena, com um olhar enigmático.

— Posso garantir isso — disse Ethan Longbow, se aproximando com um sorriso.

A velocidade com que ele apareceu mostrou a Sophia que aquilo era planejado e não seria permitido a ela recusar, Nathalia também percebeu, mas confiava na filha e no treinamento que lhe dera.

Ethan era um jovem de dezenove anos, magro e pelo menos trinta centímetros mais alto que Sophia.

— É um prazer conhecer e guiá-la, principalmente sendo uma senhorita que tem um tão belo par de... olhos.

Sophia percebeu que o olhar dele não estava direcionado para seus olhos e teve vontade de quebrar o nariz dele com o leque, mas manteve a compostura e, abrindo o leque sobre o busto, agradeceu o elogio.

— Venha, deixe as madames com seus assuntos, vou lhe mostrar o museu — disse ele, estendendo a mão.

Sophia ignorou a mão estendida e com um aceno com o leque disse:

— Mostre-me o caminho, Sr. Ethan.

Percebendo que ela não pegaria sua mão, ele a recolheu e disse, ainda com bom humor:

— Por aqui, jovem senhorita!

— No máximo quinze minutos, querida — disse Nathalia —, não podemos abusar da hospitalidade dos Longbow.

Sophia acenou que sim com a cabeça e seguiu Ethan, se perguntando o que a Sra. Longbow queria falar a sós com sua mãe.

— Venha, sente-se conosco! — disse Helena para Nathalia. — Farei as apresentações!

Helena voltou para a cadeira na qual estava antes e acenou para que a orquestra voltasse a tocar, deixando Nathalia para escolher um dos dois lugares vagos, um ao lado de Helena na maior mesa e outro em uma mesa vazia isolada e longe.

Nathalia entendeu e pegou a cadeira da mesa que estava mais distante e a colocou em uma mesa próxima, sentando-se entre outras convidadas. Surpreendendo-as todas, mas algumas fingiram não se importar, entre estas, Helena, que logo começou a apresentar, uma por uma, as ali presentes, todas esposas de ministros do círculo mais próximo do primeiro-ministro.

— Antes de você chegar comentávamos como a cidade está ficando perigosa — disse Helena —, e como sua família foi vítima, gostaria que nos desse seu ponto de vista.

— Acho que algo deve ser feito ou só vai piorar, soube que começaram a patrulhar o primeiro nível, mas sinceramente não acho que baste — Nathalia respondeu.

— Sim, de fato não basta! — concordou Ivana Goldmine.

— A Cidade Inferior toda é o problema — disse Guilhermina Gunther.

— Não diria que todos ali são bandidos — respondeu Nathalia —, minha filha voltou para casa com ajuda de dois moradores de lá.

— O problema da Cidade Inferior é ter um governo e polícia independentes — disse Sara Manfred.

As madames começaram a falar em como a Cidade Interior era mal gerida e como isso afetava a Cidade Superior, como seria melhor se os ignorantes fossem governados pelos sábios da Cidade Superior, Nathalia fingiu concordar e seguiu o fluxo da conversa.

Carla Mendes então disse:

— Imagino que os nove adorariam expandir mais seu poder e influência sobre a Cidade Inferior.

— Aqueles arrogantes já têm poder demais — disse Guilhermina.

— Adoraria saber o que eles planejam — disse Ivana.

— Talvez possamos — disse Helena, olhando diretamente para Nathalia.

Sophia acompanhava Ethan, mas só conseguia pensar em como Corvo era mais cavalheiro que o filho do primeiro-ministro. Também prestava atenção ao caminho que faziam até o museu, para o caso de ter de voltar sozinha.

— Eis o museu — disse Ethan —, mas, se preferir, posso lhe mostrar lugares mais divertidos, ou mostrar minha coleção de armas, no meu quarto.

Sophia não respondeu e entrou no museu. Embora a situação fosse desagradável, o museu estava cheio de máquinas a vapor, relógios e todo o tipo de engenho com intrincados conjuntos de engrenagens, coisas que ela adoraria ficar admirando por horas, se não fosse a companhia do momento.

— Meu pai adora máquinas, quanto mais complexa e cheia de engrenagens melhor, ele expandiu muito essa coleção nos últimos anos.

— É uma coleção magnífica — disse ela, sem emoção na voz.

Sophia respondia, sempre de forma a não prolongar a conversa. Ethan tentava visivelmente ganhar admiração ao se gabar, mas só conseguia a apatia de Sophia.

Em dado momento, Ethan se afastou e sumiu por um momento, fazendo Sophia achar que ele havia entendido enfim, mas ele logo voltou com uma garrafa de vinho e duas taças.

— Um dos melhores vinhos que temos, você vai adorar.

— Agradeço a consideração, mas eu ainda não bebo — recusou Sophia, quando ele ofereceu a taça.

— Então esta é uma ótima oportunidade para começar — respondeu ele, servindo uma taça e entregando para ela. — Vamos, não vai se arrepender.

— Respeito seu esforço em me agradar, mas não é necessário, apenas poder admirar essa exposição já é o bastante — respondeu Sophia, pegando a taça e a colocando em uma mesa. — Além do mais, já é hora de retornar — disse ela seguindo para a porta.

— Espere! Eu gostaria de... — disse ele tentando agarrar o braço de Sophia.

Sophia, porém, girou rapidamente, mantendo a postura e elegância, evitando ser tocada e, com um sutil movimento com o pé, fez Ethan tropeçar nos próprios pés e ir ao chão.

— O que houve? Você está bem? — perguntou ela, fingindo, com muita competência, surpresa.

Ele se levantou rápido e disse:

— Sua beleza me deixou um pouco atrapalhado, sorte que não quebrei a garrafa ou a taça, mas eu dizia...

— Oh! Você derramou o vinho na roupa! — interrompeu Sophia.

No tempo em que Ethan olhou para a própria roupa e voltou a olhar para onde Sophia estava, ela já havia sumido e então ele ouviu, vindo do corredor atrás de si:

— Melhor você ir se trocar, eu posso voltar sozinha, não se preocupe!

Sophia voltou rapidamente, sem correr e com um sorriso no rosto, o treinamento intensivo valera a pena. No caminho acabou reparando nos vários armários, nas várias salas e se lembrou que por detrás de algum deles havia um caminho para aquela bela estação secreta. Por fim, saiu do prédio e, avistando a mãe sentada numa mesa, se dirigiu calmamente até lá.

"Ainda bem que aquele imbecil não tentou me alcançar."

Mas isso a fez pensar o porquê, afinal ele estava tão insistente. Nisso, de repente, ele surgiu ao lado dela.

— Desculpe pelo embaraço de mais cedo — disse ele, enquanto andava ao lado dela. — Como pedido de desculpa eu...

— Sophia, querida, já estamos de saída — disse Nathalia, se levantando ao avistá-la.

— Foi uma tarde agradável, jovem senhor Ethan, mas, como vê, agora preciso ir, — Despediu-se Sophia, fazendo uma reverência e se afastando rapidamente, mas sem correr.

— Espere! — disse ele tentando alcançá-la e novamente tentando pegá-la pelo braço.

Novamente Sophia girou como que atendendo ao pedido para esperar, se esquivando elegantemente de ser tocada e novamente fez ele tropeçar, só que desta vez ele caiu na fonte do jardim.

— Deus, você está bem? — perguntou ela.

Houve uma comoção, e Nathalia e Sophia aproveitaram para sair discretamente.

Longe de ouvidos indiscretos e já na carruagem a vapor, Nathalia disse rindo:

— Você aprendeu muito bem, se eu não soubesse, diria que ele caiu sozinho.

— Foi a segunda vez que derrubei ele, só lamento que a situação não me permitia acertar o leque nele.

— Mas a cena salvou meu dia — disse Nathalia.

— Espero que os próximos não sejam assim tão ruins, nem pude comer nada — comentou Sophia.

— Nem me fale, quando chegarmos em casa, vamos comer alguma coisa — disse Nathalia.

— Também não comeu nada?

— Quase nada, fiquei muito concentrada em lidar com aquelas... distintas senhoras e suas artimanhas. Como se não bastasse tentarem me fazer sentir inferior a elas, ainda queriam se aproveitar da nossa situação com os chás e a festa para seus planos mesquinhos de poder.

— Elas só não contavam com o fato de estarem lidando com uma Ironrose, não é? — disse Sophia.

— Sua vó não criou nenhuma trouxa, os jogos de criança delas foram cansativos, mas inúteis — respondeu Nathalia, dando uma piscadinha.

As duas se sentiram aliviadas quando entraram em casa, considerando o dia encerrado e então foram informadas de que Corvo havia acabado de chegar e estava no escritório, conversando com Rodan e Aster.

Sophia então correu para o escritório, com tudo que aconteceu acabou esquecendo que ele vinha e viu quando ele entrou no escritório, acompanhado de Aster e Rodan.

Corvo se sentou no sofá e já ia questionar Rodan sobre o caminho até a casa de Ashvine, para descobrir se ele realmente não fazia ideia de como era o caminho que ele indicara, quando Sophia entrou no escritório. Corvo perdeu completamente o raciocínio por um instante, ele a achava bonita, mas vendo-a arrumada daquele jeito, teve certeza de que era a mais linda que ele já vira.

— Filha? Já retornou? — perguntou Rodan.

— Sim, aquilo mais pareceu uma armadilha do que um chá — respondeu ela.

— Querido, pode ter sido rápido para você, mas foi uma eternidade para nós — disse Nathalia chegando logo depois de Sophia.

— Madame Eryn, por favor, peça que tragam um chá e um lanche bem reforçado, eu e Sophia não comemos nada.

— A comida era tão ruim assim? — espantou-se Rodan.

— Isso nada teve a ver com a comida, depois conto com mais calma — respondeu Nathalia sentando-se na poltrona.

— Ouvi dizer que esses eventos da alta sociedade são tudo menos divertidos, mas não imaginei que fosse esse tanto — comentou Corvo.

— Graças a Deus a maioria não é, este é que extrapolou a média — respondeu Sophia se sentando ao lado de Aster. — Mas conte, como vai a construção do gerador?

— Sim, já temos todo o cobre que precisa, conseguiu encontrar a Ashvine? — perguntou Rodan.

Corvo lançou um olhar de raiva para Rodan e disse:

— Tenho muito o que falar sobre o caminho que você me passou para chegar nela, mas sim eu encontrei e ela está ajudando na construção. Ela virá visitá-los amanhã, está muito interessada em conhecer a Aster.

— Imaginei, mas fico surpresa que ela não tenha vindo com você — disse Nathalia.

— Ela disse que hoje vem para a casa dela na Cidade Superior.

— Então não vai demorar para o gerador ficar pronto? — perguntou Aster.

— Sim, em quatro dias se não houver nada imprevisto, mas Ashvine disse que esse gerador talvez não gere energia com intensidade o bastante para recarregar você totalmente em menos de seis ou mesmo nove meses.

— Tudo bem, o importante é que haja uma forma de me recarregar — disse Aster, alegre em saber que não mais corria risco de ficar sem energia.

— Ainda assim, seria melhor se houvesse uma forma mais rápida — disse Sophia, segurando a mão de Aster.

— Ashvine, disse que pode haver uma opção que tornaria tudo mais rápido e fácil para Aster — respondeu Corvo. — Entretanto, essa opção é quase impossível.

Ele então mostrou a página parcialmente queimada, que falava do reator, e contou sobre a biblioteca mística e as ruínas fantasmas.

— E é isso, no momento eu estou tentando obter informações sobre onde pode estar o acervo imperial, mas talvez nem isso eu encontre.

Nathalia, Sophia e Aster se entreolharam e começaram a rir, fazendo Rodan e Corvo se entreolharem sem entender nada.

— Acho que a sorte está do seu lado, minha amiga, — disse Sophia para Aster.

— Sexta-feira estivemos na grande biblioteca e descobrimos algo interessante — explicou Nathalia.

Ao ouvir a história, Corvo disse animado:

— Isso facilita muita coisa, me mostrem onde fica e está noite mesmo eu dou uma olhada.

— Vai invadir a biblioteca? — perguntou Sophia.

— Não é algo que eu faça e muito menos goste, mas no caso eu acho justificado — respondeu ele.

— Concordo, mas prometa que não vai causar danos nem à biblioteca nem ao acervo — pediu Nathalia.

— De maneira alguma, também não revelarei a ninguém, nada sobre isso.

— Eu irei com você, assim fica mais fácil — disse Aster.

— Muito bem, então por que não fica e janta aqui hoje? — perguntou Nathalia.

— Não quero ser um incômodo.

— Aceite — pediu Sophia —, assim posso retribuir um pouco pela comida que me serviram quando estive sob seus cuidados.

Corvo não tinha argumentos para recusar e aceitou, o que fez Sophia feliz.

— Vai ser bom poder passar o tempo com você novamente — disse Aster.

— Ah! Tem mais uma coisa que preciso avisar! — disse Corvo.

Ele então contou sobre o que descobriu no Ninho dos Mil Espelhos, sobre Rondel e os piratas.

— Isso é algo sério, passarei essas informações hoje no jantar com o primeiro-ministro — disse Rodan. — Não há nada que possa ser feito contra Rondel sem provas, mas algo será feito.

Corvo ficou surpreso, não imaginava que Rodan fosse tão importante a ponto de jantar com a pessoa mais poderosa do país.

— Só espero que até lá os Longbow já tenham superado o que aconteceu hoje no chá — disse Nathalia, comendo um pãozinho recheado.

— O que... aconteceu? — perguntou Rodan, preocupado.

CAPÍTULO 9

O ACERVO IMPERIAL

No Covil dos Garras de Grifo, Natanael Griphon passara a usar uma cadeira de rodas, demoraria mais um mês para voltar a andar e isso o deixava muito irritado, contudo, no momento, ele estava de bom humor, pois havia acabado de firmar um acordo com as três famílias mais ricas da Cidade Interior.

— Não gosto de ter de obedecer às ordens daqueles esnobes — disse Griphon para Dellano —, mas o pagamento e o apoio deles compensarão. Mesmo que a garota não tenha morrido, os idiotas de Trovão conseguiram fazer algo que irritou ainda mais gente.

— Pior — disse Dellano —, conseguiram irritar todos que possuem algum poder nas três cidades.

— É, mas eles ainda têm apoio da população — alertou Sumally —, não são tão idiotas assim.

— Concordo — respondeu Griphon —, mas se eles apostaram que só com o apoio da população vão se salvar, já estão condenados. Ainda há jornais defendendo eles, mas é só questão de tempo.

— De qualquer forma, agora só falta fechar o acordo com os senhores das docas — comentou Sumally. — O bom é que vai ser mais fácil agora que já temos o apoio da Cidade Interior.

— Seremos o braço armado não oficial dos mais ricos e influentes das duas cidades, mas só até termos nossos próprios navios — disse Griphon, se servindo de vinho. — Então partiremos para nossa vingança e retomaremos nossa posição — completou ele, passando a garrafa para Dellano.

Então, enquanto brindavam, bateram na porta e Sumally foi ver o que era. Um mensageiro entregou uma carta e foi embora.

— É de nosso informante, o baú será levado esta noite, mas por causa do ataque no elevador, será feito de forma diferente — explicou ela.

— Dessa vez, garantam que pegaremos — ordenou Griphon aos dois.

Enquanto isso na casa dos Von Gears, enquanto Sophia tomava banho e trocava de roupa, Corvo aproveitou para conversar com Aster no quarto em que ela estava ficando e contar mais sobre as descobertas de Ashvine nas ruínas em que ela despertou.

— Talvez, se eu já tiver mais energia, eu vá com ela explorar aquele lugar.

Corvo, que estava sentado na cama, levantou e foi até a janela, admirar o mar e o céu mudarem de cor conforme o sol se punha.

— Vejo que, assim como eu, você adora explorar — ele comentou. — Planeja partir para explorar o mundo?

— Eventualmente, mas sempre voltarei para visitar os amigos que fiz aqui.

— É bom mesmo que volte ou morrerei de saudade — disse Sophia, sorrindo ao entrar e se sentar na cama.

Os três ficaram conversando até a hora do jantar, Aster contou sobre o que viu do telhado na noite anterior e a conversa que ouviu nos túneis e Sophia contou sobre o treinamento e sobre o que aconteceu no chá, tirando gargalhadas dos outros dois ao contar sobre como lidou com Ethan.

— Ele bem que mereceu, mas tome cuidado com ele de agora em diante — alertou Corvo. — Você já usou o mesmo truque duas vezes, a terceira pode não funcionar.

Sophia sorriu e disse:

— Não se preocupe, tenho um leque de opções, que só vai aumentar conforme for treinando, e se tudo falhar, uso o que estou aprendendo com o livro dos cavaleiros peregrinos.

— Quase sinto pena de quem tentar mexer com você — disse ele.

Rodan veio se despedir, pois estava de saída para o jantar e Corvo aproveitou para devolver a carta com as instruções para encontrar a casa de Ashvine.

— Foi muito útil, mas sugiro que leia antes de mandar mais algum infeliz seguir essas instruções.

Rodan pegou a carta sem entender no momento o significado das palavras de Corvo.

— Aconteceu algo desagradável no caminho? — perguntou Rodan.

— Quando tiver tempo, leia e vai entender — respondeu Corvo.

Rodan entregou a carta para Nathalia e disse:

— Certo, lerei quando voltar.

— Cuidarei para que não esqueça, agora desçam vocês três, nosso jantar começará em breve — disse Nathalia, acompanhando Rodan.

Após despedir-se de Rodan na porta, Nathalia voltou para a mesa de jantar lendo as instruções e, quando se sentou com os três à mesa, perguntou a Corvo, alarmada:

— Esse é o caminho da casa de Safira?

— É o pior dos três, os outros são escadas escondidas em tubulações desativadas — respondeu Corvo. — Algo que eu adoraria ter sabido antes.

— E você passou por esse caminho descrito aqui? — Insistiu ela, abismada.

— Com piratas me perseguindo — respondeu ele.

— Que tinha de tão terrível nesse caminho? — perguntou Sophia.

Nathalia passou a carta para ela, que leu junto com Aster que estava sentada ao seu lado.

— Não acredito que meu pai fez você ir por este caminho.

— Terei uma conversa séria com ele — disse Nathalia.

— Teremos — completou Sophia.

Corvo gostou da reação, deixaria para as duas o destino de Rodan.

— Você disse que piratas perseguiam você, como isso aconteceu? — Quis saber Aster.

Corvo então percebeu que havia falado demais, havia contado sobre ter espionado os piratas, mas não que eles o perseguiram, não queria revelar o perigo que passou. Acabou contando o que aconteceu, no entanto omitindo o tiro e o ferimento. Mesmo assim ainda causou espanto com seu relato.

Durante o jantar, Nathalia aproveitou para saber mais sobre ele, fazendo diversas perguntas, sempre de forma cordial e sem forçar respostas. Em dado momento Sophia aproveitou e perguntou se ele iria a sua festa.

— Eu não poderia — respondeu ele —, acabaria preso.

— Não precisa se preocupar com isso — argumentou Nathalia, — além de ser um baile de máscaras, se alguém perguntar, diremos que você é parente de um amigo da família e que veio de fora da ilha.

— Não tenho roupa para participar — insistiu ele.

— Já providenciamos uma, inclusive com uma máscara inspirada em um corvo, — revelou Madame Erynvorn, que servia a sobremesa.

— Por favor — pediu Sophia. — Vai ser muito útil para mim se você me acompanhar na festa. Talvez nenhum chato como Ethan venha me incomodar.

Corvo ficou em silêncio por um instante e então disse com sem- blante nada amigável:

— Desculpe, por mais útil que eu pudesse ser para você, eu me sentiria deslocado. Tenho certeza que a senhorita tem algum bom amigo para o qual possa pedir esse favor — completou ele, de forma fria.

Até mesmo Aster percebeu que Sophia cometeu um erro, mas não sabia como amenizar a situação e temeu que só pioraria se tentasse inter- vir. Sophia travou sem saber o que dizer. Por sua vez, Nathalia não perdeu tempo em lidar com a situação.

— Não o convidamos para nos aproveitarmos de você — começou ela em tom sério e calmo —, mas por gostarmos de você. Minha filha, no afã de tentar convencê-lo, parece tê-lo ofendido e peço desculpas — completou em tom amável.

Corvo então olhou de Nathalia para Sophia e viu nos olhos de Sophia o quanto ela se arrependeu do que havia dito.

— Eu que peço desculpas — disse ele em tom ameno —, acontece que já tive experiências ruins com pessoas que me queriam por perto apenas pela minha utilidade.

— Por favor, leve o convite e o traje como presente, pense no assunto com calma — pediu Nathalia.

— Me desculpe, Corvo, — pediu Sophia —, eu realmente lamento se passei a impressão de que só o quero por perto por sua utilidade para mim.

Corvo acenou positivamente com a cabeça e disse:

— Deixe o traje junto com os rolos de cobre na passagem secreta, levarei.

Isso fez Sophia se alegrar.

— Mas não espere que eu apareça no dia, como já disse, não me sentiria confortável cercado pela alta sociedade da Cidade Superior — completou ele, ao ver Sophia se animando.

O jantar terminou em um clima um tanto quanto desanimado e Aster foi conversar a sós com Corvo, que tinha ido até o escritório ler, enquanto aguardava dar onze horas da noite, hora em que iriam para a biblioteca.

— Você sabe que Sophia considera você um bom amigo, não é?

— Acabei sendo muito ríspido com ela, mas talvez seja melhor assim — respondeu ele.

Corvo havia, na verdade, se isolado no escritório para pensar em sua relação com Sophia e havia chegado à conclusão que era melhor não deixar que ela se apegasse muito a ele.

— Como afastar uma amiga pode ser melhor? — perguntou Aster, indignada.

Corvo fechou o livro que tinha nas mãos e, com certa tristeza, disse:

— Provavelmente, após a conclusão do gerador não haverá motivos para nos vermos novamente e assim ela poderá me esquecer mais facilmente.

— E por acaso amigos precisam de motivos para se verem? — perguntou Aster. — Se não quer que ela tenha saudade, venha vê-la.

Sophia tinha se recolhido, se perguntando se havia perdido a amizade de Corvo e Nathalia foi até ela, entrou no quarto da filha e sentando ao lado dela disse:

— Não se deixe abater, minha filha, quem poderia imaginar que ele seria tão sensível ao que você disse?

— Mas não muda o fato de que posso ter perdido a amizade dele — respondeu Sophia.

— Se ficar aqui se lamentando perderá mesmo, você errou por não conhecer ele bem, vá lá conversar com ele e fortaleça a amizade.

Sophia se levantou e avançou timidamente, mas foi empurrada para fora do quarto por Nathalia.

— Vamos! — disse Nathalia. — Coragem! Ou vai se arrepender mais tarde.

★★

Longe dos pequenos dramas em sua casa, Rodan estava em um dos restaurantes mais caros e requintados da cidade, um restaurante que ficava no vigésimo andar de uma torre comercial. Ele estava em uma longa mesa, cercado por alguns dos mais ricos e poderosos da Cidade Superior, banqueiros, empresários industriais, senhores do comércio, só não havia ali nenhum representante das nove famílias.

— Vista magnífica, não é? — perguntou Longbow, para todos os presentes. — Nossa bela cidade, que construímos com nosso esforço e sacrifício. Porém, como o lamentável fato que atingiu a família de Rodan von Gears mostrou, assim como o ataque às refinarias, esta cidade caminha para tempos sombrios.

— Culpa da Cidade Inferior! — exclamou Darius Ferret, dono de uma grande indústria de charretes a vapor.

— Sim, são como um bando de ratos de esgoto vivendo sob nossos pés! — gritou Bruce Borgos, um banqueiro.

Muitos apoiaram e concordaram, Rodan se manteve em silêncio, assim como o que estava sentado ao seu lado e alguns poucos pela mesa.

— Calma, senhores, sei que todos temos motivos para condená-los, mas não é o povo comum o problema — interrompeu Longbow. — Eles apenas são conduzidos por ineptos, corruptos e imbecis e a população sofre por isso. Tenho trabalhado com meus ministros em um plano de longo prazo de unificação da ilha, não mais três cidades, mas uma única.

— Claro, vamos pedir que os governantes das duas cidades entreguem o poder, vai ser bem fácil — disse, em tom de sarcasmo, um dos parlamentares presentes.

— Como eu disse, um plano de longo prazo, pode levar décadas — retrucou Longbow.

— Mas os problemas nos afetam agora, essa escassez de óleo já está me fazendo perder dinheiro — disse um dos empresários industriais.

— Senhores, para problemas imediatos já estamos tomando outras medidas, o que estou tentando mostrar é uma solução para a origem destes problemas.

— Muito bem então como pretende unir as três cidades? — perguntou um dos ricos comerciantes.

— Primeiro precisamos conquistar a aceitação do povo, vocês sabem que eles têm certo preconceito para conosco.

Um dos empresários industriais sentado ao lado de Rodan sussurrou para ele:

— Como se esses aqui não dessem motivos para isso.

— Com ajuda dos senhores, faremos obras nas duas cidades para melhorar as condições de vida deles, mostrando que serem governados pela Cidade Superior é a melhor opção. A primeira será a conclusão de um antigo projeto de meu pai, a usina purificadora de ar.

O primeiro-ministro então explicou como faria os corruptos e ineptos serem rejeitados e como isso facilitaria uma reforma no poder da ilha. Rodan então pensou que, apesar dos pesares, o plano de Longbow, no fim, seria algo benéfico, pois acabaria com a corrupção da Cidade Interior e melhoraria a vida da população e, quando foi convidado a coordenar a construção da usina, aceitou de imediato.

Na casa dos Von Gears, Sophia estava decidida a não perder a amizade com Corvo, mas hesitou na porta do escritório. Por fim, tomou coragem e abriu a porta, encontrando Corvo e Aster conversando.

— Posso entrar? — perguntou ela.

— Mas óbvio, a casa é sua, senhorita — respondeu Corvo, de forma séria e cordial.

Naquele instante Sophia parou, com medo de ter perdido a amizade dele para sempre, mas Corvo logo se aproximou e disse:

— Sophia, me desculpe, fui muito ríspido com você, eu devia saber que você não é do tipo que se aproveita dos outros.

— Amigos? — perguntou ele, estendendo a mão para um aperto.

— Sempre! — ela respondeu, apertando a mão dele.

Sophia se controlava para não derramar uma lágrima, quando Aster abraçou os dois ao mesmo tempo.

— Amigos, não importa o que acontecer — disse Aster.

★★

No restaurante, o jantar havia chegado ao fim, e os convidados começaram a se dividir em pequenos grupos para conversar e Rodan aproveitou para conversar como primeiro-ministro sobre Rondel e os piratas.

— Isso corrobora e completa outras informações que eu já tinha — disse Longbow, pensativo.

— Esse explorador, o quão confiável ele é? — perguntou Gunther.

— Não posso garantir — respondeu Rodan ao ministro —, mas ele parecia assustado, me procurou, pois seria a forma mais segura de algo ser feito sem que ele corresse riscos de virar um alvo.

— Não se preocupe, investigaremos e Rondel não escapará — disse Longbow.

Assim que Rodan se afastou, deixando Gunther e Longbow a sós, o primeiro-ministro disse:

— Vê, você queria provas do que Lestrade disse e começam a aparecer de todos os lados.

— É até pior! Temos de descobrir para quem Rondel trabalha — respondeu Gunther. — Já desconfio que sejam aqueles bastardos esnobes daquele clube de nome idiota no Distrito Catedral.

★★

Aster estava empolgada de poder sair e explorar os segredos da biblioteca, mas não deixava transparecer, pois não queria fazer Sophia achar que ela não gostava de ficar naquela casa. No entanto, não disfarçou a alegria quando Corvo disse que era hora de irem. Rodan ainda não havia retornado e Sophia e todos os empregados já haviam se recolhido, exceto Madame Erynvorn, que aguardaria com Nathalia o retorno dele e de Aster.

Corvo então se despediu da Sra. Von Gears:

— Estamos indo, agradeço pelo ótimo jantar e peço desculpas por todo o incômodo que causei.

— Fico feliz que tudo tenha ficado bem no final, boa sorte em sua aventura — respondeu ela.

— Obrigado, ainda voltarei para deixar Aster e pegar o cobre, mas desde já lhes desejo um boa noite.

— Tem certeza de que não quer dormir aqui esta noite? — perguntou Nathalia.

— Sim, embora meu avô saiba que eu talvez me demore mais que o normal para voltar, prefiro voltar o quanto antes.

— Entendo — respondeu ela.

Então Aster e Corvo se dirigiram para a passagem secreta e, quando abriram a porta para as galerias, Sophia apareceu, usando as roupas que Ivan lhe dera, dizendo que ia junto.

— Tem certeza? Não será algo livre de perigos e acho que seus pais não aprovariam se soubessem — disse Corvo.

— Nem tanto, quando fui para meu quarto, pensando se iria ou não com vocês, encontrei este traje na minha cama com um bilhete da minha mãe, me incentivando a ir.

— Sua mãe fez isso? — surpreendeu-se Aster.

— Ela confia em vocês dois e no treinamento que ela me deu — respondeu Sophia.

— Se é assim tudo bem, não faremos nada muito perigoso mesmo — disse Corvo, começando a andar.

— Principalmente se comparado com o que já passamos fugindo de piratas — completou Aster, com bom humor. — Pena Tom não estar conosco.

— Saiu em uma missão especial com meu avô — respondeu Corvo.

— Que missão? — perguntou Sophia.

— Divertir algumas crianças do orfanato do primeiro anel habitado. Além de "supercostureiro", Ivan também faz malabares.

— Adoraria ver isso — disse Sophia.

Aster então os guiou para a Grande Biblioteca da Cidade Superior. Precisaram se esconder algumas vezes para evitar as patrulhas, mas fora isso chegaram lá sem dificuldades.

— Bom que foi fácil, mas me preocupa essas patrulhas serem tão facilmente evitadas — disse Sophia.

— Isso porque não tentamos sair do primeiro nível, eles são bem mais numerosos e atentos nos acessos a este nível — respondeu Corvo. — Tive que passar por caminhos complicados para chegar em sua casa.

— Espero que os Punhos de Trovão não sejam tão bons nisso quanto você — torceu Sophia.

— Sinceramente espero que eles não tentem mais nada, já jogaram a ilha numa crise com o que já fizeram — disse Corvo.

Sophia achou que ele falava do aumento nos preços do óleo e nem imaginava a que ele realmente se referia.

Assim que Aster abriu a porta secreta, os três seguiram quietos e atentos a qualquer som, Corvo alertara que se os empregados da biblioteca conheciam o caminho como rota de fuga para emergências, outros poderiam saber e usar o caminho por motivos diversos.

Corvo achou curioso o fato de o caminho ter tantas ramificações e disse num sussurro:

— Quero um dia voltar aqui para explorar todos esses caminhos.

— Quando fizer um mapa, vou querer uma cópia — sussurrou Sophia.

Aster guiou-os sem problemas até a porta pela qual ela e Marie saíram da última vez, mas quando ela ia abrindo, Corvo pediu que esperasse. Ele apagou a lanterna que carregava e pegou sua nova 'quase lanterna élfica' antes de abrir a porta apenas uma fresta. Então, usando um pequeno espelho, verificou se não havia ninguém por perto.

— É bom sempre ter cuidado ao abrir uma porta a qual não se pode ver o que está além. Tudo certo, vamos — sussurrou ele, abrindo a porta com cuidado.

Em silêncio, os três se esgueiraram pela biblioteca escura, atentos a qualquer sinal dos vigias noturnos. O silêncio era tão profundo que o menor ruído se destacava e estava tão escuro quanto os mais profundos túneis da Cidade Interior.

— Isso é estranho, parece não haver nenhum vigia — sussurrou Sophia.

— Talvez só vigiem as entradas — respondeu Corvo.

Os três chegaram na parede de estantes e então Aster perguntou:

— Agora como descobrimos como passar sem fazer barulho?

Corvo olhou a parede de uma ponta a outra e perguntou para Sophia a direção da entrada da biblioteca, a qual ela apontou sem dizer nada.

— E para lá, o que tem? — perguntou ele, apontando na direção oposta.

— Pequenas salas reservadas de estudo — respondeu ela.

Corvo fez sinal para que o seguissem e foi na direção das salas de estudo, ele queria examinar a sala que fazia divisa com a parede de estantes.

— Acha que pode haver uma passagem nessa sala? — perguntou Aster, quando chegaram lá.

— Não, pelo que Sophia contou também acredito que não haja uma — disse ele, tentando abrir a porta.

— Esqueci de avisar, elas ficam trancadas e temos que pedir a chave para poder usar — disse Sophia.

— Não é um problema — disse ele, pegando uma gazua de um dos bolsos do cinto.

Sophia olhou para ele arrombando a fechadura com visível prática e disse:

— Pensei que você não invadisse lugares.

— Eventualmente encontro lugares abandonados e esquecidos a tanto tempo que jamais encontraria as chaves — respondeu ele. — Assim como baús trancados.

— Isso ainda é invadir — retrucou ela.

— Seria roubo pegar algo que alguém descartou? — perguntou ele.

— Lugares trancados não foram descartados — argumentou ela.

— Quando o dono não mais vive e ninguém mais sabe que eles existem, é como se fossem — contra-argumentou ele.

— E como você sabe que ninguém mais sabe da existência deles? — perguntou Aster.

— Por estarem abandonados em lugares secretos e esquecidos há tanto tempo, que tenho que cavar para achar a porta — respondeu ele, se irritando.

— E todos os lugares que você invadiu eram assim? — perguntou Sophia.

— Antes de hoje, só houve um que não era e foi por causa de alguém que me queria por perto apenas por eu ser útil. Um erro do qual me arrependo até hoje — disse ele, com um suspiro desanimado. — Agora, será que podemos nos concentrar no que estamos fazendo? — perguntou ele, entrando na sala de estudo.

As duas entraram logo após ele, a sala de estudo era pequena, com uma mesa junto a uma das paredes, com duas cadeiras. Era pequena, mas com paredes ricamente decoradas com mosaicos, lindamente detalhados, mostrando florestas, morros, montanhas, um castelo e cavaleiros em armaduras brancas, lutando contra um dragão vermelho cuspindo fogo.

— O que procuramos aqui? — perguntou Aster.

— Só queria ter certeza de que não há nada incomum aqui — respondeu ele, olhando de perto o mosaico. — Iremos entrar no espaço vazio por ali — disse ele, apontando para uma das estantes que possuía um pequeno armário quadrado na parte debaixo. — Vamos tirar o que tiver no armário e guardar nesta sala de estudo, para evitar que um vigia passando veja coisas fora de lugar.

As portas do armário estavam trancadas, mas Corvo logo as destrancou, e para surpresa dos três o armário estava vazio, nem divisórias tinha. Ele tirou a mochila das costas e se agachou para entrar no pequeno espaço, testou o fundo do armário empurrando, mas este nem se mexeu. Sacou a adaga e começou a passar de um canto a outro, passando rente às paredes do armário, cortando cada vez mais fundo, até que com um pequeno empurrão e um leve "crec", a fina folha de madeira do fundo caiu para trás, revelando o espaço por trás das estantes.

— Consegui! — sussurrou ele, engatinhando para o outro lado.

Sophia alcançou-lhe a mochila e o seguiu com Aster vindo logo depois, indo de costas para poder fechar as portas do armário ao passar.

Quando Aster finalmente pôde ver o que havia lá, ficou, assim como Sophia e Corvo, decepcionada, o lugar estava completamente vazio.

— Tanto trabalho para nada além de pó — lamentou Sophia.

Corvo, no entanto, olhava com atenção as paredes e o chão e disse por fim:

— Não exatamente para nada, se olhar com cuidado pode notar algumas coisas, — disse ele, acendendo a lanterna a óleo.

— O que tem para ver além da poeira no chão e nas paredes? — perguntou Aster.

— Justamente a poeira, a forma como em alguns pontos tem mais que em outros — respondeu ele. — Isso significa que houve coisas guardadas aqui há muito tempo.

— É até possível notar que a parte central deste corredor já foi limpa algum dia no passado. — Apontou para o chão.

— Não faz diferença se tinha ou não algo, isso não muda o fato de estar vazio agora — disse Aster.

— Faz diferença, mover tantas coisas deixa rastros — disse ele animado.

— Isso significa então que não colocaram as coisas aqui e as esqueceram, mantinham sob cuidados — observou Sophia.

— Até que algo os forçou a mover a coleção — completou Corvo. — Ou acharam um lugar melhor.

— Ou foram descobertos e, de um jeito ou de outro, a coleção se foi para sempre — pontuou Aster.

— De qualquer forma vamos até o outro lado e tentar achar pistas do que aconteceu — sugeriu Corvo.

Os três seguiram pelo longo corredor e no fim dele encontraram uma escrivaninha empoeirada, sobre a qual encontraram um envelope lacrado com cera. Perto da escrivaninha também havia uma pequena porta secreta perto do chão, que, ao abrirem, viram ser um dos armários das estantes, este ocupado por livros. Saía por detrás de um balcão dos bibliotecários. Voltaram então a atenção para a carta.

— O símbolo no lacre é o mesmo que se vê por toda a biblioteca — comentou Aster.

Corvo então pegou um rolo de arame fino da mochila e um isqueiro.

— O que vai fazer com isso? — perguntou Sophia.

— Tentar abrir a carta sem destruir o lacre — respondeu.

— E para que se dar a esse trabalho? — perguntou Aster.

— Para deixar a carta lacrada novamente quando formos embora — explicou enquanto terminava de aquecer o arame.

Enquanto Corvo se concentrava na carta, Aster notou no chão, perto da cadeira da escrivaninha, algo peculiar e se abaixou para ver melhor.

— O que foi? — perguntou Sophia.

— Esse quadrado no chão, acho que pode ser um alçapão — respondeu ela.

Era um quadrado de cerca de um metro e meio de área cujo padrão da arte estava virado em relação ao resto do piso.

— Sim é possível que seja, talvez tenha sido por isso que fizeram esse espaço nesta parte da biblioteca — comentou Sophia. — Talvez até tenham movido o acervo por aqui.

— E foi mesmo, essa carta explica algumas coisas — afirmou Corvo, já terminando de lê-la.

Corvo então explicou que a carta era o testamento de um antigo chefe bibliotecário, da época da queda do império, contando como, junto a outros seis colegas, preservou por décadas naquele espaço, o acervo imperial e cópias de alguns livros proibidos e como decidiu mover o acervo para um lugar mais seguro, quando chegou a hora de se aposentar, por não confiar no seu sucessor.

— Mas por que ele deixou essa carta revelando tudo isso? — perguntou Sophia.

— Essa carta era para o neto dele — contou Corvo —, ele queria que o neto se tornasse guardião do acervo. Ele termina a mensagem pedindo que o neto mantenha o segredo, queime a carta ao terminar de ler, explicando que ele encontraria mais informações e instruções junto ao acervo.

— E por algum motivo o neto nunca encontrou esta carta — ponderou Aster.

— O que está escrito dá a entender que o neto tinha que decifrar alguma coisa para achar este lugar — disse ele. — Começa dizendo: " Meu querido neto, eu sabia que você conseguiria decifrar e encontrar o caminho até esta carta…"

— Será que o avô superestimou a inteligência do neto? — perguntou Sophia.

— Mas está escrito aí onde o acervo está agora? — perguntou Aster.

— Mais ou menos — respondeu ele —, o que tem é uma instrução cifrada.

— Cifrada? — Questionou Sophia.

— *"Siga o mensageiro pelo rio oculto"*, — Corvo começou a ler — *"até a Toca do Coelho, não se perca na loucura perdida, siga o mensageiro, atravesse o jardim de ossos e entre o sábio e o poeta encontrará o que foi escondido"*.

— Se ele fez algo assim para o neto encontrar este lugar, não é para menos que ele nunca tenha encontrado a carta — disse Sophia. — Alguma ideia do que essas instruções doidas significam?

— Alguma tenho, mas primeiro quero abrir esse alçapão para confirmar uma coisa.

Corvo então, usando sua adaga, o abriu com cuidado, achando exatamente o que esperava, um canal não mapeado.

— Esse deve ser o tal rio oculto, deve ser um dos canais não mapeados do sistema, ou de cisternas ou de controle de temperatura da ilha.

— Vê algum barco ou outra forma de seguir caminho? — perguntou Aster.

— Não — respondeu ele. — Tem uma pequena doca de madeira parcialmente destruída e nada mais, nem barco ou passarelas nas laterais, até a escada que levava lá para baixo não existe mais.

— Então não podemos prosseguir — lamentou Sophia.

— O que faremos agora? — perguntou Aster. — Não acho que consigamos trazer um barco para cá.

— Talvez não seja necessário, eu já explorei um lugar conhecido como toca de coelho, é até que famoso na Cidade Interior, só não sei se é o mesmo da carta — respondeu Corvo —, mas faria todo o sentido ser.

— Sério? — surpreenderam-se as duas.

— Sim, é uma velha mina, abandonada a mais de um século, fica no terceiro nível e é cortada por um canal — explicou enquanto fechava o alçapão.

— Espero que não tenha virado esconderijo de piratas — disse Sophia.

— Não, ninguém ousa entrar lá, tem fama de mal-assombrada, contrabandistas tentaram transformar em depósito secreto, mas desistiram.

— Você ousou entrar, não é? — perguntou Aster.

— Sim e descobri o porquê da fama. No fundo da mina tem uma fenda por onde passa um vento forte que faz barulhos fantasmagóricos.

— E os bobos ficaram com medo disso — riu Sophia.

— Se fosse só isso os contrabandistas teriam tapado a fenda e usariam a mina, o que os fez desistir é aonde a fenda leva.

— E a que ela leva? — perguntou Aster.

— Ao que sobrou do Sanatório Heavenwhaler. Quando percebi onde eu estava entrando, dei meia-volta e nunca mais voltei.

— Ah! A tal loucura perdida! — exclamou Aster.

— Eu nunca ouvi falar desse sanatório — disse Sophia —, mas o nome é de uma das nove famílias, William Heavenwhaler é um dos maiores donos de farmácias e de laboratórios de medicamentos do país.

Corvo se recostou na parede e disse:

— Imagino que abafaram a história na Cidade Superior, mas no resto da ilha é bem conhecida. Construído no reinado do décimo quinto imperador e destruído na época do décimo oitavo, o avô do último Imperador.

— Funcionou por bastante tempo — comentou Aster.

— Era o maior sanatório do país, a entrada do prédio ficava na Cidade Superior, tinha três andares para cima, mas descia, oficialmente, até o quarto andar abaixo da cidade, ocupando uma quadra inteira na superfície.

— Nossa, era pelo menos quatro vezes maior que essa biblioteca! — surpreendeu-se Sophia.

— E extremamente luxuoso, no entanto atendia a qualquer um, cobrando apenas de quem podia pagar, tinha pacientes vindos de todos os cantos do país e até do continente.

— O que aconteceu para um lugar assim acabar em ruínas e esquecido pelo povo da Cidade Superior? — perguntou Aster.

— Descobriram que, no quinto nível, construído em segredo para ser o mais isolado do sanatório, torturavam e faziam experimentos grotescos com pacientes.

— Deus! — exclamou Sophia, pasma.

— Os detalhes do que aconteceu exatamente eu não sei, mas quando foram fechar o lugar houve uma grande explosão, deixando apenas uma cratera cheia de escombros. O lugar ainda estava cheio de funcionários e pacientes.

Sophia sentiu calafrios ao imaginar a cena.

— Em alguns jornais da época que encontrei, havia fotos da destruição, não sei o que explodiu, mas fez um estrago grande na cidade — continuou ele.

— Mas conseguiram resgatar alguém? — perguntou Aster.

— Não. Tentaram, mas após três dias desistiram e fecharam a cratera.

— Taparam a cratera e construíram prédios por cima? — perguntou Sophia.

— Uma escola, mas alguns anos depois demoliram e fizeram a praça norte, pelo que li — respondeu ele.

— Essa praça tem fama de assombrada por vultos sombrios a noite — disse Sophia, com olhar perdido em pensamentos. — Passo perto dessa praça quando volto do colégio para casa no fim de tarde.

— Os túneis da Cidade Interior que passam perto do lugar também têm fama de assombrados, com casos de pessoas sendo encontradas mortas neles — disse Corvo.

— Então temos de passar pelas ruínas desse lugar, mas, e quanto ao jardim de ossos e o resto da mensagem? — perguntou Aster.

— Em um jornal que contava a história do lugar, li que durante a construção no quarto nível encontraram um velho cemitério de alguma família nobre, esquecido há muito tempo. Fecharam a entrada original, que já estava obstruída mesmo, e preservaram o lugar como encontraram, mantendo um acesso através do sanatório.

— Então o jardim de ossos é o cemitério e o sábio e o poeta devem ser túmulos marcando uma passagem secreta — supôs Aster. — Que sorte você conseguir decifrar as instruções.

— Eu estou sempre buscando lugares incomuns e procuro o máximo de informações sobre qualquer lugar diferente — respondeu Corvo —, mas não há como ter certeza de que decifrei corretamente.

— Que lugar foram escolher para guardar o acervo — comentou Sophia, mostrando um pouco de medo.

— Se foi mesmo lá, foram espertos, eu sou a prova que a fama do lugar espanta exploradores e curiosos — respondeu Corvo. — Só mesmo um motivo muito forte como esse para me fazer voltar lá.

Sophia parou pensativa e então perguntou:

— Como será que bibliotecários descobriram um lugar secreto em um cemitério esquecido, pelo qual só se chega travessando ruínas de um sanatório também esquecido?

— Acho que a resposta para isso foi para o túmulo com os bibliotecários — respondeu Corvo. — De qualquer forma, vamos voltar para sua casa, Sophia, outro dia com suprimentos mais adequados eu vou tentar alcançar o lugar.

— Nós tentaremos! — disse Sophia. — Não vou perder a chance de ver o acervo imperial.

— Nem eu! — disse Aster.

— Não, é perigoso — respondeu ele. — E Aster, você precisa guardar sua energia. E depois não tenho certeza se é o lugar certo, podemos nos arriscar e ser o lugar errado.

— Podemos ir depois do gerador construído, isso não é tão urgente! — alegou Aster.

— Se vocês dois vão, eu vou, ou não perdoarei os dois! — falou Sophia, bem séria.

— Baixe a voz, esqueceu onde estamos? — alertou Corvo. — Depois discutimos isso, por ora vamos voltar.

Elas concordaram, meio que a contragosto.

— Fiquem aqui, vou fechar o caminho que abri e sairemos por essa passagem secreta.

Enquanto esperavam em silêncio, começaram a ouvir um som ruidoso cada vez mais alto quebrando o silêncio profundo.

— Que som é esse? — perguntou Aster.

— Chuva. Parece que começou uma tempestade forte lá fora — explicou Sophia.

Então o som abafado de um trovão veio, como que para confirmar.

— Vamos embora — disse Corvo, ao retornar.

— E a carta o que faremos com ela? — perguntou Sophia.

— Vou levar comigo e destruir, o acervo é muito importante para que algo assim fique por aí — respondeu ele.

— Mas quanto ao neto do bibliotecário-chefe? Ele não tem direito de saber? — perguntou Aster.

— Essa carta foi deixada aqui a uns oitenta anos, o neto já deve ter morrido de velhice — disse Corvo. — Mesmo que encontremos os descendentes, revelar isso para eles só colocará o acervo em perigo.

— Concordo, lamento que o tal neto não tenha conhecido o legado do avô, mas esse acervo é cobiçado demais — disse Sophia.

Com o assunto encerrado, Aster atravessou a passagem secreta seguida por Sophia.

— Fico feliz, por essa chuva, aquele silêncio era de enlouquecer — sussurrou Sophia ao atravessar.

— Não fique muito relaxada, não esqueça os guardas noturnos — alertou Corvo, terminando de recolocar as coisas no armário e fechando-o.

Os três seguiram cautelosos, mas fora o ruído da tempestade e eventuais estrondos dos raios, os únicos ruídos que ouviam eram os que faziam e a única luz era da quase lanterna élfica de Corvo.

— Que bom que a segurança não é tão pesada dentro da biblioteca — sussurrou Aster.

— Ainda acho isso estranho — respondeu Sophia.

Os três estavam prestes a chegar no espaço amplo e vazio do centro da biblioteca, logo abaixo da grande cúpula, quando começaram a ouvir sons de espadas, gritos e gemidos, como se estivesse havendo um grande combate bem no meio da biblioteca.

— Mas o que diabos está acontecendo! — exclamou Corvo, quase não contendo a voz.

No centro do espaço o chão estava aberto, revelando uma grande escada e dois grupos de encapuzados lutavam ferozmente na saída da escada, alguns já caídos mortos no chão. Parecia que lutavam pela posse de um baú.

Corvo, Sophia e Aster se esconderam por detrás de uma mesa tentando entender o que estava acontecendo, e Corvo pegou sua luneta para ver melhor.

— Aquele baú é muito parecido com o que eu vi Rondel receber dos piratas — sussurrou ele.

Os três viram então um homem se afastar da confusão, ele estava ferido no braço e na perna, com dificuldade ele foi até um pilar e acionou algo escondido nele, pois a escada começou a descer e a passagem aberta no chão começou a se fechar lentamente.

Com isso, um grupo forçou o outro a voltar para baixo e todos que ainda estavam vivos desceram, exceto pelo homem que tinha se afastado. Então um homem voltou para cima com o baú, porém foi morto, trespassado por uma espada, derrubando o baú no chão. O homem que havia se afastado ainda tentou voltar para pegar o baú, mas este foi levado pouco antes do chão se fechar completamente. Ele ficou então ali, de joelhos, com o rosto, iluminado por uma lanterna caída, estampando o sentimento de derrota.

— Não pode ser! Me empreste sua luneta — pediu Sophia.

— O que foi? — perguntou Corvo, entregando a luneta.

— Não acredito! — exclamou ela, contendo a voz. — Aquele ali é Roberto Heavenwhaler, filho mais velho de William, ele é professor de química da universidade e do meu colégio!

Eles viram, então, Roberto pegar de um bolso o que parecia ser uma seringa e cravar na própria perna ferida, soltando um grito de dor. Ele se levantou e saiu mancando, o mais rápido que pôde, na direção da entrada da biblioteca.

— O que foi isso que presenciamos? — perguntou Aster.

— Não sei, mas é melhor sairmos daqui o mais rápido possível — respondeu Corvo.

— Se os seguranças não apareceram com isso tudo, acho que devemos correr mesmo — disse Sophia.

Corvo confirmou com um aceno de cabeça e os três correram até a passagem secreta, mas assim que entraram nos túneis secretos da biblioteca, Corvo as fez parar.

— Daqui, seguimos com cuidado redobrado, fiquem atentas a qualquer som.

Eles seguiram tensos e em total silêncio, até que saíram dos túneis secretos para as galerias do primeiro nível, onde se sentiram mais tranquilos, mas não totalmente seguros. Corvo tinha vontade de tentar seguir aquele baú para descobrir se era realmente o mesmo que viu com Rondel, mas não queria deixar Aster e Sophia sozinhas.

— Que bom que, pelo visto, essa não é a única saída secreta para as galerias — disse Sophia.

— O que tem naquele baú para fazer pessoas se matarem por ele? — perguntou Aster.

— Se for o que eu vi com Rondel, vale uma fortuna e seja o que for é difícil de se obter.

— Se for o mesmo, então os Heavenwhaler estão articulando com os piratas — disse Sophia.

— E possivelmente produzindo Poções de Morpheus para isso — completou Corvo.

— Quem será que roubou o baú? — Perguntou Sophia.

— Boa pergunta — disse Corvo.

— Como eles acabaram no meio da biblioteca é outra — pontuou Aster.

— A mansão dos Heavenwhaler fica a duas quadras da biblioteca — explicou Sophia —, talvez, interceptados no caminho, tenham tentado fugir por ali.

— Mas isso não explica a estranha ausência de vigias noturnos — disse Corvo.

— Ele correu para a entrada, portanto não se importava em ser visto por quem estivesse lá — completou Aster. — Se é que havia alguém.

— Talvez eles usassem os túneis secretos para se encontrar com Rondel, alguém descobriu ou seguiu ele para roubar o baú — ponderou Corvo.

— É possível, talvez Roberto fizesse assim para ocultar sua identidade de Rondel — disse Sophia.

— Suas aulas de química não serão mais as mesmas, vai ser estranho ter aulas com aquele homem — disse Corvo.

— Sorte que as férias foram adiantadas em um mês por causa do racionamento de óleo — respondeu Sophia. — Terei tempo de me acostumar com o que descobri.

Sem mais incidentes, eles retornaram o mais rápido que puderam para a casa de Sophia, onde Corvo pegou os rolos de cobre e o pacote com o traje para o baile. Não conversaram no caminho ainda digerindo o que haviam presenciado.

Sem perder tempo, Corvo recolheu tudo que iria levar e se dirigiu à saída.

— Não é muito peso para carregar sozinho? — Aster perguntou preocupada ao ver ele com os rolos.

— Já carreguei mais peso, fique tranquila.

Sophia vendo ele pegar o pacote do traje, disse meio sem jeito, mas não querendo deixar a oportunidade passar:

— Por favor, considere vir ao baile, o que eu realmente gostaria é que pudéssemos dançar juntos.

— Talvez um dia eu dance com você, mas não espere que seja em meio à elite da Cidade Superior.

— Por falar na elite, o que vai fazer agora que descobriu o envolvimento dos Heavenwhaler com Rondel — perguntou Aster.

— Primeiro não temos certeza disso. Depois, graças a Rodan, as autoridades já vão investigar Rondel — respondeu ele.

— Acha que isso bastará? — perguntou Aster.

— Embora seja muito ruim eles agindo com os piratas, não é como se fossem destruir a ilha — respondeu ele. — Vou me concentrar em terminar o gerador e lidar com os problemas que os Punhos de Trovão causaram. Se eu tentar resolver tudo que acontece nesta ilha, morro e não consigo resolver nada.

Corvo se despediu de Aster e Sophia e seguiu caminho para casa. Aster então se virou para Sophia e perguntou:

— Contamos o que aconteceu para os seus pais?

— Não! Espalhar que uma das nove famílias está envolvida só vai atrapalhar. Aliás, peço que não mencione que eu fui junto... minha mãe não sabe que eu saí.

— Você mentiu?

— Desculpa, mas eu não queria ficar para trás — disse Sophia, em tom apologético.

— Até entendo, mas você não deveria mentir...

— Obrigada! — disse Sophia, abraçando Aster.

Aster ainda queria argumentar com Sophia, mas ficou sem reação, a atitude de Sophia foi tão inesperada e sem sentido que ela não soube reagir.

— Agora me ajude a chegar no meu quarto sem ser descoberta — pediu Sophia animada.

★★

Nas profundezas da Cidade Interior, um grupo cansado, carregando feridos, seguia o mais rápido que podia. Dellano finalmente havia conseguido o que seu capitão queria, mas o preço foi alto, dos doze que foram com ele e Sumally apenas quatro estavam voltando. Mesmo ele não estava voltando ileso e Sumally estava tão gravemente ferida que estava sendo carregada.

Griphon esperava numa réplica da sua antiga cabine de capitão, um lugar que construiu para se sentir em casa. Embora isso não afastasse a saudade que sentia do mar aberto, era onde conseguia encontrar paz. Estava impaciente, bebendo e amaldiçoando a garota que o deixara em uma cadeira de rodas, assim o impedindo de ir pessoalmente nessa missão tão importante.

Enquanto esperava, lembrava-se de quando perdeu seu antigo covil, seus navios e precisou se refugiar no interior da ilha de Avalon como um rato. Tinha lhe restado quase nada além da fiel tripulação e seu maior tesouro quando chegou à ilha, isso e a determinação de se vingar.

A sede de vingança, que o motivou a construir o novo covil e recomeçar, ainda ardia em seu coração e a missão de hoje poderia reparar um dos maiores danos que sofreu, trazendo um pouco de paz ao seu coração.

As horas passavam lentamente e ele já começava a temer o fracasso deles quando Dellano atravessou a porta com o baú.

— Infelizmente, não conseguimos pegar a chave do baú — disse Dellano ao colocá-lo na mesa.

— Isso é o de menos, bom trabalho — disse Griphon, empolgado, já usando a própria espada para forçar a tranca.

Foi preciso muito esforço, mas os dois abriram o baú, revelando um interior forrado com uma mistura de palha, serragem e algodão, protegendo três garrafas. Das quais só se podia ver os gargalos.

— Enfim consegui — disse Griphon, pegando o gargalo de um dos três frascos e o erguendo.

Porém, ao erguer, ficou apenas com o gargalo na mão, a garrafa estava quebrada.

— Não! Não! Não! — repetia ele ao largar o gargalo e puxar outra.

Esta estava rachada e tinha perdido metade de seu conteúdo, restando um quarto de litro. O líquido era levemente cristalino, violeta e com um certo brilho metálico. Ele colocou o frasco na mesa e puxou o último, totalmente intacto.

— Espero que essa poção da Bruxa do Norte seja tudo isso que dizem — disse Griphon.

— Vou chamar alguém descartável para testarmos — disse Dellano.

Mas mal ele disse isso, Griphon já havia aberto o frasco rachado, serviu não mais que uma colher de chá em um copo e bebeu, antes que Dellano pudesse impedir.

Griphon derrubou o copo e começou a tremer fortemente, mas fez sinal para Dellano se manter afastado. Ao parar de tremer, ergueu o rosto, revelando-o sem as marcas que o gato deixara, e então se levantou da cadeira e testou a força das pernas. Soltou uma gargalhada e disse:

— Funciona! Vou poder salvar a Abi!

— Talvez seja melhor dar a ela uma dose menor, diluída — aconselhou Dellano. — Parecia que você ia virar do avesso.

— De fato foi uma reação forte — concordou Griphon, cambaleando um pouco.

Ele então abriu o cofre grande, escondido por trás de um quadro, pegou uma grande bolsa com dobrões de ouro e atirou para Dellano.

— Vá dividir isso com quem foi com você e divirtam-se, vocês merecem.

— Posso levar o baú? — perguntou Dellano.

— Sim, livre-se disso — respondeu Griphon, guardando no cofre o frasco que estava inteiro.

Quando Dellano saiu, ele pegou o frasco rachado e seguiu para uma porta que ficava no fundo de um corredor.

No quarto além da porta, em uma cama, dormia uma garota de catorze anos e de longos cabelos de um lindo tom dourado.

— Irmão? — perguntou ela, com voz rouca, acordando.

Quando ela ergueu o rosto do travesseiro, revelou que o lado direito de seu rosto havia sido desfigurado por queimaduras horríveis. Ela tinha ficado cega do olho direito e não conseguia mexer o braço direito, seu semblante era de fraqueza, uma palidez cadavérica, estava magra, nem conseguia mais andar.

— Já voltou? Disseram que você só voltaria em um mês.

— Esse era o plano, mas encontrei algo que tinha que trazer para você — respondeu Natanael.

— Um presente? — perguntou ela, tentando mostrar alegria, mas a fraqueza em sua voz era grande.

— O melhor de todos, um ótimo remédio.

— Outro remédio? — Ela se desanimou.

— Este é diferente! — disse ele, sorrindo com lágrimas nos olhos.

Natanael pegou uma jarra de água, serviu um copo e misturou a poção nele, uma quantidade bem menor do que a que tomou e ofereceu para a irmã, que pegou, mas hesitou em tomar.

— Abigail, confie em mim — disse ele.

Ela tomou e imediatamente o semblante de fraqueza sumiu a pele passou a ter um tom saudável.

— Isso é... mágico! — disse ela, sentindo a força voltar ao corpo.

Como ele não viu mudança nas queimaduras, serviu outro copo com menos água e mais da poção. Dessa vez ela bebeu avidamente e seu corpo tremeu, nada tão violento como foi com Griphon e o braço direito dela estralou forte, ela fechou os olhos e as cicatrizes de queimadura descamaram revelando uma pele saudável por baixo.

— Meu olho, meu rosto, meu braço! Isso é um sonho? — perguntou ela, chorando ao se ver no espelho.

— É a realização de um! — respondeu ele.

Ela se jogou, abraçando-o, ainda estava fraca para andar, mas Natanael decidiu que, por ora, não usaria mais da poção.

— Tenho fome! — disse ela por fim.

★★

Na casa dos Von Gears, Aster esperava por Sophia, que estava tomando banho. Ela olhava para a chuva através da janela do quarto de Sophia. Estava perdida em pensamento, quando Sophia saiu do banheiro, já pronta para dormir.

— Você parece pensar em algo — observou Sophia.

— Pensava no que aconteceu — respondeu Aster. — Será que alguém viu aquele homem sair correndo ferido na chuva?

— A chuva forte é uma boa cobertura e da entrada da biblioteca até a mansão deles é uma linha reta descendo pela avenida comercial, mesmo ferido deve ter chegado rápido na mansão — disse Sophia.

— Mas mesmo que o tenham visto e encontrem os corpos na biblioteca, tenho certeza de que o que aconteceu será mantido em segredo — completou se jogando na cama.

Aster desejou boa noite para Sophia e saiu do quarto, ainda pensando em tudo que aconteceu.

"Corvo pode não dar muita importância, mas se deixar corpos no chão da Grande Biblioteca não é problema para eles, é quase certo que não serão detidos."

— Preciso descobrir o que eles realmente planejam. Não me sentirei em paz se, por deixar de agir, alguém acabar sofrendo.

Restavam apenas nove por cento de energia em sua bateria, ela então parou e começou a fazer vários cálculos. Faltavam quatro dias para a festa e tinha que ter energia o bastante para ir até a casa de Corvo.

— Terei que ficar dois dias em máxima conservação de energia, mas vai dar certo — concluiu ela. — Vou até a mansão deles tentar descobrir o que pretendem, e, quando tiver mais energia, vejo o que mais posso fazer.

Aster queria manter sua ida em segredo e com a chuva forte que caía achou melhor ir sem o disfarce. Seria problemático explicar se ela aparecesse com ele encharcado. No entanto, isso gerava outro problema, a cor branca de seu corpo não ajudaria a ser discreta. Nisso lembrou de ter visto uma lona preta no porão quando voltava da passagem secreta. Era um tanto grande demais, porém enrolando um pouco envolta do pescoço fez funcionar e, assim, usando a lona como se fosse um manto, ela foi para o telhado.

A cidade estava escura, a iluminação das ruas estava apagada para poupar gás, restando aos pobres policiais fazendo ronda naquela pesada chuva, usar lanternas. Sem hesitar usou as diversas tubulações que iam e vinham para descer e subir nos telhados, avançando por eles o quanto fosse possível.

Correndo pelos telhados naquela pesada tempestade, ela se concentrava em ser discreta, mas nem por isso deixou de perceber que estava feliz, se sentia livre. Chegou rápido ao telhado do museu, não sabia onde exatamente era a mansão, mas, pelo que Sophia havia dito, ela tinha uma boa noção de onde procurar.

— Certo, esta é a entrada, e a rua que desce cheia de comércios é aquela.

Aster então seguiu pelos telhados e ao passar duas quadras, a rua do comércio terminava em uma grande quadra, com três mansões uma ao lado da outra e com prédios estreitos nas esquinas.

— E agora? Pode ser qualquer uma e não tenho tempo nem energia para procurar nas três.

Enquanto observava, tentando descobrir algo útil, viu um homem sair de uma delas, ele usava um chapéu, sobretudo, óculos e portava uma maleta larga. Aster conseguiu perceber que havia algo escrito na maleta e, apesar da chuva forte, viu que estava escrito Doutor Luigi P. Barros.

— Um médico, claro que o tal Roberto ia precisar de um!

Agora ela sabia qual era a casa certa, precisaria agora descobrir como entrar. O problema era que havia uma ronda patrulhando a rua. Aquela quadra era muito mais guardada que qualquer lugar que ela já vira naquela noite. Seria difícil não ser vista se tentasse travessar a rua e pular o muro, mesmo com a chuva forte.

Olhou ao redor em busca de opções e viu uma tubulação que atravessava a rua, pela qual poderia chegar ao prédio ao lado da mansão.

"Vai ter que ser por ali", pensou, já indo na direção da tubulação.

Seguiu com cuidado, a tubulação era estreita e a chuva forte, porém, por mais cuidadosa que fosse, não pôde evitar que seu peso fizesse o tubo começar a vergar.

"Não vai aguentar", pensou ela se apressando.

Com um estrondo, os pedaços do tubo atingiram o chão e Aster acabou pendurada em uma sacada do prédio.

"Quase fui junto", pensou olhando para baixo.

Moveu-se rapidamente para canos que subiam pela lateral e escalou por eles até o telhado, antes que algum curioso aparecesse para ver o que havia acontecido. Por sorte era uma tubulação de vapor quente, e não de gás ou óleo.

"Não poderei voltar por aqui", pensou ela, olhando o tubo em pedaços no chão e o vapor branco subindo como uma nuvem do outro lado da rua.

"Espero que isso não toque um alarme que acorde os Von Gears."

Ela então voltou sua atenção para como chegaria à mansão, ambas as estruturas tinham três andares, mas a distância entre os telhados era grande demais para pular de um para o outro.

— Eu devia ter planejado isso tudo com mais cuidado.

Ela notou, então, postes de luz que ficavam no terreno da mansão, iluminando o jardim que a circundava, ficavam entre o prédio que estava e a mansão a uma distância alcançável. Pulou para o mais próximo e, dele, pretendia pular para uma sacada no segundo andar, mas o poste não aguentou o peso e ela acabou por cair no chão junto com o poste. Ela rolou e se encostou na parede, encolhida entre alguns arbustos.

Temeu que aparecessem vários guardas e a descobrissem, mas a forte e ruidosa chuva cheia de raios e trovões pareceu encobrir o acontecido.

— Melhor não abusar da sorte — sussurrou ela.

As janelas estavam bem trancadas e ela não queria fazer barulho quebrando uma para entrar, acabou decidindo escalar a parede até o telhado e uma coluna saliente, feita para parecer blocos empilhados, serviu perfeitamente de escada.

"Arquitetura bonita, mas ajuda a quem quer invadir", pensou ao alcançar o telhado.

Ela olhou ao redor, havia uma grande claraboia que ficava sobre um espaço vazio, o qual passa pelos três andares. Não estava trancada, mas pular no vazio e cair três andares não parecia uma boa ideia, viu então o que parecia uma casinha com uma porta, o acesso ao telhado. Testou a porta e ela estava destrancada.

— Que bom que não esperavam que alguém alcançasse o telhado.

Ela entrou, sacudiu e tirou a água da lona que usava como manto, não queria deixar um rastro molhado por onde passasse.

— Ainda bem que isso é impermeável.

Ela desceu as escadas se esgueirando pela escura mansão, percebendo que era um lugar grande e com muitos cômodos. Não poderia procurar pistas dos planos dos Heavenwaller em cada canto aleatoriamente. Parou escondida em uma sombra mais escura ao ouvir o som de passos apressados e viu dois empregados da mansão entrarem em um cômodo, um carregando uma bandeja com comida e o outro uma lanterna para iluminar o caminho.

"Isso!" – pensou ela. – "Deve ser ali que ele está, talvez eu possa ouvir algo útil."

Ela aproveitou a porta aberta para espiar o que havia no recinto, com cuidado redobrado para não ser notada.

Era um grande escritório magnificamente decorado, ali estavam Roberto, sentado em uma poltrona, com curativos no braço e na perna, e um homem mais velho usando roupão, sentado em outra poltrona de frente para ele. Outra coisa que Aster notou é que o escritório se conectava a dois outros cômodos, um de cada lado, cômodos que tinham portas para o corredor em que ela estava.

— Mais alguma coisa, Senhor Heavenwhaler? — perguntou o mordomo.

— Não, podem se recolher — respondeu William. — E lembrem de não dizer nenhuma palavra sobre o que aconteceu esta noite.

Com um aceno positivo de cabeça, os empregados fizeram uma reverência e saíram.

— Continue o relato — disse ele a Roberto.

— Não há muito mais o que contar, eles levaram o baú e eu corri para cá — respondeu.

William se levantou e foi até a janela, sua fúria era fria e contida, mas isso não a tornava menos intimidante.

— Nem sabemos quem foi — lamentou ele.

— Seja quem for, tinha informações muito precisas — disse Roberto. — Foi uma emboscada muito bem executada nos túneis secretos da biblioteca, estavam em número suficiente para nos superarem.

— Então temos um espião para caçar, talvez, se o pegarmos, possamos chegar em quem nos roubou — disse William, olhando pela janela. — Mas duvido que consigamos recuperar o baú, nosso plano de expandir o número de Objetos será atrasado em três anos.

— Montblanc não vai gostar da notícia, logo agora que refinamos o processo e consegui provar a utilidade dos Objetos — lamentou ele, sutilmente furioso.

— Não tem como a bruxa produzir mais? — perguntou Roberto. — Se ela nos contasse quais são os ingredientes, poderíamos fornecer.

William se virou para Roberto com um olhar que faria qualquer um sentir frio na espinha e respondeu em tom calmo:

— Você acha que se fosse fácil assim conseguir mais, não estaríamos vendendo a preços exorbitantes para a elite do mundo todo? Já foi extremamente difícil fechar o acordo com ela para conseguir três frascos a cada três anos.

— Desculpe, acho que perdi sangue demais, não estou pensando direito — disse Roberto, se encolhendo na poltrona.

— Com isso, perdemos a chance de sermos protagonistas no plano do Duque. Hy-Drasil não pode esperar mais — lamentou William, deixando a raiva passar. — E não sei se o que já temos bastará.

— Eles se mostraram muito eficientes, talvez bastem — argumentou Roberto.

— Vá para casa, quando estiver em melhores condições discutiremos o que podemos fazer — ordenou ele a Roberto, mantendo o olhar fixo na pesada chuva que batia na janela.

Roberto terminou de tomar o copo de conhaque, pegou uma maçã da bandeja e saiu mancando sem dizer uma palavra ou olhar para trás.

Aster observou William permanecer parado pensativo por uns minutos, depois abrir um cofre escondido na parede, por de trás de uma estante, pegar um pequeno frasco contendo um líquido violeta. Após contemplar o frasco por um instante, ele o colocou de volta no cofre, fechou-o e saiu apagando as luzes.

Ela, agora sozinha no escritório, começou a procurar por qualquer coisa que pudesse fornecer informações, mas não encontrou nada relevante. Por último abriu o cofre com a senha que viu o Heavenwhaler usar.

"Dinheiro, barras de ouro, joias, contratos de negócios e este frasco, mas nada que explique melhor o que ouvi", pensou ela, fechando o cofre.

Aster então olhou para o enorme relógio de pêndulo, eram por volta das três e meia da madrugada e decidiu que era melhor voltar.

"Quando tiver mais energia vou até os Montblanc, talvez com eles eu descubra algo útil. Agora, como voltar?"

Parou para pensar no assunto, ir para o telhado não ajudaria muito, sair por uma janela e pular o muro para a rua seria arriscado.

— Corvo disse que tinha marcas semelhantes às da passagem secreta da casa dos Von Gears perto de casas de pessoas importantes — lembrou. — Hora de testar a teoria de marcarem saídas secretas.

Com um plano decidido, ela se esgueirou pela mansão escura até o porão, não teve dificuldade, já que não havia mais ninguém andando pela casa, porém como era grande demorou mais do que esperava para encontrar a porta que levava ao porão.

— Espero que haja uma passagem e seja parecida com a dos Von Gears — sussurrou para si, enquanto descia as escadas.

Aster logo viu uma alcova similar à que tinha no porão dos Von Gears. Ela estava por trás de alguns caixotes grandes e, testando os tijolos da parede, logo encontrou um falso que escondia o mecanismo de abertura.

— Perfeito, é só afastar um pouquinho os caixotes e posso sair por aqui. Eles parecem não saber da existência dessa passagem secreta e não quero mostrar que existe.

Porém, antes de acionar o mecanismo, resolveu dar uma última olhada ao redor, pois o porão parecia menor do que deveria e, em uma parede visivelmente feita de forma diferente do resto do porão, encontrou uma porta, a qual estava escondida por trás de uma estante. Estava trancada, no entanto tinha uma janelinha com grade, permitindo que ela espiasse para dentro. Para além da porta era muito escuro e teve que usar sua luz para ver algo e o que viu foi uma cela vazia, com correntes nas paredes para prender pessoas.

"Que tipo de pessoas tem uma prisão no porão da própria casa?"

Ela foi embora, se perguntando se tinha valido o esforço, pois só havia descoberto que o plano na verdade era dos Montblanc e que o baú tinha algo feito por uma bruxa.

"Ainda não faço ideia do que querem fazer, mas aprendi que devo planejar melhor minhas ações."

Aster retornou à casa dos Von Gears, guardou a lona onde havia encontrado e foi para o quarto. Sua energia restante era sete por cento.

Corvo finalmente chegou em casa, após horas de caminhada, já que, para evitar chamar atenção para o que carregava, tomou um caminho mais longo, evitando rotas de mercadores e contrabandistas.

— Esperava que demorasse, mas não achei que fosse chegar só de manhã — disse Ivan, preparando-se para começar sua rotina de treinos.

— Tive que investigar um lugar, você não vai acreditar no que descobri — respondeu Corvo.

— Tome um banho e durma — disse Ivan. — Você está com cara de que vai dormir em pé, depois você conta.

— Parece uma ótima ideia! — respondeu, largando os rolos de cobre e indo para as escadas.

★★

Na Cidade Superior, Safira Ashvine encarava a porta de sua própria casa. Fazia meio ano que ela não retornava para aquela casa na Cidade Superior, o maior intervalo que já havia passado sem retornar, normalmente ficava longe apenas um mês. Os seus parentes e vizinhos acreditavam que ela vivia viajando por sua pesquisa científica, o que era de certa forma verdade, mas não era para onde eles imaginavam e a pesquisa nem de longe era a que eles pensavam.

— Seja bem-vinda, Madame Ashvine — disse Eduard, o velho e fiel mordomo.

— É bom vê-lo, Eduard, prepare uma refeição vou tomar um banho para me recuperar da viagem.

— Madame, seus pais mandaram várias cartas enquanto esteve fora, segui suas ordens e respondi de acordo — disse ele entregando um caderninho com tudo que foi falado com os pais dela.

— Obrigada! Você é maravilhoso — disse ela, abraçando-o.

— Bem-vinda, Madame, — disseram Clara e Sara, as empregadas gêmeas, que também eram muito amigas dela.

— Senti saudades de vocês, não vou demorar tanto para voltar da próxima vez — disse Ashvine abraçando as duas. — Depois conto o que andei fazendo no último meio ano.

Safira passou a manhã se atualizando do que aconteceu em sua ausência e contando o que andou fazendo no tempo em que esteve longe. Ela então se arrumou e saiu, iria almoçar com os Von Gears e finalmente conhecer Aster.

Naquela manhã, Melian Ironrose fora buscar a mãe no porto dos dirigíveis, esperava que ela viesse apenas um dia antes da festa, mas foi surpreendida no dia anterior por uma mensagem via falcão mensageiro avisando de sua chegada.

— Melian querida, faz pouco tempo, mas é bom revê-la — disse Morgana.

— É sempre bom vê-la, minha estimada mãe — respondeu Melian.

As duas então seguiram para a carruagem a vapor de Melian, com os empregados levando a bagagem.

— Essa cidade é sempre fumacenta e barulhenta, não sei como consegue viver aqui — disse Morgana.

— Também prefiro o ar e a tranquilidade de Alfheim, mas essa cidade tem seu charme quando se dá uma chance de conhecer — respondeu. — Mas, mãe, por que veio tão apressada, sei que gosta muito de Sophia, mas a senhora estava tão ocupada?

— Já é hora de sua irmã mais velha começar a assumir mais responsabilidades — respondeu Morgana.

— Cecília deve ter gostado — comentou Melian —, ela andava reclamando que a senhora não confiava o bastante nela.

— Não é que não confie, apenas gosto de estar no controle — Morgana respondeu, com um leve sorriso.

Melian ainda não havia falado sobre Aster, tinha recebido a resposta positiva dela na tarde do dia anterior e escrevia uma carta para a mãe sobre o assunto quando descobriu que ela já viria no dia seguinte. Esperou até estarem sozinhas na carruagem para tocar no assunto, mas foi Morgana que começou:

— Assim que deixarmos minha bagagem na sua casa, vamos até sua irmã, temos muito o que conversar sobre tudo que aconteceu. Várias engrenagens começaram a se mover por todo o país depois do ataque às refinarias.

— Sei que foi algo ruim duas refinarias pararem, mas tem outras nas outras ilhas, não afetou muito as exportações — comentou Melian.

— O problema foi a demonstração de fraqueza, os governadores querem uma oportunidade para obterem mais poder sobre suas ilhas — explicou Morgana. — Dependendo de como as coisas evoluírem, o país pode acabar se partindo em fragmentos.

— Então a senhora quer aproveitar a súbita ascensão social de Nathalia para tentar evitar isso?

— Vou usar para tentar descobrir quão saudável está a cúpula do país e planejar de acordo — respondeu ela, olhando pela janela para as pessoas na rua.

— Tudo estava tão calmo há uma semana, agora parece que a cada dia surge algo diferente — comentou Melian.

— Coisas já deviam estar acontecendo a algum tempo, só não alcançavam a luz do dia — disse Morgana.

— Com certeza, segundo o que o garoto que salvou Sophia contou para ela, a situação na Cidade de Madeira e na Cidade Interior já vem piorando muito há alguns anos — concordou Melian.

— Por falar nisso gostaria de conhecer os salvadores de Sophia pessoalmente — disse Morgana. — Pelo que me disseram na carta, eles parecem ser pessoas muito interessantes.

— Não sabe o quanto, principalmente Aster — disse Melian. — Ela é uma existência única, que desafia a lógica.

Morgana olho intrigada para a filha, que então contou tudo.

— Você não estaria tentando pregar uma peça em sua mãe, estaria? — perguntou incrédula.

— Com algo assim tão inacreditável? Mas entendo sua descrença, só acredito porque conversei pessoalmente com Aster.

Morgana ficou em silêncio por uns instantes e virando o rosto para a janela disse:

— Que tempos estranhos vivemos.

Sophia e sua mãe chegaram do chá daquela manhã cansadas. Embora nada incomum tivesse acontecido, as madames as encheram de bajulações, além de se gabarem de seus filhos, como que querendo vendê-los para um casamento com Sophia.

— Foi entediante e não aguento mais ouvir madames tentando empurrar seus filhos para mim, mas ainda prefiro isso a o que aconteceu no chá da Sra. Longbow — disse Sophia, assim que atravessou a porta de casa.

— Parece que ainda falta ensinar algumas coisas à minha neta. Não diga verdades em voz alta sem ter certeza do seu redor — disse Morgana.

Nathalia e Sophia se surpreenderam ao vê-la sentada com Melian no sofá da sala.

— E também aos empregados que não tiveram o cuidado de avisar que há visitas na casa — completou.

— Desculpe! — disseram Nathalia e Sophia juntas.

— Ora, queridas, não fiquem assim, falo para o bem de vocês, as coisas estão ficando muito sérias por aqui e todo o cuidado é pouco — disse em tom maternal, sorrindo e acenando para que a abraçassem.

— Melian e Madame Erynvorn já me contaram sobre as complicadas situações — disse Morgana.

— Incluindo sobre o chá da Sra. Longbow? — perguntou Nathalia.

— Sim, e devo dizer que as duas lidaram muito bem com a situação.

Nisso Karmilla veio avisar que Safira Ashvine estava à porta.

— Há quanto tempo, jovem Ashvine! — cumprimentou Morgana, sorrindo.

— Madame Ironrose, que surpresa agradável, Melian querida! — disse Ashvine cumprimentando as duas.

— Como andam suas pesquisas naquele campo complicado? — perguntou Morgana.

— Progredindo muito, mais uma vez obrigada por seu apoio.

Rodan chegou do trabalho para almoçar e se surpreendeu ao se deparar com as convidadas. Após cumprimentar cordialmente a todas, disse:

— Vejo que teremos um almoço com muitos assuntos diferentes, todos importantes.

— E acho que Aster será um dos principais — completou Nathalia.

— E onde está tão preciosa hóspede? — perguntou Morgana.

— Por favor, Madame Eryn, chame Aster e diga que ela pode vir sem o disfarce se ela preferir — pediu Nathalia.

Aster desceu, um pouco tímida, para participar do almoço, sem o disfarce, e Morgana e Safira ficaram maravilhadas com o que viram.

— E surge o campeão... como o destino age de forma intrigante — comentou Morgana em um sussurro para ninguém ouvir.

Morgana então se aproximou de Aster e fazendo uma reverência elegante disse:

— Sou muito grata a você pelo que fez por minha neta. A família Ironrose será sempre uma aliada sua.

— Fiz apenas o que achei correto e nem fiz muito — respondeu Aster. — Corvo é que foi o verdadeiro herói.

Após isso, Ashvine se apresentou para ela e a encheu de perguntas, as quais ela respondeu o quanto pôde, muito embora ela própria não soubesse muito sobre si mesma. Acabou por abrir o compartimento da bateria para que Ashvine visse um pouco de como ela era por dentro.

— Isso é incrível — exclamou Ashvine —, este espaço vazio e este possível ponto de conexão, não tenho dúvidas, é para encaixar o reator.

Aster lembrou que um dos avisos de quando despertou era que não havia um reator conectado e por isso precisaria se recarregar logo.

— Então se encontrarmos o reator, bastará encaixá-lo aqui para que eu não me preocupe mais com falta de energia? — perguntou Aster.

— Em teoria, sim — respondeu Ashvine.

Enquanto Ashvine e Aster conversavam em um canto mais separado, Rodan contava sobre o jantar da noite anterior para a sogra e sobre o que Corvo descobriu no vilarejo dos pescadores.

— A situação está interessante e complicada — disse Morgana, pensativa. — Parece que a elite rica e política quer se distanciar da velha elite formada pelas nove famílias, enquanto problemas sérios crescem nas outras cidades.

— O plano de unificar a ilha, acabando com a corrupção das duas cidades parece algo bom e que resolverá muitos problemas — comentou Rodan.

— Não se iluda, querido Rodan, no fim isso só vai substituir os corruptos antigos por novos mais leais a Longbow — respondeu Morgana.

— Ao menos no meio disso as duas cidades vão ganhar alguma melhoria — rebateu ele.

— Sem dúvida, Avalon vai ficar melhor e mais estável se unida — comentou Melian. — Isso evitará problemas com as demais ilhas.

— De um jeito ou de outro, Avalon vai passar por mudanças profundas e é por isso que vocês precisam aproveitar o momento — explicou Morgana. — Usem todo esse alvoroço social da festa para formar um círculo de pessoas influentes, com um objetivo em comum.

— De toda a Avalon? — perguntou Nathalia.

— Óbvio, querida filha, não podemos harmonizar Avalon apenas influenciando o topo dela.

— Finalmente o seu desejo de ser influente em Avalon será concretizado — comentou Nathalia.

— Não fale assim, faz parecer que viso poder, só cansei de nosso país ser dominado por aproveitadores — respondeu Morgana. — Quero que haja pelo menos alguma oposição aos planos mesquinhos deles.

— Mas não será muito fácil, não temos contato com ninguém muito importante nas outras cidades — respondeu Rodan.

— Lembro que Corvo disse que você é muito bem-visto e querido na Cidade Interior — disse Aster para Rodan.

— Sim, é verdade, o senhor melhorou muito as condições de trabalho lá — disse Sophia.

— Verdade — concordou Ashvine —, ouvi muitas coisas boas sobre você em minhas andanças por lá.

— Isso deve abrir algumas portas. Esse seu amigo Corvo, ele pode ajudar nisso? — perguntou Morgana.

— Corvo tem muita amizade com comerciantes e alguns contrabandistas que são boa gente — respondeu Ashvine.

— Você também o conhece? — perguntou Melian surpresa.

— Ele já me ajudou várias vezes a conseguir coisas que eu queria, é um bom amigo.

— Adoraria conhecê-lo — comentou Morgana —, ele parece ter o coração de um aventureiro e a habilidade de um mercador em fazer conexões.

— Sim! Aster, isso me lembra que ontem você foi com ele até a Grande Biblioteca, encontraram o acervo imperial? — perguntou Nathalia.

— O acervo imperial? Na Grande Biblioteca? — perguntaram Melian e Ashvine juntas, Morgana olhou com espanto, mas ficou em silêncio.

Nathalia explicou rapidamente sobre a possibilidade de estar escondida lá.

— O acervo foi guardado naquele espaço por muito tempo, mas não estava mais lá — respondeu Aster, que então contou a história do bibliotecário-chefe e como ele havia deixado instruções de onde encontrar, mas ela não entrou em detalhes, apenas contou que Corvo pretendia ir em outro dia, após terminar o gerador.

— O acervo perdido — sussurrou Melian pensativa.

— E o que ele pretende fazer quando tiver o acervo? — perguntou Morgana.

— Concordamos, quando voltamos, que pegaríamos a informação que precisamos e manteríamos segredo de sua localização, para manter tudo seguro — respondeu Sophia.

— "Concordamos, quando voltamos"? — perguntou Nathalia, erguendo uma sobrancelha.

Sophia arregalou os olhos percebendo que se entregara e, se encolhendo envergonhada, disse:

— Desculpe, não podia deixar escapar a chance de ver o acervo.

Melian soltou uma risada e disse:

— Ela não nega ser uma Ironrose.

— E como tal será punida, por sair assim — completou Nathalia.

Então Aster, tentando melhorar a situação de Sophia, contou o que presenciaram quando estavam saindo.

— E Sophia reconheceu o homem como sendo Roberto Heavenwhaler, não saberíamos quem era ele sem ela.

— Isso... se isso for mesmo verdade... — disse Rodan, incrédulo com o olhar perdido.

— E nem podemos revelar isso a ninguém — disse Nathalia.

— Mas o que será que havia no baú? — perguntou-se Ashvine.

— Isso é muito sério, Poções de Morpheus, as maiores esquadras piratas, logo os Heavenwhaler — disse Melian pensativa.

— Talvez devêssemos falar com o Duque Montblanc — cogitou Rodan.

— Tem algo mais que preciso dizer antes de continuarmos. — Aster resolveu contar sobre sua pequena aventura na casa dos Heavenwaller e sobre o que descobriu, embora não quisesse revelar que saiu pela cidade, não contar seria perigoso demais.

— Aster, você se arriscou demais — disse Sophia, ao fim do relato de Aster.

— Mas conseguiu informações importantíssimas — disse Melian.

— Corvo disse que não tinha certeza se o baú era o mesmo, pode ser que não tenha relação com Rondel e os piratas — alertou Aster.

— Mesmo que não tenha, as nove famílias planejam algo grande e os Heavenwhaler pretendiam usar algo feito por uma bruxa — disse Melian.

— Já ouvi falar de uma bruxa vivendo na Cidade Interior, mas pensei que fosse só uma lenda — revelou Ashvine.

Todos ali ficaram pensativos e preocupados com as implicações das coisas que Aster havia descoberto.

— Se ela vive na ilha talvez o baú não seja realmente o mesmo — ponderou Rodan.

— A menos que Rondel entregue algo, que os piratas fornecem, para a bruxa, em troca do que é entregue aos Heavenwhaler — ponderou Nathalia.

Morgana, que permanecia em silêncio até o momento, se levantou e disse:

— Precisamos investigar mais, vou tomar algumas medidas para tentar descobrir o que os piratas estão trazendo para Rondel. Porém, isso tudo só mostra que é urgente reunir pessoas boas em toda a Avalon e nos organizarmos.

O grupo concordou e nos dias que antecederam à festa passaram a montar uma lista de possíveis aliados, Nathalia e Sophia passaram a se focar em analisar as convidadas dos chás dos quais participaram, em busca de aliadas, e Rodan fez o mesmo nos jantares. Aster queria fazer algo, mas até se recarregar não poderia fazer mais nada e, como planejou, ficou no quarto de hóspedes preservando toda a energia que lhe restava.

Enquanto isso, na Cidade Interior, Corvo trabalhou com afinco para terminar o gerador, dizia que era só para ajudar logo Aster, mas no fundo ele sabia que só queria se distrair e não pensar nos problemas crescentes da Cidade Interior e no convite para a festa.

Os reparos nos dutos das refinarias levariam ainda mais uma semana para ficarem prontos, e, nesse meio-tempo, o preço alto e o racionamento haviam deixado a população muito mal-humorada, pois estavam vivendo numa escuridão maior do que antes, com os Punhos de Trovão se aproveitando para vender luzes elétricas a cada vez mais gente nas zonas mais afastadas. Roubos estavam começando a aumentar nas zonas mais escuras. Os Punhos acabaram angariando mais apoio ao oferecer luz e proteção. Eles começaram a usar a situação para jogar a população contra o governo.

Na manhã do dia da festa, Corvo terminou o gerador e fez o primeiro teste.

— Parece funcionar bem — disse Ivan.

— Sim, o arco elétrico é exatamente como Aster e Ashvine disserem — disse Corvo, manipulando dois cabos para gerar o arco.

— Com isso pronto, já posso me ocupar com outras questões.

— Você não vai mesmo à festa? — perguntou Ivan.

Corvo acionou um sistema de contrapesos para erguer a roda d'água, desligou o gerador e sem olhar para Ivan respondeu:

— E ficar cercado de desconhecidos da elite da Cidade Superior?

— Por que tem medo deles? — perguntou Ivan. — Os Von Gears lhe garantiram que não acabará preso, então por que não ir e explorar o mundo da elite?

Corvo permaneceu em silêncio, guardando as ferramentas.

— Ou tem medo de se aproximar mais de Sophia ao dançar com ela? — perguntou Ivan.

Corvo derrubou uma ferramenta e meio atrapalhado disse:

— Apaixonar!? Não! Não, somos só bons amigos!

— Eu disse aproximar, não apaixonar — respondeu Ivan, com um sorriso.

— Ah! Ouvi errado. Não, de forma alguma é só que... não quero causar problemas.

— Você é quem sabe, é uma oportunidade única. Além de que poderia pôr em uso o que você aprendeu naquelas aulas de dança, novamente — disse Ivan, saindo sem olhar para trás.

— E esse é um dos motivos, depois daquela vez prometi a mim mesmo nunca mais dançar!

— Ora, mas você dançou melhor que todos naquele concurso — disse Ivan, rindo e sem se virar.

— É, mas estava tão tenso para não errar que fiquei todo quebrado por dois dias.

Ivan apenas riu e, ao abrir a porta para entrar em casa, disse:

— Mas ainda assim foi uma bela apresentação.

— O que não faço por amigos... — murmurou Corvo, em tom de lamento. — Andressa ainda me deve por aquilo.

★★

CAPÍTULO 10

A FESTA

A manhã foi agitada na casa dos Von Gears, com os preparativos começando cedo, mesmo com a festa iniciando apenas após o pôr do sol. Rodan coordenava os preparativos na área externa, Nathalia e Madame Erynvorn na interna e Sra. Florysh na cozinha.

— Queria poder dizer que tudo voltará ao normal depois de hoje — disse Rodan, durante o almoço.

— Nunca mais vai ser tão calmo quanto antes, não é? — perguntou Sophia.

— Nada permanece o mesmo para sempre — respondeu ele.

— Mas pelo menos o ritmo não será como o dessa semana — disse Nathalia —, só participaremos de um chá por semana.

Sophia olhou ao redor e perguntou:

— Ainda não vi os policiais que farão a segurança da festa, quando vão chegar?

— Também pensei que seria a polícia, mas o primeiro-ministro contratou uma empresa de segurança de fora da ilha — explicou Rodan, olhando o relógio de bolso. — Eles devem chegar daqui uma hora.

— Ele explicou o porquê disso? — perguntou Nathalia.

— Falta de policiais — respondeu ele —, já estão sobrecarregados patrulhando as ruas e as galerias do primeiro nível.

Após o almoço e um breve descanso, os preparativos foram retomados. Nathalia e Sophia foram fazer o cabelo, as unhas e a maquiagem em um salão, só retornariam perto do fim da tarde, deixando os últimos preparos para Rodan e as empregadas supervisionarem.

Para surpresa de Rodan, o Comandante Chefe da Polícia de Avalon veio para coordenar a segurança com alguns policiais. Ele era o chefe e amigo de Lestrade.

— Sr. comandante Yaroslav, seja bem-vindo, muito me agrada sua presença, mas pensei que a polícia não participaria — disse Rodan ao recebê-lo.

— Por favor, me chame de Bóris, Lestrade me pediu para ajudar, estes homens farão a segurança externa e eu vou supervisionar tudo.

— Agradeço muito, Sr. Bóris, eu teria que deixar tudo para o chefe dos seguranças.

— E onde os seguranças estão? — perguntou Yaroslav.

— Devem chegar logo, faltam dez minutos para a hora marcada com eles.

Naquela tarde, Corvo planejou ir à forja dos Bierfass para levar um lingote de Mithril. Queria testar na recém-terminada forja de alta temperatura deles, entretanto antes de se arrumar para sair, Marco apareceu usando o traje de Mercador de Informações, o que incluía uma máscara que buscava se assemelhar à face de um falcão. Usar disfarce assim foi a única forma de conseguir trabalhar sem ser impedido pelo Caolho.

— O que o traz aqui, "Mensageiro do alvorecer"? — perguntou Corvo, cumprimentando e rindo.

— Mais uma vez, obrigado por me salvar de usar esse ridículo codinome — respondeu ele tirando a máscara —, mas não é hora para piadas. Buscando os motivos de os Punhos estarem agindo assim, descobri algumas informações muito preocupantes.

— O que descobriu? — perguntou Corvo já bem sério.

— Sobre os motivos, eles querem forçar a liberação da eletricidade através de uma revolta da população contra a proibição — respondeu Marco.

— E lucrar com isso no meio-tempo — completou Corvo.

— Com certeza — disse Marco. — Além de vender luzes elétricas, descobri que pretendem vender óleo refinado no mercado negro, embora não queiram que ninguém saiba que são eles vendendo. Parece que usaram a confusão na área da refinaria para desviar óleo em algum lugar.

— Então tentaram criar o caos para ganhar em cima e jogar a população contra o governo, posando de heróis!? — Revoltou-se Corvo.

— Talvez se tivessem explodido uma refinaria a escassez levasse a uma revolta, — disse Ivan, que escutava a conversa —, mas em uma semana o problema estará resolvido.

— Mas não vão desistir fácil — disse Marco. — E foi ao descobrir os novos planos deles que vim o mais rápido que pude para oferecer minha ajuda a vocês.

— Como assim? — perguntou Corvo. — Eles vão tentar algo contra este lugar?

— Hoje de manhã, um informante meu ouviu dois deles se gabando de como vão acertar um duro golpe na Cidade Superior. Planejam destruir o sistema de controle principal das tubulações, assim como os secundários.

— O principal? Que fica na casa do engenheiro-chefe? — Alarmou-se Corvo. — Quando?

— Hoje — respondeu Marco. — Vão aproveitar uma festa que está tendo lá hoje.

— Teriam de ser loucos, a segurança será imensa — disse Ivan.

— Algo de que os dois mais se gabavam era de que os Punhos de Trovão conseguiram tomar o lugar dos seguranças da festa — disse Marco, como se não fosse nada.

Corvo e Ivan sentiram o sangue gelar com a informação.

— Eles pretendem explodir o lugar com todos os grã-finos dentro — explicou Marco —, assim como os postos secundários e os técnicos deles. Eles vêm para matar vocês dois também. Temos que preparar algo para quando eles chegarem ao anoitecer, parece que vão começar com os secundários para que a polícia fique ocupada.

— Não precisa se preocupar conosco — disse Ivan, enquanto Corvo se mantinha perdido em pensamentos —, já preparamos este lugar para enfrentar saqueadores. A questão são os outros e principalmente o ataque à casa de Rodan.

— Não há nada que possamos fazer quanto a isso — argumentou Marco — nem nos deixam chegar perto da Cidade Superior e pouco me importo com os grã-finos.

— As consequências serão bem piores do que você pensa, garoto — alertou Ivan a Marco.

— Alguns engomadinhos do topo vão sofrer um pouco, o que isso tem de mais, eles até merecem isso — respondeu Marco.

— O primeiro-ministro estará lá, assim como os principais ministros do governo, outros políticos e todos os chefes das nove famílias, todos acompanhados de esposas e filhos — explicou Ivan.

Marco engoliu em seco, arregalando os olhos, sabia que consequências viriam disso.

— Tenho que ir avisar, tentar impedir — disse Corvo para Ivan, ao chegar à conclusão de que só indo pessoalmente algo poderia ser feito.

— Vá — respondeu Ivan. — Eu cuido das coisas por aqui.

— Mesmo que chegue lá, nunca vão ouvir você! — gritou Marco para Corvo, que já corria. — Vai acabar preso!

— Vão ouvir sim, tenho amigos lá, fui eu quem salvou a filha de Rodan! — respondeu Corvo, já correndo para se equipar.

— Marco, temos que preparar os outros centros secundários — disse Ivan. — Preciso que entregue uma mensagem a alguns amigos meus. Eles vão impedir que os Punhos obtenham êxito. Um único secundário destruído pode acabar matando muita gente, de um jeito ou de outro.

— Me dê a mensagem e será entregue a tempo, não importa para quantos seja — respondeu Marco, também muito sério.

Ivan anotou os nomes, onde podiam ser encontrados e a mensagem cifrada.

Corvo se armou e colocou na mochila o convite, o traje e a máscara, para poder entrar sem chamar atenção. Quando ia saindo apressado, Tom pulou em seu ombro e se escondeu dentro do capuz.

— Obrigado! Vou precisar de toda a ajuda que puder — disse Corvo.

— Você tem tempo, garoto, não se afobe — aconselhou Ivan ao ver Corvo sair apressado e pular as escadas —, chegar lá exausto não vai ajudar.

Corvo parou, respirou fundo, agradeceu a Ivan e prosseguiu em passo acelerado, sem correr.

— Boa sorte! — Desejou-lhe Ivan.

Corvo usaria a rota mais curta possível, mas, ainda assim, levaria três horas até lá, por causa das patrulhas do primeiro nível. Chegaria pouco depois do início da festa, marcado para as sete da noite.

Sem saber de nenhum perigo, no fim de tarde, a casa dos Von Gears estava pronta para receber os convidados, os seguranças estavam em suas posições, a orquestra começava a tocar, e os garçons com suas fantasias, que simulavam serem movidos por vapor e engrenagens, estavam prontos para servir. Com os empregados da casa, igualmente fantasiados, supervisionando tudo, Aster, ajudando como podia, achava tudo muito bonito.

"Começo a entender por que festas empolgam tanto as pessoas", pensou ela, enquanto ajudava com os enfeites das mesas e nos ajustes finais.

Enquanto isso, Corvo havia alcançado a galeria onde ficava a passagem secreta da casa dos Von Gears sem grandes problemas e tinha a esperança de entrar na casa por ela, já que Rodan havia lhe mostrado como, no entanto, praticamente em frente à queda d'água que a escondia, estavam dois policiais, sentados em caixotes pequenos, usando outro maior como mesa e ao lado um pequeno fogão a lenha, com café sendo aquecido.

"Droga, terei de usar o pior caminho", pensou Corvo ao subir nas tubulações que passavam pelo teto.

Os dois guardas se levantaram com suas bestas engatilhadas e um deles disse em alto e bom som:

— Ei! Quem está aí? Revele-se ou iremos disparar!

Corvo se encolheu nas sombras, prendendo a respiração, pensando em como iria agir, no instante em que uma voz, vindo do túnel lateral que se conectava ao que estavam, logo abaixo de Corvo, disse:

— Bom ver que não estão distraídos! Apesar de parecerem ter providenciado ficarem confortáveis.

— Sargento!? — surpreenderam-se os dois.

— Sim, senhor, só achamos que, já que devemos ficar cuidando deste trecho a noite toda, seria melhor algum conforto para aguentarmos — disse o mais velho dos dois.

— Não vejo problema se mantiverem a atenção — respondeu o Sargento. — Aliás, encorajo a que espalhem a ideia, muitos estão cada vez mais cansados com tantas patrulhas.

Corvo aproveitou a conversa para avançar. Passou pelos policiais e entrou em um túnel lateral, seguindo a tubulação em que estava até o fim do túnel.

O túnel terminava em uma abertura para o vazio, uma saída para a parede externa da ilha. Sob a luz do crepúsculo, ao chegar na borda, onde outrora houve uma grade, e contemplar o mar e a distância acima e para baixo, Corvo disse a Tom:

— Pode escolher, gato, ir por conta própria e me encontrar lá dentro ou me acompanhar na parede externa da ilha.

Tom colocou a cara para fora do capuz, olhou ao redor, miou, fez um carinho com a cabeça em Corvo e voltou a se esconder no capuz.

— Juntos então.

Corvo se aproximou da borda, o vento era fraco, mas constante e frio. O mar ruidoso abaixo e a música da festa acima eram os únicos sons, avaliou o percurso, então testou um dos canos que subiam do túnel pela parede externa e, ao puxar levemente, ficou com um pedaço dele na mão.

— Sorte que não é de esgoto — disse ao ver que o cano estava vazio e nada saiu dele.

Jogou o pedaço enferrujado para o mar, respirou fundo para tentar afastar o medo que sentia e testou outro, este era mais grosso e firme, resistindo ao seu peso.

— Que não se arrebente no meio do caminho — desejou em um sussurro, enquanto começava a subir pelo cano.

Era um caminho assustador e cansativo. No primeiro metro ele teve de depender apenas dos braços, principalmente da força dos dedos, pois o cano largo não permitia fechar totalmente a mão. Cada vez que se puxava para cima e movia uma mão, todo seu peso passava a ser sustentado apenas por uma delas, até que pôde usar as pernas para ajudar.

Subindo lentamente enquanto o sol sumia no horizonte, alcançou o fim do cano e teve de passar para um ao lado. Testou com o pé sua resistência e em um pulo se agarrou a ele, retomando a subida. Este cano subia até o telhado do prédio ao lado da casa dos Von Gears, mas Corvo só subiu até ficar acima do topo de um muro que separava o beco entre os prédios da queda da borda da ilha, pulando para ele e depois para o beco além dele, o qual era o mesmo que Sophia usara para entrar em casa sem ser vista.

"Espero nunca mais ter de fazer isso", desejou em pensamento, enquanto observava o que havia no beco e descansava encolhido em um canto escuro, pois seus dedos doíam de tanta força que usou. Naquele momento mal tinha forças para segurar alguma coisa. "Pensei que depois de cruzar o abismo de ferro nada mais me daria medo, mas parece que não funciona assim."

A cerca baixa de madeira, a qual Sophia pulou, já havia sido substituída por um muro alto com pontas metálicas e, na entrada do beco, um policial mantinha guarda sob a luz de um poste, vigiando o movimento à frente, sem jamais imaginar que alguém viria por trás dele.

A festa já contava com a grande maioria dos convidados, os quais chegaram na primeira meia hora da festa. O movimento na frente e dentro da casa dos Von Gears já era grande.

— Agora, como entrar? — sussurrou ele.

Tom então pulou no chão e foi até um fino cano e com habilidade subiu e pulou para uma janela no terceiro andar, a mais baixa que havia ali naquele beco, de onde ficou olhando para Corvo.

"Então foi assim que chegou na janela daquela vez", pensou Corvo, que logo testou o fino cano, que, aguentando seu peso, permitiu-lhe seguir Tom.

"Que bom que esses canos são bem re...", pensava, quando o cano se rompeu, deixando-o pendurado por uma mão no beiral da janela.

O barulho chamou a atenção do policial que vigiava o beco e de dois outros que estavam perto, levando-os a, cautelosamente, inspecionarem o beco.

— Um cano caído... — dizia um deles, quando Tom soltou um miado, chamando a atenção deles.

— Olhem! O maldito gato deve ter rompido o cano ao subir.

— É, deve ter sido. Esse beco não tem bueiros e não tem como alguém chegar aqui sem ter passado por mim.

— Verdade, esse outro prédio não tem janelas para esse beco — disse o outro.

— Mas como o gato vai descer? Avisamos para que o tirem dali?

— Ele que se vire, no mais, amanhã alguém vê ele e o tira dali. Assim ele aprende.

Os policiais saíram do beco e Corvo, encolhido na sombra da alcova de uma janela, longe da que Tom estava, soltou um leve suspiro de alívio.

"Só policiais da Cidade Superior, será que a informação estava errada ou os Punhos conseguiram se infiltrar na polícia?", pensou ele, enquanto tentava abrir a janela.

Ele, ao conseguir abrir, foi logo seguido por Tom ao pular para dentro. Reconhecendo o lugar como o escritório/biblioteca de Rodan.

"Agora que consegui entrar falta decidir o que fazer primeiro", pensou ele se esgueirando com cuidado.

"Avisar os Von Gears, ou investigar os seguranças?"

Acabou interrompido pela porta sendo aberta.

— Este é o último lugar — disse um segurança alto e magro, que segurava uma lanterna a óleo e um saco preto com algo dentro.

— É ali ao lado daquele pilar. — Apontou um segundo segurança, baixo e meio gordo, conferindo papéis que carregava.

Eles se abaixaram perto do pilar e o alto tirou do saco uma caixa preta retangular, não maior que um sapato e colocou junto à parede.

— Sem pavio ou relógio, ainda não entendo como o chefe vai detonar isso apertando um botão em uma caixa sem conexão com as bombas — disse o baixo.

— É a maravilha da eletricidade, imagine o que mais poderá ser criado quando não for mais proibida — respondeu o alto.

— E quanto tempo temos até ele apertar o botão? — perguntou o baixo. — Quero estar bem longe.

— Só depois que o primeiro-ministro chegar, temos algum tempo, vamos nos juntar aos outros no telhado e esperar o sinal — respondeu o outro.

— Os policiais lá fora não vão atrapalhar? — perguntou o baixo.

— A presença deles foi algo inesperado, mas não mudará nada. Quando o sinal for dado, já teremos os reféns e eles não poderão fazer nada. E nem reforços terão por causa do ataque na Cidade Interior.

Antes que os dois saíssem, Corvo se esgueirou por trás deles e, em um movimento rápido, com a mão direita empurrou a cabeça do baixo com força contra a parede e enlaçou o pescoço do alto com o braço esquerdo, sufocando-o com as duas mãos em seguida. Logo tinha os dois nocauteados, amarrados e amordaçados com cortinas.

"Ótimo, isto aqui mostra onde colocaram as bombas, mas só na parte residencial e dos escritórios", pensou ele, olhando os papéis que pegou com os dois. "Outro grupo deve ter ficado responsável pelas bombas no prédio em que ficam as máquinas."

— Vou dar um jeito em todos os seguranças e bombas que puder e depois avisar os Von Gears — sussurrou Corvo, saindo do escritório para o corredor escuro. — Espero que o primeiro-ministro se atrase e muito.

Embora as luzes estivessem apagadas, Corvo não tinha problemas para enxergar, estava acostumado com lugares muito mais escuros e não teve problemas para recolher as bombas seguindo as indicações, o problema era o que fazer com elas, pois não fazia ideia de como funcionavam.

— Por ora vou deixar no telhado. Depois de cuidar dos seguranças lá, vou avisar sobre elas e com ajuda damos um jeito. — Decidiu quando colocou a última bomba no saco preto. — Talvez Aster tenha alguma ideia.

Ao chegar no telhado, abriu a porta de acesso com cuidado, verificando com seu espelhinho, e localizou três homens no telhado, todos distraídos com a festa abaixo, facilitando para que Corvo se colocasse em uma posição melhor.

O telhado tinha algumas estruturas que facilitariam que se escondesse, provavelmente onde ficavam as caixas d'água, porém ele quase deu de cara com um quarto homem. Em um piscar de olhos, em um movimento fluido, Corvo cortou a garganta dele e o lançou por sobre o parapeito, para uma longa queda até o mar abaixo, sem dar chance para que o infeliz fizesse qualquer som.

"Um a menos, faltam três", pensou ele, já planejando como lidaria com eles. "O melhor seria se eu conseguisse separar e pegar um por um."

Corvo ficou observando por alguns instantes, torcendo por uma oportunidade, mas não dispunha de todo o tempo do mundo e decidiu que mataria um a distância com um *chakram* e os outros dois com as adagas enquanto ainda estivessem surpresos, mas um dos homens se virou e disse:

— Onde foi o Charles?

— Hum? Será que ele desceu pra ver o porquê daqueles idiotas ainda não terem terminado? — perguntou outro.

— Ele teria avisado — disse o terceiro.

— Charles? — chamou o primeiro.

Os três se calaram e com gestos concordaram em se separam para olhar ao redor, com armas em punho. Corvo aproveitou a oportunidade, nocauteou rapidamente o primeiro com um forte golpe na cabeça, ao pular de uma parte elevada do telhado; o segundo, ele se esgueirou por trás e sufocou até a inconsciência; e o último, Tom o distraiu para que Corvo o derrubasse, fazendo com que batesse a cabeça com força no chão. Corvo amarrou os três com as próprias camisas e voltou ao saco com as bombas, o qual havia escondido em um canto afastado do telhado.

— Talvez Aster ou Ashvine saibam como lidar com essas bombas — comentou Corvo, com uma delas na mão.

Então Tom pulou, agarrou a bomba da mão dele e a jogou do telhado para o mar e soltou um miado debochado.

— Ou só jogamos tudo no mar — disse Corvo, envergonhado por um gato se mostrar mais esperto que ele.

Corvo deu um nó no saco e arremessou o mais longe que pode.

— Agora é só lidar com o resto dos falsos seguranças e procurar por bombas no prédio das máquinas, antes de o primeiro-ministro chegar.

Corvo desceu e carregou os dois que estavam no escritório para o telhado, deixando Tom vigiando-os. Então foi a um dos banheiros da casa, lavou o rosto, passou um perfume que trouxera e trocou de roupa, colocando o traje de festa e a máscara, surpreso que, com tudo o que fez, a caixa do traje, que trouxe dentro da mochila, tivesse conseguido mantê-lo sem amarrotar. Deixou as roupas de explorador e a mochila no escritório, mas manteve uma adaga e dois chakrams consigo.

— Entrei como penetra em uma festa para a qual tenho convite — disse ele olhando para o convite nas mãos.

"Agora tenho que encontrar um dos Von Gears", pensou enquanto descia as escadas, "e sem levantar suspeitas dos falsos seguranças".

Sophia estava conversando com várias amigas, feliz e descontraída, mas sempre olhando em volta como se tentasse achar alguém.

— Mas devo dizer, a decoração da festa está magnífica, a externa surpreende, mas a interna é simplesmente deslumbrante, principalmente os grandes ornamentos espalhados por aqui — comentou Carla Greenvale, uma das amigas de Sophia.

— A externa foi fornecida pelos Montblanc e a interna eu fiz com minha mãe — respondeu Sophia.

— Vai ser divertido ver a cara da Duquesa Montblanc ao notar que foi superada — disse Amanda.

— Aliás, logo mais devem começar a chegar as nove famílias e o primeiro-ministro, estou louca para ver os vestidos — disse Nicolle.

— Sim, devem ser caríssimos, também estou empolgada para ver os patriarcas e suas famílias em pessoa, estive em muitos eventos, mas nunca vi um deles — comentou Larissa Sherman.

— Isso porque seu pai não gosta deles — explicou Amanda —, por isso nunca vai a um evento em que um deles vá. Ele só veio a este por ser muito amigo do Sr. Von Gears.

— Não sabia disso — respondeu Larissa.

— Soube que não é nada pessoal, apenas se opõe a eles quererem mandar em tudo — disse Amanda.

— Você é sempre tão bem informada nestes assuntos políticos — disse Carla Greenvale.

— Vocês também deveriam ser, ano que vem vamos todas começar a sermos envolvidas nos assuntos de nossas famílias — respondeu ela.

— Nem me fale, já começou pesado para mim — comentou Sophia.

— Imagino — comentou Larissa. — Ainda vai a dois chás por dia depois desta festa?

— Graças a Deus não, só a um por semana — respondeu Sophia.

— Não olhem agora, mas Agatha Galeno está trazendo o filho Bruno para cá — sussurrou Carla, por trás de um leque.

— Soube que ela quer empurrar o filho para namorar comigo, para melhorar o status — falou Sophia, entre dentes, tentando manter a cara alegre.

— Ele até que é fofinho — comentou Carla.

— Te dou todo o apoio, pode ficar com ele para você — respondeu Sophia.

— Oh querida Sophia, só queria expressar a minha alegria em vê-la bem — falou Agatha, olhando Sophia de cima a baixo, com um olhar no mínimo estranho. — Vimos quando foi levada, eu quase desmaiei com a cena, mas meu filho agiu com coragem.

— Eu, eu reuni toda a minha coragem e fui sozinho procurar por um policial — contou Bruno, um tanto quanto acanhado. — Não queria deixar minha mãe, mas não podia ficar sem fazer nada.

— Muito obrigada por seu esforço — respondeu Sophia, sem conseguir evitar pensar no contraste dele com Corvo.

— Deve ter sido algo assustador! — comentou Carla se aproximando de Bruno.

— Se eu estivesse lá, teria lutado para salvá-la! — disse Ethan Longbow, se aproximando. Ele usava uma máscara dourada, em um smoking amarelo com detalhes em branco.

— Jovem Sr. Longbow, chegou cedo — cumprimentou Agatha, com uma mesura, mas com dificuldade para conter a raiva.

— Madame Galeto — respondeu ele com uma reverência, errando o nome de propósito e lançando uma piscadela para Sophia, que escondeu o desgosto por trás do leque. — Vim antes, a pedido de meu pai, para verificar como a segurança fornecida por ele está.

— Então, não vou segurá-lo aqui, pode ir fazer seu trabalho — respondeu Sophia.

— Já fiz e só precisaria informar meu pai se encontrasse algo errado — respondeu ele, com um amplo sorriso.

— Galeno — corrigiu Bruno —, e você diz que os enfrentaria porque não os viu, eles tinham o dobro do seu tamanho em músculos.

— Quanto maior eles forem, maior o tombo — respondeu Ethan, olhando Bruno de cima e fazendo-o se encolher.

— E depois, para proteger alguém tão linda quanto a senhorita Von Gears, enfrentaria um exército — completou, estendendo a mão para tocar o cabelo de Sophia, que habilmente se esquivou com um passo para trás e uma pequena mesura.

— Agradeço o elogio, jovem senhor Longbow.

— Pode me chamar de Ethan — disse recolhendo a mão. — Posso chamá-la de Sophia?

— Não — respondeu ela, em tom alegre e com um enorme sorriso.

Madame Galeno quase engasgou segurando uma risada, as amigas de Sophia fizeram um trabalho melhor escondendo, mas por dentro queriam gargalhar.

— Desculpe, mas mal conheço o jovem senhor — completou Sophia.

— Neste caso, por que não dançamos e nos conhecemos melhor? — disse ele, mantendo o sorriso e estendendo a mão.

Corvo havia descido até onde era a festa, um biombo de madeira ao pé da escadaria marcava o limite de até aonde os convidados poderiam ir e era vigiado por um dos falsos seguranças.

"Agora, como passo sem chamar atenção?", pensava ele quando algo chamou a atenção de todos na festa.

Corvo aproveitou e com a mão agitou uma planta de um grande jarro ao lado do segurança e, enquanto ele ia averiguar a planta, passou pelo biombo pelo outro lado, então se misturando aos demais convidados sem ser notado.

"Mas o que atraiu tantas atenções?", perguntava-se enquanto procurava um rosto conhecido.

Não demorou para ele encontrar Sophia, mesmo todos estando com máscaras. Ele ficou atônito com a beleza dela, o vestido em azul marinho, com detalhes e laços em azul-celeste, coberto de pequenos cristais como estrelas, a máscara com a mesma combinação de cores e com desenhos de pássaros. O lindo cabelo carmesim com laços e fitas em azul-celeste e também cheio de pequenos cristais, como gotas de orvalho. Ela estava rodeada de garotas bonitas em lindos vestidos, mas se destacava. Notou também um garoto loiro ao lado de uma senhora gorda e um outro jovem homem, alto e magro com uma máscara dourada muito feia. Todos distraídos olhando para a entrada.

— As nove famílias começaram a chegar! — Alegrou-se Nicolle.

— Acho que devo ir até meus pais e recebê-los! — disse Sophia tentando se esquivar do pedido de dança feito por Ethan.

— Podemos dançar e então eu a acompanho até eles — propôs Ethan, voltando a olhar para Sophia, mas ela já não estava mais no lugar e nem as amigas dela.

Corvo, a princípio, ficou preocupado de que fosse o primeiro-ministro chegando, e sentiu um grande alívio ao ver que ainda não era ele. No entanto, se os mais importantes já estavam chegando, não devia restar muito tempo e, como os Von Gears estavam reunidos recebendo os importantes convidados, ele ficou sem saber se poderia interromper para falar com um deles sem causar problemas ou gerar suspeitas. Com os funcionários todos fantasiados, não sabia quais eram os da casa e quais não eram. Sabia que Aster estaria na cozinha, porém um desconhecido não poderia simplesmente ir até lá sem chamar atenção dos falsos seguranças.

Corvo foi ao buffet, como que para pegar algo para comer, para disfarçar. Ficar parado pensando poderia despertar suspeitas, e nisso ele viu Ashvine.

— Doutora Ashvine, não sabe como é bom vê-la — disse ele se aproximando com elegância em cada passo.

— Ora, ora, você também foi convidado? — respondeu ela. — Não pensei que era do tipo que viria a esta festa.

— E não sou — respondeu ele, se aproximando e surrando para ela o porquê de ter vindo.

— Isso não é nada bom — disse ela, disfarçando o espanto.

— Você veio, veio mesmo! — disse Sophia, muito feliz. Ela o tinha visto indo até o buffet e se apressou em deixar os cumprimentos com os pais para ir até ele.

Corvo se virou e ficou um instante em silêncio, de perto e com aquele sorriso Sophia parecia ainda mais linda.

— Adoraria dizer que vim para dançar — disse ele, se aproximando dela —, mas há algo sério acontecendo.

— Amanda, viu como Sophia foi direto para ele? — perguntou Nicolle.

— Sim, vi também a expressão no rosto dela, acho que aquele ali é o Corvo — respondeu ela. — E parecem bem próximos pelo jeito que conversam.

— Deixamos eles a sós ou vamos conhecer ele? — perguntou Nicolle.

— Melhor irmos ajudar, o chato do Ethan já está a caminho. — Apontou Amanda para Ethan que avançava a passos largos.

— Isso vai ser divertido de ver, ei, não é que Carla está conversando com Bruno? — Apontou Nicolle. — Pelo visto, este vai deixar Sophia em paz.

— Pena não termos alguém que detestemos o bastante para empurrar para o Ethan — disse Amanda, já indo com Nicolle ajudar Sophia.

Ethan chegou e pretendia empurrar Corvo para longe de Sophia, mas Corvo, percebendo a aproximação dele, se afastou mantendo a postura.

— Amigo seu, senhorita Sophia, ou é um idiota que quer que despache? — perguntou Ethan se colocando entre os dois.

— Um grande amigo, se for rude com ele, estará sendo rude comigo — respondeu Sophia em tom alegre e sorrindo, mas emanando uma aura de ameaça que fez Ethan sentir um frio na espinha.

— Ah! Entendo! Sou Ethan Longbow, filho do primeiro-ministro e como posso lhe chamar?

— Longbow? — surpreendeu-se Corvo. Levando Ethan a achar que o nome o assustara. — O primeiro-ministro já chegou?

— Meu pai virá mais tarde, mas insisto, qual seu nome?

— Hum, acho que neste baile de máscaras manterei meu nome em sigilo. Já que minha máscara tem tema de Corvo, pode me chamar assim.

Ethan, como sempre, aproveitando de sua maior estatura, olhou ele de cima para baixo. Supôs que o medo do sobrenome Longbow foi tão grande que Corvo escondeu o nome, e sorriu com deboche.

— Senhorita, acho que agora podemos dançar — disse Ethan, dando as costas para Corvo.

— Sinto muito, jovem senhor Longbow, mas eu pedia a... Corvo, para dançar comigo, antes.

Corvo cutucou o ombro de Ethan, que ao se virar não encontrou ninguém, e, ao voltar a olhar para Sophia, esta já estava longe, dançando com Corvo.

— De novo. Isso já está me irritando! — murmurou Ethan, não mais conseguindo conter a raiva e indo beber alguma coisa. Apesar da raiva, não queria causar confusão ali.

Sophia estava surpresa em quão bem Corvo dançava, mas sua alegria deu lugar a apreensão quando Corvo contou o que estava acontecendo enquanto dançavam. A conversa ao pé do ouvido despertando mais raiva em Ethan.

— O primeiro-ministro Longbow não vai demorar para chegar — disse Sophia, preocupada. — Vou avisar minha mãe e nos encontramos na cozinha, lá só tem empregados da casa.

— Vão suspeitar se eu simplesmente tentar entrar na cozinha — retrucou Corvo.

— Madame Erynvorn está na entrada do corredor que leva até a cozinha, fale com ela.

— Tome cuidado, Sophia — despediu-se Corvo.

— Qualquer coisa tenho meu leque e, nesta minha bolsa, a besta que você me deu. Carregada — completou ela com uma piscadela antes de ir.

Os dois então se separaram, indo cada um em uma direção tentar salvar a todos da ameaça, mas Ethan foi na direção de Corvo e, ao cruzar seu caminho, se aproximou bem e disse baixo o bastante para apenas ele ouvir:

— Não sei quem você é, mas Sophia será minha. — E então tentou acertar um soco discreto no estômago de Corvo, este, porém, segurou a mão dele com firmeza e a apertou com toda a força, fazendo Ethan gemer de dor.

— Ela parece discordar muito disso — respondeu Corvo. — Vou lhe dar um único aviso: se eu souber que você virou um incômodo para Sophia, não haverá lugar para você se esconder de minha ira.

Ethan sentiu no tom de voz de Corvo uma ameaça tão real e forte que ficou parado no lugar.

— Foi um prazer conhecê-lo, jovem senhor Longbow! — Corvo falou bem alto, fingindo que foi apenas um aperto de mãos, e se afastou dando dois tapinhas no ombro de Ethan.

Ele olhou para Corvo e acenou positivamente, tinha vontade de pegar uma faca e cravar nas costas dele, mas não poderia fazer isso ali. Decidiu que descobriria quem ele era e se vingaria onde não houvesse testemunhas.

Em um canto da festa, o ministro das Relações Exteriores, Wyler Manfred, conversava com William Heavenwhaler, Marko Roshmanovy e outros empresários, contando como os francos e os bretões estavam enfrentando dificuldades em seus países e como o reino franco poderia cair em alguns anos se não melhorasse as relações com a população.

— Monarquias, sempre gerando problemas, ainda bem que nos livramos da nossa há muito tempo — disse um dos empresários.

— É, mas também estamos tendo problemas com o povo comum, em todo o país — retrucou outro.

— O problema de Hy-Drasil é que a Câmara de Avalon, só com políticos daqui e o primeiro-ministro, administra a Cidade Superior, a ilha e o país ao mesmo tempo — disse um terceiro. — As demais ilhas deveriam ter representação na Câmara, para que as suas demandas sejam ouvidas e atendidas. O primeiro-ministro deveria delegar a condução da cidade a um prefeito e a ilha a um governador, para se focar em conduzir o país e não se distrair tanto com uma única ilha.

— Concordo que as ilhas deveriam ter representação, mas colocar mais um político, só para administrar a cidade e outro para governar a ilha não me parece que melhoraria algo — comentou William.

— A administração não é ruim — disse Wyler —, só temos que fazer alguns ajustes. Por exemplo, até estamos conseguindo que o importante projeto de hospitais gratuitos para a população seja votado semana que vem. A saúde da população vai melhorar e assim vão poder produzir mais, gerando mais riqueza.

— Parece um projeto lindo, mas quem vai pagar os médicos e os remédios, não vai querer conseguir isso de graça também, não é? — retrucou William.

— Impostos, criaremos um para os mais ricos subsidiarem os hospitais — respondeu Wyler.

— É mais um para entrar na conta dos custos dos produtos — sussurrou um empresário para outro.

Um homem, usando uma máscara metade branca metade preta, sentado um pouco afastado e meio escondido por um vaso de plantas, ouvia atento o que eles discutiam. Quem passasse por ele pensaria que ele estava mais interessado em comer e beber, mas ele ouvia e observava atento.

— Discutem os rumos do país como se fossem homens altruístas de grande intelecto e sabedoria, mas não passam de ratos que usam pessoas e depois as jogam fora quando não mais úteis — murmurou Morgana, para si mesma, ao passar ouvindo a conversa.

— Sim, são mesmo, madame, aprenderam com os pais deles e se aprimoraram nisso — respondeu o homem, surpreendendo Morgana, que não o havia percebido antes. — Eles adoram manipular e se acham deuses intocáveis. Falam mal da monarquia, mas criam a sua própria versão corrompida, travestida de democracia.

— De fato, uma dinastia de ratos — concluiu o homem ao se levantar e se afastar sem olhar para Morgana, que permaneceu quieta, pois aquele assunto podia tomar rumos perigosos demais para aquele lugar.

"Estou ficando descuidada", pensou Morgana se afastando, mas mantendo o olhar no estranho homem que sumiu entre os convidados.

"Não faz muito tempo, repreendi minha neta por falar sem se atentar a quem poderia estar ouvindo e cometo o mesmo erro."

Enquanto isso, Sophia contou para a mãe o que estava acontecendo e então Nathalia disse às senhoras com as quais conversava:

— Parece que surgiu uma dúvida sobre o cardápio e requerem minha presença na cozinha para resolver, com sua licença, volto assim que resolver. Sophia querida, avise seu pai ou ele ficará preocupado por eu sumir.

Sophia saiu para falar com seu pai, mas suas amigas, Nicolle e Amanda, vieram falar com ela no meio do caminho.

— Aconteceu algo, Sophia? — perguntou Amanda. — Você dançou tão pouco com Corvo, ele seguiu para a cozinha e agora sua mãe também está indo para lá.

— Como você descobriu que era ele? — surpreendeu-se Sophia, puxando as duas para longe das pessoas para não serem ouvidas.

— Pelo jeito como você foi até ele, ficou óbvio — respondeu ela. — Mas me diga o que está acontecendo, você parecia muito preocupada indo até sua mãe.

— Você é muito perspicaz — disse Sophia, falando mais baixo e contou rapidamente o que acontecia. — Fiquem longe dos seguranças e finjam saber de nada, se eles desconfiarem pode ser um grande problema.

— E para melhorar, Ethan está procurando você novamente — disse Amanda, vendo ele andando e olhando ao redor —, ele ainda não te viu, vamos tentar manter ele afastado de você.

— Devo uma a vocês duas — Sophia agradeceu.

— Nos apresente Corvo quando isso tudo acabar — disse Nicolle.

Sophia saiu sem responder, tomando cuidado para não ser vista por Ethan.

Na cozinha, Corvo, acompanhado de Madame Erynvorn, encontrou Aster e viu, na porta que dava para o pequeno pátio externo, um dos falsos seguranças vigiando o lado de fora. Contou para Aster e Sra. Florysh o que estava acontecendo, com cuidado para não ser ouvido pelo falso segurança.

Enquanto Corvo conversava com Aster e Sra. Florysh, Madame Erynvorn se aproximou discretamente do segurança e num instante acertou um golpe com o leque alto na cabeça dele, mandando-o desacordado para o chão. Ela então o puxou para a despensa. Os funcionários pararam surpresos até que Sra. Florysh os reuniu e explicou. Nathalia chegou neste instante com Ashvine e logo perguntou:

— Tudo bem por aqui?

— Madame Erynvorn já cuidou do segurança que estava aqui — disse Corvo, surpreso com a habilidade de Madame Erynvorn.

— Isso é bom — respondeu Nathalia —, mas estamos longe de estarmos seguros.

— Calma, já cuidei da maioria das bombas e de todos os falsos seguranças. Todos na parte residencial e de escritórios, só falta os no prédio das máquinas — explicou Corvo — e os na área dos convidados.

— Se as bombas têm eletricidade eu posso localizar, digamos que eu consigo sentir a eletricidade — revelou Aster.

— Isso é incrível, adoraria saber como você faz isso — disse Ashvine animada.

— Mas o que faço depois que as encontrar? — perguntou ignorando Ashvine.

— Pelo que Corvo disse sobre o detonador, as bombas devem ter um jeito de receber um sinal, se você descobrir como desativar esse receptor elas não detonarão — respondeu Ashvine.

— Qualquer coisa, leve para o telhado e jogue no mar, foi o que eu fiz com as outras — disse Corvo. — Só temos que dar um jeito de você ir lá sem levantar suspeitas.

— Isso é fácil, ela vai levar uma refeição para o engenheiro e para os técnicos de plantão lá — sugeriu Madame Erynvorn.

— Vou com ela, para ajudar — ofereceu-se Marie.

— Tome cuidado, Marie, são três os que estão vigiando lá — alertou Nathalia.

— Eu a manterei segura! — prometeu Aster.

— Temos de ser rápidos — alertou Corvo —, não deve demorar para o primeiro-ministro chegar e ainda temos que dar um jeito de lidar com os seguranças que estão na área dos convidados.

— São nove deles — disse Nathalia —, vou falar com mais alguns que conseguem lutar e derrubamos eles ao mesmo tempo, quando Marie sinalizar que ela e Aster fizeram a parte delas.

— Aqui, preparei o que vocês vão levar — disse Sra. Florysh, entregando duas cestas para Marie.

— Vamos antes que Longbow chegue — Nathalia os apressou.

— Muita sorte ele ainda não ter chegado — disse Corvo.

— Não é sorte, é regra de etiqueta — respondeu Madame Erynvorn. — Quanto maior a importância, mais tarde o convidado chega.

Nathalia saiu com Ashvine e logo depois Corvo com Aster e Marie. Nathalia seguiu para falar com Rodan e Sophia, enquanto Ashvine foi avisar Melian e Morgana. Corvo foi acompanhando Marie e Aster até a entrada para prédio das máquinas.

— Querida, resolveu a questão? — perguntou Rodan ao ver ela retornando.

— Claro! — respondeu ela, se aproximando e sussurrando no ouvido dele sobre o plano.

— Bom saber — disse ele se esforçando para não deixar transparecer que havia problemas graves. — Venha, quero apresentar-lhe Alberon Armstrong, comandante aposentado dos Cavaleiros. Ele está conversando com Lestrade e Bóris.

— Sophia, vá até Corvo e fique com ele — disse Nathalia, no momento em que era anunciada a chegada do Duque Montblanc e família.

— E com isso, o último convidado não deve demorar mais que minutos para chegar — comentou Nathalia. — Vou recebê-los, querido, vá conversar com seus amigos e diga que assim que puder me junto a vocês.

Enquanto Sophia se deslocava para onde Corvo estava, acabou sendo vista por Ethan, que se desvencilhou de Amanda e Nicolle para alcançá-la; Melian, Morgana e Ashvine, por sua vez, se posicionavam para cuidar cada uma de um segurança enquanto Rodan conversava com Lestrade e os outros dois.

Sophia notou a aproximação de Ethan, e apressou o passo, sem perder a postura e elegância, mas ele não tinha a mesma preocupação e acabou alcançando-a antes de Corvo, que já vinha ao encontro dela.

— Senhorita Sophia! — Ethan chamou-a, estendendo a mão para agarrar-lhe o braço e se preparando para ela parar e girar como antes. Não se atrapalharia com isso de novo, já conhecia a reação dela.

No entanto, Sophia não parou, apenas continuou em frente e com um sutil e quase imperceptível movimento de cotovelo, moveu a bolsa de uma senhora pela qual passava e Ethan acabou agarrando a bolsa em vez do braço de Sophia.

— Mas o que é isso? O que quer com minha bolsa, rapaz? — gritou a mulher, acertando um tapa em Ethan.

— Foi um engano, juro! — Defendeu-se Ethan, enquanto Sophia se distanciava e encontrava com Corvo. Deixando Ethan resolver a confusão com a mulher e o marido furioso.

— Você é perigosa — disse Corvo, rindo discretamente de Ethan.

— Do que você está falando, não fiz nada — respondeu ela com um sorriso.

No prédio das máquinas, enquanto Marie reunia os técnicos e o engenheiro para entregar a comida, Aster se esgueirou por entre as tubulações e máquinas, ativou o sensor de energia e começou a procurar pelas bombas.

"Isso vai demorar demais!", pensou ela, ao notar o quão grande era o lugar. "Terei de gastar mais energia e expandir o alcance, mas primeiro vou cuidar dos bandidos."

Ela encontrou os três falsos seguranças conversando juntos, indo para onde Marie estava. Ela subiu em uma passarela de metal que passava por cima deles.

— Hora de pôr em prática o que aprendi no livro — sussurrou ela, pulando e atacando os três.

Aster usou a queda para nocautear o maior deles ao pousar nele com os dois pés, o que deixou os outros dois sem entender o que estava acontecendo. Ela aproveitou a confusão e hesitação deles para, pulando, acertar um soco debaixo para cima no queixo do que estava mais perto. Ainda no ar, girou e acertou-lhe um chute no estômago, se impulsionando na direção do terceiro, que não teve tempo de se defender e levou um potente soco no nariz.

— Vejamos se eles têm algum papel com a localização das bombas — disse ela, revistando os três e nada encontrando.

— Que barulho foi esse? — perguntou um dos técnicos.

Marie então contou o que estava acontecendo e pediu que eles permanecessem ali com ela até que os falsos seguranças fossem todos neutralizados.

O primeiro-ministro Aston Longbow seguia em sua carruagem a vapor com sua esposa e filho mais velho, satisfeito com os resultados obtidos naquela semana, tinha obtido a aprovação dos planos de usina purificadora de ar e as obras já começavam, assim como as do sistema contra incêndio na Cidade de Madeira, o grupo dos Punhos de Trovão estava sendo contido mais rápido que o esperado, Rondel havia sumido, provavelmente fugiu da ilha ou mesmo do país, mas ainda assim era uma vitória, pois não haveria mais influência dele na ilha, e na última semana, segundo os informes que recebia, os crimes em Avalon haviam caído drasticamente com o aumento do policiamento.

"Minha bela ilha, minha máquina perfeita", pensava enquanto admirava as torres pela janela, conforme cruzava a cidade, "que bom que a manutenção está indo melhor que o esperado, só mais algumas peças defeituosas para serem removidas. Talvez nem seja preciso executar o plano."

— Espero que Ethan não tenha causado nenhum problema — comentou Helena. — Imagine, ir antes e sozinho!

— Meu irmãozinho já está acumulando muitas dores de cabeça para a família — disse Gerard, o filho mais velho dos Longbow. — Conversei com ele, mas ele não parece querer mudar.

— Estou pensando em mandar ele para a academia em Musfelgard — disse Aston, com indiferença.

— Isso é uma ótima ideia, ele gosta tanto de armas e precisa tanto de disciplina que não sei como não pensei nisso antes! — respondeu Helena.

— Então está decidido, ele vai no próximo ano — disse Aston.

— Por que não mês que vem? Com sua influência ele já pode ir para começar a se acostumar — sugeriu Gerard.

— Não tinha pensado nisso, quanto antes melhor — respondeu Aston, sorrindo para o filho.

★★

O líder dos Punhos estava misturado entre os convidados, a polícia assumir a segurança externa foi um pequeno contratempo a seu plano, mas permitiu colocar mais homens dentro do prédio. Estava tentando controlar a euforia, seu plano não tinha falhas e logo se tornaria o homem mais poderoso do país.

"Terei toda a fortuna e poder que quiser com eles na minha mão e ainda serei tratado como herói libertador do povo", pensava ele enquanto comia e observava as pessoas se divertindo.

Os Longbow chegaram dez minutos depois do Duque, como havia sido acordado entre os dois, afinal, embora o poder nos bastidores do país fosse equivalente entre os dois, oficialmente Aston tinha a maior posição de poder. Foram recebidos por Nathalia, que perguntou se eles prefeririam uma mesa ao ar livre, mas Longbow queria entrar e cumprimentar com todos os convidados mais importantes.

O líder dos Punhos não queria esperar mais, mesmo com Longbow do lado de fora, as nove famílias e o filho mais novo de Longbow já estavam cercados, decidiu dar início à fase final do plano.

Nathalia queria ter resolvido o problema sem que nenhum dos grandes convidados ficasse sabendo, mas, como pareceu impossível, se aproximou de Helena e contou o que estava acontecendo.

Helena entendeu a gravidade da situação, pois foi Aston quem forneceu a segurança. Ela segurou o marido pelo braço e sussurrou sobre o que estava acontecendo e então eles viram as portas serem fechadas pelos seguranças e uma voz estranha foi ouvida, vindo de caixas espalhadas pela festa.

— Aos policiais e a quem mais possa pensar em resistir, eu, o Grande Líder dos Punhos de Trovão, tomei todos no prédio como reféns, incluindo o filho mais novo do primeiro-ministro, todos os seguranças são meus subordinados, tenho bombas espalhadas por todo o prédio e posso detoná-las ao meu bel-prazer, vejam um exemplo.

Neste instante uma carruagem afastada explodiu, assustando a todos.

— Não, Aster — murmurou Marie, assustada, pensando que Aster causara uma explosão tentando desarmar uma das bombas.

— Isso foi uma explosão lá fora! — exclamou assustado o engenheiro, no instante em que Marie pensava em ir atrás de Aster.

— Ouçam, tem uma voz estranha falando algo — disse um dos técnicos, abrindo uma janela para ouvir melhor.

— Permaneçam onde estão, se alguém tentar sair, vai ser morto. Senhor Longbow entre para podermos falar face a face e, desde já, agradeço por ter permitido que meus homens fizessem a segurança desta festa.

— Isso é ruim, não é, moça? — perguntou outro técnico para Marie.

Aster estava no terceiro andar quando ouviu a explosão e foi até uma janela e também ouviu as palavras do líder dos Punhos.

— Não tenho tempo de desmontar as bombas, vou correr e jogá-las ao mar! — disse ela, já correndo para onde estava a próxima bomba.

No salão, o Grande Líder, usando uma máscara suntuosa cheia de pedras preciosas, subiu em uma mesa, acompanhado de dois capangas, armados com revólveres. Na mão direita ele segurava o detonador e na outra um aparelho pelo qual estava transmitindo sua voz. Ele então guardou o aparelho, ficando apenas com o detonador na mão, e olhando ao redor declarou:

— Senhoras e Senhores! Lamento nem um pouco pelo incômodo, fiquem quietos e ninguém morre, com isto que está na minha mão, posso explodir este prédio.

— Mas aquele é Rondel — sussurrou Corvo, que havia ido com Sophia para um canto afastado dos seguranças, no momento em que viu ele subir na mesa.

— E agora? — perguntou Sophia. — Aster ainda não deve ter encontrado todas as bombas.

— Consigo tirar o detonador dele — sussurrou Corvo para Sophia. — Você disse que está com a besta, consegue cuidar dos dois armados que protegem ele?

— Sim, sem problemas, mas quanto aos outros seguranças?

— Veja, parece que todos estão em posição. — Apontou Corvo, recebendo uma discreta confirmação de Ashvine. — Fique aqui e dispare depois de eu acertar Rondel.

— Tem que ser disparos letais... — alertou Corvo olhando nos olhos de Sophia, seus olhos mostrando lembrar de quando matou os piratas na frente dela.

— Não se preocupe — interrompeu ela —, vou proteger minha família e amigos. — Seus olhos mostrando determinação.

Uma porta se abriu e Longbow entrou com dois policiais um de cada lado dele.

— Não tente nada, um movimento de meu dedo e este prédio vira uma cratera fumegante — avisou Rondel.

— E vai fazer isso com você aqui dentro? — perguntou Longbow, frio, totalmente sem emoções em sua voz.

— Você não sabe o que é lutar por uma causa maior que você mesmo — respondeu Rondel altivo. — Eu posso morrer, mas outro assumirá meu lugar, sou descartável.

— O que você quer? — perguntou Longbow.

— Direto ao assunto, não? Quero que parem de envenenar o povo com as lâmpadas de queima de óleo de má qualidade, que liberem a eletricidade e parem de oprimir os pobres — respondeu ele.

— Liberar a eletricidade, a mesma que usa agora para nos ameaçar? — retrucou Longbow. — E que opressão é essa de que fala, todos estavam bem até que seu grupo começou a agir, por sua causa eles sofrem. Sofrem pelos danos que seu bando causou!

— Vejo que desconhece a realidade nas Cidades de Madeira e Interior — respondeu Rondel. — Do alto das torres da Cidade Superficial fica difícil ver o sofrimento dos desamparados, você e cada um dos chefes das nove famílias vão comigo, como reféns, até nossas exigências serem cumpridas e no meio-tempo conhecerão a realidade que se recusam a ver.

— Venham até aqui — Rondel chamou seus alvos — ó poderosos que só se importam em lucrar, logo vão pagar por seus pecados. Isso se não preferirem ser explodidos com suas esposas e filhos.

— Disse Rondel, aquele que negocia Poção de Morpheus com piratas! — gritou Corvo, se movendo para trás de um dos grandes ornamentos que decoravam o lugar, evitando assim que vissem quem falou ou de onde.

— Quem disse isso? — gritou Rondel, olhando ao redor com raiva. — Revele-se ou mandarei que atirem e não se esqueçam com isso eu posso explodir tudo! — No momento em que Rondel ergueu o detonador, Corvo arremessou o Chakram, decepando a mão com o detonador. Sophia rapidamente derrubou os dois armados com disparos certeiros e mortais. Rondel caiu de joelhos, segurando o pulso, chocado pela ausência da mão.

No instante em que Sophia derrubou os dois armados, Ashvine quebrou um jarro de flores na cabeça do falso segurança que estava ao seu lado, Melian e Morgana nocautearam cada uma um, com seus leques, Rodan agarrou a cabeça de outro e a bateu na parede, Alberon usou a bengala para levar o segurança ao chão e finalizou com um potente soco na cara, Bóris e Lestrade renderam os últimos dois, usando seus próprios revólveres. Em um piscar de olhos todos os falsos seguranças haviam sido neutralizados e a maioria dos convidados, focados no que aconteceu com Rondel, nem tiveram tempo de ver o que aconteceu, apenas notando, muito depois os seguranças caídos e rendidos.

— Parece que seu plano falhou, meu caro Rondel — disse Longbow, se aproximando com os policiais e um sinistro sorriso nos lábios.

Neste momento as luzes se apagaram e todos ficaram assustados, Bóris e Lestrade garantiram que seus prisioneiros não fossem a lugar nenhum.

— Ninguém se mexa! — ordenou Bóris. — Não quero atirar em ninguém por engano!

Rodan avisou que iria até a chave geral de gás que alimentava todas as lâmpadas ali, e Bóris permitiu. Ele encontrou a chave fechada e a religou, iluminando tudo e assim descobrindo Edgar, o zelador, desacordado no chão.

— Rondel fugiu, mas deixou a mão e o detonador — informou Lestrade a Rodan, quando este voltou. — Um artefato elétrico muito intrigante, me faz repensar o que aconteceu naquele túnel...

— Não é melhor evacuarmos o prédio? — perguntou Longbow. — Ele pode ter outro.

— Tudo bem, parece que meus funcionários já jogaram no mar as últimas bombas — disse Rodan ao ver Marie acenar positivamente.

— Maldito Rondel, vai pagar pelo que fez — disse Bóris. — Perder uma mão não é nada comparado ao que tentou fazer hoje.

— É uma pena que a festa tenha terminado assim — comentou o Duque Motrov, se aproximando com os outros oito chefes das nove famílias —, nem pude aproveitar, tudo parecia tão magnificamente perfeito, teria sido a melhor festa de todos os tempos.

Longe dali, em um túnel, Rondel parou para recuperar o fôlego. Então o homem que o salvou o agarrou pelo pescoço e Rondel finalmente pode ver quem era.

— Vo-Você? — gaguejou ele, tremendo de medo com o olhar de ira do misterioso homem, que ainda usava a máscara metade branca metade preta.

— Sim, eu, seu gordo imbecil, claro que eu estaria na festa! — respondeu o homem.

— O-obri-ga-gado! — gaguejou Rondel, sem saber o que mais dizer ou fazer.

— Só te salvei, por não quer que o prendessem e assim você acabasse abrindo o bico. Agora se explique ou te mato aqui mesmo!

— Eu não podia deixar essa oportunidade passar — Rondel começou a explicar rapidamente —, estavam todos reunidos em um só lugar e, você viu, eu consegui substituir os seguranças por meus homens, ia levar eles e explodir o prédio, estava dando tudo certo, não sei como acabou assim.

— Agiu por conta própria e gastou as bombas dos outros planos neste desastre! Aliás, usou todas ou ainda tem algumas no depósito?

— Usei todas — respondeu se encolhendo de medo —, mas se tivesse dado certo...

— Mesmo que tivesse dado certo, nada mudaria! — retrucou o homem, jogando Rondel ao chão. — Eles seriam substituídos por algum outro membro da família! Primos, tios, irmãos, sobrinhos, a questão não é eles, mas as famílias!

O homem deu dois passos para longe, tentando conter a raiva e disse:

— Enquanto as famílias tiverem poder, nada vai mudar! Agora tudo será mais difícil, eles sabem quem você é e vão caçar você e seu bando sem trégua!

— Eu ainda posso usar o povo como escudo — alegou Rondel, se ajoelhando em súplica por piedade —, muitos deles nos veem como heróis, tenho um esconderijo, posso continuar o intermédio entre você e os piratas.

— Você tem sorte de ainda ser útil — disse o homem, recuperando a calma —, farei com que os garçons da festa espalhem seu "heroísmo". Mande seus homens continuarem com os planos que não envolvem bombas e suma por uns tempos. Vou ajustar meus planos.

Rondel não perdeu tempo e saiu correndo sem olhar para trás, sumindo em um túnel escuro, deixando o homem mascarado sozinho na escuridão.

— Rondel e seu grupo serão caçados e destruídos — o homem analisava friamente a situação —, tenho que garantir que isso seja o motor que levará a Cidade Interior à revolução.

— Destruirei as famílias que destruíram a minha, eles todos pagarão por sua traição, nem que eu tenha de afundar o país inteiro num mar de sangue para isso — murmurou enquanto sumia na escuridão de outro túnel.

★★

Aster estava no telhado com Tom, olhando as pessoas irem embora aos poucos. Havia falado com Marie e subiu levando os três que havia derrubado para junto dos que Corvo havia deixado amarrados e esperava o melhor momento para descer e falar com ele.

Do telhado de outro prédio próximo, uma enorme coruja branca levantou voo chamando a atenção de Tom.

— Terei que ir com vocês hoje mesmo, ou não terei energia o bastante para a viagem — disse ela a Tom, só lhe restavam dois por cento de energia e, dependendo do que acontecesse no caminho, talvez já não houvesse o bastante.

— Vai ser um alívio finalmente me recarregar — continuou após um instante de silêncio —, fiz o possível para não preocupar Sophia e os outros, mas o pavor que tenho de ficar sem energia e simplesmente deixar de existir só aumenta conforme o tempo passa e menos energia tenho.

Quando a polícia apareceu para pegar os bandidos, ela desceu, sem ser vista por eles, retornou para a cozinha, para se reunir com Marie e os outros.

Enquanto os convidados iam lentamente embora, o comandante Yaroslav supervisionava os trabalhos da polícia junto com Lestrade.

— Senhor comandante, já recolhemos todos os falsos seguranças que encontramos, os daqui e os que estavam rendidos no telhado, mas pela contagem que nos foi passada falta um — relatou um dos policiais.

— Deve ser o que ajudou Rondel a fugir — ponderou Lestrade.

— Definitivamente isso não vai acabar aqui, nós teremos muito trabalho e muita papelada — disse Bóris para Lestrade.

— Nós quem? Estou de licença médica, fale com meu substituto — respondeu Lestrade, apontando para o braço quebrado. — Aliás, vou voltar para minha esposa, que já me olha com indícios de impaciência e preocupação.

Lestrade deixou Bóris e foi para casa com sua família, mas sabia que não teria paz, mesmo sem ter de trabalhar, se o sequestro já havia causado tremores por toda a Avalon, este ataque direto ao primeiro-ministro e às nove famílias prometia virar a ilha do avesso. Ele teria ainda mais certeza se ouvisse o que os nove chefes das nove famílias discutiam com Longbow e Rodan.

— O que aconteceu hoje foi muito além de inaceitável — reclamava Marko Roshmanovy — e a culpa direta disso é sua Longbow, prepare-se, pois farei a Câmara exigir sua renúncia.

— Concordo com Marko — pronunciou-se Vigo O'Walsh. — A segurança da Cidade Superior está deteriorando rapidamente. Se não consegue administrar uma cidade, o que dirá de um país.

Longbow ouvia impassível, mas Rodan decidiu ajudar e se aproximou dele e falou baixo para que apenas Longbow ouvisse.

— De fato será pior se não contarmos — disse Longbow de súbito. — Houve de fato uma falha, mas como acham que tudo terminou bem?

— O que quer dizer com isso? — perguntou Heavenwhaler.

— Foram minhas sombras que descobriram o plano, informaram a Rodan e cuidaram das bombas — explicou Longbow. — Infelizmente não conseguiram me avisar a tempo, mas quando Rondel ameaçou já não havia bombas.

— A princípio, eles pediram para que eu fingisse que foram meus funcionários que cuidaram das bombas após eu receber uma informação anônima — mentiu Rodan.

— É um fato que houve uma falha e não foi possível evitar que a festa fosse arruinada — assumiu Longbow —, mas ninguém além de Rondel e seus homens acabou ferido.

— Talvez você se livre com isso, Aston, mas ainda vai enfrentar vários questionamentos dos parlamentares — afirmou Carlos Carbone.

Os nove partiram prometendo que o assunto não terminaria ali. O Duque Motrov se aproximou de Rodan e antes de sair disse:

— Lamento que a festa de sua filha tenha acabado assim, venha com sua família jantar em minha casa, mandarei um convite formal com o dia e a hora.

— Será uma honra! — respondeu Rodan.

Quando Longbow ficou sozinho com Rodan, agradeceu a ajuda e disse:

— Também lamento pela festa ter sido arruinada por uma falha minha, estou em grande débito com sua família, se precisar de ajuda com qualquer coisa pode pedir.

Longbow ia saindo, mas se virou e disse uma última coisa:

— E tenha cuidado com Motrov, ele certamente planeja algo para você e sua família. O posto de engenheiro-chefe se mostrou um cargo muito mais importante do que todos dávamos valor.

Longbow se reuniu com a esposa e seu filho Gerard, porém, notando a ausência de Ethan, perguntou:

— Gerard, onde está seu irmão?

— Há pouco, encontrei ele escondido embaixo de uma mesa — respondeu Gerrard. — Disse ser para não acabar sendo usado pelos bandidos, agora ele está ali indo falar com a filha de Rodan. — Apontou.

Corvo viu Ethan se dirigir, a passos largos, para onde estava Sophia, que conversava com Aster, Nicolle e Amanda, e decidiu agir. Seguiu para interceptá-lo e discretamente lançou um doce que era recheado com uma calda de morango no caminho de Ethan, que, quando pisou no doce, escorregou e foi cair em cima da mesa do ponche se cobrindo todo com a bebida.

— Jovem Senhor Longbow? Precisa de ajuda? — perguntou Corvo estendendo uma mão e comendo um doce com a outra.

— Você!? — espantou-se Ethan.

— Último aviso — disse Corvo, indo embora.

Ethan se levantou e ia atrás de Corvo, mas uma mão apertou seu ombro com força e, ao se virar, viu Aston Longbow com uma cara séria.

— Vamos imediatamente para casa, não deixarei que se humilhe mais ainda ou seja um incômodo para a filha de Rodan — disse Aston calmamente, mas Ethan sabia o que o aguardava quando não houvesse ninguém por perto.

— Vejo que Sophia não mentiu quando disse que você era extremamente hábil, sou Amanda, amiga de Sophia e Aster — apresentou-se estendendo a mão.

— E eu sou Nicolle, amiga das três — apresentou-se, também estendendo a mão.

— E um prazer conhecê-las, senhoritas. — Corvo beijou a mão das duas em uma reverência elegante.

— Adorei como cuidou dele — disse Sophia.

— O prazer foi todo meu — respondeu ele com um largo sorriso.

Aster se aproximou de Sophia e disse apenas para ela ouvir:

— Esse tal Ethan, foi ele que eu vi na outra noite, correndo com a faca.

Sophia olhou surpresa para Aster e Amanda perguntou o que foi.

— Aster acabou de me confirmar que é melhor manter o máximo de distância de Ethan — respondeu Sophia. — Ela viu ele correndo atrás de uma moça durante a noite há uns dias atrás.

— Ele tem mesmo fama de mulherengo — disse Amanda, casualmente.

— Ele corria com uma faca — completou Sophia — e só parou quando foi detido pela polícia. Só não foi preso porque o pai interveio.

— Se ele tentar se aproximar de você novamente, não hesite em quebrar a cara dele e deixar bem claro para nunca mais voltar — disse Morgana, acompanhada de Melian, Nathalia e Ashvine.

— É bom que ele fique longe de minha filha ou eu mesma quebro os ossos dele — completou Nathalia.

— Pelo olhar de todos, vai ter fila se ele tentar algo — disse Melian, olhando para Corvo, com um sorriso, pois ele a olhava nos olhos e não para seu vasto decote. — Você deve ser Corvo, sou Melian Ironrose, minha sobrinha falou muito bem de você.

— É um prazer — ele respondeu com a elegância de um cavalheiro.

— Mais uma vez, somos todos muito gratos — Nathalia agradeceu. — Se você não tivesse vindo nos avisar e se arriscado nos ajudando, nem sei o que teria acontecido.

— Foi por um acaso que descobri, mas eu não poderia ficar sem fazer nada — respondeu ele olhando para Sophia, mas rapidamente desviando o olhar —, o caos decorrente do sucesso dos Punhos destruiria Avalon.

Todas ali, exceto Aster, que não notou o olhar de Corvo para Sophia, sorriram ao perceber o que ele queria manter em segredo. Sophia sentiu o coração acelerar, mas afastou a ideia, tentando se convencer que tinha entendido errado.

— Sou a avó de Sophia, Morgana Ironrose, se tiver tempo, gostaria de conversar com você.

— Também gostaria de ter uma palavra com você — disse Rodan se aproximando. — Vamos até meu escritório.

Sophia se despediu de Nicolle e Amanda, elas adorariam participar, mas tinham que voltar para seus pais, que já estavam de saída, no entanto fizeram Sophia prometer contar o que pudesse em outro dia.

Aster não acompanhou os outros para o escritório, ao invés disso foi se preparar para partir, ainda não havia contado a ninguém sobre a decisão de partir imediatamente, mas queria aproveitar o tempo que Corvo passaria conversando. Marie percebeu que ela havia se separado do grupo e foi ver se ela estava bem.

— Aster, tudo bem? — perguntou ela da porta do quarto de Aster.
— Pensei que ia querer fazer parte da conversa com Corvo.

— Eu vou — respondeu Aster tirando a fantasia —, mas primeiro vou me preparar para ir com Corvo, pode me ajudar?

— Partir? Mas já?

— Não me resta muita energia se não for agora talvez não haja energia suficiente para chegar lá — respondeu com um olhar de tristeza.

No escritório Rodan começou contando sobre a conversa entre ele, os nove patriarcas e o primeiro-ministro.

— Considerando o que sabemos sobre Motrov e Heavenwhaler, ajudar Aston me pareceu o correto — explicou ele. — Além de ajudar a encobrir a participação de Corvo.

— Agradeço, ficaria perigoso andar por aí se Rondel descobrir que perdeu a mão e seu plano fracassou por minha causa.

— E com isso Longbow ficou com um débito enorme para com você — pontuou Morgana, olhando com orgulho para Rodan.

— Mas não atraiu a ira dos patriarcas? — perguntou Sophia.

— Ainda não — respondeu Rodan. — Motrov convidou nós três para um jantar nos próximos dias, provavelmente vai usar isso para decidir se somos amigos ou inimigos.

— Melhor manter a neutralidade — sugeriu Morgana, com calma e tranquilidade enquanto tomava o chá que Madame Erynvorn começava a servir aos outros.

— Jantar na casa de Motrov, preferiria jantar na toca de um leão — disse Nathalia, com uma xícara na mão.

— Ele é tão perigoso assim? — Perguntou Corvo para Sophia, que estava sentada ao lado dele no sofá.

— Ah é, você ainda não sabe — respondeu Sophia. — Aster foi até a casa dos Heavenwhaler naquela noite, logo depois que voltamos da biblioteca, descobriu que havia algo feito por uma bruxa no baú e que era para um plano de Motrov.

— Juntando isso com o que nos contou, pensamos que Rondel trabalhasse para eles — disse Rodan —, mas depois de hoje, não parece o caso.

— A menos que ele tenha traído Motrov — ponderou Ashvine.

— Não temos informações o bastante — interveio Morgana —, presumir coisas agora pode levar a erros grandes e a grandes problemas no futuro.

— Isso é tão grande — disse Corvo —, queria fazer algo, mas nem sei o que poderia fazer. É quase como uma tormenta se aproximando no horizonte, sabemos que vai causar grande destruição, mas neste caso nem avisar os vizinhos é uma opção.

— A tormenta ainda está no horizonte, vamos trabalhar para estarmos prontos quando ela chegar — respondeu Morgana se levantando e indo até a janela.

— E isso nos leva até o que eu queria falar com você, jovem Corvo — continuou ela após um instante de silêncio —, precisamos de pessoas confiáveis na Cidade Interior e de Madeira, pessoas para combater a influência dos corruptos, quero unir o país contra todos que usam o poder em proveito próprio. Já tenho grupos assim em todas as ilhas, menos nesta.

— Eu conheço muita gente boa — respondeu Corvo —, mas ninguém com coragem ou determinação o bastante para enfrentar o governo ou as nove famílias, mesmo os poderosos das cidades, que adorariam tomar o poder, preferem manter o *status quo*.

— Eles não têm coragem de agir sozinhos — disse Morgana olhando para Corvo —, eles não sabem quantos pensam como eles. Acredite, quando mostrarmos que eles não estão sozinhos, ganharão a coragem que falta.

— Estamos a quinze meses da próxima eleição do parlamento da Cidade Interior e da Superior — disse Rodan —, conseguirmos eleger alguns aliados seria ótimo.

— Vou conseguir alguns nomes confiáveis — respondeu Corvo —, mas não esperem que eu consiga convencê-los, alguns já até planejam sair da ilha.

— Eu cuido da persuasão — retrucou Morgana —, apenas faça o intermédio.

Aster entrou discretamente no escritório e ficou num canto esperando que a conversa terminasse para falar com Corvo, sendo notada por Melian, que a chamou para mais perto e Tom que estava deitado em um canto pulou para o ombro de Aster e se escondeu no capuz dela.

— Você não precisa ficar afastada nem precisava trocar de roupa — disse Melian —, você está entre amigos.

— Eu sei — respondeu Aster —, mas não quero atrapalhar e estou assim vestida, pois partirei com Corvo quando ele for voltar.

Sophia ficou surpresa, mas não conseguiu dizer nada, não sabia o que dizer, queria que ela ficasse mais, porém não tinha como pedir isso.

— O gerador está pronto — respondeu Corvo ao ver a reação de Sophia —, mas eu posso vir buscá-la em alguns dias se quiser passar mais alguns dias aqui.

— Eu adoraria — respondeu Aster. — No entanto, se eu não for com você agora, talvez não reste energia para fazer a viagem.

— Neste caso vou trocar de roupa e já vamos — respondeu Corvo se levantando.

— Não precisa se apressar — respondeu ela. — Se eu ficar aqui sentada sem fazer nada, não gastarei quase nenhuma energia, acho que você deveria descansar um pouco e comer alguma coisa, imagino que quase não comeu nada hoje. Se você cair de fome, não vai ajudar em nada.

— Não, eu não preciso...

— Sim, você precisa! — disseram Sophia, Ashvine, Nathalia, Melian e Erynvorn juntas.

— Me rendo! — respondeu Corvo erguendo as mãos.

— Sábia decisão, garoto — disse Rodan.

— Tome um banho enquanto preparo seu jantar — disse Madame Erynvorn. — Marie traga toalhas, sabonete e mostre onde ele pode tomar banho.

— Jovem Corvo, antes que vá, tem uma última coisa — disse Morgana. — Se você conseguir encontrar o acervo imperial, quero que procure pelo selo imperial e traga-o para mim.

— Tudo bem — respondeu ele —, mas o que pretende fazer com ele?

— Cumprir uma promessa que minha família fez ao último Imperador — respondeu Morgana. — É tudo que posso dizer.

Nathalia e Melian olharam com estranheza para ela e disseram respectivamente:

— Nunca ouvi sobre isso.

— Nem eu.

— É um dos segredos que só a matriarca da família pode saber — respondeu Morgana. — Sabe como é o selo, jovem Corvo?

— Já vi como ele é em livros que li — respondeu Corvo —, mas não sabia que ele estava no acervo.

— A família imperial cedeu o primeiro selo imperial para ser exibido no acervo — explicou Morgana. — Ele difere um pouco do retratado nos livros, mas você vai conseguir reconhecer.

Morgana, Melian e Ashvine se despediram e partiram para casa, Rodan saiu com Madame Erynvorn para terminar de encerrar a festa, dispensando os garçons, quando estes terminassem de guardar o que estava do lado de fora, também pretendia falar com os técnicos de plantão no prédio das máquinas. Nathalia e Sophia ficaram com Aster no escritório.

O banho e a comida quentes renovaram as forças de Corvo. Ele e Aster se despediram e iam sair pela passagem secreta, quando lembrou dos policiais que guardavam a galeria.

— Será que eles ainda estão lá? — perguntou Corvo para Rodan.

— Acho que não, os demais já se foram — respondeu ele. — Restaram apenas as rondas normais.

— Não se esqueçam que talvez estejam caçando Rondel pelos túneis e galerias — alertou Nathalia.

— Qualquer caminho vai ter riscos nesta noite — disse Corvo. — Pelo menos será mais fácil se formos por aqui.

Eles abriram o caminho e saíram com cuidado, encobertos pela queda d'água. Corvo espiou com seu espelho para além da queda d'água e para seu alívio não viu ninguém.

— Vamos, Aster, — disse ele saindo para a galeria — tomaremos o caminho mais curto.

— Vamos passar pela estação secreta? — perguntou ela.

— Não, vamos pelo Poço de Alfeu — respondeu ele. — Um poço de manutenção abandonado que contrabandistas usam quando não resta alternativa, uma descida em um barril preso a uma corrente, desde o terceiro nível até o segundo anel habitado.

— E por que não usamos esse caminho para trazer Sophia para casa? — perguntou Aster, seguindo Corvo pelos túneis.

— Só serve para descer — respondeu Corvo. — Como não há contrapesos no sistema, só dá para subir o barril vazio.

— A descida vai ser em queda livre? — perguntou ela surpresa.

— Não, seria suicídio — respondeu ele. — Tem um sistema de freio, mas ainda assim vai ser em grande velocidade. Se Sophia estivesse conosco não ousaria ir por ali.

Nisso Tom colocou a cabeça para fora do capuz de Aster e miou olhando para Corvo.

— Tente não vomitar em Aster, Tom — respondeu Corvo a Tom, que se encolheu no capuz de Aster.

Não demorou muito até que eles chegassem ao poço, que era bem estreito, de diâmetro pouco maior que o de um barril grande e enquanto Corvo verificava o cabrestante para erguer o barril, as grandes polias de aço no teto e o sistema de freio, Aster perguntou:

— Por que chamam de Poço de Alfeu?

— É uma história hilária — respondeu Corvo, enquanto erguia o barril com o cabrestante —, mas vou deixar para Ivan contar, ele é muito melhor do que eu contando.

— Vai me deixar curiosa?

— Vou — respondeu ele rindo. — Você verá que vale a pena, posso adiantar que a história envolve um contrabandista chamado Alfeu, este poço, um carneiro montanhês, vinte quilos de manteiga e um marido furioso.

Aster ainda insistiu em saber, mas Corvo permaneceu irredutível, rindo sem parar, até que o barril estava no lugar.

— Pensei que descer por aqui seria a pior experiência que alguém poderia ter e por isso nunca usei — disse ele, já sem a alegria de pouco antes e puxando uma alavanca para travar o barril no lugar —, mas, depois de ter passado pelo Abismo de Ferro, isso é brincadeira de criança.

Eles entraram no barril e Corvo apontou onde Aster deveria se segurar e disse:

— Não solte e mantenha-se longe das bordas. Tom, aconteça o que acontecer, não saia do capuz de Aster.

Tom miou de dentro do capuz e Aster acenou positivamente com a cabeça, então Corvo disse:

— Segurem-se, no três vou soltar a trava e só vamos parar quando chegarmos ao fundo.

— Um.

— Dois.

— Três!

Ao soltar a trava, o barril desceu ganhando cada vez mais velocidade até que atingiu a velocidade máxima que o sistema de freio no cabrestante permitia, batendo de vez em quando nas paredes, Aster se sentia um pouco mais leve, no entanto, como Corvo havia dito, não estavam em queda livre.

— Tem certeza que a corrente não vai arrebentar com o tranco no final? — perguntou ela.

— Não vai ter tranco! — respondeu ele quase gritando por causa do som do vento. — Em um minuto vamos começar a desacelerar!

Então eles sentiram o barril começar a desacelerar, até que, bem devagar, parou no fundo do poço.

— Até que não foi tão ruim — comentou Corvo, saindo do barril —, apesar de ter chacoalhado o bastante para eu achar que o barril iria se partir em pedaços.

— Sistema de freio interessante — disse Aster olhando para cima. — Depois me conte como funciona.

— É um sistema de engrenagens que, conforme a corrente é esticada, são engatadas ao cabrestante — respondeu ele.

Os três não tiveram grandes dificuldades no caminho até a casa de Corvo, os poucos contrabandistas e comerciantes que passaram por eles, passaram apressados e evitando fazer contato visual.

— Eu achava os mercadores e contrabandistas uns chatos por sempre tentarem vender seus produtos sempre que passavam por alguém

— comentou Corvo —, mas hoje sinto falta da alegria que eles tinham, a Cidade Interior está cada vez mais soturna.

Quando eles enfim chegaram ao portão trancado que dava acesso à área da casa de Corvo, viram três homens tentando arrombá-la.

— Por que tanta demora? — perguntou em voz baixa um deles, um alto e musculoso que portava um enorme porrete. — Já está tentando há mais de meia hora!

— É uma tranca complexa, não é fácil! — respondeu o magricela que mexia na tranca.

— Fale baixo, temos que pegar os dois de surpresa! — alertou o terceiro, que portava uma besta e uma lanterna.

— É só um garoto e um velho — disse o que mexia na tranca.

— Pode ser, mas será mais fácil pegá-los vivos assim — respondeu o com a lanterna. — Temos que tirar deles tudo o que sabem sobre a família imperial.

Corvo, escondido com Aster e Tom, ouvia atentamente, se perguntando sobre o que falavam. A princípio achou que eram dos Punhos de Trovão, mas o comentário final o deixou confuso.

— O que vamos fazer? — perguntou Aster.

— Tentar pegar pelo menos um deles vivo para responder minhas perguntas — respondeu Corvo, sacando um Chakram.

— Fiquem escondidos — disse Corvo —, vou falar com eles e tentar saber alguma coisa, venham me ajudar quando parecer propício.

Corvo lançou o Chakram contra a besta, cortando a corda inutilizando-a, e saiu andando das sombras para confrontar os três que, espantados com o súbito ataque, sacaram as armas e ficaram em posição de combate.

— O que querem tentando arrombar a porta de minha casa? — perguntou Corvo.

— Ora, isso facilita as coisas — disse o que segurava a lanterna, ele tinha puxado uma adaga longa, ao ver que sua besta estava inutilizada, e agora a apontava para Corvo. — Seja bonzinho e venha conosco, temos várias perguntas.

Corvo lançou sobre eles dois fracos, dois deles se desviaram e riram enquanto o com o porrete deixou o fraco bater em seu peito, a fumaça branca que saiu dos fracos logo os fez tossir sem ar e então Corvo, aproveitando-se da confusão que criou, avançou sobre eles com suas adagas.

No entanto, foi detido pelo que segurava lanterna, que a arremessou, fazendo ela se espatifar no chão, espalhando chamas.

— Vejo que é cheio de truques, garoto — disse o que antes tentava arrobar a porta, que agora avançava com um sabre em mãos, pulando as chamas para atacar Corvo —, mas isso não vai te salvar!

Aster avançou com velocidade, acertando um potente soco no estômago dele no instante em que ele posou no chão, fazendo-o largar o sabre e cair de volta do outro lado das chamas, se contorcendo de dor. Ela, porém, nem teve tempo de pensar e já teve de se defender de uma estocada de adaga longa, teria problemas para evitar ser atingida pelo segundo ataque, se não fosse por Corvo avançar contra o bandido. O que usava um porrete finalmente conseguiu se recuperar e avançou contra Corvo, mas Aster o interceptou.

— Ei, é ela! — gritou o grandão com o porrete. — A descrição bate, é a tal princesa imperial!

Foi aí que Corvo realmente ficou confuso, nada daquilo fazia o menor sentido.

— Se a levarmos, o cliente vai certamente pagar um bônus — disse o que lutava com Corvo. — Vamos matar o garoto e levar ela!

Aster lutava com dificuldade, a diferença de peso entre ela e o oponente fazia com que tivesse de se esquivar dos golpes para não ser lançada longe e não conseguia acertar nenhum golpe com força o bastante para afetar ele.

— Por que acham que ela é uma princesa imperial? — perguntou Corvo entre a troca de golpes.

— Somos mercadores de informação — respondeu o homem — e o preço dessa é sangue! — bradou se lançando em novo ataque, uma estocada que acertou o peito de Corvo, mas, graças às placas de metal da brigandina, ele saiu ileso e aproveitou o instante de surpresa do atacante para, em um movimento de tesoura com as adagas, decepar a mão do mercador de informações.

— Chefe! — gritou o com o sabre, já levantando e pulando as chamas para atacar Corvo.

Corvo se esquivou do ataque se abaixando, acertou um golpe cortante na perna do magricelo, que recuou assumindo posição de guarda com o sabre apontado para Corvo.

— Lauro! Droga! Assim vamos só morrer! — bradou o chefe deles. — Vamos embora!

— Não vou deixar! — respondeu Corvo.

Neste momento, o que lutava com Aster acertou um golpe pesado nela, jogando-a de encontro com a parede, com tanta força que ela quicou e caiu no chão. O grandalhão então pulou as chamas e gritou:

— Os três de uma vez!

O chefe deles rapidamente pegou a adaga longa da mão decepada e avançou, o magricelo, apesar do ferimento na perna também avançou determinado a matar. Corvo então notou que cometera um erro e estava cercado, seria atacado por três lados diferentes e só conseguiria se defender de dois deles, sua mente acelerada viu tudo em câmera lenta, os três avançando contra ele, enquanto ele tentava decidir qual golpe deixaria de defender para sobreviver. Tom que observava da escuridão pulou para morder as costas de Lauro, o com o sabre.

Aster vendo que Corvo estava em perigo usou o impulso de jato de plasma com força máxima e, como um cometa, em uma fração de segundo, acertou a lateral do corpo do grandalhão com um soco forte o bastante para o som de ossos se partindo ecoar pelo túnel e arremessá-lo longe.

Com só dois atacantes e um deles, ainda por cima sendo atrapalhado por Tom, Corvo conseguiu se defender. Neste momento, o chefe do bando notou a mudança no rumo da batalha e interrompeu o ataque e correu para o grandalhão, assim como o magricela, após se livrar do gato, que o largou pulando para trás, para evitar ser acertado pelo sabre.

Os três começaram fugir com dificuldade e Corvo pretendia persegui-los, porém, quando olhou para Aster, viu-a imóvel de bruços no chão, perto da parede, onde caiu após acertar o grandalhão.

As chamas no chão começavam a se apagar e a escuridão foi aumentando aos poucos.

— Aster!? — gritou, correndo até ela, que estava com o corpo todo mole e sem vida quando ele a virou. — Não, não! — disse ele em desespero, erguendo-a para carregá-la nas costas.

Corvo correu para o portão e, em desespero, quase não conseguiu destrancá-lo. Temeu que tivessem danificado a tranca, o túnel foi sendo engolido pela escuridão enquanto tentava, mas finalmente ele conseguiu abrir e saiu correndo com Aster nas costas, deixando o portão aberto mesmo, com esperança de que ela ainda tivesse alguma energia e que, se ela fosse recarregada logo, voltaria a acordar sem ter perdido a memória, ou coisa pior. Correu como nunca, retirou o disfarce dela e a conectou ao gerador, mas após minutos, que viraram horas, ela permaneceu inerte. Corvo e Ivan não podiam fazer mais nada além de esperar e torcer pelo melhor.

CAPÍTULO 11

CUSTOS

Dois dias após a noite da festa, os nove patriarcas se reuniram na mansão do Duque Motrov Montblanc para discutir os rumos do país.

— Um terço da câmara superior já respondeu positivamente — disse Vigo O'Walsh. — O resto dos votos para derrubar Longbow serão mais difíceis, ele manipula bem a imprensa e a opinião pública.

— Algo notável — comentou Marko Roshmanovy —, tendo em vista que sou dono da maioria dos jornais do país.

— Sim, aquele ministro da Propaganda dele é muito eficiente — comentou Carlos Carbone.

— Heavenwhaler, já descobriu algo sobre aquele roubo? — perguntou Motrov.

— Ainda estamos investigando — respondeu William —, mas é quase certo que tenha sido os Garras de Grifo pelos corpos que ficaram para trás.

— Sendo ou não, mande seus "objetos" para a toca deles — mandou Motrov. — Soube que eles estão agindo sob ordens dos Albuquerque e daquelas outras duas famílias que esqueci o nome.

— Não seria melhor esperar um pouco para isso? — interveio Roshmanovy. — Eles estão sendo usados para caçar os Punhos de Trovão e lutar contra os bandidos das outras cinco famílias corruptas de lá, se deixarmos que eles lutem entre si, nos pouparão trabalho.

— Se este é o caso, realmente vale a pena deixar que vivam um pouco mais — disse Heavenwhaler. — Entretanto, se foram eles, ainda vou mandar alguém tentar recuperar o baú.

— Se conseguir e puder aumentar o número de "objetos", nossos planos podem ser acelerados — comentou Motrov. — Eles se mostraram muito mais eficientes do que nossos mercenários.

— Falando em investigação — disse Bernard Brodowski —, tenho notícias sobre os boatos da família imperial ter retornado em segredo à ilha.

— Deixe-me adivinhar — disse Guilberto Hohenzollern —, agora acham que Rondel é o príncipe que veio salvar o país?

— Não faça piada — respondeu Brodowski —, acabou que havia um fundo de verdade em meio aos exageros.

— Como assim, Brodowski? — perguntou Motrov se inclinando para frente.

— Como sabem, depois que começaram os vários rumores exagerados contratei alguns mercadores de informação confiáveis para descobrir a fonte disso — explicou Brodowski. — Afinal os rumores começaram a despertar o interesse na restauração da monarquia.

— Após três gerações, esse fantasma ainda consegue assombrar essa ilha — murmurou Heavenwhaler.

— Dos três grupos que contratei, os dois que eram grupos grandes não descobriram nada concreto, mas um que era o menor, com apenas três membros, me avisou que descobriu a fonte do boato, uma jovem garota, viajando incógnita e sozinha, pegou carona em um vagão mercante até o mercado central e, ao que parece, a mercadora, perguntando quem ela era, recebeu uma resposta vaga, de que ela tinha vindo de fora da ilha buscar informações de parentes que sumiram na queda do império.

— E isso virou o boato de que um príncipe exilado voltou para se vingar e salvar o país da destruição, usando os Punhos de Trovão? — espantou-se Carbone. — Incrível como boatos crescem.

— Ao que parece — respondeu Brodowski —, a mercadora contou para alguém que vendeu a informação e a especulação sobre quem era a garota e do porquê viajava sozinha se misturou com outros boatos.

— Pode não ter passado de boatos exagerados — disse Carbone —, mas isso mostrou que, mesmo após três gerações sem nem darem sinal de vida, a família imperial ainda exerce influência por aqui.

— Mandei que o grupo descobrisse quem realmente era a garota, eles ficaram de me informar ontem, no entanto não apareceram e hoje de manhã recebi uma mensagem do líder deles.

— E? — perguntou Motrov impaciente.

— Ele queria mais dinheiro pela informação, parece que ele encontrou a garota, mas os dois companheiros dele morreram devido a ferimentos ao lutar com a garota e o guarda dela. Mandei o dinheiro, mas encontraram ele morto.

— Então a possibilidade de ser a família imperial não foi descartada — comentou Motrov, com certa preocupação no rosto.

— Se for, qual seria o objetivo deles? — perguntou O'Walsh. — Não creio que seja o dos boatos.

— Talvez queiram o selo imperial — ponderou Zimmermann —, tanto o que estava no acervo da biblioteca quanto o que era usado pelo Imperador sumiram na época.

— Sim, não deram importância — disse Carbone —, pois quase toda a família imperial foi executada e esperavam em pouco tempo matar o último membro, o que estudava fora, entretanto ele foi esperto e sumiu antes de ser encontrado.

— Que importância teria o selo agora? — perguntou Roshmanovy.

— A posse, junto com certos documentos, seria prova muito forte de descendência da realeza — explicou Motrov —, passo importante para restaurar a monarquia, mas a maior importância está na lenda em torno dele, principalmente do primeiro selo.

— Ora, nossas famílias apagaram qualquer menção a essa lenda — disse O'Walsh. — Ninguém deve conhecer atualmente e com isso ela não tem força.

— Nós conhecemos — alertou Motrov. — Com os boatos como estão, é provável que muitos outros também, apenas não revelam abertamente por medo. Vamos investigar mais sobre a garota e sobre a localização dos selos, estamos muito próximos de assumir o total controle do país, não deixaremos que fantasmas do passado venham nos atrapalhar.

★★

Os dias seguintes à festa foram relativamente calmos em Avalon, o maior evento era a guerra travada na câmara superior entre Longbow e seus opositores, algo distante dos Von Gears, que, embora trabalhassem com os planos de Morgana de fortificar um grupo político focado no bem do país, ainda estavam longe de se meterem diretamente nos assuntos políticos.

— O jornal de hoje diz que a votação pela saída de Longbow foi interrompida novamente — comentou Rodan como o jornal nas mãos, sentado em sua poltrona no escritório.

— Então Longbow ainda possui mais força no parlamento que as nove famílias — respondeu Nathalia, sentada no sofá tomando um chá.

— Sim, mas parece que elas não vão desistir de derrubá-lo desta vez — disse Rodan.

— Estamos saindo! — avisou Sophia, da porta com Marie. — Tem certeza de que não quer ir junto, mãe?

— Adoraria ir às compras com vocês — respondeu ela —, mas tenho que fazer algumas coisas para sua vó.

— Tomem cuidado — pediu Rodan para as duas.

— Não se preocupe tanto — respondeu Sophia. — Vamos de charrete a vapor até o setor comercial e lá é a região mais policiada depois do Centro Nobre. Também tenho meu leque na mão e minha besta carregada de setas na bolsa.

— É função dos pais se preocuparem — respondeu Rodan. — Divirta-se minha filha. Mas tente não gastar muito.

— Vou tentar, nos vemos à noite — despediu-se.

Sophia estava saindo para se distrair, muito tinha acontecido no último mês e precisava de uma diversão sem preocupações, ao menos por uma tarde. Desde que Aster foi com Corvo, uma semana antes, permaneceu preocupada se ela estaria bem, só recebeu uma mensagem curta há dois dias, dizendo que estava tudo bem e que Aster estava se recarregando. Isso não bastou para afastar a sensação de que algo não estava certo. Até teve um pesadelo com Aster caída sem vida.

— Espero que não chova — disse Sophia olhando pela janela da charrete a vapor para as nuvens cinzentas no céu entre as torres altas.

A Cidade Superior era dividida por anéis concêntricos de muralhas, herança de tempos passados e, para chegar no setor de comércio das lojas mais luxuosas de Avalon, elas teriam de passar por dois portões.

— Ter que mostrar documentos de identificação para passar por cada portão só serve para atrasar as pessoas — reclamou Sophia, enquanto a charrete estava parada na fila que se formou no primeiro portão. — Espero que não seja assim no próximo também.

— Este é o mais movimentado, pois liga o comércio comum com o setor industrial passando pelo setor das casas médias — explicou Marie —, mas o próximo é bem menos movimentado, poucos são os que vão de fora para lá.

Nisso, Sophia acabou notando uma pichação na muralha, o que era extremamente incomum para a Cidade Superior. Era uma coroa que lembrava a imperial, era uma pichação grande, toda em tinta branca e bem visível ao lado do portão.

"Alguém vai ter trabalho para limpar aquilo", pensou Sophia, entediada com a lentidão da fila.

Como Marie havia dito, no segundo portão foi bem mais rápido e logo as duas estavam andando de vitrine em vitrine, admirando o que era exposto e eventualmente entrando em uma loja para comprar algo que agradasse.

— É impressão minha ou as lojas estão com menos produtos dessa vez? — perguntou Sophia para Marie, ao saírem de uma loja de chapéus.

— Verdade — respondeu Marie. — Os preços também estão mais altos. Será que ainda é consequência do que houve com as refinarias?

Foi uma tarde divertida para as duas, a qual encerraram em uma confeitaria, onde por coincidência encontraram Carla Greenvale, que estava em uma mesa com Larissa Sherman.

— Sophia, Marie, que bom ver vocês. — Larissa as cumprimentou com abraços.

— É bom ver vocês também! — respondeu Sophia, enquanto Marie apenas sorriu e fez uma reverência.

— Fazendo compras? — perguntou Carla, convidando as duas para se sentarem.

— Sim. É bom ter uma diversão de vez em quando — respondeu Sophia puxando uma cadeira para se sentar.

— Certamente que sim! — concordou Larissa. — Ainda mais que as aulas recomeçam em duas semanas.

— Os planos de férias de todo mundo ficaram uma bagunça — reclamou Carla. — Minha família pretendia viajar, mas agora ficou para o fim do ano.

— Aqueles desgraçados conseguiram incomodar todo mundo — disse Larissa em concordância.

— Graças a Deus está tudo voltando ao normal — disse Sophia, assim que pediu um suco para a atendente —, embora deva dizer que essa nova regra incômoda nos portões provavelmente não vai ser abandonada tão cedo.

— Se os produtos voltarem a baixar de preço logo, já seria ótimo — disse Marie.

— Não conte muito com a baixa dos preços — respondeu Larissa. — Pelo que ouvi de meu pai, está havendo uma taxação maior dos produtos que vêm de fora da ilha, ele mesmo está com problemas para negociar preços melhores. É capaz de aumentar mais ainda.

— Espero que não aumente muito — disse Marie, preocupada —, vai ficar difícil para o bairro dos servos e pior ainda para a zona pobre.

— Mas que visão deplorável — disse uma voz feminina vinda de trás de Sophia. — Vocês não têm o mínimo conhecimento de etiqueta?

— Ah! É você, Catarina — disse Carla.

— Senhorita Catarina para você, meu pai é Conde! — respondeu ela. — Vocês não se envergonham de deixar uma serva sentar e comer junto de vocês na mesa?

— Por que deveríamos? — perguntou Sophia, com cara de poucos amigos.

— Vejo que os Von Gears tem um péssimo conhecimento em etiqueta — respondeu Catarina. — Sophia, agora você faz parte da elite da Cidade Superior, não pode ficar agindo assim.

— Se quiser posso lhe ensinar a como agir com a etiqueta que sua nova posição exige — disse ela em uma pose arrogante, olhando Sophia de cima.

— Se alguém está agindo sem etiqueta é você, Catarina — retrucou Carla —, que mete o nariz empinado onde não é chamada e chega falando mal dos outros. Se não gosta do que vê, de meia-volta e retorne para o buraco de onde veio.

— Como ousa? — revoltou-se Catarina, visivelmente furiosa.

— Você está azedando nossos doces — disse Larissa, sem nem olhar para ela. — Se já disse o que queria, nos deixe em paz.

— Devia saber que não adiantaria falar com a plebe — disse Catarina virando-se para ir embora. — Mas vocês vão se arrepender por falar assim comigo!

Marie estava encolhida na cadeira e, quando Catarina já estava longe, disse:

— Desculpe! Espero não ter causado problemas.

— Não se preocupe com isso — disse Carla. — Catarina é que é arrogante e uma chata.

— Mas o pai dela é Conde e... — disse Marie acanhada.

— Desde a queda do império esses títulos não passam de enfeite — interrompeu Larissa —, conheço o pai dela, ele tem negócios com o meu. Se ela for reclamar com ele sobre isso, será ela que acabará com problemas por incomodá-lo com briguinhas de crianças e ela sabe bem disso.

— Mas que garota chata — reclamou Sophia —, veio aqui só para atazanar.

— Esqueçamos dela — disse Carla —, vocês já ouviram sobre o que aconteceu com os pais do Haroldo anteontem?

— O Haroldo que estuda conosco? — perguntou Sophia.

— Sim, ele mesmo! — confirmou Carla.

— Não estou sabendo de nada — respondeu Larissa.

— Nem eu — disse Sophia.

— Os pais dele foram presos por tentar fingir o sequestro do Haroldo! — respondeu Carla.

— O quê? Como é? Pelo quê? — perguntaram Sophia, Larissa e Marie, respectivamente.

— Pagaram uns homens para manter o Haroldo preso em uma casa abandonada, perto da zona morta, por dois dias e depois deixar ele ir. Parece que acharam que assim teriam o mesmo ganho social dos Von Gears — respondeu Carla.

— Coitado do Haroldo! — lamentou Sophia.

— Se fosse comigo, eu não teria coragem de aparecer em público tão cedo — disse Larissa, ainda assombrada.

— Coitado mesmo, ele não sabia que era um falso sequestro, soube quando a polícia prendeu os pais — disse Carla. — Soube, pela prima dele, que agora ele vai morar com parentes em Musfelgard.

— Aquela ilha vulcânica!? — surpreendeu-se Sophia. — Agora é que tenho mesmo pena dele.

— Cada ideia idiota que as pessoas têm — disse Marie balançando a cabeça em negação.

— Realmente — concordou Larissa —, mas essa bateu recorde de estupidez.

— E eu achando que o que vi no chá com os Laurent não podia ser superado — comentou Sophia.

— O que aconteceu lá? — perguntou Carla.

As quatro ficaram conversando, com o assunto ficando cada vez mais descontraído e divertido, deixando para trás o mau humor que Catarina havia deixado. Até que o sol começou a se pôr.

— Senhorita Sophia, já é hora de irmos — alertou Marie. — A charrete a vapor já deve estar nos esperando.

— Então vamos — respondeu Sophia, se levantando e se despedindo das amigas —, foi uma ótima conversa, Carla, Larissa.

— É sempre um prazer conversar com você, Sophia — respondeu Larissa. — Marie, não se preocupe com o que Catarina disse, nenhuma amiga de Sophia vai tratar você como inferior.

— Obrigada! — respondeu Marie, em uma respeitosa reverência.

— Temos que nos encontrar mais vezes assim! — disse Carla, abraçando Sophia.

Sophia e Marie saíram calmamente, até onde fora combinado que a charrete esperaria. No caminho notaram que as ruas estavam esvaziando rápido, como se as pessoas estivessem com medo da noite.

— Essa parte da cidade sempre foi tão ativa à noite — comentou Sophia com Marie enquanto subia na charrete com a ajuda do condutor —, será que ainda há racionamento na iluminação?

— É que ainda há um toque de recolher, jovem senhorita — respondeu o condutor.

— Pensei que tinha sido revogado com o fim do racionamento — comentou Marie.

— E foi — explicou o condutor —, mas, por algum motivo, há dois dias retomaram. Tem pessoas que acham que tem a ver com a história de um fantasma vindo da zona morta, mas eu acho que foi por causa do protesto.

— Que protesto? — perguntou Sophia.

— Três dias atrás, um parlamentar da Cidade Interior liderou um grupo para protestar na frente da câmara superior à noite, com tochas nas mãos — respondeu o condutor —, reclamando de várias coisas, e prometeram voltar se não fossem ouvidos.

— E nada disso saiu nos jornais — espantou-se Marie —, nem mesmo o retorno do toque de recolher.

As duas voltaram para casa e, conforme ia escurecendo, viram pelo caminho cada vez mais guardas e menos pessoas comuns nas ruas. E ao parar no primeiro portão foram avisadas de que havia um toque de recolher naquele setor e que o portão seria fechado em cerca de uma hora.

— Mas é um toque de recolher para toda a cidade ou só para a parte mais central? — perguntou Sophia ao guarda, enquanto entregava os documentos.

— Por enquanto só na parte mais nobre da cidade — respondeu o guarda —, mas é melhor ir direto para casa, a cidade está cada vez menos segura à noite.

— Principalmente para garotas — murmurou outro guarda, longe dos ouvidos de Sophia e vigiando as sombras ao longe, como que temendo que algo saísse delas.

Sophia retornou para casa se perguntando como fariam para irem ao jantar na mansão Montblanc no dia seguinte, com o portão fechado.

Da grande janela de seu escritório, Longbow observava como a cidade ia mudando de cor conforme o sol ia se pondo e as luzes eram aos poucos acesas, enquanto o ministro das Relações Exteriores, Wyler Manfred, repassava os resultados das negociações com os Francos e Bretões nos acordos de exportação de óleo e gás.

— Dessa forma mais da metade do consumo deles passará a ser suprido por nós, a aliança militar com eles foi realmente decisiva — concluiu Manfred.

— Carbone deveria nos agradecer ao invés de insuflar parlamentares contra o governo! — esbravejou o ministro Gunther. — Ele vai lucrar como nunca. Deveríamos dobrar as taxas que ele paga!

— Carbone e os outros oito vão acabar recuando — respondeu Longbow calmamente. — O ultraje causado pelos Punhos de Trovão os fez se sentirem ameaçados e realmente foi uma falha minha, mas assim que eu provar que posso mantê-los seguros e enriquecendo vão deixar isso de lado.

Ele então se virou para eles e disse:

— Colocaremos o plano para depois de recuperada a confiança.

— Tem dois meses ainda para terminar a usina — disse Kaspersk. — Acho que até lá já estará tudo apaziguado.

— Mesmo que seja o caso, Aston está certo em aguardar o quanto for necessário, — alertou Gunther. — Deixar que o grande projeto do governo seja sabotado, logo depois de recuperar a confiança deles, poderia pôr tudo a perder.

— Algo que já está difícil de recuperar com o caso das garotas sumindo na cidade — disse Longbow. — Algum progresso nas investigações, Kaspersk?

— Não, o caso da Von Gears não tinha nenhuma relação com os outros — respondeu Kaspersk. — O que já era de se esperar, pois ao contrário dos outros desparecimentos esse teve um objetivo bem claro com o pedido de resgate, além do fato de o dela ter tido testemunhas e ter sido à luz do dia.

— E o público? — perguntou Longbow.

— Estamos conseguindo esconder — respondeu Kaspersk. — Ao menos neste ponto os nove estão nos ajudando, mas rumores estão se espalhando.

— Sobre meu filho? — perguntou Longbow, calmamente se servindo de whisky.

— Não — respondeu Kaspersk —, os policiais que o detiveram naquela noite realmente se mantiveram calados.

— Mas não é garantido que isso vai se manter, principalmente se corpos de garotas esfaqueadas aparecerem — alertou Gunther. — Tem certeza de que não é ele?

— Ele partiu para Musfelgard faz três dias — revelou Longbow. — O que aconteceu naquela noite foi um evento isolado, ele mesmo diz que não entende o que aconteceu. Ele parecia mesmo estar estranho na festa, mas achei que ele só tinha bebido demais.

— De qualquer forma — disse Kaspersk —, espero que isolando a zona nobre consigamos alguma coisa.

— Uma cidade com muros — disse Gunther olhando pela janela —, mas cheia de túneis por baixo, que os tornam quase inúteis. O que pensavam quando construíram assim? Já conseguiram isolar os dois níveis abaixo?

— Sim — respondeu Longbow —, me foi reportado que ontem foi fechado o último túnel e agora todas as passagens estão vigiadas com guardas e portões.

Longbow dispensou os ministros e se sentou no sofá de seu escritório, se perguntando como os problemas de uma cidade poderiam estar sendo mais complicados que os problemas do país como um todo. Ao menos não precisaria se preocupar com o filho mais novo sendo acusado de crime tão grave.

"Talvez não fosse má ideia deixar para outro os assuntos de Avalon e me concentrar em tornar o país uma máquina mais eficiente, Gerard poderia assumir esse cargo, claro, após uma reforma administrativa", pensava ele enquanto tomava mais whisky.

Na noite fria e escura de Avalon as pessoas se recolheram em suas casas, muitas com preocupações comuns da vida, outras temendo o futuro incerto, as engrenagens da cidade se moviam e logo alguns seriam esmagados entre elas.

A manhã chegou escura e tempestuosa, mas isso não afetava em quase nada os moradores da Cidade Interior, alguns túneis e galerias podiam até inundar, no entanto nada que realmente causasse impacto. Pelo menos não normalmente, mas, para o azar dos Bierfass, um duto de água se rompeu com o excesso de pressão e alagava tudo em sua forja naquela manhã.

— Isso tinha que acontecer logo agora que finalmente conseguimos terminar nossa forja de temperatura extrema! — reclamou Thomas Bierfass.

— Traga mais baldes e reclame depois! — reclamou Andressa, correndo com água na canela, para evitar que as mais diversas ferramentas movidas a vapor molhassem.

— Thomas, Andressa, deixem isso para os ajudantes — disse Drake Bierfass, vindo até eles seguido por quatro ajudantes —, fechei a válvula, isso deve parar a inundação. Quero que vão até o Grande Mercado Central e comprem o que está nesta lista para consertarmos a tubulação.

Os dois concordaram, pegaram o papel e foram se trocar para ir, já que estavam encharcados.

— Espero que eles entreguem ainda hoje — disse Thomas para Andressa. — Aquela tubulação ajuda a controlar a temperatura de nossa nova forja.

— É, eu queria terminar o pedido do Corvo neste fim de semana — respondeu Andressa — e aproveitar para convidar ele para ouvirmos o concerto na grande praça.

— Ainda quer tornar ele seu namorado? — perguntou Thomas. — Ele já não disse que você é como uma irmã para ele?

— Não me faça lembrar disso! — respondeu ela com uma expressão triste no rosto. — Enquanto ele estiver solteiro eu vou continuar tentando.

— Boa sorte então, irmãzinha — respondeu ele com um sorriso amigável.

Os dois não demoraram muito para chegar ao mercado, onde foram direto para a loja.

— O mercado está meio vazio hoje, não? — comentou Andressa ao olhar ao redor, normalmente estariam se espremendo entre uma multidão de pessoas ao passar por ali.

— Bem vazio, você quer dizer — respondeu Thomas. — Muitas barracas e lojas estão fechadas também.

— Depois que resolvermos o assunto da compra, que tal passarmos no vagão-mercante da Sra. Faustos? — sugeriu Andressa. — Ela e Ana devem saber o porquê disso.

— Claro, mas eu até faço uma ideia do porquê — respondeu ele enquanto pagava. — Viu por quantos policiais passamos? Os contrabandistas estão passando por dificuldades.

— Vocês não sabem o quanto — respondeu o dono da loja. — Para mim não houve grande impacto, mas muitos comerciantes aqui tinham contrabandistas como únicos fornecedores e esta semana não apareceu nenhum deles por aqui.

— Nenhum contrabandista conseguiu chegar ao mercado? — surpreendeu-se Thomas.

— Quatro tentaram e acabaram presos — respondeu o lojista. — Usaram as rotas secretas, mas assim que começaram a andar pelo mercado foram detidos. A esperança é que, se prenderem gente o bastante dos Punhos de Trovão e capturarem Rondel, as coisas voltem ao normal.

Thomas e Andressa saíram dali e foram até o vagão mercante de Amélia, onde a encontraram discutindo com dois homens.

— Já disse que não sei nada sobre isso! — Ouviram Amélia dizer, de forma bem irritada, aos homens.

— Se não contar o que sabe sobre a garota que transportou, teremos de arrancar de você! — ameaçou um deles puxando um pequeno porrete do bolso do casaco.

— Se tentarem alguma coisa com minha mãe, eu quebro os dois! — avisou Ana ao sair do vagão-mercante com uma enorme e pesada chave inglesa, que tinha um metro e era de ferro forjado, bastaria acertar uma vez para quebrar um crânio.

— Precisa de ajuda, Sra. Faustos? — perguntou Thomas, com o pesado martelo de ferreiro, que sempre levava preso no cinto, na mão e com Andressa ao seu lado com a mão na guarda de uma espada curta que levava presa ao cinto.

Ao ver a desvantagem, o homem guardou o porrete e disse:

— Vamos embora, mas será sábio se nos contar o que queremos saber.

Os três homens saíram sem dar as costas para eles até estarem bem longe.

— Obrigada, crianças! Pensei que teria que me sujar de sangue — disse Amélia, guardando, em um bolso quase invisível na saia do vestido, uma adaga que tinha escondida na mão.

— O que eles queriam, mãe? — perguntou Ana ao se aproximar.

— Queriam saber sobre a garota que transportamos no caminho para cá — respondeu ela —, não faço ideia de como souberam sobre Sophia ou por que querem tanto saber o que sei sobre ela.

— Você devia ter contado tudo logo — reclamou Ana, contrariada. — Não faria nenhuma diferença, ela está bem longe e não é mais problema nosso.

— Eles não mencionaram o nome dela — respondeu Amélia. — Ou seja, eles têm pouca informação, não sou eu que darei isso a tipos como aqueles.

— Mas... — Ana começou a tentar argumentar.

— Além do mais — interrompeu Amélia —, não sei por que eles querem essas informações ou para quê. Simplesmente responder o que eles querem poderia causar problemas para nós e para Corvo, é melhor que ninguém saiba o que sabemos sobre isso.

— E nós podemos saber do que se trata tudo isso? — perguntou Andressa, ao se aproximar com Thomas. — Se é algo que envolve Corvo, como amigos dele e de vocês, queremos ajudar se possível.

— Vamos entrar e conversar — respondeu Amélia —, será mais seguro.

Naqueles dias, Corvo passava a maior parte do tempo trabalhando na construção da oficina de ferreiro que servia de disfarce para o gerador, mais para ficar de olho em Aster do que qualquer outra coisa. Ela ficava sentada, com os cabos do gerador conectados em pontos específicos das costas, em um armário com porta para que ficasse escondida.

— Ainda nada? — perguntou Ivan.

— Não, nenhuma luz, som ou movimento — respondeu Corvo.

— Vou até o bar do Dumont — avisou Ivan —, tente não trabalhar demais.

— Vai ver se Dumont conseguiu alguma informação sobre Rondel? — perguntou Corvo sem olhar para Ivan.

— Isso, e também sobre a tal bruxa — respondeu Ivan. — Ela consegue ser mais oculta que nossa amiga Ashvine.

— Até mais então — despediu-se Corvo.

— Volto logo — respondeu Ivan, saindo, mas mantendo um olhar preocupado, conhecia o neto e sabia que ele se culpava por Aster.

Sozinho, Corvo então parou por um instante, desanimado, sentou e ficou olhando para Aster e pensando em como Sophia reagiria se soubesse o que aconteceu, ele já estava perdendo as esperanças de que Aster voltaria a se mover e não queria contar isso para Sophia.

Então ele notou um pequeno movimento de Aster, se levantou e, ficando parado, observou com mais atenção. Quando começou a acreditar que foi só sua imaginação, os olhos de Aster se abriram, estavam totalmente brancos, como quando se conheceram, ela ergueu as mãos e ficou olhando e mexendo elas, como que para entender que eram suas e como funcionavam.

— Eu não deixei de existir... — disse ela, com uma voz fraca — não deixei de existir — repetiu em um sussurro.

Ao ouvir aquilo, Corvo percebeu todo o peso do que Aster havia feito para protegê-lo e sentiu as pernas ficarem fracas.

— Corvo, obrigada por tudo! — disse ela, olhando para ele com um olhar de felicidade, com as íris voltando a preencher o branco dos olhos.

— Eu é que agradeço pelo que você fez — respondeu ele se ajoelhando de frente para ela e pegando a mão dela com as duas mãos —, juro te proteger para sempre por isso.

— Fiz apenas o que qualquer um faria por um amigo — respondeu ela.

— Não, definitivamente não seria qualquer um que arriscaria deixar de existir para proteger um amigo — respondeu ele. — Não faça isso de novo, Sophia ficaria muito triste se você deixasse de existir.

Aster acenou positivamente com a cabeça e então Corvo se levantou e disse:

— Agora sabemos que não há risco se você se descarregar, aliás, como está sua recarga? Já faz uma semana que começou a recarregar.

— Estou com dez por cento, uma taxa de pouco mais de um por cento por dia — respondeu ela, decidindo omitir o fato de que, desta vez, não ficou totalmente sem energia, usara os 2% que restavam da bateria reserva, uma opção que não mais teria —, dessa forma vou precisar ficar quase cem dias sem gastar nada de energia para ficar totalmente carregada.

— Era o que Ashvine temia — lamentou Corvo. — Vamos torcer para conseguirmos encontrar o reator.

— Em uma semana estarei com vinte por cento — disse Aster — e poderemos ir até o acervo.

A princípio, Corvo pretendia ir sozinho, mas repensou, não só porque Aster se mostrou tão interessada em ir junto, mas também por acreditar que com a ajuda dela as chances de encontrar pistas sobre o paradeiro da biblioteca mística no acervo seriam maiores e concordou em programar a ida para a próxima semana.

— E Sophia? — perguntou Aster. — Ela quer muito ir junto.

— Mas não vou levar — respondeu ele —, prefiro que ela não me perdoe por mantê-la em segurança a eu não me perdoar por colocá-la em risco.

Aster acabou concordando, não tinha como argumentar contra, pois se sentia da mesma forma, embora se sentisse um pouco mal por de certa forma trair a amiga.

Corvo deixou Aster voltar a 'dormir' e foi escrever para Sophia, para informar como estava a recarga de Aster.

"Espero que consigamos encontrar o reator", pensou Aster enquanto via Corvo saindo, "passarei mais tempo aqui nesta caixa de madeira, sem poder nem pensar, do que vivendo livremente se não encontrarmos".

Aster estava, apesar disso, feliz em finalmente ver sua energia aumentar ao invés de diminuir.

Enquanto isso, Sophia estava entediada em casa, olhando para a chuva forte que batia na janela. A preocupação com Aster havia diminuído de alguma forma e não tinha nada para fazer até a hora de se arrumar para o jantar na mansão Montblanc. Acabou por pegar o livreto de Corvo e estudar os mapas que ele desenhou e os códigos, fazendo surgir nela a ideia de talvez fazer uma visita surpresa para Corvo e Aster. Só precisava lidar com seus pais, que provavelmente seriam contra ela ir sozinha.

A tempestade daquele dia só foi diminuir no fim da tarde, reduzindo para uma garoa fina que se prolongou noite adentro. Uma das vantagens dessas tempestades era limpar as ruas da Cidade Superior da fuligem que as inúmeras chaminés lançavam o tempo todo e Sophia admirava a sutil diferença enquanto seguia na carruagem a vapor que os Montblanc enviaram para buscar ela e seus pais.

— Toque de recolher no Centro Nobre, carruagem com escolta — comentou Rodan. — O que estará havendo que não sabemos?

— Talvez tenham ficado com medo depois do que aconteceu na festa — respondeu Nathalia — e, até que Rondel seja preso, isso ajude eles a se sentirem mais seguros.

Chegaram sem problemas à suntuosa mansão do Duque Montblanc, sendo recebidos na porta pelo Duque e a Duquesa.

— Fico feliz que tenham chegado em segurança. — Motrov cumprimentou Rodan com um firme aperto de mão. — A carruagem foi confortável?

— Sim, Vossa Realeza Duque de Avalon, obrigado pela carruagem — respondeu Rodan com toda a etiqueta e pompa que a situação exigia. — Nos sentimos honrados em sermos agraciados com esse jantar, Sr. Duque.

— Venham — convidou o Duque para que entrassem —, vamos conversar em um lugar mais confortável.

O jantar foi tranquilo, ao som de um quarteto de cordas tocando as mais belas músicas, Rodan temia ter de lidar com assuntos políticos durante o jantar, mas o Duque em nenhum momento puxou a conversa nessa direção e, após a maravilhosa sobremesa, a Duquesa Anastácia Montblanc convidou Nathalia e Sophia para conhecerem a mansão, deixando Rodan e o Duque sozinhos na sala de visitas.

— Sr. Von Gears, imagino que já saiba, mas minha família, antes da queda do império, era a responsável por administrar esta ilha como um todo. — Rodan assentiu com um aceno de cabeça. — O Imperador cuidava do país e o Duque de Avalon da ilha e da Cidade Superior, enquanto dois marqueses administravam cada um uma das cidades inferiores, a dos túneis e a do porto, mas hoje o primeiro-ministro acumula as funções de administrar o país, a ilha e a Cidade Superior, com câmaras administrando as cidades inferiores e não acho isso eficiente.

Rodan permaneceu quieto, ouvindo atentamente o que o Duque dizia, tentando imaginar aonde ele queria chegar. E o Duque gostou da expressão serena e atenta de Rodan, concluindo que ele realmente poderia ser útil para seus planos, se concordasse.

— Os eventos do último mês mostraram que, embora Longbow seja um bom administrador e um bom homem, ao ter tantos encargos, não consegue manter supervisão adequada de tudo, resultando em bandos de criminosos proliferando como pragas pelos cantos escuros de nossa outrora magnífica Avalon. — Motrov se levantou de sua poltrona e caminhou até a grande lareira, ficando por um momento em silêncio, olhando para as altas chamas.

— Imagino que Vossa Realeza tenha a solução — comentou Rodan.

— Após ponderar com outros chefes das famílias mais importantes do país, chegamos à conclusão de que é necessária uma reforma administrativa, o primeiro-ministro deve entregar a administração de Avalon e da cidade a outros e se concentrar no país. Iremos propor que sejam entregues a nobres como sempre devia ter sido, as câmaras serão mantidas, é claro, mas o nobre terá a última palavra.

— Será uma mudança enorme — respondeu Rodan, com calma e serenidade. — Não sei como os políticos reagirão a essa tentativa de devolver algum poder à antiga elite nobre.

— Para diminuir isso, o poder seria entregue a novos nobres — respondeu Motrov se virando para Rodan. — Queremos dar novos títulos de nobreza aos que vão assumir a administração das cidades e da ilha.

— A questão não é essa — disse Rodan olhando nos olhos de Motrov. — Se eles forem eleitos pelo povo, a ideia será melhor aceita por todos, um método democrático, com mandatos, é o que o povo está acostumado.

— Esses são cargos que devem ser vitalícios na minha opinião — explicou Motrov —, para que quem assumir pense no longo prazo, o que é essencial para um povo prosperar, políticos tendem a pensar em curto prazo.

— É um bom argumento — concordou Rodan —, mas o que será feito se quem estiver no cargo vitalício decidir agir em benefício próprio?

— O mesmo que deveria acontecer ao eleito, ser removido e punido severamente, — respondeu Motrov. — Não é por ser um cargo vitalício que o ocupante não poderá ser removido quando houver razões para tal.

— Isso se ele não conseguir impedir a remoção com manobras políticas — retrucou Rodan.

— De fato há o risco de algum dia no futuro isso vir a acontecer — respondeu Motrov —, mas cabe aos bons garantirem ser sempre a maioria e impedir os corruptos de agirem.

Rodan imaginou como teria sido convencido das boas intenções de Motrov se não soubesse que ele tramava algo muito suspeito, então percebeu que todas as suspeitas se baseavam na informação de que Heavenwhaler tinha um acordo secreto com uma bruxa, não fazia ideia do que o Duque realmente planejava, acabou decidindo conquistar alguma confiança dele e tentar descobrir alguma coisa.

— Há razão em suas palavras, Vossa Realeza — respondeu Rodan após um instante de silêncio —, se bem planejado e explicado, acho que tem chances de ser aprovado e melhorar muito nosso país.

— Sabia que o Sr. Von Gears seria capaz de ver que temos razão — afirmou Motrov com um sorriso e se aproximando. — Por isso queremos que assuma o cargo de administrador de Avalon.

— Eu!? — surpreendeu-se Rodan.

— Você tem as qualidades certas, é admirado e respeitado em toda a ilha — respondeu Motrov. — Claro que receberá ajuda e conselhos dos outros nobres no começo, mas tenho certeza de que faria um ótimo trabalho.

— Eu nem sei o que dizer... — disse Rodan, visivelmente surpreso.

— Não precisa responder agora — disse Motrov, entregando a Rodan um copo com whisky —, ainda está longe o dia de alguém assumir esse cargo, muita coisa precisa ser feita antes, apenas quero que pense a respeito.

Enquanto o Duque convencia Rodan, a Duquesa mostrava a coleção de arte às convidadas e um imenso quadro, que praticamente tomava toda uma parede, chamou muito a atenção de Sophia.

— É um quadro magnífico mesmo, não? — comentou a Duquesa ao ver a reação de Sophia. — Se chama "Guardiões do Império".

— Sim, magnífico Vossa Realeza,— respondeu Sophia —, mas o que realmente me surpreendeu é que vi um mosaico na Grande Biblioteca representando a mesma cena.

— Verdade? Na biblioteca? — questionou a Duquesa surpresa e tentando controlar a empolgação.

— Sim, fica em uma pequena sala de estudo em um dos cantos, Vossa Realeza — respondeu Sophia. — Era belo, mas nem se compara à pintura, que é tão ricamente detalhada.

— Que curioso, acho que irei ver com meus próprios olhos — disse a Duquesa com um sorriso.

No caminho de volta para casa, enquanto Rodan conversava com Nathalia sobre a proposta do Duque, Sophia notou outra pichação, idêntica à que viu no dia anterior, porém menor, agora em um dos prédios.

"Isso é estranho", pensou ela. "Será que tem relação com os protestos que o condutor mencionou? Mas por que uma coroa?"

★★

No dia seguinte Corvo partiu para a Cidade de Madeira, para ver se Marco havia conseguido alguma informação sobre os mercadores de informação com os quais lutou. No caminho, enquanto cruzava pelas docas, viu um grande e estranho navio a vapor atracar, não parecia um navio de carga comum, se era um de guerra não possuía armas aparentes e também não ostentava nenhuma bandeira ou nome, apenas a pintura de uma coruja branca na lateral do casco.

"Algum modelo novo de navio?", perguntava-se ao se afastar das docas e seguir caminho para a torre abandonada.

Encontrou Marco na janela observando algo com uma luneta, tão compenetrado que se assustou quando Corvo colocou a mão em seu ombro.

— Imagino que esteja curioso sobre o misterioso navio aportando — disse Corvo contendo a risada pela reação assustada de Marco.

— Não me diga que já sabe de algo sobre ele? — perguntou Marco.

— Só que acabou de chegar — respondeu Corvo. — Mais uma vez obrigado pelo aviso e ajuda do outro dia, muita coisa ruim foi evitada.

— Fico feliz que tenha dado tudo certo e ninguém além dos Punhos acabou ferido ou morto — respondeu Marco. — Fui achando que iria lutar ao lado de vocês e todo o resto iria literalmente explodir. É bom saber que Ivan é capaz coordenar uma defesa como aquela. E pensar que os Punhos não conseguiram nem chegar perto.

— Temos amigos bons por toda a cidade. Bons de briga — comentou Corvo com bom humor. — Mas mudando de assunto, sabe de algo sobre aqueles mercadores de informação que me atacaram?

— E se eu disser que estão mortos? — respondeu Marco, levando Corvo a arregalar os olhos em surpresa.

— Todos os três? O que aconteceu? — perguntou. — Estavam feridos quando fugiram, mas não achei que morreriam.

— A história que corre é que os três mercadores de informação que batem com a descrição que me deu foram mortos, talvez por desavenças com outros grupos maiores de mercadores de informação — respondeu Marco. — Eles teriam sido contratados por alguém poderoso e estariam ganhando muito dinheiro, isso despertou inveja.

Corvo ouvia atento, tentando assimilar o que ouvia com certo espanto estampado no rosto.

— Ao menos é o que é contado por aí — completou Marco com um sorriso maroto —, mas, como sou o melhor, tenho informações mais corretas.

— Pare de se gabar e conte.

— Quando você me pediu para descobrir quem eram, fui a médicos que normalmente atendem contrabandistas, sou amigo de todos, e um deles confirmou ter atendido três com os ferimentos descritos. Dois ainda estão internados e o que perdeu a mão saiu no mesmo dia, o único que realmente foi encontrado morto.

— Os dois ainda estão vivos? — questionou Corvo.

— Sim — respondeu Marco, voltando a olhar pela janela com a luneta. — Assim que recebi a informação que os três haviam morrido em uma luta, voltei para falar com o médico e ele escondeu os dois, que seguem fracos e sob cuidados.

— Essa história está muito esquisita — comentou Corvo, sentando em uma cadeira, com ar pensativo. — Por que iriam inventar uma história de que eles morreram lutando com outros mercadores de informação?

— Obviamente querem esconder o que realmente aconteceu — argumentou Marco —, mas quem e por que é que são as principais questões.

Os dois pararam em silêncio por um instante e Corvo então disse:

— Recapitulando, eles foram contratados para obter informações sobre o boato da família imperial estar andando pela Cidade Interior, correto?

— Correto — afirmou Marco. — Eles e mais outros grupos maiores.

— Como eles chegaram até mim achando que eu tinha algo com isso?

— Isso demorei para descobrir — respondeu Marco, ainda olhando pela luneta. — Só ontem que as informações que eles tinham começaram a se espalhar e estão caras.

— Quanto lhe devo? — perguntou logo.

— Foi trocado comparando com o que ganhei com as informações que você me deu — respondeu Marco —, não se preocupe com isso. Mas voltando no assunto, parece que o boato começou quando a história de uma mercadora se espalhou. História de que deu uma carona para uma jovem garota, viajando incógnita e sozinha, jovem essa que veio de fora da ilha buscando informações de parentes que sumiram na queda do império. Isso se misturou com outros boatos que já corriam pela cidade.

Corvo logo fez as conexões e baixando a cabeça e colocando a mão na testa disse:

— Ana Faustos acabou bebendo e falando demais, não foi?

— É, ela falou mesmo — respondeu Marco. — O pior é que outros mercadores de informação gananciosos já estão começando a importunar aquelas duas, vou falar com elas e depois com os dois hospitalizados.

— Espero que nada aconteça com aquelas duas — disse Corvo preocupado.

— Se essa história continuar escalando em violência, vai ficar ruim para todos os mercadores de informação e a situação já não é boa — continuou Marco, após parar de olhar pela luneta para anotar algumas coisas em um caderninho. — Com os contrabandistas sem poder circular livremente, as informações se tornaram escassas, difíceis e caras.

— A Guilda dos Mercadores de Informação vai fazer alguma coisa? — perguntou Corvo.

— Não por enquanto — respondeu Marco, voltando a olhar pela luneta —, mas se mais mortes acontecerem, é possível que convoque uma assembleia.

Corvo se reclinou na velha cadeira em que estava sentado para pensar em como lidar com a situação. Poderia começar um rumor que afastasse as atenções de Aster, mas seria difícil sem os contrabandistas para espalhar naturalmente.

— A Cidade Interior sem contrabandistas, nunca imaginei ver isso — comentou Corvo.

— Os únicos contentes com isso são o Bazar da Meia-Noite, o Mercado Oculto e o Mercado da Galeria Esquecida — contou Marco. — Estão ganhando muitos clientes novos.

— Eles estão se arriscando — respondeu Corvo —, se a pessoa errada descobrir onde ficam... eu é que não queria ser pego lá, o Mercado da Lua Cheia e os outros três são sábios ao não serem gananciosos.

— Eles sabem dos riscos — respondeu Marco —, ainda são só os antigos clientes de confiança que sabem. Estão usando intermediários, basicamente estão guardando as mercadorias e distribuindo com cuidado redobrado. Aliás, soube que o pessoal do Bazar da Meia-Noite quer contratar você para ser um dos intermediários.

— Não, obrigado, é o único mercado negro em que ouso negociar e tenho bons amigos lá, mas a situação está complicada e esquisita demais.

— Realmente está — concordou Marco —, mais um grupo de contrabandistas de armas foi aniquilado esta semana e também um grupo de traficantes de drogas, estes encontrados na Cidade de Madeira.

— Alguém está tentando fazer uma limpeza em Avalon? — perguntou Corvo surpreso.

— Seja quem ou o que for, está assustando todo mundo com o método brutal — comentou Marco.

— Estar à margem da lei nunca foi tão perigoso — disse Corvo se levantando.

— Está perigoso para todos — retrucou Marco. — Outra coisa é que, desde que começaram a chegar os novos recrutas para a polícia da Cidade Interior, comecei a ouvir relatos de aumento da brutalidade da polícia e de prisões sem motivo justo, e olha que o que não falta é gente com motivos para ser presa.

— Provavelmente tem o dedo da elite da Cidade Superior nisso — comentou Corvo. — Ainda bem que consegui evitar maiores danos causados pelos planos dos Punhos.

— Ainda bem mesmo, meu amigo — concordou Marco, guardando a luneta —, se um dos nove tivesse sequer se ferido, eu já teria fugido da ilha no dia seguinte. Mas, então, quer me ajudar a conseguir informações no porto sobre esse navio misterioso? Alguns tripulantes dele estão andando pela cidade.

— Imagino que minha ajuda seja o custo pelas informações que me deu — respondeu Corvo.

— Está barato, tem gente morrendo por informações ultimamente — retrucou Marco, dando uma piscadela e sorrindo.

CAPÍTULO 12

A BUSCA PELO ACERVO

Sophia corria por túneis esfumaçados, corpos caídos pelo chão e atrás dela vinha algo que ela não sabia o que era, mas a aterrorizava como nada no mundo, então viu Corvo, parado alguns metros à sua frente, tentou alcançá-lo, mas o chão se abriu em um abismo sob os pés deles e antes que ela pudesse pensar em qualquer coisa, das trevas do abismo surgiu uma enorme aranha feita de sucata que a atacou. Sophia acordou do pesadelo bruscamente, ainda sentindo a estranha sensação no centro do peito de quando, no pesadelo, a monstruosa aranha de sucata a empalou com uma das patas.

"Deus! Que pesadelo horrível!", pensou ela, com a mão no peito para ter certeza de que não havia nada errado, só sentiu o coração acelerado e a estranha sensação desaparecer.

Sophia olhou ao redor ainda um pouco assustada, levantou da cama e foi até a escrivaninha onde havia um jarro com água e um copo.

"Sorte que não gritei ou teria acordado todo mundo na casa", pensou ela enquanto tomava água e se acalmava tentando esquecer o pesadelo ainda vívido em sua memória. "Melhor voltar para a cama, tentar dormir e esquecer."

O amanhecer veio e Sophia acordou cansada, havia conseguido dormir depois do pesadelo, mas não descansar direito. Tinha grandes planos para aquele fim de semana, o último antes da volta às aulas, mas estava difícil ficar animada naquela sexta-feira tendo dormido tão mal e isso não passou desapercebido por seus pais durante o café da manhã.

— O que houve, Sophia? — perguntou sua mãe, preocupada. — Parece desanimada, está ficando doente?

— Não, de forma alguma, só não dormi bem à noite passada — respondeu com um sorriso.

— Não esconda nada, se estiver ficando doente, cancelo minha viagem neste fim de semana — disse Nathalia com a mão no rosto da filha.

Ela iria com Melian a outras ilhas de Hy-Drasil a pedido de Morgana, conversar com alguns aliados e fechar alguns acordos comerciais.

— Não se preocupe, foi só um sonho ruim que me acordou no meio da noite — afirmou ela segurando a mão da mãe com carinho.

— Vou estar longe, na Cidade Interior supervisionando a instalação das turbinas a vapor, mas não deixe de me avisar se algo acontecer — pediu Rodan. — Virei o mais rápido que puder.

— Vocês se preocupam demais — respondeu Sophia com um sorriso gentil no rosto —, eu estou bem, podem seguir com seus compromissos tranquilos, e depois passarei o fim de semana na casa dos Hagen, com Amanda, me preparando para a semana que vem. Tenho certeza que vão cuidar bem de mim.

— Não se esqueça de agradecer aos Hagen pela hospitalidade e à Amanda pela ajuda em rever o que perdeu — avisou Nathalia. — A mudança do período de férias atrapalhou muita gente, mas acabou sendo útil para você não perder muitas aulas.

— Não esquecerei — afirmou ela, servindo-se de mais suco. Não gostava de mentir para seus pais, mas aquela era uma oportunidade única para visitar Aster na casa de Corvo.

— E evite sair com sua amiga neste domingo — alertou Rodan. — Soube que vai haver alguns protestos dos operários exigindo aumento de salários.

— Espero que sejam protestos pacíficos — respondeu Sophia. — Ultimamente até a guarda pesada está fazendo rondas no Centro Nobre. Mas fique tranquilo meu pai, sei me defender e não sou boba de ir atrás de problemas.

— Fico feliz que seja confiante e não boba — disse Rodan olhando nos olhos de Sophia —, mas cuidado com o excesso de confiança, estás muito longe de ser invencível.

— Sei que não sou invencível — retrucou Sophia —, mas posso cuidar de um idiota qualquer.

— Vamos testar isso então — respondeu Rodan se levantando —, hoje no seu treino serei seu *"sparring"*.

— Mas o senhor se atrasaria para o trabalho — argumentou Sophia.

— Uma das vantagens de ser chefe é poder se atrasar de vez em quando se necessário — respondeu Rodan. — E você precisa de uma lição.

— Não será tão fácil quanto pensa — disse Sophia com um sorriso.

— Veremos — respondeu ele.

Depois de trocar de roupa, os dois se encontraram no cômodo que Sophia usava para treinar, Rodan calçou luvas de boxe e jogou uma espada de madeira para Sophia.

— Eu com espada e o senhor sem? — perguntou surpresa.

— Quero ver sua habilidade contra um homem desarmado, — respondeu Rodan com um sorriso e cruzando os braços. — Venha quando estiver pronta.

Sophia não perdeu tempo e avançou com uma estocada, estava a três largos passos do pai e encurtou a distância em questão de frações de segundos, mas foi tempo o bastante para Rodan, em um movimento fluido, descruzar os braços, dar um passo para frente e com o braço direito acertar a mão de Sophia que segurava a espada de madeira, desviando a estocada e com o punho esquerdo acertar um soco forte no estômago de Sophia. Ela foi jogada para trás, caindo no chão sem ar.

— Parece que foi bem fácil — afirmou Rodan, sério e se aproximando dela. — Querida, por mais que você saiba lutar, quanto maior for a diferença de tamanho entre você e seu adversário, menor a chance de vencer — completou ele com ternura na voz.

— Mas já vi Corvo e Aster enfrentarem pessoas maiores que eles — argumentou ela, tentando se levantar, mas ainda desequilibrada se apoiou no pai.

— Eles pegaram os adversários de surpresa, ou já prontos e avançando contra eles? — perguntou Nathalia, que estava observando em um canto.

Sophia parou para pensar: a vez que viu Corvo enfrentar alguém já pronto para lutar foi quando Aster o salvou pegando de surpresa o adversário, ele nem chegou a lutar. Na vez contra os dois piratas no túnel, Corvo atacou antes de eles conseguirem puxar as armas.

— De surpresa — respondeu ela, cabisbaixa, em uma voz fraca.

— Não é impossível vencer alguém maior do que você, mas exige muito mais esforço e inteligência, um soco meu e você mal consegue ficar de pé, mas um soco seu mal me afetaria — explicou Rodan em tom paternal.

— Não fique triste — disse Nathalia se aproximando e colocando a mão na cabeça da filha —, conhecer seus limites ajudará a não correr riscos desnecessários.

Sophia concordou com um aceno de cabeça, se sentia uma boba por toda a confiança vazia que possuía antes, mas se levantou, pegou o leque e disse:

— Mais uma vez, por favor, quero testar mais dos meus limites. — Não havia arrogância em sua voz, apenas uma real determinação em aprender e melhorar, o que fez seus pais sorrirem com orgulho.

Ela não conseguiu acertar um único golpe em seu pai, caiu várias vezes no chão, mas terminou o treino feliz, apesar de toda dolorida.

Antes daquela manhã, Sophia tinha certeza de que podia ir sozinha até a casa de Corvo e dar uma lição em quem quer que a importunasse pelo caminho, mas agora se sentia uma idiota por pensar assim. Não tinha desistido de ir, mas teria que repensar o plano.

"Tantas opções, tem várias rotas que ele marcou como pouco usadas, mas ainda assim é incerto", pensava ela enquanto revisava o livreto de Corvo.

No dia seguinte, na casa de Ivan e Corvo, Aster passava o tempo em um estado de consciência mínima para não gastar energia. Para ela, era como estar em um vazio de completa escuridão, silêncio e solidão, com nada mais do que seus pensamentos e mesmo isso ela tentava manter ao mínimo possível, embora, ainda assim, refletisse sobre sua própria existência e como era diferente dos humanos.

"Sou eterna enquanto puder ter energia, mas se não a tiver deixo de existir. Eles são mortais, com um tempo limitado de vida, mas tem a esperança de uma eternidade após a morte, sem restrições.

Com o tempo, verei todos que conheci envelhecerem e morrerem, conhecerei outros e também continuarei existindo depois deles. Preciso aprender a lidar com isso, como Corvo aprendeu a lidar com a morte dos pais, ou a tristeza que se acumular irá me destruir.

Tempo, inevitável, imparável, nada permanece como é, no entanto, quando estou aqui neste vazio, ele parece perder o sentido."

Sua solidão contemplativa só foi interrompida quando Corvo veio falar com ela.

— Como está, minha amiga?

— Estou bem, amanhã estarei pronta para irmos em busca do acervo — respondeu ela com alegria.

— Que bom, eu e Ivan nos preocupamos se você não estaria se sentindo solitária, mas também não queremos perturbar sua recarga — disse ele se sentando em uma cadeira.

— A maior parte de tempo, fico inconsciente, não há problema em virem conversar comigo de vez em quando — respondeu ela.

— Sobre nossa ida — disse Corvo —, já estou com tudo planejado e pronto, mas recebi uma carta hoje de manhã de Rodan, ele quer me encontrar no Grande Mercado Central hoje. Vou sair daqui a pouco.

— Aconteceu algo? — perguntou Aster mostrando certa preocupação.

— Não sei, ele não disse nada — respondeu ele. — Pode ser que a avó de Sophia queira alguma coisa, ou talvez seja sobre a tal usina de arejamento da Cidade Interior.

— Você acha que ele pode pedir para você fazer alguma coisa e tenhamos de adiar nossa ida? — perguntou ela, não mostrando nenhuma preocupação ou tristeza com a possibilidade.

— É uma possibilidade — respondeu ele. — Você se importaria?

— Não, eu teria mais tempo para me recarregar — respondeu ela em tom alegre. — Quero ir o quanto antes, mas não me importaria em esperar um pouco mais.

— Entendo, então eu vou indo, não quero me atrasar.

— Ah! Eu gostaria de falar com Ivan, poderia chamá-lo? — pediu Aster, ela queria conselhos de alguém que já viveu muito.

— Infelizmente Ivan saiu, vai ficar o fim de semana todo fora — respondeu Corvo. — Ele foi investigar várias coisas que estão acontecendo na cidade e Tom foi com ele. Engraçado como os dois parecem ter se tornado grandes amigos.

— Então quando ele voltar converso com ele — disse Aster, escondendo sua pequena decepção. — Boa sorte no seu encontro com Rodan.

Aster acenou para Corvo enquanto ele saía e voltou para a escuridão solitária. Corvo sentiu em Aster certa tristeza e quase voltou para chamá-la para ir com ele, mas ela precisava ficar se recarregando e com o coração dividido ele partiu para encontrar com Rodan.

Corvo chegou ao local mencionado na carta, cinco minutos antes do horário marcado, era a saída do metrô que ligava o Distrito Central da Cidade Interior com a Cidade Superior. Normalmente muito movimentado com pessoas que vinham fazer compras, agora quase vazio. Muito por causa da falta de produtos. Algo que Corvo notou foi uma clara divisão nas patrulhas do Distrito Central, policiais novos, sob comando da Cidade Superior, mantinham-se em algumas zonas, nas bordas do distrito.

"As coisas estão ficando muito estranhas por aqui", pensou ele, vendo alguns piratas ostentando o símbolo dos Garra de Grifo conversando amigavelmente com policiais da Cidade Interior. "Não gosto de como os piratas estão cada vez mais agindo como uma extensão da polícia."

Corvo então viu um trem parar na estação, enchendo o ar com fumaça, pois o sistema que deveria puxar a fumaça dos túneis não estava funcionando direito, e então ele viu algo que fez seu sangue gelar. Sophia desceu do trem sozinha, usava um vestido verde-musgo com laços verde--folha e a mochila de couro, que usou no caminho para casa, nas costas.

Ela olha ao redor como que procurando algo ou alguém e Corvo apressou-se em ir até ela, sem entender se ela tinha vindo mesmo sozinha ou tinha se separado de Rodan de alguma forma.

— Sophia! — chamou Corvo, se aproximando preocupado. — O que aconteceu, onde está seu pai?

— Calma! Fui eu quem mandou a carta — respondeu ela, tossindo um pouco por causa da fumaça —, vim visitar você e Aster, "cof", sozinha.

— Você o quê!? — disse ele, que quase gritou de surpresa, mas conteve a voz.

— Podemos conversar em um lugar menos fumacento? — Pediu ela, com lagrimas nos olhos por causa da fumaça. — Eu explico tudo com calma, "cof", se puder respirar.

Corvo a conduziu para longe dos guardas e piratas, aproveitando toda a fumaça para não serem vistos, passando por alguns funcionários do metrô, que corriam para tentar solucionar o problema no sistema de ventilação.

— Pedimos desculpas, mas devido a problemas técnicos teremos de fechar a estação por hoje — disse um funcionário em um sistema de amplificação de voz por tubos. — Lamentamos o inconveniente e esperamos poder reabrir amanhã.

— E mais essa — disse Corvo. — Agora vou ter que levar você até sua casa.

— Está tudo bem — respondeu Sophia —, eu planejo passar o fim de semana com Aster mesmo. Você não teria coragem de me mandar embora, teria? — perguntou ela, com uma cara de súplica tão linda e fofa que Corvo nem conseguiu manter o olhar.

— Você se arriscou demais — disse ele enquanto a conduzia para longe da estação, olhando ao redor, atento, tentando ver se eram seguidos. — Tem muitos piratas Garra de Grifo andando pelo distrito, agora eles agem quase como uma extensão da polícia.

— Eles atacam pessoas? — perguntou ela preocupada.

— Só outros piratas, contrabandistas e membros dos Punhos de Trovão — respondeu ele. — Mas não se esqueça do que fez com o líder deles.

— O único que talvez me reconheceria seria o próprio líder e eu estava de rosto coberto — argumentou ela, um tanto quanto impaciente.

— Esqueceu que eles espalharam o boato de que os Punhos mataram você lá na grande mina? — retrucou ele se virando para ela, um tanto quanto irritado, mas mantendo o tom de voz calmo. — Não sabemos o quanto eles sabem e seu cabelo tem uma cor bem incomum para este lugar.

— Se meu cabelo é o problema já resolvo. — Ela então pegou na mochila o capuz e cobriu a cabeça.

— Só espero que os Garras de Grifo não possuam informantes nos guichês de passagem do metrô — disse ele conduzindo Sophia.

— Vamos pelo mesmo caminho que viemos com a Sra. Faustos? — perguntou ela, pensando em o quanto teria de andar, mas confiante de que possuía um condicionamento físico melhor para essa viagem.

— Não — respondeu ele —, eu vou é levar você para casa...

— Se não quiser me acompanhar, vou sozinha visitar Aster — disse ela de imediato, em tom quase imperativo.

— Você se perderia — respondeu ele.

— Lembra do livreto que me deu? Aquele com mapas? Eu estudei todos os caminhos que eu poderia tomar para sua casa.

— Você... está bem — ele se rendeu ao perceber que não conseguiria convencê-la —, vamos descer por um dos elevadores.

— Você não havia dito que são cheios de contrabandistas e mercadores e, por isso, seria perigoso para mim?

— A situação está diferente, a princípio não há ninguém procurando por você e depois os contrabandistas não estão usando os elevadores.

— Por que não? — perguntou Sophia sem entender o porquê de deixarem de usar algo tão útil.

— Porque foram praticamente banidos de todas as grandes zonas habitadas da Cidade Interior com o aumento das patrulhas com os novos policiais vindos de fora da ilha.

Sophia olhou na direção do mercado, escuro e vazio, quando passaram perto dele. Viu mais ao longe os vagões mercantes e perguntou a Corvo:

— O mercado está assim por causa dos contrabandistas ou houve outra coisa? A Sra. Faustos está bem?

— Os contrabandistas eram os principais fornecedores da maioria das barracas e lojas. Os Mercadores Itinerantes dos vagões não foram afetados, pois eles vêm vender o que trazem de outras ilhas e do continente, é o que está mantendo um fluxo de pessoas indo e vindo para o mercado, mas eles só vão ficar mais algumas semanas e muitos já estão partindo, pois já venderam o que tinham. — Corvo achou melhor não contar sobre os mercadores de informação indo até as Faustos, mais por não achar relevante para Sophia do que qualquer outra coisa. — As duas estão no Mercado Norte, ainda têm várias coisas para vender e devem ficar mais um mês na ilha antes de voltar.

— De que ilha são? — perguntou Sophia, curiosa.

— Do continente, bem, na verdade da Bretanha — respondeu ele. — É que é comum por aqui dizer que os bretões são do continente — completou ao perceber o olhar de Sophia para ele.

— Uma viagem tão longa — comentou Sophia. — Elas vêm e vão com o vagão mercante em um navio ou deixam na Cidade de Madeira?

— Não seria seguro deixar — respondeu ele —, tem vários barcos especializados em transportar os vagões.

Em pouco tempo chegaram ao elevador e como Corvo tinha dito, não havia ninguém nem perto dele, exceto o operador. Era um elevador grande e bem ornamentado, todo em bronze polido, bem mais luxuoso do que qualquer coisa que Sophia podia ter esperado.

— Jordan! Dia fraco não? — Corvo o cumprimentou de longe, fazendo Jordan erguer a cabeça de uma revista que estava lendo, era um jovem de 18 anos, alto e esbelto.

— Pode apostar, são os primeiros clientes desta tarde — ele respondeu se levantando e sorrindo. — Para onde vão?

— Vou pra casa — respondeu Corvo. — Esta é Cecília, filha de um amigo de Ivan, vai ficar conosco este fim de semana, os pais dela estão viajando.

— Prazer, senhorita — Jordan vez uma reverência pomposa. — Se estiver à procura de um namorado, estou disponível.

Sophia ficou surpresa e sorriu para ele, fazendo Corvo sentir uma certa raiva de Jordan.

— Posso dizer isso para Samanta? — perguntou Corvo de imediato.

— É só brincadeira — disse Jordan de imediato, visivelmente alarmado —, só queria ver a reação da moça. Você não vai dizer nada, não é? Não é?

— Sua sorte é que eu sou seu amigo — respondeu Corvo, entregando o pagamento pela passagem e entrando no elevador com Sophia, que tentava conter a risada.

— É um prazer, Jordan — disse ela ao passar por ele. — Você tem um bom amigo, mas cuidado com as brincadeiras.

Jordan sorriu meio sem jeito, acenando com a cabeça e se sentou em seu lugar começando a operar as alavancas do elevador, primeiro fechou as portas, depois acionou o motor a vapor para, por fim, fazer o elevador começar a descer.

— Vai ser uma viagem bem mais rápida que o normal — disse Jordan antes de soltar um suspiro e completar —, não haverá paradas. Ah, bons tempos em que parava em cada nível.

— Como você sabe se tem alguém ou não esperando em diferentes níveis? — perguntou Sophia, interessada no complexo painel à frente de Jordan.

— Em cada parada tem duas alavancas que as pessoas acionam para sinalizar — explicou Jordan —, uma para subir e outra para descer, um sistema complicado de cabos ergue numa dessas bandeirinhas — apontou ele. — Agora não me pergunte como.

— Todos os elevadores são assim? — perguntou Sophia para Corvo.

— Não, é um dos diferenciais deste — respondeu Corvo. — Os outros funcionam como os trens do metrô.

— É o que está garantindo que este seja um dos poucos que ainda tem clientes — comentou Jordan, com um leve aumento de ânimo. — Como ele não está mais tão lotado, muitos dos não comerciantes passaram a usar, agora o pico de uso é no começo da manhã e fim da tarde, mas nada que se compare ao menor movimento de antes.

Chegaram ao destino bem rápido e se despediram de Jordan desejando-lhe sorte e um bom dia de trabalho. Eles entraram no primeiro anel habitado em um ponto em que teriam de andar um pouco até um túnel que levava até a casa de Corvo.

— Quando passamos por aqui, naquela madrugada, eu me perguntava como era durante o dia — comentou Sophia, ao ver crianças brincando, barracas vendendo comidas variadas e pessoas indo e vindo. — É mais alegre do que eu imaginava.

— Tem muitas pessoas boas vivendo aqui — afirmou Corvo com orgulho. — Apesar de a polícia não fazer rondas por aqui, mantemos os bandidos longe.

— A beleza das casas combina com a alegria das ruas — comentou Sophia, que então viu algo que a surpreendeu. — Aquela menina está vendendo flores? Onde ela consegue isso por aqui?

— Parecem de verdade, não é? — respondeu Corvo com um sorriso e indo até a garotinha. — Vou comprar umas para você.

— Não são de verdade? — surpreendeu-se ela, seguindo ele, sem acreditar.

— Ela e a mãe fazem com papel e arame — respondeu ele sem olhar para trás. — Tália, quero três das mais bonitas para minha amiga — pediu Corvo, para a pequena vendedora de flores que veio animada.

— É sua namorada? — perguntou a pequena, olhando para Sophia com um sorriso alegre.

— Não — respondeu ele rindo e retribuindo o sorriso —, é só uma amiga.

— As flores são lindas — disse Sophia, pegando as flores oferecidas pela garota. — Corvo disse que você faz com sua mãe.

— Mamãe é muito boa — respondeu a menina, muito feliz com o elogio —, eu ainda estou aprendendo.

— Por falar nela — disse Corvo se abaixando para pagar pelas flores —, como ela está?

— A tosse melhorou muito com o remédio que você preparou — respondeu ela, guardando o dinheiro com cuidado.

— Se precisar de mais, é só me avisar — disse ele.

— Obrigada! Vocês dois formam um lindo casal! — comentou a menina ao se despedir, deixando Corvo meio sem jeito.

— Garotinha esperta, não? — comentou Sophia, tirando o capuz e prendendo as flores no cabelo.

— Você deve estar com fome — disse ele, mudando de assunto e desviando o olhar após ver como Sophia ficara linda com as flores no cabelo. — Venha, vou lhe comprar alguma coisa nas barracas antes de prosseguirmos.

Ele levou Sophia até uma barraca em que eram vendidos espetinhos com cubos empanados, onde ele comprou dois, um para cada um.

— De que é feito? — perguntou ela desconfiada sobre que tipo de carne era aquela.

— Atum — respondeu ele entregando o espetinho. — Se preferir, tem uma ali adiante que vende sardinhas fritas com batatas.

— Não, eu só fiquei curiosa — respondeu ela aceitando o espetinho, aliviada por não ser carne de ratos. — Achei que poderia ser carne, já que vocês conseguem muitas coisas com contrabandistas.

— Mesmo conseguindo com eles, ainda é muito cara — respondeu Corvo, começando a comer. — Peixe é muito mais barato.

— Este atum está maravilhoso! — disse Sophia ao provar.

— É o melhor espetinho da Cidade Interior — respondeu ele.

Eles seguiram conversando de forma descontraída até a casa de Corvo, Sophia contou sobre como a Cidade Superior estava depois do ataque na festa, e Corvo, preferindo evitar assuntos mais pesados, contou sobre como foi a construção do gerador e como o disfarçou com uma oficina de ferreiro que ainda estava terminando.

— Acho incrível como você é hábil em tantas coisas — comentou Sophia ao chegarem e ela ver a oficina em construção —, alquimia, de bombas incendiárias a remédios, e agora marcenaria e construção.

— É só questão de estudar e ter vontade de aprender — respondeu ele. — Venha, vou levar você até Aster.

Aster 'despertou' quando Corvo abriu a porta do falso armário que a escondia e não acreditou no que viu.

— Sophia! Mas o quê? — disse ela tentando entender a visão inesperada. — Então era sobre isso que Rodan queria falar com você? — perguntou olhando para Corvo.

— Acabou que foi ela que mandou a carta — respondeu Corvo. — Ela veio sozinha visitar você.

— Eu sei, foi arriscado — disse Sophia ao ver a expressão nos olhos de Aster e antevendo o que ela diria —, mas sei me def... sei o que consigo fazer, por isso vim de metrô até onde pude e fiz ele me acompanhar o resto do caminho.

— Você não tem jeito — disse Aster por fim, pegando a mão de Sophia. — Fico feliz que goste de mim a ponto de fazer isso, mas me prometa não fazer mais isso, não me perdoaria se você se ferisse para me ver.

— Nada deu errado e não houve risco algum, vocês se preocupam demais — disse ela, um tanto quanto desdenhosa.

— Cuidado com essa arrogância — alertou Corvo, notando bem o tom confiante na voz dela —, você não conhece a Cidade Interior como eu e mesmo eu estou achando a cidade mais perigosa e estranha a cada dia que passa.

— O que está acontecendo por aqui? — perguntou Sophia se voltando séria para Corvo.

— Além de piratas agindo com anuência da polícia e uma escassez gerada pelo banimento dos contrabandistas — disse ele —, ainda tem uma caçada a uma princesa imperial que não existe sendo levada por alguns mercadores de informação por causa de boatos que saíram de controle.

Sophia parou no lugar tentando digerir o que Corvo havia dito e antes que pudesse dizer qualquer coisa ouviram um sino tocar.

— Alguém está vindo — disse Corvo, olhando para fora da oficina. — Fiquem aqui escondidas, vou ver quem é.

Corvo logo teve a resposta, viu Marco vindo de um dos túneis e acenou para ele.

— Aconteceu alguma coisa? — perguntou cumprimentando Marco.

— Adoraria dizer que vim só pra bater um papo — respondeu Marco tirando a máscara —, mas consegui várias informações que, ao organizar, vi que precisava discutir com você. Estranho como isso está ficando comum.

— Vamos entrar e você me conta então — convidou Corvo.

— Adoraria, mas não tenho muito tempo, tenho que voltar logo — respondeu ele. — Passei muito tempo longe da loja essa semana, então apenas escute.

Corvo acenou com a cabeça, preferia conversar longe dos ouvidos de Sophia, mas não tinha com que persuadir Marco a entrar.

— Primeiro e mais importante, entre as pescarias de informações descobri que um ex-funcionário da Grande Biblioteca Imperial veio morar na Cidade Interior logo depois da queda do império, indo morar em uma mina abandonada, afastado de qualquer um. Resumindo muito toda a minha investigação, descobri que ele morreu sozinho e desde sua morte ninguém mexeu na casa dele.

— Você foi até lá? — perguntou Corvo interessado.

— Sim, por isso fiquei longe da loja tanto tempo, era um lugar simples e ele escondeu bem seus segredos, mas sou bom em encontrar nichos secretos. Encontrei o diário dele.

— O que descobriu? — perguntou Corvo ansioso.

— Que ele morreu esperando o retorno da família imperial e deixou o diário para ajudar os descendentes a encontrar o acervo imperial. Parece que ele e outros da biblioteca fundaram um grupo com o intuito de preservar o acervo e guiar os herdeiros do trono imperial a ele. O grupo teria se separado e ido para vários cantos da ilha depois de esconder o acervo. Pelo que estava escrito, deixaram pistas para a família imperial.

— Péra! O diário diz onde está o acervo? — perguntou Corvo surpreso.

— Não, mas diz que eles deveriam começar encontrando "o Guardiões do Império", alertando que devem procurar "o novo Guardiões do Império", pois o antigo perdeu a função.

— "O guardiões"? — repetiu Corvo, para ter certeza de que ouviu corretamente e que Marco falara assim de propósito.

— Sim — respondeu Marco —, estava escrito desse jeito, deduzo que seja algum objeto chamado Guardiões do Império.

Ouvindo atentamente a conversa, Sophia logo lembrou do grande quadro na mansão dos Montblanc e sentiu um arrepio ao lembrar da cara da Duquesa ao ouvir sobre o mosaico.

— Dizia algo mais no diário? — perguntou Corvo.

— Não — respondeu Marco com desânimo na voz —, a maior parte era sobre a história de como o grupo protegeu o acervo, mas a única indicação de onde guardaram foi essa.

— Mas já é muita coisa — disse Corvo com um sorriso.

— Outra coisa que ele escreveu é que "aquilo que garantiria o retorno incontestável do herdeiro ao trono ainda estava no acervo", com essas palavras, não disse o que era, mas definitivamente deve ser importante.

Corvo até imaginou o que deveria ser, no entanto se manteve calado, com uma expressão pensativa.

— Agora o que me fez vir falar com você é que estão pagando alto por qualquer informação sobre o acervo imperial, os mercadores de informação estão começando a correr para todo o lado tentando escavar qualquer informação.

— O quê? — surpreendeu-se Corvo.

— Lembra dos boatos da família imperial voltando — disse Marco —, somando com "aquilo que garantiria o retorno incontestável ao trono", eu diria que esse boato assustou alguém que também deve saber sobre o que tem no acervo e não quer volta de monarquia alguma.

— Então os boatos acabaram iniciando uma corrida pelo acervo... — disse Corvo pondo a mão na testa e fazendo uma cara de desgosto.

— E tem mais — alertou Marco —, ontem, Adriano foi contratado por alguém do topo para uma exploração sigilosa em um canal não mapeado que começa no primeiro nível abaixo da Cidade Superior, ele vai partir segunda agora. O grupo vai partir da Cidade Superior com os clientes e isso já diz muito por si só.

— E o que o faz pensar que tem algo a ver com o acervo? — perguntou Corvo. — Aliás, se é um trabalho sigiloso, como você ficou sabendo tanto e tão rápido? Adriano é um canalha, mas não sai falando por aí, principalmente sobre os trabalhos que pagam pra ele ficar calado.

— Tenho boas informantes — Marco respondeu sorrindo e com cara de orgulhoso. — Ele e mais dois vão escoltar três da Cidade Superior, parece que, embora não tenham contado para ele, Adriano descobriu que o objetivo é encontrar um lugar secreto cheio de coisas, um acervo que foi roubado e escondido, pegar um objeto e destruir o resto. Juntando tudo, a chance de ser é grande.

— Imagino que ele planeja ficar com os tesouros — comentou Corvo com uma cara de quem já havia visto aquilo antes, a ponto de ficar entediado.

— Não desta vez — respondeu Marco. — Quem o contratou deve ser muito poderoso, soube que ele está agindo como um cachorrinho perto dos homens que o contrataram.

— Quem contratou ele?

— Isso eu não sei, o próprio Adriano e os companheiros dele parecem ter medo de mencionar. Mas não precisa ficar tão preocupado — disse Marco ao ver a cara de Corvo —, é um fato que há uma corrida pelo acervo, mas duvido que seja aquele canalha idiota o primeiro a chegar ao acervo.

— Verdade — respondeu Corvo esboçando um sorriso sem alegria alguma —, mas isso me obriga a acelerar meus planos e aconselho você a tomar muito cuidado com o diário, esse é o tipo de informação que está matando gente.

— Não sou tolo, já teria morrido se não soubesse lidar com esse tipo de coisa. De qualquer forma, boa sorte com sua busca e não esqueça da promessa sobre a biblioteca... — O toque do sino interrompeu Marco.

— Outra visita? Que incomum — comentou Corvo, estranhando a situação.

De um túnel diferente do que Marco veio, Andressa apareceu com uma maleta e veio sorridente, Corvo logo percebeu do que se tratava, enquanto Marco pareceu ficar hipnotizado por Andressa.

— Olá, meninos. Corvo, aqui está — disse ela, entregando a maleta para Corvo. — E mais uma vez eu e meu irmão agradecemos por ajudar a finalmente terminarmos a forja.

— Agradeça Ashvine, ela que me falou sobre aquilo — respondeu Corvo ao abraçar Andressa.

— Como vai, Andressa? — cumprimentou Marco, meio que acanhado.

— Marco, é bom revê-lo — respondeu ela, envolvendo o braço de Corvo com o dela.

— Sabe, eu estava pensando em ir assistir às orquestras amanhã e queria saber se você não queria ir comigo — disse ela para Corvo.

— Eu adoraria — respondeu Corvo —, mas amanhã terei de cuidar de um assunto urgente, prometo ir com você outro dia que você quiser.

— Se é uma questão urgente não há nada que se possa fazer —, respondeu ela em um tom desapontado, dando um beijo no rosto de Corvo —, mas, já que me deu sua palavra, podemos ir no próximo fim de semana, vou esperar ansiosa.

Aster que observava tudo escondida percebeu uma mudança em Sophia, que estava ao seu lado olhando fixamente para Corvo, não entendia bem o porquê, mas ela parecia irritada com algo.

— Se quiser, eu posso ir com você amanhã — disse Marco.

— Não precisa se dar ao trabalho — respondeu ela bruscamente, com um sorriso que transmitia toda a vontade que ela tinha de mandar ele não se meter —, posso esperar para ir com Corvo.

— Er... Am... Eu tenho que ir — disse Marco se despedindo. — Vejo você depois, até outro dia, Andressa.

— Até! — respondeu ela sorrindo.

— Boa sorte com o Caolho! — desejou Corvo.

Marco saiu apressado ao lembrar do que enfrentaria se demorasse mais para voltar e Andressa ficou agarrada ao braço de Corvo.

— Quer entrar e comer alguma coisa? — perguntou Corvo.

— Eu adoraria, muito mesmo,— respondeu ela —, mas infelizmente, contra minha vontade, já tenho que voltar. Só vim entregar a maleta e fazer o convite. Meu pai disse que se eu não voltar logo me colocará para trabalhar a noite toda na forja. Do jeito que a cidade está, ele anda muito preocupado comigo.

— Entendo, eu te acompanharia até em casa, mas realmente não posso sair agora estou esperando umas entregas e Ivan não está — mentiu Corvo, a verdade é que não queria deixar Sophia sozinha.

— Tudo bem — disse ela soltando o braço dele e o beijando de novo no rosto. — Depois acertamos direito o dia e a hora, vejo você depois.

— Certo, mande um abraço para seu irmão e para seus pais — despediu-se ele.

Andressa saiu lentamente, alegre e olhando para trás de vez em quando, até que sumiu no túnel e então Corvo se virou, indo ver como Sophia e Aster estavam e se ouviram algo da conversa. Entrou e encontrou Sophia de braços cruzados, com um a expressão fria e foi até uma mesa deixar a maleta.

— Era sua namorada? — perguntou Sophia.

Aster ficou surpresa de aquilo ter sido a primeira coisa que ela perguntou após tudo o que ouviram.

— Andressa? Não, ela é uma amiga — respondeu Corvo sem olhar para Sophia enquanto ia até a mesa, aliviado achando que Sophia não havia escutado a conversa com Marco.

— Você e ela pareciam bem... próximos para amigos — disse Sophia.

— Eu cresci com ela e o irmão, os dois são como irmãos para mim — respondeu ele.

— Ela é como uma irmã para você? — perguntou Sophia com surpresa e uma animação contida. — Isso é ótimo, digo, é ótimo que tenha amigos assim!

Aster achou a mudança de humor de Sophia muito estranha, mas decidiu não falar nada.

— Sim, aqueles dois são ótimos amigos — disse Corvo, colocando a maleta na mesa.

— Corvo, sobre o que seu amigo contou... — Aster começou a dizer, se aproximando de Corvo.

— Sim, se não nos apressarmos, talvez não consigamos chegar primeiro ao acervo e ele será destruído! — exclamou Sophia, percebendo que havia esquecido completamente sobre aquilo.

— Então você ouviu... — Corvo soltou um suspiro.

— Tudo — respondeu Sophia. — O "Guardiões do Império" é um grande quadro, idêntico ao mosaico que vimos na biblioteca.

— Tem certeza? — perguntou Corvo, indo até Sophia surpreso.

— Sim, vi o quadro quando fui jantar na casa do Duque Motrov, a Duquesa levou a mim e minha mãe para conhecer a coleção de arte e o quadro estava lá. Ela notou meu interesse e contou o nome, foi quando disse que vi um mosaico idêntico na biblioteca.

— Quando foi isso? — perguntou Corvo.

— Há cerca de uma semana — respondeu ela.

— Então as chances de quem contratou Adriano ser o Duque são enormes — disse Corvo ao juntar as peças. — De alguma forma, o mosaico era um tipo de sinal ou contém alguma informação ocultada.

— Desculpe, eu acabei falando o que não devia — desculpou-se Sophia, cabisbaixa.

— Não se culpe — disse Aster —, quem poderia imaginar que uma coisa tinha ligação com outra?

— Aster tem razão — concordou Corvo colocando a mão no ombro de Sophia, que ergueu o rosto com um sorriso meigo e contido, que fez Corvo perder o raciocínio por um instante.

— Eu já estava mesmo planejando ir com Aster amanhã — disse ele se virando para ir até à mesa.

— Iam sem mim!? — perguntou Sophia, olhando de Aster para Corvo, que nem se virou, apenas parou por um instante ao perceber que tinha falado demais.

— Não queremos colocar você em perigo — respondeu Aster se encolhendo.

— Ainda não quero que vá — disse Corvo.

Sophia já ia protestar quando ele continuou:

— Mas tenho certeza que não importa o que eu diga você vai junto, então vou preparar um traje para você ficar mais protegida. — Ele se virou para Sophia após abrir a maleta e perguntou:

— Trouxe o traje que Ivan lhe deu?

— Sim! — disse Sophia animada e feliz. — Está aqui na minha mochila.

— Então as duas vão me ajudar a modificá-lo para amanhã — disse Corvo erguendo uma das finas placas de Mithril da maleta.

Sophia se aproximou dele com um sorriso e um lenço na mão, passou no lado do rosto dele que tinha a marca do beijo de Andressa, limpando o batom.

— Que foi isso? — perguntou Corvo, confuso com a atitude de Sophia.

— Tinha uma sujeirinha no seu rosto — respondeu ela, guardando o lenço. — Nada de mais, mal dava para notar.

Naquela noite os três se reuniram para jantar, tinham passado a tarde trabalhando e Corvo preparou o jantar enquanto Sophia tomava banho. Ela desceu com uma das mudas de roupa que tinha colocado na mochila e se juntou a Corvo e Aster à mesa.

— E Ivan e Tom? — perguntou Sophia ao se sentar. — Não os vi ainda.

— Vão passar o fim de semana fora — respondeu Corvo. — Estão investigando algumas coisas.

— Tom, o gato detetive? — brincou Sophia. — Esse gato está em outro nível!

Aster observava quieta a alegria dos dois e começou a pensar o quanto sentirá falta disso no futuro, sentindo uma tristeza começar a tomá-la, e a força dessa tristeza começou a assustar. Decidiu afastar esses pensamentos, iria aproveitar o presente deixando problemas do futuro para o futuro, trancando dentro de si essas preocupações.

Quando terminaram de comer, Sophia ajudou Corvo a lavar a louça, enquanto Aster organizava alguns mapas na mesa para discutirem os planos para o dia seguinte.

— Confesso que foi a primeira vez que lavei pratos — disse Sophia, acompanhando Corvo de volta para mesa.

— Fiz uma dama da alta sociedade lavar pratos, se a história se espalhar, serei tido como cruel e desalmado — ele brincou.

Os dois se sentaram e Corvo começou a explicar o caminho que tomariam.

— Passei a última semana planejando o caminho. Até a Toca do Coelho é relativamente tranquilo, mas a maior dúvida que permanece é a parte do sanatório — disse ele com um recorte de jornal bem antigo que continha uma reportagem sobre a construção do lugar. — Não dei mais que três passos naquele lugar. Era um tipo de banheiro grande cheio de chuveiros e estava relativamente intacto, mas pode ser que o resto esteja bem destruído.

— Será que os bibliotecários escavaram um caminho ou encontraram um? — perguntou Aster.

— O caminho não deve ser difícil — comentou Sophia. — Lembrem que eles transportaram o acervo por esse caminho.

— Verdade — concordou Corvo. — Então a questão mesmo é o tal sábio e o poeta: "entre o sábio e o poeta encontrará o que foi escondido".

— Espero que tenha algum tipo de identificação nos túmulos — disse Sophia. — Se só tiver os nomes, vai ser quase impossível, nem sabemos de quando datam os túmulos ali.

— Provavelmente serão bem reconhecíveis — afirmou Aster. — O neto do bibliotecário teria o mesmo problema e eles ainda queriam que os herdeiros imperiais encontrassem.

— Bem pontuado — concordou Corvo.

— Mas eu ainda adoraria saber como fizeram para descobrir um lugar assim — comentou Sophia — que nem os construtores do sanatório descobriram.

— Já encontrei outros cemitérios como esse — contou Corvo, se reclinando na cadeira — e este é incomum, só tem uma entrada. Todos tinham duas ou mais e nunca encontrei um com câmaras secretas, e sou bom em encontrar esse tipo de coisa.

— Segredos de famílias antigas... — comentou Aster.

— Ei! Talvez essa seja a resposta! — animou-se Corvo. — Talvez o cemitério fosse da família de um dos bibliotecários. — Ele mostrou o recorte de jornal, com uma rara foto do cemitério — reconheceu o nome numa das lápides e conhecia alguma história antiga da família.

— Se tivéssemos tempo de pesquisar que família é essa, ajudaria em alguma coisa? — perguntou Aster.

— Provavelmente não — respondeu Corvo —, seria uma curiosidade, mas dificilmente obteríamos alguma informação útil.

— De qualquer forma, pelo que me mostrou, não vejo por que estavam tão preocupados em eu ir — comentou Sophia —, é apenas um lugar antigo e abandonado.

— Tem vários perigos — alertou Corvo —, pode haver desmoronamentos, o ar do lugar pode conter elementos perigosos, por isso dei para você aquela máscara mais cedo e bem... ainda tem a chance de o sanatório ser assombrado.

— Você acredita em fantasmas? — perguntou Sophia, rindo, mais de nervoso e para esconder seu próprio medo do que qualquer outra coisa.

— Você não ouviu as histórias que ouvi, de pessoas que viram e não viu o que eu já vi — respondeu ele sério. — Ainda acho que você vai se arrepender de querer ir junto.

Sophia parou de rir, tinha um certo medo de fantasmas, mas tinha certeza de que não se arrependeria de ir junto.

Com os últimos detalhes para o dia seguinte acertados, Corvo seguiu para tomar banho e Sophia seguiu com Aster para o quarto em que dormiu da última vez, onde conversaram um pouco sobre coisas diversas, até que Corvo passou pela porta.

— Até amanhã, Sophia — disse ele. — Se precisar de qualquer coisa, é só me acordar.

— Obrigada e desculpe por todos os problemas que estou te causando — respondeu ela.

Ele apenas se virou e foi dormir, sem responder nada, deixando Sophia refletindo se não teria abusado muito da amizade.

— Também vou — disse Aster —, tenho que garantir o máximo de energia possível para amanhã.

— Então, até a amanhã! — respondeu Sophia, que chegou a pensar em pedir para ela ficar durante a noite, mas desistiu ao ouvir o porquê de ela estar indo.

Sozinha no quarto, Sophia pensava sobre tudo que acontecera no dia, e dormiu feliz pensando em como seria divertido o dia seguinte. Corvo, por sua vez, demorou um pouco para dormir, um tanto pelas preocupações sobre a aventura e um tanto por estar nervoso pelo fato de estar sozinho na casa com Sophia. Aster seguiu para seu canto escuro, começando a temer o vazio, temendo que acabasse voltando àqueles pensamentos sombrios sobre o futuro e fosse devorada pela tristeza, acabou passando a noite de olhos abertos e ouvindo tudo ao redor.

Na manhã seguinte, após um café da manhã reforçado, os três partiram para a Toca do Coelho, a ideia era sair cedo para que Sophia pudesse voltar para casa no máximo ao pôr do sol.

— Espero que não tenhamos problemas com piratas — comentou Aster.

— Nem me fale — respondeu Corvo, trancando o portão e isolando a área da casa do resto da cidade. — Já tive problemas demais com eles.

— Espero que meu pai esteja em segurança lá — comentou Sophia.

— Não se preocupe a segurança no entorno da Usina Arejadora está bem reforçada — disse Corvo, guiando as duas para o primeiro destino, um elevador que os levaria até o nível cinco, onde ficava a entrada do distrito das minas antigas. — Ouvi dizer que tem até um dos Generais Imortais fazendo a segurança.

— Generais Imortais? — perguntou Aster, surpresa e curiosa com o termo "imortal". — Existem pessoas imortais?

— Eles não são realmente imortais — explicou Corvo —, mas houve um tempo em que se acreditava que eram.

— Eles são três e comandam divisões especiais das forças armadas de Hy-Drasil, — explicou Sophia. — Sempre usam máscaras para ocultar o rosto, ninguém sabe quem eles realmente são. Sempre que um morre ou se aposenta outra pessoa similar assume o posto, o nome e a máscara, mantendo a ilusão de que é imortal.

— Para que se dar a tanto trabalho? — perguntou Aster não vendo lógica.

— Antigamente a ilusão de que havia generais imortais impunha medo aos inimigos — explicou Corvo, acendendo a lanterna para seguir por um túnel escuro. — Hoje é mais por uma questão de tradição.

★★

Outra pessoa que estava animada por uma aventura naquele dia era Abigail Griphon, que, totalmente recuperada, iria com Dellano e Sumally assistir ao concerto de uma orquestra em um dos anéis habitados.

— Irmão, tem certeza que não pode ir? — perguntou Abi, parada na porta do escritório dele.

— Queria muito, Abi, mas vou me encontrar com uma pessoa muito importante hoje — respondeu ele, se levantando e indo até ela. — Se os acordos de hoje terminarem como planejo, retornar para nossa antiga casa não será mais um sonho distante.

— Mas me prometa que outro dia me acompanhará! — ordenou ela, abraçando-o com força.

— Claro, nada me deixaria mais feliz — respondeu com um largo sorriso —, mas agora me prometa que ficará sempre ao lado de Sumally e Dellano.

Abi seguiu com os dois para o concerto e Griphon os observou sumirem na escuridão de um túnel, se preocupava com a irmã, mas ver o rosto feliz dela compensava.

— Espero que o acordo com o Senhor do Porto me garanta os navios que preciso — murmurou ele —, aquele velho de um olho só me deve muito pelo que aconteceu.

Em outro canto da cidade, Andressa retornava para casa de algumas compras, quando encontrou o irmão saindo da forja.

— Não vai no concerto? — perguntou Thomas.

— Não, infelizmente ele já tinha algo para fazer, mas consegui a palavra dele para o próximo fim de semana.

— Eu estou indo entregar algumas coisas para o lado da praça — disse ele apontando para um carrinho a vapor carregado de caixas. — Se quiser, podemos assistir juntos depois de eu terminar, posso esperar você avisar nossos pais...

— Não, tudo bem — respondeu ela —, posso esperar o próximo fim de semana.

Thomas seguiu para fazer as entregas, torcendo para não ser parado muitas vezes pela polícia no caminho, isso o atrasaria demais.

Enquanto isso, Aster notou que as pessoas com as quais cruzavam pelo caminho, não carregavam nenhum produto e usavam uniformes idênticos. Curiosa, perguntou a Corvo sobre isso.

— São trabalhadores das indústrias pesadas — respondeu ele —, estamos indo para um elevador muito usado por eles.

Os três chegaram onde ficava o elevador, uma porta de ferro fechada e com dois homens já esperando. Ao lado da porta, tinha uma placa com os horários em que pararia ali listados e um relógio acima da placa.

— O próximo é descendo ainda — disse Corvo conferindo seu relógio de bolso —, teremos que esperar uns 15 minutos.

Um dos homens que esperava o elevador começou a olhar para os três e cochichar no ouvido do outro, fazendo Aster e Corvo ficarem em alerta e Sophia apreensiva. Corvo então lembrou de como Aster foi reconhecida por um dos mercadores de informação.

"Eu devia ter modificado o traje de Aster, como pude esquecer deste detalhe?", pensou ele, começando a ficar realmente preocupado.

O sino do elevador tocou para sinalizar a chegada e, quando as portas abriram, muitos que estavam dentro saíram, o elevador era grande e poderia facilmente levar de 20 a 30 pessoas. Ao notar que os dois homens não tencionavam entrar, Corvo começou a pesar se não seria melhor desistirem de usar aquele elevador.

Quando as portas se fecharam e os cinco voltaram a ficar sozinhos, o silêncio cresceu na mesma proporção da tensão entre os dois grupos. Aster percebeu que os homens dirigiam seus olhares para ela e começou a temer um confronto como o contra aqueles mercadores de informação. Decidiu que precisava fazer alguma coisa, mas ainda não sabia o quê. Seus pensamentos foram interrompidos minutos depois quando o sino tocou novamente e as portas se abriram. Os dois homens nem se mexeram. Corvo começou a andar para entrar no elevador, Sophia seguiu ao lado dele e Aster foi logo atrás, guardando a retaguarda.

Por um instante, Corvo teve a esperança de que os dois não entrariam, mas eles também tomaram o elevador, se pondo bem perto da porta enquanto Corvo e as duas foram para o fundo. O elevador não estava lotado, entretanto tinha gente o bastante para eles se esconderem da vista dos dois homens e as conversas dos outros poderiam ocultar a deles.

— O que está acontecendo? — perguntou Sophia num sussurro.

— É possível que sejam mercadores de informação — respondeu Corvo —, tem rumores de uma princesa imperial andando pela cidade interior e a descrição bate com Aster, não sei como, mas esqueci disso. Eu devia ter modificado o traje dela.

— Desculpe por isso — Aster lamentou baixando a cabeça.

— Você não tem culpa — respondeu Corvo e Sophia concordou —, o importante agora é o que faremos.

— Tenho uma ideia — revelou Aster —, mas primeiro vamos esperar e ver se eles descem do elevador logo ou não, e ter certeza de que eles querem me seguir.

O elevador foi parando em vários níveis, pessoas entravam, outras saíam, mas os dois homens permaneciam perto da porta, chegando a atrapalhar quem passava, e mantinham a vigilância em Aster.

— É certo que querem algo comigo — sussurrou Aster para Corvo e Sophia —, próxima parada vou agir, fiquem onde estão e confiem em mim. — Corvo e Sophia acenaram positivamente com a cabeça.

Quando as portas do elevador abriram novamente, Aster acompanhou os que saíam, Corvo e Sophia ficaram apreensivos, temendo que o plano seria ela atrair os dois ficando para trás, e quase interviram. Assim que Aster saiu, os dois homens a seguiram mantendo uma certa distância e, quando eles estavam distantes o bastante do elevador, ela parou e se abaixou, como que para ajustar os sapatos, que aliás não usava, e os dois homens se aproximaram rapidamente sem correr.

Sem ninguém entre ela e o elevador, Corvo pode ver claramente o que acontecia, temeu que ela ia se deixar capturar e preparou-se para agir. Entretanto, Aster deu um inesperado pulo para trás e girando no ar, como uma bailarina, pousou com elegância na ponta dos pés dentro do elevador ao fechar das portas. Os dois homens demoraram para entender o que aconteceu e quando pensaram em correr para o elevador já era tarde demais.

Todos que estavam no elevador ficaram olhando para ela, que disse em tom vitorioso, olhando para Sophia e Corvo:

— Viram, eu disse que conseguia pular de volta pra dentro antes de fechar, nunca apostem contra mim!

A expressão na cara dos outros passageiros mostrou que tinham acreditado ser apenas jovens fazendo das suas e perderam o interesse, Corvo não resistiu e acabou rindo com a situação.

— Foi um lindo salto, onde aprendeu? — perguntou Corvo.

— Sophia me mostrou uns passos de balé um dia quando eu estava na casa dela.

— Nunca pensei que você fosse usar desse jeito — comentou Sophia, ainda recuperando a calma.

Logo eles chegaram ao nível cinco e seguiram caminho para a Toca do Coelho, e Aster notou que, conforme iam avançando, cruzavam com mais pessoas carregando sacolas e empurrando carrinhos com produtos.

— Vamos passar por algum mercado? — perguntou ela para Corvo.

— Não exatamente — respondeu ele —, isso é a Cidade Interior se adaptando, já que os contrabandistas não podem ir até o mercado, as pessoas estão indo aos contrabandistas. A Toca do Coelho fica no distrito das antigas minas abandonadas e muitos contrabandistas usam elas como depósito.

Em pouco tempo os três estavam em frente à entrada do distrito das velhas minas, era um contraste interessante, pois estavam em uma galeria larga, iluminada, bem trabalhada e com paredes, piso e teto revestidos, já para além da entrada, o túnel era rústico e direto na rocha, era tão amplo que podiam passar facilmente quatro vagões mercantes lado a lado e ainda assim a quantidade de pessoas era tanta que era difícil passar.

— Está mais movimentado do que eu imaginei — comentou Corvo, abrindo caminho pelo fluxo de pessoas indo e vindo. — Cuidado para não nos separarem — completou pegando a mão de Sophia.

Conforme se distanciavam da entrada, menor era a multidão e mais amplo era o túnel, até que se viram andando sozinhos. Ainda havia uma ou outra tocha acesa nas paredes, mas Corvo já tinha pegado novamente a lanterna e em pouco tempo essa passou a ser a única luz deles. O diâmetro do túnel começou a ficar menor conforme avançavam, embora ainda fosse amplo o bastante para passar dois vagões mercantes lado a lado.

— Essa caverna vai longe? — perguntou Sophia, quase sussurrando por causa do silêncio e olhando para trás.

— Muito — respondeu Corvo, também falando baixo —, mas não teremos que andar até o fim.

— Tem pessoas nestes túneis laterais — afirmou Aster, olhando para os túneis escuros pelos quais estavam passando.

— Sim, mas não farão nada se não tentarmos entrar nos túneis — respondeu Corvo —, após aquela curva fica a entrada da Toca de Coelho.

— Quem são? — perguntou Sophia olhando para os túneis, mas não enxergando nada além de escuridão.

— Algumas são pessoas que não querem ser encontradas e outras são pessoas que não tem para onde ir — respondeu ele.

Em pouco tempo ele parou na frente de um pequeno túnel, cuja entrada estava fechada por várias tábuas, pregadas de forma desordenada, quase como que tivesse sido feito com muita pressa e acima da entrada uma placa, quase caindo, com "A Toca do Coelho" escrito em letras grandes. Ele apagou a lanterna e pegou sua quase lanterna élfica.

— Alguém por perto, Aster? — perguntou ele.

— Ninguém que eu consiga notar — ela respondeu olhando ao redor.

— Este é um lugar do qual ninguém quer se aproximar — disse ele, movendo uma das tábuas e abrindo caminho —, mas vamos seguir com cuidado redobrado e o mais furtivamente que pudermos, sempre pode haver alguém louco o bastante para ocupar um lugar como esse.

Assim que passaram pelas tábuas, Corvo moveu a tábua de volta para o lugar de antes e guiou as duas, mina adentro. Não demorou muito para que começassem a ouvir um murmúrio estranho, quase inaudível, mas que conforme avançavam se tornava mais audível.

— Começo a ouvir o som, você tinha avisado que era um som tenebroso, mas não achei que seria realmente como murmúrios de pessoas — sussurrou Sophia, se sentindo levemente desconfortável.

— Pelo menos ele é intermitente — disse Corvo, no momento em que o som parou. — Vamos parar um pouco, comer alguma coisa e descansar, vai ser mais difícil fazer isso quando formos mais para o fundo e o som ficar mais alto.

Corvo puxou algumas caixas vazias abandonadas para usar como bancos e mesa, usando uma lona que tirou da mochila como toalha de mesa. Sophia e Corvo comeram enquanto Aster ficou vigiando e atenta a qualquer som.

— Isto era uma mina de quê? — Aster perguntou ao se aproximar de uma das paredes e examinar as marcas de ferramentas deixadas na rocha.

— Cinnabar — respondeu ele —, um cristal vermelho bonito de óxido de mercúrio, essa era uma mina muito valiosa, pois os daqui têm na forma cristalina translúcida, o dono não ficou contente quando ninguém mais quis trabalhar aqui. Ainda deve ter bastante nos túneis secundários.

— Mercúrio não é tóxico? — perguntou Sophia olhando preocupada ao redor.

— Só o puro — respondeu Corvo —, esses cristais são inofensivos.

Ao terminarem, retomaram a caminhada, até que, minutos depois, chegaram ao ponto em que a mina se abria em uma ampla câmara que era cortada ao meio por um canal.

O canal que era como um rio largo e caudaloso, que barrava o caminho para mais além e a única forma de atravessar era uma ponte de cordas erguida pouco acima do nível da água. Outra coisa notável era uma enorme rocha que lembrava um coelho.

— É por causa daquilo que chamam isto de toca do coelho — disse Corvo apontando para a rocha.

— Até que é um lugar bonito — comentou Sophia olhando ao redor.

— Se for o lugar certo, caso tivéssemos seguido aquele canal da biblioteca seria aqui que chegaríamos — comentou Corvo.

— Não tem muito espaço entre a rocha e a superfície da água de onde teríamos vindo — observou Aster, apontando para onde o canal surgia na parede à direita — se viéssemos de barco teríamos que abaixar bastante a cabeça para passar e na parede oposta ele praticamente some na parede.

Corvo se aproximou da abertura a montante do canal e pediu ajuda de Aster para olhar como era do outro lado com a lanterna.

— Cuidado, a correnteza parece muito forte — pediu Sophia, angustiada com a situação.

— É um canal construído — disse ele, inclinado sobre o canal, segurado por Aster e Sophia —, mas parece que a construção parou uns dois metros antes de alcançar a mina.

— Será que foi de propósito ou mera coincidência? — ponderou Sophia, ajudando Aster a puxar Corvo de volta.

— Difícil saber — respondeu ele —, nem sei o que foi escavado primeiro, o canal ou esta câmara.

Então o som de lamúrias, quase como o choro de centenas de pessoas em agonia começou a tomar o ambiente.

— Isso... Deus, é horrível! — disse Sophia aturdida, embora o som não fosse alto, era algo horrível de ouvir. — Se você não tivesse me dito que é o vento, acharia que uma porta para o inferno foi aberta.

— Foi o que o dono da mina pensou — comentou Corvo. — Depois de ouvir esse som, ele saiu correndo e mandou fechar a entrada.

— É angustiante — disse Aster.

O som murmuroso ficou mais alto por um instante e voltou a silenciar, fazendo Sophia se sentir aliviada com o silêncio.

— Ainda bem, que não dura muito — disse ela.

— Então... já se arrependeu de vir junto? — perguntou Corvo olhando de lado para Sophia.

— É preciso mais que isso — respondeu ela com um olhar desafiador —, mas não quero ficar aqui parada.

— Vamos atravessar logo a ponte — disse Corvo apontando para a velha ponte de cordas e madeira que atravessava o canal — e torcer para o vento não voltar tão cedo.

— Será que isto aguenta nosso peso? — perguntou Aster ao se aproximar e ver o estado da ponte.

— As cordas e suportes parecem bons — respondeu Corvo examinando-os —, as tábuas já não tenho certeza, vamos um de cada vez — disse ele pegando a longa corda da mochila. — E vamos amarrados uns nos outros por segurança.

Ele prendeu as duas na corda de forma que Sophia ficasse no meio e então disse:

— Vou na frente testando as tábuas e marcando as que não forem confiáveis, quando eu chegar ao outro lado será sua vez, Sophia, e por fim você, Aster.

As duas concordaram e Corvo começou a travessia e a primeira tábua que pisou cedeu ao seu peso.

— Nada animador — disse ele, pisando na segunda, que resistiu.

Lentamente ele atravessou, marcando as tábuas que pareciam fracas demais e após minutos de tensão chegou ao outro lado com a lanterna, percebendo então que Sophia e Aster teriam menos luz para ver o caminho. Antes que ele pudesse pensar no que fazer, viu Sophia acender uma pequena lanterna.

— Achei que seria útil ter uma comigo — disse ela, começando a atravessar.

— Que bom que pensou nisso — disse Corvo —, estou acostumado a estar sozinho e nem pensei no que aconteceria se nos separássemos.

No meio da travessia de Sophia o som murmuroso voltou, mais forte que antes, ela acabou errando um passo e quebrando uma tábua, não chegou a cair, mas parou no lugar se agarrando às cordas, seu pé ficou a milímetros da água. Ela respirou fundo e suspirou aliviada quando o som diminuiu e parou.

— Você está bem? — perguntou Corvo apreensivo.

— Tô ótima, agora que esse som infernal parou — respondeu ela voltando a avançar, mais rápida do que antes. — Justo quando sou eu atravessando — sussurrou para ninguém ouvir.

Aster foi logo em seguida e atravessou o mais rápido que ousou e quando os três se reuniram não perderam tempo em seguir em frente.

— Não vamos nos desamarrar? — perguntou Sophia.

— Não muito mais à frente fica a fenda de onde vem o som, é melhor estarmos assim para atravessá-la — explicou Corvo enrolando o excesso de corda no braço, sendo copiado por Aster que carregaria o excesso de corda entre ela e Sophia.

— Eu estou muito curiosa para ver o que produz esse som — disse Aster.

— E eu estou torcendo para que não vente enquanto estivermos lá — comentou Sophia.

— De qualquer forma parece que este é mesmo o lugar, vejam — Corvo apontou para um símbolo na parede, um pássaro carregando uma carta no bico. — O mensageiro que o bibliotecário mandou o neto seguir.

Os três apressaram o passo e, não muito depois de deixar a câmara do canal para trás, Corvo parou em frente a uma alcova com uma fenda, a qual estava bem fechada com tábuas, uma tentativa de abafar o som.

— E mesmo com isso ouvimos daquele jeito? — surpreendeu-se Sophia.

— Eu achei que não removeria essas tábuas nunca mais — comentou Corvo com desânimo.

— Desculpe — pediu Aster cabisbaixa —, por minha causa vocês estão passando por isso.

— Vim por minha própria vontade de ajudar você — disse Corvo começando a abrir caminho. — Não se culpe por minhas decisões.

— Digo o mesmo — endossou Sophia, pegando a mão de Aster com carinho.

— Só posso agradecer por ter vocês ao meu lado — disse Aster, com alegria nos olhos.

Com o caminho aberto, elas puderam ver pela primeira vez o lugar, sob a luz da lanterna de Corvo, viram que era como um poço quase circular, com o teto a alguns metros acima e um fundo tão distante que sumia na escuridão. Um caminho estreito parecia ter sido começado a ser escavado nas laterais para circular o poço e nunca terminado. Mas o mais impressionante eram os cristais de um vermelho intenso em veios nas paredes, cintilando sob a luz da lanterna.

— Os contrabandistas planejavam fechar o poço com um piso grosso de pedra e enquanto escavavam para fazer os suportes, abriram aquela outra fenda. — Apontou ele para onde o caminho escavado parava. — Quando investigaram o que havia além, encontraram uma parede rompida e assim que descobriram onde estavam, fizeram como o antigo dono da mina, correram e nunca voltaram.

— E os bibliotecários souberam desse caminho e tiveram mais coragem — comentou Sophia.

— Não eram motivados por ganância — comentou Corvo.

— As paredes do poço abaixo são cheias de fendas de vários formatos e tamanhos — disse Aster ao olhar com atenção. — E as paredes parecem bem lisas onde não foi escavado. Esse lugar foi formado por água corrente.

— Será que quando chove este lugar vira uma cachoeira? — questionou Sophia olhando para o teto e apontando sua lanterna, revelando fendas nele.

— Talvez fosse assim antes, mas acho que não mais — respondeu Corvo examinando o chão. — De qualquer forma, melhor irmos logo, antes que volte a ventar.

— A propósito, de onde vem o vento? — perguntou Sophia, seguindo com cuidado os passos de Corvo.

— Pode ser difícil de acreditar por estarmos tão no centro da ilha, mas essas fendas saem nas paredes externas — respondeu ele —, é o vento do mar. O vento Norte, pelo que me disseram.

— Ainda bem que não é o Leste, ele é mais frequente — comentou Sophia, se arrepiando ao pensar como seria.

— Ainda não consigo entender como as fendas formam esse som — comentou Aster, seguindo Sophia de perto.

— Quando a história dos contrabandistas se espalhou, poucos acreditaram que fosse um som natural — respondeu Corvo, estendendo a mão para Sophia, para ajudá-la a passar pela fenda —, acabou surgindo todo o tipo de teoria. Desde a agonia dos que morreram no sanatório ter ficado presa nas rochas, a de o vento trazer para cima o som dos que estão presos no Abismo dos Esquecidos.

— O que é o abismo dos esquecidos? — perguntou Aster, passando pela fenda.

— O buraco mais fundo onde podem jogar alguém que cometeu algum crime terrível o bastante no país — respondeu ele. — São obrigados a cavar por minério de ferro para receber água e comida, ninguém nunca voltou de lá.

— Fica a várias dezenas de metros abaixo do nível do mar — completou Sophia, olhando para baixo e notando que estava pisando em tábuas.

— Os contrabandistas tiveram que fazer um chão para explorar este lugar — explicou Corvo ao notar a dúvida no rosto de Sophia. — Os bibliotecários devem ter achado muito útil.

Corvo guardou a corda e então eles seguiram pela estreita fenda. Já haviam avançado bastante quando voltaram a ouvir o crescente som murmuroso dos lamentos ecoando e com ele veio um vento forte, úmido e frio, que vinha do fosso e subia pela fenda em que estavam, isso fez Sophia e Corvo pararem e cobrirem os ouvidos, Aster não gostava daquele som, mas não era tão afetada por ele quanto os dois.

— Isso pode deixar alguém louco se tiver que passar muito tempo aqui — comentou Sophia quando o som parou.

— Concordo plenamente — disse Corvo voltando a avançar —, melhor não perdermos tempo.

Logo os três estavam em frente à parede do sanatório, e com cuidado Corvo atravessou o buraco na parede e as duas puderam ouvir que ele pisou em uma poça d'água.

— Uma parte do chão está alagada e tem muitos fragmentos da parede soltos no chão — disse ele estendendo a mão para ajudar Sophia. — Cuidado onde pisa.

— Obrigada — respondeu ela, guardando a própria lanterna e pegando a mão dele para atravessar para o outro lado.

Aster olhou para cima e para trás antes de atravessar com ajuda de Corvo, sentia uma sensação estranha, não compreendia o que era ou como tinha essa sensação. A princípio achou que era como se lhe faltasse uma informação e então se corrigiu, era como se estivesse recebendo algum tipo dado do ambiente, mas fosse incapaz de traduzir em um pensamento ou informação compreensível.

— Bem-vindas a um vestiário do terceiro nível do Sanatório Heavenwaller — disse Corvo, quase sussurrando, mais por instinto gerado pelo ambiente que para manter sigilo, e, com a lanterna iluminando o lugar, elas puderam ver que era amplo com vários chuveiros nas paredes, o lugar parecia sujo e decrépito.

— Mas não estávamos no quinto nível? — perguntou Sophia.

— Também fiquei confuso na primeira vez que li aquela placa. — Apontou ele para uma placa ao lado de uma porta fechada, na qual se lia: "Obedeçam aos Enfermeiros – Administração Sanatório Heavenwaller" —, mas da entrada do distrito até aqui é uma subida constante e gradual.

Mais uma vez, o vento voltou a soprar, o som estava mais baixo, porém, estando ali naquele ambiente, Sophia sentiu medo e o vento frio só piorou.

— Vamos logo — disse ela —, não quero ficar aqui admirando este lugar ao som de lamúrias angustiantes.

— Antes de prosseguirmos e abrirmos aquela porta, temos que colocar as máscaras — explicou Corvo pegando a dele da mochila, era uma que tinha dois filtros, cobria o nariz e a boca, mas não os olhos —, e tenho que verificar o ar além da porta.

— Verificar o ar? — questionou Aster, enquanto ajudava Sophia a colocar a máscara, segurando o cabelo dela.

— O ar aqui é renovado pelo vento — respondeu ele —, mas vai saber a quanto tempo o ar além daquela porta está parado.

Ele seguiu até a porta e a abriu com cuidado, o que viram além da porta quando a luz da lanterna penetrou na escuridão os surpreendeu. O lugar parecia relativamente novo e intacto como se só tivessem fechado as portas e nunca mais voltado. A luz revelou um tipo de sala de espera, com sofás, mesas, um balcão onde provavelmente ficavam funcionários, em um dos lados uma escadaria em ruínas, provavelmente levava para o nível superior, e, sumindo na escuridão, um corredor com várias portas fechadas do lado esquerdo e portas intercaladas com grandes janelas de vidro do lado direito. Os móveis e a decoração mostrando um pouco do quão luxuoso era o lugar.

— Isso eu não esperava — sussurrou Corvo, olhando para como o lugar parecia ter sido fechado no dia anterior e fosse abrir no dia seguinte.

Passada a surpresa inicial ele pegou dois frascos dos bolsos do cinto e duas fitas de papel, estas presas por barbantes e com pesinhos de chumbo, mergulhou cada fita em um frasco diferente e as arremessou no limite dos barbantes e puxou de volta, Sophia e Aster notaram que um dos papéis tinha mudado de cor.

— Parecer ser respirável — disse ele avaliando a cor dos papéis —, mas me avise se sentir alguma coisa incomum, Sophia.

Eles então avançaram, admirados com a preservação do lugar, e Aster fechou a porta após passar.

— Por causa do som — disse ela ao ver a cara dos dois.

Sophia estava tensa e, ao passarem em frente a uma das salas com grandes janelas de vidro, quase teve um ataque do coração quando a luz iluminou um esqueleto em pé.

— Calma, Sophia, é só um modelo que médicos usam — disse Corvo quando ela se agarrou nele tremendo de medo. — Essas salas deviam ser consultórios e escritórios dos médicos.

— O que aconteceu com as pessoas que ficaram presas aqui? — perguntou Aster, olhando ao redor e fazendo os outros dois notarem o óbvio, se o lugar não foi destruído na explosão, quem estava ali sobreviveu.

— Será que fugiram pela Toca do Coelho? — ponderou Sophia ainda agarrada a Corvo.

— Impossível — respondeu Corvo olhando para ela —, o caminho só foi aberto décadas depois pelos contrabandistas.

Os três olharam ao redor, e, após um instante de silêncio, Corvo disse:

— Talvez os bibliotecários tenham feito algo. Melhor não abrirmos essas portas — disse apontando para as portas do lado oposto do corredor — e seguir logo para as próximas escadas. O acesso ao cemitério antigo fica no nível abaixo deste.

No fim do longo corredor encontraram as escadas, mas não era como imaginavam, parecia mais algo que encontrariam em uma prisão. Era fechada com grades de metal, as portas pareciam mais com as de uma cela e ao lado um escritório com janelas grandes de vidro protegidas por grades, cuja porta tinha uma placa dizendo "segurança". Um letreiro acima das grades da escada dizia: "Acesso Restrito – Setor C – Zona de Contenção Tipo A".

— Devia ser onde trancavam os pacientes perigosos — ponderou Sophia. — Será que os bibliotecários passaram mesmo por aqui com o acervo?

— Sim, passaram — respondeu Corvo apontando para a parede, onde havia outro desenho talhado de um pássaro com uma carta no bico. — Vejamos se está trancado.

Estava e a tranca não era simples. Olhando melhor, Corvo descobriu que se movia com um sistema acionado por engrenagens.

— Estranho — disse Corvo —, não é com chave que se abre isso então como...

— Aqui — chamou Aster, mantendo a voz baixa e abrindo a porta com a placa escrito "segurança". — Deve ser onde ficavam os seguranças que controlavam a escada, talvez tenha como abrir por aqui.

— Vale a pena investigar — disse Corvo indo até ela.

Quando entraram, logo viram que, ao lado da mesa onde o segurança devia ficar vigiando quem passava pelas escadas, havia uma grande alavanca e Corvo foi até ela. Colocou a lanterna no chão e acionou o mecanismo. De imediato a porta se destravou com um estalo metálico forte e alto.

— Ainda bem que não há ninguém vigiando este lugar — disse Corvo. — Vamos logo.

Quando ia pegar a lanterna, notou algo pela janela que dava para as escadas, algo que o arrepiou, uma luz iluminava o fundo antes escuro das escadas. Ele de imediato apagou a lanterna e puxou Sophia para debaixo da mesa. Aster notou do que se tratava e se encolheu no canto do cômodo entre a parede e um armário.

A luz já iluminava toda a escadaria, passos estranhos ecoavam pelo ambiente, alguém estava subindo para ver o que tinha acontecido. Ouviram o rangido da grade sendo aberta e Corvo notou que a porta do cômodo em que estavam tinha ficado aberta, mas agora não havia o que pudesse ser feito a esse respeito.

De onde Aster estava, ela foi a primeira a ver quem era, quando este passou pela janela. Ela não tinha certeza se era humano, só tinha certeza de que não queria ser descoberta e subiu sorrateiramente para cima do armário, pois se aquilo entrasse pela porta poderia vê-la facilmente. Se encolheu nas sombras o mais longe que podia da porta. Ela ainda podia ver a luz da lanterna que aquilo carregava e, quando a luz se afastou, viu Corvo sinalizar para ela se era seguro ele olhar e ela fez que sim com a cabeça.

Corvo saiu com cuidado debaixo da mesa e Sophia o acompanhou sob os protestos silenciosos dele. Quando olharam pela janela, viram o que parecia ser um homem alto e esguio curvado para frente, usando um manto ou jaleco preto lustroso, com capuz, uma máscara que parecia ser toda de couro e ter um longo bico, cobrindo todo o rosto, com lentes circulares de vidro para os olhos, seus braços finos eram extremamente longos e pareciam ter mais juntas que o normal a um humano, as mãos, cobertas com luvas também pretas, tinham dedos finos e longos, no mínimo o dobro do que se esperaria e também com o dobro de articulações, além de parecerem terminar em garras com as quais aquilo segurava a lanterna acima da cabeça.

O ser se distanciava olhando ao redor, abrindo as portas por onde passava e entrando nos cômodos e fechando a porta quando saía. Corvo sabia que seria questão de tempo até aquilo voltar e perceber que passou sem olhar em um que já estava com a porta aberta e decidiu que não ficaria esperando.

— Vamos para as escadas — sussurrou ele para Sophia, que estava com o rosto mais branco que o normal e acenou nervosa que sim.

Os três saíram quando o ser entrou em outro quarto e se esgueiraram para as escadas, usando a pouca luz da lanterna do estranho ser para enxergar o caminho. Na escuridão da escada, Corvo ousou pegar a sua quase lanterna élfica para ter alguma luz enquanto desciam apressados e assim logo chegaram ao fim das escadas e encontraram as mesmas grades, mas a porta parecia ter sido arrancada das dobradiças há muito tempo.

— E agora, para onde? — perguntou Aster num sussurro, olhando ao redor. Neste ponto nenhum deles ousava falar em um tom maior que um leve sussurro, mas o silêncio era tanto que não era problema ouvir.

O lugar parecia cheio de lodo seco nas paredes e um cheiro azedo penetrava nas máscaras de Sophia e Corvo. De onde estavam podiam ver um corredor seguindo em frente, com uma fraca luz distante, outro corredor para a direita e outro para a esquerda e vários outros que seguiam perpendiculares a eles, tinha diversas portas pesadas de metal, amassadas e arrancadas caídas pelo chão, mas vários cômodos ainda possuíam portas fechadas.

— Temos que achar a marca do pássaro mensageiro — disse Corvo, olhando para as paredes e depois para o teto, onde enxergou uma placa sinalizando laboratório em frente, depósito para a esquerda e escritório do médico-chefe e segurança para a direita — queria poder usar mais luz.

— Em frente — disse Aster —, mal se pode ver, mas a marca está ali, ao lado daquela porta, ou melhor, onde em algum momento teve uma porta.

— Espero que aquele seja o único morador daqui — sussurrou Sophia, enquanto os três avançavam apressados, mas com cuidado para não fazer barulho e atentos para as marcas.

Eles então pararam e Corvo fechou a tampa de sua quase lanterna élfica. Passos pesados vinham na direção deles, vindo da frente. Corvo então puxou elas para um dos quartos sem porta e ficou observando o que vinha e, apesar da escuridão, ele conseguiu ver o que era um homem monstruosamente musculoso, grande o bastante para tomar todo o espaço da largura e altura do corredor, usava um tipo de elmo de ferro com abertura apenas para os olhos e um cutelo enorme em cada mão, mas o que realmente assustou nele foi quando ele passou pela porta do quarto e Corvo pode ver que das costas dele saía o torso de um homem magro com finos braços caídos que também usava um elmo, não portava armas e olhava para todos os lados freneticamente.

— Vamos, antes que aquilo volte ou apareça outro — disse Corvo, reabrindo sua quase lanterna élfica.

Cuidadosamente eles voltaram para o corredor e se apressaram, cuidando para não fazer barulho e conforme avançaram o cheiro azedo ficou mais forte, nada nem perto do insuportável, mas impossível deixar de notar.

— Este lugar parece um labirinto — sussurrou Sophia olhando ao redor — não quero me perder aqui.

— Eu também não quero — respondeu Corvo, ele tinha um caderninho e uma caneta na mão —, e por isso estou fazendo um mapa.

Aster os conduziu pelos escuros corredores que outrora devem ter sido bem decorados, mas agora tinha portas caídas, jarros com plantas mortas, bancos e cadeiras quebrados. Seguiram as marcações, que às vezes eram bem visíveis, outras vezes mal podiam ser vistas, sempre atentos a cada ruído, temendo encontrar coisas piores pelo caminho. Então voltaram a ouvir passos, vinham de trás deles e logo Corvo fechou a lanterna e praticamente pularam para dentro do cômodo mais próximo.

— Deus... — sussurrou Sophia, quase sem emitir som, agarrando o braço de Corvo e apontando tremula para o canto do cômodo.

Corvo e Aster voltaram a atenção para onde ela apontava e perceberam que no canto, quase indistinguível das sombras, havia o que parecia ser um alto e magro ser humanoide de pele muito branca sem cabelos e vestido de farrapos. Estava voltado para o canto, de forma que não podiam ver seu rosto, balançando para frente e para trás em um ritmo lento e constante. Chegaram a dar um passo para trás, tencionando sair, mas o som dos passos ficava mais forte a cada segundo.

Corvo, sabendo que era tarde para se esconderem em outro lugar, puxou as duas para saírem da frente porta, para ficarem colados na parede o mais distante possível da criatura no canto e fora da linha de visão da que vinha pelo corredor.

Sophia tremia agarrada a Corvo e Aster se colocou entre eles e a criatura, que ou não havia notado a presença deles ou não se importava. Os passos ficaram mais altos e logo começaram a se distanciar, até que o silêncio retornou.

Corvo puxou Sophia e Aster na direção da porta e os três saíam lentamente, sem tirar os olhos do canto onde a criatura estava. Neste momento um rato saiu de um buraco na parede, bem perto da criatura, que subitamente parou de se balançar. Dos três, só Aster notou o rato, mas todos notaram o ser parar de se balançar. O rato foi lenta e cuidadosamente inspecionando o ambiente, chegando cada vez mais perto da criatura. Os três iam cada vez mais para perto da porta, por fim saindo do cômodo. Então ouviram um silvo de vento e o guincho desesperado do rato, seguido do som dele sendo devorado.

— O que diabos foi aquilo? — sussurrou Sophia, ainda agarrada ao braço de Corvo enquanto se afastavam.

— Aquilo pegou um rato que saiu da parede — respondeu Aster.

— Podemos, por favor, olhar antes de pular para dentro de outro lugar? — pediu Sophia, soltando Corvo, mas não se afastando dele.

Os três continuaram a seguir as marcações, agora temendo o que poderia haver em cada porta pela qual passavam.

— O refeitório — comentou Corvo ao ver a placa mais adiante — deve ser a fonte desse cheiro.

— Ainda bem que não temos que entrar ali — respondeu Sophia. — Não quero nem imaginar o que tem ali.

— Esperem — alertou Aster —, estão ouvindo esse leve ruído?

— Parece... algo sendo roído — respondeu Sophia.

— Já ouvi algo assim, foi quando vi um bando enorme de ratos roendo ossos — comentou Corvo.

— Não é melhor desviarmos? — Sophia indagou apreensiva.

— Não sei se tem outro caminho — respondeu Corvo olhando ao redor. — Ali está a marca — apontou para a parede —, desviar do caminho marcado e vagar por aí não é uma boa ideia.

— Fiquem aqui e eu vou na frente ver o que tem lá — disse Aster. — Se for seguro passar, dou um sinal.

— Não se arrisque demais — pediu Corvo, que se agachou perto da parede com Sophia, usando um velho jarro de plantas como uma cobertura precária.

Aster foi, o mais sorrateiramente possível, até a entrada do refeitório, um dia houve portas ali, mas não havia mais. Então ela olhou para a escuridão, nem Corvo conseguiria ver algo ali, mas ela conseguia e o que viu foi, a princípio, um lodo asqueroso cobrindo o chão, porém ao olhar mais para o fundo do refeitório, percebeu uma coisa enorme. Era a mais terrível, asquerosa e perigosa criatura que ela já tinha visto. Tinha certeza de que não seria possível enfrentar aquilo e vencer, mas por sorte estava no canto mais afastado, distraída com uma, realmente enorme, pilha de ossos e crânios humanos.

Aster observou por uns instantes e então, ao ter certeza de que aquilo estava distraído o bastante, fez sinal para que os dois passassem e quando eles se aproximaram apenas fez sinal para que não parassem e atravessassem rápido, enquanto ela permaneceu vigiando, só tirando os olhos da criatura quando os dois pararam vários metros adiante, esperando por ela.

— O que tinha lá? — perguntou Corvo quando ela se juntou a eles.

— Você não vai querer saber — respondeu Aster, balançando a cabeça. — Os anteriores nem se comparam com aquilo.

Corvo e Sophia arregalaram os olhos e seguiram em frente sem questionar mais, Aster deu uma última olhada para trás e os seguiu aliviada por não terem sido notados.

— De fato esse corredor não se conectava a mais nenhum outro — comentou Sophia —, teríamos acabado nos perdendo.

Após alguns instantes tenebrosos por aquele corredor, eles viram o final dele.

— Ali — apontou Corvo para o fim do corredor —, e aquela deve ser a porta para o cemitério — era idêntica à que viu na reportagem do velho jornal e teve certeza quando viu o símbolo do mensageiro sobre a porta.

Eles chegaram à porta quase correndo e Corvo abriu-a com muito cuidado, o ranger dela abrindo era leve, mas o bastante para Corvo e Sophia ficarem tensos como nunca. Analisando o outro lado com o espelho e com a fraca luz, viu que era mesmo o cemitério e não havia nada aterrador à vista além da porta. Uma vez do outro lado e fechando a porta, com o máximo de cuidado para fazer o mínimo de ruído, sentiram um certo alívio, embora ainda temessem haver algo escondido na escuridão.

O lugar era relativamente grande e cheio de túmulos, seria mais ou menos fácil algo pequeno se esconder entre eles, mas, após andarem um pouco pelo lugar, ficou evidente que estava vazio, ou pelo menos nada grande se escondia ali, e como o único acesso era a porta que rangia, se sentiram um pouco mais seguros.

— O que eram aquelas coisas? — perguntou Sophia, ainda sem ousar falar mais alto que um leve sussurro. — Os tais experimentos do sanatório?

— Não sei — respondeu Corvo, também com medo de erguer a voz —, mas não poderiam ser do tempo em que o sanatório funcionava, coisas daquele tamanho não sobrevivem tanto tempo comendo o que sobrou dos que ficaram presos ali e eventuais ratos.

— Também não deviam vagar soltas no tempo que esconderam o acervo — pontuou Aster — e duvido que seja obra dos bibliotecários.

— Suspeito que alguém encontrou o quinto nível do sanatório e resolveu usar para criar aquelas coisas — disse Corvo, pensando em todas a implicações dessa suposição e não gostando de nenhuma delas.

— Alguém muito louco — completou Sophia.

— De qualquer forma, agora temos que encontrar o sábio e o poeta — disse Corvo. — Queria poder acender a lanterna, mas não ouso fazer isso.

— Vamos começar pelos túmulos com estátuas — sugeriu Sophia —, não são muitos.

— Adoraria encontrar outra saída também — completou Corvo, a ideia de voltar por onde vieram lhe dava calafrios. — Fiquem atentas a qualquer coisa que remotamente possa ser um caminho secreto.

Eles começaram a esquadrinhar o lugar, encontraram a saída original que, como a reportagem dizia, estava bem lacrada e por fim viram um enorme mosaico na distante parede oposta à porta que passaram. Retratava um homem iluminado em uma posição elevada no céu, com pergaminhos em um braço e o outro estendido com a mão aberta em direção a outro homem ajoelhado no chão com uma pena na mão e entre eles um pergaminho solto, aberto e com algo ilegível escrito.

— "Entre o sábio e o poeta" será que é algo tão simples e direto? — perguntou Sophia.

Neste instante um fraco som distante chamou a atenção de Aster, vindo da direção da porta, mas não era o rangido dela abrindo. Aster ficou olhando na direção, mas era longe e escuro demais, até mesmo para ela conseguir enxergar a porta, então ficou atenta a qualquer outro ruído.

— Só falta o acervo estar em outro lugar e isso escrito no pergaminho ser um código dizendo onde — disse Corvo se aproximando e tocando o pergaminho para limpar e ver melhor o que estava escrito e acabou sentindo a área ceder ao toque. — Será que... — ele empurrou com mais força e, quando fez força o bastante, o pergaminho afundou na parede e, com um leve estalo, o pedaço da parede que o mosaico ocupava começou a subir revelando uma passagem.

— Engenhoso — comentou Sophia.

— Entrem rápido e descubram logo como fechar! — disse Aster com urgência na voz, ela estava ouvindo o som de algo grande e gosmento rastejando lentamente entre os túmulos. — Algo está vindo!

No instante em que ela disse isso, Corvo e Sophia começaram a sentir o cheiro azedo no ar e rapidamente correram, se agachando para passar a parede que subia lentamente. Aster recuou sem dar as costas para a direção do som, que agora mostrava que a criatura avançava muito mais rápido.

— Tem uma alavanca, mas não se mexe — avisou Corvo tentando desesperadamente mover a alavanca. — Deve ter que esperar terminar de abrir.

— Não teremos tempo para isso — alarmou-se Sophia, já enxergando uma massa escura se movendo entre os túmulos, enquanto a parede mal havia subido metade do caminho.

— Definitivamente agora me arrependo de ter vindo — murmurou ela para ninguém ouvir.

— Então vamos forçá-la a fechar! — disse Aster indo até eles e examinando as paredes. Ela encostou a cabeça na parede à esquerda e ouviu o som de engrenagens, sacou a faca que Corvo havia dado para ela e arrancou, com ajuda de Corvo, um bloco de pedra da parede, revelando o mecanismo de engrenagens. Ela usou a luz própria para iluminar melhor e tentar entender como funcionava.

— Rápido! — gritou Corvo, jogando alguns frascos no caminho da criatura e criando uma parede de fogo.

Sophia cobriu o rosto por causa da claridade, mas Corvo teve um vislumbre do horrendo ser que avançava sem diminuir a velocidade em direção às chamas.

— Consegui! — bradou Aster ao arrancar uma grande engrenagem do mecanismo e com isso fazer a parede descer rapidamente e se fechar com um forte baque.

— Graças a Deus! — suspirou Sophia, um instante antes de ouvir o som de algo pesado e pegajoso bater contra a parede.

— Será que isso consegue deter aquilo? — perguntou Aster. — Corvo — chamou ela com a mão no ombro dele —, você está bem?

— Si-Sim, estou — respondeu ele hesitante, como se saísse de um transe. — Isso deve deter... — outra vez ouviram o som da criatura batendo contra a parede, a qual nem se mexeu. — É melhor não ficarmos aqui para ver o quão teimosa é... essa... coisa.

A passagem era uma escadaria larga e ao avançar notaram que ela subia em espiral, em torno de um pilar central, e nas paredes havia pequenas alcovas com jarros.

— Isso parece com as entradas secundárias dos outros cemitérios — disse Corvo animado. — Talvez haja um caminho para a superfície a partir daqui!

— Se não houver outro caminho... como vamos sair daqui? — questionou Sophia, tentando não se desesperar.

— Por ora, vamos torcer para que haja — respondeu Corvo. — Se não houver, pensaremos num jeito de passar por aquelas coisas.

Sophia não gostava nada da ideia de voltar pelo mesmo caminho e começou a rezar para ter outra saída enquanto subiam as escadas. Corvo havia acendido a lanterna para iluminar bem o caminho, pela primeira vez na vida estava cansado de ficar no escuro. Isso possibilitou ver os detalhes dos jarros nas alcovas, eram ricamente decorados, com rostos e nomes pintados, retratos bem-feitos, verdadeiras obras de arte.

— Jarros funerários de cinzas — comentou Corvo —, e pela riqueza deles, devia ser uma família bem abastada.

— Alberto Lavienerstone — leu Sophia em um dos jarros —, nunca ouvi esse sobrenome.

— Então não são mais tão abastados — concluiu Corvo.

Após alguns minutos subindo chegaram a uma câmara ampla, uma cripta, entretanto no lugar dos caixões e túmulos, nas paredes havia livros, era uma pequena biblioteca improvisada.

— O acervo! — exclamou Sophia se aproximando dos livros. — Não é tão grandioso quanto pensei, mas ainda é incrível.

— É porque você não viu essa câmara lateral — disse Corvo tirando a máscara.

Ele estava em frente à câmara que continha vários objetos de valor inestimável, estátuas de jade, mármore e até de ouro, mostruários de vidro com joias, armas decoradas, caixas que provavelmente guardavam quadros — algo tão valioso tão perto daquelas... coisas...

Sophia também tirou a máscara, se aproximou e ficou maravilhada com o que viu.

— É lindo, não é, Aster? — Ela se voltou para onde achava que Aster estaria e quando não a viu se preocupou. — Aster?

— Onde ela foi? — perguntou Corvo, já temendo algo ter acontecido a ela.

— Estou aqui! — respondeu Aster da escadaria. — Conv-conferindo se... tem como obstruir as escadas. — O som da criatura se chocando contra a parede ecoava fracamente pelas escadas. — Ainda posso ouvir aquilo tentando abrir caminho.

— Melhor procurarmos logo pela outra saída — disse Corvo. — No caso de qualquer coisa, melhor sabermos que opções teremos.

— Hum... certo — respondeu Aster, mas ela parecia estar respondendo à outra pessoa. — Tem... deve ter uma do outro lado da cripta, mas est... mas imagino que os bibliotecários possam ter fechado. Se queriam que só se pudesse chegar aqui pelo caminho que viemos.

— Bom, se estiver, vamos dar um jeito de desbloquear — disse Sophia de pronto. — De forma alguma quero voltar pelo caminho que viemos.

— Vamos cuidar disso logo e depois procurar o que viemos achar — disse Corvo, olhando para Aster e se perguntando se ela estava bem, pois parecia meio distraída e errática.

Foram até o outro lado da cripta e encontraram uma mesa com quatro cadeiras e o que parecia um diário que contava a história daquele lugar, e mais além uma grande estátua de um anjo em um pedestal, voltado para o que parecia uma passagem que havia sido fechada com blocos de pedras.

— Acho que se derrubarmos a estátua contra os blocos podemos abrir caminho — disse Corvo, medindo a distância.

Os três começaram a empurrar, no entanto a estátua mal se mexia, então começaram a fazer ela oscilar para frente e para trás até que conseguiram derrubar. Levantou uma nuvem de poeira, mas o caminho agora estava aberto e revelava um longo corredor estreito.

— A única dúvida agora é se isso não estará bloqueado mais à frente — ponderou Corvo, indo na direção das escadarias. — Agora, por segurança, vou colocar um pequeno alarme nas escadarias, para podermos nos concentrar na busca.

Ele retirou da mochila um pequeno engenho de engrenagens com um sino de um relógio despertador e o prendeu no chão perto da parede, aproveitando uma fresta entre blocos, então amarrou um barbante em um pino do engenho. Esticou o barbante cruzando o caminho a poucos centímetros do chão, prendendo firmemente com um pino em outra fresta e por fim deu corda no mecanismo.

— Se algo passar e o pino for removido, o barulho vai nos alertar — explicou guardando o resto de barbante e o martelo que usou.

— Você parece ter de tudo na mochila — comentou Sophia.

— Um pouco de tudo que pode ser útil — respondeu ele —, sempre que me deparo com problemas quando exploro, reorganizo o que levo comigo. Vamos procurar pistas sobre a Biblioteca Mística e o selo imperial — o eco de outra batida veio do fundo das escadas — e sair logo daqui.

— Tem muita coisa aqui — disse Aster olhando para o acervo —, melhor nos dividirmos.

Sophia e Aster foram procurar livros que tivessem títulos relacionados com história de Avalon, geografia da ilha, ou explorações, ou qualquer coisa que pudesse falar da biblioteca, enquanto Corvo foi vasculhar a câmara com os itens valiosos em busca do selo.

— E pensar que tem gente que quer destruir tudo isso — comentou Corvo.

— Os bibliotecários foram de certa forma heroicos por trazer tudo isso em segredo — disse Sophia passando para outra alcova cheia de livros.

— Vou levar o diário que estava sobre a mesa para sua avó junto com o selo, se o encontrarmos — disse Corvo. — A história deles precisa ser preservada.

Ao dizer isso ele teve a impressão de ter ouvido o sussurrar de um obrigado, entretanto quando olhou ao redor não viu ninguém perto, deu de ombros achando que se enganou e continuou procurando.

— Por falar em preservar, precisamos pensar no que fazer com o acervo — comentou Sophia. — Aqui, sem cuidados adequados, já está se deteriorando.

— Dependendo de onde vai sair aquele caminho, pode ser fácil ou difícil mover tudo isso em segredo. — Corvo apontou sobre o ombro para a saída que eles desbloquearam, sem perceber que Sophia não podia ver o gesto.

— Achei um livro interessante — disse Aster, vindo até eles com o livro na mão — *As Possíveis e Impossíveis Explorações de Wilbert D'Hy-Drasil IV*.

Corvo imediatamente parou e foi até Aster ver o livro, seus olhos brilhavam de empolgação.

— Procurei uma cópia desse livro por toda a minha vida! — disse ele pegando o livro com cuidado. — Ele conta as aventuras do quarto imperador antes de ele assumir o trono. É de onde primeiro veio a maioria dos relatos dos lugares mais misteriosos da ilha. Este livro em si é tido como lenda.

Os três foram até a mesa e Corvo, com cuidado, abriu o livro e viu no índice um título que o fez gargalhar.

— O que foi? — Perguntou Sophia.

— Veja! — disse ele apontando para o que estava escrito.

— "A estranha biblioteca que sumiu" e logo abaixo " A misteriosa ruína Dwarf sob o pilar do lago oculto" — ela leu ainda sem entender a reação de Corvo.

— Viemos em busca de pistas da Biblioteca Mística, para tentar nela encontrar pistas da ruína dos anões e este livro fala dos dois lugares — explicou Corvo.

— Calma, ainda não sabemos se o livro explica onde ficam — lembrou Aster.

Corvo assentiu e se acalmou um pouco, começou então a ler o capítulo da ruína, com Sophia e Aster lendo juntas, uma de cada lado, por sobre seus ombros.

— O autor trata com desdém e descrença a história de Wilbert IV, mas pelo menos conta de forma detalhada o relato — comentou Sophia.

— Queria poder ver a cara do autor se ele estivesse vivo quando encontraram o lago oculto — disse Corvo sorrindo ao imaginar como seria.

— Você sabe onde fica? — perguntou Aster.

— Pelo que está descrito é o vilarejo dos pescadores, o Ninho dos Mil Espelhos — respondeu ele. — Foi descoberto e ocupado há uns duzentos anos.

— E quando esse livro foi escrito? — perguntou Sophia espantada.

— O manuscrito original há mais de oitocentos anos, esta cópia deve ter uns cem anos ou mais — respondeu Corvo, que pegou com a ponta do ouvido o eco distante, vindo do fundo das escadas, a criatura ainda tentava abrir caminho sem sucesso. — Vamos levar esse livro e achar logo o selo imperial — disse Corvo, receoso.

Os três começaram a abrir caixas e baús em busca do selo imperial e então Aster viu algo que chamou a atenção dela, um pequeno baú ornamentado, trancado por um cadeado bem grande.

— Eu vi um idêntico a este quando estava sendo arrastada pelas águas das galerias, no dia que encontrei vocês — disse ela com o baú nas mãos. — Estava junto a um esqueleto usando armadura, no fundo de um poço inundado.

— Pelo tamanho pode ser o selo — respondeu Corvo, tomando-o nas mãos. — Vamos levar para a mesa e descobrir.

Corvo demorou um pouco, mas conseguiu destrancar o cadeado e, ao abrir a tampa, puderam ver o selo imperial original, feito de ouro, cheio de filigranas intrincados, pequenas gemas e com o brasão imperial em alto relevo feito de um metal que Corvo logo reconheceu como sendo Mithril. Mas o mais impressionante era o enorme diamante azul que era quase do tamanho de uma maçã, lapidado em um icosaedro.

— Talvez o que você encontrou com o esqueleto fosse o selo que era usado durante a queda do império — ponderou Sophia. — Seria bom se tentássemos recuperá-lo também.

— Isso fica para depois — disse Corvo fechando o baú e o guardando na mochila. — Agora vamos embora daqui.

Eles então foram em direção à saída e Aster parou um instante e acenou em despedida e o fantasma sorriu e acenou de volta dizendo adeus. Era uma mulher aparentando ter por volta de trinta anos, um dos bibliotecários que protegeu o acervo. Aster guardaria com carinho a breve conversa que teve com este espírito amigável e gentil que a ajudou. Corvo se virou e perguntou por que ela estava acenando.

— Poeira — mentiu ela, sabendo que era a única que podia ver e ouvir o espirito —, estava afastando dos olhos enquanto olhava uma última vez para o acervo.

Ela se apressou para alcançá-los e então seguiram rápido pelo estreito corredor escuro, não demorando para encontrarem uma longa escadaria. Enquanto subiam os degraus, se mantinham em silêncio, temendo que a qualquer instante pudessem ouvir o distante som do alarme, sinalizando que aquela criatura estava novamente os perseguindo, mas após uma longa subida com poucas curvas acabaram por relaxar um pouco.

— Vejam — disse Corvo apontando para uma velha porta de madeira iluminada por sua lanterna —, acho que chegamos ao fim das escadas.

— Que bom — respondeu Sophia —, não sei se aguentaria essa subida por muito mais tempo.

— Onde será que vamos sair? — questionou Aster.

— Seja onde for, não pode ser pior do que o que deixamos para trás — respondeu Sophia.

— Está trancada — disse Corvo ao testar se abria.

— Ainda bem que você tem prática em abrir trancas — comentou Sophia.

— Viu? São portas assim que normalmente arrombo — respondeu ele. — É uma habilidade útil ao explorar lugares abandonados. Vocês duas deviam aprender.

— Aceito aprender qualquer coisa que queiram ensinar — respondeu Aster.

— Duvido que um dia eu precise, mas não tenho nada melhor para fazer no momento.

Sophia e Aster tiveram uma aula rápida enquanto Corvo tentava arrombar, porém ele deu uma má notícia, a tranca estava tão enferrujada que nem se mexia.

— Vamos ter que arrebentar? — perguntou Sophia, sem nem cogitar retornar por onde vieram como opção.

— Não — respondeu ele pegando algo na mochila —, eu já passei por isso antes, coloque sua máscara, vou usar um ácido que tenho para dissolver a tranca.

Não demorou muito para que ele abrir um buraco onde a tranca ficava, mas ainda assim a porta não se mexeu. Acabou por arrancar a porta do lugar, com ajuda de Aster e Sophia, e como estava parcialmente podre, acabou em pedaços. Por fim viram o porquê da dificuldade. O caso é que a porta estava escorada de tal forma do outro lado que arrancar ela em pedaços era a única opção.

— Se a porta não estivesse parcialmente podre, teria sido bem mais difícil removê-la — comentou Corvo —, talvez até impossível.

— Parece que quem fechou essa porta temia o que poderia vir por essas escadas — falou Sophia, examinando como era a escora.

— Me pergunto quando foi isso — comentou Aster.

— Considerando aonde estas escadas levam... — comentou Sophia olhando para trás, para o fundo escuro das escadarias —, queria que não tivéssemos destruído a porta.

— Mal teria retardado aquelas coisas — respondeu Corvo — só nos resta seguir em frente e torcer para que não cheguem a passar do cemitério.

— E pelo visto ainda estamos longe da saída — disse Sophia olhando para o que tinha além da porta —, estamos em outro corredor escuro.

— Isso não é exatamente um corredor — disse ele dando alguns passos para frente e iluminando melhor as paredes à frente. — Estamos entre duas casas, essa parede da esquerda é de madeira e a da direita são tijolos que não são usados abaixo da terra. — Ele então olhou para cima e, a uns três andares de distância, viu o telhado.

— Então chegamos na Cidade Superior! — surpreendeu-se Sophia. — Certamente deve ter um jeito de sairmos daqui! — disse ela animada.

— Falem baixo! — sussurrou Corvo. — Essas paredes são finas, teremos problemas se nos escutarem.

Uma empregada, da casa à esquerda, que tirava o pó no cômodo ao lado de onde eles estavam, que era uma sala de visitas, ouviu como se alguém ao longe tivesse dito: "saímos daqui". Ela olhou ao redor, foi até o corredor e como não viu ninguém, achou estranho, mas não deu importância e voltou ao trabalho.

— Corvo, veja ali acima. — Apontou Aster para o que parecia uma pequenina portinha na parede, logo acima de uma estreita plataforma com degraus, que se elevava cerca de um metro do chão. — O que será aquilo?

— Hum... acho que sei o que é — disse ele ao ver —, acho que é uma vigia de espião. Se tem isso aqui, é possível que haja uma passagem secreta para uma dessas casas.

— Espero que passar por dentro de uma delas não seja a única opção para sairmos — disse Sophia.

— Acho melhor você falar mais baixo — sussurrou Corvo, subindo os degraus. — Essas paredes parecem bem finas, vou dar uma olhada e ver se é mesmo uma casa ou um comércio.

A empregada estava do outro lado da parede, tirando o pó de uma mesinha bem ao lado de onde Sophia estava e acabou ouvindo: "espero passar por dentro de uma delas". Ela imediatamente parou e olhou para a porta, sem saber identificar de onde tinha vindo, sentiu um arrepio e foi até o corredor novamente e viu outra empregada passando.

— Vo-Você disse alguma coisa agora há pouco? — perguntou ela.

— Não. Você está bem? — perguntou a outra. — Parece meio pálida.

— Estou sim, é só que... não, nada. Vou voltar e terminar logo esta sala, depois conversamos.

Corvo abriu a pequena portinha na parede e como suspeitava havia um par de buracos para ver através da parede. Olhando através dos buracos enxergou uma sala bem decorada e uma empregada entrando e então ele rapidamente fechou quando a empregada parou no meio do caminho com uma expressão estranha no rosto.

— Que foi? — perguntou Sophia, temendo que ele tivesse sido visto.

— Tem uma empregada do outro lado da parede — respondeu ele. — Acho que não me notou.

— Tem certeza, um par de olhos na parede se destacam bem — disse Aster.

— Tinha olhos pintados na portinha, — respondeu Corvo — provavelmente tem um quadro para disfarçar.

Do outro lado da parede a empregada, parada no lugar, olhou para o grande quadro na parede, tivera a impressão de que os olhos tinham se mexido, mas estava tudo normal.

"Estou trabalhando demais", pensou ela, mas ainda assustada, indo até o bar para se servir um copo de conhaque.

Corvo desceu os degraus da plataforma e pegou o cantil para beber água.

— Também estou com sede, pode dividir comigo? — perguntou Sophia, imediatamente tapando a boca com a mão, pois acabou falando alto demais.

A empregada quase derrubou o copo e olhou para trás. Tinha certeza de que ouviu alguém sussurrar atrás dela. Começou a olhar ao redor e, quando a governanta da casa passou pela porta, foi até ela e a puxou pelo braço.

— Acho que tem fantasmas nesta casa! — sussurrou ela para a governanta.

— Andou bebendo novamente do bar do patrão? — questionou a governanta com toda a descrença estampada no rosto.

— Não, digo, sim, mas não tanto assim, fique aqui e vai ouvir vozes dizendo coisas estranhas.

No outro lado da parede, Corvo olhou para Sophia e não disse nada sobre o fato de ela não ter controlado a voz, ela já parecia bem ciente que errou e ficou atento para ouvir se houve comoção do outro lado.

— Não trouxe seu cantil? — perguntou Corvo entregando o cantil para ela, após não ouvir nada.

— Está vazio, não o enchi totalmente — respondeu ela, cabisbaixa.

— Aqui tem uma torneira — disse Aster, se abaixando para abri-la —, se tiver água, podemos...

Enquanto isso a governanta, apesar de muito cética, acabou cedendo à insistência e foi até o meio da sala e disse:

— Então, vai demorar para essas vozes se pronunciarem?

—Não! — exclamou Corvo, com os olhos arregalados, nem conseguindo conter a voz. — Isso aí é uma válvula de gás! — alertou ele voltando a falar baixo. — Se abrir e o gás atingir a lanterna, vai explodir.

— Quem está aí? — perguntou a governanta, assustada olhando ao redor.

— Droga, me ouviram — murmurou Corvo ao ouvir a voz do outro lado da parede —, temos que ir logo.

— Viu eu falei! — sussurrou a empregada, ainda mais assustada.

— O que está acontecendo, Olga? — perguntou a madame, dona da casa.

— Madame, acho que a casa está assombrada! — a empregada lhe respondeu.

— Mas que besteira, Roberta — a madame a repreendeu. — Você anda lendo muitos livros de terror de novo? Voltem ao trabalho e não falem mais sobre isso, não quero minha filha influenciada por essas besteiras.

— Madame, perdoe ela, mas é um fato que ouvimos vozes estranhas — interveio Olga, a governanta.

— Provavelmente foi alguma das outras empregadas falando — respondeu a madame —, essas paredes de madeira são finas o bastante para isso, agora voltem ao trabalho.

Do outro lado da parede, Corvo e as duas se afastaram do lugar, torcendo para que ninguém aparecesse. Corvo apagou a lanterna, usaria a luz mais fraca de sua quase lanterna élfica dali em diante. Logo chegaram em um ponto em que o espaço entre as casas dobrava para a esquerda e Corvo sinalizou para pararem e olhou com cuidado e aproveitou para tentar escutar alguma coisa.

— De alguma forma tivemos sorte, mas não relaxem, alguém ainda pode aparecer — disse ele. — Antes de prosseguirmos, quero verificar se tem uma saída pelo telhado, fiquem aqui.

— Para ganharmos tempo, vou ver o que tem mais a frente e volto — disse Aster, usando sua luz própria na mesma intensidade da quase lanterna élfica de Corvo.

— Vá com ela, Sophia. Tomem cuidado vocês duas — pediu ele, implicando que não queria que Sophia ficasse sozinha.

— Você também — respondeu Sophia —, não vá cair.

— Eu sempre... — disse Corvo, dando um passo na direção de Sophia, no entanto seu pé prendeu em algo e ele teria ido de cara no chão se Sophia não o tivesse amparado.

— O que dizia? — perguntou Sophia, sorrindo.

Corvo pôde ver bem de perto os lindos olhos verdes de Sophia, além de sentir o agradável perfume dela, por um instante não conseguiu desviar o olhar e Sophia notou o olhar de fascínio dele.

— Desculpe! — disse ele se recompondo depressa e tentando esconder o rubor da face no escuro. — E obrigado. Mas no que tropecei? — perguntou apressado, olhando para o chão.

— Acho que foi naquela alavanca vermelha. — Apontou Aster para uma tubulação de ferro, passando no chão, rente à parede de madeira.

— Mas que válvula de gás mais mal instalada! — reclamou Corvo se abaixando —, devo ter cortado todo o gás da casa.

— Sorte que não é na Cidade Interior ou eu teria medo de reabrir — comentou ele reabrindo a válvula, que, em posição de aberta, ficava perfeitamente posicionada para alguém tropeçar nela.

— Medo, por quê? — perguntou Sophia.

— Na Cidade Interior os pontos de luz nem sempre tem os mecanismos de proteção —explicou Corvo. — Teria que ter certeza de que todos os pontos estão fechados individualmente, reabrir assim arriscaria ter pontos soltando o gás livremente e isso já causou várias explosões no passado.

Na casa, todos se surpreenderam com o apagar repentino de todas as luzes, e as empregadas correram para reacender, pois vários cômodos do lado leste e norte não possuíam janelas por dividir parede com outras casas, mas muitas lâmpadas reacenderam logo que Corvo reabriu a válvula, as que não reacenderam foram as que se danificaram com a variação de pressão, não vazaram gás, no entanto teriam de ser substituídas.

— Madame, a senhora está bem? — perguntou uma das empregadas. — Parece meio pálida.

— Estou bem — disse fingindo calma.

Pouco antes de a luz apagar, ela debochara da ideia de assombrações, murmurando que só acreditaria se visse acontecer algo realmente inexplicável. Convenceu-se de que foi mera coincidência, mas não ousou dizer nada, nem em sussurro e continuou andando pelo corredor, o passo firme, a postura alinhada, mas desmontou em um susto quando seu marido colocou a mão em seu ombro.

— Que foi isso, está tudo bem? — perguntou ele, pasmo com a reação da esposa.

— Não me assuste desse jeito! — respondeu ela.

— As luzes se apagaram por um momento e ouvi duas empregadas falando de fantasmas — disse ele ignorando a reclamação —, sabe o que está acontecendo?

— Algumas coincidências e empregadas supersticiosas — respondeu ela, tentando convencer a si mesma que era o que estava acontecendo. — Sobre o apagar das luzes, não faço ideia de por que aconteceu.

— Deve ter sido algum problema no fornecimento — ponderou ele sério. — Se voltar a acontecer, vou reclamar com a fornecedora.

— Vou ver como nossa filha está e avisar para não dar ouvidos às besteiras sobre a casa ser assombrada — ela avisou, já seguindo para as escadas.

Corvo começou a subir usando sua "quase lanterna élfica" pendurada no pescoço por uma correntinha, aproveitando das ripas de madeira das paredes, que formavam quase uma escada, enquanto Sophia seguia Aster para além do ponto onde o caminho dobrava.

"Espero que haja algum tipo de alçapão", pensava Corvo enquanto subia, "não posso simplesmente criar um buraco no telhado e torcer para não encontrarem o acervo".

Enquanto ele subia, tomava cuidado para não colocar peso nos vários canos de água, vapor e gás que cruzavam seu caminho, mas não percebeu duas pequenas hastes de metal que saíam da parede, parte da estrutura que mantinha uma armadura decorativa em pé no corredor do outro lado da parede. Ao passar, acabou enganchando a calça em uma delas.

A madame passava pela armadura bem na hora e notou ela se mexendo.

"Isso se mexeu ou eu já estou imaginando coisas?", pensou ela se aproximando com receio da armadura.

— Essas empregadas, suas besteiras já estão me afetando — disse ela se virando para ir ao quarto da filha.

Ao tentar se desenganchar, Corvo acabou por empurrar a haste, não chegou a derrubar a armadura, mas ela se inclinou diagonalmente para frente, o movimento brusco fez o braço esquerdo oscilar para frente e bater de leve na bunda da madame, que deu um pulo assustada e saiu correndo escadas abaixo.

Aster e Sophia não andaram muito até ver algo muito estranho, era uma grande lareira ornamentada com estátuas que seguravam tochas douradas.

— O quê? Por que fizeram uma lareira assim para esse espaço entre os prédios? — questionou Aster.

— Eu já li uma coisa similar em um livro de mistério — disse Sophia se aproximando da muito empoeirada e suja lareira —, provavelmente é uma passagem secreta, deve ser idêntica do outro lado da parede e algum mecanismo deve fazer toda a lareira girar, veja a base circular.

— Curioso, mas não é a melhor opção para sairmos daqui — comentou Aster, pisando na base circular para tentar ler a inscrição em uma placa de bronze.

— Onde estará escondido o mecanismo que aciona? — perguntou Sophia olhando com curiosidade, mas mantendo distância.

— Deve estar bem escondido — disse Aster, olhando de perto uma das estátuas e notando que a tocha estava torta, tentou ajeitar. Ouviu-se um click e a lareira começou a se mover. — Acho que achei.

Temendo ser prensada contra a parede, Aster não viu alternativa além de ficar imóvel e torcer para não ser notada.

O marido da madame tinha voltado para biblioteca da casa, queria pegar um livro para ler para sua filha, tinha certeza de que ela ficaria assustada após conversar com a mãe sobre fantasmas não existirem e teria de acalmá-la mais tarde quando fosse hora de dormir.

"Fantasmas, que ridículo adultos acreditando nisso", pensava ele rindo, "achei que só criancinhas os viam em qualquer sombra ou vulto, devo adicionar os idiotas à lista".

Nisso, ao passar distraído pela lareira, que havia acendido quando as luzes apagaram, notou com a visão periférica não somente que a lareira estava muito escura, como também que havia uma figura ainda mais escura na frente dela, quase como uma sombra viva.

Ele ainda deu dois passos para frente, deixando uma estante entre ele e a lareira, antes de seu cérebro processar que havia algo errado. Ele se virou rapidamente, indo olhar melhor a lareira e a encontrou acesa e ninguém por perto. Vasculhou a biblioteca e, quando não viu ninguém, começou a acreditar em fantasmas. Logo ele começou a ouvir uma comoção e foi ver o que aconteceu, encontrando a esposa muito abalada sendo acudida pela governanta.

— Fantasmas? — perguntou ele.

— A madame disse que uma das armaduras se mexeu sozinha e tentou atacá-la patrão — explicou a Governanta. — O senhor está bem? Está pálido!

Ele simplesmente caiu para trás quando viu algo que parecia a forma clássica de um fantasma, um pequeno lençol branco flutuante, vir rápido do corredor escuro, por trás da governanta. Era uma das empregadas que trazia um pano para secar a água de um jarro de flores que a madame derrubara pelo nervosismo.

— Nossa, o que aconteceu!? — perguntou a empregada se aproximando com o pano nas mãos, a frente dela.

— Aster, alguém viu você? — perguntou Sophia quando a lareira voltou à posição original.

— Não, não havia ninguém — respondeu ela.

As duas seguiram em frente e logo encontraram o fim do caminho em uma parede bem sólida de tijolos e no chão um alçapão de metal.

— Vamos voltar e contar o que descobrimos — disse Aster.

— Sim, espero que esse alçapão seja nossa saída — respondeu Sophia se abaixando e olhando de perto o alçapão.

As duas encontraram Corvo terminando de descer e perguntaram se ele encontrou alguma saída.

— Nada deste lado — respondeu ele. — Tiveram sorte?

— Encontramos uma lareira-passagem secreta e um alçapão — respondeu Sophia.

— Lareira... passagem secreta? — perguntou achando que não escutou direito.

— Você verá — disse Sophia.

Eles seguiram caminho e logo passaram pela lareira, Corvo olhou com curiosidade e disse:

— Se ainda funcionar, será nossa última opção.

Sophia olhou para Aster e silenciosamente concordaram em não mencionar já saber que funcionava. Seguiram então para onde o espaço entre as casas terminava.

— Agora vamos ver onde vai sair este alçapão — disse ele abrindo-o —, espero que em um lugar que eu conheça.

— Nada pode ser pior do que aquele sanatório — disse Sophia olhando para trás, como se temesse que algo surgisse das sombras.

— Ora essa! — exclamou Corvo, contendo a voz. — É o aqueduto Sant Vermont, um dos primeiros da cidade.

— Tem certeza? — perguntou Sophia.

— Sim — respondeu ele deixando que ela olhasse —, veja as paredes revestidas com ladrilhos ornamentados, é o único que foi feito assim.

— Mas isso é bom ou ruim? — perguntou Aster.

— É bom, aliás ótimo — respondeu ele animado. — Praticamente só pessoas da manutenção passam por ele, e só quando há problemas, além de permitir irmos a praticamente qualquer parte do centro e lado oeste da Cidade Superior. Só preciso descobrir onde estamos exatamente.

— Vamos logo — disse Sophia —, quanto mais portas tiver entre nós e aquelas coisas mais segura me sentirei.

Os três desceram e, com o alçapão fechado, Corvo acendeu a lanterna para que os ladrilhos pudessem ser melhor vistos por Sophia e Aster, apesar de boa parte deles estarem cobertos por canos e tubulações. Havia também colunas e arcos trabalhados e uma grade baixa de ferro, subia até pouco acima da cintura, belamente ornamentada, margeando todo o caminho na lateral do fluxo de água. O lugar era iluminado por lustres a gás, robustos e ornamentados, muitos deles estavam parcialmente acesos, alguns totalmente apagados, mas nenhum totalmente aceso, revelando a falta de manutenção.

— É bem bonito aqui — observou Sophia —, mas para que tanto requinte? Como você disse, não é um lugar por onde passam muitas pessoas.

— Acho que foi para mostrar prosperidade — respondeu Corvo, começando a andar na direção jusante do longo aqueduto —, muitas das obras mais antigas do império eram assim.

— Essa água é potável? — perguntou Aster, olhando por sobre a grade e imaginando se eles poderiam encher os cantis ali.

— Na época em que foi construído era — respondeu Corvo —, mas atualmente ela tem que passar por uma estação de tratamento.

— Essa água vem de uma grande cisterna que capta água da chuva — explicou Sophia —, por causa das várias chaminés agora essa água passou a ter muita fuligem misturada.

— Água da chuva? Então agora deve estar chovendo muito — disse Aster, observando o volume da correnteza.

— Pode ser que ainda seja água de ontem — respondeu Sophia —, pelo que li a cisterna que alimenta esse fluxo é bem grande. Alimenta várias menores em todo o lado oeste da cidade.

— Ah! Ali está! — exclamou Corvo, apontando para uma placa de bronze onde um canal secundário divergia do principal. — Então estamos no trecho 15, preciso verificar o mapa, mas acho que deixo você em sua casa em cerca de uns 20 minutos, Sophia.

— Não, não é para minha casa, eu tenho que ir para a casa da minha amiga Amanda Hagen — disse Sophia, pegando o relógio para ver que horas eram — lá em casa pensam que estou passando o fim de semana na casa dela, mas ainda está cedo, estamos no início da tarde e só vão me buscar lá no início da noite. Adoraria ir para casa direto, mas ia gerar muitos problemas.

— Onde fica a casa da sua amiga? — perguntou Corvo, pegando o mapa da Cidade Superior. — Estamos bem aqui. — Apontou ele no mapa para ela.

— Deixe-me ver... — disse ela se aproximando de Corvo, para poder ler o nome das ruas no mapa — é aqui no Centro Nobre. — Apontou ela no mapa.

— Não é muito longe — ponderou Corvo, tentando não se deixar distrair pelo perfume de Sophia. — Podemos ir com calma até lá e ficar esperando por perto, ou podemos ir matar um pouco de tempo aqui — apontou ele no mapa —, é onde fica um dos mercados de fronteira, o Mercado Dourado.

— Acho uma boa ideia essa do mercado, sempre ouvi que é lindo e cheio de bons produtos — respondeu Sophia —, depois do que passamos vai ser bom para... relaxar e esquecer.

— Então vamos — afirmou Corvo guardando o mapa.

Tomando o caminho para o mercado, seguiram a montante do canal, voltando por onde vieram e, quando eles passaram pelo alçapão, Sophia, com medo, evitou olhar para ele e desejou jamais ter que voltar a passar por ali, nem mesmo para ver novamente o acervo. Aster notou o medo em Sophia, decidindo, ali, que o resto da busca pelo reator faria sozinha. Corvo também notou o medo de Sophia e pegou em um dos bolsos do cinto uma pequena caixinha de música, deu corda e deixou a suave música tomar o ambiente por um instante antes de começar a cantar uma música calma, de melodia suave e profunda, enchendo o ambiente com calma e harmonia sublimes.

— Que música linda — comentou Sophia quando a música terminou. — Nunca tinha ouvido antes.

— Minha mãe a cantava para mim — respondeu Corvo —, me esforcei para aprender a cantá-la, ainda não canto tão bem quanto ela cantava, mas continuarei treinando, pois é um dos legados que ela me deixou.

— É a primeira canção que ouço — comentou Aster. — Ouvi a orquestra na festa de Sophia, eram vários instrumentos, sons bonitos, músicas agradáveis, entretanto, ao ouvir você cantando, foi muito diferente, foi... não sei explicar... foi melhor.

— Minha mãe dizia que as mais belas canções são as cantadas com o coração — disse Corvo, olhando para frente, com um olhar de quem via algo maravilhoso à frente — para compartilhar as emoções do cantor.

— Obrigada! — disse Sophia, ela entendia bem o porquê de ele ter cantado. — Me sinto bem melhor agora.

— Sempre que precisar, jovem dama — respondeu ele cortês, com uma reverência exagerada, fazendo Sophia rir.

Estavam alegres, mas isso não durou muito, já tinham avançado bastante em direção ao mercado quando a calma do silêncio no aqueduto foi quebrada com o grito desesperado de uma mulher.

— Isso veio de onde? — perguntou Sophia, temendo que o som tivesse vindo de trás deles.

— Da frente — responderam juntos Aster e Corvo, já parando e assumindo postura mais combativa.

— Socorro! Qualquer um! Por favor! — Eles ouviram a voz feminina gritar em desespero.

— Isso vem daquele túnel lateral à frente. — Apontou Corvo, pegando a besta da bolsa do cinto, sendo copiado por Sophia, que pegou a sua e preparou para usar.

Aster não esperou mais nada e correu na direção dos gritos ao ver uma jovem mulher, que parecia ter algo em torno dos 19 anos, sair correndo do túnel e se chocar com a grade, que, enfraquecida pelo tempo, vergou e quase não conseguiu evitar de a mulher cair na água. A mulher acabou por cair no chão ao tentar se afastar da grade e se arrastou na direção de Aster, pedindo ajuda em desespero.

— Ninguém vai salvar você — ouviu-se uma voz masculina bradar com fúria. — Vou fazer você sofrer muito pelo que me fez!

Aster se pôs entre a garota e o túnel escuro, pronta para enfrentar o que viesse de lá. Corvo e Sophia ainda estavam a uma distância razoável quando das sombras do túnel saiu um homem vestido de preto, o rosto dele estava desfigurado por uma queimadura profunda do lado esquerdo, visivelmente recente, algo reforçado pela roupa também queimada, revelando o ombro e parte do braço esquerdo também queimados. Ele carregava dois machados e vinha correndo pelo túnel, mas parou na saída dele e olhou para o lado, vendo Corvo e Sophia se aproximarem.

— Que azar... — disse o homem arremessando o machado da mão esquerda na direção de Aster e em seguida o da mão direita na direção de Sophia — o de vocês.

Corvo saltou e abraçou Sophia, caindo e rolando com ela no chão para evitar o machado rodopiante, Aster, por outro lado, usando o dedo indicador da mão direita, conduziu o machado rodopiante em uma curva entorno de si mesma. Com o dedo se movendo em círculos, no ponto em que a lâmina do machado saía do cabo, ela aumentou a velocidade do machado, conduzindo-o enquanto girava sobre os próprios calcanhares e, em um movimento fluido e elegante, mandou o machado de volta ainda mais rápido do que veio, em uma fração de segundos.

O homem ainda estava readequando a postura após arremessar o machado contra Sophia, quando percebeu, a centímetros de ser atingido, o machado vindo em sua direção e agiu por puro instinto para se defender. Ele acabou com um corte leve no antebraço direito, um corte fundo no ombro esquerdo e quase caindo para trás desequilibrado com o susto e o impacto do machado.

Aster não deu tempo para o homem se recuperar totalmente e avançou com um soco, que foi prontamente defendido, mas ela não parou de atacar, forçando o homem a recuar para o túnel, embora ele conseguisse se defender de todos os socos. Aster lamentava não poder usar chutes, pois o disfarce limitava muito seus movimentos.

— Você bate pesado para uma garotinha — disse o homem — , parece que estou enfrentando alguém do meu tamanho, mas — ele aproveitou o maior alcance das pernas para, em um chute com a planta do pé no centro de massa de Aster, arremessá-la para longe, de volta para a galeria do aqueduto — ainda sou maior e mais experiente.

O homem puxou uma adaga longa do cinto e avançou contra Aster antes que ela pudesse recuperar a postura, com o objetivo de perfurar o pescoço dela, pois suspeitava que ela estivesse usando uma armadura por baixo das roupas. Porém, mal ele saiu do túnel, Corvo e Sophia descarregaram as bestas contra ele, que acabou girando com os impactos. Sophia pode assim ver a cara de surpresa e depois ódio dele, um rosto que ela jamais esqueceria.

Aster apenas rolou de lado e o homem passou direto por ela, se chocando de lado contra a grade, que desta vez não aguentou e arrebentou fazendo-o cair na correnteza e sumir arrastado por ela.

— Ainda bem que essas águas ainda vão passar por tratamento — comentou Corvo ao ver o homem sumir no fluxo. — O pessoal da estação de tratamento vai ter um dia cheio.

Eles então voltaram a atenção para a moça, a qual estava caída de lado, perto da grade e ao lado de onde Aster estava após rolar de lado. Aster se ajoelhou ao lado da moça e a ajudou a sentar, recostada na grade.

— Corvo! — Aster chamou a atenção dele para um ferimento fundo na lateral da barriga da moça, ela estava perdendo muito sangue.

— Por favor! Ajudem... tem outras... — começou a moça, visivelmente enfraquecida.

— Calma! Primeiro vamos cuidar de você! — disse Corvo pegando o *kit* de primeiros socorros. — Qual o seu nome?

— Clarisse Bergnsem... — respondeu a moça.

— Vou precisar erguer um pouco sua blusa para tratar esse ferimento, senhorita "Bergesem" — explicou Corvo tirando as luvas e abrindo o *kit* de primeiros socorros.

— É Berg-n-sem, faça o que for necessário! — respondeu ela.

Com ajuda de Sophia e Aster, Corvo limpou o ferimento, aplicou um unguento anestésico, penicilina e fechou o ferimento com linha.

— Como se sente, senhorita Bergnsem? — perguntou Corvo aplicando outro unguento e enfaixando o ferimento.

— Me sinto fraca, mas só isso no momento — ela respondeu com calma.

— Pode explicar o que aconteceu e mais sobre as outras? — perguntou ele oferecendo um pequeno frasco com um líquido avermelhado. — Beba isso, vai ajudar com a fraqueza.

— Fui sequestrada do Centro Nobre há... não sei quantos dias... — respondeu ela pegando o frasco desconfiada, o aroma do líquido vermelho era agradável e ela, decidindo confiar nestes estranhos encapuzados que a salvaram, bebeu.

— Acordei em uma cela escura com outras três... consegui me soltar das correntes... roubei uma lanterna... achei uma fenda numa parede e fugi — ela colocou a mão no rosto, sentiu que a bebida estava ajudando, mas sabia que não conseguiria ficar acordada muito tempo, percebendo o quanto estava cansada e fraca. — Pensei... pensei que estava a salvo e fui surpreendida por aquele monstro... — ela olhou para as águas atrás dela —, quebrei a lanterna na cabeça dele e corri sem rumo no escuro, nem notei que ele me feriu. Deus, não pude soltar as outras... prometi levar ajuda e nem sei mais onde estou... como vou salvar as outras.

— Calma, se me disser algumas coisas talvez eu consiga descobrir — disse Corvo. — Você subiu ou desceu alguma escada?

Ela fez que não com a cabeça.

— Como era o lugar? — questionou ele.

— Lembrava um restaurante antigo e abandonado, escuro, cheio de mesas, cadeiras, caixotes... os três que nos vigiavam tinham um espaço para dormir com camas — ela estava forçando-se a lembrar de qualquer coisa única —, o corredor onde saí era largo e não muito distante havia um símbolo pintado em vermelho... uma lua nova e algo que não consegui identificar, mas me chamou a atenção pela beleza.

Corvo pegou o caderninho onde fez o mapa do sanatório e numa página em branco desenhou um símbolo e mostrou para ela.

— Seria este?

— Sim — respondeu ela, um pouco mais animada e esperançosa.

— Você sabe onde fica?

— Tem cinco lugares que tem este símbolo, neste nível. — respondeu ele. — Você passou por alguma pessoa ou por algum lugar marcante?

— Por ninguém e não... — disse ela se esforçando para lembrar — espera, passei por uma ponte de metal sobre um poço cheio de canos de cobre e ferro que saíam do teto e desciam, lembrando uma floresta de bambus, ladeando a ponte.

— O que são bambus? — perguntou Corvo, olhando para Sophia.

— São plantas que parecem canos retos e verticais, mais ou menos desse diâmetro quando grandes — respondeu ela mostrando o tamanho com as mãos —, é uma planta usada frequentemente como ornamental em algumas casas.

— Então eram canos retos, muito numerosos e todos de diâmetro relativamente pequeno? — perguntou ele para Clarisse.

— Sim, isso... — respondeu ela sentindo o efeito fortificante diminuir e o sono ficar mais forte.

— Descanse, eu vou salvar suas amigas — respondeu ele e Clarisse, acenando com a cabeça, fechou os olhos e logo apagou, se entregando ao cansaço.

— Ela vai ficar bem? — Aster perguntou preocupada.

— Ela perdeu muito sangue, mas não acho que o bastante para ameaçar a vida dela — respondeu ele —, entretanto ela desmaiar mesmo após tomar o fortificante me preocupa. Seria bom ela ser atendida por um médico o quanto antes.

— Então vamos subir e falar com o primeiro guarda... — sugeriu Sophia, agitada.

— Não é tão simples — interrompeu Corvo, com calma e um ar pensativo —, eu seria levado a uma delegacia e revistado, acabaria preso por estar andando sem permissão por aqui. Não quero deixar vocês duas sozinhas, ainda mais com o que temos na minha mochila. Também não quero deixar para a polícia o resgate, eles podem demorar e se a informação vazar ou demorarem demais... vão se livrar das garotas e fugir.

— Neste caso eu levo ela — afirmou Sophia, determinada. — Vai ser uma grande confusão e certamente meus pais vão querer me matar, mas é a melhor opção.

— O problema é que isso vai levantar muitas questões sobre o que você fazia por aqui — interveio Aster, pensando em como evitaria de causar mais problemas para Sophia. — Não se esqueça que o Duque provavelmente está buscando o acervo e se ele o encontrar e notar o sumiço do selo...

— Eventualmente ele suspeitaria que eu sei onde o selo está — completou Sophia ao fazer as conexões do raciocínio.

— Além de ir atrás de um certo explorador que te ajudou a voltar para casa — acrescentou Aster — e vai saber o que o Duque está disposto a fazer.

— Mas então o que vamos fazer? — perguntou Sophia. — Esperar que ela acorde e vá sozinha?

— Pelo bem dela não podemos — respondeu Corvo. — Temos algumas opções, nenhuma perfeita e livre de consequências.

— Animador — Sophia comentou.

— O símbolo que ela viu marca uma entrada de um lugar secreto onde talvez podemos conseguir ajuda — explicou Corvo —, mas não é um lugar seguro e pode trazer mais problemas.

— Espero que as outras opções sejam melhores — disse Aster, ainda do lado de Clarisse.

— Podemos seguir para o mercado de fronteira — mencionou Corvo. — Poderia ser quase tão problemático ou talvez ainda mais do que simplesmente subir e falar com um guarda na rua acima, entretanto poderíamos causar uma confusão e escapar em meio ao caos.

— Espera — interveio Sophia —, pode me mostrar o mapa da Cidade Superior?

— Qual sua ideia? — perguntou ele pegando o mapa na mochila.

— Quando ajudei com os convites da minha festa, acabei memorizando um endereço, o nome da rua era o mesmo de uma professora minha de alguns anos atrás — explicou ela pegando o mapa — era o do

Comandante Lestrade. É aqui, vê como estamos perto, só duas quadras. — Apontou ela no mapa. — Ele está de licença por causa do braço quebrado e deve estar em casa, ele pode ajudar e acho que não vai prender ninguém.

— Acha mesmo que ele é confiável? — perguntou Aster.

— Ele me pareceu um homem justo pelo que meu pai falou — respondeu Sophia —, mas não sei o quanto ele é apegado às leis, pode ser do tipo que segue rigorosamente sem exceções.

— Parece que a saída mais próxima ainda nos obriga a atravessar a avenida — comentou Corvo analisando o mapa. — Se fosse de noite... talvez se estiver chovendo ou houver neblina... fiquem aqui vou espiar como está lá em cima.

Corvo subiu pelo primeiro acesso, o qual saía bem no meio de uma rua.

"Sorte que não precisei fazer nada além de uma rápida e discreta espiada", pensou ele voltando a descer.

— Então? — perguntou Sophia ansiosa.

— Sol forte e várias pessoas andando pela rua — respondeu —, teríamos que fazer uma grande distração para servir de cortina de fumaça e não...

— Que tal cortina de vapor? — sugeriu Aster.

— Se está sugerindo romper uma tubulação de vapor já aviso que é perigoso — alertou Sophia. — Se rompermos um de alta pressão, é capaz de alguém se ferir.

— Mas e os de baixa pressão? — Aster questionou, pois já vira um se romper.

— São poucos e seria difícil descobrir qual é qual, por aqui tem mais de alta pressão do que baixa.

— Por quê? — perguntou Aster.

— Muitos prédios são alimentados com vapor de alta pressão para que pequenas máquinas e aparelhos funcionem sem tanque de óleo, de água e queimador — explicou Sophia —, é mais seguro e ocupa menos espaço.

— Em que usam tanto vapor? — Aster perguntou, tentando entender os impactos de romper uma tubulação de vapor.

— Nos escritórios usam para os sistemas de ventilação, máquinas de impressão, alguns até usam pesadas portas de bronze que abrem e fecham com a ajuda do vapor — enumerou Sophia, tentando mostrar o impacto de romper uma tubulação. — Em residências é para máquinas de lavar roupa, enceradeiras a vapor, entre outras coisas do tipo.

Corvo permanecia em silêncio pensando e não prestava a atenção na conversa das duas.

— Seria mais que um incômodo para muita gente — continuou Sophia —, mas repito que o problema é que alguém pode se ferir ao rompermos uma tubulação, é muita pressão, o vapor é muito quente, além do mais, como conseguiríamos romper, ainda mais sem ninguém nos ver? Esse tipo de tubulação é muito resistente e passa a vários metros do chão.

— Mas as de baixa pressão são fáceis de romper — apontou Aster —, então é só ir tentan...

— Levaríamos a tarde toda para achar a certa desse jeito — interrompeu Sophia —, a vários metros do chão, é uma ideia ruim.

— A ideia não é ruim — disse Corvo de súbito, pegando outro mapa da mochila —, só precisa ser feito do jeito certo.

— Não pode estar falando sério! — exclamou Sophia, olhando com descrença para Corvo.

— Estou — respondeu ele mostrando o mapa para Sophia e Aster —, vejam este mapa das tubulações da Cidade Superior.

— Por que você tem um mapa desse? — surpreendeu-se Sophia.

— Sempre mantenho todos os mapas da Cidade Superior dentro do mesmo tubo — respondeu ele mostrando o tubo de metal cheio de mapas.

— Não, não é o que perguntei — corrigiu Sophia —, quero saber para que você conseguiu um.

— Ah! É que quero um dia montar um livro completo sobre Avalon — respondeu ele —, mas veja aqui — apontou ele no mapa — como são as tubulações que passam perto da casa do Lestrade.

— Não ouviu o que falei sobre romper essas tubulações? — reclamou Sophia. — Só estamos desperdiçando tempo precioso...

— Não vai ser preciso romper tubulações! — interrompeu ele com um sorriso e fazendo Sophia olhar para ele atordoada e sem entender. — Vamos usar o sistema de exaustão de excesso de vapor.

★★

George C. Lestrade estava em sua poltrona preferida, fumando seu cachimbo enquanto lia o jornal da tarde, a vitrola tocava um disco de músicas calmas e serenas, o que o alegrava já que finalmente sua audição havia retornado ao normal, seu braço, ainda engessado, já não incomodava tanto e em menos de um mês já poderia voltar ao trabalho, não que estivesse ansioso para trocar as tardes tranquilas em casa pelo escritório e corredores do trabalho.

— Estas férias prolongadas logo terminarão — lamentou em pensamento — e, pelas mudanças na segurança do Centro Nobre, vou voltar em meio a algo grande, não há nada estranho sendo relatado nos jornais, porém os guardas andam agindo estranho.

Lestrade até pensou em conversar com os guardas, mas decidiu que se estava de licença, não deveria se meter, afinal, pensava ele, se quisessem sua ajuda teriam pedido.

— Espero que não seja nada como o caso na refinaria — murmurou olhando para o braço engessado — ou da festa dos Von Gears.

Um barulho sibilante vindo de fora o tirou dos pensamentos, parecia uma grande chaleira fervendo água, a princípio pensou que era algum veículo a vapor passando na rua, mas quando olhou para a janela e não conseguiu ver nada além de uma nuvem de vapor, levantou-se e foi ver o que estava acontecendo.

— George, a rua está totalmente tomada por vapor! — exclamou a esposa dele, descendo as escadas apressada. — O que está acontecendo?

— Não sei, mas não houve nenhuma explosão, então não foi tubulação rompendo, ainda — respondeu ele, percebendo que o som sibilante tinha diminuído, mas não parado. — Pode ser o sistema de segurança liberando excesso de vapor. Fiquem longe das janelas por precaução.

Lestrade tentava transmitir calma para esposa e filha, no entanto estava começando a se preocupar, já que a nuvem de vapor só ficava mais densa.

— Fiquem aqui, vou sair na porta e tentar ver de onde vem tanto vapor.

— Por favor, tenha cuidado — pediu a esposa, angustiada e com medo.

Ao sair, sentiu o ar morno e úmido, mal conseguia enxergar a calçada no fim dos cinco degraus da porta para a calçada, porém conseguiu notar que o vapor saía das bocas de lobo e das grades nas calçadas, confirmando para ele que se tratava do sistema de segurança, mas ainda achava preocupante o volume de vapor.

— Senhor Lestrade!? — questionou uma voz em meio ao vapor.

Ele já ia entrar para mandar uma mensagem para a companhia de vapor quando ouviu seu nome ser chamado. No começo achou que era um vizinho, mas então avistou o que parecia ser alguém carregando uma pessoa desacordada.

— Sim sou eu! Alguém se feriu? Quem é você, o que aconteceu?

— Sou um explorador, amigo dos Von Gears — respondeu o dono da voz. — Desculpe todo o incômodo, mas salvei essa garota. Ela está desacordada e precisa de um médico, fugiu de um cativeiro onde ainda há outras garotas.

— Como assim? Explique isso melhor — ordenou Lestrade, descendo as escadas para a calçada onde estava a figura encoberta pelo vapor.

— Ela poderá explicar quando acordar — disse a figura, deixando a moça com cuidado na calçada e se afastando. — Agora tenho que salvar as outras.

— Espere! — ordenou Lestrade. — Quem é você? Foi você que soltou todo esse vapor?

A figura sumiu no vapor sem responder e Lestrade se abaixou perto da moça e logo viu a mancha de sangue, passando a se preocupar apenas em ajudá-la, poderia buscar respostas depois. Ele a carregou para dentro de casa e pediu para a esposa chamar uma ambulância e a polícia. O vapor começava a se dispersar.

Corvo voltou para o alçapão na calçada do outro lado da rua, onde Aster esperava, ela vigiava e segurava a tampa aberta, ele pegou a mochila que havia deixado com ela e os dois desceram apressados.

— Deu certo? — perguntou Sophia, que esperava no fundo das escadas.

— Dei uma explicação rápida e deixei ela com Lestrade — ele respondeu trancando novamente o alçapão. — Agora temos que sair rápido, logo vai ter guardas e funcionários da fornecedora de vapor vindo.

— É, vai ser muito ruim se nos pegarem — comentou Sophia. — Se meu pai souber que ajudei a cobrir quatro quadras com vapor...

— Se ele souber sobre qualquer coisa que você fez neste fim de semana, você já estará perdida — afirmou Aster.

Os três saíram correndo dali, voltando para o aqueduto Sant Vermont, onde pararam por um instante.

— E agora? — perguntou Sophia olhando para Corvo.

— Agora vem a complicada e perigosa parte de resgatar as outras — respondeu ele, pegando o mapa e tomando o caminho por onde a senhorita Bergnsem veio.

Os três andaram por vários minutos e por fim chegaram à ponte descrita pela senhorita Bergnsem, a partir daquele ponto o caminho se alargava e os caminhos se multiplicavam conforme avançavam.

— Fico impressionada como você caminha com tanta certeza de para onde deve ir, Corvo — comentou Sophia. — Este lugar parece mais um labirinto, ainda mais do que o resto da Cidade Interior.

— Como ando por túneis assim desde pequeno desenvolvi um ótimo senso de direção — respondeu enquanto procurava o túnel certo com a lanterna.

Eles entraram em um corredor mais estreito, ainda era possível andar duas pessoas lado a lado, no entanto seguiram um atrás do outro por segurança.

— Estranho que ainda não passamos por nenhuma patrulha — comentou Aster, preocupada, pois naquele corredor não haveria onde se esconder.

— Verdade — concordou Sophia.

— A cidade é grande e este é um lugar por onde raramente alguém passa — respondeu Corvo —, é longe de todos os acessos ao nível abaixo e quase não há passagens para cima perto também, provavelmente não viram necessidade de manter patrulhas por aqui.

— Então, alguém teve a ideia de fazer um restaurante, que agora é um esconderijo de sequestradores, neste lugar isolado? Que ideia idiota — comentou Aster.

— Nem sempre este lugar foi assim vazio — respondeu Corvo, apontando para o que parecia ser uma porta, há muito, fechada com tijolos —, estamos debaixo do distrito comercial e era muito movimentado décadas atrás, principalmente em épocas chuvosas.

Então eles saíram do estreito corredor para uma área mais ampla, cujo teto deveria estar a uns sete metros de altura. Aster e Sophia notaram, espantadas, que saíram no que parecia uma rua, com postes, calçadas. O lugar parecia com as ruas acima, com quadras, ruas e cruzamentos, mas todos os estabelecimentos, esculpidos na própria rocha, estavam com portas e janelas totalmente fechadas com tijolos e pedras bem cimentadas.

— Bem-vindas ao Mercado Abandonado — disse Corvo com um gestual elegante de quem apresenta algo a uma plateia.

— Abandonado desde o final do governo do primeiro-ministro Leonard Longbow lll, avô do atual primeiro-ministro, um dos lugares mais interessantes para se visitar, na minha opinião. Essas portas e janelas fechadas dão para os porões das lojas acima e um dia já funcionaram como extensões delas aqui embaixo.

— Muito impressionante — disse Sophia enquanto olhava ao redor —, mas acho que não foi por aqui que a senhorita Bergnsem passou.

— Sim — concordou Aster —, com toda certeza ela teria mencionado um lugar assim.

— Eu sei — respondeu Corvo —, mas aqui só tem três restaurantes abandonados e apenas um do qual ela poderia fugir sem passar por aqui e passar por aquela marca. Este é um dos caminhos para ele, quero ver a entrada do restaurante de longe antes de me aproximar e investigar o lugar.

— Mas por que este lugar foi abandonado? — perguntou Aster, ela queria perguntar também sobre a marca e o lugar que ela sinalizava, mas achou que Corvo evitava explicar por algum motivo, talvez relacionado a Sophia e resolveu deixar para depois.

— Após a instauração da democracia houve um distanciamento nas relações entre a Cidade Superior e a Interior, o qual virou repulsa aos níveis abaixo da Cidade Superior, — explicou Corvo —, principalmente após contenções brutais aos protestos da Cidade Interior contra o fim da monarquia.

— Soube que na época houve vários mortos em confrontos nas ruas da Cidade Superior — comentou Sophia, admirando de perto o delicado trabalho em pedra que ornamentava a fachada de uma das lojas.

— Sim, com isso passou-se a dizer na Cidade Superior que era "deselegante descer ao nível dos esgotos e andar entre os ratos inferiores", entre outras coisas muito piores, — disse Corvo. — O abandono deste lugar foi quase que imediato.

— Uma pena que tenha surgido um sentimento de repulsa tão grande — comentou Aster. — O lugar é lindo.

— Isso diminuiu muito com o surgimento e crescimento dos mercados de fronteira e o Grande Mercado do Distrito Central — disse Corvo trocando a lanterna comum pela de luz mais fraca —, mas, mesmo hoje, os mais grã-finos não pisam nem nos mercados de fronteira.

— Espero que o plano da vovó Morgana torne possível um dia reabrir este lugar lindo — comentou Sophia, com ar esperançoso.

— De qualquer forma — disse Corvo —, melhor nos apressarmos, vamos com cuidado...

— O que os três fazem aqui? — questionou uma voz familiar por trás da luz de uma lanterna.

CAPÍTULO 13

RETORNOS

Na casa de Lestrade, ele acompanhou o primeiro atendimento à moça em sua sala, não sabia ainda quem ela era, mas pelas roupas sabia que não era da Cidade Interior, tomou nota também do comentário de um dos médicos, elogiando os primeiros socorros que ela recebeu.

— Ela vai ficar bem? — perguntou a esposa de Lestrade.

— Levaremos ela para o hospital e faremos alguns exames — respondeu o médico —, mas tenho certeza de que sobreviverá.

— Espero que possa explicar toda essa confusão, Lestrade —, disse Edgar Peacock, seu substituto no cargo de Chefe de Investigações, ao entrar na sala, assim que os médicos levaram a moça em uma maca. Ele entrou sem cerimônias na casa, acompanhado de policiais e do Comandante Chefe da Polícia da Cidade Superior, Yaroslav. Do lado de fora já começava a juntar alguns repórteres e curiosos.

— Peacock — disse Lestrade com visível desgosto na voz —, sei que a situação é incomum, no entanto é bom que mantenha a boa educação, se entrar e falar assim na casa das pessoas, você não vai durar muito no cargo. Não sou seu subordinado para falar assim comigo.

— Calma, vocês dois — interveio serenamente Yaroslav, se entrepondo entre os dois e impedindo Peacock de responder. — Sei que vocês não se suportam, mas vamos ser profissionais aqui. Conte-nos o que aconteceu aqui, Sr. Lestrade.

Lestrade deu seu depoimento, explicou com o máximo de detalhes, mas se absteve de dar suas opiniões sobre o que tinha acontecido.

— E você deixou ele ir assim!? — esbravejou Peacock. — Ele podia estar mentindo e ser o responsável e mesmo que não, agora pode ter um civil inexperiente metido a herói pondo em risco a vida de garotas sequestradas!

— A garota era minha prioridade — retrucou Lestrade. — E não ouviu o que eu disse? Que a moça já tinha recebido primeiros socorros? Por que ele a atenderia e deixaria aqui para receber mais cuidados e não se livrado dela em um poço qualquer?

— Ele pode ter causado um acidente e com sentimento de culpa fez isso! — respondeu Peacock.

— E pra que ele mencionaria que resgataria outras em cativeiro? — rebateu Lestrade. — Antes de fazer suposições deveríamos ouvir a moça e tentar encontrar as outras.

— Isso tudo é muito estranho, como esse explorador conhecia você? — questionou Peacock. — Está envolvido em alguma coisa com os Inferiores? — Os gestos e expressões dele mostravam que estava ávido para pegar Lestrade fazendo algo suspeito.

— Acalme-se, Peacock! — interveio Yaroslav novamente. — A foto dele estampou todos os jornais do país por causa do resgate da filha de Rodan!

— Repito: ao invés de focar em mim, você deveria se preocupar com as garotas que estão em cativeiro — pontuou Lestrade.

— De fato é o mais importante — respondeu Peacock. — Afinal, graças à sua incompetência, um qualquer pode colocá-las em risco.

— Ora seu... — irritou-se Lestrade, sendo detido por Yaroslav.

— Quero um pente-fino nos dois primeiros níveis abaixo da cidade, quero tudo e todos revistados até o começo da manhã de amanhã! — Peacock esbravejou a ordem para o sargento que os acompanhava. — Quero qualquer um que pareça suspeito preso e interrogado!

— Sossegue o facho, idiota! — veio uma voz imperativa da porta.

— Quem ousa... — questionou Peacock irritado, se virando e dando de cara com o ministro Kaspersk e com o ministro Gunther, ambos na porta esperando permissão para entrar.

— Senhores ministros, por favor, entrem — disse Lestrade, com o máximo de respeito.

— Agradecemos, Sr. Comandante Lestrade — respondeu Kaspersk entrando.

— Senhores, essa questão será tratada com muito sigilo para evitar pânico — afirmou Gunther. — Sr. comandante Yaroslav, mande seus homens manterem os repórteres afastados, a visita de dois ministros deve acabar atraindo ainda mais deles. Nossos assessores vão lidar com eles, mas ainda vai ser uma confusão grande.

— Senhores, por favor, me acompanhem até meu escritório — pediu Lestrade mostrando o caminho —, lá teremos mais conforto e discrição.
— Eles seguiram Lestrade até o escritório e aguardaram Yaroslav retornar.

— Como sabem, houve uma grande comoção quando sequestraram a filha de Rodan — Kaspersk começou a explicar —, levando até mesmo ao caso do falso sequestro para autopromoção.

— Realmente, foi uma semana conturbada — concordou Yaroslav.

— Então houve outros desaparecimentos, desta vez no Centro Nobre — continuou Kaspersk —, e decidimos manter em segredo. A incompetência de Peacock em resolver logo este caso nos levou a criar uma força-tarefa em separado quando outro desaparecimento aconteceu — disse ele olhando para Peacock, que se manteve calado, visivelmente constrangido.

— Mesmo assim ainda estamos sem descobrir nada sobre os desparecimentos — revelou Gunther. — Quatro garotas sumiram como que por mágica no Centro Nobre e não se descobre nada de como ou por quê. Sabem o que aconteceria se essa informação se tornasse pública?

— Ainda mais com a turbulência política das últimas semanas? — completou Kaspersk.

— Deixamos ordens para sermos avisados de qualquer coisa referente a garotas desaparecidas — explicou Kaspersk. — Quando soubemos que uma havia aparecido na sua casa em meio a uma grande nuvem de vapor, viemos o mais rápido que pudemos para conter as repercussões.

Lestrade manteve o rosto impassível, mas isso o assustou, fazia cerca de uma hora desde que chamou a polícia, um tempo muito curto para os ministros ficarem sabendo e virem, e sabendo mais do que Yaroslav e Peacock sobre o que aconteceu em frente de sua casa. O sistema de informantes deles era eficiente demais.

"Estariam eles me vigiando?", pensava Lestrade, que, embora não temesse nada que fosse descoberto, se sentiu desconfortável com essa ideia.

— Mas o que acontece agora? — perguntou Yaroslav. — Ainda tem três em perigo e deveríamos fazer todo o possível para devolvê-las a suas famílias.

— Não se preocupem com isso — respondeu Gunther. — Temos equipes cuidando disso, queremos que vocês mantenham o sigilo até todas estarem a salvo.

— Deveríamos mandar o máximo de homens na busca! — sugeriu Peacock.

— Se fizermos uma grande mobilização, a notícia se espalhará muito rápido — respondeu Kaspersk —, isso pode levar os bandidos a se livrarem das garotas e fugir. Estamos contendo as informações, por enquanto a notícia será que houve uma falha na rede de vapor e uma garota se feriu.

— Mas como justificar dois dos mais altos ministros do governo virem pessoalmente ver o que aconteceu? — questionou Lestrade.

— Coincidência — respondeu Gunther sorrindo —, mera coincidência, estávamos passando e vimos a comoção e os comandantes da polícia, viemos pessoalmente só por se tratar casa do Sr. Lestrade.

Lestrade acompanhou as autoridades até a porta, onde todos deram uma breve declaração aos repórteres ali reunidos, todos seguindo as instruções para manter a história de acidente. Lestrade entrou logo em seguida, se recusando a responder mais perguntas, porém acompanhou discretamente pela janela os ministros passarem entre os repórteres e entrarem na carruagem a vapor.

— O que mais aqueles dois sabem sobre tudo isso e não contaram? — ele se perguntava, tinha a suspeita que o caso ia mais fundo em segredos. — Talvez eu devesse recomeçar a trabalhar.

Gunther e Kaspersk mandaram o condutor seguir para o palácio do primeiro-ministro o mais rápido que pudesse.

— Acho que por ora conseguimos conter — comentou Kaspersk.

— Espero que as equipes consigam resgatar elas com vida, seria muito ruim para nossa imagem se não conseguirem — disse Gunther olhando pela janela e vendo outra pichação de uma coroa em um beco.

— E se o inferior que salvou a garota também salvar as outras três? — perguntou Kaspersk.

— Tanto faz, a notícia será que foram salvas e esse assunto vai enfim acabar — respondeu ele.

— Tão otimista, se vai acabar ou não dependerá de quem foi o responsável — retrucou Kaspersk.

— Como assim? Por que quem for o responsável por resgatá-las vai influenciar se vai acabar ou não? — questionou Gunther.

— Não, quero dizer o responsável pelos sequestros — corrigiu Kaspersk —, se for quem suspeitamos...

— Verdade, dependendo de quem realmente for o responsável, isso pode ir longe — concordou Gunther. — Espero que algum dos sequestradores seja capturado vivo. Tirar informações de cadáveres não é fácil.

★★

Enquanto isso, longe da Cidade Superior, o fim de semana não estava sendo fácil para Rodan. Embora a construção da usina estivesse progredindo, estava em um ritmo mais lento que o ideal, pois o sistema de turbinas a vapor que sugaria o ar dos túneis era gigantesco e extremamente complexo.

— Não sei por que não me deixaram fazer um projeto mais simples — comentou Rodan com um dos engenheiros —, tem partes que parecem redundantes, e outras que ainda nem entendi para que foram adicionadas no projeto. Acho que foi por isso que abandonaram o projeto pela metade.

— Eu sei, mas ordens são ordens — respondeu o engenheiro. — Além do mais, esse projeto foi feito pelo grande engenheiro Marco D'Luch em colaboração com Albert Longbow, que também era um gênio criador de máquinas, provavelmente são medidas de segurança para problemas que nem imaginamos ainda.

— Você deve ter razão, não tinha pensado neste ponto — concordou Rodan, olhando com atenção para os projetos das turbinas. — Mas algo neste projeto, não sei o que, me passa uma sensação de que tem algo errado.

— Sei como você se sente — concordou o engenheiro — mas esse projeto é diferente de tudo que já vimos, afinal essas turbinas vão funcionar sem parar, tentando fazer circular o ar de incontáveis túneis, galerias e áreas habitadas por quase toda a Cidade Interior. São quilômetros de dutos de ar, cheios de curvas e junções e o sistema deve manter a sucção uniforme em todas as tomadas de ar.

— Teria sido melhor construir várias pequenas, distribuídas por toda a cidade — disse Rodan. — Aposto que decidiram fazer essa monstruosidade assim apenas por ego, "a colossal obra dos maiores gênios da engenharia".

— De qualquer forma já é tarde para mudar — apontou o engenheiro —, já está mais de 90% concluída, claro que os últimos 10% vão ser os mais demorados, mas se tudo progredir conforme planejado, mais duas semanas e poderemos começar a testar, mudar qualquer coisa agora nos obrigaria a meses e meses de mais trabalho.

— Sim, não adianta ficar remexendo nisso, — concordou Rodan — este fim de semana já foi cansativo o bastante para ficar caçando mais problemas. Não vejo a hora de voltar para casa.

Quem também não via a hora de retornar para casa eram Nathalia e Melian, a viagem pelas ilhas de Hy-Drasil, tecendo conexões e acordos, fora extenuante. Seguiam a bordo de um dirigível para outra ilha em uma cabine luxuosa, a qual era feita para oito passageiros, com dois assentos que lembravam sofás de frente um para o outro. As duas reservaram a cabine toda para poderem usar os assentos como camas improvisadas, além de, assim, terem maior privacidade.

— Só mais uma e podemos retornar — comemorou Nathalia, com o olhar perdido no horizonte, imaginando por um instante como estariam a filha e o marido. — Sei que nossa mãe quer aproveitar o momento, mas tantas reuniões em diferentes ilhas em tão pouco tempo...

— Não sei se ela confia demais em nós ou só queria nos punir por algo — comentou Melian, que estava deitada como podia no largo assento oposto ao de Nathalia. — Amanhã quando chegar em casa vou dormir o dia inteiro.

— Eu também — disse Nathalia —, principalmente depois de termos de lidar com Godofredo L. Alvarenga.

— Tínhamos que deixar esse, que é o mais chato, ganancioso e egocêntrico, para o final? — reclamou Melian. — Justo quando estamos mais cansadas?

— Foi o que a agenda dele permitiu, — respondeu Nathalia — mas pelo menos com ele a questão do acordo comercial é secundária e pode fracassar.

— Isso não torna mais fácil descobrir os planos dele e do governador daquela ilha — retrucou Melian.

— Não, mas é um peso a menos sobre nossos ombros — pontuou Nathalia com meio sorriso.

— Melhor descansarmos enquanto podemos — disse Melian, colocando uma toalhinha sobre os olhos. — Ainda falta uma hora até chegarmos, não é muito tempo para o quanto cansadas estamos.

— Ainda bem que teremos tempo de tomar banho no hotel antes de irmos para a reunião — comentou Nathalia, se deitando em seu assento.

★★

No Mercado Abandonado, Corvo, Sophia e Aster foram surpreendidos por um encontro inesperado e temeram ter de travar outro combate, entretanto logo sentiram alívio ao verem que era Ivan, Tom e mais um homem, o qual nem Aster nem Sophia conheciam.

— Não nos assuste assim — reclamou Sophia — quase... deixa pra lá, é bom revê-lo, Sr. Penabrava.

— Desculpe, jovem dama — respondeu Ivan —, mas fiquei surpreso ao ver os três por aqui, principalmente a senhorita.

— Longa história, vô — disse Corvo com uma expressão que já respondia muita coisa para Ivan. — Muito aconteceu e fico feliz de ter encontrado com vocês.

— Faz um bom tempo não, jovem... Corvo? É assim que gosta de ser chamado agora? — falou o homem que acompanhava Ivan, no que Corvo acenou positivamente com a cabeça. — Você cresceu.

— Adoraria colocar os assuntos em dia — respondeu Corvo —, mas algo urgente precisa ser resolvido.

— O que aconteceu? — perguntou Ivan muito sério.

Corvo contou sobre o encontro no aqueduto e sobre as garotas em cativeiro, enquanto Aster e Sophia, que segurava Tom nos braços, observavam um pouco afastadas, se perguntando quem era o alto e forte homem barbudo, de cabelo curto e semblante austero que acompanhava Ivan.

— Corvo, quem é ele? — perguntou Aster quando teve chance.

— Também gostaria de saber quem são essas duas adoráveis damas — comentou o homem.

— Minhas amigas Aster e Sophia, vim mostrar este lugar para elas — respondeu ele. — E este é John Braddock, ex-comandante de batalhão de Hy-Drasil e um bom amigo — apresentou ele a Sophia e Aster.

— É um prazer conhecê-las — cumprimentou Braddock com educação refinada e sendo respondido de forma igualmente educada pelas duas.

— Mas voltando ao assunto sério e urgente — interveio Ivan —, temos que agir o quanto antes.

— O velho restaurante "O Baleeiro"... — disse Braddock pensativo. — Você estava certo sobre este Mercado Abandonado Ivan.

— Era uma possibilidade grande, se as estivessem mantendo vivas perto da Cidade Superior — respondeu Ivan, com ar pensativo, já pensando no que faria a seguir.

— Um momento — interveio Corvo —, vocês já estavam procurando elas?

— Lembra que depois de deixar os militares passei a trabalhar como detetive particular? — respondeu Braddock, seguindo Ivan, que já se movia em direção ao restaurante abandonado. — As famílias me contrataram em segredo para achá-las, já que, mesmo após semanas, a polícia não deu nenhuma resposta além de mandá-las manter o máximo de segredo. Encontrei seu avô por acaso hoje e ele me ofereceu ajuda.

— Por que manter segredo? — perguntou Aster, não conseguindo ver lógica nisso. — Quanto mais pessoas soubessem, mais pessoas procurariam por elas.

— Quiseram evitar pânico na Cidade Superior — respondeu Braddock. — O sequestro de sua amiga Sophia já foi um grande problema.

Corvo, Aster e Sophia se espantaram e olharam para Ivan, achando que ele havia contado sobre Sophia.

— Não culpem Ivan — respondeu Braddock com um sorriso —, acompanhei o desenrolar da história dela e reconheci assim que a vi. Quando disseram o nome, e, agora, a reação de vocês, só confirmaram.

— Melhor eu começar a andar com o rosto coberto — disse Sophia cobrindo o rosto com o tecido do capuz deixando apenas os olhos de fora.

— Uma ideia sábia, senhorita — comentou Braddock —, e se me permite, jovem Aster, deve aposentar esse traje e passar a usar um bem diferente o quanto antes, mercadores de informação e outros menos sociáveis buscam alguém que bate com sua descrição atual.

— Já estamos cientes disso e dos motivos — respondeu Corvo. — No caminho para cá tivemos de despistar dois mercadores de informação.

— Você mencionou outros, outros quem? — perguntou Ivan, trocando a lanterna de luz forte por uma idêntica à quase lanterna élfica de Corvo.

— Há uma recompensa grande para quem tiver qualquer informação e isso atrai todo o tipo de canalha — respondeu Braddock — e a questão da monarquia envolvida nisso é capaz de despertar velhos grupos pró-retorno à monarquia.

— Deixemos isso para depois — interrompeu Ivan parando de andar —, lá adiante está o restaurante.

Quatro homens, vestidos como pessoas comuns, estavam jogando cartas sob a luz de dois lampiões pendurados em um poste, sentados em cadeiras e a uma mesa que eram visivelmente do restaurante abandonado. A fachada era belíssima, apesar de as janelas terem sido todas fechadas com tijolos maciços, já a porta estava tapada por grossas tábuas de madeira.

— Eles têm tanta certeza de que ninguém os procuraria aqui, que nem disfarçam direito — comentou Corvo, tomando cuidado para que sua voz não fosse ouvida pelos homens jogando cartas.

— O lugar tem o símbolo dos "Adaga venenosa" — Braddock apontou para um símbolo pichado em uma das janelas —, mas sequestro não é o que eles fazem e certamente não ficariam jogando cartas assim ou se meteriam a atacar a superfície.

— Então disfarçaram como covil de gangue? — questionou Sophia. — Nenhum guarda passa por aqui mesmo, não é?

— Não são exatamente uma gangue — respondeu Ivan — e, mesmo que guardas passassem por aqui, eles evitariam este lugar ao ver o símbolo.

— Concordamos todos que eles não são dos Adaga Venenosa — disse Corvo. — Agora, como salvamos as garotas?

— Você fica aqui com elas — respondeu Ivan —, atento para caso alguém mais apareça, John e eu vamos cuidar disso. Hum... Tom venha também. — Com isso, o gato pulou para o ombro de Ivan.

— Mas... — começou Aster, sendo interrompida por Braddock.

— Já salvamos outras pessoas de situações semelhantes, confiem e observem.

Ele e Ivan saíram por uma rua lateral, sumindo na escuridão, deixando os três agachados na escuridão observando os homens, que jogavam sem suspeitar de nada. Não demorou muito e ouviram um barulho de algo caindo por perto, isso fez os quatro se levantarem para ver o que estava acontecendo, mas quando o gato surgiu das sombras correndo eles relaxaram e este foi o momento em que viram uma luz distante surgir e se aproximar. Eram Ivan e John que caminhavam tranquilamente, fingindo ser apenas dois homens de passagem.

— Olá! — disse Ivan amigavelmente quando chegou mais perto. — Estamos um pouco perdidos, podem nos dizer com chegamos no mercado de fronteira Cano D'água?

— É só continuar a seguir em frente — respondeu um dos homens. — E um aviso: se não quiserem ter problemas, melhor sumirem daqui o quanto antes. — Ele então apontou para o símbolo.

— Ora, que coincidência — disse John —, sou amigo do Edgar Silver. Não sabia que vocês tinham uma base por aqui também. — Ao dizer isso com um sorriso e confiança, fez os quatro homens se entreolharem confusos.

— Isso... é realmente uma grande coincidência — disse o que pareceu ser o líder deles pelo jeito como se entreolharam. — Já que são amigos dele, não querem entrar e tomar alguma coisa.

— Não sei se... — disse Ivan, fingindo dúvida, tão bem que poderia ser um ator.

— Ora, nunca recuso uma bebida grátis — interrompeu John, sem perder para Ivan na interpretação.

— Então vamos entrar — convidou o líder, enquanto os outros três cercavam os dois.

Então Tom soltou um miado agudo e forte de uma rua paralela, distraindo momentaneamente os homens. Ivan e John só precisavam disso e em segundos nocautearam com grande destreza e quase sem fazer barulho os quatro homens.

— Nossa! Eles são bons! — sussurrou Sophia, espantada com a velocidade e precisão dos movimentos.

— Foi ótimo encontrar com eles — comentou Aster.

— Não se distraiam — disse Corvo —, fiquem atentas às ruas ao redor.

Ivan fez um sinal de positivo para Corvo, enquanto John terminava de amarrar e amordaçar os quatro. Ivan examinou as tábuas que bloqueavam a porta e, como desconfiavam, era mesmo uma porta disfarçada.

— O lugar é grande e mal iluminado — sussurrou Ivan para John ao espiar para dentro —, só temos de ser silenciosos.

Os dois entraram sorrateiramente, deixando Sophia e Aster, que se mantinham atentas a qualquer som, nervosas por não ver o que acontecia, Corvo por outro lado parecia calmo e concentrado em vigiar os arredores.

Dentro do restaurante, Ivan e John encontraram dois homens sentados a uma mesa bebendo e, em um canto afastado, em uma cela perto de uma pilha de caixotes, as três garotas, assustadas e presas por correntes à parede.

— Já não devíamos estar levando elas? — perguntou um dos homens, olhando um relógio de bolso e depois para as garotas, que se encolheram mais no canto. — Já faz mais de uma hora que ele foi atrás da que fugiu.

— Ele disse para irmos se ele não voltasse em uma hora e meia, mas acho que já devemos pelo menos preparar elas — disse o outro se levantando. — Vou pegar o sonífero para colocarmos elas nos caixotes.

— Arg! Isso tinha que acontecer logo agora que tínhamos tudo pronto para o ritual na próxima lua cheia — reclamou o primeiro, ainda sentado e tomando mais um gole do que tinha na caneca. — Devíamos ter cortado fora os braços e as pernas delas.

— E arriscar o ritual falhar por má qualidade dos sacrifícios ou mesmo elas acabarem morrendo antes da hora? — retrucou o outro remexendo algo por trás do balcão que separava a área das mesas da cozinha. — Lembre o que o portador do livro disse, temos que cuidar bem delas, não podemos perder essa chance de invocar os Guardiões do Império, sem eles a profecia não se cumprirá e o imperador não conseguirá voltar ao poder.

— É que é frustrante, estamos tão perto, pelo menos um herdeiro voltou, o primeiro cavaleiro branco surgiu.

— Ainda temos tempo, tem muitas primogênitas na Cidade Superior que podemos usar — disse o outro se aproximando da cela. — E de qualquer forma, ainda precisamos encontrar um dos membros da família imperial para pegar o sangue.

— Se aqueles idiotas tivessem seguido as ordens e não matado aquele mercador de informações — reclamou o que ainda estava sentado. — Nem sequer conseguiram achar as anotações dele.

— Uns idiotas mesmo, mas não deve demorar para acharmos, tem muita gente procurando — disse o outro destrancando a cela. — Agora venha me ajudar, elas não parecem dispostas a cooperar.

Enquanto isso no aqueduto Sant Vermont, Peacock, que desobedeceu às ordens e desceu com um grupo de policiais leais a ele para investigar pessoalmente, chegava ao local onde seus homens encontraram sangue e dois machados caídos no chão.

— Então estes são os machados — disse Peacock examinando-os. — Realmente não são algo barato que seria abandonado no chão. Onde exatamente foram achados?

— Um fundo neste corredor — apontou o sargento —, e o outro longe naquela direção.

— E aqui temos o sangue e um pedaço da grade faltando — pontuou Peacock, tentando imaginar o que teria acontecido. — Por óbvio houve alguma luta, mande um dos homens seguir o fluxo até o fim, é possível que alguém tenha caído na água.

— Imediatamente senhor! — respondeu o sargento.

— Vamos por esse corredor — ordenou Peacock apontando para o corredor onde o machado foi encontrado — enquanto o grupo especial dos ministros espera a garota acordar, nós seguiremos as pistas até o cativeiro e seremos heróis!

Lestrade, por sua vez, tinha ido visitar Killian e conversar sobre o que estava acontecendo, além de aproveitar para tentar saber algo da garota, que fora levada para aquele mesmo hospital.

— Com toda a pressão que Longbow vem sofrendo na Câmara desde o incidente da festa, não é de se espantar que essa seja a forma como estão lidando com o assunto — disse Killian ao ouvir o relato de Lestrade. — Ainda mais com aquele idiota do Peacock no seu lugar.

— A sorte das garotas é que tem mais alguém tentando salvá-las — comentou Lestrade —, pois parece que ninguém a cargo das investigações parece tratar elas como pessoas em perigo.

— Convenhamos que é difícil evitar, acabamos soterrados ao lidar com vários interesses distintos, nós mesmos estávamos assim no caso da filha de Rodan, pelo menos no começo — respondeu Killian, levando Lestrade a concordar. — Mas falando neste "mais alguém", você acha que ele pode mesmo salvar as garotas?

— Tenho quase certeza de que é o mesmo explorador que salvou a filha de Rodan e nos ajudou no caso da festa — respondeu Lestrade. — O jeito e a voz são muito similares ao garoto que estava com a filha de Rodan na festa, se for mesmo ele, então creio que sim.

— Sei que você é um bom observador e suas deduções na maioria das vezes acertam, mas quando me contou da festa e da possibilidade de o tal explorador ter aparecido como convidado e ajudado, já achei que era uma teoria muito forçada — comentou Killian, com um olhar muito cético. — Agora colocar ele envolvido em cada coisa que acontece... e mesmo que fosse mesmo ele, deixar vidas nas mãos dele não me parece certo.

— Acha que vim, justo agora, só para conversar? — retrucou Lestrade, com um olhar confiante. — A garota está neste hospital, vou ser o primeiro a falar com ela assim que acordar e logo estarei a caminho.

— Queria poder ir junto — lamentou Killian. — Já estou bem e não aguento mais ficar neste hospital, mas insistem que só vou ter alta mês que vem.

— Não tenha pressa, meu amigo, se suas queimaduras infeccionarem, vai ser pior.

— Senhor Lestrade? — uma enfermeira questionou da porta. — Ela acordou.

Enquanto isso, no restaurante do Mercado Abandonado, Corvo, Sophia, Aster e Tom se juntaram a Ivan e John no interior do restaurante. Os sequestradores, todos nocauteados, estavam trancados na cela e as garotas, ainda tentando se acalmar, agradeciam sem parar pela ajuda.

— Vou levá-las para casa, jovens damas — disse John de forma amável, enquanto Sophia e Aster verificavam como elas estavam. — Conseguem andar?

As três confirmaram que sim, e então John guiou-as pela porta, enquanto Ivan ficou para vigiar os bandidos na cela.

— Alguma ideia de quem são ou para quem trabalham? — perguntou Corvo para Ivan.

— Pela conversa entre os dois que estavam aqui dentro, parece ser um tipo de seita maluca que quer fazer um ritual macabro — Ivan respondeu olhando com desgosto para os homens na cela.

— Então tem mais deles soltos por aí? — perguntou Sophia, preocupada.

— Infelizmente sim — respondeu Ivan.

— Mas qual o objetivo deles? — perguntou Aster.

— Tem uma lenda antiga que fala do retorno de um grande Imperador, com grande poder e glória, o qual retornará no momento em que o país mais precisar — respondeu Ivan —, destruirá os tiranos e levará o povo a uma era de prosperidade. Algum maluco parece ter distorcido isso e criado um ritual para "invocar" esse imperador.

— Já ouvi boatos sobre essa seita enquanto explorava a Cidade Interior — comentou Corvo —, mas sempre tratados com chacota, nunca me pareceu que realmente existissem ou que tivessem planos de fazer qualquer coisa.

— Eles também estão procurando a princesa imperial que vaga pela Cidade Interior e mataram um Mercador de Informações — avisou Ivan, olhando para Aster. — Muitas coisas estranhas estão acontecendo, muito do que descobri neste fim de semana me leva a crer que a possibilidade de a família imperial voltar mexeu com muita gente.

— Boatos enlouqueceram este lugar — disse Corvo colocando a mão na testa.

— Mas e vocês três, o que farão agora? — perguntou Ivan se sentando em uma cadeira.

— Vou levar as duas para o Mercado Dourado, ver se compro roupas novas para Aster — respondeu Corvo. — Quanto a ela — disse apontando para Sophia —, eu vou levá-la para a casa de uma amiga dela no Centro Nobre logo em seguida. Explicarei melhor tudo que aconteceu para acabarmos aqui assim, quando não houver risco de sermos ouvidos.

— Imagino que vai ser uma história interessante, preferiria que fossem para casa o quanto antes — comentou Ivan —, mas se realmente for imprescindível ir para o Centro Nobre, devo avisar que todos os acessos conhecidos aos dois níveis abaixo dele, ou foram bloqueados com tijolos ou estão sendo vigiados por guardas, ninguém passa sem se identificar.

— Não sabia disso! — surpreendeu-se Sophia.

— Vão ter que usar o corredor das tubulações — afirmou Ivan. — No mercado tem guardas, mas eles não fazem nada, a menos que haja confusão.

— Não me diga que é um daqueles caminhos horríveis — preocupou-se Sophia, já olhando para Corvo.

— É só um corredor muito estreito e cheio de canos — disse Corvo sorrindo. — Já passamos por coisa muito pior hoje, no máximo vai ter alguns ratos.

Sophia ficou aliviada e Ivan intrigado e ansioso para ouvir o que aconteceu.

— Estamos abaixo de quê? — perguntou Aster da cozinha.

— Não tenho bem certeza, mas posso conferir nos mapas — respondeu Corvo. — Por que pergunta?

— Tem uma escada aqui que leva a uma porta que não parece bloqueada — respondeu ela.

— Escada? Não vi isso quando olhei aí — surpreendeu-se Ivan, que logo se levantou alerta.

— Essa porta disfarçada de armário escondia ela — respondeu Aster, quando Ivan e Corvo vieram até ela. — Vi estas marcas no chão e suspeitei que fosse uma porta.

Os dois foram verificar a escada, Sophia ficou mais afastada com Tom no colo.

— Pelo mapa, eu diria que estamos debaixo do Grande Teatro das Musas — disse Corvo com o mapa nas mãos e falando em tom mais baixo, temendo ser ouvido.

— Mas o teatro fica no Centro Nobre, não na zona comercial — comentou Sophia.

— Não todo — retrucou Corvo mostrando o mapa. — Veja, os fundos dele passam as muralhas que circundam o Centro Nobre, uma quadra toda.

— Fizeram um furo na muralha para ter um teatro maior? — questionou Sophia surpresa.

— Para você ver o poder de uma das nove famílias — comentou Corvo.

— A porta nem está trancada — disse Ivan, voltando depois de verificar a porta e o que havia para além dela. — Parece ser um depósito de cenários do teatro e outras coisas usadas no palco.

— Então acho que não é uma boa ideia ficarmos muito tempo aqui — disse Aster.

— Vocês devem ir logo — disse Ivan fechando a porta disfarçada de armário. — Vou ficar até que John retorne com a polícia.

— Tenha cuidado, vô, melhor não falar sobre essa porta, deixe que a polícia descubra. O risco dos O'Walsh tentarem apagar testemunhas é grande.

— Não sou tolo — respondeu Ivan com um sorriso —, vou ficar do lado de fora apenas vigiando, talvez nem fale com a polícia.

— Tom, fique com Ivan e ajude ele a vigiar — pediu Aster, passando a mão de forma carinhosa no pelo do animal, que respondeu com um miado alegre.

Aster seguiu Corvo e Sophia. Ela tentava compreender o que levou aqueles homens a sequestrar as moças, mas não conseguia traçar uma conexão lógica entre isso e o retorno de um imperador. Decidiu que conversaria sobre isso com Ivan em um momento mais calmo.

Ivan se mantinha oculto nas sombras de uma esquina, vigiando atento a entrada do restaurante abandonado, enquanto Tom se mantinha em outra esquina, pronto para miar caso alguém se aproximasse. As ruas acima estavam movimentadas e ruidosas, mas ali no Mercado Abandonado o silêncio reinava e só foi quebrado quando Tom miou avisando Ivan.

"Quem, e de onde?", pensou Ivan, olhando ao redor e tentando escutar alguma coisa.

Não demorou muito e ele pôde ouvir passos se aproximando e ao olhar na direção do som, pôde ver a claridade de uma lanterna surgir em uma esquina distante. Era um homem de sobretudo e chapéu, ladeado por um pequeno grupo de policiais.

— Não vejo John — reparou Ivan —, vejamos o que eles fazem.

— Senhor, devemos estar perto do primeiro — disse um guarda com um mapa nas mãos. — Veja deve ser aquele ali com a frente iluminada.

Ivan não conseguiu ouvir o que o homem de sobretudo e chapéu disse, mas pelos gestos parecia repreender o guarda por falar tão alto e mandou que se aproximassem com cuidado. Conforme eles se aproximaram, Ivan pôde notar que o homem de sobretudo estava com o braço esquerdo engessado e não demorou muito para conseguir reconhecer aquele rosto, o qual vira várias vezes em fotos nos jornais, era George C. Lestrade.

— Vejam a marca na janela — apontou Lestrade para o símbolo dos Adaga Venenosa —, melhor apagarmos a lanterna e observar por um tempo.

— Senhor, veja — apontou um dos guardas, assim que eles apagaram a lanterna —, lá longe, uma claridade se aproximando.

Ivan achou estranha a atitude do grupo de Lestrade e então percebeu passos vindos do outro lado, vendo então uma claridade e por fim outro grupo de policiais, estes guiados por John.

"Espero que não haja nenhum mal-entendido", pensou Ivan preocupado.

O grupo de John seguiu sem parar até a frente do restaurante e Lestrade, reconhecendo alguns dos policiais do grupo de John, decidiu se revelar e conversar com eles.

— Senhor Comandante Lestrade? O que faz por aqui? — perguntou o tenente que acompanhava John.

— Primeiro me diga o que está fazendo aqui Tenente Hubert — respondeu Lestrade.

— Estamos aqui para prender os sequestradores de um grupo de garotas, senhor. Este detetive particular investigava o sumiço delas e as resgatou há pouco — disse o Tenente apontando para John.

— Sou John Braddock — apresentou-se estendendo a mão —, é um prazer conhecer o comandante de investigações da polícia.

— Bom trabalho salvando as garotas — respondeu Lestrade apertando-lhe a mão.

— Tenente, isso tem alguma coisa a ver com o incidente que ocorreu em frente à minha casa? — perguntou Lestrade, se voltando para o Tenente.

— Não sei, senhor — respondeu ele.

— Creio que sim, Sr. Lestrade — interveio John —, o mesmo que entrou em contato com o senhor me avisou deste lugar.

— Você conhece o explorador? — perguntou Lestrade com ar surpreso.

— Não sei quem era — respondeu John sem mostrar nenhuma emoção. — Encontrei com ele por acaso, estava de rosto coberto e não quis se identificar. Creio que sabia quem eu era e o meu trabalho de detetive particular, mas ainda não faço ideia de quem seja.

— Entendo — disse Lestrade com ar pensativo.

— De qualquer forma minha parte está feita — disse John ao ouvir um miado e ver Tom passar correndo. O gato olhou para John e miou, fazendo um movimento com a cabeça que parecia pedir para ser seguido, antes de continuar correndo. — O que sei já contei para o Tenente, ele pode responder suas perguntas, se me permitem, quero voltar e falar com as famílias das vítimas. Priorizei levar as garotas para um lugar seguro e trazer a polícia aqui, preciso informar as famílias que completei o serviço.

— Tudo bem — respondeu Lestrade. — Se precisarmos falar com você, entraremos em contato.

John se virou e seguiu o caminho de volta, Ivan, que tinha se juntado a Tom, seguiu pelas sombras para encontrá-lo onde os policiais não o vissem.

— Foi uma grata surpresa encontrá-lo aqui, Senhor — disse o Tenente, entrando com Lestrade no restaurante abandonado. — Tentamos entrar em contato com o Comandante Peacock, mas não conseguimos.

— Ele deve estar fazendo algum trabalho importante pessoalmente — respondeu Lestrade serenamente, mas por dentro se perguntava raivosamente onde andaria o incompetente do Peacock e se não estaria fazendo algo que os ministros ordenaram ele a não fazer.

Das sombras, uma figura misteriosa que observava tudo ajeitou o chapéu e deu as costas para o restaurante, se afastando silenciosamente.

— Mais uma vez, um plano meu é alterado por uma garota que foge — murmurou o misterioso homem. — Quem diria que não seria tão fácil manter em cativeiro as garotas da Cidade Superior.

O homem parou e deu uma última olhada para trás.

— É uma pena, queria pegar todos de uma vez — suspirou desanimado —, mas como vovô dizia: "mais vale dois peixes na rede que voltar sem rede nenhuma". Hora do plano B. — Ele então colocou a mão dentro do sobretudo para pegar algo no bolso interno.

Dentro do restaurante, enquanto alguns policiais recolhiam os prisioneiros e outros buscavam quaisquer pistas e provas que pudessem ser úteis, Lestrade foi até uma pilha de caixas num canto.

"Os próximos dias serão interessantes", pensou o homem misterioso, acendendo um cigarro do maço que tirou do bolso interno do sobretudo, usando a fraca luz do cigarro para ver o caminho. "Tinha dois dos meus naquele grupo, então eles vão achar a porta e a caixa."

— Vou ter que adiantar o plano do jornal também — murmurou sumindo nas sombras.

★★

O corredor das tubulações era estreito, pequeno, a ponto de Corvo, Sophia e Aster terem que andar curvados, e tão cheio de canos indo e vindo em todas as direções que, vez ou outra, eles tinham que, ou engatinhar por baixo, ou por cima.

— Tenho pena de quem tem de fazer manutenção num lugar destes — comentou Sophia quando finalmente saíram do corredor e pode se alongar.

— O mercado fica logo ali à frente — apontou Corvo —, esperem aqui eu...

— O quê? — surpreendeu-se Sophia interrompendo-o. — Não! Vim até aqui e não vou poder ver o mercado?

— Calma, me deixe terminar. Vou comprar algumas coisas para mudar o disfarce dela — explicou ele apontando para Aster. — É perigoso avançarmos com ela ainda vestida assim.

Enquanto Corvo resolvia a questão, Sophia aproveitou para descansar um pouco, não tinha percebido o quão estava cansada até ter este momento de paz.

— Aster, como está sua energia? — perguntou ela preocupada.

— Gastei pouca energia — respondeu Aster —, você que parece esgotada.

— E nem é tanto pelo esforço físico — comentou Sophia, sentando-se em um canto e descobrindo o rosto e soltando os cabelos —, foi tanta coisa que aconteceu hoje, aquelas...

— Não pense nisso, ficou para trás — interrompeu Aster, ao notar a expressão no rosto de Sophia ao lembrar do sanatório. — Me conte sobre Amanda e Nicolle, não tivemos tempo para conversar sobre o que você fez no tempo em que estivemos longe — disse ela se aproximando de Sophia.

— Não aconteceu nada demais, porém ouvi umas histórias boas — Sophia respondeu feliz em mudar de assunto.

As duas se distraíram tanto com a divertida conversa, que nem notaram quando Corvo voltou. Ele ficou um tempo quieto, só ouvindo e admirando como as duas estavam se divertindo. O assunto era o namoro de uma das amigas de Sophia e ele achou interessante ficar ouvindo.

— Mas e você, Sophia, não tem nenhum namorado? — perguntou Aster ao final.

— Eu? — Sophia parou estática, pega de surpresa pela pergunta. — Não, nunca dei muita importância, nunca ninguém tinha me despertado interesse romântico, não até conh... Corvo!? — Sophia enfim notou ele, que estava parado a poucos metros, ouvindo atentamente. — há quanto tempo está aí?

— Não muito — respondeu ele sorrindo. — Vocês estavam tão entretidas que não quis interromper.

— Não é educado ficar ouvindo a conversa dos outros em segredo! — disse Sophia irritada e com rubor no rosto.

— Desculpe — pediu ele rindo. — De qualquer forma, trouxe umas tintas e uns laços para mudarmos um pouco o que Aster está usando.

— Vermelho e amarelo? — questionou Aster ao ver as cores. — Não vai chamar muita atenção?

— Vai chamar alguma atenção — responde ele —, mas não a de quem procura uma princesa imperial tentando passar desapercebida usando roupas escuras.

— Então é uma questão de não chamar a atenção errada, chamando a atenção certa? — perguntou Sophia pegando uma das latinhas de tinta.

— É o que é possível fazer no momento — disse Corvo dando de ombros.

— Espero que seja o bastante — comentou Aster tirando o disfarce para ser mais fácil modificá-lo.

Sem imaginar onde Sophia estava, Nathalia estava com Melian no escritório luxuoso de Godofredo L. Alvarenga, o mais rico comerciante de Jotungard, a fria ilha do norte, indignada com a proposta de acordo.

— Senhor Alvarenga, isso é um insulto! — disse Melian com voz fria e mortal, ficando de pé e colocando as mãos na imensa e luxuosa mesa. — Nem vou mencionar que, mesmo se você fosse o único comerciante da terra, não venderíamos nossos vinhos por esse preço. Querer mudar os rótulos para que tenham seu nome e sua cara, nunca ouvi proposta mais idiota!

— Espero que tenha sido uma piada mal pensada — disse Nathalia séria, bem mais calma que Melian, ao menos na superfície. — E que agora não desperdice mais nosso tempo e possamos negociar de verdade.

— Acho que as duas vieram até aqui sem entender o quadro geral — falou Alvarenga, com calma e sorrindo enquanto admirava os enormes anéis na própria mão, como se fosse o rei do mundo lidando com crianças. — Tenho ligações com o governador Crowsword, embora os vinhos do clã Ironrose sejam os melhores e os mais caros, uma palavra minha e eles estarão banidos desta ilha e logo, talvez, também do país.

— Como assim? — questionou Melian, recuando e voltando a se sentar. — Você não pode ter tanto poder assim.

— A crise política em Avalon está abrindo caminhos — Alvarenga disse isso se inclinando para frente, se sentindo como um lobo que avança sobre dois coelhos. — A balança de poder entre as ilhas pode virar completamente nos próximos meses.

As duas se entreolharam e Nathalia disse com cautela:

— A crise está quase superada, não vejo como uma mudança tão crítica e abrupta pode ocorrer.

— Se quer nos enganar com isso para sair ganhando, você nos subestima demais — completou Melian. — Achei que você fosse mais inteligente.

— Concordo que no momento parece improvável — ele manteve o semblante confiante —, entretanto o governador Crowsword vai desferir um golpe forte contra o governo de Longbow nos próximos meses, junto com a Aliança de Comércio Norte.

— Que golpe? — questionou Nathalia com ar de desconfiança.

— Não posso entrar em detalhes — respondeu Alvarenga, se recostando em sua cadeira, sentindo-se como se tivesse pescado um grande peixe —, mas uma crise econômica vai surgir, quem não for alinhado com Crowsword vai sofrer, o que estou oferecendo a vocês não é um negócio, é um bote salva-vidas. Eventualmente iríamos conversar com sua companhia, já que, além dos vinhos, também comercializam madeira e tecidos. Hoje vocês são uma das maiores das ilhas a oeste, seria trágico se falissem.

— Não vai nos convencer só com suas palavras e ameaças vazias — disse Melian, mostrando todo o seu ceticismo.

— Talvez isso as convença. — Ele então tirou de uma gaveta da mesa um documento assinado por Edward Crowsword, o governador.

Nathalia e Melian olharam o papel sem entender.

— Informei ao governador desta reunião e ele preparou esta cópia — disse ele entregando o documento para que Nathalia lesse —, essa vai ser a proposta de tornar o país uma federação e cada ilha um estado independente politicamente. Toda a relação comercial do país vai sofrer uma grande mudança.

— Vai ser uma federação só no papel, não é? Imagino que o objetivo dele seja passar a governar o país de forma indireta, ditando quem pode comercializar e quem não pode, ficando mais rico no processo, não é? — perguntou Nathalia, no que Alvarenga apenas sorriu em resposta.

— Crowsword tem muita influência sobre os outros governadores, mas as nove famílias têm mais — pontuou Melian —, isso nunca vai virar realidade.

— De fato eles serão o maior empecilho — reconheceu Alvarenga, pegando o documento de volta e guardando-o —, entretanto, quando a economia entrar em crise, tudo pode mudar.

— Esse jogo de conspiração é perigoso, Sr. Alvarenga — alertou Nathalia —, se descoberto antes do momento certo, muitas cabeças vão rolar.

— Não há como provar só com palavras, este documento será queimado assim que vocês passarem por aquela porta e o original só Crowsword sabe onde está. E quem tentar denunciar vai enfrentar muitos problemas para conseguir ser ouvido, posso garantir. — Ele disse isso com um olhar sério e ameaçador.

— Isso se tornou algo muito maior do que uma simples negociação de vinhos — disse Nathalia se levantando. — Teremos de discutir isso com nossa mãe.

— Compreendo — respondeu ele. — Vou aguardar o posicionamento de vocês, façam uma boa viagem e mandem lembranças a Morgana.

Nathalia e Melian saíram em silêncio e assim permaneceram até retornar ao hotel.

— Pensei que poderíamos descansar depois da reunião — disse Melian ao ver Nathalia arrumando a mala e começar a arrumar a própria.

— Quem diria que assuntos urgentes surgiriam — respondeu Nathalia. — Uma pena perdermos as passagens de navio, mas vamos ter que ir de dirigível imediatamente.

— Espero que não nos sigam no dirigível também — sussurrou Melian para ela.

— Se o fizerem nos livramos deles no caminho — respondeu ela. — No entanto, embora eu ache que eles não terão coragem de fazer nada — ela pegou a besta, cópia da que Corvo deu para Sophia, e a colocou na bolsa —, é melhor estarmos preparadas.

★★

No Mercado Dourado, Aster ainda temia causar problemas e se manteve vigilante durante todo o tempo, já Sophia aproveitou o melhor que pôde, afastando todo o medo, angústia e tensão que sentiu durante quase o dia todo, comprou algumas coisas para si, presentes para as amigas e se descontraiu com Corvo.

— Este mercado é tão lindo, tão decorado — disse Sophia, enquanto estavam sentados em um banco no meio do mercado, comendo uns espetinhos de peixe. — Todo esse dourado reluzindo na luz das lâmpadas dá até um certo ar mágico ao lugar.

— Também tem muita variedade e qualidade nos produtos — observou Corvo. — É a primeira vez que ando por ele e me surpreendi.

— Curioso que consiga se manter abastecido — comentou Aster — quando mesmo o Grande Mercado Central está quase todo fechando.

— Verdade — disse Corvo, ele não tinha pensado nisso antes, mas a diferença era gritante. — Ele parece não ter sofrido nada com as últimas semanas.

— Deve ser por depender menos dos contrab..., digo, dos meios não convencionais de obter produtos — supôs Sophia, escolhendo com cuidado as palavras, pois o lugar estava bem cheio. — Sempre ouvi que este era o mais caro dos mercados de fronteira.

— Então devem estar felizes — disse Corvo olhando ao redor —, a concorrência está sumindo e eles estão se tornando a única escolha.

— Foi bom o dia terminar assim, tranquilo e divertido — comentou Sophia, olhando para o relógio e vendo que o fim de tarde se aproximava.

— Ainda não terminou — respondeu Aster. — Você ainda tem que voltar para casa.

— Por falar nisso, melhor começarmos o caminho até a casa de sua amiga — disse Corvo, se levantando —, melhor chegar um pouco cedo do que acontecer alguma coisa e chegarmos tarde.

— Sinceramente espero que não aconteça mais nada — suspirou Sophia. — Já houve coisas demais para um dia, para um mês ou mesmo para um ano.

Aster e Corvo acabaram rindo da expressão no rosto de Sophia, que acabou rindo junto.

— Oh, não! — disse Sophia, parando de rir e procurando se esconder atrás de Corvo. — Eu não acredito nisso.

— Que foi? — perguntou Corvo, já olhando ao redor preocupado.

— Milla, ela está bem ali conversando com aqueles dois homens. — Apontou Sophia nervosa. — Se ela me reconhecer, vai ser uma confusão muito grande, ela é mais rigorosa até que Madame Eryn.

— Quem é Milla? — perguntou Corvo, que logo reconheceu o uniforme dos dois homens, eram marinheiros do misterioso navio sem nome aportado na Cidade de Madeira.

— Karmilla Shepard, uma das empregadas dos Von Gears — respondeu Aster.

— Ela deve estar de folga, já que nem eu nem meus pais estamos em casa neste fim de semana, e veio justo agora para este mercado — deduziu Sophia, irritada com o azar.

— Queria saber sobre o que ela conversa com aqueles dois — disse Corvo —, mas é melhor partirmos enquanto você ainda não foi vista.

— Aqueles dois não parecem guardas — observou Aster —, de que são aqueles uniformes?

— São marinheiros de um navio que aportou semana passada — respondeu Corvo, guiando as duas para longe, em direção à entrada de uma galeria —, eles têm andado pela Cidade Interior perguntando sobre histórias de fantasmas, parece que o capitão deles gosta de colecionar histórias do tipo.

— Como sabe tanto? — perguntou Sophia.

— Tenho um amigo curioso que me fez andar com ele por toda a Cidade de Madeira para saber tudo que fosse possível sobre o navio e a tripulação — respondeu ele, com cara de quem lembrava de algo tedioso.

Os três partiram do barulhento, movimentado e bem iluminado mercado e em minutos já estavam andando por soturnos, escuros e vazios túneis. Aster e Sophia seguiram conversando baixinho entre si, enquanto Corvo seguia pensativo sobre os marinheiros, pensava que o navio já tivesse partido a essa altura. Quando foi com Marco pela Cidade de Madeira, tentando obter informações, conversaram com alguns dos marinheiros e, exceto por um capitão com gostos peculiares, não descobriram nada que merecesse mais atenção. No entanto, agora era evidente para Corvo que eles procuravam algo mais que histórias de fantasmas.

— Fantasmas! — murmurou para si, atônito. — Aster ou talvez...

— O que foi? — perguntou Sophia ao ver a cara de Corvo. — Parece ter visto um fantasma.

— É que me lembrei de algo importante — respondeu ele, queria evitar falar das suposições que tinha. — Algo que terei de lidar depois de deixar você em segurança.

— É sobre a expedição de Adriano? — perguntou Aster. — Vai tentar impedir eles?

— Sim! — respondeu ele. — Tinha esquecido disso, mas seguiu o fluxo da conversa. — Adriano é um idiota, mas não posso deixar ele cair nas mãos daquelas criaturas ou, pior, o acervo ser descoberto por alguém daquela expedição.

— Como vai fazer isso? — perguntou Sophia. — Não pode aparecer na frente deles e pedir para não irem.

— Vou explodir o caminho deles — respondeu ele.

— O quê!? — surpreendeu-se Sophia.

— Como? — questionou Aster.

— Explorando por minas abandonadas, já encontrei dinamite; e lembram que eu já encontrei velhos depósitos militares abandonados? Não foi só vidro militar que encontrei. Vou acabar de uma vez com poço barulhento e a conexão com o Sanatório.

— Por favor, tome cuidado — pediu Sophia. — Explosivos são muito perigosos.

— Não se preocupe — respondeu ele, olhando com ternura para ela e rapidamente desviando o olhar —, tenho um amigo que é especialista em uso de explosivos, ele vai ficar feliz em ajudar.

Por fim, eles chegaram ao acesso à superfície, ele saía em um beco entre prédios e era perto da casa da amiga de Sophia.

— Não tem ninguém no beco — disse Aster descendo após verificar.

— Então é aqui que nos separamos — disse Sophia com um leve tom de tristeza na voz.

— Da próxima vez que quiser nos ver, mande uma mensagem que nós iremos até você — disse Corvo bem sério. — A Cidade Interior está cada vez mais perigosa, não quero que você corra riscos desnecessários.

Sophia ficou feliz com as palavras e com a expressão no rosto de Corvo ao proferi-las, embora relutasse em acreditar, dizendo para si mesma que era só amizade, no fundo queria acreditar que Corvo gostava dela. Por ímpeto, ela acabou abraçando ele, que, surpreso, ficou sem reação.

— Tudo bem, mas é melhor virem quando eu convidar! — respondeu a ele. Ela então abraçou Aster também. — Até nosso próximo encontro então.

— Espere, você vai vestida assim? — perguntou Aster.

— Verdade! Tenho que trocar de roupa! — respondeu Sophia alarmada e olhando para Corvo.

— Se quer saber se tem algum lugar perto que possa servir para isso, lamento, mas não tem — disse Corvo. — Ao menos esses túneis são pouco movimentados, vou virar de costas vigiar este lado, Aster vigia o outro e você se apresse.

— Poxa, não tem sequer uma alcova? — insistiu Sophia.

— Ali tem um espaço entre dois canos mais largos. — Apontou Aster.

— Melhor que nada — lamentou Sophia.

— Aqui, Aster — Corvo entregou para ela a lona que levava na mochila —, segure isso aberto, não é grande, mas vai garantir mais privacidade à jovem dama aventureira.

— Não ouse olhar para trás — alertou Sophia enquanto se trocava.

— Não se preocupe, jamais atentaria contra sua honra — respondeu ele, em um tom sereno, o qual fez Sophia confiar nele — e, além disso, estou ocupado vigiando o túnel.

— Pronto já terminei, obrigada, Aster — disse ela terminando de arrumar o cabelo com uma escova.

— Isso foi rápido — disse Corvo se virando.

— Só troquei a parte de cima — respondeu ela —, já que a calça e as botas não aparecem por causa do vestido e, depois, acho que não caberiam na mochila agora que têm placas de metal. Para o corpete e o capuz caberem, tive que tirar tudo da mochila e reorganizar.

— E o bolero? — questionou Aster, vendo-o nas mãos de Sophia.

— Vou usar por sobre o vestido — respondeu vestindo-o —, já que combina com o azul-escuro do vestido, não me importo de ter uma proteção a mais até chegar em casa.

Voltaram para as escadas e Aster subiu para abrir a pesada tampa.

— Agora sim, até breve, senhorita Von Gears — despediu-se Corvo sorrindo.

— Não seja tão formal comigo — respondeu ela. — Tome cuidado lá na Toca do Coelho, ficarei triste se algo lhe acontecer.

— Tomarei — respondeu ele. — Vou com Aster para sua casa antes, deixar o selo e o diário com Madame Erynvorn.

— Se você não estivesse com o tempo tão curto para proteger o acervo, eu diria para me esperar para jantarmos juntos — disse ela, já começando a subir.

— Acho que Aster poderia ficar esperando, sei que ela pode voltar sozinha — disse ele acenando em despedida.

Aster vigiava no escuro beco enquanto Sophia subia as escadas de metal. Ao terminar de subir, Sophia parou um instante para olhar para o céu nublado de fim de tarde, era sempre uma sensação estranha após passar tanto tempo no subterrâneo.

— Vou esperar sim — disse Aster, que havia ouvido a conversa dos dois. — Então este é apenas um até logo mais.

— Isso me alegra — respondeu Sophia abraçando ela.

— Vai sujar seu vestido! — alertou Aster.

— Por que acha que escolhi um com esta cor escura? E depois as escadas que acabei de subir eram mais sujas do que você jamais seria.

— Vá com cuidado — alertou Aster a ela. — Não sei o que é, mas vi pessoas passarem apressadas e parece haver alguma confusão não muito distante.

— Os protestos! — exclamou Sophia levando a mão à testa e fazendo uma cara de quem lembrou de algo desagradável. — Nem me lembrava mais disso, meu pai avisou que operários iriam protestar neste fim de semana.

— Será que não é melhor eu acompanhar você até a casa dos Hagen? — perguntou Aster pegando na mão de Sophia.

— Não precisa se arriscar, é só uma quadra e definitivamente vou ficar longe de qualquer confusão. Já tive emoções demais por hoje. De qualquer forma melhor ir logo. Até mais tarde.

— Até — Aster despediu-se acenando.

Aster permaneceu escondida no beco, vigiando Sophia até ela sumir de vista, então olhou para a movimentação da rua e, por fim, desceu para o subterrâneo, enquanto a escuridão da noite, adiantada pelas nuvens, começava a cobrir a Cidade Superior com seu manto.

Outro que retornava para casa em meio ao cair da escuridão era Lestrade, embora o resgate das garotas tivesse ocorrido melhor do que ele imaginava, o quadro geral era tão complicado, preocupante e problemático, que ele não conseguia ficar feliz com o desfecho.

— Bem-vindo de volta! — disse Rebeca sua esposa, abraçando-o assim que ele passou pela porta. — Desde que quase morreu naquele túnel escuro, fico apreensiva quando sai assim.

— Desculpe, querida, eu não podia ficar parado com três moças à mercê de bandidos — disse ele, beijando-lhe a testa e apertando mais o abraço. — Prometo ficar longe de perigos o máximo que eu puder.

— Sei que tem horas que você tem de agir e você não se furta nunca ao dever, mas não se esqueça de que tem uma esposa e filha para cuidar — ela respondeu com ternura. — Mas como foi? Elas estão bem?

— Quando cheguei, já estava tudo resolvido — respondeu indo se sentar na poltrona. — Elas já estavam a salvo, os bandidos prontos para irem para a cadeia e só precisei coordenar a investigação.

— Que boa notícia! Então está tudo resolvido e podemos voltar a aproveitar seu tempo de licença médica — comemorou ela feliz, até que percebeu que ele não estava. — Aconteceu alguma coisa? Você não parece feliz.

— Da incompetência de Peacock ao que foi descoberto no lugar onde elas eram mantidas, foram tantas coisas ruins que nem é possível ficar feliz pelo resgate — respondeu ele.

— Como assim? — questionou ela preocupada.

— Peacock, não sei como, ao invés de fazer o trabalho dele, como os ministros ordenaram, acabou invadindo um Bordel na Cidade Interior e prendendo todo mundo achando que as três moças eram mantidas lá.

— Ele errou, mas era um Bordel na Cidade Inferior, quem se importa?

— Os políticos da Cidade Interior, casados, diga-se de passagem, que foram presos por ele — ele respondeu com olhar distante enquanto tomava uma xícara de chá que foi servida por Líria, a empregada da casa.

— Que escândalo! — exclamaram a esposa e a empregada juntas.

— Vão tentar abafar, mas muita gente viu e a polícia da Cidade Interior está furiosa por ele ter agido sem nem consultar ou avisá-los de nada, totalmente fora da jurisdição dele. Nunca vi Boris tão furioso.

— Coitado do Sr. Yaroslav, vai ter pressão política em cima dele por semanas — comentou Rebeca.

— E já começou, não só por causa do que Peacock fez, não posso revelar nada muito... detalhado — comentou ele, escolhendo com cuidado cada palavra —, mas o caso dos sequestros das garotas é bem mais sério do que era possível imaginar.

— Mais sério? Como assim mais sério? — preocupou-se Rebeca.

— Envolve uma seita de lunáticos e suspeita-se do envolvimento de pessoas..., digamos, poderosas — respondeu, olhando pela janela e pensando em como o caso seria levado adiante. — Melhor nem querer saber mais detalhes.

— Que bom que você ainda tem duas semanas de licença — disse ela tentando achar um ponto positivo em tudo isso. — Talvez até lá já tenha passado o pior.

— Peacock provavelmente vai perder o cargo. — Lestrade se virou para a esposa, com cara de desgosto pela situação. — Talvez eu acabe sendo forçado a voltar mais cedo. E pensar que a maioria desses problemas seriam minimizados se as polícias já tivessem sido unificadas.

— Não adianta ficar sofrendo por antecedência ou pelo que não foi feito — respondeu ela, tentando animá-lo. — Aproveite a paz que temos enquanto podemos e lidaremos com o que vier quando vier. Vou mandar preparar um belo jantar e vamos comemorar o resgate bem-sucedido em que ninguém morreu!

— Te amo, meu amor — disse ele, com o humor mais leve, abraçando-a. — Casar-me com você foi a melhor ideia que já tive.

O momento foi interrompido pelo som abafado de uma explosão distante, seguido pelo som de pessoas correndo apressadas na rua.

— Mas o que foi agora? — Lestrade perguntou se dirigindo para a janela, de onde pode ver uma coluna de fumaça subir entre as torres da cidade, mais ao longe, no distrito comercial, iluminada pela última luz do pôr do sol que conseguiu uma brecha nas nuvens.

— Este dia parece se recusar a terminar — disse ele para a esposa, enquanto via pessoas correndo pelas ruas.

★★

Rodan estava frustrado, queria ir logo para casa, entretanto os metrôs estavam parados desde o dia anterior por problemas técnicos e ele teria de praticamente ir a pé grande parte do caminho.

— Ainda bem que tem estes elevadores — comentou ele para um colega que o acompanhava.

— Sim, sorte que não está tão lotado — respondeu o colega.

— Não é sorte do meu ponto de vista, senhores — comentou Jordan. — Com o metrô parado, estou tendo mais clientes; no entanto, com o comércio da Cidade Interior morrendo, muitos elevadoristas estão indo junto. Se as coisas não normalizarem logo, não vou poder manter este elevador funcionando.

— A situação está tão ruim assim? — perguntou o colega de Rodan.

— Até ontem estava ruim, mas agora à tarde parece ter piorado — respondeu ele em tom de lamento. — Começou a correr a notícia de que a polícia da Cidade Superior veio e prendeu alguns políticos que estavam bebendo em um bar exclusivo. Está todo mundo dizendo que está com medo de sair de casa, se prendem políticos, imagine os operários e comerciantes.

— Isso é muito sério — comentou Rodan espantado. — Deve ter ocorrido algum erro grave, algum policial idiota, tem muitos recrutas novos...

— Dizem que o próprio comandante chefe de investigações estava liderando a ação e saiu vangloriando-se que prendeu... como foi mesmo que me disseram... ah! Sim! As palavras dele foram: "Não se esqueçam: Eu, Comandante Peacock, vou sempre encontrar e prender os malditos desgraçados que ousarem agir contra a Cidade Superior." Isso enquanto levava eles e as donas do lugar, algemados, pelo meio de um dos poucos mercados que ainda possuem algum movimento, para usar um dos elevadores de lá.

— Nossa, mas o que esses políticos fizeram? — perguntou o colega de Rodan.

— Não sei — respondeu Jordan dando de ombros —, mas alguns dizem que eles apoiavam os trabalhadores que foram protestar na Cidade Superior, enquanto outros dizem que eles protestavam no parlamento contra o excesso de repressão policial que está afetando o comércio.

— Isso não faz sentido — disse Rodan, pasmo com o que ouviu. — A intenção de Longbow é diminuir o atrito entre as cidades, tem algo estranho acontecendo.

— Tente falar com ele, Von Gears — pediu o colega. — As notícias que estão chegando na Cidade Superior são só que a Interior ficou mais segura com o aumento de policiamento, talvez, assim como nós, ele nem saiba o que está acontecendo de verdade.

— Você é Rodan von Gears? — surpreendeu-se Jordan. — Nossa é um prazer conhecê-lo! Por favor, se puder nos ajudar, fale com o primeiro-ministro.

— Por favor, Sr. Rodan! — reforçou o pedido uma senhora em roupas gastas. — Meu filho teve que fechar a loja dele.

Rodan se viu cercado de olhares suplicantes e esperançosos que lhe causaram um aperto no coração.

— Dou minha palavra que conversarei amanhã mesmo com o primeiro-ministro Longbow e com o Comandante da Polícia, Boris Yaroslav — prometeu bem sério. — Não esperem que seja algo rápido, mas prometo que farei tudo que estiver ao meu alcance para reverter a situação.

— Sr. Rodan, se não for pedir muito, o senhor poderia nos manter informados? — pediu Jordan. — Este é o código postal de um jornal pequeno da Cidade Interior, pequeno, mas confiável e que muitos leem.

— Claro — respondeu ele pegando o papel —, mandarei uma mensagem via tubo para eles assim que tiver conversado com Longbow e Yaroslav.

★★

Aster e Corvo deixaram a zona isolada abaixo do Centro Nobre pelo mesmo caminho estreito, que agora parecia ser o único não vigiado ou bloqueado, e avançaram rápido para a casa dos Von Gears.

— Não precisava vir comigo — disse Aster —, você ainda tem uma longa viagem, podia ter encurtado ela um pouco.

— Não se preocupe comigo — respondeu ele com um sorriso amigável —, estou acostumado a ficar dias indo e vindo por toda a Cidade Interior. Sei que você poderia ir sozinha sem problemas, no entanto eu quero perguntar algumas coisas para Madame Erynvorn sobre a Cidade Superior.

— Entendo. E por falar em sem problemas, não passamos por nenhuma patrulha ainda.

— Verdade, a essa altura já deveríamos ter passado por umas três ou quatro — respondeu ele olhando ao redor como que procurando onde as patrulhas estavam escondidas.

— Será que tem algo a ver com os protestos que Sophia mencionou? — questionou ela.

— Protestos? Mas que... — Corvo quase soltou um palavrão quando lembrou. — O protesto dos siderúrgicos! Nem lembrava que era hoje, provavelmente realocaram os policiais todos para a superfície.

— Só espero que isso não atrapalhe Sophia voltar para casa — comentou Aster.

— Possivelmente o protesto ou já terminou ou deve estar terminando — disse ele, olhando para o relógio de bolso. — Os siderúrgicos são um grupo trabalhador, de pessoas simples e honestas, eles não gostam de causar confusão, já foi difícil para o sindicato convencê-los a irem protestar.

— Então melhor nos apressarmos, logo as patrulhas recomeçarão — ponderou Aster.

Sophia tinha chegado em segurança à casa dos Hagen e não precisou esperar muito para a charrete a vapor que a levaria para casa chegar.

ASTER: A ILHA DAS CIDADES A VAPOR – VOL. 1

— Fico feliz que seu plano tenha funcionado sem ninguém por aqui desconfiar, mas, por favor, não me envolva mais nesses seus planos malucos — pediu Amanda, pegando as mãos de Sophia e olhando diretamente nos olhos dela. — Passei o fim de semana preocupada com você.

— Desculpe, e mais uma vez obrigada — respondeu Sophia, que não contou sobre a busca pelo acervo por, entre outros motivos, não querer que a amiga ficasse brava com ela por ter se metido em um lugar tão perigoso. — Acredite, nunca mais vou fazer um plano desses. A propósito, boa saída aquela sua para justificar para sua mãe eu vir visitar você com esta mochila.

— Sorte sua ter uma amiga que pensa rápido — respondeu ela com um sorriso sarcástico. — De qualquer forma é melhor você ir logo, o protesto no distrito comercial parece exaltado.

— Sim, quando vinha para cá vi pessoas passando apressadas, aconteceu alguma coisa?

— Tamires, uma de nossas empregadas, disse, ao voltar das compras mais cedo, que tentaram entrar no prédio de escritórios da companhia siderúrgica e a polícia estava afastando eles.

— Espero que não acabe em violência — desejou Sophia, se despedindo de Amanda e depois olhando na direção do distrito comercial antes de subir na charrete.

— Até amanhã no colégio — despediu-se Amanda. — Boa viagem para casa.

Sophia agradeceu e partiu para casa, estava querendo muito chegar em casa e poder tomar um banho e trocar de roupas. Pediu que o condutor evitasse a parte em que ocorria os protestos mesmo que significasse seguir por um caminho mais longo.

— Vou pelo portão oeste, senhorita, deve ser longe o bastante e não aumenta muito o caminho — respondeu o motorista. — O bom do portão oeste é que ele é bem grande, já que o trilho do bonde passa por ali.

— Que diferença faz o tamanho do portão? — perguntou ela sem entender.

— Mais veículos podem passar ao mesmo tempo — respondeu ele sorrindo —, a essa hora tem muitos retornando para casa.

O trânsito nas ruas era tranquilo e Sophia chegou a pensar que os protestos deviam ter terminado, porém, ao chegarem ao portão, o encontram fechado e cheio de guardas. Algo que a deixou preocupada, pois deveria estar aberto àquela hora.

— Eles começaram a fechar os portões mais cedo? — perguntou ela para o motorista.

— Não que eu saiba, jovem senhorita, deve ser precaução por causa dos protestos. Quando fui buscá-la, ele ainda estava aberto.

Eles se aproximaram do portão para falar com os guardas e poder passar, no entanto o guarda disse que deveriam ir para o portão sul.

— A multidão que estava protestando decidiu ir para a frente do palácio do governo e estão do outro lado do portão tentando passar — avisou o guarda.

— E o portão norte, ainda é uma opção? — perguntou o condutor.

— Não, aquele portão vai ser usado apenas pelo reforço da polícia que está sendo deslocado para ajudar a conter o protesto.

O condutor de outra charrete e um de uma carruagem, que também ouviam a explicação, reclamaram e começaram a dar a volta.

— O portão sul vai ficar pequeno para tanta gente — comentou o condutor da charrete de Sophia.

— Tudo bem motorista, vá logo antes que resolvam fechar todo o Centro Nobre — pediu Sophia, temendo ter que passar a noite na casa de Amanda caso a situação piorasse.

O motorista começava a seguir para o portão sul quando ouviram gritos e de repente um grande barulho como se uma locomotiva tivesse se chocado contra o portão, seguido de um ensurdecedor barulho de explosão, que chegou a estremecer a charrete a vapor.

— Que foi isso? — questionou o motorista assustado, após soltar um palavrão, parando o veículo, pois quase perdeu o controle. — Perdão, senhorita, pelo que acabou de ouvir — completou ele envergonhado, mas Sophia nem prestou atenção, estava olhando para o portão.

— Acho que fizeram um bonde a vapor se chocar contra o portão e a caldeira explodiu — disse ela pasma.

O pesado e robusto portão de madeira e ferro havia resistido, entretanto fora severamente danificado e podiam ser vistas chamas fortes pela pequena brecha que se formou com o ataque. Os policiais rapidamente começaram a escorá-lo, enquanto um deles foi até uma alavanca e começou a girá-la o mais rápido que pôde. Era um alarme que soava bem alto.

— Não fiquem aí parados! — gritou o guarda com quem tinham acabado de falar. — Isso aqui vai virar uma zona de guerra se aquele portão ceder! Vão rápido!

O motorista se apressou para colocar a charrete em movimento, mas ela não era tão rápida quanto ele gostaria. Sophia olhou como as poucas pessoas que andavam por ali agora corriam para longe, mais rapidamente que a charrete.

— Posso fazer o motor disso aumentar a velocidade, mas vai danificá-lo um pouco e gastar muito combustível — disse Sophia para o assustado senhor que dirigia a charrete.

— Contanto que não destrua o motor antes de estarmos bem longe, pode fazer!

Sophia foi para o lado dele e começou a mexer em algumas válvulas e alavancas, fazendo a pequena charrete começar a soltar mais fumaça e ganhar notável aumento de velocidade.

— Não sabia que era possível fazer isso ir tão rápido — disse o espantado motorista ao ultrapassar com sua pequena charrete uma carruagem a vapor, deixando o outro condutor de queixo caído.

— Esse motor é mantido em uma regulagem de menor potência para não soltar muita fumaça — respondeu ela olhando para trás e se segurando com força por causa da trepidação. — Eu fui um pouco mais além e digamos que coloquei em modo de emergência.

— Se me ensinar como fazer, nem cobro por este serviço, senhorita.

Então os dois ouviram um chiado forte de vapor sendo liberado em grande volume, seguido de gritos distantes de pessoas em agonia.

— Deus! O que foi agora? — assustou-se o motorista, que não ousou tirar os olhos de para onde ia.

— Acho que uma tubulação... rompeu... — respondeu Sophia, que tentava ver o portão, mas eles já estavam longe.

Na casa dos Von Gears, as empregadas começavam a se preocupar com o atraso de Sophia, Corvo já havia partido e Aster estava na biblioteca esperando por Sophia.

— Já era para a senhorita ter chegado, eu sabia que devia ter ido junto buscá-la — disse Marie impaciente para Madame Erynvorn.

— Se acalme, se continuar andando de um lado para o outro, vai acabar abrindo um buraco no carpete — disse Sra. Florysh servindo-lhe um chá para acalmar.

— O condutor da charrete é muito confiável — disse Madame Erynvorn, que estava sentada no sofá da sala lendo o jornal calmamente. — Havia um protesto no distrito comercial que se prolongou, provavelmente Hulgo precisou fazer um caminho mais longo por segurança.

— Espero que seja só isso mesmo — respondeu Marie, se sentando para tomar o chá. — O protesto parecia muito grande.

— Não se preocupe, querida, quem foi no protesto já deve estar voltando para casa. — Sra. Florysh tentava acalmá-la. — Meu irmão mais novo foi protestar e ele garantiu que seria pacífico e que retornariam no máximo no cair da noite.

As três então ouviram alguém chegar na porta. Era Rodan que retornara cansado para a casa.

— Bem-vindo, patrão! — cumprimentou Marie com uma mesura.

— Boa noite, Sr. Von Gears! — cumprimentaram Sra. Florysh e Madame Erynvorn.

— Boa noite! — respondeu ele entregando o chapéu e o sobretudo para Marie. — Minha filha já retornou?

— Ainda não — respondeu Madame Erynvorn —, mas deve ser porque o motorista teve de pegar um caminho maior, por causa dos protestos no distrito comercial.

— Espero que o protesto tenha permanecido pacífico — comentou ele pensando no que havia ouvido no caminho para casa.

— Madame Nathalia mandou uma mensagem via falcão mensageiro avisando que só vai poder retornar amanhã à tarde — avisou Madame Erynvorn entregando a mensagem. — Ela teve que passar antes de retornar na casa da mãe dela para resolver assuntos de extrema importância.

— Deve ter surgido algum problema com as negociações — comentou ele lendo a carta. — Por falar em mensagem, mande uma o quanto antes para o primeiro-ministro e para o comandante Yaroslav, quero falar com eles, se possível, amanhã.

— Vou pedir para marcar um horário o quanto antes — respondeu Madame Erynvorn.

— Estarei no escritório, avisem quando Sophia chegar.

— Senhorita Aster está lá, lendo enquanto espera a senhorita Sophia chegar — avisou Marie.

— Ela veio com Corvo entregar um pacote que deve ser enviado para Madame Morgana — explicou Madame Erynvorn. — Eles conseguiram encontrar o objeto que ela pediu.

— E Corvo? — perguntou Rodan.

— Já partiu, ele disse que tinha assuntos urgentes — respondeu ela.

— Teremos que cuidar dessa entrega o quanto antes e garantir a segurança e o sigilo do objeto — disse ele. — Provavelmente enviarei a senhora depois de amanhã, Madame Eryn, para entregar pessoalmente.

Aster procurava por livros que falassem sobre espíritos, fantasmas e qualquer coisa do gênero, pois queria entender como tinha conseguido ver e se comunicar com um quando nem Corvo nem Sophia conseguiram.

"Acho que, se quero achar algo sobre fantasmas, terei de voltar à Grande Biblioteca", pensou ela ao desistir e pegar o livro de Wilbert D'Hy-Drasil que Corvo deixou com ela.

"Entender mais sobre eles teria me ajudado a entender como consegui ver e ouvi-los e assim aprender mais sobre mim." Ela tinha tirado o disfarce para poder se sentar no sofá sem sujá-lo e se assustou por um instante quando a porta se abriu.

— Olá, Aster, fico feliz em ver que está bem! — cumprimentou Rodan ao vê-la. — Sophia vai ficar feliz em finalmente revê-la.

— Boa noite, Sr. Rodan, também ficarei feliz em revê-la, assim como fico ao revê-lo.

— Imagino que este seja o selo. — Ele apontou para algo embrulhado em tecido.

— Sim, está junto com uma carta de Corvo para a senhora Morgana, explicando como é possível resgatar o que tem lá e também um diário escrito pelos que esconderam o acervo, conta como fizeram e por quê.

Ele abriu, olhou o diário rapidamente e com cuidado pegou o selo nas mãos, ficando fascinado com a riqueza e a beleza dos ornamentos do objeto.

— Nunca pensei que um dia poderia ver um tesouro como esse — comentou ele fascinado. — Muito menos tê-lo em minhas mãos, Morgana ficará feliz em saber que isso foi recuperado.

Aster não queria falar muito sobre como foi encontrar o acervo e acabar cometendo algum erro ao mentir para Rodan sobre a participação de Sophia, então tentou se afastar do assunto da maneira que pode.

— Soube que esteve na Cidade Interior, para a construção de algo.

— Sim, estamos construindo um sistema para arejar os túneis e galerias — respondeu ele guardando o selo em uma gaveta com fechadura. — É uma máquina colossal e muito complexa, mais complexa do que eu acho necessário.

— Como assim? — perguntou ela, genuinamente curiosa.

— Tem partes que eu nem consigo entender para que servem ou mesmo como funcionam. — Ele colocou a pasta grossa que carregava em uma bolsa de couro em cima da mesa. — Isso aqui que parece mais um enorme livro é o projeto.

Ela pegou o projeto e abriu com cuidado sobre a mesa e começou a olhar com curiosidade, Rodan a observou, compreendendo o fascínio de Nathalia ao dizer que era quase mágico como se conseguia compreender o sentimento de Aster apenas pelos pequenos gestos e o olhar dela. Ele percebia o quanto Aster estava curiosa e interessada em entender o projeto, isso o fez lembrar de Sophia.

— Realmente é um projeto bem complexo — comentou ela sem tirar os olhos do projeto. — Para entender tudo, tem que reduzir a pequenos pedaços e os pedaços que ainda não dá para entender reduzir a pedaços ainda menores.

— É o que farei, assim que tiver tempo — comentou ele. — É um projeto feito por dois gênios, estudando ele, devo acabar aprendendo algo novo. Mas ainda acho que fizeram grande demais.

— Para bombear ar suficiente para tantos túneis precisa mesmo de algo colossal — alegou ela.

— Eles podiam ter feito várias menores e espalhar por toda a cidade — argumentou ele. — Ah, e não vai bombear ar para os túneis, vai sugar, para poder se livrar mais facilmente da fumaça. O complexo não se liga às paredes externas, mas a um grande coletor de fumaça e de gases das indústrias e outras máquinas a vapor das partes mais profundas da ilha.

— Estranho, pelo que li nos seus livros essa parte das turbinas parece ser mais eficiente para bombear do que para sugar — disse ela apontando no projeto. — Mas agora que você falou, as pás das turbinas estão mesmo em posição para sugar.

— Hum... Talvez seja isso que eu tenho achado estranho neste projeto — comentou ele.

— Já sei, deve ser para quando houver algum entupimento, ao reverter o fluxo, haja força para desentupir — ponderou ela, com um ar triunfante por ter resolvido a questão.

— Reverter? — questionou Rodan. — Não, ele não pode ser revertido.

— Sim, pode, essa parte aqui permite ao mudar a posição dessas válvulas, inverter a direção do fluxo — disse ela apontando para uma parte do projeto que era uma das que Rodan não entendia direto como funcionaria.

— Não, essa parte é o sistema sobressalente para controlar a velocidade da turbina, reverter seria perigoso demais — respondeu ele alarmado —, bombearia muita fumaça e gases tóxicos, acabaria matando muitos dos que estivessem nos túneis e galerias.

— Entendo, mas se estas válvulas forem totalmente abertas e estas totalmente fechadas, a turbina inverte o fluxo. Se não quisessem inverter, então, por que fariam assim? — questionou Aster.

— Talvez não tenham achado perigoso deixar isso assim, afinal só inverte se cinco válvulas estiverem na configuração correta — ponderou Rodan, analisando o projeto mais de perto. — O projeto é muito antigo, provavelmente na época o volume de fumaça e gases tóxicos no coletor não fosse tão grande quanto o atual. Vou remover essa capacidade de reverter para evitar acidentes.

— Já que é um sistema sobressalente de controle de velocidade, talvez eu o remova completamente e depois substitua por algo mais seguro — completou soltando o projeto sobre a mesa.

Enquanto isso, Madame Erynvorn terminava de enviar as mensagens por tubo, quando ouviu alguém chegar na porta e abri-la violentamente e foi ver o que estava acontecendo, se juntando à Sra. Florysh e Marie. Ficaram preocupadas ao ver a figura que acabara de passar pela porta.

Era Karmilla, que chegou apressada, roupas desalinhadas e com expressão nervosa, parecia estar fugindo de algo.

— O protesto saiu de controle — disse ela ao ser acudida pelas três.
— Uma parte grande deles está tentando invadir o centro nobre, parece
que já há mortos.

— Deus! — exclamou Sra. Florysh. — Antony! Preciso ir ver se meu
irmão está bem!

— Acalmem-se todas! — ordenou Madame Erynvorn. — Sra. Florysh
use o tubo para mandar uma mensagem para sua família, sair correndo
agora para lá só colocará você em risco, é provável que seu irmão não
tenha participado dessa loucura e até já esteja em casa.

— Sim, sim, obrigada! — respondeu ela se acalmando. — Você está
certa, ele nunca faria algo estupido assim.

— Agora, Karmilla, explique com calma — pediu Madame Erynvorn.

— Eu estava voltando do Mercado Dourado e decidi ver como estava
o protesto. Já estava no fim, mas por algum motivo eles começaram a atirar coisas contra o prédio de escritórios e decidiram levar o protesto para
frente do palácio do governo e tomaram o caminho da grande avenida.

— Nunca os deixariam entrar no Centro Nobre — comentou Marie.

— Não mesmo. Eu segui para ver o que aconteceria e de longe vi
que começaram a fechar o portão oeste, assim que a multidão começou
a se dirigir para ele.

— Deus, os guardas avançaram contra eles para impedir? — perguntou Sra. Florysh apreensiva.

— Não, só fecharam o portão e acho que teria sido o máximo que
fariam, mas alguém fez o bonde acelerar contra o portão.

— Eles invadiram o Centro Nobre? — Madame Erynvorn perguntou
com uma expressão fria no rosto.

— Por incrível que pareça o motor de bonde explodiu com o impacto,
mas o portão não se abriu, achei que desistiriam, mas o pior ainda estava
por vir. A multidão não desistiu e mesmo com o bonde em chamas tentou
forçar o portão.

— O que os guardas fizeram? — perguntou Marie já imaginando
o confronto.

— Não sei se foi alguma tubulação que rompeu ou se é algum mecanismo de defesa da muralha, mas uma nuvem de vapor escaldante enco-
briu a multidão que estava mais próxima do portão. Quem não morreu

na hora saiu muito queimado, e então tropas, vindas do portão norte em veículos, atacaram quem ainda estava de pé. Saí correndo para não acabar envolvida.

— Se fecharam os portões norte e oeste, talvez também tenham fechado os outros dois — ponderou Madame Erynvorn, com ar frio e calculista, enquanto as outras ainda estavam em choque pelo que ouviram. — Vou mandar uma mensagem para os Hagen, é possível que Sophia tenha que passar mais uma noite com eles.

— Não será necessário, Madame Eryn — disse Sophia, que acabara de entrar e ouviu o fim da conversa. — Apesar de tudo, consegui passar pelo portão sul.

— Sophia! — Marie correu para abraçá-la. — Me preocupei tanto.

— Vejo que já sabem sobre o portão oeste.

— Milla nos contou — respondeu Marie se recompondo.

— O importante é que agora está em segurança — disse Madame Erynvorn, demonstrando certo alívio. — Seu pai está no escritório, com alguém que espera por você.

— Quem? — perguntou ela, fingindo não saber sobre Aster.

— Vá ver — respondeu Madame Erynvorn —, enquanto isso vou preparar um banho para você e roupas limpas. Marie vá pagar o motorista e dê uma boa gorjeta.

— Não precisa — respondeu Sophia —, ele já foi. Eu ensinei como ele pode fazer a charrete ir mais rápido em caso de necessidade e ele ficou tão contente que dispensou o pagamento.

★★

Na sede do governo, Longbow estava em reunião de emergência com os ministros desde cedo, por causa do que Peacock havia feito, o lugar estava um caos.

— Para piorar, como eu e o comandante Yaroslav estávamos lidando com Peacock e os ministros Kaspersk e Gunther estavam lidando com as descobertas referentes às garotas sequestradas, houve uma falha de comunicação e a guarda do portão usou o canhão de vapor para impedir que o portão fosse arrombado.

— Obrigado pela explicação detalhada subcomandante Campbell — agradeceu Kaspersk dispensando-o.

— Isso tudo foi coincidência demais para ter sido um mero acaso — comentou Gunther quando as portas se fecharam novamente.

— Quem poderia planejar algo assim? — questionou Kaspersk. — O resgate de garotas sumidas há dias acaba com o comandante de investigações gerando uma crise entre as cidades, que levou a uma revolta violenta, que gerou uma chacina de civis. E em meio a tudo isso descobrimos provas que tem uma seita maluca, na qual pode haver a participação dos O'Walsh e de outras pessoas ricas e poderosas, que se for tornada pública causará uma crise ainda maior.

— Pouco me importa neste momento como chegamos a isto — pronunciou-se Longbow —, podemos investigar depois, agora quero saber como lidaremos com o que aconteceu.

— Repórteres já se acumulam do lado de fora — comentou o ministro da Propaganda e Informação, Carlos Thompson. — Teremos que fazer uma declaração.

— Sugiro que a culpa seja toda jogada em Peacock — disse Gunther sem nenhuma emoção. — Não é muito distante da realidade. Mantemos o que descobrimos sobre a tal seita em sigilo para não afetar as investigações.

— O que diremos quando perguntados sobre por que Peacock fez o que fez? — questionou Thompson.

— "Ainda estamos investigando" — respondeu Kaspersk dando de ombros.

— Parece uma boa abordagem — pronunciou-se Longbow. — Apontamos um culpado e os detalhes serão "investigados".

— Seria bom anunciar que forneceremos apoio aos feridos e às famílias dos mortos — propôs Goldmine —, ganhar dinheiro sempre acalma as pessoas.

— Thompson, Goldmine, vou deixar com os dois as declarações aos repórteres — disse Longbow. — Kaspersk, Gunther, ainda tenho assuntos para tratar com os dois. Os demais estão dispensados. — Os ministros deixaram o local e Longbow ficou sozinho com os dois.

— Retomando o assunto da tal seita, que acabou ficando em segundo plano: quem sabe dos nomes naquele caderno? — perguntou Longbow.

ASTER: A ILHA DAS CIDADES A VAPOR – VOL. 1

— Lestrade e alguns poucos policiais — respondeu Kaspersk. — Todos entendem a gravidade, Lestrade chegou a me perguntar se ele devia fingir nunca ter lido. Respondi que por ora sim.

— Ele é um homem virtuoso e honesto — comentou Gunther —, deve ser difícil para ele ser obrigado a agir assim.

— Alguma chance de ele espalhar os nomes? — perguntou Longbow, com um olhar sinistro.

— Ele não é burro, sabe o que aconteceria — respondeu Gunther —, ele tem uma filha pequena.

— O problema são dois policiais que entraram há pouco — disse Kaspersk. — Já estou cuidando para que entendam as consequências de falar demais.

— Anton, precisamos interrogar Ethan — disse Gunther, com o tom mais amigável que pode. — Isso pode confirmar a veracidade ou provar que o que está escrito ali é falso sem causar problemas com as nove famílias ou com os políticos listados.

— Vou mandar Gerard cuidar disso pessoalmente, mas ainda assim preciso de homens de confiança para acompanhá-lo a Musfelgard — respondeu Longbow.

— Tenho o grupo perfeito — disse Kaspersk. — Gunther conhece eles, são todos ex-militares, a divisão S-32. Se Gerard não conseguir fazer Ethan falar, eles conseguem.

— Não esqueça que ele ainda é meu filho, nada que deixe sequelas permanentes.

— Vou informá-los disso — afirmou Kaspersk.

— Podem ir agora, trataremos mais disso depois que questionarmos Ethan. — Dispensou-os, levantando-se e indo até a janela, onde ficou parado em silêncio, observando a cidade abaixo, enquanto os ministros saíam.

"Minha ilha", pensou ele, enquanto olhava as ruas vazias. "Minha máquina. O maior problema dela são os humanos que nela vivem."

Ele se virou e foi até um balcão onde havia vários engenheiros mecânicos, entre eles um que era um soldado com uma arma de mola em posição de tiro apontando para um alvo. Ele pegou, deu corda e recolocou na bancada, pegou um chumbinho que servia de munição e, quando colocou na mão do boneco e a moveu para baixo com um *click*, a figura pareceu ganhar vida. Sozinha carregou a munição na arma, puxou a mola para trás, fez a mira e acertou o cento do alvo.

"A beleza das máquinas é que são previsíveis", pensou ele repetindo o processo. "Se dão defeito, é fácil consertar ou substituir." Ele parou e voltou a olhar para a janela.

— Talvez eu devesse substituir a população por máquinas... não, isso é uma ideia idiota, de que adianta ter uma máquina cidade perfeita sem população — murmurou para si. — Vai ficar mais fácil quando eu reduzir a população e recomeçar do jeito certo.

— Desculpe incomodá-lo, senhor — disse Níniel, parada como uma estátua logo atrás dele —, mas recebi uma mensagem do Sr. Von Gears, ele pede um encontro com o senhor amanhã, ele quer falar sobre a situação da Cidade Interior.

— Von Gears — ele repetiu o nome. — Ele conhece bem os inferiores, conversando com ele posso entendê-los melhor também — Longbow começou a sorrir com a ideia que lhe veio — e se eu os entender melhor, como entendo essas máquinas, posso corrigir o comportamento deles e garantir que o recomeço seja um sucesso. Marque para o primeiro horário de amanhã, senhorita Níniel.

Níniel retornou à sua mesa no canto e começou a escrever a resposta, enquanto Longbow se servia de *whisky* e pensava em como tornar a atual crise em uma oportunidade para reconstruir a ilha e deixar como legado uma Máquina Cidade perfeita.

★★

Após deixar Aster na casa dos Von Gears e obter as informações que queria, Corvo apressou-se para resolver logo a questão da ameaça ao acervo imperial, tanto que chegou em tempo recorde à casa de seu amigo Richard Rockbrick, também conhecido como Toupeira.

— Senhora Rockbrick — cumprimentou Corvo com um breve aceno à esposa do Toupeira —, o Richard está?

— Olá, Corvo, boa-noite — respondeu ela com um sorriso. — Ele está na oficina, pode ir lá.

— Com sua licença então. — Corvo seguiu para a bagunçada oficina do amigo.

— Toupeira, velho amigo, preciso de sua ajuda — disse ele ao entrar na oficina.

— Hum? Ah! Olá, Corvo — respondeu ele, meio que no susto, pois estava concentrado mexendo em uma ferramenta. — Em que posso ajudá-lo?

— Preciso urgentemente fechar um túnel de forma definitiva — respondeu sério. — Pode vir comigo?

— Mas, agora? — respondeu Richard ao olhar o relógio na parede. — Não pode deixar para amanhã?

— Amanhã será tarde demais. Tenho que impedir que uma expedição guiada por Adriano chegue a um lugar em especial.

— Adriano Cooper? — questionou, recebendo um aceno de cabeça afirmativo de Corvo. — Porque não disse logo que era para atrapalhar ele. É pra deixar ele preso em algum lugar ou fechar em cima dele?

— Você odeia ele mesmo, hein?

— Perdi três dedos do pé por causa dele — respondeu Richard, mostrando bem o quanto tinha raiva de Adriano em seu tom de voz.

— Eu explico no caminho — disse Corvo. — O tempo é curto.

— Não é tão simples, eu não tenho explosivos comigo — respondeu Richard.

— Já passei em um dos meus depósitos secretos — respondeu Corvo. — É só o que tem na minha mochila, e é o bastante para abrir um abismo fundo ou bloquear o aqueduto principal.

— Vou pegar minhas ferramentas mais portáteis e podemos ir então — respondeu ele se levantando. — Aliás, aonde vamos?

Corvo apenas desviou do assunto dizendo vagamente onde era, não queria correr o risco de o medo impedir Richard de acompanhá-lo.

★★

Enquanto isso, longe de Avalon, Nathalia e Melian terminavam de jantar com Morgana, na mansão Ironrose. Passaram o jantar discutindo sobre o que descobriram com Alvarenga.

— No final das contas não vai alterar muito os nossos planos — disse Morgana se recostando em sua poltrona na sala, enquanto Nathalia e Melian se sentavam no sofá. — Só teremos que avisar nossos aliados sobre mais esse aspirante a ditador.

— O que mais me intriga é como ele pretende causar a crise econômica — comentou Melian. — Será que Rondel trabalha para eles e vão usar os piratas para isso? E onde a Aliança de Comércio Norte entra?

— Tenho ouvido de contatos na ACN que movimentações estranhas estavam ocorrendo, mas nunca imaginei que seria um plano de desestabilização do país — disse Morgana.

— Mas que resposta daremos a Alvarenga e Crowsword? — questionou Nathalia. — Não parece um bom momento para criar inimigos.

— Vou mandar a irmã de vocês ir com o marido para uma longa negociação com eles — respondeu Morgana. — Se Alvarenga revelou tanto e tão facilmente, é por que há muito interesse em nosso apoio e podemos tirar vantagem disso.

— São tantas forças disputando poder que, senão conseguirmos lidar com elas a tempo, temo que o país acabe se desintegrando — comentou Melian sonolenta.

— Consequências de terem destruído a força unificadora que era a família imperial — respondeu Morgana. — Mas podemos discutir mais outra hora, vão descansar, fizeram um bom trabalho.

As duas desejaram boa noite e foram para seus respectivos quartos. Nathalia deitou-se pensando em como estariam Rodan e Sophia. Não via a hora de poder revê-los.

O jantar na casa dos Von Gears foi em tom sombrio devido aos acontecimentos do fim de tarde. Embora a Sra. Florysh tivesse conseguido informações sobre o irmão, elas não eram tão boas, ele havia tentado voltar para ajudar os feridos e, ao forçar a passagem de volta à Cidade Superior, acabara preso e ela teve que ir tentar ajudá-lo.

— Espero que a Sra. Foly consiga a soltura do irmão — comentou Sophia ao fim do silencioso jantar.

— Eu também — respondeu Rodan. — Dei a ela dinheiro o bastante para a fiança, mas também indiquei um bom advogado e disse que pagaria pelos serviços dele.

— Insatisfação, medo, revolta, tudo levando à violência — comentou Aster, com ar de tristeza —, que gera mais medo, mais insatisfação, mais revolta. Me faz lembrar do livro sobre a guerra entre a Grande Prússia e o Império Eslavo. — Ao dizer isso, ela levou o ambiente ao silêncio por um instante.

— De fato, se o ciclo não for quebrado uma guerra entre as cidades não será só uma possibilidade, mas inevitável — comentou Rodan por fim. — Por isso o plano de unificação de Longbow é importante, amanhã terei uma reunião com ele e tentarei mostrar como as coisas estão na Cidade Interior.

— Queria poder fazer alguma coisa, mas não há nada que eu possa fazer — disse Aster, com leve tristeza na voz.

— Não é verdade — respondeu Rodan com voz firme e olhando nos olhos dela —, fazendo o bem sempre que possível você já ajuda muito. Não são os grandes e poderosos homens que mantêm os tempos ruins longe, são as pequenas ações individuais. Você salvou minha filha, eu nem quero imaginar o que teria acontecido se você não a tivesse salvado. Continue fazendo o bem e o retorno disso, mesmo que imperceptível no começo, trará grandes frutos um dia.

Aster se lembrou então do livro de feitos dos cavaleiros peregrinos e da mensagem lá escrita: "Por menor que seja o bem que foi feito, mesmo feito com o maior dos sacrifícios, ainda vale a pena ser feito, pois, por menores que sejam, são as sementes de um bem maior que virá no futuro".

— Farei o que me for possível então — respondeu ela, com serenidade.

Com isso, o jantar terminou com um clima ameno e com os corações inspirados a buscar um futuro melhor. Aster ainda conversou um pouco com Sophia no quarto dela antes de se despedir e voltar para a casa de Corvo.

— Volte para me visitar quando possível — pediu Sophia ao se despedir. — Se demorar muito, vou até você novamente.

— Vai demorar umas duas semanas para eu poder vir, mas direi para Corvo vir antes e manter você longe de problemas — respondeu ela com bom humor.

— Tome cuidado no caminho — desejou-lhe Sophia. — Além do risco dos mercadores de informação, os ânimos devem estar muito exaltados na Cidade Interior.

Aster pegou a sacola com o material para seu novo disfarce e seguiu para a passagem secreta, onde se deparou com Karmilla, que veio falar com ela.

— Milla — cumprimentou Aster normalmente, apesar de desconfiada, já que em todo o tempo que passou na casa elas quase nunca conversaram.

— Aster, antes de você ir eu queria perguntar sobre Corvo — disse ela meio sem jeito.

— Claro, o que quer saber?

— Queria saber mais sobre como ele é, a senhorita Sophia parece muito interessada nele e fiquei curiosa, já que você está morando com ele agora deve saber muito sobre ele, não é?

— Corvo é um bom amigo, educado e respeitoso — respondeu Aster.

— Senhorita Sophia disse que a casa dele é bem arrumada, como ele se sustenta? Ele trabalha em algum lugar? Ele não faz nada de ilegal, não é?

— Basicamente ele cuida das tubulações que passam por perto da casa e do que encontra em suas explorações — respondeu Aster, achando estranho o jeito de Milla. — Ele se ofenderia se você insinuasse que ele faz algo ilegal, ele tem um senso de honra muito forte.

— Imagino que ele passe muito tempo explorando, deve ser arriscado ficar andando sozinho, sem falar em deixar a casa sem ninguém.

— Ele sabe se defender — disse Aster de forma alegre, mas algo nela dizia para não revelar muito para Milla —, mas me desculpe, eu adoraria continuar a conversa, no entanto eu preciso voltar logo.

— Claro, desculpe tomar seu tempo, podemos conversar mais outra hora — respondeu Milla com um sorriso no rosto. — Vai voltar a nos visitar, não vai?

— Sim, virei.

— Avise com antecedência e assim podemos preparar alguma coisa para você.

— Claro, vir sem avisar seria falta de educação — respondeu acenando em despedida.

Aster partiu muito desconfiada, esse interesse repentino logo depois de ela ter conversado com aqueles homens no Mercado Dourado, homens interessados em histórias de fantasmas.

"Já fui confundida com um", ela raciocinava enquanto voltava. "Melhor falar com Corvo sobre isso. Como se já não bastasse me caçarem por me confundirem com uma princesa, agora serei também por que me confundiram com um fantasma?"

Ela usou novamente o Poço de Alfeu, não queria gastar muita energia no caminho e nem queria se arriscar indo pelos elevadores.

"Medo, que emoção estranha", pensou ela quando chegou ao fundo e olhou para cima. "Por mais que a razão me dê a certeza de que nada acontecerá, ainda me apavora descer por aqui. Será que é assim com todos?"

Seguindo pelos escuros túneis vazios da Cidade Interior, Aster usava sua luz própria para conseguir enxergar no absoluto escuro. Ela havia descoberto a mão direita e estava usando o ponto de luz nas costas da mão para isso.

"Andar por estes corredores escuros em tal silêncio é tão solitário e triste", pensava ela enquanto caminhava. "Corvo está sempre tão positivo, alegre, e sempre andou por aqui. Talvez eu esteja me sentindo assim por só pensar no lado ruim."

Ela continuou caminhando e refletindo sobre as próprias emoções, buscando entender a si mesma, entretanto também se mantinha atenta a tudo ao seu redor e assim pode se esconder quando um grupo de pessoas passou por ela.

"As coisas mudaram", pensou quando o grupo sumiu em uma curva. "Sempre que cruzei com grupos assim eles conversavam de forma descontraída."

Finalmente estava de volta ao portão que levava à casa de Corvo e Ivan, o mesmo onde enfrentou os mercadores de informação.

"Acabei por nem perguntar a Corvo sobre o que aconteceu com eles", pensou enquanto usava a chave que Corvo lhe dera. "Mas o mais importante agora é me recarregar, fazer o novo disfarce e tentar achar o reator. Poderei fazer muito mais se não tiver que passar dias recarregando."

⋆⋆

Longe dali, na Toca do Coelho, estava tudo pronto para a detonação e Richard "Toupeira" não via a hora de terminar e dar logo o fora daquele lugar tenebroso.

— Tem certeza de que vai funcionar, Toupeira? — perguntou Corvo, terminando de esticar o pavio até onde eles se protegeriam da explosão.

— Não se preocupe, tivemos sorte, as veias e falhas da rocha não podiam ser mais propícias — respondeu Richard, ajustando os grossos óculos no rosto. — Não só garanto que nunca mais esse som horrendo volte, como vai parecer que o poço nunca existiu e só houve um pequeno deslizamento nesta parte.

— Bom, mas e a outra parte?

— Essa é mais complicada — respondeu Richard juntando todos os pavios. — A parte onde o rio some é de rocha maciça, não tem como disfarçar que o que faremos não é natural, muito menos fazer parecer ser antigo.

— Sem isso ele vão eventualmente tentar escavar onde fechamos — lamentou Corvo.

— Não disse que nada podia ser feito — respondeu Toupeira com um sorriso, apesar de ter ficado bravo quando descobriu onde estavam, nada o deixava mais feliz do que resolver problemas explodindo coisas. — Farei parecer uma tentativa de mineração que falhou. Vai parecer que havia um caminho rio abaixo, mas foi destruído.

O pavio foi aceso e eles se encolheram atrás da rocha tapando os ouvidos com os protetores que Richard havia trazido. Toupeira acompanhou o tempo com um relógio de bolso e sinalizou quando faltavam cinco segundos para a primeira explosão e Corvo se preparou.

As explosões saíram na sequência planejada e uma nuvem de poeira tomou o lugar, levando alguns minutos para clarear o bastante para eles poderem verificar se o plano havia funcionado.

— Perfeito, veja como parece que foi tudo resultado da detonação ali. — Apontou Richard para as grandes rachaduras que surgiram na parede a jusante do canal e se estendiam até onde ficava a entrada para o poço. — Vê como parece agora que havia uma galeria e o teto desceu? Eu só tinha medo de talvez bloquear o fluxo da água, mas deu tudo certo.

— Incrível, parece mesmo que aquela parte se soltou daquela e que naquele canto agora falta um pedaço que sustentaria o teto — espantou-se Corvo. — Como você conseguiu esse efeito?

— Anos de prática, garoto — respondeu ele orgulhoso. — Vamos ver se onde era o poço ficou bem fechado.

— Teremos de fazer alguma coisa com essa quantidade de rochas espalhadas — comentou Corvo enquanto se aproximavam. — Tem muito para parecer que só aquela parte foi escavada.

— Esse canal é fundo e caudaloso, é só jogar nele — respondeu Richard. — É o teto desceu inteiro como planejado, deve tá igual uma rolha numa garrafa. E o pedaço que você pediu para ser arrancado quase inteiro está ali.

— Mais uma vez, obrigado e desculpe por não dizer antes aonde estávamos indo — Corvo agradeceu se abaixando e pegando o pedaço de rocha que continha o símbolo do pássaro com o rolo de pergaminho. — Eu nunca teria conseguido isso sem você.

— Até entendo, eu não teria vindo se soubesse — respondeu ele —, mas é por uma boa causa. Saquear as ruínas do Sanatório, que gente baixa. Mas agora que selamos de vez a ligação da Toca de Coelho com o poço e aquele lugar maldito, esta mina abandonada e cheia de riquezas pode ser minerada pelo primeiro que tomar posse — disse isso com um grande sorriso no rosto.

Corvo riu e então eles começaram a jogar o excesso de rochas no rio. Por fim, Corvo pegou a rocha com o símbolo e jogou ao chão de forma a parecer ter sido arrancada pela explosão, da parede a jusante do canal.

— Agora é só atravessarmos essa maldita ponte uma última vez e irmos para casa — comentou Richard terminando de guardar as ferramentas na mochila.

— Assim que atravessarmos, vou cortar as cordas dela — comentou Corvo, pegando a própria mochila, agora totalmente vazia. Havia deixado a mochila com os mapas e suas coisas em seu esconderijo de materiais perigosos, onde pegou os explosivos. Chegou a pensar em voltar para pegar a mochila, mas estava cansado e resolveu deixar para outro dia.

Corvo se despediu de Richard na entrada do distrito das antigas minas e seguiu direto para casa, mas, como já era tarde da noite, não pode contar com nenhum elevador para facilitar o retorno.

"Nunca reparei na importância dos elevadores, mas agora que nenhum está disponível e estou cansado...", pensava ele descendo uma longa escadaria e lembrou de como Sophia deve ter sofrido quando subiram metade da altura da ilha por escadas.

"Como estará ela agora? Numa cama macia, provavelmente dormindo bem", pensou com um pouco de inveja.

Sophia estava realmente na cama naquele momento, entretanto não conseguia dormir. Sozinha no escuro de seu quarto, não pôde evitar o retorno das memórias do que passou no sanatório, o que a encheu de medo, se assustando com qualquer ruído estranho.

— E amanhã ainda tenho que levantar cedo para ir ao colégio — murmurou para si ao acender uma vela. — Preciso de algo que afaste esse medo, não conseguirei dormir com o quarto iluminado.

Então ela viu sobre sua mesa uma caixinha de música, que tinha ganhado junto com outros presentes, de pessoas que queriam ser convidadas para sua festa, e lembrou da música que Corvo cantou. Não conseguia lembrar a letra direito, mas a melodia, o ritmo, o tom da voz de Corvo ficaram bem gravados em sua memória.

"É isso! Ganhei muitas caixinhas de música e outras coisas de dar corda, talvez eu consiga montar algo que reproduza a melodia", pensou e foi até o armário.

Ela sentou-se à mesa com algumas caixinhas de música, de tamanhos e formas diferentes. Algumas maiores reproduziam o som de violinos, outras, menores, de piano e uma até mesmo de flauta. Ela trocou a vela por uma lanterna de luz um pouco mais forte, abriu uma gaveta cheia de ferramentas e começou a desmontar.

Passou horas desmontando e montando, mas por fim conseguiu o som correto, no ritmo certo, reproduzindo a melodia de forma magistral.

"Não ficou bonito, pensou enquanto apagava a lanterna e ouvia a calma música, tenho que dar corda em quatro chaves, em uma ordem específica, em momentos precisos, mas consegui..."

Ela adormeceu ali mesmo, sentada e com a cabeça sobre os braços, em meio às carcaças desmontadas de várias caixinhas de música, mas dormiu feliz ao som daquela música.

CAPÍTULO 14

ENTRE AMIGOS E INIMIGOS

Naquela manhã, Sophia acordou com a claridade do alvorecer, olhou para o relógio na cômoda e, ao ver que poderia dormir ainda mais uma hora, se arrastou para a cama, ainda muito sonolenta e desabou na cama macia.

"Que sensação maravilhosa!", pensou ela, relaxando todo o corpo e teria voltado a dormir, no entanto, não pôde. Lembrou de uma lista de cinquenta exercícios de matemática que era para ser entregue naquela segunda-feira. Ela havia deixado para fazer enquanto visitava Corvo e Aster e nem tinha começado.

— Oh, não! Oh, não! — disse totalmente acordada, correndo para começar.

Rodan desceu para tomar café e encontrou Sophia na mesa, já pronta para o colégio, comendo e resolvendo questões de matemática.

— Não me diga que deixou literalmente para a última hora? — perguntou ele bem sério. — O que você fez na casa da sua amiga que não fez isso lá?

— Cometi um erro, eu resolvi a lista errada — respondeu sem tirar os olhos do caderno. — É uma diferente para cada aluno e resolvi os mesmos da Amanda, para meu azar só fui notar quando peguei meu caderno hoje de manhã.

— E quantas questões você ainda tem que fazer? — perguntou ele se sentando e começando a comer com calma.

— Só faltam quinze.

— Boa sorte então — respondeu ele. — Vou ter uma reunião com Longbow e no caminho deixo você no colégio.

— Vai me ajudar no caminho? — ela perguntou animada.

— Seu erro, sua responsabilidade — respondeu ele. — Assim você aprende a prestar atenção aos detalhes. Acredite são detalhes que causam os piores problemas. Por exemplo, você não se atentou agora ao detalhe de que na carruagem a vapor vai trepidar tanto que você não conseguirá escrever e só vai se frustrar tentando.

Sem ter muito tempo, mesmo com o tempo a mais que ganhou com a carona, Sophia foi terminar de se arrumar para ir, deixou ainda cinco questões para terminar na sala de aula.

"Como a vida anda estranha", pensou ela enquanto escovava os dentes. "Ontem preocupações realmente sérias com coisas que nem quero lembrar, hoje estou quase enlouquecendo por um dever de casa não feito." Ela parou um instante se olhando no espelho e refletindo sobre como essa preocupação com o dever de casa parecia boba.

"Se bem que uma bronca da Professora Gertrudes na frente de todos, minhas notas caindo e levando uma bronca da minha mãe por isso podem até não ser coisas assustadoras o bastante para rivalizar com o que passei ontem, mas ainda assim são o bastante. Por nada neste mundo deixo de entregar essa tarefa completa."

Rodan e Sophia seguiram pelas ruas movimentadas da Cidade Superior, que em nada pareciam refletir os eventos dramáticos do dia anterior, tudo parecia tão normal que era estranho.

— Estranho como nem parece que aconteceu algo tão caótico ontem — comentou Sophia ao passarem por uma avenida e poder ver ao longe o portão oeste, que estava interditado para reparos. — Se não fossem os danos no portão, eu começaria a duvidar se realmente aconteceu.

— Para a maioria não faz diferença se houve ou não — respondeu Rodan olhando pela janela —, as pessoas têm que continuar trabalhando, continuar com a rotina. A menos que as afete diretamente, vão seguir como se nada tivesse acontecido.

— E depois, acho que não saiu nada nos jornais desta manhã, pelo menos não na primeira página — disse ele erguendo o jornal que levava consigo, mas ainda não tinha aberto para ler. — Então a grande maioria ainda nem sabe o que aconteceu.

Eles logo chegaram ao colégio de Sophia, um prédio grande e que ocupava uma quadra inteira, tinha forma de 'U' se visto de cima, com pátio que mais parecia uma praça no centro, com um caminho largo que levava até a entrada principal, era cheia de bancos e postes de luz, estes feitos para lembrar árvores cujos frutos eram as lâmpadas, a única coisa ali que lembrava algo vegetal, pois nem grama havia. O prédio tinha quatro andares nas alas laterais, onde ficavam as salas de aula, e na parte central, onde também era a entrada principal, tinha cinco andares mais uma torre em estilo gótico que subia, do meio e acima da entrada principal, mais três andares e terminava em uma ponta muito fina. Na torre ficavam as salas do diretor e dos funcionários mais importantes, sendo que no último andar da torre ficava um grande relógio.

— Uma charrete a vapor virá te buscar ao fim da tarde — avisou Rodan ajudando ela a descer da carruagem. — Tenha um bom dia de aula.

— Obrigada — respondeu ela se despedindo. — Cheguei a pensar que podia continuar indo e voltando a pé, mas depois do que aconteceu ontem, é perigoso demais — comentou, com certo desânimo.

— Vou tentar colocar Longbow no caminho certo e tentar pacificar tudo — respondeu da janela da carruagem —, mas até voltarmos a tempos de paz deve demorar, não sei se isso acontece antes de você se formar no ano que vem. Então, acostume-se.

— Não será um esforço tão grande — respondeu ela com um sorriso. — Só sentirei falta de olhar as vitrines no caminho para casa.

Rodan partiu para sua reunião com o primeiro-ministro e Sophia seguiu para a entrada do colégio, em meio a vários outros alunos, nenhum conhecido dela. Ela tinha pressa de chegar à sala e retomar a resolução dos exercícios, mas no caminho não deixou de notar algo incomum.

"Estranho, eles deviam ter chegado ontem", pensou ao ver vários alunos do internato chegando com suas malas. "Será que tem algo a ver com o que aconteceu ontem?"

★★

Naquela manhã Corvo acordou dolorido, toda a tensão que passou no dia anterior e todo o esforço para esconder o caminho até o acervo imperial o desgastaram muito e só não dormiu mais por ter ficado com fome. E sentir o cheiro do café da manhã preparado por Ivan foi o empurrão que ele precisava para levantar, mas precisou tomar um banho antes para acordar direito.

— Bom dia, garoto — disse Ivan ao ver Corvo descer as escadas. — Vejo que a fome venceu o sono.

— Bom dia, Corvo — cumprimentou Aster, que estava sentada à mesa com Ivan.

Tom soltou um miado alegre, mas nem se mexeu de seu canto perto do forno.

— Bom dia, bom dia! — respondeu Corvo. — Achei que encontraria você recarregando, Aster.

— Eu estava, mas vim conversar com Ivan, entre outras coisas sobre o que aconteceu no protesto de ontem na Cidade Superior. Ontem quando cheguei era tarde e não quis incomodar.

— O que aconteceu? — perguntou Corvo começando a comer, lamentando em pensamento que tinha agora menos variedade e quantidade na mesa devido ao momento.

— Muita coisa — respondeu Aster, que então contou o que ouviu de Sophia e Rodan.

— Espero que Rodan consiga mediar uma um jeito de apaziguar a situação — comentou Ivan ao fim do relato.

— Ainda bem que Sophia chegou em segurança em casa — disse Corvo. — Achei que o dia de ontem não podia ficar pior.

— Sobre isso, Aster só me contou sobre o novo encontro com os mercadores de informação no elevador e da necessidade de um novo disfarce para ela — comentou Ivan se recostando na cadeira com uma xícara de café na mão. — Ela disse que o resto da história da viagem de vocês era melhor você contar.

— Então vou começar com a visita inesperada de Sophia.

Corvo então contou como Sophia veio passar o fim de semana, passando pela urgência em encontrar o acervo e tudo que veio depois, terminando com como ele fechou a conexão entre a Toca do Coelho e o Sanatório.

— Criaturas hediondas vagando por aí — comentou Ivan, que havia ficado o tempo todo em silêncio apenas ouvindo, sereno e pensativo. — Quem diria que a mais impossível das possibilidades seria a resposta.

— Como assim? — perguntou Aster.

— Uma das coisas que eu tentei desvendar neste fim de semana era o que atacou os contrabandistas de armas e o porquê.

— Acha que foram as criaturas que encontramos? — perguntou Corvo, levemente alarmado.

— Houve um único sobrevivente no último ataque — revelou Ivan. — O que ele descreveu bate com um dos que vocês encontraram, o que lembrava um médico da grande praga.

— O primeiro, o com a máscara com bico — explicou Corvo para Aster, ao notar que ela parecia não ter entendido.

— Achei que ele estava louco ou mentindo por algum motivo — comentou Ivan. — Descobrir que ele falou a verdade...

— Descobriu alguma coisa sobre o porquê dos ataques? — questionou Corvo.

— Está havendo uma grande mudança no eixo de poder da Cidade Interior — respondeu Ivan. — A Irmandade dos Arcebispos Sombrios está usando os Garras de Grifo para se estabelecer como único poder e todos os contrabandistas de armas tinham negócios com eles ou com os Garras de Grifo.

— O que é essa irmandade? — questionou Aster.

— Oficialmente é um clube dos mais ricos da Cidade Interior que moram no Distrito Catedral, aquele acima do Distrito Central — explicou Corvo —, um lugar onde os ricos se reúnem para conversar e se divertir, mas na verdade é um grupo liderado por três famílias que tenta ser o que as nove famílias são.

— Mesmo que envolva atos cruéis e ilegais — completou Ivan.

— Então alguém mandou monstros atacar quem lhes fornecia armas? — questionou Aster.

— É o que parece — respondeu Ivan.

— Quem controla os monstros está ajudando a impedir a Cidade Interior de cair nas mãos dessa Irmandade? — perguntou Aster tentando entender.

— Não com bom intuito — respondeu Ivan. — Provavelmente para ter o poder para si.

— Os Punhos tentaram ser o maior poder e fracassaram causando uma grande confusão — comentou Corvo. — Acabaram por abrir espaço para a Irmandade, que agora controla os piratas Garra de Grifo, tentar assumir esse posto. Levando em consequência alguém que controla monstros a se opor a eles. Tudo isso enquanto a população fica mais pobre e revoltada.

— E somam-se a isso outras forças menores — completou Ivan —, como a seita que sequestrou as garotas, aumentando o caos.

— E tudo em menos de dois meses — pontuou Corvo. — Parece até que tem uma força levando o país ao caos.

— Tudo isso começou bem antes — disse Ivan se servindo de mais café. — Coisas foram se acumulando durante anos, as ações dos Punhos apenas criaram o ambiente perfeito para tudo isso ocorrer de uma vez em tão pouco tempo.

— A gota que fez transbordar... — concordou Corvo. — Espero que o plano da Matriarca Ironrose esteja indo bem, pois a tempestade no horizonte só se mostrou mais forte.

— Mas onde tudo isso vai culminar? — perguntou Aster. — Que diferença faz quem tem mais poder?

— A diferença está em o que se faz com o poder — respondeu Ivan. — A irmandade provavelmente tentará ficar mais rica, mesmo que isso deixe toda a população mais pobre, agora quem controla monstro, só Deus sabe o que faria no controle da Cidade Interior.

— Monstros... já era aterrador um ninho de monstros — comentou Corvo após um instante de silêncio —, mas alguém criando e comandando um exército de coisas como aquelas, capazes de aniquilar grupos de homens bem armados... se eu pensar demais sobre toda essa loucura, vou ficar louco.

— Concordo plenamente — disse Ivan —, monstros não deviam existir fora de pesadelos.

— Por que é assim tão impossível? — perguntou Aster.

— Porque coisas como aquelas parecem mais fruto de magia do que de coisas lógicas ou naturais — respondeu Corvo.

— Magia? Como Bruxaria? — questionou Aster.

— Sim. Como... — Corvo parou um instante atônito. — Bruxas! Heavenwaller!

— Descobriu algo? — perguntou Ivan.

— Os Heavenwaller, o sanatório era da família deles e eles têm algum acordo com bruxas para um plano do Duque... — disse Corvo pensando nas várias conexões e fazendo conjecturas.

— Então são os patriarcas das nove famílias — comentou Ivan pensativo. — Querem assegurar o poder que possuem.

— Isso é ruim — comentou Corvo —, significa que eles estão se tornando piores, vão acabar governando pela violência, pelo medo. Não vai haver ninguém capaz de enfrentar monstros como aqueles.

— Se eu tiver o reator, talvez eu consiga — afirmou Aster, fazendo os dois olharem para ela e ficarem em silêncio por um momento.

— Não sei se você sozinha seria capaz — disse Corvo com um meio sorriso —, porém talvez haja algo mais nas ruínas perdidas que nos ajude. De qualquer forma temos que fazer algo a respeito desses monstros e isso pode ser uma esperança.

— Monstros, bruxas, tudo tão inacreditável que conseguir ajuda não será fácil — comentou Ivan.

— Se só o rumor de monstros atacando os contrabandistas de armas já assustou muita gente, vai haver pânico em massa se essa história se espalhar — pontuou Corvo. — Vamos ter que lidar com isso com muito cuidado.

— Vou redobrar o esforço para descobrir o que puder sobre essa bruxa — disse Ivan se levantando e levando a louça para a pia. — Ouvi muitos rumores ao longo dos anos, mas nunca prestei muita atenção, agora que quero descobrir mais, não encontro nada útil.

— Eu vou investigar o Ninho dos Mil Espelhos para poder planejar melhor a busca pelas ruínas — disse Corvo —, mas isso só amanhã, quero estar bem para o caso de encontros inesperados. Isso parece ocorrer muito nos últimos tempos.

— Vou voltar a me recarregar enquanto isso — disse Aster se levantando e indo para a porta. — Se precisarem de mim, não hesitem em ir pedir.

— Mais tarde passo lá para conversarmos um pouco — despediu-se Corvo.

— Obrigada — responde Aster.

— Tivemos sorte por ela aparecer para nos ajudar, não é? — comentou Corvo quando ela saiu pela porta.

— Sorte não, providência divina — respondeu Ivan.

Aster voltou a se conectar à máquina, aproveitando o tempo sozinha para pensar sobre a conversa que teve com Ivan antes de Corvo aparecer e sobre ir, ou não, sozinha em busca do reator.

"Não queria pôr Corvo em perigo, mas agora falhar em conseguir o reator vai afetar muito mais do que só a mim", pensou ela antes de desligar a consciência. "Não posso deixar tantas pessoas boas que conheci à mercê de criaturas como aquelas."

Enquanto isso, no escritório de Longbow, Rodan terminava de explicar a situação da Cidade Interior.

— Não imaginei que a economia da Cidade Interior estivesse tão dependente de comércio ilegal — disse Longbow —, mas espero que entenda que não posso simplesmente deixar que criminosos continuem fazendo contrabando.

— O problema é o excesso de impostos que tornam tudo tão caro — argumentou Rodan. — Esses que você chamou de criminosos contrabandeiam comida, bebidas, até produtos básicos. Se não fosse a quantidade de impostos, muitos deles seriam mercadores comuns.

— Então só porque acham ruim pagar impostos recorrem ao crime? — questionou Longbow, com desgosto bem estampado no rosto. — Lei é lei, não importa quão difícil seja cumpri-la, são as leis que nos impedem de sucumbir ao caos!

— Não é tão simples assim — retrucou Rodan em tom calmo e sereno, não se deixando levar pela raiva de Longbow —, quase ninguém na Cidade Interior conseguiria fazer mais que uma refeição por dia sem os produtos mais baratos oferecidos pelos contrabandistas, que, se fossem mercadores comuns, simplesmente não teriam a quem vender produtos tão caros. Este é um dos motivos do protesto por aumento de salário outro dia. E por falar nisso, mandar prender políticos que apoiavam a manifestação e...

— Um momento! — interrompeu Longbow, assustado em ter ouvido aquilo. — Não mandei prender nenhum político. O que houve foi um mal intendido causado pelo incompetente que substituía Lestrade. — Longbow então explicou todo o ocorrido jogando a culpa toda em Peacock. — Isso já deveria ter saído no jornal de ontem.

— Não li nem o de ontem nem o de hoje ainda. E muitos também não devem ter lido, principalmente na Cidade Interior. Sugiro que faça mais para esclarecer a situação e rápido — respondeu Rodan —, logo toda a Cidade Interior vai pensar que você mandou prender e até matar os que ousaram incomodar a Cidade Superior e, se as coisas continuarem, uma revolta grande se formará.

— Por que esse tipo de informação não chega até mim? — lamentou Longbow. — À tarde vou me reunir com Goldmine para tentar resolver a questão dos impostos e em seguida vou convocar uma coletiva de imprensa para explicar tudo sobre ontem.

— Que bom, sabia que entenderia.

— Mudando um pouco de assunto, como vai a construção da usina? — perguntou Longbow. — Seu término é importante para meus planos futuros, facilitará lidar com futuras revoltas da Cidade Interior.

— Seguem mais ou menos dentro do cronograma — respondeu Rodan, achando estranho Longbow dizer que usará a usina para lidar com revoltas —, mas talvez atrase um pouco, achei um problema que pode levar um tempo para corrigir.

— Que problema?

— Por algum motivo, havia uma parte que poderia causar a reversão do fluxo, enchendo os túneis com fumaça — respondeu Rodan, atento à reação de Longbow. — Tenho que remover para evitar acidentes.

— Não, não remova — Longbow se surpreendeu —, isso faz parte de uma expansão futura que vai ligar a usina à parede exterior, para não só sugar a fumaça, mas também para bombear ar puro.

— Isso não está no projeto.

— Isso por ser uma parte cara de escavação, foi deixada para ser projetada depois, então o projeto todo foi abandonado, quando tudo estiver pronto e funcionando mandarei começar a ser projetado.

— Neste caso vou manter — respondeu Rodan, não muito convencido —, entretanto vou soldar as válvulas na posição correta, será fácil substituir quando houver a expansão.

— Claro, concordo que será mais seguro assim — respondeu Longbow com um sorriso. — O que eu menos quero é um acidente assim para ampliar a revolta contra mim.

Rodan saiu da reunião satisfeito com os resultados, chegou a desconfiar das intenções do primeiro-ministro sobre o uso da usina, mas não acreditava que ele tentaria usar como arma, o resto do país se voltaria contra ele se o fizesse.

"Longbow é inteligente demais para pensar que algo assim poderia ser escondido", pensou ele voltando para casa. "Provavelmente pretende apenas desligar o sistema se houver revoltas."

No instante em que estava para sair pela porta, viu o ministro Gunther chegar apressado com três jornais na mão e uma expressão que parecia misturar nervosismo e preocupação.

"Será que não publicaram sobre ontem?", pensou ele saindo do prédio.

Rodan olhou para o relógio e, ao ver que já eram nove e vinte e dois, decidiu ir até um café próximo comer alguma coisa e enfim ler o jornal. Mandou o condutor da carruagem a vapor esperar ali e foi a pé, no que, com isso, acabou reparando que muitas pessoas estavam lendo o jornal no meio da rua e com cara de espanto discutiam umas com as outras.

"Parece que algo foi publicado", pensou ele entrando no café. "Que notícia terá causado tanta comoção? Não vi nada demais na primeira página."

Ele se sentou calmamente, num dos cantos do café, e pediu um expresso e uma fatia de torta. Começou a ler o jornal e não viu nada impactante, porém ao chegar no meio do jornal quase cuspiu o café ao ler o que tinha ali.

No colégio, Sophia, alheia aos eventos externos, estava no refeitório com as amigas, descontraída aproveitando o intervalo da manhã, com o acréscimo de Bruno Galeno, que tinha ficado amigo de Carla Greenvale.

— Ah! Sim! — Carla Greenvale interrompeu de súbito a conversa. — Sophia, eu já ia me esquecendo, lembra de quando estávamos na confeitaria e Catarina apareceu?

— Agora que você mencionou, lembro — respondeu ela.

— Parece que Catarina ainda quer vingança — revelou Carla, se aproximando e falando mais baixo.

— Por aquela besteira? — espantou-se Sophia. — Ela se sentiu assim tão insultada?

— O que houve? — perguntou Amanda Hagen.

— Ela veio nos importunar por Marie, a empregada da minha casa, estar sentada conosco. Dei uma resposta ríspida e ela foi embora pisando forte de raiva.

— Imagino o que ela pretende fazer — comentou Larissa Sherman. — Não imagino aquela nariz empinado fazendo algo que se deva temer.

— Ela pessoalmente não, mas ela pode mandar outros fazerem — comentou Bruno Galeno, um tanto quanto acanhado, como se lembrasse de algo ruim.

— E por falar nela, lá vem ela — avisou Amanda.

— E lá se foi nossa paz — comentou Larissa, baixinho para Bruno.

Catarina se aproximou, andava como se fosse uma princesa, postura ereta e semblante nobre no rosto, tendendo para o arrogante. Era seguida por duas amigas, uma de cada lado e um passo atrás, como se fossem aias[3].

— Vim lhe dar uma chance de se desculpar pela sua grosseria outro dia e lhe dar mais uma chance de ser minha amiga — disse ela olhando de cima para Sophia.

Sophia, ainda sentada, virou-se para ela e parou um instante pensando se daria uma resposta ríspida e a mandaria embora ou se seguia por um caminho mais diplomático e encerrava a animosidade ali. Entretanto, antes que pudesse dizer qualquer coisa, Klaus Gunther, filho do ministro Gunther, se intrometeu na conversa.

— Querida Senhorita Catarina, não se misture com essa gentalha — disse ele, com um largo sorriso, se aproximando com três amigos, que vinham dois passos atrás, parecendo guarda-costas. — Embora a família de Rodan tenha ganhado algum prestígio, é notória e sabida a predileção deles pelos ratos da Cidade Inferior.

Sophia manteve a expressão serena no rosto, mas por dentro se perguntava qual seria a punição por usar o leque para arrancar aquele sorriso arrogante da cara dele.

— Sophia visivelmente gosta de se cercar de ratos — completou ele, olhando para as amigas de Sophia e para Bruno, que surpreendentemente ficou de pé.

— Não nos insulte — disse ele com uma voz fraca.

---

[3] Designação utilizada para dama de companhia. Mulher cujas responsabilidades estão relacionadas com a educação e criação de crianças que pertencem a famílias ricas ou nobres.

— Ou o quê? Rato — questionou um dos amigos de Klaus, fazendo Bruno se encolher.

— Sabe — interveio Sophia, se levantando e ficando de frente para Klaus, e o olhou de cima em parte por ser um pouco mais alta que ele, em parte pelo salto que usava, deixando-a dez centímetros mais alta que ele —, quando fui salva nas profundezas da Cidade Interior, conheci pessoas com muito mais nobreza em seus atos que jamais conheci nesta cidade, dita superior, com tanta gente nobre de nome. Se eles são ratos, você não passa de um verme podre. — O olhar de Sophia era frio e penetrante.

Neste momento o refeitório inteiro já estava em silêncio prestando atenção, Klaus ficou vermelho de raiva e Catarina deu um passo para trás sem saber o que fazer.

— Você... — disse ele com raiva na voz.

— Acho que já basta, não é, jovem Gunther! — interveio uma professora.

Klaus então se calou e saiu, mas não sem antes olhar para trás com fúria nos olhos.

— Lamento que nossa conversa tenha sido interrompida, por alguém tão sem educação e compostura, Senhorita Catarina — desculpou-se Sophia para com Catarina. — Assim também como me desculpo se a insultei na vez anterior que nos encontramos, mas espero que entenda que quem menosprezar meus amigos não recebera nada além do meu desprezo.

— Você é muito leal aos seus amigos — respondeu Catarina, recompondo a postura —, respeito isso em você, mas acho que haveria formas mais elegantes de responder.

— Certamente, no entanto isso afasta más companhias — respondeu ela com um leve sorriso.

Com um leve aceno de cabeça, Catarina se retirou em silêncio, para Sophia ela parecia pensativa.

— Acho que ela quer mesmo ser sua amiga — comentou Nicolle D'Valencia, quando Catarina já não podia mais ouvir. — Sempre achei ela meio solitária e volta e meia percebia ela olhando para nós.

— Talvez ela só não saiba se expressar — comentou Bruno, um tanto quanto encolhido na cadeira.

— Obrigada, Sra. Agatha — Sophia agradeceu à professora que interveio —, por encerrar aquele momento desagradável.

— Catarina tem um ponto — respondeu Agatha com olhar severo —, melhor não ser tão ofensiva quando responder, nem sempre haverá alguém para evitar que sofra as consequências.

Sophia acenou positivamente e a professora se afastou, e murmúrios e conversas cochichadas tomaram o refeitório.

— Acho que troquei a inimizade de Catarina pela de Klaus — disse Sophia voltando a se sentar.

— Eu diria que você não ganhou nada nem perdeu nada — comentou Amanda.

— Discordo, perdi meu tempo e ganhei a atenção do refeitório todo — respondeu Sophia com certo desânimo, levando as amigas a rirem.

Com o fim do intervalo, todos se dirigiram para as salas, Sophia se despediu de Carla, Larissa e Bruno, que tinham aula em outra sala.

— Aula de química — lamentou Nicolle ao entrar na sala —, não gosto desse professor, sempre mal-humorado, nem se pode fazer uma pergunta sem que ele te olhe com desdém. As duas horas de aula mais longas.

— Soube que ele está mais mal-humorado ainda — disse Carlos um dos colegas que ouviu o que Nicolle disse —, parece que sofreu um acidente durante as férias e agora manca e usa uma bengala.

"Se eles soubessem que não foi acidente", pensou Sophia, indo se sentar e lembrando da noite no museu.

— Se ele não gosta de dar aula aqui, por que não fica só na universidade? — questionou outro colega. — Será que pagam assim tão bem?

— Tradição — respondeu Amanda. — Os Heavenwaller sempre tiveram um professor neste colégio, o laboratório no subsolo é mantido pela família há gerações. Volta e meia eles pagam por uma reforma do laboratório.

Roberto Heavenwhaler entrou na sala e todos os alunos ficaram em silêncio, ele deu um bom-dia apático e foi respondido com um bom-dia apático vindo dos alunos.

A aula seguiu chata e Sophia, embora não deixasse de anotar tudo, não conseguia prestar muita atenção no que era dito, não conseguia parar de pensar em como era estranho ter aquele homem como professor depois de tudo que descobriu.

"Bem que Corvo disse que as aulas de química não seriam mais as mesmas. Hum, Aster disse que não descobriu nada no escritório da casa", pensou ela, "mas será que não há nada na sala dele aqui no colégio?"

Sophia passou o resto da aula pensando se valeria a pena se arriscar e bisbilhotar a sala dele.

"Ele guardaria algo em sua sala, neste colégio? Me arriscar a ter problemas sérios por uma coisa que não sei o que poderia ser e nem se está lá?", ponderava enquanto copiava o que o professor escrevia.

— Esta semana não haverá aula no laboratório — avisou Roberto ao fim da aula. — O laboratório está em manutenção, ninguém lembrou de mudar a data disso quando mudaram as férias de data.

— Professor. — Um aluno ergueu a mão.

— Espero que seja importante e rápido — respondeu Roberto, impaciente e olhando para o relógio.

— É sobre o experimento que estávamos conduzindo antes de as aulas serem interrompidas.

— Bem lembrado — respondeu Roberto. — Teve que ser descartado por causa da manutenção e, como era um que exigiria muito tempo para ser refeito, foi encerrado, os técnicos do laboratório fizeram a anotação de todos os dados. Estão na minha sala, próxima aula eu trago para que comecem o relatório e entreguem na segunda-feira.

Sophia então levantou a mão e ele com um suspiro de tédio concedeu a palavra.

— Considerando que a próxima aula é na sexta-feira, poderíamos acompanhá-lo até sua sala e pegar hoje? Teríamos mais tempo para fazer o relatório.

— Não me importo com isso — respondeu ele —, mas não quero todos na porta de minha sala. Você e no máximo mais dois voluntários pegarão os papéis e distribuirão aos outros, esteja às 13 horas e 40 minutos na frente da minha sala.

— E a data de entrega? — perguntou uma aluna.

— Continuará sendo segunda — respondeu ele após pensar um instante. Sabia que se adiantasse a data a discussão continuaria, com eles tentando manter na segunda.

Com isso, Roberto saiu e os alunos começaram a sair da sala para almoçar, alguns agradeceram a Sophia, já que ela evitou que todos passassem o fim de semana fazendo o relatório correndo contra o tempo.

— Vou com você pegar os papéis — ofereceu-se Amanda.

— Obrigada — respondeu ela —, você sabe chegar até a sala dele, não é?

— É ao lado da sala da professora Minerva — respondeu Amanda. — Nunca tinha reparado?

— Sempre que fui até aquela sala, era quando tínhamos que entregar uma tarefa e era sempre uma confusão — respondeu Sophia.

— Deve ser por isso que ele não queria a turma toda indo até a sala dele — ponderou Nicolle.

— Então vamos logo almoçar — disse Sophia terminando de guardar suas coisas —, não quero correr o risco de me atrasar.

— Espero que o almoço seja tranquilo — comentou Amanda.

**

Quem não teria um almoço tranquilo era Marko Roshmanovy, que ainda não sabia, mas seus jornais haviam publicado uma reportagem que estava causando espanto e indignação por toda a ilha. Ele estava para sair para o almoço quando Vigo O'Walsh entrou quase pondo a porta abaixo.

— Perdão, senhor! Não consegui pará-lo! — disse a secretaria assustada.

— Mas o que é isso, O'Walsh? — questionou ele indignado, acenando para a secretária sair.

— Eu é que pergunto! — respondeu Vigo, lançando um jornal contra Marko. — Como ousa deixar isso sair nos seus jornais?

— Do que você está falando? — questionou Marko, pegando o jornal.

— Não lê seus próprios jornais? Veja o que saiu na página seis!

Marko leu e não acreditou, sua fúria ficou maior que a de O'Walsh.

— O'Walsh, garanto a você que todos os responsáveis vão pagar caro por isso. — Roshmanovy disse isso com tanta fúria na voz que a ira de Vigo arrefeceu.

— Isso não vai bastar, o dano que isso já causou dificilmente será reparado — respondeu Vigo.

Neste momento bateram na porta.

— O que é? Estou ocupado no momento — bradou Roshmanovy sem conseguir conter a ira.

— Pe-perdão, senhor — disse a secretária, ainda mais assustada —, os editores-chefes de seus jornais chegaram, quase todos juntos, disseram que era uma emergência urgente.

Vigo e Marko se entreolharam, de todas as coisas, isso eles não esperavam.

— Todos os cinco? — perguntou mais calmo.

— Sim — respondeu ela.

— Mande que entrem.

— O que está acontecendo? — questionou O'Walsh.

— É o que vamos descobrir — respondeu ele.

Longe da comoção que começava a tomar quem lia o jornal, no quase vazio refeitório do Colégio, Sophia estava saindo do banheiro, tinha terminado de escovar os dentes e retocar a maquiagem depois de almoçar, quando se deparou com Catarina, que veio a seu encontro.

— Senhorita Catarina, posso ajudar em algo? — perguntou Sophia com toda a cortesia e Catarina hesitou um pouco e olhou ao redor para ter certeza de que não tinha ninguém por perto antes de falar.

— Eu só queria avisar que algumas garotas pretendem causar um acidente a você — disse ela se aproximando e sussurrando, visivelmente preocupada.

— Como assim, quem? O que pretendem fazer? — questionou Sophia contendo a voz e tentando manter o rosto neutro.

— As garotas que sempre andam comigo — respondeu ela —, eu tinha desistido de me vingar de você, mas acho que elas vão fazer mesmo assim.

— Fazer o quê? — insistiu Sophia.

— Cobrir você com tinta. Seria na sua volta para a sala, mas souberam que você vai até a sala do professor de química e vão aproveitar quando estiver passando pelo *hall* de entrada.

— Obrigada por avisar.

— Refleti sobre o que aconteceu hoje — disse Catarina —, critiquei sua atitude contra Klaus e me vi logo depois planejando fazer algo pior com você. Lamento isso.

— A raiva nos leva a fazer coisas de que nos arrependemos. O importante é você percebeu que estava errada — disse Sophia. — Talvez ainda possamos ser amigas um dia.

Sophia se despediu de Catarina e foi se encontrar com Amanda, que a esperava na saída do refeitório.

— Vi que conversou com Catarina — comentou Amanda.

— Ela veio me avisar que duas amigas dela querem jogar tinta em mim no caminho para a sala do professor — respondeu com languidez. — Passei anos neste colégio sem criar inimizades e no primeiro dia depois das férias já está assim.

— Então temos que contar para um professor sobre isso — disse Amanda. — Sabe quem são as duas?

— Não, talvez as que acompanhavam ela mais cedo?

— Aquelas eram Mirian e Líria, gêmeas — respondeu Amanda. — São bobinhas e duvido que fizessem mal a alguém. É provável que sejam Talita e Rebeca Baunmaister, duas irmãs que também são da facção nobre e sempre gostaram de fazer maldades.

— Facção? Tem facções no nosso colégio?

— Você realmente nunca se interessou pelo que acontecia fora das salas de aula, não é?

Sophia apenas deu de ombros, nunca foi necessário que ela se interessasse por nada além das aulas antes.

— Quando tivermos mais tempo, explicarei no que você está inserida. Agora vamos falar com alguma professora ou funcionário — completou Amanda ao ver a reação de Sophia.

— Um professor impediria elas de agir, mas não poderia punir elas sem provas — respondeu Sophia, focando no problema imediato. — Elas acabariam fazendo outra coisa em outro momento, quero dar uma lição nelas para que nunca mais queiram fazer algo contra mim.

— E o que planeja fazer? — indagou Amanda, não muito certa de que era o melhor caminho a se seguir, mas sabendo que Sophia seguiria em frente não importando o que dissesse contra.

— Você vai até a sala do professor Roberto pelo caminho fácil, eu encontro você lá indo pela parte em obras da ala leste, certamente não esperam que eu venha por lá, então cuidamos da questão com o professor primeiro.

— E depois?

— Primeiro tenho que saber o que exatamente elas querem fazer, depois eu penso no que fazer — respondeu ela confiante.

— Só me prometa que nós duas não acabaremos punidas e elas saindo como vítimas — pediu Amanda.

— Não se preocupe — respondeu com um sorriso. — Vamos, não podemos nos atrasar.

— Espere, você vai sair pela cozinha? — questionou Amanda, ao ver Sophia tomar a direção da cozinha do refeitório.

— Esqueceu que sou amiga de todo mundo lá? — respondeu Sophia sorrindo. — Vão me ajudar com qualquer coisa que eu precise.

Sophia saiu por uma porta de serviço que dava para o pátio central entre os prédios, teria que atravessar de um lado ao outro, passando em frente à entrada principal, para poder usar outra entrada secundária, que era próxima à parte em obras.

"Chuva? Sorte que não é forte", pensou ela ao ver a fina garoa que caía naquele cinzento começo de tarde.

Ela cruzou apressada pelo pátio, usando os postes de luzem em forma de árvores não somente como cobertura para a chuva, mas também para evitar ser vista. Sempre atenta a tudo ao seu redor, um hábito que adquiriu ao andar pela Cidade Interior e cultivava por não querer ser pega de surpresa nunca mais.

"Espero que elas não tenham me visto por uma janela. O vermelho do meu cabelo é lindo, mas se destaca muito neste ambiente tão cinzento", pensou ela quando chegou do outro lado e tirou o excesso de água do cabelo. "Agora, para a sala do professor."

Ela seguiu pelo corredor, passando por alguns poucos alunos, que nem prestaram atenção nela, chegando a uma escada interditada com um cavalete. Ela olhou em volta e quando ninguém olhava subiu pelas escadas até o segundo andar. A reforma abrangia as escadas pelas quais ela subiu e todo o segundo andar.

"Sorte que só trabalham durante o fim de semana", pensou ela ao sair com cautela no segundo andar. "Nossa, eles devem fumar muito, que cheiro forte de cigarro."

Ela então ouviu vozes familiares que pareciam vir de uma sala em obra que ficava entre ela e o acesso à ala central. Tirou os sapatos para não fazer barulho e se esgueirou para passar sem ser percebida, mas não sem antes espiar quem era.

— Então ano que vem não seremos obrigados a entrar para a academia? — questionou uma das vozes na sala.

— Isso ainda não está certo, mas de qualquer forma seremos oficiais da reserva do exército e não cavaleiros inúteis — respondeu Klaus, com um cigarro na boca. Ele conversava com os mesmos dois que Sophia havia visto mais cedo.

— Pior que inúteis, alvos fáceis — disse o outro. — Se fôssemos para a guerra, o que faríamos com escudos e espadas contra armas de fogo?

— A Ordem dos Cavaleiros só durou tanto por causa do tratado de não proliferação de armas de fogo — disse Klaus com desdém na voz. — Meu avô já tentava mostrar que era uma divisão obsoleta, mas diziam que enquanto o tratado fosse ativo eles seriam úteis. Como se quando houvesse uma guerra, esse tratado fosse valer mais que papel de enrolar peixe.

— Espero que seu pai consiga extingui-los — disse um deles. — Meu primo e meu irmão estão servindo como cavaleiros, não quero que morram de forma idiota.

— A ordem não vai durar muito — respondeu Klaus —, quando falharem em impedir a sabotagem, ele terá provas da inutilidade deles.

— Isso vai ser bom, não só vamos nos livrar do excesso de ratos, mas também da inútil ordem dos cavaleiros — disse outro empolgado. — Será que Sophia vai chorar pelos ratos?

— Vai ser divertido descobrir — disse Klaus com um sorriso sinistro. — Mas ainda quero fazê-la pagar pessoalmente pela humilhação de hoje.

Sophia queria ouvir mais, porém seu tempo era curto e temia acabar sendo descoberta e saiu, preocupada com o que ouviu.

"Sabotagem? Do que estão falando?', pensava ela enquanto seguia para a sala do professor. "Terei que falar com meu pai sobre isso, talvez ele saiba o que os cavaleiros estão protegendo."

Sophia seguiu pelo corredor até onde ele dobrava à esquerda, onde havia uma porta que separava aquela ala do pavilhão central. Ali ela recolocou os sapatos e abriu a porta com cuidado e pela fresta usou o pequeno espelho para maquiagem para ver se havia alguém por perto.

— Eu sabia, ninguém no corredor do almoxarifado. — Ela sabia que era grande a chance de estar vazio e por esse motivo escolheu sair por ali e não pelo terceiro andar, onde ficavam as salas dos professores.

Ainda assim, procurou ser discreta, ao menos até chegar às escadarias principais, que começavam no átrio e iam até o último andar, antes da torre, do pavilhão central, dali apressou-se para não se atrasar. Ao chegar no corredor das salas dos professores, ela se deparou com vários alunos enchendo o corredor.

— O que está acontecendo? — perguntou ela para Amanda quando finalmente a encontrou na frente da sala de Roberto.

— São alunos do internato resolvendo a burocracia de começo de semestre — respondeu Amanda.

— Vi que muitos chegaram hoje, sabe o porquê de todo esse problema com o internato? — perguntou ela, curiosa, pois nunca tinha visto aquilo antes.

— Chegamos ontem na ilha, mas só nos deixaram sair da Cidade de Madeira hoje — respondeu um dos alunos que esperava na fila. — Tive que ficar uma noite em um hotel lá, quero saber quem vai repor o que gastei.

— Você teve sorte, tive que passar a noite em um navio pesqueiro para não ter que dormir nas docas — reclamou outro. — Não tinha mais vaga em lugar nenhum, se não fosse a bondade do capitão do navio, acho que teria passado a noite em claro temendo ser roubado.

— Mas por que não puderam sair da Cidade de Madeira? — questionou Amanda.

— Pelo que ouvi, o metrô vertical estava parado desde sábado — respondeu o primeiro. — Só conseguiu chegar quem veio de dirigível.

Sophia então lembrou que quando desembarcou na estação do Distrito Central a fumaça estava sufocante e avisaram que só iriam retomar as atividades no dia seguinte. Começou a teorizar o porquê, mas foi interrompida quando a porta da sala de Roberto se abriu.

— Algum de vocês é para ver o professor Roberto? — perguntou a secretária, que, pela vestimenta, também era técnica do laboratório.

— Nós duas — respondeu Sophia.

— É sobre o material para os relatórios — completou Amanda.

— Entrem — disse a secretária.

A sala era grande e dividida em duas, com um escritório interno privativo para Roberto. Sophia olhou ao redor com curiosidade enquanto a secretária buscava os pacotes com os papéis e reparou, que, pela janela, podia ver a Praça Norte, sob a qual se escondiam aquelas criaturas. Sophia se arrepiou com a lembrança.

— E o professor, ele está? — perguntou Sophia olhando para a porta do escritório privativo. — Queria perguntar algo para ele.

— Não. Ele está supervisionando a manutenção do laboratório — respondeu a secretária. — Talvez eu possa responder.

— É sobre a conclusão que devemos escrever no relatório, já que o experimento foi interrompido. — O que Sophia queria mesmo era olhar como era o escritório privativo por dentro.

— Entendo — respondeu a secretária pensativa. — Falem sobre a tendência do experimento e comparem com resultados que seriam esperados ao fim dele.

— Obrigada! Isso já ajuda muito! — respondeu Sophia.

As duas saíram com os pacotes volumosos de papéis e seguiram para as escadas.

— Agora vem a parte difícil, voltar em segurança para nossa sala — comentou Amanda.

Sophia nem lembrava mais disso, tinha coisas mais importantes na cabeça. Lidar com intrigas de colégio lhe pareceram algo bobo, mas tinha que lidar de qualquer forma.

— Se eu estiver certa, aquelas duas vão estar esperando no primeiro andar perto da sala de artes. Fique no começo da escada do segundo e deixe o resto comigo — explicou Sophia olhando para seu relógio de bolso. — Podemos ir com calma, passamos menos tempo na sala do professor do que imaginei.

Assim que desceram as escadas para o primeiro andar, puderam ver uma garota que visivelmente parecia vigiar quem subia do térreo para o primeiro andar.

— É uma delas? — perguntou Sophia.

— É Rebeca, mas não vejo Talita — respondeu Amanda.

— Fique aqui com isso — disse Sophia entregando o pacote —, vou precisar das duas mãos.

— O que vai fazer? — questionou Amanda, visivelmente tensa.

— Falar com ela enquanto como uns morangos — respondeu ela, tirando do bolso alguns que tinha pegado na cozinha do refeitório.

Sophia andou calmamente até Rebeca, que nem notou a aproximação dela pelas costas.

— Procurando alguém? — perguntou Sophia, colocando um morango na boca, quando já estava bem perto.

Rebeca se virou surpresa e, ao olhar para o que estava trás de Sophia, respondeu com um sorriso maldoso:

— Por você.

Sophia já tinha se atentado aos passos apressados vindos por trás de si e virou-se, dando dois passos para o lado e soltando alguns morangos ao fingir surpresa. Talita que vinha correndo com potes de tinta abertos nas mãos nem entendeu o que aconteceu quando escorregou ao pisar nos morangos. Sophia ainda teve que dar um pequeno pulo para trás para evitar os respingos de tinta. Rebeca, em pé, de boca aberta, com tinta por toda a cara e roupa, ainda estava melhor que Talita, que caiu de bunda no chão e estava totalmente coberta de tinta.

— O que está acontecendo aqui? — perguntou uma professora que vinha subindo a escada e testemunhou toda a cena.

— Um acidente, professora — respondeu Sophia, fazendo cara de espanto.

— Você fez isso! — acusou Rebeca apontando para Sophia.

— Eu ouvi alguém correndo por trás de mim e me virei para ver o que era — respondeu Sophia. — Tudo que fiz foi sair do caminho.

— Você me fez escorregar! — berrou Talita, chorosa.

— Eu vi o que aconteceu — disse a professora olhando para Talita. — Sophia derrubou morangos quando se assustou e saiu do caminho, o que eu quero realmente saber é por que você corria com potes de tinta abertos.

— Eu... Eu... Eu estava arrumando a sala de artes e vim chamar minha irmã para ajudar — respondeu ela.

— E veio correndo com potes de tinta? — questionou a professora. — Vão se limpar e depois quero as duas na sala do diretor para explicar melhor essa história.

— Mas e ela? — questionou Rebeca apontando para Sophia.

— Ela não tem nada o que explicar — respondeu a Professora. — Sophia, não encha a mão para comer, além de ser deselegante, coisas assim podem acontecer. Agora vamos vocês duas.

As duas seguiram para o banheiro mais próximo, sob o olhar e os risos contidos de vários alunos.

— Você se saiu bem nessa — comentou Amanda, olhando para como as duas se afastavam visivelmente furiosas —, mas foi sorte a professora aparecer, senão acho que as duas teriam pulado em você.

— Não foi sorte — respondeu Sophia. — Pedi para Martha, uma das cozinheiras, avisar a uma professora que alunos, aproveitando o fim do horário de almoço, iam roubar tinta da sala de artes para pregar peças.

— Então elas vão ter ainda mais problemas na sala do diretor — comentou Amanda. — Mas acho que agora elas vão definitivamente tentar fazer outra coisa contra você.

— É, acho que agora vão levar para o lado pessoal e, a menos que eu faça algo drástico, vão sempre ser um incômodo.

— Você não parece preocupada — observou Amanda entregando um dos pacotes para ela.

— Tive que fugir de um bando de piratas e de coisas piores na Cidade Interior — respondeu Sophia —, não serão essas duas que vão me fazer ficar preocupada.

— Coisas piores?

— Nem queira saber.

As duas voltaram em silêncio e pensativas para a sala de aula, Sophia pensando no que ouvira da conversa de Klaus e Amanda sobre o que seria pior que um bando de piratas.

Naquele momento, Nathalia e Melian chegavam ao porto de dirigíveis da Cidade Superior, gratas por ser só uma chuva fraca, pois se fosse mais forte o dirigível talvez tivesse de retornar a Alfheim.

— Mal posso esperar para chegar em casa — comentou Melian, enquanto suas malas eram postas em uma carruagem a vapor.

— Sim, eu também — respondeu Nathalia. — Ver meu marido e minha filha.

— Isso, faça inveja a sua irmã solteira — retrucou Melian, em tom de brincadeira.

— Que culpa tenho eu se você é tão exigente em escolher um marido — retrucou Nathalia sorrindo. — Vem almoçar conosco amanhã?

— Não, os próximos dois dias vou aproveitar minha casa e principalmente minha cama, essa viagem conseguiu ser ainda mais desgastante do que imaginei. Preciso cuidar da minha beleza.

— Nos vemos outro dia então — despediu-se Nathalia, abraçou Melian e depois de subir na carruagem acenou.

No caminho para casa, Nathalia notou que os vendedores de jornal, ao invés de vender jornais, pareciam estar recolhendo e distribuindo jornais.

— Será que saiu alguma notícia errada? — perguntou distraída e foi respondida pelo condutor.

— Sim, madame, mas ninguém sabe ainda se o erro foi permitir a notícia verdadeira ser dada ou se a notícia é falsa e acabou saindo por algum engano.

— Que notícia é essa? — questionou Nathalia.

— Gente poderosa cometendo crimes, madame — respondeu o condutor. — Do filho mais novo do primeiro-ministro a uma das nove famílias. A notícia é tão revoltante e inacreditável que pessoalmente não sei no que acreditar.

Ela então pediu ao condutor para parar, ela queria pegar um jornal e entender o que estava acontecendo. Conseguiu pegar dois exemplares, um dos que estavam sendo recolhidos e um dos que estavam sendo distribuídos, e leu ambos no caminho para casa.

"Isso vai acabar acelerando os planos de Crowsword", pensou ela ao chegar em casa. "Tenho que mandar estes jornais para minha mãe."

Ao entrar e ser recebida pelas empregadas, Nathalia foi logo pedindo para Madame Erynvorn preparar o envio dos recortes dos jornais.

— Madame Eryn, preciso que envie recortes destes jornais para minha mãe.

— Neste caso, Madame, posso entregar pessoalmente — respondeu Erynvorn. — Vou para lá entregar o selo imperial, recuperado pelo jovem Corvo e por Aster.

— O quê? Eles conseguiram mesmo? — surpreendeu-se Nathalia.

Erynvorn então abriu a maleta que levaria na mão e mostrou a pequena arca com o selo. Nathalia abriu a arca e admirou o selo, sentindo uma sensação estranha ao segurá-lo.

— Tantas surpresas... — comentou Nathalia, guardando o selo e entregando a arca de volta para Erynvorn. — Já leram o jornal?

★★

No colégio, e ainda sem saber das notícias que agitavam a cidade, Sophia terminava de assistir a primeira aula da tarde, Literatura Clássica. Matéria que normalmente a interessava muito, mas naquele dia achou difícil prestar atenção tendo tantas coisas para pensar.

— Vai ficar? — perguntou Amanda, para Sophia, que nem tinha percebido que a professora já tinha saído.

— O quê? — perguntou parecendo não ter entendido a pergunta.

— Você vai ficar na sala ou vai até a cantina? — perguntou Nicolle. — O que foi? Você parece distraída.

— Desculpe, estava pensando... acho que vou sair das aulas de balé, só não sei se volto para as de violino ou volto para as de esgrima — respondeu ela, ainda não querendo revelar sobre o que ouviu de Klaus.

— Seria bom se eu pudesse escolher não fazer nenhuma atividade extra.

— Todos gostaríamos — respondeu Nicolle.

— Estão tentando tornar isso opcional há anos — comentou Amanda —, mas o diretor é irredutível.

Após fazer um rápido lanche na cantina, Sophia deixou as amigas terminando de lanchar com calma e seguiu para o prédio em anexo do colégio, para avisar à professora de balé que não participaria naquele dia, pois iria visitar outras atividades para decidir qual faria naquele semestre, algo comum e permitido em toda a primeira semana de começo de semestre.

O prédio anexo era um enorme edifício por trás do prédio principal, conectado ao pavilhão central por duas passarelas no primeiro andar, uma em cada lado do pavilhão central. Lá, não só eram ministradas as atividades esportivas, como também ficavam os vestiários, as salas dos professores das atividades esportivas e também os dormitórios dos alunos do internato. As passarelas, cobertas e ricamente decoradas em sua arquitetura, permitiam que alunos transitassem de um prédio para o outro sem ter que atravessar a larga avenida que separava as duas edificações, além de fornecer um caminho protegido da chuva.

"Praticar violino seria relaxante, mas praticar esgrima poderia ser um bom complemento ao treino que tenho em casa", seguia pensando enquanto atravessava sozinha a longa passarela. "E enquanto fico livre nesta semana tentando decidir, talvez eu consiga investigar algumas coisas".

Sophia seguiu direto para a sala da professora de balé para avisar sobre sua decisão e pegar a permissão para vagar pelo colégio em horário de aula.

— Espero que reconsidere — disse a professora se despedindo —, vai fazer falta na apresentação de fim de ano.

— Vou usar essa semana para pensar, talvez eu volte — respondeu Sophia, que saindo dali foi até a sala de música, onde havia aulas de vários instrumentos de corda, de violinos e violoncelos a arpas.

Não ficou muito tempo na sala, mas cumprimentou vários alunos, muitos dos quais conhecera durante os chás dos quais participou. Muitos destes obviamente tentando se aproximar dela por interesses, alguns sem conseguir disfarçar a inveja. E Sophia começou a perceber os contornos das facções que Amanda mencionou.

"Já vi que minha escolha de atividade extra vai ter que levar em conta não só meu gosto, como também as relações sociais", pensou ela ao sair da sala.

"Próximo fim de semana já temos convite para um jantar da Associação de Comércio, promovido pelos Brodowski com participação do Roshmanovy... Ainda bem que consegui mais tempo para fazer o relatório."

— Por que tantos querem ser da alta sociedade? Isso só traz problemas — lamentou murmurando baixinho, no caminho para a sala de esgrima.

"Uns pelas festas e outros pelo dinheiro que as conexões proporcionam", lembrou da mãe falando.

Sophia tinha feito seis meses de esgrima havia um ano, antes de ir para o balé. Como eram poucas as garotas que se interessavam pelo esporte, as antigas colegas viviam pedindo que ela voltasse e, quando apareceu na sala, foi logo cercada por elas.

— Sophia querida, vai voltar, enfim? — questionou Liana, uma das garotas mais altas do colégio.

— Ainda não decidi — respondeu Sophia, que então notou alguém a observando com ódio nos olhos. Era Klaus, que terminava de ajustar o traje no outro lado da sala. — E talvez, não volte mesmo.

— Então você é a razão para o baixinho ali estar tão bravinho — comentou Liana.

— Você não soube do que aconteceu no intervalo da manhã? — questionou Sara, outra colega de esgrima. — Eles discutiram feio.

— Parece que ele não gosta muito de ser chamado de verme podre — comentou Sophia.

— Ele sempre foi um chato arrogante — comentou Liana. — Acho que vou fazer esse apelido pegar — completou com um sorriso sinistro.

Sophia e as outras garotas riram olhando para Klaus, que ficou desconcertado e sem saber o que fazer.

— Certo, chega de papo, voltem ao treino! — bradou o professor.

— Foi bom conversar com vocês — disse Sophia. — Ainda quero olhar outras opções hoje, então já vou indo.

— Espero que o chato não faça você desistir de se juntar a nós — comentou Sara.

— Vocês fazem a escolha ficar difícil — respondeu Sophia se despedindo.

Ela ainda passou pela quadra de vôlei, pelo coral, onde cumprimentou Nicolle, e pelo teatro, sempre sendo incentivada a ficar, acabou ouvindo muita bajulação.

"Como faz diferença o círculo social da família", pensou ela, comparando como estavam mais amigáveis e interessados nela, em relação com a última vez em que aproveitou o começo de semestre para visitar várias atividades. "Se eu não soubesse que é puro interesse, acharia que sou a pessoa mais amada do colégio."

Ainda tinha meia hora para o fim das aulas e uns quarenta minutos para a charrete vir buscá-la, então ela resolveu voltar para o prédio principal, pegar suas coisas na sala de aula e ir ler alguma coisa na biblioteca do terceiro andar da ala oeste.

"É tão estranho andar por estes corredores vazios", pensou enquanto seguia para pegar suas coisas. "Nem os funcionários andam por aqui neste horário?"

Ela então ouviu passos estranhos e apressados vindo de alguém descendo as escadas e por instinto se escondeu por detrás de uma coluna.

— Não gosto disso — reclamou Roberto Heavenwaller, acompanhando com dificuldade o pai pelas escadas —, ainda estamos em horário de aula. Ele não podia esperar mais uns quarenta minutos?

— Já devia saber como ele é — respondeu William, apático —, ele não se importa em pensar nos outros. Marcou o horário e temos que cumprir. Ao menos ele quer nos encontrar aqui e não no laboratório fedorento dele.

— Devíamos tentar enfiar na cabeça dele alguns modos, afinal ele trabalha para nós — retrucou Roberto.

— Seu avô passou a vida tentando mudá-lo e não conseguiu — rebateu William. — Ele sabe que não pode ser substituído e se aproveita disso.

Roberto parou um instante atônito, antes de correr para alcançar o pai.

— Devia ter me dito isso antes — disse ele em tom de aceitação —, agora entendo por que o senhor o trata como o trata. Isso teria me poupado de muitos aborrecimentos inúteis.

Os dois seguiram descendo até o primeiro nível abaixo do térreo e seguiram pelo largo corredor, no momento vazio.

— Espero que os operários da reforma do laboratório não sejam um problema — comentou William.

— Só trabalham pela manhã — respondeu Roberto. — Exigência do diretor, para não atrapalhar as atividades do laboratório de física e as do de biologia — completou ao ver a cara do pai.

Chegando ao laboratório, Roberto destrancou a porta e acendeu as luzes. Por causa das obras, apenas algumas estavam funcionando, dando ao lugar, que normalmente era bem iluminado, um ar cavernoso.

— Não se esqueça de ligar a ventilação — avisou William ao entrar —, ele fede tanto quanto o laboratório dele.

— Infelizmente o sistema está sendo substituído e no momento não funciona — respondeu Roberto, apontando para um enorme buraco perto do teto, na parede que separava o laboratório do corredor. Verificou então se havia mais alguém no corredor, antes de entrar e trancar a porta.

Foram então até o depósito de produtos químicos, uma sala, também trancada, no fundo do laboratório. Era uma sala grande de teto alto, cheia de estantes e prateleiras abarrotadas de caixas, frascos, garrafas e recipientes de diversos tamanhos e formas. As estantes, algumas que iam até o teto, em conjunto com algumas bancadas, formavam um pequeno labirinto na sala. Eles entraram acendendo a luz com um interruptor que ficava do lado de fora da sala, ali todas as lâmpadas a gás tinham proteções extras para evitar incêndios. Roberto ia trancando a porta atrás de si quando William alertou:

— Não ouse sequer fechar essa porta! Não com o sistema de ventilação sem funcionar. Não vamos mexer nas estantes, mas acidentes sempre podem acontecer e se o frasco errado quebrar, não quero ter que correr para o túnel e sair pelo laboratório dele.

— Desculpe! — respondeu Roberto. — Força do hábito.

Os dois seguiram para o fundo do depósito, até um canto que ficava escondido por de trás de uma estante que ia até o teto, a qual ocultava uma pia esculpida em pedra, ricamente trabalhada e decorada, com a um magnífico alto-relevo de uma macieira na parede. Essa com duas maçãs em lados opostos, uma com o símbolo do caduceu e outra com uma caveira.

— Os frutos da árvore do conhecimento — comentou William. — Os novos técnicos ainda perguntam por que a pia em que lavam frascos é assim?

— A expressão que fazem ao ver pela primeira vez nunca varia muito — respondeu Roberto com um sorriso, enquanto tirava uma chave intrincada que trazia pendurada no pescoço por baixo da roupa —, assim como a expressão quando eu explico o significado.

— É um lembrete importante — comentou William, enquanto Roberto inseria a chave na cavidade do nariz da caveira. — E uma ótima forma de esconder uma porta secreta.

Com um *click* da chave, a parede ao lado da pia estalou e um pedaço enorme e retangular recuou alguns centímetros, revelando a silhueta de uma porta e então o pedaço que recuou começou a descer lentamente e com isso um cheiro azedo começou a tomar o ambiente. Conforme a porta ia descendo, ia revelando um homem alto e esguio curvado para frente, usando um manto ou jaleco preto lustroso, com capuz e a máscara de médico da grande praga, o mesmo que Sophia, Corvo e Aster haviam encontrado nas ruínas do sanatório.

— Doutor Renfield — cumprimentou William, muito sério.

— Senhores — cumprimentou de volta, com uma voz rouca e abafada, porém forte. — Pontuais como sempre.

— Então, qual assunto é tão importante para nos chamar assim? — questionou Roberto.

Renfield deu dois passos para frente saindo do túnel, com seus mais de dois metros de altura, mostrava certa imponência intimidante, entretanto os Heavenwaller não eram afetados por nada além do cheiro azedo dele.

— Ontem houve uma invasão ao sanatório — disse ele por fim.

— O segredo está ameaçado? — questionou William, sério e atento.

— Creio que não, mas é possível que rumores se espalhem — respondeu olhando ao redor, como se procurasse algo.

— O que aconteceu? — perguntou Roberto.

— Ontem no começo da tarde ouvi um barulho no nível 3 e fui averiguar, encontrei a grade aberta, porém não achei ninguém. Encontrei também um buraco na parede do antigo vestiário, parece ter sido feito há muito tempo por mineradores.

— E foi só isso? — questionou Roberto. — Alguém entrou e foi embora? Podia ter mandado uma mensagem e providenciaríamos fechar esse buraco.

— Não foi só isso, mais tarde encontrei o objeto 6 no antigo cemitério — respondeu olhando diretamente nos olhos de Roberto. — Havia sinais de fogo no chão e em alguns túmulos, alguém tentou afastá-lo com fogo e acabou devorado até os ossos, alguém que conseguiu passar por mim e pelos objetos que vagavam pelo nível 4.

— Então não era qualquer um — comentou William, pensativo e preocupado.

— Fiquei horas verificando cada canto do sanatório com os objetos ajudando — explicou, voltando a olhar ao redor como se procurasse algo. — Quando não encontrei nada, fui verificar o buraco na parede do nível 3.

— E onde ele leva? — questionou William.

— A um beco sem saída — respondeu de imediato. — Era visivelmente um caminho construído, mas fora bloqueado, não sei há quanto tempo.

— Então o que isso significa? — questionou Roberto.

— Que possivelmente entraram por outro lugar e atraíram ele para o nível 3 — respondeu William.

— Exato! — respondeu Renfield. — Coloquei objetos vigiando as outras entradas e vim verificar essa e avisar vocês, não sei quem foi, no entanto provavelmente sabia o que estava fazendo.

— Seriam as sombras do Longbow? — questionou Roberto ao pai.

— É possível — respondeu William, pensativo —, talvez ele esteja começando um ataque às nove famílias. Será que a questão com o filho dele é para despistar? — murmurou pensativo.

— Do que está falando... — Ia questionar Roberto quando foi interrompido pelo som de algo esbarrando em alguns frascos de vidro.

— Ah! Eu sabia! — exclamou Renfield, passando pelos dois com incrível agilidade e velocidade.

— O quê? — questionaram os Heavenwaller.

— Um enorme rato que nos espionava, agora encolhido e assustado — respondeu Renfield olhando por sobre uma bancada e esticando seu longo braço para pegar o que via.

Ele ergueu o, realmente enorme, rato que se debatia e tentava morder, mas logo parou inerte sob o aperto da mão de Renfield, desacordado, mas ainda vivo.

— Está difícil achar ratos grandes assim perto do sanatório — explicou ele colocando o bicho no bolso —, será muito útil em um experimento meu.

— Vou mandar colocar mais ratoeiras aqui — comentou Roberto. — Não importa o quanto dedetizemos ou fechemos os buracos de rato, sempre tem ratos aqui.

— Voltando ao assunto — disse William —, Renfield, mantenha a vigilância redobrada e cancele por ora a missão dos objetos, vou falar com Motrov para investigarmos melhor isso.

— E quanto aos frascos roubados? — questionou Renfield. — Tem três novos objetos que serão perdidos sem eles.

— Descarte-os — disse William simplesmente. — Não faltará matéria-prima para outros quando tivermos mais da poção. Por ora não é vantajoso lidar com quem os roubou.

— Entendo — respondeu Renfield —, vou redobrar a vigilância e focar nos outros projetos.

Renfield retornou para o túnel e Roberto fechou a passagem assim que ele passou, não aguentaria muito mais tempo aquele cheiro.

— Vou imediatamente falar com Motrov — disse William ao sair com Roberto do depósito —, muitas coisas estão acontecendo ao mesmo tempo para ser mera coincidência.

— Você mencionou o filho de Longbow, o que aconteceu? — questionou Roberto trancando a porta e apagando a luz.

— Não leu o jornal de hoje? — respondeu William. — Saiu uma notícia envolvendo o mais novo dele e os O'Walsh com uma seita.

Enquanto os dois saíam conversando do laboratório, Sophia, em cima de uma estante, mais encolhida e assustada que qualquer rato, finalmente conseguiu voltar a respirar.

— Por um instante pensei ter sido descoberta — murmurou em alívio —, maldito rato!

Ela então desceu com cuidado no escuro, estava mais tranquila, porém agora se via em uma situação complicada.

— Trancada no escuro e faltando minutos para o fim das aulas. Preciso resolver isso logo.

Por sorte o lugar não era tão escuro quanto alguns túneis pelos quais ela já havia andado e conseguiu chegar até a porta sem grandes dificuldades.

— E aqui não há nenhum buraco por onde eu possa passar — lamentou testando se a porta estava realmente trancada. — Queria que Corvo estivesse aqui.

As opções de Sophia eram limitadas e as chances de só sair dali na manhã seguinte, e cheia de problemas, eram imensas.

"Espero que a rápida aula de arrombamento de ontem seja o bastante para essa porta", pensou ela pegando dois grampos de cabelo.

Sophia passou longos minutos tentando, cada vez mais nervosa, e quando ia desistir ouviu um click e a porta destrancou.

— Finalmente! — exclamou em grande alívio.

Saiu o mais rápido que pôde e, ao terminar de passar pelo buraco da ventilação, ouviu o sinal do fim das aulas. Com isso, quase acabou sendo pega saindo pelo buraco pelos alunos que saíam dos laboratórios de Física e Biologia.

— Primeiro dia de volta às aulas — lamentou ao pegar suas coisas e seguir para onde a charrete ia buscá-la.

"Sinto saudades de quando minha maior preocupação era entregar uma tarefa. Agora, o que faço com tudo que descobri? Será que meus pais vão querer me matar se souberem como descobri?"

★★

Mais uma tarde chegava ao fim em Avalon, com as sombras da noite tomando a cidade e o retorno de todos para casa após uma longa segunda-feira, a ilha ia se aquietando, em uma aparente calma. Aparente, pois o sentimento de revolta, medo e insegurança aumentava dia após dia e agora, não somente na Cidade Interior, mas também começando a surgir na Superior. E os mais poderosos da ilha estavam reunidos para tentar colocar ordem na situação.

— Então você está me dizendo que alguém invadiu seus cinco jornais e alterou o que seria impresso para sair aquela notícia? — questionou Longbow a Roshmanovy.

— A polícia já está investigando desde esta manhã — rebateu Roshmanovy.

— Não duvido de sua palavra — retrucou Longbow —, apenas é difícil acreditar que alguém tenha coordenado uma ação assim.

— Sim, de fato, é algo difícil de ser feito — respondeu Roshmanovy, deixando a leve raiva que sentiu arrefecer.

— Alguém com recursos está querendo nos atingir — afirmou Motrov. — A todos nós.

— Talvez não seja uma pessoa específica — retrucou Longbow, colocando a mão na testa —, pode ser como o caso da seita que foi descoberta ontem. Os rumores e boatos sobre a família imperial retornando para se vingar podem estar levando grupos a agir em... "favor" da família imperial.

— É uma possibilidade — concordou Roshmanovy —, rumores e boatos se espalham muito mais rápido que as notícias de jornal, principalmente na Cidade Inferior.

— Vai demorar para reverter os danos — comentou Longbow. — Talvez meu filho, Vigo O'Walsh e os outros envolvidos na matéria tenham que ir a julgamento, junto com os membros capturados da seita, e serem inocentados lá para que a população acredite.

— Vou discutir isso com O'Walsh, — respondeu Motrov. — Acho que com isso conseguimos esclarecer que não somos inimigos, não é?

— Espero que Carbone pare de jogar o Senado contra mim — rebateu Longbow.

— Sim, mas espero que entenda que alguns parlamentares ainda vão atacar você mesmo sem o incentivo dele — respondeu Motrov.

— Não se preocupe com isso — afirmou Longbow com um leve sorriso. — Sei quem continuará e como lidar com eles, o importante é que não possam contar com o apoio de nenhum dos nove patriarcas.

Motrov e Roshmanovy se retiraram, deixando Longbow sozinho, pensando em todos os problemas.

— Senhorita Níniel, chame o professor Hulgo Copérnico — pediu ele. — O sistema de comunicação em massa que ele tanto insistia, infelizmente, parece ser necessário no momento.

"É preciso ganhar tempo", pensou ele pegando uma garrafa do bar, "a Cidade Inferior está tão corrompida que talvez seja necessário ir além do que planejamos. A purificação talvez tenha que ser total. Farei o que for preciso para manter os inferiores sob controle até que tudo esteja pronto."

— E ainda tenho que resolver várias questões com os governadores das ilhas — comentou olhando pela janela —, talvez eu dê a Gerard um cargo e comece a passar algumas das tarefas administrativas da Ilha, ainda vai demorar para ser aprovada a reforma administrativa. Preciso me concentrar mais no país ou os governadores aglutinarão poder demais.

Enquanto isso, na casa dos Von Gears, após um longo fim de semana a família estava enfim reunida para um jantar, embora a comida servida fosse mais simples, devido ao fato de tanto Madame Erynvorn quanto a Senhora Florysh estarem ausentes, e as notícias do dia não fossem boas, estavam tendo um momento feliz por estarem jantando juntos novamente.

— Então você acha que Crowsword vai tentar alguma coisa? — perguntou Rodan a Nathalia.

— A influência dele vai além do comércio entre as ilhas, a família dele já foi parte do braço militar do império, ele tem influência nas forças armadas também e, segundo minha mãe, eles sempre nutriram animosidade contra o Duque, principalmente os cavaleiros. Ele certamente vai tentar usar isso para tentar tirar os nove patriarcas do caminho dele.

— Por falar nos cavaleiros — Sophia aproveitou a deixa, para contar um pouco do que sabia —, hoje no colégio ouvi Klaus Gunther conversando com os amigos dele em segredo sobre coisas preocupantes.

— Em segredo? — questionou Nathalia. — Você anda bisbilhotando pelo colégio em vez de estudar?

— Foi por puro acaso que ouvi — respondeu Sophia se encolhendo um pouco na cadeira —, tive que passar por uma parte pouco movimentada do colégio para evitar me envolver em uma confusão com umas garotas.

— E o que você ouviu? — perguntou Rodan.

— Que o ministro Gunther está agindo para acabar com a ordem — respondeu Sophia.

— Isso não é novidade, há muito tempo os ministros da Defesa querem isso — comentou Rodan. — E de fato é uma parte obsoleta do exército, praticamente só se mantém por causa do prestígio e influência que tem nos círculos de poder.

— Mas ele disse que agora o pai dele vai ter provas da inutilidade deles, pois vão fracassar em evitar uma sabotagem — explicou Sophia. — Isso que achei preocupante.

— Sabotagem a que? — perguntou Nathalia.

— Não sei, ele não disse, mas deve ser algo que os cavaleiros estão protegendo — respondeu Sophia. — E ele falou como se fosse certo que haveria a sabotagem e que os cavaleiros seriam incapazes de impedir.

Rodan ficou pensativo por um instante, sabia de dois lugares que os cavaleiros protegiam, mas não falou nada, pois um plano do governo para sabotar qualquer um deles não fazia sentido, tinha que ser outra coisa, talvez algo secreto.

— Se for o caso e ele realmente acabar com a ordem dos cavaleiros, isso vai enfraquecer a influência de Crowsword — comentou Nathalia.

— É inevitável o fim da ordem — comentou Rodan —, mas um fim abrupto pode causar efeitos inesperados. Essa sabotagem, espero que não seja algo que ponha vidas em risco.

Sophia decidiu que aquilo seria tudo o que revelaria sobre o que descobrira naquele dia, não tinha como explicar como descobriu que o colégio tem uma passagem secreta ligando-o com um covil de monstros mantido pela família de seu professor de química.

"Me arrisquei tanto por uma informação que agora não sei o que fazer com ela", pensou ela, distraída. "Às vezes sou tão burra. Bem, talvez essa informação seja útil para Corvo e Ivan. Hum... como passar essa informação para eles?"

— Tem alguém para quem possamos denunciar isso? — questionou Nathalia, fazendo Sophia voltar a prestar atenção.

— Amanhã vou me encontrar com o Comandante Boris para tratar de assuntos da Cidade Interior — respondeu Rodan. — Vou falar sobre isso com ele, porém duvido que dê em algo se tudo o que temos são crianças conversando entre si. Mesmo sendo o filho de um ministro.

Enquanto isso, na Cidade Interior, Corvo e Ivan jantavam na companhia de Aster, conversando sobre as notícias do dia, quando batidas na porta os fizeram silenciar. Corvo e Ivan se entreolharam seriamente, ninguém deveria ser capaz de chegar ali sem cair em uma armadilha ou acionar algum alarme.

— Sou eu, Ashvine! — veio a voz da porta, acalmando a todos na casa.

Corvo levantou e foi abrir a porta, a visita de Safira Ashvine era inesperada, mas explicava o porquê de nenhum alarme ou armadilha terem sido acionados, já que ela conhecia todas, porém restava a pergunta do porquê ela não tocou o sino para avisar que estava chegando.

— Doutora! O que aconteceu? — espantou-se ele ao abrir a porta e encontrá-la, suja, com uma enorme mochila nas costas e visivelmente cansada.

— Muita coisa, desculpe aparecer assim, mas não tinha muitas opções e precisava descansar um pouco — respondeu ela entrando.

— Safira, deixe-me ajudá-la. — Aster veio até ela, ajudando-a com a grande mochila, enquanto iam até o sofá da sala.

Ashvine tirou o jaleco sujo e entregou-o para Aster antes de se sentar no sofá.

— Aqui. — Ivan ofereceu uma bebida a ela. — Recupere o fôlego e nos conte.

— Obrigada, sabia que aqui seria bem recebida — respondeu ela aceitando a bebida.

— Mas o que aconteceu? — perguntou Aster.

— Passei as últimas semanas nas ruínas de onde você saiu — respondeu ela —, queria muito ver o que tinha lá e não perdi tempo em ir, mas perdi muito tentando abrir aquela porta.

— Imagino, aquela é uma porta bem sólida — comentou Aster.

— E como era — respondeu Ashvine em tom de lamento —, só ontem consegui abrir um buraco grande o bastante para passar.

— O que descobriu? — perguntou Corvo.

— Não tanto quanto eu queria — respondeu ela, com certa frustação. — Eu estava muito cansada ontem após todo o esforço para abrir e depois para bombear para fora a água. Deixei para começar hoje, e bem cedo após comer, entrei.

— E então? — questionou Aster um tanto quanto impaciente.

— As máquinas que você descreveu realmente são incríveis — respondeu ela com brilho nos olhos —, eu estava maravilhada e louca para desmontá-las. Ao analisar mais de perto, pude constatar que a forma como foram feitas difere muito de como Aster foi construída.

— Como assim? — questionou Corvo.

— Não há parafusos ou linhas de solda aparentes em Aster. — Ashvine apontou para Aster. — Impecável, uma verdadeira obra de arte, já as máquinas tinham partes grosseiras, feitas com muito menos atenção e outras tão bem-feitas como Aster.

— Então, como suspeitamos, o cientista não as criou — comentou Ivan.

— Exato! — respondeu Ashvine. — Suspeito que ele as encontrou incompletas, mas ainda assim conseguiu fazer funcionarem. Passei o dia a desmontá-las para tentar entender, mas eu não tinha as ferramentas adequadas para desmontá-las completamente. Não queria danificar nada.

— Então veio o mais rápido que pôde para seu laboratório e decidiu passar aqui para descansar um pouco? — supôs Corvo.

— Não, eu pretendia voltar para minha casa na Cidade Superior — respondeu ela —, porém tive que fugir e acabei vindo para cá.

— Fugir? De quem? — perguntou Corvo.

— Estava chovendo e eu já estava terminando de colocar minhas coisas na mochila quando ouvi um grupo se aproximando, corri para me esconder entre algumas rochas. Fiquei aguardando para ver quem eram e para onde iam.

— Foram para as ruínas da casa do inventor? — questionou Aster.

— Sim, usavam máscaras de gás para atravessar a zona morta e uniformes que nunca vi — respondeu ela.

— Os uniformes eram azul-escuro com detalhes em dourado e em branco? — perguntou Corvo.

— Sim, com uma insígnia branca de coruja — respondeu ela. — Sabe quem são?

— Marinheiros de um navio sem nome que aportou a mais ou menos um mês — respondeu ele. — E quanto mais ouço sobre as atividades deles na ilha, mais estranhos parecem.

— Mas o que você fez quando eles se aproximaram? — questionou Aster.

— Fiquei escondida e, curiosa com aquele grupo estranho em um lugar que todos evitam, decidi tentar descobrir o que queriam — respondeu ela. — E eles queriam investigar as ruínas atrás de algo.

— Fantasmas? — questionou Corvo.

— Tecnologia elétrica — respondeu Ashvine, espantando aos três. — Vou contar exatamente o que ouvi da conversa deles.

— O lugar está mais destruído do que imaginei — disse um deles tirando a máscara, ele parecia ter por volta dos vinte anos. — Mas ainda assim não entendo como a ordem nunca mandou ninguém averiguar justo este lugar. Se tem algum lugar que teria artefatos, seria aqui. O relatório fala especificamente que quem morava aqui tinha robôs, ora essa.

— Na época a ordem entrou em um caos por causa da traição e este país estava um caos pelo golpe que tirou o imperador do poder — respondeu o que parecia o líder também tirando a máscara, um senhor de barba e cabelos longos preso em um rabo de cavalo e parecia ter por volta de quarenta anos. — O relatório ficou esquecido e só foi encontrado agora que procuramos por tudo relacionado a este país.

— Mesmo assim — retrucou o primeiro enquanto uma parte do grupo montava uma pequena tenda por causa da chuva e outra parte do grupo começava a inspecionar as ruínas —, a traição em si foi descoberta pelo que aconteceu aqui. O homem que morava aqui trabalhava para o irmão traidor.

— Quando digo que estava um caos, é porque estava quase se destruindo — respondeu o que parecia o líder —, não foram só os irmãos fundadores que lutaram entre si, a ordem se dividiu em duas e uma tentou aniquilar a outra. Dois tios meus lutaram entre si e se mataram naquele caos.

— Uma prova que eletricidade só traz a discórdia e destruição — comentou o jovem.

— Sim e outro motivo para nunca antes termos voltado aqui é que quem assumiu este país tinha a mesma visão que nós e por conta própria destruiu tudo que envolvesse eletricidade.

— Foi com ajuda do novo governo daqui que conseguimos o tratado mundial antieletricidade, não é? — questionou o jovem.

— Sim — respondeu o senhor. — Embora eu não saiba o quanto a ordem esteve envolvida com o governo daqui, suspeito que houve muita ajuda mútua durante os primeiros anos do tratado.

Os que investigavam as ruínas logo desceram as escadas e não demorou muito para que um voltasse correndo para chamar os dois que tinham ficado na tenda.

— Senhor! Precisa ver isto!

— Quando eles desceram, os segui para poder continuar ouvindo — disse Ashvine, pegando uns biscoitos doces que Ivan trouxera para ela. — Quando o líder deles viu o que estava além do buraco que abri, ele disse:

— Então foi isso, este lugar sobreviveu em segredo e alguém de alguma forma descobriu e, ao saquear, despertou algo que não devia.

— Então é realmente um robô que está vagando por aí e não alguém com artefatos elétricos? — questionou o jovem que acompanhava o senhor.

— Infelizmente — respondeu o senhor —, e por este equipamento, digo que parece ser um modelo superior ao que foi descrito o cientista que morava aqui ter possuído na época.

— Será que foram os tais Punhos de Trovão? — questionou o jovem. — Eles são pró-eletricidade e foram presos vendendo coisas elétricas. Eles podiam saber sobre a história deste lugar.

— Talvez, mas nada do que eles vendiam tinha esse nível de tecnologia — respondeu o Líder. — De qualquer forma, vamos investigá-los mais atentamente e tentar interrogar alguns deles sobre isso.

— Eles estavam com uma cara apreensiva — explicou Ashvine —, o líder ordenou que desmontassem tudo e levassem para o navio, segundo ele, para descobrirem com o que estavam lidando. Foi aí que cometi o erro de ser ouvida.

— Então você foi obrigada a fugir para a Cidade Interior — supôs Aster.

— Corri como nunca e tentei despistá-los na zona morta — Ashvine explicou. — Digo que são bons em perseguir, tive que os enganar duas vezes, usei até a capa de chuva que estava usando para pensarem que eu estava escondida em outro lugar. Sorte que não viram meu rosto.

— Tem certeza de que não a seguiram até aqui? — questionou Ivan.

— Sim, não se preocupe — respondeu ela —, aqui na Cidade Interior eu sei de caminhos que talvez nem Corvo conheça e sei despistar qualquer um.

— Posso atestar isso — corroborou Corvo. — Por muito tempo mercadores de informação tentaram descobrir onde ela mora e todos desistiram. Nem Marco conseguiu.

— Esqueci que estamos aqui com o Fantasma da Cidade Interior — disse Ivan bem-humorado —, mas voltando ao que você contou, foi uma descoberta e tanto.

— Nem me fale — respondeu ela —, sempre imaginei que não era só nesta ilha que haveria ruínas com tecnologia perdida e que outros teriam conhecimento disso, mas nunca imaginei que haveria uma organização trabalhando para ocultar e destruir os artefatos.

— Mas por que detestam tanto coisas elétricas? — questionou Aster.

— Isso é difícil de saber com certeza — respondeu Ivan —, mas, se eles são tão alinhados em pensamento com o governo pós-império de Hy-Drasil, podemos inferir que achem o conhecimento sobre eletricidade algo perigoso que deve ser mantido proibido.

— Me pergunto se foi mera coincidência esse alinhamento de pensamento — comentou Corvo.

— Não duvido que eles tenham provocado a queda do imperador e influenciado outros governos para a proibição mundial de qualquer pesquisa e desenvolvimento de tecnologias elétricas — comentou Ashvine.

— E o que faremos agora? — questionou Aster, preocupada por agora ter mais um grupo tentando encontrá-la.

— Por ora nada realmente vai mudar — respondeu Ivan. — Você terá que se manter escondida até que desistam ou pelo menos até o navio deles partir. Mas o preocupante é a empregada dos Gears, se ela contou alguma coisa, a chance de eles aparecerem por aqui é grande.

— Não precisa se preocupar com eles — respondeu Ashvine —, são extremamente leais aos Von Gears.

— Mas não a Aster — retrucou Corvo —, vimos uma conversando com marinheiros daquele navio e logo depois se aproximou de Aster fazendo perguntas sobre mim.

— Quem? — questionou Ashvine.

— Karmilla — respondeu Aster. — O estranho é que, nos dias que passei lá, ela nunca veio conversar comigo. Contei para Sophia e ela disse que é só porque ela é tímida e demora muito para se aproximar de alguém, mas ficaria de olho.

— Não imagino Milla fazendo algo assim — disse Ashvine —, mas ainda é possível que ela tenha falado algo sem pensar nas consequências. De qualquer forma será um problema se eles começarem a buscar informações sobre você, Corvo.

— Se eles começarem a perguntar por mim tenho certeza de que Marco vem me avisar — disse Corvo.

— E como fica a nossa ida às ruínas fantasmas? — perguntou Aster.

— Podemos adiar um pouco... — disse Corvo.

— Um momento! — interrompeu Ashvine, surpresa. — Vocês já descobriram onde fica?

— Longa história — respondeu Corvo. — Com ajuda de Marco e dos Von Gears encontramos o acervo imperial e nele encontramos isto. — Corvo pegou um livro que estava bem guardado numa estante, enrolado em um tecido e entregou a Ashvine.

— Uma cópia de *As Possíveis e Impossíveis Explorações de Wilbert D'Hy-Drasil IV*!? — exclamou ela surpresa ao desembrulhar.

— Parece que a ruína fica embaixo da residência do chefe da vila Ninho dos Mil Espelhos — explicou Corvo. — Ainda temos de verificar se é isso mesmo.

— Por isso nunca mais foi encontrada — ponderou Ashvine —, a construção da vila ocultou.

— Essa semana eu vou tentar investigar o lugar — comentou Corvo. — Ver como está a situação lá depois do que aconteceu com Rondel.

— Você não sabe o quanto eu queria poder ir junto — disse Ashvine devolvendo o livro —, mas essa semana tenho muito o que fazer, deixarei as peças que consegui na minha casa da Cidade Interior e vou voltar para a da Superior para resolver alguns assuntos pendentes.

ASTER: A ILHA DAS CIDADES A VAPOR – VOL. 1

— Já vai? — perguntou Aster ao vê-la pegar o jaleco.

— Já descansei o bastante — respondeu. — Não quero perturbar.

— Tem certeza de que não quer passar a noite? — perguntou Ivan. — Já ia preparar algo para você comer, não seria nenhum incômodo ajudar uma amiga.

— Você parece muito cansada — pontuou Corvo. — Aposto que quase não dormiu enquanto lutava para abrir aquela porta. E aposto que está louca por um banho.

— Tá bem, tá bem, vocês venceram — respondeu ela. — Já que ficarei mais tempo, podem me atualizar sobre a Cidade Interior? Desde que subi para a Cidade Superior não pude ouvir nenhuma notícia daqui.

Ivan preparou um jantar para Ashvine e, enquanto ela comia, conversaram sobre o resumo dos últimos acontecimentos da Cidade Interior.

— Tanta coisa em tão pouco tempo — comentou ela com um bocejo. — Mas estou cansada demais para continuar, se me dão licença, vou tomar um banho e dormir.

— Claro que sim — respondeu Ivan. — Venha vou lhe dar uma toalha limpa e mostrar onde você vai dormir.

Aster e Corvo desejaram boa noite a ela e Corvo foi lavar a louça com ajuda de Aster.

— A cada dia que passa descobrimos mais sobre os segredos desta ilha, não? — comentou Aster.

— E, com isso, surgem mais perguntas do que respostas — respondeu Corvo.

— Desde que saí daquele quarto escuro onde acordei, minha lista de perguntas cresce mais rápido do que consigo respostas — comentou Aster em tom divertido. — A princípio achei ruim, mas agora vejo que é o que torna a vida tão interessante. Sempre há algo para ser descoberto, para ser aprendido.

— Concordo plenamente — disse Corvo sorrindo. — Mas de vez em quando descobrimos certas coisas... que mudam como vemos o mundo.

— E isso é ruim? — questionou ela.

— Hum... parando para pensar, de fato não — respondeu ele pensativo. — Ver o mundo de forma mais correta..., ou melhor, de forma mais precisa, não pode ser algo ruim.

— Sim, realmente não pode — concordou Aster, terminando de secar o que Corvo lavou. — Mas podemos lidar com o que aprendemos com calma, você precisa descansar e eu voltar a me recarregar — completou vendo o sono estampado no rosto de Corvo.

— Verdade — concordou ele secando as mãos —, a semana mal começou e temos muito o que fazer.

— Então, boa noite, Corvo.

— Boa noite, Aster, nos vemos amanhã — respondeu ele, levando-a até a porta.

Aster voltou a se recarregar pensando no que faria dali em diante, precisaria de pelo menos mais cinco dias para ter carga o bastante para ir em busca do reator. Tentava se manter otimista sobre encontrar o reator, porém sabia que as chances de o encontrar eram pequenas.

"Monstros andando pelos túneis e uma organização tentando me encontrar", pensou ela, "se não encontrarmos o reator, espero que ao menos encontremos uma forma mais eficiente de me recarregar".

— Ficar presa a estes cabos aqui sentada não é muito diferente de estar presa naquele quarto escuro — murmurou ela. — Preciso do reator, não posso ficar aqui atraindo problemas para Corvo e Ivan.

Na manhã seguinte, Ashvine partiu cedo, pois queria retornar o quanto antes para sua casa na Cidade Superior, onde seus empregados começariam a se preocupar, já que ela havia dito que estaria retornando no máximo naquele dia.

— Mais uma vez, obrigada! — agradeceu ela ao sair pela porta. — Eu realmente estava precisando descansar.

— Sempre que precisar — respondeu Ivan.

— O que fará agora? — perguntou Corvo.

— Deixar os artefatos em minha oficina e depois voltar para casa na superfície. Tem algumas coisas que tenho que resolver por lá.

— Boa sorte — desejou Aster, que veio ao encontro dela assim que eles saíram da casa.

— Tentarei projetar um gerador melhor para você com o que eu conseguir aprender do que peguei das ruínas — disse Ashvine. — Para o caso da ideia do reator não ser possível.

— Agradeço muito! — respondeu Aster.

Aster viu Ashvine partir e retornou ao seu cantinho para recarregar, enquanto Corvo foi para seu laboratório preparar algumas coisas que levaria quando fosse à vila Ninho dos Mil Espelhos e Ivan foi até o anel habitado para resolver alguns assuntos e entregar o relatório da inspeção das tubulações.

★★

Na Cidade Superior, o dia começou cedo para os Von Gears, Sophia seguiu para o colégio, Rodan para sua reunião com o comandante Yaroslav e Nathalia ficou em casa, feliz por não ter compromissos até o fim de semana e poder se recuperar da viagem.

"Antes eu adorava ficar o dia inteiro no colégio", pensou Sophia enquanto olhava pela janela da charrete, "mas agora que tenho que lidar com interesseiros, invejosos e diria até inimigos..."

Os pensamentos dela foram interrompidos quando viu várias pichações pelo caminho, não somente a coroa, como antes, mas também agora frases contra as nove famílias e contra o primeiro-ministro.

— Sabe algo sobre essas pichações, senhor Hulgo? — perguntou ela para o condutor.

— Apenas boatos, jovem senhorita — respondeu ele. — Mas digo que é muito estranho já surgirem pichações contra as nove famílias e contra o primeiro-ministro. A confusão de ontem não causaria isso tão rápido, quase ninguém acredita que uma das nove famílias seria capaz de algo como aquilo. Não faz sentido.

— Acha que tem alguém fomentando isso?

— Fomentando?

— Promovendo, convencendo e pagando pessoas para fazer isso — explicou ela.

— É uma possibilidade, senhorita, mas quem, pra quê?

— Talvez o mesmo responsável pela divulgação daquela notícia. Alguém que queira enfraquecer a posição das nove famílias — comentou ela e isso a fez pensar em Crowsword e também que Rondel trabalhava para alguém, assim começando a suspeitar que os planos do governador eram bem mais sinistros do que sua mãe imaginava.

— Ele usando os piratas faria muito sentido... — murmurou ela.

Em outra parte da cidade, Rodan seguia para seu encontro com o comandante Yaroslav e se deparou com a frente do prédio do comando da polícia tomada por repórteres.

— Não vai ser possível passar por ali — disse Rodan para o condutor —, leve-me para os fundos do prédio.

Não teve muitos problemas para entrar pelos fundos e foi acompanhado até o gabinete do comandante. Não pôde deixar de perceber, pelo caminho, o quão atarefados todos ali estavam.

— É sempre assim por aqui? — perguntou ele ao guarda que o acompanhava.

— Tem sido nos últimos meses, mas já esteve pior — respondeu o guarda, com cara de cansado. — Tentamos fazer o nosso melhor, mas nunca é o bastante.

Rodan ainda teve de esperar um pouco antes de poder ser recebido por Yaroslav, que estava com subordinados resolvendo alguns assuntos.

— Rodan — cumprimentou-o Bóris, com um abraço —, é sempre bom revê-lo, mas espero que entenda que não disponho de muito tempo.

— Claro, eu entendo, meu amigo, serei o mais breve possível — respondeu Rodan, ao entrar no gabinete de Bóris.

— O que quer tanto falar comigo? — questionou Bóris.

— Alguns cidadãos da Cidade Interior vieram até mim reclamando da atuação da polícia, foi no domingo.

— A lambança que Peacock fez, não é? — supôs Bóris, fazendo uma cara de desgosto.

— Em parte, mas também tem o excesso nos atos da polícia por lá.

— Também chegaram a mim reclamações desse tipo — revelou Bóris —, a questão é que tenho que cumprir ordens e o comandante da polícia inf... Interior acredita ter o mesmo nível hierárquico que eu, quando na verdade é subordinado a mim, e com tantos recrutas novos... é um problema em cima de outro. Peacock criou uma crise sem igual, estou fazendo o que posso para minimizar o impacto negativo na população.

— Sei que sim — disse Rodan, mostrando simpatia para com ele. — Falei ontem com Longbow e algumas coisas devem mudar, eu vim até você mais para entender melhor a situação. A revolta na Cidade Interior só cresce e isso não acabará bem se continuar.

— Acredite, a última coisa que quero é uma revolta civil — disse Bóris se levantando e indo até a janela. — Não quero essa cidade em chamas, mas parece que o comandante da polícia interior quer. Vou ter que falar com Kaspersk para tentar removê-lo do cargo.

— Talvez eu possa ajudar com isso — disse Rodan pensativo. — Me passaram o contato de um jornal e disseram-me que por ele posso comunicar a praticamente toda a Cidade Interior. Vou mostrar que ele é um problema e haverá uma pressão popular para a remoção dele.

— Isso pode realmente ajudar — respondeu Bóris, muito sério —, mas tome cuidado para não inflamar uma revolta muito forte contra ele, tente fazê-los reclamar aos políticos da Câmara Interior e não protestarem diretamente contra ele.

— Claro, de confusão já estamos cheios. Não quero tomar mais do seu tempo, mas ainda tem um assunto. Esse um tanto quanto delicado e... que requer tato ao lidar.

Yaroslav olhou para Rodan com estranheza, sem saber o que ele queria, mas quando ouviu o que ele tinha a dizer compreendeu o jeito dele falar.

— Não se preocupe com isso, meu amigo — comentou Bóris ao terminar de ouvir —, provavelmente o jovem Klaus ouviu algo incompleto, que não entendeu direito, e fez suposições, sei que Gunther quer o fim da Ordem, mas duvido que fizesse realmente algo do tipo.

— Imaginei que pudesse ser o caso, mas ainda assim quis discutir o assunto com você. Mas consegue imaginar onde poderia ser a suposta sabotagem?

— Tem muitas possibilidades e não posso revelar os lugares que a Ordem protege, mesmo para você, meu amigo, você compreende, não é? Questão de segurança nacional.

— Claro, desculpe por tomar seu tempo — disse Rodan se levantando.

— Que isso, não precisa se desculpar — disse com um grande sorriso no rosto. — Não deixe de me procurar se ficar sabendo de coisas assim, desta vez foi nada, no entanto da próxima pode ser.

Bóris se despediu e, quando ficou sozinho, chamou um oficial de sua confiança, escreveu uma mensagem e disse:

— Tenente, leve isso imediatamente e pessoalmente para o ministro Gunther. É uma mensagem de alta prioridade, classificação A.

"O jovem Klaus ainda tem muito o que aprender", pensou Bóris voltando a se sentar, depois que o guarda partiu. "Espero que Rodan não venha a se tornar um empecilho. É um bom amigo, mas tem coração muito mole para compreender que certas ações têm de ser tomadas, por piores que possam parecer em um primeiro momento."

Os dias foram passando e Sophia percebeu duas coisas no colégio, por causa do escândalo envolvendo os O'Walsh, os interesseiros se afastaram, provavelmente as famílias deles acharam prudente esperar a resolução da história, e a outra coisa foi que ela passou a ser vigiada pelos amigos de Klaus, o qual parecia ter ficado com ainda mais raiva dela.

"O ódio com o qual ele me olha começa a me preocupar", pensou ela, em casa terminando o relatório de química. "Me faz lembrar daquele homem com os machados, algo bem diferente da raiva de Rebeca e Talita."

Ela tinha pensado em tentar ouvir mais conversas de Klaus, mas, além de ter sempre um dos amigos dele vigiando-a, ele parecia mais cuidadoso e atento ao que o cercava.

— De uma forma ou de outra, parece que meus dias no colégio voltaram a ser mais calmos — disse ela quase em um suspiro de alívio. — Me pergunto se Corvo e Aster também estão em um momento de calma.

"Mandei ontem a mensagem codificada, mas ainda não responderam", pensou enquanto se levantava para ir jantar, naquela noite sem a presença de Rodan, pois ele estava em um jantar com empresários da Cidade Superior.

De fato, aqueles dias tinham sido relativamente calmos na Cidade Interior, muito motivado pela esperança de melhora que Rodan havia dado e pelas mudanças que Longbow havia começado, com instituição de um mínimo valor a ser pago a todos os trabalhadores e também uma anistia aos contrabandistas que quisessem se tornar comerciantes dentro da lei. Corvo aproveitou o tempo de relativa paz para se preparar para investigar Vila Ninho dos Mil Espelhos.

— Queria poder ir com você amanhã — disse Aster. — Ficar presa àqueles cabos sem poder fazer nada... não gosto de ser inútil.

— Entendo, mas você precisa se recarregar e depois eu não pretendo fazer nada além de observar o exterior e falar com algumas pessoas — disse Corvo, terminando o jantar.

— Você não está sendo inútil ficando ali, minha criança — disse Ivan com compaixão na voz. — Você está acumulando força para poder ajudar quando for mais necessário e isso é muito importante.

— Obrigada por tentar me fazer me sentir melhor, mas é difícil mudar o sentimento, por mais que a mente diga para não sentir. Me pergunto se isso é algum defeito meu.

— Não, de forma alguma, isso só te torna mais humana — respondeu Ivan rindo. — É assim com todos nós.

— Mudando um pouco de assunto — disse Corvo —, mandei uma carta em resposta para Sophia, deve chegar amanhã.

— É bom, ou ela vai acabar vindo pessoalmente de novo — brincou Aster, pegando Tom no colo.

— Espero que ela não fique se arriscando por informações — comentou Ivan, indo lavar a louça.

— Ao menos, graças a ela, confirmamos quem controla os monstros — disse Aster.

— E que há outras entradas escondidas para aquele covil — completou Corvo. — Mas isso não muda o fato de que não há muito o que fazer a respeito desses monstros.

— Por enquanto não mostraram intenção de usar contra inocentes — pontuou Ivan —, por ora devemos agradecer por isso e nos prepararmos.

— Espero não encontrar problemas amanhã — comentou Corvo, ajudando Ivan com a louça. — Achar as ruínas parece muito necessário no momento.

— Alguma novidade por parte de Marco sobre a tripulação do navio misterioso? — Quis saber Aster.

— Isso ainda deve demorar uns dias — respondeu Corvo. — Mas uma coisa é certa, ele vai vender a informação que demos a ele sobre a tripulação e logo todo mundo vai saber que eles procuram coisas elétricas e não fantasmas. O que deve causar algumas dificuldades para eles.

★★

Longe dali, em um ambiente muito mais luxuoso, Rodan ouvia o discurso pós-jantar de Alfred Monet, um rico empresário de Avalon.

— E assim, em dois anos teremos pessoas o bastante na Câmara Interior e na Superior para corrigirmos os rumos do país! — concluiu Monet, recebendo efusivos aplausos.

— Ele realmente sabe discursar — comentou Richard Landcost, empresário dono de uma fábrica de comida enlatada, para Rodan —, sem dúvida vai conseguir se eleger e talvez até conseguir o cargo de presidente da Câmara Superior.

— Se eleger até concordo, mas presidente da Câmara não será tão fácil — respondeu Rodan. — Até hoje, apenas quem tem o apoio das nove famílias conseguiu. Teremos que eleger uma maioria forte para isso.

— Falando de mim, senhores? — Monet se aproximou cumprimentando-os com firmes apertos de mão.

— Mais sobre o futuro do que de você propriamente — respondeu Rodan.

— O futuro pode guardar grandes dificuldades, mas se trabalharmos duro no presente superaremos qualquer coisa! — retrucou Monet.

— Guarde os jargões para a campanha — rebateu Rodan com um sorriso amigável —, entre nós parece fajuto.

— Então preciso treinar mais — respondeu Monet rindo. — Como vão as coisas, Landcost?

— Mais ou menos, acabei de instalar novas máquinas na minha fábrica e achei que poderia aumentar a produção, mas com esse mínimo de salário que vai ser imposto, veja você, dobrando os salários, vou ter que demitir metade dos funcionários para não ir à falência.

— Vai conseguir manter a produção? — questionou Monet.

— Não, vou reduzir para poder manter o preço final.

— Infelizmente não podemos fazer nada para impedir essa imposição, os funcionários só veem o lado bom desse salário mínimo ser imposto — comentou Monet. — Também terei que fazer demissões para não ter prejuízo, mas não demitirei tanto, vou aumentar os preços para cobrir o aumento dos salários.

— Se pudéssemos pagar mais, pagaríamos — comentou Landcost —, produção igual a ganho, agora vamos pagar mais por quem produz a mesma coisa. Terei que procurar pessoas mais eficientes para que valham o que tenho que pagar.

— Mas isso vai afetar a todos igualmente, ou seja, não haverá um impacto na concorrência e a população com mais dinheiro vai poder comprar mais — argumentou Rodan.

— Os que não forem demitidos — respondeu Landcost.

— E quanto à concorrência, os produtos importados terão que ser mais taxados — comentou Monet. — Tudo vai ficar mais caro.

— Certo, não vou discutir economia com especialistas — respondeu Rodan bem-humorado. — Venham, vejo alguém que eu queria ter apresentado durante a festa de retorno da minha filha, mas... bem, com tudo que aconteceu não tive a chance.

Rodan levou os dois até um grupo de três homens que conversavam alegremente.

— Desculpe interromper, senhores — pediu Rodan —, mas posso pegar o Rudolf aqui emprestado?

— Pode levar e não precisa devolver! — respondeu um deles brincando.

Rodan afastou Rudolf dos outros dois, que continuaram conversando e rindo.

— Me salvou de dois bêbados, Rodan — comentou Rudolf rindo —, como posso agradecer?

— É para isso que os amigos servem — respondeu Rodan. — Venha vou apresentar você a dois amigos que lideram tudo isso.

— Senhores, este é Rudolf Astória — Rodan apresentou-o —, dono da maior siderúrgica de Hy-Drasil e um amigo de longa data. Rudolf estes são Richard Landcost e Alfred Monet.

— É um prazer, senhores — disse Rudolf cumprimentando-os.

— Já ouvi muito a seu respeito e de sua família — disse Monet —, soube que seu avô começou totalmente do zero, era um desconhecido e montou uma indústria lucrativa, que seu pai tornou ainda mais lucrativa.

— Sim, minha família passou por uma época difícil criada por alguns, mas conseguimos vencer — respondeu Rudolf. — Claro que a troca dos navios de madeira pelos de aço ajudou muito.

— Saber aproveitar o momento também é uma qualidade — respondeu Landcost.

Rodan ainda não havia contado a nenhum deles sobre os planos do Duque Motrov Montblanc de Avalon. No fim das contas, apesar de saber que não podia confiar no Duque, Rodan havia decidido que aceitaria o cargo de administrador da ilha. Ter uma posição de poder seria muito útil no futuro.

"Muitas reuniões no futuro", pensou Rodan, já imaginando o desgaste. "Articular com o Duque sem deixar ele me tornar uma marionete vai dar trabalho. Espero que Rudolf, Richard e Alfred consigam me ajudar."

CAPÍTULO 15

INVESTIGAÇÕES

Corvo e Ivan saíram logo depois do café da manhã, deixando Aster recarregando. Enquanto Corvo iria para a vila dos pescadores, Ivan iria com Tom tentar descobrir mais sobre os marinheiros do navio sem nome.

"Espero que corra tudo bem hoje", Aster desejou em pensamento enquanto via eles sumirem nos túneis distantes, "eles fazem tanto pelo meu bem. Foi muita sorte tê-los conhecido."

Corvo seguiu para o elevador de Dumont, encontrando o lugar praticamente vazio, principalmente pelo fato de o bar estar fechado.

— Bom dia, Roberto — cumprimentou Corvo entrando no bar vazio. — Como vão as coisas?

— Bom dia, Corvo, é, vão indo, já estamos quase terminando de abrir o novo bar em Alfheim, meu pai está lá terminando as últimas coisas e logo só vai faltar vender este lugar.

— Então vão mesmo sair em definitivo de Avalon?

— Meu pai tem certeza de que as coisas só vão piorar por aqui, algo que eu concordo, e como já tínhamos esse plano B, resolvemos partir enquanto ainda é fácil. Se no futuro as coisas melhorarem, talvez possamos comprar o lugar de volta.

— Espero que vocês tenham muito sucesso por lá, sentirei falta de vocês.

— Também sentiremos a sua e de Ivan, quanto a termos sucesso, as chances são grandes com o patrocínio da Madame Morgana. Parece que há planos para expandirmos para as outras ilhas, a serviço dela.

— Bares sempre são bons para se obter informação — comentou Corvo. — Por falar nisso, sabe algo sobre Rondel e os Punhos?

— Rondel parece ter virado fumaça, ninguém consegue achá-lo. Quanto ao bando dele, os que não foram espertos de fugir ou cortar relações a tempo ou já foram presos ou sumiram junto com ele.

— Ele deve ter fugido do país com ajuda dos piratas — ponderou Corvo.

— Não é o que é dito entre as partes mais escuras desta cidade — respondeu Roberto, fazendo Corvo aguçar os ouvidos, pois mesmo Marco tinha dificuldades em conseguir informações dessa parte da Cidade Interior —, parece que ele ainda controla uns poucos mais leais e ainda interage com os grandes piratas, daqui.

— Deve ser um lugar bem escondido — disse Corvo —, mas não me surpreende, o que não falta nesta rocha é lugar assim. Mas tem alguma ideia do que ele planeja?

— Imagino que seja sobreviver — respondeu Roberto dando de ombros —, depois do que ele tentou fazer na festa com os nove patriarcas, perdeu todo o apoio aberto que tinha. Acho que ele só não fugiu do país por acreditar estar mais seguro num esconderijo que conhece.

— O que tem se mostrado acertado — concordou Corvo. — Vou na vila dos pescadores ver como andam as coisas por lá, na volta conversamos mais.

— Soube que por lá é um dos poucos lugares da ilha em que as coisas melhoraram — comentou Roberto, acompanhando Corvo até o elevador.

— Pra se ver o quão ruim era ter Rondel governando por lá — retrucou Corvo. — Quem está ocupando a casa do chefe da vila?

— Ninguém, eles ainda não têm um novo chefe — respondeu Roberto —, o delegado foi substituído por ajudar Rondel e o novo está acumulando as incumbências. Mas não se engane, Rondel ainda tem apoio popular por lá e por todos os setores mais pobres da ilha.

— É, ouvi que tentam transformar ele em herói por ter arriscado a vida e perdido uma mão tentando mudar o país — disse Corvo. — Só não contam que ele tentou explodir mulheres e crianças e praticamente destruir todo o sistema de controle das tubulações, jogando a ilha na escuridão e em um caos sem igual.

— Devem considerar isso detalhes desnecessários e sem importância para o bem maior — Roberto argumentou ironicamente.

Corvo se despediu de Roberto e desceu, sozinho pelo elevador, que outrora estaria lotado naquele horário. No caminho até a vila cruzou por uns poucos que faziam o caminho da vila para a Cidade de Madeira e foi parado por guardas na entrada que só quiseram conferir seus documentos e saber o que ele queria ali.

— Só vou ao mercado dos peixes e dar uma volta pela vila — respondeu ele aos guardas —, é um lugar bonito para andar e esquecer os problemas.

— Só não se meta em confusões — respondeu o guarda devolvendo os documentos.

"Preciso lembrar de voltar com alguns peixes", pensou ele ao se afastar dos guardas. "Quando voltar aqui com Aster, terei que usar o outro caminho, o aqueduto talvez seja a melhor opção, mesmo tendo que andar com água na cintura."

Ele encontrou a vila realmente melhor do que da última vez, com pessoas andando despreocupadas pelas ruas, crianças brincando, mulheres conversando. Tudo parecia bem normal.

Encontrou o velho vendedor de peixes animado em sua banca, atendendo alguns clientes e se aproximou para conversar.

— Vejo que as coisas vão bem, velho Torres — disse Corvo ao vendedor de peixes, assim que os clientes saíram.

— Bom rever você, garoto — respondeu o velho com alegria. — Sim, desde a última vez que você veio muita coisa melhorou.

— Soube que o novo delegado daqui está como chefe provisório — disse Corvo —, ele está morando na casa do chefe?

— Não, aquele lugar está vazio, exceto por alguns guardas que vigiam, nem os móveis tem.

— Tiraram os móveis? Por quê?

— Não sei, um dia vieram e tiraram tudo, comentou-se por aí que o governo vendeu os móveis para pagar os estragos que Rondel fez.

— Mas se o lugar está vazio, para que os guardas?

— Vigiam aquela ilha toda o tempo todo pro caso de Rondel aparecer. Veja — apontou o velho —, até na torre da igreja tem guardas vigiando. O padre não gostou nada de terem tirado o sino para isso.

Corvo olhou ao redor e notou alguns lugares onde havia guardas com lunetas vigiando a ilha, algo que dificultaria as coisas.

— Duvido que ele seria burro de voltar — comentou Corvo.

— A questão é que muitos viram ele retornar à ilha, mas ninguém viu ele sair — revelou o velho. — Passaram dias vasculhando a ilha de cima a baixo e não encontraram nenhuma pista.

— Que mistério — comentou Corvo pensativo. — Vou dar uma volta pela vila e depois passo aqui para comprar uns peixes, reserve uns dois bons para mim.

— Claro, pode deixar! — respondeu o velho, animado com a possibilidade de vender.

Corvo subiu discretamente para os telhados e começou a olhar com sua luneta, primeiramente para localizar os guardas que vigiavam a ilha, tanto os espalhados pela vila quanto os que estavam no casarão da ilha.

"O fato de terem vasculhado aquele lugar e Rondel sumir ali me preocupa", pensou ele enquanto observava a movimentação dos guardas. "Talvez tenham usado a remoção dos móveis para acobertar a retirada de outras coisas."

O temor de Corvo era que na busca por Rondel tivessem encontrado as ruínas, mas também temia que Rondel as tivesse encontrado e feito delas um refúgio, o que poderia explicar o fato de ele ter aquelas bombas com tecnologia elétrica.

— Não tem como ter certeza de nada sem entrar lá — murmurou ele, se movendo com cuidado pelos telhados para ver a ilha de outro ângulo.

★★

Longe dali, na Cidade Superior, Lestrade havia ido ao hospital para remover o gesso e aproveitou para visitar Killian e discutir com ele algumas coisas que andou investigando sobre a seita que sequestrara as garotas.

— Então, como vai, amigo? — disse ele para Killian ao entrar no quarto.

— Entediado, acredita que querem me manter aqui mais uma semana?

— As queimaduras ainda não estão totalmente cicatrizadas. — Apontou Lestrade para as ataduras nas pernas dele.

— Verdade, mas isso não quer dizer que não possa terminar de me curar em casa.

— E se depois você pegar alguma infecção? Acredite, melhor ficar mais uma semana e voltar forte do que sair e ter que voltar para ficar mais um mês aqui.

— Vai voltar ao trabalho? — questionou Killian, mudando de assunto.

— Agora que tirei o gesso não tenho mais desculpas — respondeu ele com meio sorriso. — Vai ter uma pilha de papéis me esperando.

— Muitos casos ou só aqueles problemáticos?

— O problema mesmo é o da seita de malucos e todos os complicados envolvimentos. Apesar de ainda não ter voltado a trabalhar, já andei fazendo algumas investigações sobre eles.

— O que descobriu? — questionou Killian com certa animação por ter algo para tirá-lo do tédio.

— Pouca coisa — respondeu Lestrade com visível desânimo —, os homens que foram presos se mataram antes que pudéssemos tirar algo deles.

— Lunáticos mesmo, não? — comentou Killian. — Conseguiu alguma coisa com os mercadores de informação?

— Pouca coisa útil — respondeu ele puxando uma cadeira e se sentando. — Tem fortes suspeitas de que eles também sejam responsáveis pelas mortes de alguns mercadores de informação, mas fora isso só boatos difíceis de acreditar.

— A polícia da Cidade Interior não está ajudando?

— Depois do que Peacock fez, a relação entre as polícias nunca esteve pior — respondeu Lestrade —, parece que vai acabar com a substituição dos oficiais de lá.

— Isso em meio às denúncias que saíram no jornal e devem estar levantando dúvidas na credibilidade do governo — comentou Killian. — Aliás, já descobriu se tem algum fundo de verdade naquilo?

— Vai ser investigado e todos os denunciados vão a julgamento, mas tudo me levava a crer que alguém esteja usando a seita para atacar os poderosos. Os jornais serem invadidos de forma tão coordenada e eficiente assim para essa notícia ser publicada. As pichações contra as nove famílias já no dia seguinte. Tudo muito rápido e organizado demais para ser não planejado.

— Entendo, são inteligentes, mas se afobaram — ponderou Killian. — O prestigio das nove famílias é grande demais para já, tão rápido, haver esse tipo de reação.

— Foi um grande erro de seja lá quem for — comentou Lestrade. — Todos com quem conversei têm a mesma opinião de que é uma armação.

— A questão que fica é quem armou — pontuou Killian.

— E ainda tem as coisas que andam acontecendo na Cidade Interior — comentou Lestrade se levantando e indo até a janela para olhar para as ruas abaixo. — Dizem que há uma guerra entre contrabandistas de armas e que gangues menores também estão lutando entre si.

— Mas não é sempre assim por lá?

— É o que chega aqui na Cidade Superior — respondeu Lestrade, sem tirar os olhos das ruas abaixo —, mas a verdade é que a IAS[4] está agindo para se consolidar no poder.

— É duro dizer isso, mas talvez seja algo bom — disse Killian —, veja o exemplo da Cidade de Madeira, ficou bem mais pacífico por lá depois que a gangue do Senhor do Porto, o Olho Fantasma, dominou.

— Isso por causa do próprio velho Olho Fantasma — retrucou Lestrade, virando-se para olhar para ele —, ele pode ter se aposentado do comando direto, mas ainda usa seu olho fantasma para saber de tudo e ainda tem forte influência por lá. Quando ele morrer... vai saber o que pode acontecer.

★★

Na vila dos pescadores, Corvo já havia observado a ilha por todos os lados possíveis e a disposição geral do esquema de vigilância da ilha. O plano inicial era ir até a ilha e ver o casarão de perto, mas não imaginava que estaria tão vigiado.

— Para chegar lá tenho que primeiro neutralizar ou distrair muito esses vigias — refletia ele, sentado no cais, observando os barcos dos pescadores. — No entanto, se eu fizer algo assim agora, vai ser mais difícil quando formos tentar encontrar a entrada das ruínas.

---

[4] Irmandade dos Arcebispos Sombrios.

Ele também pensava nas formas de chegar até a ilha, um barco a remo seria lento, mas silencioso e poderia ser guardado na doca coberta que havia junto ao píer da ilha, era como um galpão com portas, paredes e telhado de madeira.

— Isso me obriga a chegar na ilha pela margem oeste, mas é o lado mais vigiado e vai ser difícil abrir as portas daquela doca fechada. Deixar o barco à vista também é ruim. Talvez ir para a margem leste e afundar o barco? Mas o quão difícil seria colocar ele para flutuar depois?

Ele então parou um instante, lembrando de um livro que seu pai lera para ele, *Vinte mil léguas submarinas*, e como ao ouvir a história quis fazer um *Náutilus* só para si.

— Um pequeno barco que pode navegar por baixo d'água — murmurou ele —, poderíamos vir pelo aqueduto e entrar na doca fechada por baixo.

Ele chegou a começar o projeto com a ajuda do pai, mas ficou abandonado inacabado em um canto do ferro velho. Era grande o bastante para dois e pequeno o bastante para navegar discretamente no aqueduto.

"Vai ser uma viagem e tanto para chegar aqui com ele", pensou enquanto voltava para o vendedor de peixes, "vou ter que garantir que seja bem resistente e confortável. Tem muito o que fazer, mas acho que em uma semana fica pronto."

Corvo seguiu caminho para casa animado, ter um motivo para terminar algo que ele começou com o pai trazia uma alegria especial.

Enquanto isso, Aster usava, o melhor que podia, o tempo que tinha que ficar imóvel. Havia memorizado a parte do livro que falava da ruína fantasma, e os mapas que Corvo tinha da vila dos pescadores, buscando assim, em sua mente, montar correlações e facilitar a localização da entrada das ruínas, mas era uma tarefa lenta para fazer mantendo seu gasto de energia no mínimo possível e ela se deparou com dúvidas complicadas.

"Embora a descrição da caverna feita por Wilbert seja bem detalhada, as discrepâncias com os mapas de Corvo são grandes", pensava ela, comparando o que era descrito no livro e que os mapas mostravam, "do formato e tamanho do lago e da ilha ao fato que ele bebeu da água do lago e achou quase mágica de tão boa".

Ela diria que eram dois lugares diferentes se não fosse o resto da descrição coincidir perfeitamente com os mapas.

"Corvo acha que foram apenas erros do autor ao descrever, e que talvez ele tenha inventado coisas para embelezar e que algumas coisas foram alteradas com a construção da vila e do casarão, mas será que é isso mesmo?"

No livro Wilbert descrevia que a ilha tinha uma ponte, que não existia nos mapas, ruínas encostadas no grande pilar, exatamente onde o casarão foi construído. Descrevia uma entrada bem visível para a parte subterrânea das ruínas, no lado leste da ilha, que, considerando o erro no tamanho da ilha, seria em um lugar que o mapa não mostra nada construído, e após descrever o interior das ruínas ele descreve uma saída secreta que sai nas ruínas perto do pilar. E por isso Aster achava que havia algo que não se encaixava, a ponte não teria sido destruída pelos construtores da vila, a entrada visível teria sido explorada e a ruína não seria secreta, ao invés de ser encontrada só pelo cientista, que a deixou naquele quarto secreto na zona morta, quase um século depois de a vila ser construída.

"Será que Wilbert voltou e modificou o lugar?", ponderou ela. "Afinal, ele diz que precisou fugir do lugar por ser perseguido por uma criatura estranha, provavelmente um dos robôs que o cientista mostrou na cidade, e isso poderia fazê-lo querer esconder o lugar."

Era uma explicação possível, mas ela não via lógica nele tentar tornar o lugar secreto e descrever com tantos detalhes em um livro ao mesmo tempo.

"Se não fosse o fato de eu ser uma prova de que o lugar existe, eu diria que Wilbert criou a história usando a caverna da vila como inspiração. Adicionando coisas interessantes à ilha, alterando o fato de o lago ser salgado para poder dizer que bebeu dele..." Ela parou nesse pensamento por um instante.

— A conexão com o mar! — exclamou ela abrindo os olhos e se levantando no impulso da descoberta. — Na época de Wilbert ela não existia! O lago devia ser em um nível mais baixo que o mar e quando a água do mar entrou deixou a ponte e a entrada submersas.

Com essa descoberta ela voltou a comparar a descrição com os mapas e tudo começou a fazer sentido e ela agora sabia onde ficava a entrada submersa.

"Se tiver como acessar as ruínas por essa entrada não precisaremos procurar nos porões do casarão um caminho que pode estar completamente obstruído", pensou ela.

— Para mim não seria um problema, mas teria como Corvo me seguir?

Ela decidiu que era melhor discutir isso com Corvo e, feliz com sua descoberta, aguardou ele retornar, sem pensar em mais nada, para conseguir se recarregar mais rapidamente.

Na Cidade de Madeira, Ivan estava em um bar comendo enquanto Tom esperava do lado de fora, eles haviam passado a manhã andando por aquela cidade conversando e ouvindo conversas, juntando toda e qualquer informação que podiam sobre o navio sem nome, de crianças nas ruas a estivadores do porto. Tinha sido fácil conseguir informações diversas, pois o estranho navio atraía muito a curiosidade, não só pelo comportamento da tripulação como também pelo tempo que permanecia ali, aparentemente sem fazer nada.

— Mas, ao que parece, eles estavam fazendo negócios com alguém afinal — disse Egbert, dono do bar e amigo de Ivan. — Hoje bem cedo saíram do navio com algumas caixas.

— Alguma ideia do que havia nas caixas? — Ivan até imaginava que eram caixas para guardar as máquinas das ruínas da casa do cientista, mas queria o máximo de informações possíveis e não queria transparecer saber demais.

— Disseram que pareciam leves, vazias, provavelmente compraram algo e estão indo buscar.

— Então talvez eles partam depois disso, não?

— Não sei, Ivan, a rotina estranha deles não parece ter mudado — respondeu Egbert com ar entediado. — A tripulação quase toda saiu como sempre, se espalhando pelos caminhos para a Cidade Interior. Como disse antes, concordo muito com os rumores de que eles procuram algo ou alguém e se eles ainda saíram assim, significa que ainda não encontraram, pelo menos não tudo o que querem.

Ivan já havia ouvido sobre a estranha rotina de saírem quase todos bem cedo e retornarem para dormir no navio ao entardecer. Parecia-lhe que eles queriam vasculhar cada canto da ilha, mas se perguntava o porquê de eles voltarem antes do anoitecer.

"Parece que se eu quiser saber a verdade vou ter que entrar naquele navio", pensou Ivan ao sair do bar. "E tem que ser de dia, quando está mais vazio."

Ivan olhou para o céu e sorriu, era uma tarde escura com nuvens grossas, mais uma chuva forte deveria cair em questão de pouco tempo. Ele seguiu com Tom para a torre abandonada, que Corvo usava para se encontrar com Marco, de lá teria uma visão superior do navio e poderia planejar como faria a abordagem a ele.

— Quatro vigias rondando o *deck* superior, constantes e previsíveis como um relógio — comentou ele olhando com uma luneta da torre. — Disciplina demais pode acabar gerando um problema de previsibilidade.

A questão era como entrar no navio, já que pelo píer não seria possível passar sem ser visto.

— O que acha, Tom, vamos nadando e subimos pela lateral?

Tom olhou com uma cara de espanto e miou como se dissesse "nem pensar" e Ivan riu.

— Concordo que é má ideia, também não quero entrar naquelas águas geladas.

Ele então olhou para os guindastes a vapor do porto, mas estavam distantes de onde o navio estava ancorado.

— O navio está bem isolado, ir pela água é a melhor opção, mas um bote seria muito visível e ir nadando nessas águas geladas é suicídio. Parece que também vou ter que criar um nevoeiro — disse ele voltando a atenção para as tubulações de vapor que alimentavam os guindastes.

Ele se preparou para agir, pegando alguns suprimentos que Corvo havia escondido na torre abandonada, cordas, bombas de fumaça, bombas incendiárias, entre outras coisas.

"Pensei que nunca mais usaria isto", pensou ele segurando uma máscara lisa de madeira escura, com dois buracos retangulares para os olhos.

Ivan saiu da torre com Tom no ombro e seguiu furtivamente pelos telhados para o prédio da casa de máquinas que controlava o vapor para os guindastes, uma fina garoa começava e a promessa de uma tempestade forte era grande, pois as nuvens estavam cada vez mais escuras, a ponto de as luzes dos postes começarem a ser acesas.

— Não precisamos fazer muito estrago — disse ele a Tom, olhando para dentro da casa de máquinas pela claraboia do telhado —, só aumentar o vapor para que seja necessário liberarem o excesso. Vê aquela alavanca? — Apontou ele. — Abaixe-a.

Tom pulou do ombro de Ivan e seguiu furtivamente até a alavanca pulando e agarrando-a, mas seu peso não era o bastante, então subiu para o topo das máquinas e dali pulou para a alavanca, desta vez conseguindo movê-la.

"Incrível como já me acostumei com a inteligência deste gato", pensou Ivan, enquanto via pela luneta os indicadores de pressão mostrarem o aumento da pressão do vapor.

Logo um alarme estava tocando e o vapor encheu as docas como uma nuvem branca.

— Vamos temos que ser rápidos — sussurrou Ivan, jogando uma corda para Tom escalar de volta. — Você é o melhor ajudante que já tive.

Eles seguiram rápido enquanto a confusão começava a tomar as docas, descendo dos telhados somente perto de onde estava o bote que Ivan usaria. Ele cortou a corda que mantinha o bote no lugar e remou para o navio, guiando-se pela memória e pelo som em meio ao nevoeiro que criou.

— Agora começa a parte perigosa — sussurrou para Tom quando chegaram na lateral do navio —, os guardas estarão em alerta e não conhecemos o navio.

Ivan lançou um gancho com corda e escalou a lateral do navio o mais rápido que pôde, pois a nuvem de vapor já começava a dissipar e quando alcançou o *deck* do navio a tempestade desabou dispersando o que restava dela.

— Até aqui tudo bem — sussurrou ele, enquanto Tom se abrigava dentro de seu capuz.

Uma vez dentro do navio, Ivan seguiu o mais sorrateiramente que pôde, com Tom seguindo à frente e sinalizando com a cabeça que podia avançar. Assim que eles desceram o primeiro lance de escadas precisaram se esconder, pois dois homens vinham apressados. Usaram algumas caixas que estavam no espaço embaixo das escadas para isso.

— Por mais que tenha sido um acidente nas docas, quero todos no *deck* superior com atenção redobrada. Alguém pode querer se aproveitar.

— Sim senhor, Capitão! Já mandei mais dois para reforçar a vigilância.

"Hum... Então aquele é o tal capitão", pensou Ivan quando os dois homens subiram as escadas. "Aquela porta no fim do corredor deve ser a cabine dele, bom lugar para começar."

Enquanto isso, no caminho para casa, Corvo resolveu passar na oficina dos Bierfass para pedir que fizessem umas coisas para o projeto do submarino, que já desenvolvia na mente.

— Até a próxima sexta deve estar tudo pronto — disse Andressa, quando terminou de examinar os desenhos que Corvo fez das peças que queria —, o que vai construir desta vez?

— Um projeto que comecei com meu pai muito tempo atrás — respondeu ele —, mas me diga, onde anda seu irmão? Ainda não o vi. — Ele queria mudar de assunto para não ter que revelar nada.

— Ah! Ele tá lá atrás limpando o depósito — respondeu ela. — Por falar nele, olha, ele vem vindo.

— Sorrisinho bobo, meio distraído... — comentou Corvo ao vê-lo. — Ele se apaixonou?

— Incrível, não? — respondeu Andressa rindo. — Disse que conheceu a garota mais linda do mundo no fim de semana passado. Ele estava fazendo umas entregas e parou no concerto da orquestra e lá a conheceu. Longos cabelos dourados, parecendo uma princesa segundo ele.

— Bom para ele, mas é melhor ele não ficar tão distraído — comentou Corvo rindo ao ver ele tropeçar e cair. — Ou não vai sobreviver para ver ela novamente.

— Por falar no concerto, ainda está de pé nossa ida neste fim de semana, não é? — questionou ela, com uma cara de pidona e olhos enormes.

— Claro, dei minha palavra — respondeu ele, que já tinha esquecido completamente.

— Então combinamos os detalhes quando você vier pegar as peças — disse ela mandando um beijo para ele.

Corvo se despediu e continuou seu caminho para casa, tinha certa pressa, pois queria começar logo a mexer no velho projeto. Seu lado aventureiro estava, em um raro momento, sobrepondo-se ao seu habitual comedimento e jeito cauteloso.

Aster acordou com Corvo entrando na oficina e já levantou para contar o que havia descoberto.

— Faz realmente sentido — concordou ele ao ouvi-la. — Então, pelo que é descrito no livro, há mais ou menos por aqui — anotou no mapa com um lápis — uma entrada que ele usou.

— Sim, e se não estiver obstruída, eu posso entrar por li, mas e quanto a você?

— Isso não seria muito problemático com um traje de mergulhador, e além disso eu já planejava algo para chegarmos até a ilha por baixo d'água. Mas a questão é que se a entrada estiver aberta, o interior das ruínas não estará inundado?

— Talvez não — respondeu Aster, pegando um papel e o lápis. — Pela descrição do livro, há uma subida no caminho — explicou ela fazendo um desenho do que era descrito. — Se o topo estiver acima da linha da água, não estará. E pensando que o cientista encontrou e tirou coisas de lá, as chances de o interior estar inundado são pequenas.

— Ele teria encontrado e retirado coisas de lá com a vila e o casarão já existindo — disse Corvo ponderando sobre o assunto —, isso me faz querer saber como ele descobriu o lugar e principalmente como removeu coisas de lá em segredo.

— Talvez estejamos para fazer o que ele fez — ela supôs. — O que me leva a perguntar qual o seu plano.

— Isso envolve uma coisa que preciso mostrar para você — disse ele animado —, venha vou mostrar.

Aster seguiu-o, intrigada com a empolgação dele, até uma parte afastada da casa, entre pilhas de sucata, onde havia o que parecia uma oficina improvisada e algo relativamente grande coberto com uma lona empoeirada.

— Interessante, mas o que é isso? — perguntou ela quando ele removeu a lona revelando uma máquina estranha.

— Há muito tempo atrás, meu pai leu para mim um livro proibido chamado *Vinte mil Léguas Submarinas* — explicou ele com brilho nos olhos —, o livro descrevia um veículo que navegava debaixo d'água, cheio de engenhos elétricos. Fiquei tão fascinado com o veículo que quis fazer uma versão menor e a vapor. Comecei a construir com meu pai, mas nunca pudemos terminar e acabei esquecendo isto aqui.

— Então você pretende terminar e levar isso até o lago da vila? — perguntou ela, não muito convencida do plano. — Você levar um traje de mergulho parece bem mais simples e discreto.

— A vila está muito vigiada por ainda estarem tentando capturar Rondel — explicou ele —, não tem como passar pelos caminhos normais sem documentos e sem ter qualquer carga revistada. Nós vamos partir daqui com ele e navegar pelos canais até o lago, fazendo todo o caminho em total sigilo.

— E esse canal, aqui neste nível, se conecta ao lago no nível do mar? — questionou ela, ainda não convencida.

— Lembra que eu falei que vinham barcos recolher essa sucata? Tem sistemas de eclusas que são como elevadores de barcos, há muitos barcos que navegam nos canais da Cidade Interior, não chegou a ver o porto do Distrito Central?

— Tinha muito o que olhar e não vi esse detalhe — respondeu ela, se aproximando da máquina e olhando com atenção os detalhes.

— Admito que ainda preciso verificar que rota teríamos que tomar, mas sei que é possível.

— Então, nós dois iríamos dentro disso, por baixo d'água até lá? O que vai impulsionar? Um motor a vapor, mesmo pequeno, soltaria muita fumaça e a queima de combustível precisa de ar. Assim como você. Não acho que dentro disso haveria ar o bastante para você ir daqui até lá.

— Não seria o tempo todo debaixo d'água, só em pontos específicos. Sobre a propulsão, realmente um motor a vapor é inviável, provavelmente vou adaptar um sistema semelhante ao de uma bicicleta e ir pedalando. Quanto ao ar que vou precisar, tem algumas coisas que posso fazer a respeito.

— Acho melhor eu pedalar — disse ela pensando no peso de todo aquele monte de metal. — E quanto tempo levaria para completar esta... este submarino?

— Acho que se trabalharmos juntos, uma semana eu diria.

— Vamos ver o que Ivan vai dizer sobre esse seu plano quando ele voltar hoje — disse Aster, ainda não muito convencida.

— Acredite, é a melhor opção — disse ele ainda animado, já começando a mexer no veículo. — Tenho uns vidros militares que guardei que vão ser perfeitos para isso aqui.

— Vou voltar a me recarregar — disse ela saindo —, nos vemos no jantar.

— Vou só terminar de ver que o precisa ser feito ou modificado e vou pra casa tomar banho e preparar o jantar — respondeu ele enfiado na máquina.

— Espero que Ivan esteja bem, ele já devia ter voltado — comentou Aster antes de ir.

— Ele sabe se cuidar melhor do que ninguém — respondeu Corvo, saindo da máquina com um envelope que encontrou dentro dela —, ele deve ter encontrado alguma coisa que o atrasou, só isso — completou colocando o envelope sobre uma mesa que tinha ali, para ver depois do que se tratava e voltou a se enfiar na máquina.

Corvo estaria muito mais preocupado se soubesse o porquê de Ivan ainda não ter chegado. Porém, conforme as horas se passaram e Ivan não chegou, até Corvo começou a se preocupar.

— Não é melhor ir procurá-lo? — questionou Aster.

— Vou esperar mais um pouco e então vou até a Cidade de Madeira — respondeu ele abrindo a porta para olhar ao longe, quando então viu Tom voltando sozinho e sentiu o sangue gelar. Ele correu para o gato que trazia uma mensagem amarrada ao corpo.

— É de Ivan — disse ele para Aster.

— O que aconteceu? — perguntou Aster, temendo o que ouviria.

— Ele vai passar a noite na casa de um amigo na Cidade de Madeira — disse Corvo aliviado —, ele diz que explicará melhor amanhã de manhã quando voltar e que não precisamos nos preocupar com ele.

Enquanto isso Ivan estava em frente a uma lareira se aquecendo com roupas emprestadas enquanto as suas próprias secavam.

— Aqui, uma sopa quente para te aquecer por dentro. — Ofereceu a ele um homem velho e robusto, careca, com uma enorme cicatriz na testa e de barba branca volumosa. — Agora pode me explicar por que resolveu nadar no mar gelado?

— Era isso ou abrir caminho matando uma dúzia de homens — respondeu Ivan, agradecendo a sopa e começando a comer.

— E como se meteu em uma enrascada dessa? — perguntou o homem se sentando para ouvir.

— Encontrei eles, Leonard, após todos esses anos encontrei os desgraçados que a nossa ordem caçava. Os responsáveis pela queda não só do reino do Norte, mas do império deste país também.

— Aqui? Na Cidade de Madeira? — surpreendeu-se Leonard.

— Naquele navio sem nome — disse Ivan, se recostando calmamente na cadeira. — Por outros motivos, fui lá investigar e encontrei bem mais do que jamais podia imaginar.

— O grande mistério que a ordem não conseguiu resolver antes ser extinta — comentou Leonard. — O que descobriu?

— Eles fazem o que for preciso para esconder artefatos de uma civilização antiga, muito avançada no uso de eletricidade, que deixou de existir há muitos séculos e para impedir qualquer desenvolvimento de tecnologias baseadas no uso de eletricidade, mesmo que isso signifique derrubar governos, destruir países ou matar arqueólogos inocentes que descobriram o que não deviam. — Uma sombra passou pelo olhar de Ivan ao dizer isso.

— Então o velho Grão-Mestre estava certo afinal. O que planeja fazer agora? — perguntou Leonard, observando a expressão de Ivan voltar à serenidade.

— Não posso fazer nada contra eles sozinho — disse ele olhando para as chamas na lareira. — Acho que vou passar a informação a quem ela pode ser útil e só.

— A idade nos fez mais sábios, não? — comentou Leonard com um sorriso. — Em outra época estaríamos nos armando para afundar aquela banheira sem nome. Mas o que levou você até aquele navio?

— É uma longa história e terá de jurar por sua honra de cavaleiro que essa história não sairá daqui.

— Querem que eu saia? — perguntou a esposa de Leonard que estava ouvindo tudo em silêncio ao lado do marido.

— Juro por minha honra de Cavaleiro Peregrino que pode confiar em mim e na minha esposa que o que contar não sairá daqui. — Foi a resposta de Leonard e Ivan então contou sobre Aster.

No dia seguinte, Ivan retornou para casa, sendo recebido com um abraço forte de Aster.

— Fiquei preocupada — disse ela sem o soltar.

— Desculpe, foi inevitável — respondeu ele em tom amável.

— Então, o que aconteceu? — perguntou Corvo.

— Vamos entrar e eu conto com calma — respondeu ele. — Tem muita coisa que eu descobri.

Eles entraram e se acomodaram na sala para ouvir Ivan, ficando consternados ao ouvir que ele invadiu o navio.

— Não acredito que se arriscou tanto — disse Aster se sentindo culpada. — Não quero que se machuque por minha causa, não há nada que justifique correr esse risco todo.

— O que me levou a entrar naquele navio vai muito além da minha vontade de ajudar você, minha pequena robozinha — disse ele em tom amável olhando nos olhos dela. — O que Ashvine contou levantou questões antigas relacionadas à ordem dos Cavaleiros Peregrinos e eu tinha que averiguar — disse ele voltando a atenção para Corvo.

— Como assim? — intrigou-se Corvo.

— Como você sabe, garoto, nossa ordem não era presa a nenhum país, vagávamos por todo o velho continente, ajudando a quem estivesse em dificuldade e isso deu à ordem uma visão ampla do que acontecia no mundo.

— Puderam notar o que outros não poderiam? — perguntou Aster.

— Sim, e, com isso, o nosso Grão-Mestre percebeu que havia uma organização causando mortes e possivelmente derrubando governos. Não sabíamos quem eram ou o objetivo e muitos da ordem acharam que o velho Grão-Mestre estava perseguindo uma ilusão.

— Então com o relato da Doutora você achou que podiam ser eles? — questionou Corvo.

— O Grão-Mestre suspeitava que quem caçávamos tinha causado a queda do Reino Gaulês do Norte e do Império de Hy-Drasil. Tanto que fui enviado para cá para investigar a história da queda do império. Aliás, foi como conheci os pais de Corvo — disse Ivan para Aster. — Mas até ouvir o que Ashvine contou eu não acreditava que tivesse ocorrido uma intervenção externa. Eu precisava descobrir a verdade.

— E conseguiu? — perguntou Aster.

— Mais do que eu imaginava, aquele navio contém um tipo de acervo deles, passei horas obtendo informações. Realmente eram eles os que a ordem buscava. Surgiram com a descoberta da civilização que criou Aster, os fundadores deles julgaram que a civilização se autodestruiu por causa da eletricidade e agora agem sob o pretexto de impedir que a história se repita.

— Cheios de boas intenções, não? — comentou Corvo com ironia.

— Também consegui ver o que os trouxe desta vez e o que pretendem no momento — disse Ivan. — Juntando com o que ouvimos de Ashvine, fica bem claro que eles ignoravam o que acontecia neste país, mas agora pretendem garantir que não deixarão nada da civilização perdida para trás.

— Eles sabem da Ruína Fantasma? — perguntou Corvo.

— Sabem que existe algum lugar com artefatos, mas não sabem onde. Porém, pelo que li das anotações do Capitão, eles suspeitam que ou os Punhos entraram em contato com alguém que encontrou ou eles mesmos encontraram. Estão investigando e tem planos de ir investigar o casarão na vila dos Mil Espelhos.

— Ainda não devem ter ido pelo fato de ela estar sendo bem vigiada no momento, — comentou Corvo —, mas não duvido que eles tenham conexões com o governo e consigam acesso.

— Espero que não encontrem as ruínas antes de irmos até lá — disse Aster.

— Eu queria ter podido investigar mais, descobrir tudo o que fizeram e pretendem, porém fui descoberto e me vi forçado a fugir. Criei uma confusão com alguns frascos seus, que peguei na velha torre abandonada, e pulei com Tom no mar.

Tom soltou um miado mal-humorado, mostrando que detestou aquilo.

— Que bom que conseguiu voltar inteiro — disse Corvo. — Vô, por favor, não faça isso novamente.

— Não se preocupe, garoto, foi um evento único — respondeu ele. — Eu devia isso ao velho Grão-Mestre.

— Acho que devemos informar à senhora Morgana sobre essa organização — disse Aster. — Eles têm um nome?

— Ordem da Coruja Branca — respondeu Ivan.

— Como se não bastasse tudo o que já temos nesta ilha, ainda vem esse problema de fora — reclamou Corvo. — Agora temos que nos apressar em explorar as ruínas, não podemos deixar que encontrem antes, o que tem lá pode ser a única chance de ajudar Aster e ter algo para nos proteger das criaturas comandadas por Heavenwaller.

— Por falar nisso, o que descobriu indo até a vila, garoto?

— Aproveite e conte para Ivan seu plano de usar um submarino — disse Aster, com ar provocativo na voz.

— Submarino? — indagou Ivan.

— Não é um plano perigoso, é um plano para evitar perigos — argumentou Corvo.

— Mas complicado e que muita coisa pode dar errado — rebateu Aster.

— Podem explicar direito? — interveio Ivan.

Corvo então contou o que viu ao ir até a vila e o que Aster descobriu comparando o relato do livro com os mapas e como indo com um submarino era a melhor opção.

— Entendo o ponto de vista dos dois e tendo a concordar mais com Aster — disse Ivan ao terminar de ouvir. — Você vai ter que provar que esse seu submarino é seguro para eu permitir isso, garoto.

— Me dê até o início da próxima semana — respondeu Corvo —, com ele montado poderei provar naquele canal lá fora que funcionará.

Aster e Ivan concordaram, no entanto ela ainda achava o plano de Corvo complexo demais e que possivelmente algo iria falhar.

"Melhor eu preparar um plano por conta própria", pensou ela naquele momento.

CAPÍTULO 16

AS RUÍNAS FANTASMAS

Os dias foram passando e Corvo trabalhava sem parar no submarino, empolgado pelo desafio e pela aventura a sua frente, querendo ter o veículo pronto no máximo na terça-feira próxima.

— O que são essas caixas de metal? — perguntou Aster, que veio ver como ele estava.

— São parte da solução para ter ar respirável a viagem toda — respondeu ele parando um pouco de trabalhar. — Isso aí é usado normalmente nas minas em caso de emergências, o produto químico aí dentro renova o ar, também vou instalar aqueles dois cilindros de oxigênio.

— Isso deve estar saindo muito caro.

— Nem tanto, eu consegui essas latas quando explorei a Toca do Coelho pela primeira vez, os cilindros de oxigênio eu resgatei de uma oficina abandonada e parcialmente destruída.

— E como vai a construção em si? — perguntou ela, olhando para a máquina parcialmente desmontada.

— Estou terminando de instalar as bombas manuais de água, para controlar a flutuação, depois que eu pegar as peças com os Bierfass mais tarde, vou trabalhar na propulsão. Você quer mesmo ficar nos pedais?

— É o mais lógico, assim você pode se concentrar em guiar essa coisa — respondeu ela. — Aliás, como vai saber por onde ir?

— Além dos mapas, vou ver o caminho por essas janelas, a questão é que vou precisar instalar luzes e a melhor solução que consegui imaginar para isso é usar lâmpadas elétricas.

— O motor já vai ser elétrico mesmo — brincou Aster. — Mas onde vai conseguir as lâmpadas.

— Vou tentar conseguir algumas que os Punhos de Trovão estavam vendendo e tentar conseguir ajuda da doutora Ashvine, assim como espero poder contar com a sua também.

— Claro que vou ajudar, mas ela deve estar na Cidade Superior, isso torna complicado ela ajudar.

— Não é algo tão complicado de qualquer forma — disse ele. — Vou deixar as lâmpadas por último e me concentrar nos controles e na instalação de tudo relacionado a manter o ar respirável, o que inclui uma entrada de ar extensível, para ficar fora da água e um fole para bombear o ar. Quero terminar tudo até terça e amanhã não vou poder fazer muito.

— Por que não?

— Dei minha palavra a Andressa de que a levaria à apresentação da orquestra no Distrito Central, e vou aproveitar para comprar algumas coisas, vou sair cedo e só voltar no fim do dia.

— Então, vou deixar você trabalhar e voltar a me recarregar, quanto mais energia eu tiver melhor será.

— Quando eu voltar da oficina dos Bierfass, eu passo lá para conversar um pouco com você.

Aster seguiu pensativa para o gerador, tinha muito o que pensar em seu plano próprio. Passou o dia revendo mentalmente os mapas, traçando caminhos e por onde podia entrar na vila dos pescadores evitando os guardas.

"O bom é que o novo disfarce que Ivan fez sob medida não limita meus movimentos como o anterior", pensou ela. "E não vou precisar me preocupar tanto com os mercadores de informação".

Enquanto Aster decidia sobre que rota era segura, Corvo estava com Andressa, pegando as peças que encomendara e planejando o dia seguinte.

— Neste caso eu acompanho você nas compras e almoçamos juntos — propôs Andressa animada.

— Não precisa, não quero tomar seu...

— Vai ser um dia ótimo — interrompeu ela, sem dar ouvidos de tão alegre em poder passar mais tempo com ele. — Nos encontramos no mercado às oito.

— Tudo bem, às oito então. — Desistiu de argumentar, percebendo que seria apenas perda de tempo.

Ao sair da oficina, Corvo pensou em como seria bom se pudesse levar Sophia para ver um conserto como aquele.

"Se bem que provavelmente ela não se empolgaria, já deve estar acostumada a grandes concertos em lugares mais bonitos", pensou ele ao seguir caminho para o elevador. "O que é grande e luxuoso para mim, deve ser simples e comum para ela."

Coincidentemente, naquele momento, Sophia pensava em como seria bom se pudesse convidar Corvo para a festa daquele sábado. Ela estava na biblioteca, aproveitando o último dia em que não precisaria ir à atividade extra.

"Se bem que ele provavelmente recusaria", pensou ela olhando distraída pela janela. "Foi preciso ameaçarem minha vida para ele aceitar o último convite."

Ela se levantou para devolver o livro à estante, tinha perdido a vontade de ler. Lembrar que tinha de ir à festa no dia seguinte a desanimou, pois tinha certeza de que seria uma festa tediosa com um clima estranho causado pelos eventos do início da semana.

"O lado bom é que não tive problemas para conseguir o vestido novo, mesmo com a Madame Eryn ainda ausente", pensou ela, voltando para a mesa e pegando o caderno para rabiscar algumas coisas. "O lado ruim é que Klaus vai estar na festa", completou o pensamento, olhando discretamente para o amigo de Klaus que fingia ler em uma mesa afastada.

— Muito estranha essa vigilância toda — murmurou —, é como se ele tivesse descoberto que andei ouvindo a conversa dele.

Ela então parou um momento pensando nisso.

"Talvez tenha mesmo, talvez o gabinete do comandante Yaroslav seja espionado pelo ministro Gunther. A festa de amanhã pode ter um ambiente pior do que imaginei. Preferia ir com Corvo e Aster, andar pela Cidade Interior."

Enquanto Sophia lamentava ter que ir à festa, Corvo voltava para trabalhar mais em seu projeto e Aster traçava o caminho até as ruínas.

No porto da Cidade de Madeira, Marco observava curioso o que acontecia no navio sem nome, como a tripulação parecia mais alerta e mais deles passaram a vigiar o navio.

— Aconteceu alguma coisa com aquele navio? — perguntou ele para um pescador da doca.

— Parece que ontem depois da confusão com o vapor aqui nas docas houve um incêndio nele, ou foi o que pareceu com a fumaça negra que saiu dele — respondeu o pescador. — E não foi acidente, pois hoje saíram buscando informações sobre um homem mascarado.

— Sério? Alguma ideia de quem poderia ter sido?

— Com tanto mistério envolvendo aquele navio, pode ter sido desde um simples ladrão ou um mercador de informações a, até mesmo, um espião do governo.

— Imagino que a polícia já está investigando — supôs Marco.

— Não parece que falaram com a polícia. Passei o dia pescando aqui e nenhum guarda se aproximou do navio.

— Acha que não querem ninguém entrando no navio deles?

— Não querem nem que cheguem perto — respondeu o pescador.

Marco agradeceu e se afastou, aquelas informações não tinham valor direto, já que qualquer um tinha acesso, mas indicavam a ele quais informações ele deveria buscar para obter lucros.

"Quem sabe eles não estão dispostos a contratar um mercador de informações?", pensou ele, olhando sobre o ombro para o navio, enquanto o pôr do sol tingia tudo com um tom alaranjado enquanto sumia no horizonte.

A manhã seguinte veio com um céu limpo, um lindo dia de sol se desdobrava. Corvo se preparava para ir encontrar Andressa, Ivan também se preparava para sair, pretendia ir até Braddock para trocar informações, enquanto Aster avisara que passaria os próximos dois dias totalmente focada em recarregar-se para ter o máximo de energia para quando fossem até as ruínas.

— Vai ser um dia longo, mas espero que tranquilo — disse Corvo terminando de arrumar a mochila que levaria.

— Os dois só vão voltar de noite, não é? — perguntou Aster.

— Provavelmente vou voltar no meio da tarde — avisou Ivan. — Pretendo andar o mínimo possível por esses dias, os "corujas" daquele navio devem estar procurando quem invadiu e prefiro evitar problemas.

— Eu acho que vou acabar por jantar com os Bierfass — disse Corvo. — Não é certo, mas se eu demorar é porque fiquei para jantar com eles.

— De qualquer forma, só verei vocês de novo na segunda — disse Aster. — Boa sorte aos dois e não se metam em confusão — completou em tom de brincadeira, fazendo Ivan rir.

— Farei o possível, mas às vezes a confusão vem até mim — respondeu Corvo bem-humorado.

— E Tom? — perguntou Aster, recebendo um miado preguiçoso, vindo da cozinha, em resposta.

— Acho que pretende passar o dia dormindo — respondeu Ivan.

Os dois seguiram seus caminhos e Aster ficou sozinha do lado de fora da casa, acenando para eles da porta da oficina que disfarçava o gerador.

— Agora é minha vez de me preparar para ir — disse ela quando os dois cruzaram os portões nos túneis e os trancaram.

Ela entrou na oficina, pegou uma bolsa que levaria presa na cintura e verificou o conteúdo.

— A corda, duas bombas de fumaça, duas incendiárias e combustível extra para a lanterna. — Contou ela e então prendeu a bolsa com um cinto na cintura. — Mais a faca que Corvo me deu no bolso e a lanterna. Tenho tudo pronto.

Ela então deixou o gerador funcionando e partiu para os túneis da Cidade Interior, abriu o portão com uma chave extra que Corvo fizera para ela, acendeu a lanterna, que levava não só para economizar energia, mas também pelo fato de que alguém do tamanho dela vagando sozinha pelos túneis sem uma seria algo que chamaria muita atenção, e iniciou sua jornada para o Ninho dos Mil Espelhos.

"Espero voltar antes de Ivan", pensou ela ao trancar o portão. Por segurança, ela decidiu que não iria por nenhum elevador e o caminho que escolheu não era nada curto ou direto.

Andando sozinha pelos túneis escuros da Cidade Interior, Aster procurava se manter atenta a qualquer som ou luminosidade. Havia escolhido a rota por parecer a menos provável de encontrar alguém, porém sempre haveria a possibilidade de haver outros que também procuravam evitar cruzar caminho com outros.

"O silêncio nestes túneis é impressionante", pensou ela, "é possível ouvir os pingos que caem, o ruído quase inaudível do vapor nas tubulações, se eu não cuidar meus passos eles serão ouvidos de muito longe".

Após muito caminhar pelos estreitos túneis e descer por várias escadas de diferentes formas e tamanhos, ela chegou a uma área mais aberta, que Corvo havia marcado no mapa com vila fantasma. Era semelhante ao Mercado Abandonado, com o que pareciam ser casas esculpidas na rocha, de arquitetura muito bonita e bem diferente de todas as que ela já havia visto, mas, ao contrário do que Aster espera, o lugar não estava completamente vazio.

"Isto é inesperado", pensou ela ao ver o lugar repleto de fantasmas, estes eram diferentes do que vira no acervo imperial, que tinha forma bem definida e era brilhante. Estes quase não podiam ser vistos, pareciam mais névoas com forma levemente humana.

Ela se aproximou e tentou falar com eles, porém era como se não percebessem sua presença e simplesmente vagavam por entre os prédios esculpidos nas rochas.

"Quando eu tiver mais tempo voltarei aqui para investigar mais", pensou ela, percebendo então que sentia a mesma sensação estranha de quando chegou perto do sanatório abandonado, porém de forma muito mais sutil. — Definitivamente tenho que voltar e explorar este lugar.

Ela seguiu pelo que parecia uma rua central, que era relativamente larga, até onde a vila acabava, um paredão reto e liso com um pórtico que dava acesso a um poço circular, largo e escuro, sem nenhuma tubulação.

— Vejamos se é como no mapa — sussurrou ela, soltando uma pedra para testar o fundo.

Levou cerca de um segundo para ela ouvir o som da pedra atingindo a água.

— Dez metros. — Calculou ela. — Vou mesmo ter que usar a corda, mas onde posso prendê-la?

Ela voltou para a vila dos fantasmas e viu uma velha tubulação de ferro caída. Era comprida o bastante para ficar travada no pórtico e parecia resistente o bastante para suportar seu peso. Com tudo pronto ela prendeu a lanterna na cintura e começou a descer de costas, com os pés apoiados na parede do poço.

"Até agora tudo bem", pensou ela no meio do caminho. "Aquela tubulação e aquele poste que romperam com meu peso deviam estar bem fracos. Sabia que eu não era assim tão pesada."

Ela então alcançou o ponto em que o poço se conectava ao teto de um aqueduto e os últimos três metros ela teria de descer sem nenhum apoio para os pés.

— Seguindo o plano de Corvo, iríamos passar navegando por este canal — disse ela, com os pés ainda na parede do poço, segurando a corda com uma mão e erguendo a lanterna para olhar ao redor antes de terminar de descer.

— Mas o que é isso na parede?

Quando ela ergueu a lanterna e olhou ao redor, percebeu na parede do poço símbolos ou talvez uma escrita que desconhecia, talhados em baixo-relevo, tão desgastados que ela não conseguia ver direito suas formas. Ocupavam o último metro do poço em toda a sua circunferência e, no lado oposto ao que ela estava, ainda havia, acima desse anel de símbolos, o traçado de uma porta, o qual Aster acabou vendo de ponta cabeça devido à posição em que se encontrava.

— Interessante, parecem com a mensagem codificada dos pais de Corvo — disse ela ao ver alguns símbolos menos desgastados que faziam o contorno do traçado da porta —, o que me lembra que nunca perguntei se ele decifrou aquilo. Acho que ele vai gostar de saber disso, talvez até me perdoe por estar indo sozinha.

Aster então descobriu a cabeça, apagou a lanterna, guardando-a na bolsa, e terminou de descer até a água usando sua luz própria.

— Agora vem uma das partes que menos gosto neste plano — disse ela, pendurada a poucos centímetros do fluxo rápido da água. — Dois metros de água escura em rápida correnteza. Mesmo sem precisar respirar isso ainda assusta.

Ela soltou a corda e se deixou levar pela água, usando os pés contra o fundo do canal para ter alguma estabilidade enquanto era levada. Era como se ela corresse a passos largos.

"Sorte que não preciso ir contra a correnteza ou sair dele", pensou ela no meio do caminho enquanto avançava em velocidade e via canais menores que se conectavam àquele, adicionando mais água ao fluxo.

Ela seguiu dessa forma por quase uma hora, até que o canal se alargou e a velocidade diminuiu bastante, entretanto Aster não ficou feliz, pois isso significava que ela estava chegando a outro ponto do plano que não gostava.

"E Corvo queria passar por isso dentro daquele barril de metal em forma de peixe", pensou ela ao se aproximar da queda d'água. "Óbvio que ele nunca caiu de uma para pensar que não teria problemas."

Aster teria escolhido outro caminho se pudesse, pois eram grandes os riscos para ela. Qualquer outro caminho que tomasse teria que passar por guardas que exigiriam documentos que ela não tinha.

"Tenho que acertar isso ou ficarei no fundo dessa queda d'água até deixar de existir", pensou ao se aproximar da borda.

O fundo da queda d'água tinha um poço fundo antes de o canal prosseguir e, como ela não era capaz de flutuar, se afundasse ali não teria como sair. Ela se agachou o máximo que pôde ao chegar na borda e, no último instante antes de ficar sem chão, saltou o mais forte que pôde, saindo da água e assim podendo acionar a propulsão das costas, um breve instante para ganhar distância, fazendo um giro no ar e ativando uma última vez a segundos de atingir a água para desacelerar.

— Sucesso! — bradou ela sem se conter, erguendo os dois braços e dando um pulinho enquanto era levada pela correnteza, ali o canal era raso o bastante para os braços erguidos dela saírem da água.

— Espera aí. Se esse é o único caminho... como voltar depois? — Ela parou estática na pose enquanto era levada pela correnteza.

Enquanto isso, Corvo tinha terminado de almoçar com Andressa e estava conversando com ela em uma das praças do Distrito Central.

— Mas fiquei curiosa. Afinal, o que você está construindo? Um pequeno guindaste? — perguntou ela após ver tudo o que ele tinha comprado.

— Não, mas, bem, de certa forma — respondeu ele. — Vou instalar um sistema de polias num barco que estou construindo, para poder descer e subir em canais que têm quedas d'água.

— Então está construindo um barco para explorar caminhos não usuais a barcos? — Ela supôs.

— É uma boa forma de colocar — disse ele, já começando a pensar em usar o submarino em outras explorações.

— Gosto de como você é inventivo — disse ela, colocando a mão sobre a de Corvo —, mas tome cuidado para não fazer algo muito perigoso.

— Vou tomar muito cuidado, vou testar bem, antes de usar para explorar — respondeu ele sorrindo. — Mas mudando de assunto, Thomas também vai ao concerto?

— Vai encontrar a princesa dele lá — disse ela sorrindo. — Ele está todo bobo. Estou curiosa pra ver como ela é.

Quando chegou perto da hora do concerto, eles seguiram para o local, que já estava lotado. Shows assim eram raros e atraíam muitas pessoas.

— Ah! Lá está Thomas e... nossa ela realmente é linda — disse Andressa, apontando para que Corvo também os localizasse.

Eles seguiram para falar com Thomas, porém foi ouvido o som de uma tubulação rompendo em algum lugar acima deles e uma nuvem de fumaça começou a descer como uma névoa cinzenta e logo as pessoas começaram a tossir e tentar se afastar daquele lugar, gerando um grande tumulto conforme a fumaça tomava o lugar.

Enquanto isso, Aster estava quase chegando à vila dos pescadores. A correnteza, que a ajudava a avançar mais rapidamente, tinha reduzido tanto na profundidade quanto na velocidade, a ponto de ela estar andando com água pouco abaixo dos ombros. Estava com o capuz sobre a cabeça, mas mantinha o rosto descoberto, pois ainda usava a luz própria, com pouca intensidade, força o suficiente apenas para poder enxergar poucos metros à frente. Embora fosse extremamente difícil haver alguém por ali, ela preferia não arriscar.

"Quase lá", pensou ela ao chegar em um ponto em que o canal se dividia em três. "O da direita e mais novo vai para a vila, o do meio vai para o mar e o da esquerda segue para uma cano e Corvo supõe que desça para as minas profundas."

Ela então continuou a caminhar, pensando quão fundas deviam ser as tais minas profundas.

— Pelo som de rápida correnteza o cano deve descer quase na vertical — comentou olhando para trás enquanto avançava. — Não, o som de correnteza vem da frenteeee...

O canal naquele ponto descia em ângulo que devia ser de uns 60 graus, e Aster se achou muito idiota por ter avançado distraída e só notar o declive quando pisou e escorregou. Acabou descendo, rolando e girando até o ponto onde o canal voltava a ficar na horizontal.

— Que hora para descobrir que posso ficar tonta — disse ela, totalmente desnorteada e sem equilíbrio, tentando descobrir o que era para cima e o que era para baixo enquanto era carregada pela água.

Quando finalmente conseguiu ficar de pé, com apenas a cabeça acima da água, descobriu que havia enfim chegado ao lago da vila dos pescadores. Rapidamente se apagou e agachou torcendo para não ter sido notada.

"Aqui é tão bem iluminado pelos espelhos que minha fraca luz não deve chamar atenção", pensou ela ao colocar a cabeça para fora da água, com cuidado, perto da saída do aqueduto, onde era mais raso.

O aqueduto desembocava no lado norte da vila, no exato oposto da saída para o mar, dali ela não conseguia ver o casarão do chefe da vila, pois ficava por de trás do enorme pilar de rocha da ilha. Acima de sua cabeça ficavam várias passarelas e casas tanto de madeira quanto de metal, cravadas na rocha quase vertical em vários níveis e diversos tubos de metal que desciam e se uniam em uma grande tubulação que acompanhava a parede às suas costas e entrava vários metros à frente na parede à sua direita.

"Ainda bem que não lançam o esgoto neste lago", pensou ela ao ver os canos. "Agora vem a parte fácil, sigo pela margem até ali onde fica mais estreito e atravesso direto para onde deve estar a entrada submersa."

Corvo e Andressa acabaram por subir para o telhado de uma loja fechada para evitar serem arrastados pela multidão que se deslocava pela rua estreita como um rio de pessoas tentando se afastar da fumaça sufocante.

— Espero que Thomas esteja bem — disse Andressa, procurando por ele na multidão.

— Ali estou vendo ele com a namorada. — Apontou Corvo.

— Que bom, eles acharam um canto seguro — comentou ela aliviada.

— Pelo menos o pior já passou, a multidão já está diminuindo rapidamente e a fumaça dispersando — disse ele olhando com sua luneta na direção da praça onde teria sido o concerto.

— Vamos descer e nos juntar ao Thomas e à pobre garota. — Ela sugeriu ao ver a rua abaixo mais esvaziada.

— Vocês dois estão bem? — perguntou Corvo quando chegou aonde eles estavam.

— Por sorte, sim — respondeu Thomas. — Estes são a minha irmã Andressa e meu amigo Corvo — apresentou eles para a garota, que parecia ainda assustada.

— Prazer, sou Abigail — disse ela um pouco acanhada. — Desculpe, mas é que vim com dois amigos e eles devem estar muito preocupados agora — completou ela, olhando para todo o lado com uma expressão de preocupada.

— Procurá-los agora pode ser difícil — respondeu Corvo —, a fumaça embora esteja dissipando ainda está densa. Melhor você ir para casa e esperar notícias deles lá.

— Eu levo você — disse Thomas ao ver a dúvida no rosto de Abi.

Ela hesitou um pouco, mas percebeu que não tinha muitas opções e aceitou.

— Vou voltar pra nossa casa e avisar nossos pais — disse Andressa a Thomas. — Eles já devem estar se preocupando.

— Vou acompanhar você — disse Corvo para ela.

O grupo se dividiu e se afastaram do lugar, apressados pela fumaça que começava a chegar neles.

— Que hora para uma tubulação de fumaça estourar, não? — comentou Andressa quando eles estavam para chegar. — Apesar disso gostei do nosso dia juntos.

— Lamento que o dia tenha acabado assim — respondeu ele —, mas tenho que voltar logo para casa não quero preocupar meu avô.

— Que bom que estamos voltando todos bem — respondeu ela —, espero que ninguém tenha se ferido neste acidente.

— Tenho minhas dúvidas se foi acidente — respondeu ele com olhar distante. — Foi num lugar e num momento perfeitos demais para causar a confusão que causou.

— E quem ganharia alguma coisa com isso? — perguntou ela.

— Não sei. Veremos nos próximos dias o que acontece.

Aster precisava cruzar por baixo de uma pequena doca com barcos para chegar no ponto da margem em que pretendia atravessar para a ilha, mas teve que se esconder entre os pilares, pois alguns pescadores começaram a preparar os barcos para partir.

— Vamos logo com isso, a maré está baixando e se não tirarmos logo os barcos perderemos a pesca desta noite. — Aster ouviu um deles falar.

— É e o clima de hoje não podia estar melhor — disse outro. — Perder uma noite de pesca como essa seria um crime.

"O nível do lago deve variar com a maré", pensou ela, ao ouvir a conversa. "Pelo que li a variação é de dois metros. Talvez seja melhor esperar um pouco e atravessar com a profundidade reduzida."

— Que horas será que vai atingir o nível mais baixo? — Ela acabou falando perdida em pensamentos.

— Dentro de menos de uma hora, às três e meia — respondeu um homem acima dela que fazia anotações.

O homem se virou para ver que garota estava às suas costas e, quando percebeu que não havia ninguém, ficou assustado.

— Que foi? Parece que viu um fantasma — perguntou um dos homens que carregava iscas para o barco.

— Não foi nada, só pensei ter ouvido algo — respondeu ele

— Não me diga que você ouviu o fantasma do lago? — perguntou outro rindo.

— Só se fosse sereia do lago — respondeu ele baixinho e indignado. — Agora chega dessas besteiras e voltem ao trabalho, temos pouco tempo! — bradou.

— Sim senhor! — responderam os homens.

Não demorou muito para os barcos zarparem e ela poder continuar, porém ainda não tinha decidido se esperaria ou não pela maré mais baixa.

"Não vai fazer tanta diferença mesmo", pensou decidindo ir logo. "Preciso voltar antes de Ivan e ainda tenho que ver como vou voltar."

Assim ela começou a seguir para onde acreditava estar a entrada submersa e não demorou muito para encontrar problemas. O fundo que até então era de rocha, se transformou em lama mole e seus pés afundavam até o tornozelo, dificultando muito o avanço dela.

— Eu devia ter tentado descobrir como era o fundo antes — lamentou ela enquanto avançava pela água escura, o que a obrigou a iluminar o caminho. "Tomara que eu não afunde mais na lama."

Enquanto ela avançava, percebeu uma correnteza perpendicular ao seu caminho, que ia se tornando mais forte e rápida conforme avançava, tornando tudo ainda mais difícil. No ponto mais fundo, entre a margem e a ilha, ela afundava até os joelhos e lutava muito para não ser derrubada.

"Essa correnteza não pode ser apenas da vazão da maré", pensou ela se agarrando a uma rocha que subia acima da lama. "É muito forte."

Nisso ela percebeu outro problema, ela estava se movendo como um todo com mais dificuldade e se sentia estranha.

"Algo não está certo", pensou ela, parando ali e reativando algumas coisas para tentar descobrir o problema. "Vou gastar muita energia para atravessar isso."

O problema é que a água era muito fria, ela tinha entradas de ar na frente do tórax para o ar esfriar seus componentes internos soltando o ar pela exaustão em suas costas, funcionava bem mesmo com água no lugar de ar, mas aquela água era fria demais e isso começava a causar problemas.

"Isso deve ser uma corrente marítima", pensou ela aumentando com cuidado o gasto de energia para se aquecer, "deve ter alguma fenda abaixo da linha d'água atravessando toda a ilha. Tenho que sair logo disso ou vou acabar sem energia."

Ela avançou com o desespero aumentando e então percebeu algo nas águas escuras, uma forma que saía da lama, formando um caminho até a ilha.

— Finalmente sorte! — exclamou ela, indo com dificuldade até o que quer que fosse.

Ao sair da lama, percebeu que se tratava de um grande navio de madeira afundado. O pouco que podia ser visto do navio permitia perceber que era todo ornamentado, o casco era esculpido para parecer ter escamas e o mastro quebrado era ornamentado com diversas figuras.

"Deve ter sido majestoso antes de afundar", pensou ela avançando com muito mais facilidade e saindo da correnteza. "Será que é errado ficar grata por ele ter afundado aqui?"

Com um chão firme sob os pés e a correnteza fraca, ela se pôs a procurar pela entrada submersa, primeiramente indo até a margem da ilha e colocando a cabeça para fora da água, o mais discretamente que pôde, para saber onde tinha chegado, pois acreditava, e com razão, que a correnteza a tinha levado mais ao sul da ilha do que previamente tinha planejado.

"Foi muito mais difícil do que imaginei, mas agora falta pouco", pensou ela, calculando que a entrada submersa devia estar a uns dez a quinze metros à sua direita. "A esta hora Corvo deve ter assistido a mais da metade do concerto e Ivan deve já estar chegando em casa. Espero que não descubram que não estou lá. Deixei uma mensagem no gerador para não se preocuparem, mas ainda prefiro que não descubram."

Nisso, Corvo não só já tinha descoberto como já descia por um dos elevadores, furioso e preocupado com ela, rumo à vila dos pescadores para tentar encontrá-la.

"Não acredito que ela foi sozinha", pensava ele impaciente. "Agora vou ter que improvisar um jeito de chegar na ilha sem ser visto, invadir o casarão sem ser notado e encontrar uma passagem secreta que ninguém encontrou ou mergulhar no lago gelado."

Ele saiu tão apressado atrás de Aster que acabou indo sem mochila nenhuma, só trocou de roupa pegou as adagas e os Chakrams.

Passou pelos mesmos guardas da última vez, que nem se incomodaram em ver os documentos, só perguntaram o que ele veio fazer.

— Desta vez não vou comprar peixes, só conversar com amigos — respondeu bem-humorado.

— Pode ir e não cause confusão — respondeu o guarda entediado.

— Não se preocupe. Não quero problemas — respondeu ele se afastando.

Em instantes já estava se esgueirando em um telhado sem ser notado, procurando com a luneta qualquer sinal de Aster, mas nada viu de relevante.

— Ela pode já estar lá ou ainda nem chegou, a única forma de talvez encontrá-la é entrando nas ruínas — ponderava ele voltando a atenção para o casarão.

Olhou então para o cabo que atravessava o lago para a ilha pelo lado oeste. Era um cabo por onde um cesto de madeira podia ser conduzido levando suprimentos para a ilha. O cesto era uma caixa de madeira grande o bastante para ele se esconder, que se pendurava no cabo por duas roldanas. Havia descartado essa opção logo de cara, pois na cesta não caberia ele e Aster e exigiria quase causar um caos na vila como distração.

"Vou precisar criar uma boa distração, não só para entrar na cesta como também para cruzar o lago e descer na ilha", pensou ele procurando opções com a luneta. "Este lugar é tão bem iluminado por esses espelhos que dificulta qualquer plano."

Voltou a sua atenção para o sistema de espelhos que iluminava todo o lugar.

— Lamento, mas terei que arruinar o dia de muita gente — murmurou ele, começando a se mover pelos telhados em direção ao espelho principal, que ficava em uma abertura logo acima da conexão da caverna com o mar, era um enorme espelho parabólico feito de metal polido e recebia luz diretamente do sol, usando um mecanismo de relógio para manter-se sempre alinhado da melhor forma e direcionava a luz concentrada para um conjunto de espelhos que distribuía a luz por toda a caverna.

Ele chegou o mais próximo que pôde e, como as engrenagens do mecanismo do espelho eram expostas, conseguiu analisá-las com cuidado e então olhou de volta para a vila com a luneta.

— Vai ter que ser o meu melhor arremesso de Chakram — disse ele sacando os três que tinha. — E tenho poucas chances.

Lançou o primeiro tendo como alvo uma correia de borracha, conseguindo atingir, mas não a cortar totalmente.

"Tudo bem, é o bastante, não vai durar muito", pensou ele preparando o segundo, com alvo num conjunto de engrenagens para que o Chakram ficasse preso entre elas travando o sistema.

Arremessou o segundo, mas errou o alvo e o Chakram ricocheteou para cima se pendendo entre outras engrenagens, estas bem menores do que as que ele pretendia travar.

— Droga isso não é bom — disse ele saindo dali em direção ao cabo.

O espelho primeiro ficou travado e então as engrenagens travadas praticamente estouraram com a pressão e lentamente o espelho começou a direcionar a luz concentrada do sol para baixo, focando no telhado de madeira de um armazém da doca, que logo começou a soltar fumaça, e, pouco antes da correia de borracha arrebentar e o espelho girar rapidamente cortando a luz e escurecendo toda a caverna, um pequeno foco de incêndio começou, se destacando na escuridão e logo os gritos de incêndio e sinos eram ouvidos por toda a vila.

"Droga, espero que consigam apagar logo", pensou ele correndo apressado, pois queria aproveitar a escuridão e logo os postes seriam acesos.

"Estranho, as luzes dos postes já deviam estar acesas", pensou ele quando chegou no casebre que guardava a cesta. "Que bom, já estão conseguindo apagar o fogo, não queria causar tantos estragos."

Ele destrancou a porta, pulou no cesto e soltou a trava, fazendo-o começar a se mover, já que o cabo ali começava em uma maior altura e descia em um ângulo de uns vinte graus até a doca da ilha. Corvo ficou feliz do cesto se mover rápido e ele não precisar fazer nada. Conseguiu atravessar no escuro até a ilha e, antes de sair do cesto, com a luneta, verificou os postos de vigilância, descobrindo que os que não estavam vazios, os guardas estavam distraídos com o incêndio.

— Luz só das lanternas que as pessoas carregam e da abertura para o mar — sussurrou —, o que terá acontecido com os postes? Não é assim tão incomum eles serem acesos durante o dia.

Mal ele saiu do cesto e pode ver os postes começarem a acender, mas apenas na parte oeste da vila, lado oposto ao incêndio e com o lago entre as partes.

"Claro, cortaram o gás por causa do incêndio", pensou ele se esgueirando pelas sombras e entre rochas até o casarão.

"Bom, agora só tenho que ficar atento aos guardas que ficam aqui dentro", pensou ao destrancar uma porta e entrar.

O lugar estava escuro e vazio, ele podia ouvir os guardas falando no andar superior, mas não conseguia entender o que falavam. Com passos tão silenciosos como os de um gato, ele seguiu para a parte do casarão em que era mais provável estar a passagem para as ruínas. Uma sala enorme que usava o grande pilar de rocha como uma das paredes.

"É bonito mesmo vazio", pensou ele admirando o lugar. *Agora é questão de sorte.* "O que fizeram com a entrada para as ruínas, esconderam ou bloquearam definitivamente?"

Verificou a lareira, as escadarias, o piso e qualquer lugar que pudesse esconder uma passagem secreta, mas não encontrou nada.

— Espera, estou sendo burro, eu devia estar olhando no porão.

Ele logo encontrou as escadas que levavam para o porão, este com piso e paredes de blocos de rocha, porém ele notou que a parte do porão que ficava logo abaixo da enorme sala tinha dois tipos diferentes de cantaria.

— Parece que usaram parte das ruínas na fundação — sussurrou ao se aproximar. — Mas se foi isso, o que aconteceu com entrada?

Corvo repassou na mente o relato detalhado do livro e começou a imaginar ali como era e onde estaria a entrada. Notou então que na direção do grande pilar, ao contrário da sala acima, havia uma parede de cantaria e no chão, em uma pequena alcova no meio da parede, com o que parecia um dreno para água no chão. Uma grade quadrada grande o bastante para um homem adulto passar. Corvo sorriu e foi até a grade.

— Ora, vejam só, um caminho para o lago — sussurrou ao erguer a grade e descer. — Para o sul, um longo caminho reto que um homem pode seguir curvado. — Analisou iluminando o caminho com sua quase lanterna élfica. — Para o norte uma pequena alcova de meio metro quadrado, aparentemente sem função.

Ele precisou se deitar no chão para verificar a alcova. Logo notou que o teto reto da alcova era feito de uma única pedra e testou para ver se se movia e, após uma pequena resistência inicial, a pedra subiu como se não tivesse peso.

"Engenhoso", pensou ao ver o sistema de contrapeso preso à rocha, ao verificar com seu pequeno espelho e lanterna o que havia além. — E perigoso — completou ao ver uma armadilha que seria acionada se a pedra fosse erguida demais.

Corvo desarmou a armadilha cortando com cuidado o fino fio de pesca que estava preso à pedra e entrou neste lugar secreto atento para outras armadilhas.

— Então erguer sem cuidado teria disparado uma besta e acionado um alarme — analisou olhando ao redor. — Isto é novo, droga, Rondel deve usar este lugar.

Onde Corvo estava era um espaço relativamente pequeno, praticamente um pequeno átrio para ima larga escada de pedra que descia em espiral. Corvo manteve as adagas nas mãos e desceu com cuidado e o máximo de silêncio que pôde.

Aster, por sua vez, havia descoberto que a entrada submersa estava parcialmente enterrada na lama, acabando por ter de se arrastar na lama para conseguir entrar.

"Sorte que não tinha nada além da lama", pensou ela quando chegou ao fim do corredor, que, como descrito no livro, subia, mas, ao contrário do que ela imaginou, não era o bastante para ir acima da linha d'água.

Ela caminhou pelo corredor acreditando que estaria tudo inundado dentro das ruínas, no entanto se deparou com um conjunto de portas no fim do corredor, o primeiro par estava aberto e o segundo estava fechado. Eram portas grossas de metal e o primeiro par era bem diferente do segundo e ao olhar mais de perto ela deduziu que eram feitas para impedir a água de passar.

— As portas fechadas devem ser originais e essas devem ter sido colocadas aqui pelo cientista que me tirou daqui. — Deduziu se aproximando das portas fechadas. — Vejamos se o sistema vai funcionar como imagino.

Ela fechou o primeiro par de portas e descobriu que na parte detrás delas havia escoras para travá-las no lugar com a ajuda do chão, além de uma grossa barra retangular de metal que girando descia para travá-las fechadas.

— Não tem como remover a água, então toda vez que alguém usa este caminho mais água entra.

Ela então se concentrou em abrir o segundo par de portas e se deu conta de que elas não tinham nada parecido com maçanetas.

— Isso pode ser um problema. Como eu abro isso?

Corvo não teve problemas com portas, mas a possibilidade de encontrar um dos Punhos de Trovão o fez ir devagar. Quando terminou de descer a escadaria, se deparou com um longo e largo corredor ladeado por diversas salas, todas com portas novas.

"Definitivamente este é um ninho dos Punhos", pensou ele, segundos antes de ouvir o som de passos apressados à frente.

Ele se encolheu na reentrância de uma das portas do escuro corredor e observou uma claridade surgir no fim do corredor e um homem sair de uma passagem à direita e abrir uma porta à esquerda, permitindo a Corvo ouvir o som de conversas no recinto que o homem entrou. O homem parecia nervoso ao atravessar o corredor e entrar por aquela porta e Corvo se aproximou sorrateiramente e o mais rápido que pôde e passou a ouvir a conversa do outro lado da porta.

— Chefe, seu armazém está pegando fogo!

— Como assim? O que aconteceu? Já estão tentando apagar? — Corvo reconheceu essa como a voz de Rondel, o que confirmou ao olhar pela fechadura.

Rondel estava bem mais magro e usava um punho de bronze polido no lugar da mão decepada.

— Houve algum acidente com o grande espelho, ele direcionou a luz concentrada para o telhado que pegou fogo. Já estão tentando apagar, mas precisaram entrar.

— Mas que droga! — berrou Rondel. — De tudo que podia acontecer... logo agora que estamos quase prontos para ressurgir e liderar a revolução.

"Ora essa, então botei fogo nas coisas do Rondel?", pensou Corvo com um sorriso no rosto. "Isso me deixa com a consciência um pouco mais leve."

— Não vai fazer nada, Chefe? — questionou o homem que veio avisar.

— O que podemos fazer, Bernard? Apesar do apoio que temos da população, se algum de nós aparecer será preso. Agora só podemos torcer para não encontrarem as coisas. Vamos ter que esperar tudo acabar e de madrugada ir ver o que aconteceu.

— O ideal teria sido colocar tudo aqui, mas já está tudo lotado — disse uma outra voz.

— Eu devia ter mandado construírem mais um andar para baixo, — lamentou Rondel — mas quando... quando descobri esse lugar achei tão grande. Nunca imaginei que teria que guardar tudo aqui.

— Senhor, se não se importar, preciso retornar lá pra cima antes notem minha ausência — disse Bernard, parecendo impaciente.

— Sim, mas volte assim que tiver mais notícias sobre o armazém — respondeu Rondel.

Corvo se afastou e acompanhou das sombras o homem voltar por onde veio.

"Então há outro caminho", pensou ele ao ver o homem seguir por um longo corredor e que descia em leve declive. "Devem ter escavado isso depois que descobriram esse lugar, a julgar o material usado."

Ele então pensou em voltar para ouvir mais da conversa de Rondel, mas precisava encontrar logo Aster.

"Parece que Rondel e seus homens não sabem nada sobre outros andares além deste." Corvo parou um momento pensando no que faria. "O casarão foi construído quase duas décadas antes da queda do império, ou seja, bem antes do tal cientista aparecer com os robôs. A pergunta é quem encontrou primeiro este lugar."

Corvo supôs que o mais provável era que os construtores descobriram primeiro, transformando aquele primeiro andar em um espaço secreto, algo que apenas o chefe da vila poderia ficar sabendo e quando o cientista encontrou as ruínas escondeu o acesso ao resto delas.

— Agora onde ficaria esse acesso escondido? — sussurrou ele começando a repassar na mente o que havia no livro. "Wilbert, ao fugir do que ele afirmou ser um monstro, se perdeu do caminho do qual veio, subindo por uma escada reta e se deparando com um corredor longo que seguia tanto para a direita quanto para a esquerda. Em desespero de medo e sem saber para onde ir tentou pela esquerda e encontrou uma escada em espiral que o levou para a superfície. "

Corvo então deduziu que Wilbert teria saído mais ou menos no meio do corredor.

— Se as escadas em espiral estavam à esquerda dele, é possível que seja esta porta. — Deduziu ele de frente para uma porta no meio do corredor.

Olhou pelo buraco da fechadura, mas estava escuro, decidindo abrir a porta com cuidado e, iluminando com sua quase lanterna élfica, usar o espelho para ver o que havia lá. Era uma pequena despensa, cheia de comida em lata e potes de conserva.

"Espero que o caminho não tenha sido bloqueado definitivamente", pensou ele analisando as paredes. "Não quero ter de mergulhar no lago."

Tirando os potes para ver melhor a parede por trás deles, ele acabou derrubando um deles, que quebrou. Imediatamente ele parou no lugar, temendo que tivesse sido ouvido. Passou um minuto imóvel, atento a qualquer ruído que denunciasse que alguém estava vindo ver o que havia acontecido, mas só ouviu um leve som de gotas pingando.

— Ufa! — suspirou aliviado. — As portas abafaram bem o som.

Então ele olhou ao redor e para o pote quebrado no chão.

— E como ouvi som de pingos? — murmurou olhando para o chão.

Havia uma grande placa de pedra em forma retangular no centro da pequena despensa e o pote havia se espatifado justo sobre um de seus cantos. Corvo pegou outro pote e derramou um pouco mais no lugar e tentou ouvir.

— Isso! — comemorou ele, quase não contendo a voz. — Tem um espaço vazio aqui embaixo.

Corvo teve certa dificuldade em erguer a pedra, não tanto pelo peso, pois era relativamente fina, mas pelo espaço apertado. Não queria abrir a porta da pequena dispensa e correr o risco de ser visto.

— Ótimo! — sussurrou empolgado. — São as escadas!

Mal a pedra voltou para o lugar, após Corvo descer, a porta da despensa foi aberta por um dos homens de Rondel que fora pegar algumas latas.

— Mas que houve aqui? — surpreendeu-se ao iluminar o lugar e encontrar um pote parecendo ter sido aberto, outro quebrado no chão e uma estranha pegada pela metade.

Aster havia perdido um bom tempo olhando para o par de portas. Eram bonitas, com formas retas e intrincadas, com relevos e reentrâncias, mas só quando começou a testar se algo se movia que descobriu o mecanismo de abertura delas escondido nas reentrâncias, bem onde seria lógico ter maçanetas ou algo do tipo. Porém, ao acionar, as portas se abriram de uma vez e ela foi puxada juntamente com a água.

— É, não está inundada — disse sentada no chão.

Ela então se levantou e acendeu a lanterna, iluminando o amplo salão cheio de colunas a sua frente. Olhou para as portas, percebendo que, quando abertas, alinhavam-se de tal forma com as paredes, que ficavam parecendo apenas uma parte adornada delas.

— Bom, agora só falta achar o reator e descobrir a melhor forma de voltar — sussurrou ela, começando a andar na direção do centro daquele grande salão cheio de colunas.

Tal qual era descrito no livro por Wilbert, o lugar parecia um templo antigo que foi palco de alguma batalha que foi capaz de criar algumas crateras no chão, nos pilares e nas paredes. Embora danificado, Aster ainda achava o lugar bonito, com o piso formando desenhos, os pilares trabalhados, os bancos de pedra esculpidos com intrincadas filigranas.

"Este lugar devia ser magnífico quando intacto e bem iluminado", pensou ela avançando para o que parecia um enorme balcão esculpido em uma única pedra, com uma parede por trás que continha um mosaico quase todo destruído.

— Que intrigantes alguns dos símbolos desta escrita, é definitivamente a mesma que os pais de Corvo anotaram naqueles livros. — Surpreendeu-se ao vê-los logo abaixo do mosaico, quando passou pelo balcão. — Eles devem ter encontrado isso em algum outro lugar da Cidade Interior e anotaram para tentar decifrar.

Ela então encontrou o que procurava ali, as escadas descritas no livro e que levariam ao local onde Wilbert IV disse ter visto artefatos estranhos de metal e cristal e a criatura que o fez fugir.

Ao descer pelas largas escadas em espiral, ela chegou a uma sala vazia, mas que batia com a descrição do livro, com a única diferença de estar vazia. Fora ali que Wilbert IV encontrou a criatura e fugiu. Havia também um pórtico na parede oposta à escada, pelo qual ela notou um estranho brilho e resolveu apagar a lanterna, percebendo assim que o brilho não era sutil.

— De tudo o que eu esperava ver ao descer estas escadas, isso eu não esperava — disse ela atônita ao atravessar o pórtico.

Aster se deparou com uma pequena cidade em ruínas, não tão grande quanto o distrito central da Cidade Interior, mas tinha mais que o dobro do tamanho da vila dos pescadores acima, com diversas estruturas de pedra em ruínas, muito semelhantes em arquitetura ao que ela viu na vila fantasma. Era dividida no meio por um desfiladeiro fundo, alinhada com o pórtico, com quatro canais com água fluindo para ele, dois de cada lado alinhados e em paralelo, formando quatro quedas d'água. No entanto, o que realmente deixou ela pasma foram as luzes que iluminavam parte das ruínas, alguns postes ainda com lâmpadas funcionando e um tipo de musgo brilhante semelhante ao que Corvo usava, mas com um brilho mais forte.

— Isso vai demorar bem mais do que eu imaginei.

Ela desceu um pequeno lance de escadas e andou até onde começava o desfiladeiro e olhou para baixo e não conseguiu ver o fundo. O desfiladeiro era retangular e devia ter cinquenta metros de largura e seguia de onde ela estava até a parede rochosa do outro lado daquela cidade em ruínas e tinha seis pontes largas ligando os dois lados da cidade, mas quatro delas estavam destruídas. O lugar em que ela estava parecia ter sido um mirante, era uma plataforma um pouco mais elevada que a cidade e havia escadas que levavam para cada lado das ruínas.

— Vai levar dias — disse ela, puxando o capuz da cabeça —, talvez meses para achar o reator, acho que só vou verificar os postes acesos, talvez tenha uma forma de eu me recarregar antes de voltar...

Ela então sentiu algo estranho e uma mensagem de alerta surgiu no seu campo de visão, alertando que estavam tentando invadir a mente dela e as defesas automáticas estavam sendo ativadas.

— Mas o quê? — surpreendeu-se com o aviso, e então direcionou o olhar para de onde sentia vir o ataque, vendo então uma figura que parecia uma pilha de sucata cheia de fios em forma humanoide e que tinha quase o dobro da altura de Aster. Com olhos brancos brilhantes e mãos que eram pinças improvisadas

— Calma! Eu só queria saber como... poder... comunicar com você — disse a figura, com uma voz masculina que parecia uma gravação de má qualidade de uma vitrola, cheia de ruído, estática e estalos, e então o alerta na visão de Aster sumiu. — Achei que era um odioso humano... Que bom ver... ver que era um como eu.

— Quem é você? — perguntou ela se aproximando com cuidado.

— Guardião... disto... é tudo que sei... e você, quem é, que faz neste... lugar?

— Sou Aster, vim procurar um reator, uma fonte energia para mim, mas o que aconteceu com você, por que está assim?

— Venha... vou... mostrar onde tem um... reator e no caminho conto... é bom não estar sozinho. Eu ajudo você... você me ajuda a ser... completo de novo.

— Claro que ajudo — respondeu ela seguindo o robô, que andava com uma boa velocidade apesar de mancar. — A propósito, você tem nome?

— Sou guardião... pode me chamar assim...

— Que lugar é esse, Guardião? — perguntou ela, enquanto andavam pelas ruas.

— Não sei, perdi... muito do que sabia. — Ele apontou para a própria cabeça, para mostrar um espaço vazio. — Só sei que devo guardar... não lembro mais do que fragmentos. Um dia acordei... numa mesa... um homem me desmontava... fugi quando pude.

"O cientista", pensou ela.

— Escondido fiquei... observando ele... levar o que queria... e nunca mais voltar... foi difícil me consertar... sem mãos ou pernas... com o pouco que ficou.

— Eu vou ajudar você, tenho amigos que também podem ajudar — disse ela com compaixão.

— Outros... como nós? — perguntou o robô, mostrando certa animação.

— Não, eles são pessoas, boas pessoas.

— Hu-manos? — O robô parou e encarou Aster. — Não... humanos... eles inimigos.

— Não os meus amigos, eles me ajudaram. Pode confiar neles.

— Eles vieram com... você?

— Queriam, mas isso era algo apenas para mim e envolvia riscos, por isso decidi vir sozinha.

— Entendo.

O robô guiou Aster pelas ruas cheias de escombros, passando por pequenas pontes que cruzavam os canais, e, embora houvesse bastante luminosidade, ela manteve a lanterna acesa na mão. Enquanto seguiam, o "Guardião" fazia perguntas para ela sobre o mundo acima, ela respondia o que sabia, ela também fazia perguntas, mas o pobre robô pouco lembrava ou sabia.

— Aqui tem um reator... que você pode pegar. — Apontou ele para uma construção larga, cujo teto não existia mais e parte do chão havia cedido formando uma rampa para o andar inferior. — E então você me ajuda.

— Sim, ajudo — respondeu ela em tom alegre. — E obrigada por me trazer até aqui.

— Sabe que lugar era esse? — perguntou Aster ao ver a beleza do que restara do andar térreo.

— Não... sei... mas guardavam coisas importantes aqui — respondeu ele, guiando ela para o andar inferior pelo piso caído.

Os dois ainda desceram mais dois andares, todos vazios, até que no último revelou-se um cofre com uma enorme e grossa porta circular de metal caída de lado.

— O homem... que me desmontou... levou quase todos — apontou para a parede monolítica da mesma rocha negra predominante na ilha, onde havia nove nichos cilíndricos igualmente distanciados dentro de um círculo metálico —, exceto um... não sei por que ele deixou esse e nunca... voltou.

— Creio que deixou para pegar depois e não pode retornar — disse ela se aproximando da parede e pegando o reator, que era muito parecido com o desenho que Ashvine encontrou, mas com algumas diferenças. — Agora não vou precisar me preocupar mais com energia, não é?

— Esse... reator ainda precisa ser ativado... está morto no momento, sem energia.

— Como assim? Como eu ativo ele?

— Não aqui... em outro prédio... o único que não foi saqueado pelo homem que me desmontou.

— Ele não encontrou esse prédio? — perguntou ela, segurando o reator como se fosse a coisa mais valiosa do mundo e recebeu como resposta um aceno negativo de cabeça do robô.

— Ele usou para ativar os outros oito... — respondeu ele — e também usava o... não sei mais como chamar aquilo... usou uma máquina para obter informações.

— Isso é bom, além de ativar o reator, ainda posso obter informações, pode me levar lá?

— Sim, venha... quanto antes você estiver completa, antes eu ficarei completo e poderei...

— Poderá o quê? — perguntou ela quando ele ficou em silêncio.

— Nada... ainda... complicado... falar sua língua.

— Pode depois me ensinar a sua língua original? — perguntou ela seguindo ele para cima.

— Não posso. Programado fui para não... poder.

— Programado? O que quer dizer isso?

— Ordens... que não podem ser desobedecidas.

O robô conduziu Aster para o outro lado da cidade em ruínas, cruzando uma das longas pontes sobre o desfiladeiro. Aster notou que as paredes do desfiladeiro possuíam passarelas e aberturas, denunciando que aquela cidade em ruínas se expandia muito para baixo.

— O que será que acontece com toda a água que jorra para esse abismo? — questionou ela, mais para expressar sua curiosidade do que para obter uma resposta. — Deve fazer séculos que tem esse fluxo grande, este lugar já estaria debaixo d'água se ela não fosse para algum lugar.

— Vai para... o rio... sagrado — respondeu o guardião. — Dois... quilômetros abaixo... rio cavernoso... não sei mais, porque sagrado... sei que é importante, mas... não por quê.

— Um rio dois quilômetros abaixo? — surpreendeu-se Aster. — Acho que qualquer coisa que cair ali nunca mais será visto.

— É ali. — Apontou o robô, assim que cruzaram a ponte.

Era um o que parecia um palácio parcialmente destruído, ficava no fim do desfiladeiro, colado na parede que subia reta até o teto abobadado daquela gigantesca caverna, e se projetava em parte sobre o desfiladeiro. Aster ficou maravilhada, pois, embora fossem ruínas, a estrutura que restava era linda.

O guardião guiou Aster pelas escadarias largas e ladeadas por colunas quebradas que levavam para o que deve ter sido um grande salão e depois por mais um curto lance de escadas para um segundo nível.

— Gostaria de ter visto isto como era antes — comentou ela olhando para cima e imaginando como teria sido o teto que não existia mais, se haveria andares acima, que tipo de decorações poderiam ter existido.

Aster então notou diversas carcaças de máquinas estranhas desmontadas ou destruídas, jogadas perto das paredes e algumas que ainda pareciam inteiras, mas ela nem conseguia imaginar para o quê serviriam.

— É ali. — Apontou o robô para um canto onde havia algumas máquinas estranhas. — Mas infelizmente a máquina onde... podia... obter informações foi destruída.

Aster então viu que parte das ruínas haviam desabado e esmagado parte das máquinas, ficando preocupada.

— Será que afetou a parte que ativa o reator? — Ela colocou a lanterna no chão e se aproximou da máquina.

— Não... essa parece estar inteira. — Analisou o robô ao se aproximar da máquina.

Seguindo as instruções do Guardião, Aster encaixou o reator na máquina e apertou uma série de botões e, por fim, puxou uma alavanca, e em uma tela da máquina apareceu uma mensagem que Aster perguntou o que significava.

— Está avisando que está iniciando e para não remover o reator — respondeu o guardião.

— Quanto tempo vai demorar? — perguntou ela ao ver partes do reator, que pareciam de vidro, começarem a emitir uma luz azulada fraca, mas que aos poucos ia ficando mais forte.

— Alguns... minutos... agora você me ajuda — disse ele remexendo em uma pilha de coisas.

— Me diga como posso ajudar — disse ela prontamente, não queria ficar muito tempo ali e preocupar Corvo e Ivan, mas não tinha como se recusar naquela situação.

— Não será necessário, com isso vou conectar minha mente à sua — disse ele segurando um tipo de cabo. — Assim posso modificar sua programação para... me ajudar.

— Um momento! — disse ela dando um passo para trás. — Você quer mexer na minha mente?

— Nós não podemos remover nossas próprias programações, mas você pode remover as minhas e eu as suas, poderei ensinar... a língua como você quer.

— Eu não tenho programações, não tenho ordens que não posso descumprir — disse ela dando mais um passo para trás quando ele deu um passo para frente.

— Você foi programada para não perceber, foi programada para gostar de humanos, para servir a eles, depois que me ajudar a ficar completo... isso será um problema.

Aster parou um momento, pensando se o que ela sentia por Corvo, Sophia e os outros era algo falso, uma obrigação escondida em sua mente. O Guardião aproveitou a distração dela para chegar bem perto.

— Deixe-me conectar... isso à sua nuca, assim você poderá me ajudar, abra a nuca.

Aster olhou para cima, para os olhos brancos do Guardião e deu passo para trás, mas o robô agarrou o braço dela com uma das pinças.

— Não vou deixar que mexa com minha cabeça — respondeu ela com firmeza. — Se quer minha ajuda, não será assim! Me solte!

— Não vai conseguir me reconstruir se eu não fizer isso — respondeu ele. — E neste caso farei você ser útil de outra forma, não permitirei que uma serva de humanos leve nada deste lugar para eles. Sou Guardião deste lugar e determinei que todos os humanos são inimigos deste lugar.

— E o que fará depois de reconstruído? — questionou ela, tentando ganhar tempo para analisar como se soltar dele. — Continuará a guardar este lugar vazio? Pra quê?

— Sim. Para cumprir minha função.

— Você não quer fazer outra coisa, conhecer outros lugares?

— Para que conhecer outros lugares, só preciso guardar este.

— Ficar preso aqui não faz você infeliz? — questionou ela, usando o braço livre para pegar a faca no bolso. — Solitário? Não ficou feliz ao encontrar alguém com quem conversar?

— Sentimentos? — questionou o robô, realmente intrigado. — Então é isso. Parece que programaram você para simular e acreditar tê-los, resolverei esse problema também.

— Você não disse que era bom não estar sozinho? Você também tem sentimentos.

— É útil ter mais um para auxiliar em minha função, isso não tem relação com sentimentos. Sentimentos atrapalham, não vê? Se você não os emulasse, não teríamos perdido tanto tempo.

O Guardião então tentou invadir a mente de Aster novamente com muito mais intensidade e agressividade, mas foi inútil, ela já tinha fortalecido as defesas.

— Não vai entrar na minha mente — disse ela em tom altivo —, de nenhuma forma, meus sentimentos são reais e não vou deixar um monte de lixo estragar minha mente. Diferente de você, eu tenho coração e me orgulho disso.

Ela então acertou uma estocada com a faca na junta do cotovelo e girou, quebrando a faca.

— Fui construído para batalhas, pare de reagir, isso só me fará perder tempo — disse ele largando o cabo e agarrando o pescoço dela, erguendo-a e, ainda prendendo o braço dela, forçando para tentar arrancar a cabeça dela.

— Pode ter sido, mas suas atuais mãos não — respondeu ela, usando as pernas para se apoiar nele e em um forte empurrão se soltou, apenas rasgando parte da manga do disfarce, teria arrebentado as pinças dele se ele não a tivesse soltado.

— Cometi um erro — disse o robô, dando alguns passos para trás —, você é uma ameaça, vou destruir você e pegar as peças de que preciso.

Ele pegou uma haste de metal da pilha de sucata às suas cotas e arremessou contra o reator, fazendo Aster saltar para interceptar a barra. Ela conseguiu desviar o bastante para que o reator não fosse atingido, mas não para evitar que a máquina de ativação fosse. O guardião aproveitou para acertar Aster com um pedaço enorme de alguma máquina desmontada, arremessando ela longe, escadas abaixo e rasgando parte do disfarce dela.

— Suas peças terão mais utilidade para mim que para uma serva de humanos — disse ele avançando rapidamente contra ela, que estava caída zonza com o impacto, com a intenção de esmagar a cabeça dela com o pesado pedaço de máquina.

Porém, parou quando um Chakram o atingiu na lateral do tronco, cortando alguns fios e fazendo um líquido azul claro brilhante escorrer.

Ele se virou para ver de onde havia vindo aquilo e foi atingido por Corvo nas costas. As adagas cortaram mais alguns fios.

— Nenhum monte se sucata vai atacar minha amiga e ficar inteiro — disse Corvo se esquivando quando o robô se virou e tentou acertá-lo.

Aster, vendo aquilo e já de pé, lançou contra o guardião um dos frascos incendiários, atingindo-lhe no ombro esquerdo, obrigando-o a largar a pesada peça de máquina e começar a se debater tentando apagar o fogo.

— O que está fazendo aqui? — questionou, juntando-se a Corvo longe do guardião. — Como me achou?

— Vim atrás de uma amiga que me enganou e se meteu em problemas — respondeu ele em tom sarcástico. — Aqui é cheio de luzes, mas apenas uma é amarela. — Ele apontou para a lanterna.

— Eu não queria que você se arriscasse por mim — argumentou ela em tom preocupado.

— Acostume-se, bons amigos agem pelo bem dos amigos — respondeu ele. — Você é uma boa amiga por não querer que eu corra perigos por você e eu sou um bom amigo que vai correr perigos com você, quando for pelo seu bem. Agora vamos acabar com aquele monte de sucata para podermos conversar. — O guardião conseguiu apagar o fogo e já avançava com outro pedaço de sucata, porém se movia mais lentamente. — Alguma ideia de como?

— Debaixo daquela placa de metal no peito dele tem um reator, — respondeu ela enquanto tentavam manter a distância entre eles e o robô — se acertamos deve ser bem ruim para ele.

— O que dos meus frascos você ainda tem?

— Um incendiário, dois de fumaça e combustível para a lanterna.

— Jogue o de fumaça nele e me dê o combustível, vamos tostar essa sucata.

O guardião ouviu tudo e se preparou em silêncio, sabia que estava em desvantagem naquela luta e assim parou de simplesmente ir para cima atacando. Quando Aster lançou o frasco, rebateu-o com o pedaço de sucata e pulou para trás para não ficar envolvido na fumaça, no entanto isso não impediu Corvo de cobrir-lhe metade do corpo com combustível.

— Agora, Aster! — gritou Corvo se afastando.

O robô, porém, arremessou o pedaço de sucata que usava como arma, interceptando o frasco incendiário e avançando contra Corvo através da fumaça com suas pinças.

— Surpresa, monte de sucata — disse Corvo arremessando a lanterna acesa contra ele.

O guardião explodiu em chamas, no entanto Corvo teve que ser ágil e rápido, pois o robô mesmo em chamas não parou de tentar agarrá-lo, obrigando-o até a subir uma pilha de escombros. Aster correu para ajudar e acertou um chute que derrubou o robô longe e se preparou para lutar, mas o robô não se mexeu mais.

— Parece que agora ac... — dizia Corvo, quando foi atingido no peito por uma seta de besta, caído para trás da pilha de escombros.

— Corvo! — gritou Aster, segundos antes de ser também atingida e derrubada por quatro setas.

— Viram só como foi fácil! Foi só esperar o momento certo — disse Rondel se aproximando com seus homens, ele usava uma lâmina no lugar do punho de bronze. — Quem diria que seguindo um rato que atacou nossa despensa encontraríamos tudo isso, as ruínas fantasmas, até com o monstro que botou Wilbert IV para correr. Bem debaixo dos nossos pés esse tempo todo. — Ele se virou para os seus homens e abriu os braços com um grande sorriso. — Que tesouros encontraremos aqui?

— Tudo o que vão encontrar será a morte! — disse Aster se erguendo, com fúria nos olhos, as setas rasgaram o disfarce, mas nem arranharam sua armadura.

Ela olhou por um instante com tristeza para onde Corvo estava caído, torcendo para que ele se levantasse, mas ele não levantou.

— Parece que a jovem moça tem mesmo uma boa armadura por baixo desses trapos — disse Rondel sem se abalar. — Cuidem dela enquanto arranco a cabeça daquele garoto, tenho quase certeza que foi ele que arrancou minha mão.

Os quinze homens de Rondel avançaram para cercar Aster e ela não mostrou nenhuma piedade, acertando um soco com toda a força no primeiro à sua frente, fazendo-o voar para trás e se arrebentar contra uma coluna de pedra. Ela nunca estivera tão furiosa, tão triste, tão revoltada, sua única vontade era aniquilar todos aqueles homens.

— Ela é um monstro também! — gritou um dos homens que tentou correr, enquanto Aster fazia os que tinham as bestas voarem longe com chutes.

— Não sou monstro — disse ela controlando a raiva. — Quem mata por ganância como vocês é que é monstro. Rendam-se e deixarei que vivam.

— Usem as cordas! Amarrem ela! Usem o fato de serem muitos e ela só uma! — berrou Rondel, indo até onde Corvo estava, mas foi recebido com um soco que lhe quebrou o nariz.

— Não vai ser tão fácil assim — disse Corvo. — Também uso uma boa armadura.

"Sorte que troquei as placas pelas de Mithril outro dia", pensou ele passando a mão no rasgo no couro da brigandina, onde a seta o havia atingido.

— Corvo, você está vivo! — gritou Aster, sentindo a maior alegria e alívio que já sentira.

— Desculpe preocupar você — respondeu ele. — Continue surrando eles, eu cuido desse traste aqui.

— Vou matá-lo antes que sua amiga ali possa vir te ajudar! — disse Rondel cheio de raiva. — Foi você que cortou minha mão, não foi? Nunca vou esquecer sua voz.

— Eu devia ter mirado na sua cabeça — respondeu Corvo. — Não vai escapar desta vez.

Aster já mais calma começou a usar menos força, já tinha gastado energia demais e isso incentivou os que sobraram a tentar amarrá-la com laços, tornando a luta mais difícil.

"Já estou só com 8% de energia, tenho que acabar logo com isso e pegar o reator", pensou ela se esquivando de outra laçada.

Corvo se surpreendeu com Rondel, esperava uma vitória fácil, mas, embora estivesse mantendo Rondel na defensiva, não conseguia finalizar.

— Pensei que fosse apenas um gordo palerma — debochou Corvo ao fazer outro corte superficial em Rondel.

— Vingança é um bom motivador — respondeu ele com raiva.

Enquanto a luta se desenrolava, o guardião se arrastou desapercebido até uma pilha de máquinas e se arrastou o mais rápido que pôde para uma passagem escura, descendo escadas até uma sala escura com uma parede cheia de controles.

— Não posso mais proteger, vou ativar o protocolo final — disse ele escalando a parede com dificuldade e acionando algumas chaves e alavancas. — Guardião até o fim.

De repente três fortes estrondos em sequência, vindos do fundo do desfiladeiro, fizeram o chão tremer, levando todos, menos Aster, ao chão. Os postes de luz se apagaram, restando apenas a luz dos musgos.

— Que foi isso? — questionou Corvo assustado após soltar um palavrão.

— O guardião sumiu! — percebeu Aster ao olhar ao redor. — Ele deve ter feito algo!

Então o chão, ainda tremendo do último estrondo, começou a se partir e algumas partes começaram a afundar lentamente e em outras a abrir grandes fendas. Partes da cidade começaram a cair no abismo.

— Pra mim chega! Temos que fugir daqui! — berrou apavorado um dos homens de Rondel ao ver um companheiro ser esmagado por um pedaço da ruína que desabou.

Aster aproveitou a desistência deles para correr para pegar o reator, mas uma outra explosão forte, parecendo esta vir de logo abaixo deles, a derrubou e partiu o chão, fazendo um enorme pedaço daquela construção, onde o reator estava, se desprender e inclinar na direção do abismo ao lado, ficando presa apenas por vários cabos elétricos que lentamente estavam cedendo.

"Tenho que correr!", pensou ela se levantando, mas então viu em sua visão periférica Corvo caído no chão e Rondel avançando contra ele.

Um pedaço da parede havia ruído e caído para cima de Corvo, que pulou para o lado para evitar ser atingido, no entanto ainda acabou com uma perna presa.

— Parece que a sorte sorriu para mim, seu verme! — bradou Rondel. — Que dia feliz este em que encontrei minha vingança.

No instante que se preparava para desferir o golpe fatal, com Corvo fazendo o possível para se defender, Rondel foi atingido na cabeça por uma pedra arremessada por Aster, caindo para trás e quase ao mesmo tempo que atingiu o chão com as costas, uma fenda se abriu sob ele, tragando-o para a escuridão e então labaredas de chamas azuis ergueram-se vários metros no ar a partir da fenda, não só ali, mas em diversos pontos da cidade em ruínas.

— Temos que sair daqui enquanto ainda podemos — disse Aster erguendo o pesado pedaço de rocha que prendia o pé de Corvo, enquanto via com o canto do olho o reator cair no abismo quando o último cabo rompeu. — Consegue andar?

— Sim, as placas de metal da bota me protegeram — respondeu ele se levantando. — Vamos pegar o reator e correr.

— O reator foi para fundo do abismo — respondeu ela, com uma leve tristeza na voz, olhando ao redor. — Vamos logo antes que nos juntemos a ele.

O chão tremeu de leve e outras explosões foram ouvidas ao longe, fazendo mais labaredas surgirem pela cidade. Aster então foi até uns cabos partidos que faiscavam, aumentou o rasgo no disfarce e estendeu para fora o *deck* de sua bateria interna.

— O que vai fazer? — perguntou Corvo ao vê-la se ajoelhar e pegar os cabos.

— Vou precisar de energia para tirar você daqui — respondeu ela conectando os cabos de forma improvisada a si. — Fique longe.

Ela viu o nível de energia subir rapidamente, em questão de segundos já estava com mais de 30%, mas isso tinha um custo, ela estava superaquecendo rápido também. Ela ativou todos os sensores que podia e buscou uma forma de tirar Corvo dali.

— Aster, você está soltando fumaça, solte isso temos que ir! — gritou ele e, em seguida, um enorme pedaço da parede da caverna, desabou criando uma fenda por onde começou a jorrar água, por sorte do outro lado do abismo. — Temos que ir agora!

— Só mais um instante! — berrou ela, soltando mais fumaça por todo o corpo. — Confie em mim!

Ele já estava pensando em cortar os cabos quando ela se soltou deles, se levantou rapidamente e correu para uma das pilhas de máquinas que ainda pareciam inteiras.

— O que é isso aí? — perguntou ele.

— Um veículo — respondeu ela e parte do piso perto deles desabou levando parte da pilha de máquinas.

— E você sabe como funciona? "Se" funciona? — perguntou se agarrando ao veículo, que, para ele, parecia um peixe estranho.

— Descubro num minuto — disse sentando-se a frente dos controles enquanto Corvo tomava o assento de trás.

Aster estava usando tudo o que tinha para analisar a máquina o mais rápido possível, superaquecendo componentes a ponto de destruí-los. Ligou a máquina e testou os controles.

— Isso é um barco ou um submarino? — perguntou Corvo fechando a cúpula de vidro sobre eles.

— É... outra... coisa — respondeu ela com a voz falhando, enquanto reorganizava seus sistemas internos e voltava a desativar várias coisas. — É uma coisa que voa, um veículo voador.

— Um o quê? — surpreendeu-se Corvo, no momento em que Aster puxou uma alavanca e asas ocultas surgiram e se estenderam nas laterais.

— Segure-se — respondeu ela, terminando de ajustar o banco para alcançar os pedais e por fim empurrando uma alavanca, acionando os propulsores, que de certa forma eram parecidos com seu impulso de jato de plasma, porém maiores.

A máquina voadora começo a deslizar, acelerando ao descer da pilha de máquinas, pouco antes de a pilha ser esmagada por uma rocha que caiu do teto e junto com a rocha desabar no abismo.

— Tem certeza que sabe o que está fazendo? — gritou Corvo quase em pânico.

— Mapeei o fluxo de energia na máquina. Praticamente vi o que cada controle controla, ela só precisa ganhar velocidade — respondeu ela enquanto a máquina voadora se arrastava no chão soltando faíscas e ganhando velocidade.

— Você vai nos jogar no abismo? — questionou ele ao ver a direção em que eles estavam indo.

— É o único caminho possível — respondeu ela. — Não se preocupe é largo e muito profundo.

Corvo só pôde torcer e rezar para aquela coisa voar no momento em que caíram no vazio e ele se sentiu sem peso. Sua mente ficou em branco quando viu o fundo cheio de água se aproximar rapidamente e fechou os olhos. Foi quando se sentiu empurrado conta o assento e ouviu o fundo do veículo raspar na água.

— Ainda estamos vivos? — perguntou ele ainda se sentindo pesado.

— E voando — respondeu ela. — Desculpe não imaginei que o abismo estivesse se enchendo com água.

Corvo então abriu os olhos e viu que estavam saindo do desfiladeiro, passando a comemorar muito.

— Mas e agora? — perguntou ele ao fim do instante de euforia.

— Vamos sair por ali. — Apontou ela para uma enorme cascata que se formou no teto quando um pedaço enorme de rocha caiu.

— Enlouqueceu!? — Corvo estava chocado com o que ela acabara de dizer.

— Não podemos voltar pelas escadas. — Apontou ela, mostrando, enquanto subia em círculos, que tudo em torno tinha desabado e agora era como se o pilar de rocha da vila dos pescadores se estendesse para o fundo do abismo. — Acredite em mim, essa máquina consegue, só terei que forçar ela um pouco acima do limite.

— Não tenho escolha, não é? — Foi a resposta dele e Aster acelerou o máximo que pode na direção da queda d'água, fazendo ele ser empurrado com mais força contra o assento.

Na vila dos pescadores todos estavam assustados, pois sentiram o chão tremer e então viram parte da ilha no centro do lago se partir em grande estrondo e afundar, formando grandes redemoinhos na água do lago e assim formando uma correnteza forte vinda do mar e só puderam torcer para que as amarrações de seus barcos aguentassem e eles não fossem tragados. Todos que estavam no casarão, três guardas e o caseiro, começaram a fugir pelo cabo da cesta em desespero.

Segundos antes de Aster entrar com o veículo na água, ela recolheu as asas, e olhou uma última vez para as ruínas abaixo e viu uma enorme explosão debaixo dela aniquilar tudo. O veículo desacelerou muito, mas continuou subindo, para espanto de Corvo, e logo sentiram tudo tremer por um instante.

— Agradeço a Deus por quem quer que criou esta máquina tão magnífica — disse ele.

— Não acabou ainda — alertou Aster desviando de uma rocha que descia.

Eles sentiram pequenos impactos de algumas rochas menores, algumas que acabaram por atingir a cúpula de vidro, causando algumas rachaduras e vazamentos. Então viram o enorme barco de madeira que Aster viu afundado, passar por eles, ainda quase totalmente inteiro rumo à escuridão abaixo.

Então eles sentiram algo como uma onda passar por eles, empurrando o veículo para cima e, depois, foram puxados para baixo em uma forte correnteza.

Na vila, os moradores sentiram mais um forte tremor, o mais forte até então, fazendo muitos entrarem em pânico e fugir como podiam, os que ficaram, viram a água do lago subir, como se algo tivesse empurrado violentamente para cima, com o que restava da ilha se partindo e subindo junto, uns dez metros, e então viram a água descer formando um gigantesco redemoinho entorno do pilar de rocha.

Por fim, tudo se acalmou e o nível da superfície do lago voltou ao normal, deixando apenas a destruição nas margens como prova do que ocorreu. Onde antes ficava a ilha com o casarão do chefe da vila, agora só restava o pilar de rocha. Em um momento futuro iriam descobrir que o lago agora tinha uma profundidade imensa, passando a ser conhecido como o lago sem fundo.

Em um canto escuro da margem, Corvo e Aster saíram do veículo, que se mostrava muito danificado, tiveram que remar com as mãos para chegar na margem.

— Terra firme, que maravilha! — disse Corvo se deitando no chão. — Graças a Deus acabou.

— Que bom que conseguimos — disse Aster, se sentando do lado dele e arrumando o disfarce rasgado como podia. — Mas, tudo isso, todo esse perigo e não conseguimos nada. Acho que vou continuar presa àquele gerador — lamentou. — Pelo menos agora estou com 60% da carga total.

— Como assim sem nada? — disse Corvo se sentando. — Aquilo ali não tem um reator? — Apontou ele para o veículo encalhado na margem.

— Tem três! — respondeu ela arregalando os olhos ao lembrar dos componentes da máquina voadora. — Mas são menores que o correto para mim.

— Já serão muito melhores que o gerador — argumentou Corvo com um sorriso. — Espera aí! Você disse menores? O reator que você precisa é maior que o que move essa coisa?

— Maior do que um dos três iguais que movem ela — corrigiu Aster, mais animada. — Mas você está certo, com o que tirarmos dessa máquina não vou precisar mais daquele gerador. Podemos fazer alguma adaptação. Sei que Ashvine vai ficar exultante de alegria em ajudar.

— É uma pena desmanchar essa máquina incrível, ainda não consigo acreditar no que ela foi capaz de fazer — disse Corvo se aproximando da máquina. — Ainda bem que você conseguiu descobrir ela naquela pilha de coisas e consegue saber como qualquer máquina elétrica funciona ou não estaríamos aqui agora.

— Conseguia — corrigiu ela. — Me sobrecarreguei fazendo isso e não conseguirei fazer novamente sem passar por uma profunda manutenção antes. O que duvido ser possível.

— Você está bem? — perguntou ele se aproximando dela, lembrando de como ela estava soltando fumaça enquanto estava conectada àqueles cabos.

— Sim, nada vital, por assim dizer, foi afetado — disse ela em tom alegre. — Entretanto, terei problemas se me sobrecarregar novamente.

— Que bom, espero que nunca mais seja necessário você fazer isso — disse ele.

— No momento só uma coisa me preocupa — disse ela em um tom sério.

— O quê?

— Como vamos voltar para casa com essa coisa — respondeu ela.

Corvo então olhou para cima tentando imaginar o que teriam de fazer e notou uma estranha ave branca, que voava em círculos em torno do pilar de rocha, sair voando pela saída para o mar.

★★★★

Continua no Vol. 2

EPÍLOGO 1

NA CIDADE DE MADEIRA

No porto da Cidade de Madeira, o alvoroço estava grande, com todos tentando descobrir o que tinha acontecido na vila dos pescadores. Estrondos fortes vindos de lá e uma forte correnteza se formando na entrada, como se a água do mar estivesse sendo drenada por um grande abismo, e tudo em meio a tremores de terra, deixou a cidade em polvorosa.

No navio sem nome da Ordem da Coruja Branca, os tripulantes também estavam atentos aos acontecimentos.

— Não me importa se ficarmos com menos seguranças no navio, quero homens indo lá imediatamente! — ordenou o Capitão, olhando com um binóculo para a entrada da caverna da vila dos pesadores. — Os sensores mostraram um pico de energia e... Não é possível! A coruja branca de...

— O que foi, senhor? — perguntou o Imediato.

— Liguem os motores — respondeu o Capitão, ainda seguindo a coruja com o binóculo —, vamos zarpar, temos que seguir aquela coisa!

— Impossível, senhor! Os motores ainda estão em manutenção depois do incêndio e levaria horas para reunir a tripulação espalhada pela ilha.

— Droga! Maldição! Entre em contato com os outros dois navios da ordem — ordenou o Capitão, frustrado, vendo a estranha ave voar velozmente para longe de Avalon. — Não podemos deixar essa oportunidade escapar.

★★★

EPÍLOGO 2

EM ALFHEIM

Na distante Alfheim, longe dos acontecimentos de Avalon, Morgana conduzia Erynvorn por escadas secretas que levavam para as profundezas do mausoléu da família Ironrose.

— Desculpe prolongar sua estadia aqui, afastando-a de suas funções principais — disse Morgana, seguindo na frente com uma lanterna na mão para iluminar o caminho —, mas, excetuando minhas filhas, você é a única em quem confio para me acompanhar.

— Não se preocupe com isso, Sra. Morgana — respondeu Madame Erynvorn seguindo-a com a urda do selo imperial nas mãos. — Sirvo a toda a família Ironrose com orgulho, deixei meu posto bem ocupado por Marie, ela fará um bom trabalho em minha ausência.

— Bom saber — respondeu Morgana.

Elas foram até uma sala vazia na parte mais profunda da catacumba e lá Morgana abriu um cofre secreto para guardar o selo.

— Finalmente outra peça está em segurança! — Morgana depositou a urna com o selo ao lado de um cetro majestosamente ornamentado.

— Só falta a coroa — disse Erynvorn. — Será que veremos a profecia se cumprir?

— Difícil saber — respondeu Morgana. — Embora o campeão tenha aparecido e o selo encontrado, creio que o fator decisivo seja a coroa. E dessa não fazemos nem ideia se ela existe ou ainda será feita.

— Será que Aster é mesmo a campeã? — perguntou Erynvorn.

— Você sabe que os dons das mulheres da minha família variam para cada uma de nós, não é? — questionou Morgana e Erynvorn acenou que sim com a cabeça. — Muitos sabem que foi minha tataravó que escreveu a profecia, mas quase ninguém sabe sobre o que minha avó fez com o dom dela.

Morgana mostrou a Erynvorn uma pintura parcialmente queimada, uma ilustração da profecia e, nela, Aster era bem reconhecível, empunhando uma espada e um escudo.

— É uma infelicidade que a parte que mostra o rosto da imperatriz e a coroa tenham sido destruídas — comentou Morgana voltando a cobrir a pintura. — Meu dom é muito fraco, principalmente se comparado ao de minha avó, mas sei que Aster ainda fará muito por nós antes de se tornar de fato a campeã. Como disse, o surgimento da coroa é o que definirá as coisas.

★★★

Fim do Vol. 1